जहालत के पचास साल

जहालत के पचास साल

श्रीलाल शुक्ल

राजकमल प्रकाशन

ISBN : 978-81-267-0807-9

मूल्य : ₹1250

पहला संस्करण : 2004
सातवाँ संस्करण : 2021
This book is printed on Print on Demand Technology : 2025

प्रकाशक : राजकमल प्रकाशन प्रा. लि.
1-बी, नेताजी सुभाष मार्ग, दरियागंज
नई दिल्ली-110 002

शाखाएँ : अशोक राजपथ, साइंस कॉलेज के सामने, पटना-800 006
पहली मंजिल, दरबारी बिल्डिंग, महात्मा गांधी मार्ग, प्रयागराज-211 001
1, अनमोल सोराबजी सन्तुक लेन, धोबी तलाव, मरीन लाइंस, मुम्बई-400 002
वेबसाइट : www.rajkamalprakashan.com
ई-मेल : info@rajkamalprakashan.com

JAHALAT KE PACHAS SAAL
by Shrilal Shukla

क्रम

स्वर्णग्राम और वर्षा

कल की बात है। रेडियो से 'रिमझिम परत फुहार' नाम संगीत रूपक हो रहा था। कहानी ऐसे गढ़ी गई थी :

एक कवि था। उसकी एक कल्पना थी। वाजिब था कि वे संगीत में बातचीत करते। उतना न कर सके तो दोनों ने पद्य में बातचीत की। जब पानी बरसा तो कवि को शहर में बड़ी निराशा हुई, क्योंकि वहाँ ईंट, चूने व सीमेंट के मकान थे। सड़कें थीं। नालियाँ थीं। प्रकृति की कोई भी कद्र नहीं थी। 'दादुर, मोर, पपीहा बोले' वाला डौल न था। अब कवि क्या करे? कविता निकलती है केवल दादुर, मोर, पपीहा की लाइन में खड़े होने पर, अर्थात्, उनसे तादात्म्य स्थापित करके। इसलिए कवि ने कल्पना को डाँटा कि वह उसे शहर में क्यों घुमा रही है। कल्पना कवि के 'राज़' को जानती थी।

कल्पना कवि को गाँव ले गई।

अब आप आँख मूँदकर रीतिकालीन साहित्य को कपड़छान करके उसकी गोलियाँ खा लीजिए। 1955* ने आपको जो कुछ बताया है उसे भूल जाइए। श्री मैथिलीशरण गुप्त की 'अहा ग्राम्य जीवन भी क्या है' की चौपाइयाँ हनुमानचालीसा जैसी रट डालिए। पन्तजी की 'ऊँची अरहर में लुका-छिपी' वाला खेल सीख लीजिए और कवि की आँखों में बैठ जाइए।

किसी खेत के एक कोने में बिरहिन खड़ी रो रही है। मतलब यह है कि गा रही है। बिरहिन वर्षा ऋतु में बहुतायत से पाई जाती हैं। वे गाँवों ही में रहती हैं। शहरों में इसलिए नहीं रहतीं कि वहाँ पर 'डगर जोहने' की गुंजाइश नहीं। वहाँ डगर नहीं, सड़कें होती हैं। बिरहा की आग लगाने के लिए पपिहरा की बोली सुनना लाजमी है। इसलिए गाँव में बिना रहे काम नहीं चलता। 'झंझा' भी गाँवों में ज़रा ज़ोर से सनसनाती है। इसलिए बिरहिन को गाँव में मिली, शहर में नहीं।

कवि ने वहाँ झूला भी देखा! 'मदमाती युवतियाँ खिलखिलाकर हँस रही थीं।' शहर में एक तो युवती नहीं होती हैं, अगर होतीं तो कवि को गाँव न जाना पड़ता। होती भी होंगी, तो मदमाती नहीं हो सकतीं। अगर जैसे-तैसे मदमाती भी हो गईं तो खिलखिलाकर हँस नहीं सकतीं।

---

*इस लेख का लेखन-काल।

तो कवि ने खिलखिलाती युवतियाँ देखीं। अब जब ऐसी युवतियाँ हों तो उनमें एक झेंपनेवाली, कम हँसनेवाली युवती भी होनी चाहिए। सब युवतियाँ सखियाँ हैं। वह झेंपू लड़की हीरोइन है। यह सब नया नहीं है। अल्फ्रेड कम्पनी के नाटकों में 'रम्भा का सखियों के साथ आना' से लेकर आज तक के बम्बइया फ़िल्मों में एक्स्ट्राज के झंड देखनेवाले मेरी बात समझ जाएँगे।

कवि ने उनसे बारहमासे और मौसमी चीज़ें सुनीं।

खेतों में किसानों के जत्थे 'मेघराज, मेघराज, मेघराज' कहकर गा रहे थे। सिनेमा में देखा होगा कि तूफ़ान आने के पहले 'माँझी' लोग (माँझी शब्द टेकनिकल है) या, किसी दुर्घटना होने के पहले कुछ आवारे, एक ख़ास आवाज़ में बड़ी गम्भीरता के साथ गाते हैं। किसान भी कुछ इसी प्रकार गा रहे थे। सिनेमा में ऐसे कोरसों में एक स्वर पर दूसरा स्वर चढ़ा रहता है। दो-एक गानेवाले सिर्फ़ 'होशियार! होशियार!' 'जाऽऽ तूऽऽऽऽ! जाऽऽ तूऽऽऽ' दोहराते रहते हैं। एक गानेवाला डरानेवाली आवाज़ में सिर्फ़ आऽऽऽ का अलाप खींचता है। सुननेवाले को सहमा देना ही इन कोरसों का उद्देश्य माना गया है। इस भावना को और बढ़ाने के लिए गीत की टेक के तरीक़े से 'मँडोला गँडोला डोला' 'चीम पाम, चीम पाम' जैसे मंत्र बीच में गाये जाते हैं। ऐसे ही मंत्र के साथ आरकेस्ट्रा समाप्त हो तो कोरस सफल माना जाता है।

जो किसान खेत में गा रहे थे, वे गा इसी टेकनीक से रहे थे। सिर्फ़ मंत्र नहीं फूँकते थे। कवि ने समझ लिया कि किसान परम प्रसन्न हैं। यानी, लड़के हँस-खेल रहे थे। नदी-नाले रस से भरे बह रहे थे। हरियाली छिटकी थी। पवन डोल रहा था। रिमझिम फुहार पड़ रही थी।

यह भी न भूलिए कि इसी बीच दादुर, मोर, पपीहा, बिरहिन आदि अपना-अपना पुश्तैनी काम कर रहे थे।

तब कवि को विश्वास हो गया कि उसकी कल्पना उसे ठीक जगह ले आई है।

कुछ बातचीत के बाद संगीत-रूपक यहीं समाप्त होता है।

अब कल्पना को फिर बुलाइए। लीजिए यह आ गई।

इसकी मदद से कवि को इसी गाँव में एक किसान के घर में रख दीजिए। उसके हाथ में वही अठारहवीं सदीवाली सरकंडे की कलम और काली स्याही की दावात पकड़ा दीजिए। अब उसे चौबीस घंटे तक यही सरकंडे की कलम पकड़े हुए गाँव की गलियों में घूमने दीजिए।

रात हो गई है। मोर, पपीहा बोल रहे हैं। पर वे दूर हैं। दादुर नजदीक ही बोल रहे हैं। 'वेद पढ़ें जनु बटु समुदाई।' पर एक दादुर का वेदपाठ ऐसे उदात्त-अनुदात्त में उलझ जाता है कि कवि चौंक उठता है।

एक साँप ने वेदपाठी दादुर को ग्रस लिया है। कवि को उपमा नहीं ढूँढ़े मिलती। वह चीत्कार कर उठता है। यह चीत्कार विरह-बिथावाले चीत्कार से भिन्न है।

साँप मारा गया।

इसके बाद 'झिल्ली झनकारें।' साथ ही, 'मच्छर रोर करें।' ये मच्छर कवि की

सोई हुई कल्पना को जगाने के लिए विशेष उत्सुक हैं। उसके कान पर बार-बार बैठकर वर्षा-मंगल गा रहे हैं। उसके कोमल कपोलों को अपने कोमलतर स्वप्निल पंखों से छू रहे हैं। उसके सम्पूर्ण अस्तित्व को आत्मसात् किए ले रहे हैं। कवि की कल्पना फिर भी हँस नहीं पाती। उसी दु:ख में वह कभी अपने कान खींचता है, कभी अपने मुँह पर चपतें मारता है, कभी पैरों में चुटकी काटता है। केवल ज़हर पीकर आत्महत्या नहीं करता। (जैसा कि कभी-कभी बिरहिन करती है।)

ख़ुदा को जब देना होता है तो पानी की धार तक छप्पर फाड़कर देता है। कवि चारपाई से उठना चाहता है। उठता है। जूतों में पैर डालते ही अँगूठे के पास कुछ 'मृदुल-मृदुल, कोमल-कोमल' अनुभव होता है। एक जूते में चिरपरिचित दादुर विश्राम कर रहा है। दूसरे में डंक उठाए एक बिच्छू अपना कर्तव्य निभाने को आकुल बैठा है। (यहाँ यह बात तबीयत में उठ सकती है कि इस डंक का प्रयोग कवि के अँगूठे पर करा दिया जाय। पर यह वर्णन कुछ देर तक और चलाना है।)

आप यहीं घबरा गए? 'स्वर्णिम उषा' देखना चाहते हैं? अच्छी बात है, झंझा-झकोर, गर्जन से लेकर मच्छर-मक्खी तक छोड़ दीजिए, सिर्फ़ एक प्राणी से परिचय कर लीजिए।

वर्षा से दो प्राणी विशेष प्रसन्न होते हैं, कवि और चोर। चोर के लिए आदर्श अवसर है। गाँव है, थाना दूर है। पुलिस पहरे का डर नहीं है। आने-जाने के रास्ते बन्द हैं। दीवालें आधी ढह गई हैं। जो समूची हैं, वे बरसात की नमी में सेंध का स्वागत करने को पिछवाड़े की ओर झुक गई हैं। झंझा की मार से थककर रात के तीन बजे किसान खर्राटे ले रहा है। गाते-गाते बिरहिन की औकात जवाब दे गई है। कवि कल्पना, निद्रा और मदहोशी के तिताले पर नाचता हुआ मिट्टी के संसार से दूर घूम रहा है, यानी 'बिचर' रहा है।

अब न चूक चौहान।

भूल जाइए, "यहाँ उचक्के चोर नहीं हैं।"

स्वर्णिम उषा फूटी। (उषा हमेशा 'फूटती' है, आती नहीं है)। किसान 'मेघराज, मेघराज' भूलकर थाने पर जा रहा है। चोरी की रिपोर्ट लिखनी है। कवि का सौभाग्य है कि किसी ने उसे ही चोर के खाने में नहीं लिखाया। वह अपने पड़ोसी को लिखाएगा, उससे पुश्तैनी दुश्मनी है।

किसान को इस बेईमानी का पता तब चलेगा जब उससे अदालत में पूछा जाएगा कि उसके घर में उसकी बाईस साल की लड़की है और सफाई में कहा जाएगा कि रामजियावन चोरी करने नहीं गया था बल्कि इस लड़की के बुलाने से ही किसान के घर में आया था। फैसला भी यही होगा। रामजियावन छूट जाएगा। किसान की सात पीढ़ियाँ कलंकित हो जाएँगी।

बारिश शुरू हुई।

दिन-भर खेतों में मेंड़ बाँधने के सिलसिले में दस फौजदारियाँ हुईं। (मरे फौजदारी

की नानी) एक खेत का पानी दूसरे खेत से निकालने के सिलसिले में पन्द्रह और एक के परनाले का पानी दूसरे की छत से निकलने पर बीस और फौजदारियाँ हुईं। खेत जोतने के दिन आए। अतः मजबूत लोगों ने कमजोर लोगों के खेत जबर्दस्ती छीनने शुरू किए। मुक़दमेबाजी प्रारम्भ हुई। (दीवाना करती दीवानी।)

कवि डेरी के मक्खन का अभ्यासी है। यहाँ मक्खन नहीं मिलता। दूध इन्हीं डेरियों में जाता है। कवि का पेट गाँव का अन्न खाकर जवाब दे गया।

चार कोस पर धन्वन्तरी रहते हैं। वे पहले कम्पाउंडर थे। दवाओं की चोरी के जुर्म में निकाल दिए गए थे। लेकिन उन्हें भी बुलाना कठिन है।

और, कपड़े-लत्ते, खाने-पीने और दवा-दारू की समस्या!

कवि यह सब नहीं सोचता। यह काम राजनीति और अर्थशास्त्र से मतलब रखता है।

अब कवि की कल्पना मूर्च्छित हो गई। उसे होश में लाने के लिए लैला-मजनू, शीरी-फरहाद की कहानियाँ पढ़नी होंगी। ताजमहल के चक्कर लगाने पड़ेंगे। बिरहिन के आँसुओं से नहलाना पड़ेगा।

आया था कल्पना के यान पर। लौटा पैदल।

रास्ते में रिमझिम फुहार के मारे नाक में दम था। कीचड़ व पानी के बीच में चलना कुम्भीपाक जैसा लग रहा था। कवि ने शुद्ध बंगाली ढंग से पहनी हुई धोती ऊपर चढ़ाई, फिर चलना शुरू किया।

अँधेरा हो गया। तब कवि को लगा कि कोई भी उसकी गर्दन दबाकर उसकी पर्स छीन सकता है। उसे 'मुद्दई' बना सकता है। कोर्ट में उससे उसके ख़ानदान की महिलाओं की अवस्था और गुण पुछवा सकता है।

तब सत्य का दर्शन हुआ।

एक दादुर यानी मेढक, एक गढ़े में बैठा हुआ टर्र-टर्र कर रहा था। कीचड़ में सना, परमहंस जैसा, वर्षा के उत्पात से अनजान। वह और उसके पुरखे सनातन से यही बोल बोलते आए थे। कवि ने समझा कि वर्षा पर जो बोल वाल्मीकि के काल से बोले गए हैं, उन्हीं को रटते-रटते कवि ने अपने-आपको कहाँ पहुँचा दिया है।

दि ग्रैंड मोटर ड्राइविंग स्कूल

दो कमरों के मटमैले ढाँचे के ऊपर मोटे हरफ़ में लिखा है : द ग्रैंड मोटर ड्राइविंग स्कूल। बरामदे में एक पोस्टर पर अलग-अलग कामों की फ़ीस दर्ज है। उनमें दो मदें ग़ौरतलब हैं! मोटर ड्राइविंग (लाइसेंस के साथ) : तीन हज़ार रुपए, मोटर ड्राइविंग (लाइसेंस के बिना) : दो हज़ार रुपए।

स्वागत-कक्ष में, यानी वहाँ, जहाँ एक खुरदरी मेज़ है और जिस पर रिसेप्शन की पटरी रखी है, पीछे बैठे हुए रिसेप्शनिस्ट से मैं पूछता हूँ, "यहाँ क्या बिना लाइसेंस के मोटर चलाते हैं? मेरे पास लर्नर का लाइसेंस है। तो क्या यहाँ फ़ीस में मुझे एक हज़ार रुपए ज़्यादा देने पड़ेंगे?" रिसेप्शनिस्ट (बाद में पता चलता है, क्लीनर है) एक पतले स्क्रू-ड्राइवर से अपने नाख़ून क्लीन करने में तल्लीन है। स्वच्छता की इस प्रक्रिया को रोककर वह मुझे घूरता है, कहता है, "ऐसा समझने की बेवकूफ़ी कई लोग कर चुके हैं। फ़ीस के चार्ट में जो लिखा है उसका मतलब कुछ और है।"

"मैं समझा नहीं।"

"वह तो ज़ाहिर है। उस्ताद का मतलब यह है कि अगर आप सिर्फ़ मोटर चलाना सीखते हैं तो फ़ीस दो हज़ार होगी। पर उसके बाद आप ड्राइविंग लाइसेंस भी चाहें तो आपको एक हज़ार ज़्यादा ख़र्च करने होंगे।"

"तो आप लोग ड्राइविंग लाइसेंस भी बनाते हैं?"

कोई मेरे कन्धे पर हाथ रखता है, मेरे पीछे ख़ुद उस्ताद खड़े हैं। साक्षात् वही। बुज़ुर्ग, खसखसी दाढ़ी, जीन्स और टी-शर्ट में। कहते हैं, "इधर आइए, मैं समझाता हूँ। लाइसेंस रीज़नल पासपोर्ट आफ़िस से ही बनेगा। पर उसे हम तैयार कराएँगे। आप बिना चप्पल चटकाए, बिना धक्के खाए, बिना रिश्वत दिए, बिना ज़लील हुए शराफ़त से बैठे रहें। लाइसेंस वैसी ही शराफ़त से आपके घर पहुँचा दिया जाएगा।"

उन दिनों मैं बेकार था। लेखक तो यूँ भी बेकार होता है, या बेकार ही में लेखक होता है, पर उन दिनों मैं कुछ ख़ासतौर से बेकार था। मुझे दूरदर्शन के एक सीरियल की पटकथा और संवाद लिखने का काम सौंपा गया था। काफ़ी रुपया मिलना था। कुछ अग्रिम में मिल गया था, बाकी काम पूरा होने पर मिलता। पर लिखा-पढ़ी में मैंने वह नहीं पढ़ा था जो इकरारनामे में छोटे अक्षरों में छपा था। इसलिए काम पूरा होने पर जब मुझे बाकी रकम का सिर्फ़ एक-तिहाई दिया गया

तो मुझे लगा कि निर्देशक घपला कर रहा है। पर मुझे बताया गया कि घपला ख़ुद मैंने किया है। इकरारनामे में लिखा था कि मेरा मेहनताना मुझे काम की सन्तोषप्रद समाप्ति के बाद दिया जाएगा। निर्देशक ने कहा कि मेरे काम की समाप्ति तो हो गई है, पर वह सन्तोषप्रद नहीं है।

मैंने पूछा, "कैसे?"

निर्देशक ने कहा, "आपकी पटकथा और संवाद दोनों ही बहुत ही शानदार हैं, बहुत ब्रिलियंट! फर्स्ट क्लास! बहुत ऊँचे स्तर के! पर हमें बीच की चीज़ चाहिए। ज़्यादा-से-ज़्यादा सेकेंड, नहीं तो थर्ड क्लास। इसलिए आपकी लिखी हुई सामग्री मैंने एक मामूली लेखक को सौंपी है। वह उसमें कुछ-कुछ घटियापन डाल रहा है। पूरे काम को 'मीडियॉकर' बनाने के लिए हमें उसे अच्छी-ख़ासी रकम देनी पड़ रही है।"

इस घटना का प्रचार होते ही बाज़ार में मेरी साख गिर गई। कुछ करते रहने के लिए मैंने दो-तीन कहानियाँ लिखीं। तब तक हिन्दी में वे पत्रिकाएँ बन्द हो गई थीं जो मेरी कहानियाँ छापती थीं। जो बची थीं वे लघु पत्रिका के नाम से प्रसिद्ध थीं और उनकी निगाह में मैं 'मीडियॉकर'—वही मैं, जिसकी 'ब्रिलियंट' रचना को मीडियॉकर बनाने के लिए किसी मीडियॉकर को सौंपा गया है।

तक एक मित्र ने मेरी सहायता की। उसने मुझे मोटर ड्राइवरी सीखने की सलाह दी, फ़ीस के रुपए भी दिए। कहा, "तुम्हारे मुहल्ले में दर्जनों रिटायर्ड अफ़सर रहते हैं। बिधना ने उन्हें सब कुछ दिया है, रिटायरमेंट के बाद उन्हें सिर्फ़ एक मोटर ड्राइवर नहीं दिया। ड्राइवरी सीखकर तुम ऐसे तीन-चार पेंशनरों के बीच अपना काम चला सकते हो। जब उनकी ज़रूरत हो, तुम दैनिक वेतन पर दो-चार घंटे उनके यहाँ ड्यूटी दे देना। फिर पूरे दिन स्वतंत्र रहोगे। पार्ट टाइम ड्राइवरी और पार्ट टाइम लेखकी। मौज़ रहेगी।"

बात मुझे जँच गई। पर मेरी निगाह पेंशनर बुज़ुर्गों की मोटर पर न थी। मैं साफ़-सुथरी कलफ़दार वर्दीवाले उन ड्राइवरों को देख रहा था जो शूटिंग के वक़्त बड़े-बड़े अभिनेताओं और ख़ासतौर से अभिनेत्रियों को लेकर आते थे। वे देखने में ड्राइवर कम लगते और सरपरस्त ज़्यादा, कभी-कभी उनके बातूनी रिश्तेदार या ख़ामोश आशिक भी। कलम घिसनेवाले मुंशी के मुक़ाबले, जिस पर ब्रिलियंट होने का कलंक लग चुका हो, यह पेशा मुझे कहीं ज़्यादा भरोसेमन्द जान पड़ा।

उस्ताद उस दिन एक घंटा मुझे मोटर के ऊपरी कल-पुर्जों के बारे में सिखाते रहते हैं। उनकी ख़ूबी यह है कि वे पुर्जे को छूते नहीं, सारा काम ज़बान और एक अँगुली के इशारे पर होता है। कुछ देर बाद वे मुझे—इशारों में ही—मोटर का बोनेट खोलना सिखाते हैं। वह जब मुझसे नहीं खुलता तो यह काम क्लीनर से कराया जाता है। फिर

मुझे वे काब्युरिटर के बारे में समझाना शुरू कर देते हैं। कहते हैं, "अगर चलते-चलते गाड़ी अचानक रुक जाए तो सबसे पहले काब्युरिटर को खोलकर देखना चाहिए, कहीं ऐसा तो नहीं कि टंकी से पेट्रोल का आना ही रुक गया हो।"

मैं उनमें से हूँ जिन्होंने शादी भले ही न की हो पर बारातों में जाते रहते हैं। मोटरों के बारे में, और ख़ासतौर से फिएट के बारे में—जिसे खोलकर उस्ताद मुझे अपने ही जैसा उस्ताद बनाने जा रहे हैं—मैं सुनी-सुनाई बातें जानता हूँ। मैं कहता हूँ, "अगर बैटरी के टर्मिनल ढीले हो जाएँ तब भी गाड़ी रुक जाएगी। या कोई पहिया पंक्चर हो जाने पर..."

"कुछ भी हो सकता है, पर पहले काब्युरिटर ही देखना चाहिए। उसे खोलने का तरीक़ा यह है कि..."

कुछ पहले, यानी गाड़ी के पुर्जों से उलझने के पहले, एक-दूसरे को जानने-पहचानने के लिए हमने आपस में कई तरह के ज्ञान-विज्ञान की चर्चा की थी, और उस्ताद ने दिखा दिया था कि उनकी दिलचस्पी राजनीतिशास्त्र में है। 'ज़माना खराब है', 'समझदार की मौत है', 'ख़ुदा अपने गधों को जलेबी खिला रहा है', 'हर शाख पे उल्लू बैठा है' उनके निजी अध्ययन और चिन्तन से निकले हुए कुछ मौलिक वक्तव्य हैं। इसलिए गाड़ी के अचानक रुकने पर सबसे पहले काब्युरिटर खोलने का सबक़ उन्होंने मुझे दिया तो मैंने राजनीतिक टिप्पणी की, "इसका मतलब यह है कि उड़ीसा के ग़रीब इलाकों से भुखमरी की ख़बर आए तो सबसे पहले हमें यह देखना चाहिए कि विश्व बैंक से भारत को बराबर कर्ज़ा मिल रहा है या नहीं।"

उस्ताद इतनी देर में पहली बार मुस्कुराते हैं, सिर हिलाकर दिखाते हैं कि उन्हें सही शागिर्द मिला है और कहते हैं, "बिल्कुल ठीक। हमारे मौजूदा वित्त मंत्री यही तो कर रहे हैं।" इसके बाद फिर वही काब्युरेटर।

अचानक मेरे मन में एक कीड़ा रेंगने लगता है, देखते-देखते वह एक साँप बन जाता है, फिर उसका एक लुंजपुंज सिर तने हुए फन में तब्दील होने लगता है। यह एक पुरानी याद और उससे जुड़ी हुई एक शंका का कीड़ा है। मैं पूछता हूँ, "आप मिस्टर रजत मित्तल को जानते हैं?"

"बिल्कुल। वही न, जो पर्वतीय विकास के महानिदेशक थे? उनकी याद आपको कैसे आ गई?"

इस मौक़े पर भी उनकी याद न आए तो इसका मतलब यह कि मेरी याददाश्त की मशीन अब कबाड़ी को भी देने लायक नहीं रही।

तीन-चार साल पहले की बात है। मित्तल साहब पहाड़ी इलाकों का दौरा करने गए थे। सरकारी दौरा था, इसलिए लाज़मी तौर पर उनकी बीवी और बच्चे भी साथ में थे। अचानक एक जगह चढ़ाई पर उनकी सरकारी गाड़ी चलते-चलते रुक गई। उनका ड्राइवर, यह पता लगाने के लिए माजरा क्या है, मुस्तैदी के साथ गाड़ी से नीचे उतरा और इस सिद्धान्त का पालन करते हुए कि सबसे पहले काब्युरिटर ही खोलना चाहिए,

बोनेट खोलकर उससे छेड़छाड़ करने लगा। यह और बात है कि उसने गाड़ी से उतरते वक़्त हैंडब्रेक को एक वाहियात पुर्ज़ा-भर समझा, उसके इस्तेमाल से परहेज़ किया, और गियर भी इस तरह लगाकर छोड़ा कि पता नहीं चला, उसे लगाया है या छोड़ा है।

मैं कहता हूँ, "उनकी याद इसलिए आई उस्ताद कि एक बार उनका ड्राइवर जब काब्युरेटर से उलझ रहा था, गाड़ी पीछे ढाल पर खिसकने लगी और..."

उस्ताद हँसते हैं, "मुझे पूरा क़िस्सा मालूम है। वह ड्राइवर मेरा भतीजा है, मेरा ही सिखाया हुआ है।"

मित्तल साहब की तरफ़ से मुझे नाराज़ होना चाहिए, मैं नाराज़गी से कहता हूँ, "उस बेवकूफ़ ने तो अपनी ओर से मित्तल साहब और उनके बच्चों की जान ले ली थी। यह उनकी क़िस्मत है कि सब अपनी-अपनी दो-चार हड्डियाँ तुड़ाकर ज़िन्दा बच गए।"

उस्ताद की आवाज़ में न दुःख है, न ग्लानि; जैसे वह गीताकुंड में गोता लगाकर आई हो। वे कहते हैं, "पर यह तो गियर का चक्कर हुआ न? ड्राइवर ने ठीक से गियर नहीं लगाया, वह न्यूट्रल में आ गया, गाड़ी नीचे की ओर खिसकने लगी, सड़क के कगार पर एक पेड़ से टकराकर रुकी और नीचे खड्ड में जाने से बच गई। घबराकर वे सभी लोग गाड़ी से कूदे; किसी ने अपनी बाँह तोड़ी, किसी ने टाँग। पर सोचिए, इससे यह कैसे साबित हो गया कि गाड़ी का काब्युरेटर बिल्कुल ठीक था?"

मैं लाजवाब हो जाता हूँ। बात चालू रखने के लिए पूछता हूँ, "आपका भतीजा आजकल कहाँ है?"

"उसे मित्तल साहब ने सरकारी नौकरी से निकाल दिया है। वह मामला अब सुप्रीम कोर्ट में है। फ़िलहाल वह एक प्राइवेट बस चला रहा है।"

"उसी पहाड़ी इलाक़े में?"

"'जी हाँ, उसी पहाड़ी इलाक़े में।"

कुछ ऐसे संन्यासी होते हैं जो करोड़ों की लागतवाली संस्थाएँ चलाते हैं पर पैसा अपने हाथ से नहीं छूते। उस्ताद भी कुछ-कुछ उन्हीं जैसे हैं। वे मोटर ड्राइविंग का स्कूल चलाते हैं पर गाड़ी में किसी कल-पुर्ज़े को नहीं छूते। काले नाग के फन पर उन्हें हाथ रखने को कहिए तो रख देंगे, पर स्टियरिंग व्हील पर नहीं। हम लोगों को ड्राइविंग सिखाने में उस पर हाथ रखने का काम क्लीनर का है, बशर्ते कि वह उस वक़्त रिसेप्शनिस्ट न हो।

अब हमें ड्राइवरी सीखते हुए लगभग दो सप्ताह हो चुके हैं। मैं धीरे-धीरे गाड़ी चलाने लगा हूँ। क्लीनर अब मेरे लिए रिसेप्शनिस्ट बन चुका है। जब मैं ट्रेनिंग के लिए फिएट गाड़ी लेकर निकलता हूँ, मेरी बगल में उस्ताद होते हैं।

नाइयों की, जिन्हें अब हेयर ड्रेसर कहा जाता है, और दाँत के डॉक्टरों की एक ख़ूबी हम सभी को मालूम है। ग्राहक के सिर पर कैंची या उस्तरा चमकाते हुए या

उसके खुले मुँह में रेती या बरमा चलाते हुए वे जग-जहान की ऐसी-ऐसी बातें सुनाते हैं कि ग्राहक सब कुछ भूलकर सुनता ही चला जाता है। यह तक भूल जाता है कि उसकी खोपड़ी को धारदार उस्तरे से या उसके मुँह को पातालभेदी बरमे से कोई ख़तरा है। हमारे उस्ताद भी उन्हीं की तरह दुनिया-भर के किसी भी विषय पर, जिसका मोटर ड्राइविंग की मेरी संकुचित दुनिया से कोई भी तात्कालिक रिश्ता नहीं, बातों की अटूट धारा बहा सकते हैं। आज भी वे कुछ ऐसा ही कर रहे हैं।

वे दुर्घटनाओं की बात कर रहे हैं, प्राचीन काल के उन मोटर ड्राइवरों की वीरगाथाएँ सुना रहे हैं जिनकी उन दिनों कुछ वैसी ही इज़्ज़त थी जैसी आजकल हवाई अड्डे के पायलट की है। दुर्घटना का उस्ताद के लिए कोई महत्त्व नहीं, "गिरते हैं शहसवार ही मैदाने ज़ंग में।" मैं कहता हूँ, "मगर उस्ताद, यह शेर मोटर ड्राइविंग पर लागू नहीं होता। घुड़सवार के साथ ज़्यादा-से-ज़्यादा यह होगा कि घोड़ा उसे ज़मीन पर फेंक देगा; पर यहाँ ड्राइवर मोटर और अपने जिस्म की ही नहीं, सड़कें चलते हुए दो-चार बेकसूर लोगों की भी तोड़फोड़ कर सकता है। घोड़े से आप गिर जाएँ तो कोई हर्ज नहीं। गिरकर पड़े रहिए। पर गाड़ी से आपने किसी को कुचल दिया तो ग़ज़ब हो जाएगा, मौके पर भीड़ की पिटाई से बच गए तो भी जेल का फाटक मुँह फाड़े आपकी राह देख रहा होगा।"

"ठीक है, पर आपकी आदत है कि आप हर चीज़ का ख़ौफ़नाक पहलू ही देखते हैं।"

उस्ताद की इस बात से मुझे झटका लगता है और उसी के साथ फिएट का बायाँ हिस्सा सड़क के किनारे खड़े हुए एक ट्रक से टकराता हुआ विस्फोटक आवाज़ निकालता है। मैं कहता हूँ, "रुककर देख लें, कहीं ज़्यादा नुक़सान तो नहीं हुआ।"

"यह बीमावाले देखेंगे। आप चलिए।"

आगे सूनी सड़क है। उस्ताद फिर दुर्घटनावाली थीम पर आ जाते हैं। कहते हैं, "दुर्घटनाओं से घबराना न चाहिए। दरअसल, दुर्घटना नाम की कोई चीज़ नहीं होती। जो होता है वह सिर्फ़ घटना है। और होता क्या है? वही, जो कि होना होता है।"

मैं कहता हूँ, "उस्ताद, आप बहुत गहरी फ़िलॉसफ़ी की बात कर रहे हैं।"

"हिन्दुस्तानी होकर भी कोई फ़िलॉसफ़ी की बात न करे तो उसकी हिन्दुस्तानियत पर लानत है।" वे कुछ देर खामोश रहते हैं, फिर शुरू हो जाते हैं, "अभी आप मोटर से कुचलकर किसी के मर जाने की बात कर रहे थे। ऐसी घटना ड्राइवर के लिए हमेशा मुसीबत ही नहीं लाती, कभी-कभी उसका ऐसा अंजाम होता है कि क्या बताएँ। एक ऐसे ही ख़ुशक़िस्मत ड्राइवर का किस्सा सुनिए। पर किस्सा नहीं; यह सच्ची घटना है, मेरे भतीजे के साथ हुई थी।"

"पर्वतीय विकासवाले भतीजे के साथ?"

"नहीं जी, यह दूसरा भतीजा है, मैदानी विकासवाला," या मैदानी विनाशवाला?

किस्सा या घटना इस प्रकार है :

भतीजा ऐम्बेसडर गाड़ी सौ कि.मी. प्रति घंटा की रफ़्तार से हाँकता आ रहा है। राष्ट्रीय मार्ग। सुनसान सड़क। रात के ग्यारह बज रहे हैं। गाड़ी में आगे सिर्फ़ भतीजा और पिछली सीट पर ऊँघते हुए सेठजी। भतीजा जोश में है। जोश के पाँच कारण : जवानी, नई कार, उम्दा सड़क, पेट में ठर्रा और यात्रा के अन्तिम पड़ाव पर इन्तज़ार करती छोकरी। सड़क के किनारे एकाध टिमटिमाते चिराग़ों और दस-बीस धुँधले बल्बोंवाले गाँव और कस्बे, अँधेरे में चितकबरे धब्बों की तरह निकलते जाते हैं। गाड़ी रफ़्तार में है। रफ़्तार ही ज़िन्दगी है, रफ़्तार ही मौत है शायद यही साबित करने के लिए अचानक एक साइकिल सवार एक गलियारे से रफ़्तार के साथ सड़क पर आता है और इसके पहले कि उसे या इसे पता चले कि क्या हुआ या क्या हो रहा है, साइकिल दो-चार चक्कर लेकर सड़क के किनारे धड़ाम से गिरती है।

और साइकिल सवार? वह गिरता नहीं, हवा में उछलता है। वहाँ से वह गाड़ी के बोनेट पर आता है। फिर वहाँ से विंडस्क्रीन के शीशे पर। और उसी के साथ उसका धड़ बोनेट पर फैल जाता है, फिर शीशा तोड़कर ड्राइवर के बाएँ हाथ से टकराता है। गाड़ी की अगली सीट पर सिर्फ़ ख़ून है और ऊपर उसका निरीक्षण जैसा करता हुआ एक विकराल ख़ूनी चेहरा। ड्राइवर का हाथ ढीला पड़ जाता है। गाड़ी टेढ़ी-मेढ़ी होती है, तिरछी होकर सड़क के किनारे की ओर भागती है। नीचे नाली नहीं, सिर्फ़ ऊबड़-खाबड़ ज़मीन है और सूखे खेत हैं। एक खेत की मेड़ से गाड़ी टकराकर खड़ी हो जाती है। गनीमत है कि ड्राइवर का हाथ ही ढीला पड़ा था, आदत की मज़बूरी से पैर ब्रेक पर छा गया था।

अभी जो सड़क वीरान थी, अचानक गाँववालों की भीड़ और शोर से मेले में बदल जाती है। सेठजी अभी चीख रहे थे, अब अधमरे-से सीट पर पड़े हैं। ड्राइवर भागकर बचने की तरक़ीब को असम्भव मानकर शहीदाना मुद्रा में ऊलजलूल आवाज़ें निकाल रहा है। इन आवाज़ों का मतलब है कि मैं बेकसूर हूँ। अचानक दो सिपाही भीड़ को फाड़ते हुए आगे आते हैं और उसे और सेठजी को थाने ले जाते हैं। पीछे-पीछे भीड़ है। थाना मुश्किल से आधा किलोमीटर पर है।

थाने में सेठजी को बैठने के लिए कुर्सी दी जाती है। वे जेब में हाथ डालकर थाना मुंशी को सवालिया निगाह से देखते हैं। जवाब में वह लेन-देन के इस सवाल को समझने से इनकार कर देता है, कहता है : दारोग़ाजी को आ जाने दीजिए। हैरत की बात यह है कि ड्राइवर को हवालात में नहीं फेंका जाता। उसे भी बाहर की बेंच पर बिठा दिया जाता है।

दारोग़ाजी आते हैं और आते ही वे सबसे पहले कुछ दूर जाकर गाँववालों से बात करते हैं। उसके बाद जीप पर आठ-दस लोगों को बैठाकर घटनास्थल पर पहुँचते हैं। वहाँ पुलिसवाले विंडस्क्रीन में फँसे मुर्दे और खेत में फँसी मोटर की पहले से रखवाली कर

रहे हैं। बड़े ही अनुशासनहीन शोरगुल के बीच दारोग़ाजी काफ़ी देर तक बड़े अनुशासित ढंग से मुर्दे का मुआयना करते हैं। अन्त में कहते हैं, "वही है।" तब रात का सन्नाटा गाँववालों की जय-जयकार से ध्वस्त हो जाता है। कोई आसमान को निशाना बनाकर, जश्न पूरा करने के लिए दुनाली बन्दूक से फायर करता है।

सवेरे जब एक बस को रोककर दारोग़ाजी सेठजी और ड्राइवर साहब को अपने साथ शहर ले जाने के लिए बैठाते हैं तब इन दोनों के गले में फूलमालाएँ पड़ी होती हैं। उनकी जय-जयकार हो रही है। उस इलाके का एक खूँखार डाकू है। उसे ज़िन्दा या मुर्दा पकड़ने के लिए सरकार ने बीस हज़ार रुपए के इनाम का ऐलान किया है। उसके कई साथी पुलिस की मुठभेड़ों में मारे जा चुके हैं। अरसे से पुलिस सरगर्मी के साथ उसकी तलाश करती रही है।

इत्तफ़ाक़ देखिए कि जो शख़्स अपनी साइकिल और जान गँवाकर इस वक़्त एक ऐम्बेसडर कार के विंडस्क्रीन में उलझा पड़ा है, वह यही डाकू है। सेठजी मुस्कुरा रहे हैं। ड्राइवर समझदारी का परिचय देते हुए गम्भीर है, मुस्कुरा नहीं रहा है। पर भीतर-ही-भीतर उसे भरोसा है कि इनाम का काफ़ी हिस्सा हड़प जाने पर भी दारोग़ाजी कुछ हज़ार रुपए उसके लिए छोड़ देंगे।

संसार में दुर्घटनाएँ नहीं होतीं, सिर्फ़ घटनाएँ होती हैं—कुछ मज़ेदार, कुछ उतनी मज़ेदार नहीं; ये फ़िलॉसफ़ी उस्ताद की है।

पर दूसरे दिन मुझे उस्ताद से फ़िलॉसफ़ी में नहीं, राजनीतिविज्ञान और समाजशास्त्र में सबक पाना है।

यह मेरी ट्रेनिंग का आख़िरी दिन है। उसके बाद मैं शराफ़त से अपने घर बैठूँगा और ड्राइविंग लाइसेंस शराफ़त से ही यानी एक हज़ार रुपए की अतिरिक्त फ़ीस के बूते पर, रिश्वत और दलालों की मदद के बिना, मेरे हाथ में आ जाएगा। प्रशिक्षणार्थी की हैसियत से आज मैं आख़िरी बार उस्ताद को अपने साथ कार की अगली सीट पर बैठाकर सड़क पर निकला हूँ। शाम के पाँच बजे हैं। सड़क शहर के बाहर की है पर दफ़्तर से लौटनेवालों ने इस वक़्त उसकी नाक में दम कर रखा है। मेरी भी नाक में दम है।

उस्ताद फ़िलॉसफ़ी का कोई नुक्ता-हज्ज़ाम और डेंटल सर्जन की सहलानेवाली आवाज़ में—मुझे समझा रहे हैं। मैं टकटकी लगाकर सामने देख रहा हूँ, घबराए मन से फिएट गाड़ी हाँक रहा हूँ।

तभी अचानक दूर से एक ख़ाकी वर्दीवाला हाथ मुझे रुकने का इशारा करता है। मेरे अध:पतन के लिए इतना ही काफ़ी है। मैं हड़बड़ाकर ब्रेक की जगह ऐक्सिलरेटर पर पाँव रख देता हूँ। कार रुकने के बदले हिरनी की तरह छलाँग लगाती है और जब तक मैं ब्रेक दबाऊँ, वह किनारे खड़ी एक गाड़ी के पीछे निरर्थक धक्का मारकर झटके से रुक जाती है। उस्ताद पर कोई असर नहीं, पर मेरी नाक से ख़ून निकलने लगता है। कमीज़ पर उसकी बूँदें टपक रही हैं। ख़ाकी वर्दीवाला दौड़ता हुआ हमारे

पास आता है। उसकी गालियों को अनसुना करके उस्ताद मुझसे कहता है, "घबराइए नहीं, नकसीर फूटने का मेरे पास बड़ा उम्दा इलाज़ है।"

हमें कोई ख़ाकी वर्दीधारियों ने घेर लिया है, सफेद पैंट और बुश्शर्ट में एक अफ़सर भी हमारे पास आ गया है। पता चलता है कि मेरी कार ने जिस पर अपना थूथन मारा था वह बड़ी गाड़ी रीज़नल ट्रांसपोर्ट अफ़सर की है। सामने सफ़ेद पैंट में खड़ा आदमी वही अफ़सर है। ख़ाकी वर्दीधारी लोग उसके सिपाही हैं। वे इस वक़्त गाड़ियों की चेकिंग के लिए निकले हैं।

मैं उन्हें अपना लर्नरवाला लाइसेंस दिखाता हूँ जिससे उनकी नाराज़गी घटती है और मेरी ख़ूनी नाक में दिलचस्पी बढ़ने लगती है। अचानक अफ़सर उस्ताद से उनके ड्राइविंग लाइसेंस की माँग करता है। उस्ताद बेरुखी से जवाब देते हैं, "मैं गाड़ी नहीं चलाता। मुझे लाइसेंस की क्या ज़रूरत?"

अफ़सर गाड़ी के आगे-पीछे लिखी हुई इबारत को पढ़ता है—द ग्रैंड मोटर ड्राइविंग स्कूल। पूछता है, "यह स्कूल कौन चलाता है?"

"मैं।"

"इस लर्नर की बगल में बैठकर उसे चलाना कौन सिखा रहा है?"

"मैं।"

"फिर भी आपके पास ख़ुद गाड़ी चलाने का लाइसेंस नहीं है?"

"नहीं।"

"तो फिर आप चलाना कैसे सिखाते हैं?"

उस्ताद अफ़सर को तरस के साथ देखते हैं, जैसे किसी मन्दबुद्धि बच्चे को समझा रहे हों, कहते हैं, "दोनों चीज़ें अलग-अलग हैं सर। मोटर ड्राइव करना एक चीज़ है, ड्राइविंग सिखाना दूसरी। पहली चीज़ के माहिर आप हैं, दूसरी चीज़ का माहिर मैं हूँ।"

अफ़सर का चेहरा मुरझाए गुलाबों के गुलदस्ते जैसा हो गया है। वह तीखेपन से बोलता है, "मुझे लगता है कि जब आप किसी को मोटर चलाना सिखाते हैं तो पहले उसे ख़ुद ड्राइव करके दिखाते होंगे। और यह बिना लाइसेंस के कैसे कर सकते हैं? मैं आपका चालान करूँगा।"

"कर दीजिए, पर आप साबित कैसे करेंगे कि मैं गाड़ी चलाना जानता हूँ?"

अफ़सर दबसट में है। कुछ देर वह उस्ताद की बात पर ग़ौर करता है फिर उसके मुँह से निकलता है : हा! हा! हा! हा! हा! हा! हा! हा! हमें यकीन नहीं होता पर यकीनन यह उसकी हँसी का नमूना है।

अपने को क़ाबू में लाकर अफ़सर अब अफ़सराना अन्दाज़ में पूछता है, "यानी कि ख़ुद गाड़ी चलाने की जरा भी तमीज़ नहीं और दूसरों को आप गाड़ी चलाना सिखा रहे हैं?"

"बेशक़ ज़नाब, आपने दुरुस्त फरमाया," उस्ताद अफ़सर की गाड़ी के बोनेट पर बाईं कुहनी टेक देते हैं और, जैसे नीचे बैठी जनता को लालकिले के ऊपर से सम्बोधित कर रहे हों, कहते हैं, "पर इससे आपको हैरत क्यों हो रही है? ऐसा तो आजकल सारे देश में हो रहा है। ख़ुद अपने को देखिए, आप संस्कृत में एम.ए. हैं पर मोटरों के महकमे के अफ़सर बन गए हैं। मैं एक करोड़पति को जानता हूँ। वह कुछ गुप्त रोगों से पीड़ित था। चिकित्साशास्त्र से उसका कुल मिलाकर यही रिश्ता था। वह अब एक प्राइवेट मेडिकल कॉलेज चला रहा है। मैं एक ऐसे शख़्स को भी जानता हूँ जो एक चुंगी चौकी पर नाकाबरदार था। यानी उसके सारे जीवन का कुल यही अनुभव था कि किस तरह सड़क के आर-पार शहतीर खींचकर सामने आती गाड़ी को रोक लिया जाए। आज वह एक राज्य में गृहमंत्री है और पुलिस कप्तानों को क़ानून और व्यवस्था के दाँवपेंच सिखाता है। सिर्फ़ भैंस चराकर आजकल मुख्यमंत्री हो जाते हैं और मुँह खोलकर 'भक्' से जैसे ही कोई आवाज़ निकालते हैं वही उनका नीति सम्बन्धी वक्तव्य बन जाता है। उन्हें भरोसा है, और इस बात की अकड़ भी, कि जो भैंस चरा सकता है वह राज्य के आठ-दस करोड़ इंसानों को भी चरा सकता है क्योंकि उधर भैंस है और इधर भेड़ें हैं। और आप उन्हें भी जानते हैं जिन्हें मिनिस्टरी तो दूर, ज़िला परिषद के अध्यक्ष की कुर्सी तक कभी नहीं मिली और वे अचानक देश के प्रधानमंत्री बन बैठे। आप भला मुझी से गाड़ी चलाने का लाइसेंस क्यों माँग रहे हैं? यहाँ से दिल्ली तक जाकर कहीं भी चेक कर लीजिए, प्रजातंत्र की गाड़ी चलानेवाले और उस्ताद बनकर उन्हें सिखानेवाले आपको जो भी मिलेंगे, मुझसे कतई बेहतर नहीं होंगे। इसके बावजूद अगर आप मेरा चालान करना चाहें तो ज़रूर कर दें। पर आगे आपको शिकायत नहीं होनी चाहिए कि मैंने पूरी बात नहीं बताई। इसलिए कहना पड़ता है कि मैं अनाथ हूँ। मैं उनमें से हूँ जिन पर मामूली क़ानून लागू नहीं होते। यानी मैं कोई जनता नहीं हूँ। मैं वी.आई.पी. हूँ। इत्तफ़ाक़ से आपके परिवहन मंत्री मेरे भतीजे हैं।"

इतना कहकर उस्ताद मेरी ओर देखते हैं और मेरी सवालिया निगाह का जवाब देते हैं, "जी हाँ। यह मेरा तीसरा भतीजा है। पर वह कभी ड्राइवर नहीं रहा। पहले वह बस कंडक्टर था, यूनियनबाज़ी के चक्कर में उसे नौकरी से हाथ धोना पड़ा। आख़िर में मरता क्या न करता, बेचारा मिनिस्टरी कर रहा है।"

अगली शताब्दी का शहर

काफ़ी उखाड़-पछाड़ के बाद वे अपने राज्य के मुख्यमंत्री बने। पर वे उसे जनादेश कहते थे। दो-चार दिन उन्हें सब कुछ अटपटा-सा जान पड़ा। पर जल्दी ही समझ में आ गया कि यह खेल भी बिल्कुल कबड्डी जैसा है, जिसे वे बहुत सालों तक खेल चुके हैं। 'डू डू डू डू' करते हुए आप दूसरों के पाले में अचानक कूद पड़ें तो घबराकर वे ख़ुद पीछे हटने लगेंगे। बस, इतना देखना है कि कोई आपको छू न पाए। और साँस बरकरार।

गलियों की कचरा संस्कृति में पककर उन्होंने इतना तो सीख ही लिया था कि चाहे जैसा काम हो उसे पूरा करके वे सही-सलामत निकल आएँगे। उनकी वजह से दूसरों की साँस भले उखड़ जाए, उनकी बरकरार रहेगी। कुछ ही दिनों में उन्हें इस खेल में मज़ा आने लगा। वे कितने गँवार थे, अपने को उससे ज़्यादा दिखने लगे। बातचीत भाँय-भाँय शैली में करने लगे। प्रेस ने, जिसे अब न जाने क्यों मीडिया कहा जाने लगा है, उन्हें तेज़-तर्रार बताना शुरू कर दिया। उनकी भाँय-भाँय को विकास की आतुरता का नाम दे दिया।

इसी आतुरता में, यानी एक दिन अपनी भाँय-भाँय शैली के विशिष्ट प्रदर्शन के दौरान, उन्होंने ऐलान किया : हमें एक आदर्श नगर बनाना है। यह एशिया की सबसे बड़ी आवासीय कॉलोनी होगी। यह अभी तक अमेरिका ही में चलता था। वहाँ कहते थे : यह रही संसार की सबसे ऊँची इमारत, यह संसार का सबसे बड़ा जलप्रपात। हमारे यहाँ संसार की जगह पर एशिया है : जैसे बम्बई में यह एशिया की सबसे बड़ी झोंपड़पट्टी, बम्बई से दिल्ली तक यह रहा एशिया का सबसे बड़ा शेयर घोटाला, या अब यह एशिया की सबसे बड़ी आवासीय कॉलोनी की परियोजना।

अब, परियोजनाओं का जन्म बाद में होता है, नामकरण पहले। इसलिए उन्होंने अपने आवास विभाग में सबसे बड़े अफ़सर को बुलाकर पूछा। जवाब किसी भी अफ़सर के लिए उतना ही आसान है जितना अमिताभ के बाद बच्चन या महात्मा के बाद गांधी लगाना। यह और बात है कि जहाँ तक नई सरकार में परियोजनाओं के नामकरण का सवाल है, महात्मा गांधी के दिन लद गए हैं। सारी परियोजनाएँ अब घूम-फिरकर एक ही ख़ानदान के तीन-चार नामों के गुबार में पटखनी खाकर चित पड़ी हैं। सो, इस अफ़सर ने भी उसी ख़ानदान के एक लगभग नाबालिग़ नाम का सहारा लिया और इनाम में मुख्यमंत्री की भाँय-भाँय शैली का एक नया प्रदर्शन देखा। उसे बताया गया

कि कॉलोनी का नाम 'विष्णु भगवान नगर' होगा।

सुनते ही कई चापलूस, जो बुद्धिजीवी नहीं थे, मुख्यमंत्री की भगवद्-भक्ति पर मुग्ध होकर मूर्च्छित हो गए। जो बुद्धिजीवी थे, और इस कारण धर्म को संस्कृति कहने के आदी थे, मुख्यमंत्री के संस्कृति-प्रेम पर पागल हो गए। यह पता बाद में चला कि ये विष्णु भगवान क्षीरसागरवाले नहीं हैं, विष्णु भगवान मुख्यमंत्री के बाप का नाम है। तब सभी चापलूस, एक साथ 'वाह-वाह' करने लगे। कहा भी है, पिता धर्म है, पिता कर्म है, पिता ही परमपद है...।

देखते-देखते ऊँचे अफ़सरों की एक समिति बना दी गई—विष्णु भगवान नगर परियोजना समिति। उनका काम था परियोजना की पूरी योजना बनाना, नए शहर के लिए जगह का चुनाव करना, फिर उस जगह पर दो साल में नया शहर बना देना। पर सबसे बड़ा काम था बिल्ली के गले में घंटी बाँधना, यानी कॉलोनी के लिए रुपए की व्यवस्था करना। पर यही काम सबसे ज़्यादा आसान साबित हुआ क्योंकि सरकारी परियोजनाओं के लिए उधार पर रुपया समेटना ही सबसे आसान काम है। और फिर इस समिति में एक ऐसा भी अफ़सर था जिसकी एक टाँग कई सालों से यहाँ थी और दूसरी टाँग वाशिंगटन में। और दोनों के बीच विश्व बैंक था।

कभी विष्णु भगवान के अवतार श्रीकृष्ण ने पश्चिम समुद्र में द्वारकापुरी का निर्माण कराया था (आज कराते तो उसका नाम वसुदेवपुरम् होता)। उसके लिए कृष्ण ने विश्वकर्मा को पूरा-पूरा, यानी 'टर्न की बेसिस' पर, निर्माण का ठेका दिया था। ज़मीन के लिए उन्होंने समुद्र को हुक्म दिया था कि सिकुड़कर वह बारह योजन यानी एक सौ चौवन किलोमीटर ज़मीन छोड़ दे। रुपए के लिए तब विश्व बैंक नहीं था; पर कुबेर थे। उनके निधिपति शख को बुलाकर मनमानी रकम ली गई थी। यहाँ तक कि मरुत् देवता से कहा गया था कि अमरावती से इन्द्र के सभा-भवन को, जिसका कि नाम सुधर्मा था, उड़ा लाओ और द्वारका में स्थापित कर दो। यह कथा द्वापर युग की है, पर साबित करती है कि बिना हर्रा और फिटकरी, बड़े-बड़े शहर बसा डालने की तरक़ीब हमें प्राचीन काल से आती है। अब तक हम समुद्र से ही नहीं, समुद्र पार के लोगों से भी मनमानी रकम खींचने में सिद्धहस्त हो गए हैं।

भगवान विष्णु नगर परियोजना का नामकरण हो जाने के बाद अख़बारों में इस विराट आयोजन पर ऐसा मीडिया-विस्फोट हुआ कि कुछ दिनों तक जनता चकाचौंध बनी रही और मुख्यमंत्री की तस्वीर में उनके बाप की और बाप की तस्वीर में मुख्यमंत्री भी झिलमिल आभा देखती रही। उधर परियोजना समिति ने नए शहर के लिए जगह ढूँढ़नी शुरू कर दी। चूँकि हर परियोजना को राजधानी में घुसेड़ने की कोशिश की जाती है, इसलिए समिति ने पहले राजधानी से सटे हुए एक लम्बे-चौड़े क्षेत्र का मुआयना किया। तभी मुख्यमंत्री ने उन्हें बताया : बिष्णु भगवान नगर वहीं बनेगा जहाँ विष्णु भगवान का जन्म हुआ था। समिति का काम आसान हो गया। वह मुख्यमंत्री के पैतृक गाँव के दौरे पर निकल पड़ी। इत्तफ़ाक़न गाँव से मिला लम्बा-चौड़ा बंजर क्षेत्र समिति को दिख गया।

पहले सदस्य ने कहा, "यह बंजर हमारे नए नगर के लिए सर्वथा उपयुक्त प्रतीत होता है।" ('सर्वथा उपयुक्त प्रतीत' कहकर उसने अपने सहकर्मियों को गौर से देखा पर इस खाँटी सरकारी हिन्दी का उन पर कोई ख़ास असर नहीं दिखा।) "किसी भी सरकारी आवासीय योजना की पहली शर्त है कि वह 'कहीं नहीं' लगाई जाए। यह बंजर इस शर्त को बख़ूबी पूरा करता है।"

"पर इस बंजर में एक भी पेड़ नहीं हैं," दूसरे सदस्य ने एतराज किया।

पहला सदस्य बोला, "कोई फ़र्क़ नहीं पड़ता। हम परियोजना स्थल पर वृक्षारोपण का कार्यक्रम चलाएँगे ही।"

"नहीं-नहीं, मेरा एतराज कुछ और है। हर नई आवासीय योजना में हमें कुछ पुराने बाग़-बगीचे उजाड़ने चाहिए। चाहिए कि नहीं? उसके बाद नए पेड़ तो लगाने ही हैं। परन्तु पहले उजाड़ने के लिए पुराने बाग़-बगीचे यहाँ कहाँ हैं?"

समिति के अध्यक्ष ने गम्भीरता से सिर हिलाया, कहा, "यह तो है। परियोजना का शुभारम्भ कैसे होगा?" बड़ा सोच-विचार हुआ। तब तीसरे सदस्य ने कहा, "यह ज़मीन कितने किसानों की है।"

"यही तो अच्छाई है," पहले सदस्य ने कहा, "यह ज़मीन किसानों की नहीं, गाँव-सभा की है।"

तीसरे ने उसे हैरत से देखा, "इसे आप अच्छाई कहते हैं?"

पहले सदस्य की समझ में कुछ नहीं आया। उसे घुग्घू की तरह ताकते देखकर तीसरे सदस्य ने समझाया, "भाई, इस कॉलोनी में कम-से-कम पचास हज़ार लोग आकर रहेंगे, उसके लिए क्या हम पाँच सौ किसानों को भी तबाह नहीं करेंगे?" उसने अध्यक्ष से कहा, "महोदय, मैं ऐसे स्थल के कतई ख़िलाफ़ हूँ जिसे अर्जित करने के लिए एक भी किसान को बेदख़ल न किया जा रहा हो।"

अध्यक्ष बोले, "मैं आपसे पूर्णतः सहमत हूँ।"

अब बस अड्डे, स्कूल, पार्क, अस्पताल, बाज़ारों आदि की स्थापना के बारे में शुरुआती बातें शुरू हुईं, किसी ने पुलिस थानों और चौकियों की भी बात उठाई। तभी एक सदस्य ने कहा, "और माफ़िया के लिए क्या किया जाएगा?"

"माफ़िया? क्या मतलब?" दूसरे सदस्य ने पूछा। पहले सदस्य ने कहा, "हम इतना बड़ा शहर बसाने जा रहे हैं। छोटे-मोटे चोर-उचक्के तो अपने आप निकल आएँगे, पर जब तक दो-चार बड़े माफ़िया सरदारों और उनके गिरोहों को कुछ मूलभूत सुविधाएँ न दी जाएँ, वे अपने आप थोड़े ही आएँगे!"

अध्यक्ष ने मुस्कुराते हुए कहा, "उसकी फ़िक्र छोड़िए। जिनके पिता के नाम पर यह शहर बसाया जा रहा है, आप उन्हें क्यों भूल रहे हैं?

यह एक सुनियोजित परियोजना थी; इसलिए उसके विभिन्न मुद्दों पर सदस्यगण

अब अललटप बातें करने लगे थे। एक ने कहा, "पहले हम लोग जानवरों के बारे में क्यों न सोच लें!"

अध्यक्ष बोले, "मुझे याद पड़ता है कि मैंने इस गाँव में कुछ भैंसें देखी थीं। इसका सर्वे करा लें। आसपास के गाँवों में, जो इसी शहर के पेटे में आ जाएँगे, कितनी भैंसें होंगी?"

दूसरा सदस्य बोला, "काफ़ी बड़ी तादाद होगी। पर मैं कहता हूँ, क्या आवारा कुत्तों से काम नहीं चल सकता?"

"जी नहीं, हरगिज़ नहीं," पहले सदस्य ने कुछ ऐसे तीखेपन से कहा जैसे उनकी इज़्ज़त को चुनौती दी गई हो, "यह नए शहर की अस्मिता का प्रश्न है। सड़क पर मन्थर गति से चलती हुई भैंसों के हुज़ूम जब तक सारा ट्रैफिक न रोक लें, किसी अच्छे भारतीय शहर की अस्मिता कैसे स्थापित होगी?"

जवाब किसी ने नहीं दिया। एक बुज़ुर्गवार मत्थे पर शिकन डाले, आँखें दबाकर किसी प्रश्न पर गहराई से सोच रहे थे। सहसा वे ज़ोर से बोले, "और सूअर?"

अध्यक्ष महोदय अचकचा गए, बोले, "सूअर? कैसे सूअर?"

उस सदस्य ने कहा, "हर नई आवासीय योजना में सड़कों पर घूमने के लिए, खुले फाटक से मकानों के अन्दर घुसने के लिए, नालियों में लोटने के लिए सूअर चाहिए कि नहीं? इंसिफिलाइटिस फैलाने के लिए कोई इन्तजाम सोचा है?"

एक सदस्य ने सहमति में सिर हिलाया, कहा, "हाँ, सूअरों का होना तो लाज़मी है। मैं भी एक नई आवासीय कॉलोनी में रहता हूँ। वहाँ अभी बहुत-से मकान नहीं बने हैं, सड़कें भी अधूरी हैं। पर सूअर पहले ही आ गए। कोई कह रहा था कि वहाँ आदमियों और सूअरों का अनुपात एक और तीन का है।"

अध्यक्ष सोचते रहे; फिर बोले, "इस नए शहर में हम लोग भी तो बँगले बनवाएँगे। हममें से कई लोग रिटायर होकर वहाँ रहेंगे भी। इससे क्या समस्या का कुछ समाधान नहीं निकलेगा?

बया और बन्दर की कहानी : एक रिसर्च स्कॉलर की ज़बानी

एक जंगल में एक बया[1] रहता था। उसने एक बबूल की कँटीली डाल पर अपना घोंसला बना लिया था। इधर-उधर से तिनके बटोरकर यह घोंसला बनाया गया था। कँटीली डाल पर अपने शान्त और सुखी घोंसले में बया अपनी पत्नी के साथ सानन्द जीवनयापन करता था।[2]

---

1. "बया एक चिड़िया का नाम है।" देखिए 'अवर बर्ड्स' लेखक पी. स्मिथ, (पृ. 123)। "वह जंगल में रहती है और बस्ती में भी।" (वही, पृ. 124)। "चिड़िया वह है जिसके पैर भी हों और पंख भी।" (वही, पृ. 12)। "मनुष्य के पैर ही होते हैं, पंख नहीं।" (पृ. 13)। "चिड़िया चिड़िया है। आदमी आदमी। केवल उल्लू एक ऐसा है जो दोनों कोटियों में होता है।" (वही, पृ. 14); साथ ही देखिए, श्री केशवचन्द्र वर्मा की "एक ईसपनुमा कहानी।"
   इस बाल-कथा में आख्येय बया के वन में निवास करने का एक रहस्य है। मानवीय जीवन से व्यतिरिक्त परिस्थितियों में बया को रखकर उसमें जिन गुणों का समावेश किया गया है, उससे यही साध्य है कि मानव जाति में वे गुण क्षीण हो चुके हैं। यदि बया का निवास-स्थान वन न होकर कोई वाटिका होती तो सम्भवत: मानवीय क्षेत्र से प्रचलित झूठ, बेईमानी, छल, कपट, प्रपंच आदि स्वाभाविक मानवतत्त्व बया में समाविष्ट हो जाते। (देखिए, पक्षीमनोविज्ञान, पृ. 3)
2. इसी परिस्थिति को ध्यान में रखकर डॉ. एम.एस. गुप्त, एम.पी. ने 'पंचवटी' में लिखा है :

   जितने कष्ट कंटकों में हैं
   जिनका जीवन सुमन खिला।
   गौरव गन्ध उन्हें उतना ही
   यत्र-तत्र-सर्वत्र मिला।

   बया के इस प्रकार के जीवन से उत्तरकालीन छायावादी कवियों ने (अर्थात् सन् 1937 से सन् 1941 के दीर्घ काल में एक नई साहित्यिक परम्परा कायम करनेवाले ने) एक ऐसे जीवन-दर्शन की कल्पना की थी जिसमें एकान्त-कानन, शान्तनिशीथिनी, निभृत-नीड़, प्रेम, प्रेयसी आदि का समावेश हुआ था और जो मानवीय तृष्णाओं से परे ले जाकर एक शान्त सुस्थिर वातावरण में बिताने की राह दिखाता था।
   "यह बयामार्गी दर्शन फारस से चला था। उमर ख़ैयाम की रुबाइयों के भ्रष्ट अनुवाद के सहारे यह रोमांटिक रिवाइवल के कवियों की वाणी में पनपा। बाद में वह बंगाल के रास्ते हिन्दी-साहित्य में आया। आलोचक इस दर्शन को अभारतीय मानते हैं किन्तु यह ध्यान में रखने की बात है कि बया शुद्ध भारतीय चिड़िया है और बयामार्गी दर्शन शुद्ध भारतीय दर्शन है।" (यह बात लेखक स्वयं कह रहा है पर चूँकि वह चाहता है कि इसका उपयोग विद्वानों द्वारा दर्शन-शास्त्र के किसी इतिहास में हो, अत: उसे उल्टे अर्धविरामों (इन्वर्टेड कामाज) में बाँध दिया गया है।)

बया के कुछ अंडे-बच्चे भी थे जो उसी घोंसले में शान्ति के साथ पड़े सोया करते थे।

इस प्रकार रहते-रहते माघ का महीना आया। पाला गिरने लगा। पछुआ ज़ोर से बहने लगी। शीत और तुषार के मारे हाथ-पैर ठिठुरने लगे। बबूल के पीले फूल झर गए। उसकी बीजदार फलियाँ कड़ी पड़ गईं। उसकी शाखाएँ और भी काली हो गईं। तने में चिपका हुआ गोंद सूख गया। उसमें दातून लायक कोमल लकड़ी का मिलना भी कठिन हो गया। उसके काँटे तक सड़ गए। परन्तु बया आनन्दपूर्वक, सपत्नीक, सन्तान सहित, अपने शान्तिमय घोंसले में जीवनयापन करता रहा।[1]

सहसा एक दिन बादल घिर आए। हवा और ज़ोर से बही। बिजली चमकी। और ओलों की एक भयंकर बौछार के बाद पानी वेग के साथ गिरने लगा। चारों ओर अँधेरा छा गया। जंगल की भयानकता बढ़ गई।[2]

जब बिजली चमकी तो बया ने अपना सर घोंसले से बाहर निकाला।[3] उसने देखा कि घोंसले से कुछ ही दूर एक बन्दर बैठा हुआ है।[4] बन्दर बिना किसी सहारे के पेड़ की डाल पर चुपचाप घुटने में मुँह छिपाए बैठा था। पानी की बूँदें तेज हवा के कारण

---

1. बयामार्गी दर्शन में इस प्रकार के आचरण से बाह्य प्रकृति की हीनता सिद्ध की गई है। बयामार्गी के लिए आवश्यक है कि वह अपने शान्त निभृत-नीड़ में सानन्द पड़ा रहे, उस नीड़ का आधार भले ही अनेक परिस्थितियों में विनाश की ओर जा रहा हो। बाह्य परिस्थितियों की विषमता बयामार्गी की निभृत-नीड़-प्रियता को आघात नहीं पहुँचा सकती। (देखिए, एस. लाल का 'प्रकृति और पलायनवाद', पृ. 305)

2. देखिए 'वर्षा वर्णन', 'पद्मावती का विरह' (पद्मावत, एम.एम. जायसी द्वारा लिखित।) साथ ही देखिए, 'वर्षा वर्णन' (टी. दास द्वारा लिखित 'रामचरितमानस' के किष्किन्धा-कांड में।) बयामार्गी-दर्शन में वर्षा, करकापात आदि बाह्य परिस्थितियों को विषमता का द्योतक माना गया है। क्योंकि वर्षा में बया अपने निभृत-नीड़ के लिए तिनके चुनकर नहीं ला सकता। मानवीय जीवन में वर्षा का क्या महत्त्व है, इस विषय में मतभेद है। परन्तु यह सब मानते हैं कि वर्षा का महत्त्व साधारण नहीं है। (देखिए, 'प्रकृति और पलायनवाद', पृ. 510, साथ ही देखिए 'ए सर्वे आन इंडियन ऐग्रिकल्चर', पृ. 203)

3. कभी-कभी बयामार्गी बाह्य परिस्थितियों का आनन्द लेने के लिए अपनी स्थितियों से ऊपर सर उठाता है। पर वह अपनी स्थितियों में इतना अभिभूत होता है कि उसे अन्य परिस्थितियाँ कौतुकजनक तथा विचित्र-सी जान पड़ती हैं। (देखिए, वही 'प्रकृति और पलायनवाद', पृ. 550)

   "बया के घोंसले का दरवाज़ा नीचे से होता है। अत: बया जब सर बाहर करके कुछ देखना चाहेगा तो उसे सब कुछ उल्टा दिखाई पड़ेगा।"

   (प्लूटार्क लिखित 'पशु-पक्षियों की विचित्र बातें', पृ. 203, छठा संस्करण।)

4. "बन्दर दो स्थितियों का प्रतीक है : एक तो मनुष्य की आदिम संस्कृति का, दूसरे प्रकृति में जो कुछ भी क्षिप्र, चंचल और हानिकारक है उस सबका।" (रिसर्चेज़ इन ऐन्थ्रपॉलजी, एजुकेशन ब्यूरो मैगजीन, ऐनुअल नम्बर, पृ. 201)

   बन्दर में मानवीय संस्कृति के तथा प्रकृतिजन्य संस्कारों के सभी तत्त्व एक साथ मिलते हैं। शायद इसीलिए उसका सामना बया से कराया गया है जो बयामार्गी दर्शन का प्रवर्तक है।

तिरछी होकर उसके शरीर पर पड़ रही थीं। वह सर्दी से काँप रहा था। बया को उस पर दया आ गई।[1] उसने बन्दर से कहा, "ऐ भाई[2], तुम क्यों इस घोर वर्षा में कष्ट उठा रहे हो? तुमने शायद मेहनत करके अपना घर नहीं बनाया।[3] इसी कारण तुमको इतना कष्ट हो रहा है। देखो, हमने कितना सुन्दर घोंसला बना लिया है।[4] इसी से हम इस बरसात और जाड़े में भी सुखी हैं। तुम भी अगर आलस त्याग कर अपना घर बना डालो तो तुम्हें इस भयंकर ऋतु का कष्ट न झेलना पड़े।[5] ऐ भाई, साहस और पुरुषार्थ से काम लो।"[6]

बन्दर को न जाने क्या सूझा कि वह दाँत निकालकर घोंसले पर झपटा।[7] उसने आया के अंडे तोड़ डाले। उसका घोंसला उजाड़ दिया।[8]

---

1. "बयामार्गी को अपने निभृत-नीड़ में बैठे-बैठे बाह्य परिस्थितियों से आक्रान्त जन्तु पर प्रायः दया आ जाती है। दया से उसके मन में संवेदना उत्पन्न होती है। संवेदना से समझ आती है। समझ से वाद निकलते हैं। वाद से विवाद निकलते हैं। विवाद से बयामार्गी के मन में निभृत-नीड़ के प्रति और भी आस्था बढ़ती है।"
   "बयामार्गी राजनीति में आरामकुर्सीवादी, कला में पलायनवादी, साहित्य में साधनवादी, दर्शन में आस्थावादी, छाया में प्रकाशवादी और प्रकाश में छायावादी होता है।" (देखिए, सुभाषित संचय)
2. इसी परम्परा से फ्रांस की राज्य-क्रान्ति में मातृत्व का सिद्धान्त स्वीकार हुआ जिसकी चरम परिणति नैपोलियन के शासन काल में हुई। "भाइयो और बहनो!" "प्यारे भाइयो!" की चलताऊ चीज़ों से लेकर 'वसुधैव कुटुम्बकम्' की भावना का उद्वेग इसी सम्बोधन से निकला है।
3. "बयामार्गी दूसरे के कष्ट को अपने कष्ट की माप से नापता है। चूँकि उसके पास एक निभृत-नीड़ है, अतः वह दूसरे के कष्ट का अन्दाज उसके बेघरबार होने में ही कर सकता है।"
4. दूसरों से संवेदना प्रकट करने में यह आवश्यक है कि संवेदी संवेद्य के स्तर पर आए। किन्तु बयामार्गी अपने कृतित्व का डंका पीटकर दूसरे अकृती के प्रति संवेदना प्रकट करता है।
5. दूसरे को उपदेश देना बयामार्गी का जन्मगत अधिकार है। वह स्वयं घोंसले में रहते-रहते दूसरों को घोंसलावादी बनाना ही अपना परम कर्तव्य मानता है।
6. बयामार्गी साहस और पुरुषार्थ में इसीलिए इतनी आस्था रखता है कि उसे साहस और पुरुषार्थ दिखाने का अवसर कभी नहीं मिलता। स्वभावजन्य संचय-वृत्ति को ही वह साहस और पुरुषार्थ मानता है।
7. यह अनावश्यक और मौखिक सहानुभूति के मुकाबले कष्ट में पड़े हुए दुःखी और विकृत मन का पुरुषार्थ मात्र है।
8. "जब दुःखी मन और कुछ नहीं कर पाता तो उसे असहायता की स्थिति से उन्माद उत्पन्न होता है। उन्माद में कुछ भी प्रोत्साहन मिलने पर यह अप्रिय वस्तुओं का विनाश प्रारम्भ कर देता है।" (देखिए, 'सुभाषित संचय')

बया घबराहट में कुछ और न करके चीखने लगा। उसका घोंसला उजड़ गया और वह अपनी पत्नी के साथ दुखी होकर उजड़े हुए घोंसले पर शोक प्रकट करता रहा।[1]

सच है, नीच को कभी अच्छी सलाह नहीं देनी चाहिए।[2]

---

1. बन्दर, जैसा कहा गया है, बाह्य परिस्थितियों का प्रतीक है। उसके द्वारा अपने निभृत-नीड़ के नष्ट होने पर बयामार्गी शोक प्रकट करता है। उर्दू में इस शोक-प्रकाश पर अनेक कविताएँ लिखी गई हैं। देखिए, 'जिगर' का "इसी चमन में हमारा भी एक जमाना था। यहीं कहीं कोई छोटा-सा आशियाना था।" ऐसी कविताएँ सदा लिखी गई हैं और लिखी जाएँगी।
2. यह कहानी तभी लाभप्रद हो सकती है, जब कौन नीच है और कौन नीच नहीं है, इस भेद को समझ लिया जाए।
   देखिए, 'महाभारत' - "नापृष्टः कस्यचिद् ब्रूयात्।"
   अर्थात् जब तक कुछ पूछा न जाय तब तक कुछ न बोले।
   बयामार्गी ने इस नेक सलाह का पालन नहीं किया। इसी से वह दु:ख को प्राप्त हुआ। बयामार्गी ऐसे ही कारण से दु:ख को प्राप्त होता है।

ग्रन्थ-विषयक टिप्पणी :
इस लेख में दिए गए जो ग्रन्थ आपको प्राप्त न हों उन्हें आप अप्राप्य समझें।

कुत्ते और कुत्ते

बाज़ार में आजकल हिन्दुस्तानी-अंग्रेजी में लिखी हुई बहुत सी किताबें आ गई हैं जो कुत्तों के—असली कुत्तों के—बारे में हैं। 'डाग केयर बाई ए डाग-लवर', 'शेफ़र्ड डाग्स ऑफ़ जर्मनी, बाई ए डाग-लवर', 'ऑफ़ डाग्स ऐंड बिचेज़, बाई ए डाग-लवर' आदि।

डॉग-लवर का असली नाम जी. प्रसाद है, जिसका असली रूप घिर्राऊ प्रसाद है। वे सीधे-सादे, भोले-भाले आदमी हैं। 'वक्त से जगे और वक़्त से सोये; वक़्त से हँसे और वक़्त से रोये।' कभी गोश्त नहीं खाया, कभी शराब नहीं पी। रोज़ दो घंटे पूजा करते हैं, एक ज्योतिषी स्थायी तौर पर पाले हुए हैं, साल में दो-चार महीने के लिए एक बाबा भी पाल लेते हैं, आधुनिकता के नाम पर उन्हें अंग्रेजी बोलनेवाली बीवी, एक अच्छे दर्ज़ी का सम्पर्क, मोटे शीशे का चश्मा और बवासीर-भर मिला है।

वे, पता नहीं क्यों और कैसे, इन्कमटैक्स के महकमे के ऊँचे अफ़सर हैं। इस सबके साथ, और इस सबके पहले (या इतिहास की दृष्टि से, इस सबके बाद) वे कुत्तों के विशेषज्ञ हैं।

उनके पुराने साथी जानते हैं कि आज से दस साल पहले वे सिर्फ़ अपने दफ़्तर की बात करते थे; या अपने ससुर की, जो रेलवे में ऊँचे ओहदे पर हैं और जिनका वक़्त ज़्यादातर लोगों को झाड़ने में ख़र्च होता है। ("डैडी को आप जानते नहीं, रेलवे बोर्डवालों को वहीं खड़े-खड़े झाड़ दिया!") पर उसके बाद वे अचानक कुत्तों की बात करने लगे और 'डॉग-लवर' बन बैठे।

बात कुछ इस तरह से शुरू हुई :

उनके बँगले में कुछ दिनों से एक पड़ोसी का कुत्ता आने लगा था। प्रारम्भिक अवस्था में बहुत प्यारा लगता था। पता नहीं क्यों, पड़ोसी ने उसे अपनी दासता से छूट दे दी थी। इसीलिए ताज़े-ताज़े स्वतंत्र हुए बहुत से देशों की तरह उसकी हालत बिगड़ रही थी। बिगड़ती हालत के सबूत में वह एक पैर से लँगड़ाने लगा था। बाद में, तस्वीर मुकम्मल करने के लिए, उसके जिस्म पर एकाध ऐसे धब्बे प्रकट होने लगे—शायद कुसंग से या भुखमरी से—जिन्हें, यदि वह कोई विकासशील देश होता तो अन्तर्राष्ट्रीय जगत् में दिखाकर बाहर से गेहूँ ज़रूर माँग सकता था। पर सिर्फ़ कूँ-कूँ करके कोई कुत्ता एक देश नहीं बन सकता, जैसे कि कोई देश दिन-रात निकम्मेपन और कूँ-कूँ करने का अभ्यास कर भी कुत्ता नहीं हो सकता। अत: यह कुत्ता, पड़ोसी के घर से श्री जी. प्रसाद के बँगले में आकर नियमित रूप से कूँ-कूँ करने और उनकी लॉन पर

प्लेग के चूहे की तरह कई गोल-गोल चक्कर लगाने के बावजूद, उनके यहाँ से रोटी का एक टुकड़ा तक नहीं खींच सका। कुत्ते और मि. प्रसाद के बीच 'अपरिचित का विन्ध्याचल' खड़ा रहा, उपेक्षा का ब्रह्मपुत्र लहराता रहा। ऐसी उपेक्षा किसी विकसित और विकासशील देशों के बीच होती तो एक अन्तर्राष्ट्रीय तनाव का कारण बन सकती थी।

धीरे-धीरे उसके धब्बों में इज़ाफ़ा होने लगा, बाल झड़ने लगे, लँगड़ापन बढ़ने लगा। फिर भी उसकी ओर श्री जी. प्रसाद मुखातिब नहीं हुए। तभी अचानक एक दिन एक नौजवान व्यापारी ने उनके अपरिचय के विन्ध्याचल में सुरंग लगा दी।

यह नौजवान व्यापारी अपने बाप की तरह गद्दा-मसनद, 'श्री लक्ष्मीजी सदा सहाय', पेंचदार पगड़ी, गौ-ब्राह्मण की सेवा और भंग-ठंडई के वातावरण की उपज तो ज़रूर था, पर 'माडरेन' हो जाने की वजह से उसके घर पर कुत्तों को छूकर नहाने की मजबूरी न थी। उसके दफ़्तर में मेज़-कुर्सियाँ, शीशे की दीवारें, इंटर-कॉम आदि का प्रवेश हो चुका था और उसे मालूम था कि अफ़सरों के यहाँ फूल-पौधों, पिछली रात क्लब में सुनी गई क़व्वालियों, बाबा-बेबी की अंग्रेजी कविताओं, क़ब्ज़ियत की दवाओं, पपलू और फ़्लश के दाँव-पेंचों, फ़ौज से कम क़ीमत पर उड़ाई गई स्कॉच व्हिस्की की बोतलों, "ज़माना बड़ा ख़राब लगा है" और "ईमानदार की मौत है" की तोतारटन्त आवृत्तियों और बँगले की पालतू बिल्लियों और कुत्तों की बात करने से उसे घर पर आदमी शुमार किया जाएगा। अत: श्री प्रसाद इस नौजवान व्यापारी से मिलने के लिए जब बँगले से निकलकर लॉन की तरफ़ आए तो उन्होंने उसे इस कुत्ते को पुचकारते हुए पाया। उसके बाद जब पारस्परिक अभिवादन और "ज़माना बड़ा ख़राब है" और "ईमानदार की मौत है" का आदान-प्रदान हो चुका और दोनों लॉन में पड़ी हुई कुर्सियों पर बैठ गए, तो नौजवान व्यापारी ने अपनी बात रोककर कुत्ते को फिर पुचकारा और कहा कि यह पेडिग्री वाला कुत्ता है। श्री प्रसाद ने कुत्ते को पहली बार ग़ौर से देखा और उनका जी घिना गया; जवाब में उन्होंने बताया कि डैडी—यानी ससुर के—यहाँ बहुत बड़े-बड़े कुत्ते पले हैं और उनके बँगले पर तख़्ती लगी है कि कुत्तों से होशियार रहो। नौजवान व्यापारी चुटकियाँ बजा-बजाकर कुत्ते को रिझाता रहा। पर वह इस प्रोत्साहन से लाभान्वित होने से इनकार करता रहा। आख़िर में नौजवान व्यापारी ने कहा कि यह बीमार मालूम होता है, इसे अस्पताल ले जाना पड़ेगा, और आपको एतराज़ न हो तो मैं ख़ुद मोटर पर ले जाकर इसे डॉ. हाफ़िज़ को दिखा दूँ, क्योंकि शहर में इस वक़्त वही कुत्तों की बीमारी के ऐक्सपर्ट हैं और मि. टंडन, हजेला, शुक्ला, मिश्रा, वेदी, द्विवेदी, त्रिवेदी, चतुर्वेदी के और मेरे कुत्तों का वही इलाज करते हैं।

जवाब में मि. प्रसाद ने भूमिका के तौर पर कहा कि डैडी के कुत्ते बड़े तगड़े हैं। और कभी बीमार नहीं पड़ते। इसके बाद उन पर सच्चाई का दौरा पड़ गया। उन्होंने फूहड़पन से कहा, "आप इस कुत्ते को जितना चाहें, प्यार करें, पर यह कुत्ता मेरा नहीं है।"

सट्टेबाज़ी चेहरे की मांसपेशियों को क़ाबू में रखने की आदत डलवा देती है। व्यापारी के मन को धक्का लगा पर उसने पहले की तरह उत्साह से कहा कि यह आपके बँगले में रहता है तो चाहे आपका हो या किसी और का, इसे बँगले की हैसियत से ही रहना पड़ेगा।

इसके बाद कुत्ते का कायदे से इलाज शुरू हो गया। देखते-देखते वह विकासशील देशों की तरह पनपने लगा। बाहरी लोग आ-आकर उसे सेहत के सर्टिफ़िकेट देने लगे। यहाँ तक कि मि. प्रसाद ने कुछ दिन बाद कुत्ते को अपना लिया, बच्चों ने उससे खेलना शुरू कर दिया और व्यापारियों के गुट में कुत्ता एक ऐसे मज़मून के रूप में शुमार कर लिया गया जिस पर उनसे "ज़माना ख़राब है" और "ईमानदार की मौत है" के बाद, अगर डैडी का ज़िक्र न आ गया, तो बात की जा सकती थी।

पर एक दिन वह कुत्ता मि. प्रसाद के बँगले के सामने ही एक व्यापारी की मोटर से कुचलकर मर गया। उस व्यापारी का व्यापार तो पुराना था, पर अमीरी नई थी। इसलिए वह ख़राब तस्वीरें और ग़लत गानों के रिकॉर्ड ख़रीदता, ज़रूरत से ज़्यादा शानदार कपड़े पहनता, बिना किसी घनिष्ठता के ऊँचे अफ़सरों और नेताओं को शुरू के नाम से पुकारता, ठीक से खेलना न जानते हुए भी रोज ब्रिज खेलता, बहुत जल्दी नशे में आ जाने के बावजूद मनमानी शराब पीता और ठीक से चलाना न जानते हुए भी अपनी मोटर ख़ुद चलाता। इसलिए जिस वक़्त वह अपनी मोटर पीछे की ओर चलाते हुए श्री जी. प्रसाद के बँगले से निकला, उसी वक़्त यह कुत्ता गाड़ी के चपेट में आ गया और आते ही 'हैपी हंटिंग ग्राउंड्स' में पहुँच गया।

मि. प्रसाद को स्वाभाविक था कि दुःख हो। वही व्यापारी के लिए भी स्वाभाविक था; यह भी स्वाभाविक था कि व्यापारी किसी भी नुक़सान को पूरा न होनेवाला नुक़सान न माने। इसलिए उसने एक वैसा ही, बल्कि उसने भी उम्दा कुत्ता ख़रीदा और उसे मि. प्रसाद के सामने क्षमायाचना के साथ, मुआवज़े के तौर पर, पेश किया। उन्होंने उसे भले आदमी की तरह स्वीकार किया।

उधर शहर के व्यापारियों में इस दुर्घटना की ख़बर फैल गई थी। इसलिए दूसरे एक व्यापारी ने आकर उन्हें बताया कि मेरी कुतिया ने अमुक वंश के पिल्लों को जन्म दिया है और उनमें से एक पिल्ला आपका है। दूसरे व्यापारी की कुतिया ने चमुक वंश के पिल्लों को जन्म दिया था। तीसरे, चौथे, पाँचवें, छठे और सातवें व्यापारी की कुतिया ने क्रमशः तमुक, दमुक, बमुक, लमुक और हमुक वंश के पिल्ले पैदा किए थे। अतः उन सभी व्यापारियों ने उन्हें एक या दो या तीन पिल्ले पेश किए और वे उन्हें अपनी स्वाभाविक उदारता से स्वीकार करते गए।

दान लेने से दान देने का जोश बढ़ा। जब उनके पास दर्जनों कुत्ते हो गए तो वे उन्हें अपने दोस्तों में—खासतौर से दूसरे शहरों के दोस्तों में बाँटने लगे। दूर-दूर ट्रंक-कॉल करके वे अपने दोस्तों को बताने लगे कि भाई साहब मेरे पास एक अमुक पिडिमी का कुत्ता आया है और ज़रूरत हो तो आपके पास भेज दूँ। इस तरह इस शहर से श्री जी.

प्रसाद की मार्फ़त कुत्ता-निर्यात का काम शुरू हुआ और यह शोहरत होने लगी कि वे 'डॉग-लवर' हैं। कभी-कभी यह भी होने लगा कि श्री प्रसाद के दोस्त से उसके किसी अपने दोस्त ने कहा कि भई, बच्चे पीछे पड़े हैं, मुझे एक पेकिबीज चाहिए और श्री प्रसाद के दोस्त ने कहा कि आज ही मैं उसको ट्रंक-कॉल करूँगा और फिर श्री प्रसाद ने उस व्यापारी से, जिसकी कुतिया अब हर दूसरे महीने पिल्ले पैदा करने लगी थी, दो पिल्ले मँगाकर उसके घर उसके दोस्त के पास भेजने के लिए भेज दिए।

धीरे-धीरे कुत्ते के बारे में समझने-बूझने का शौक़ भी पैदा हुआ और एक दिन शहर का एक मशहूर बुकसेलर आया और कुत्तों के साहित्य से सम्बन्धित दस-बारह किताबें उन्हें पकड़ा गया। दूसरे बुकसेलर को श्री प्रसाद की किताबों के सेट में कुछ कमी खटकी और उसने उसमें बीस-पच्चीस किताबें और जोड़ दीं। तीसरे ने कुत्तों के बारे में तीन-चार विलायती पत्रिकाएँ मँगाने का इन्तज़ाम कर दिया। फिर फोटोग्राफ़ी के सामान के एक दूकानदार ने उन्हें कई क़िस्म के कुत्तों के कई फ़ोटो दिए, अन्त में एक पब्लिशर ने इन सब प्रयासों का समन्वय और सामंजस्य, यानी 'कोआर्डिनेशन और डब-टेलिंग' की। पब्लिशर इनकमटैक्स के मामलों में उलझकर उसी अनुपात से देश में कुत्ता-साहित्य की कमी का अनुभव कर रहा था। उसने निवेदन किया कि मि. प्रसाद, आप कुत्तों पर दो-एक किताबें लिखकर मुझे दीजिए। इससे देश की एक भारी कमी पूरी हो जाएगी।

उन्होंने ऐतराज किया। बोले कि मैं सरकारी काम, पूजा-पाठ, गिरिस्ती, ज्योतिष और स्वामी सत्यानन्द में फँसा रहता हूँ। डैडी भी लम्बी छुट्टी लेकर आनेवाले हैं। पर पब्लिशर ने ज़िद पकड़ ली। कहने लगा कि अंग्रेज़ अफ़सरों ने यहाँ की चिड़ियों और पेड़-पौधों पर हज़ारों किताबें लिखी हैं। उसने आश्वासन दिया कि आपकी अंग्रेज़ी बहुत उम्दा है और आपको सिर्फ़ किसी स्टेनोग्राफ़र को बोलते चले जाना है और मिस लिली, जो दो साल पहले मिस मसूरी चुनी गई थीं, हमारे यहाँ स्टेनोग्राफर हैं और मैं उन्हें इस काम के लिए छोड़ दूँगा। पर वे यही कहते रहे कि हमें फ़ुर्सत नहीं है। तब उसने कहा कि स्टेनोग्राफर के अलावा मैं फ़लाँ डिग्री कॉलेज के फ़लाँ लेक्चरर को भी आपकी ख़िदमत में लगा दूँगा और वे जैसे 'एक ग्रैजुएट' के नाम से कुंजियाँ लिखते हैं, वैसे ही 'डॉग-लवर' के नाम से वे आपकी किताबें भी लिख देंगे। इस तरह मजबूर किए जाने पर वे मजबूर हो गए और देखते-देखते 'ऑफ़ डाग्स ऐंड बिलेच, बाई ए डॉग-लवर' छपकर बाज़ार में आ गई।

मि. प्रसाद का कुत्ता-कैरियर यहाँ से सुगठित हुआ। एक के बाद दूसरी, फिर तीसरी, चौथी, पाँचवीं किताब छपती चली गई और वे नौकरी-पेशे के बाहर भी कुत्ता-विशेषज्ञ मान लिए गए। उन्हें सभा-सोसाइटियों में व्याख्यान देने को बुलाया जाने लगा।

पर उन्हें भाषण देने में हिचक होती थी। वास्तव में अभी तक उन्होंने कोई ग़ैरसरकारी भाषण दिया ही न था। इसके लिए मिस लिली और एक ग्रैजुएट से काम नहीं चलता था। पर अचानक—इसी को भाग्य कहते हैं—एक दिन वे बेसाख्ता बोलने लगे। हुआ यह था कि उनके पड़ोसी ने उनका अपमान कर दिया। पड़ोसी रेलवे का

एक बड़ा अफ़सर था और डैडी के रिश्ते से इनके यहाँ उसका काफ़ी आना-जाना था। उसके यहाँ कई एक बिल्लियाँ पली थीं। वह पहले भी मि. प्रसाद के कुत्तों का मज़ाक उड़ा चुका था। एक दिन क्लब में, जब मि. प्रसाद कोकाकोला पी रहे थे और वह व्हिस्की पी रहा था, बात कुत्तों और बिल्लियों पर चल निकली। उसने मि. प्रसाद पर सीधे हमला किया और कहा कि कुत्ते पालनेवाले ख़ुद कुत्ते हो जाते हैं और कोई प्यारी चीज़ होती है तो बिल्ली होती है।

मि. प्रसाद को अब तक कुत्तों से सचमुच का प्रेम हो गया था। वे गुस्से में कुर्सी से उठ खड़े हुए। वे अपने पड़ोसी के बारे में उसी तरह जानते थे, जैसे कि हर समझदार को अपने पड़ोसी के बारे में जानना चाहिए। उस जानकारी का पूरा उपयोग करके और पड़ोसी को अपने ससुर का हमउम्र होने के कारण आदर के साथ सम्बोधित करते हुए उन्होंने कहा, "जनाब, बहस कुत्तों और बिल्लियों की नहीं, सिद्धान्त की है। पहले सैद्धान्तिक स्तर पर देख लिया जाए कि हमारी रुचियाँ, यानी हॉबीज़, के पीछे कौन सी प्रेरक शक्तियाँ काम कर रही हैं। प्रायः होता यह है कि हमें जो चीज़ यूँ ही मिल जाती हैं और मिलती रहती हैं, उसी में हमारी रुचि पैदा हो जाती है। रुचियों के विकास का इस दृष्टि से भी अध्ययन होना चाहिए। विकासशील देश में आपने देखा होगा, ज़रूरी चीज़ों को छोड़कर इसी तरह ग़ैर-ज़रूरी चीज़ें बनने लगती हैं। हमारे यहाँ कैमरों, ट्रांजिस्टरों, टेप-रिकॉर्डरों, रेफ्रिजरेटरों की भरमार क्यों है? इसलिए कि शुरू-शुरू में यहाँ के लोग यूरोप-अमेरिका या जापान गए और ये चीज़ें फोकट में या कम दाम पर ले आए। बाद में इन्हीं चीज़ों के इर्द-गिर्द हमारी रुचियों का विकास हुआ।"

अचानक उन्हें लगा कि लोग चुप होकर सुन रहे हैं और वे व्याख्यान दे रहे हैं। वे हिचके, पर एक बार फिर हिम्मत करके कहने लगे, "...यही थ्योरी कुत्तों और बिल्लियों पर भी लागू होती है। यह एक संयोग की बात थी कि शुरू-शुरू में मेरे यहाँ एक कुत्ता आ गया था और विलायत जाने के पहले मि. हार्टन ने अपनी बिल्लियाँ आपको दे दी थीं; यह न भूलिए कि वे बिल्लियाँ मेरे यहाँ भी आ सकती थीं और यह कुत्ता आपके यहाँ जा सकता था। इसलिए हमें कुत्तों और बिल्लियों के बारे में प्रतिबद्ध होकर बात न करनी चाहिए। असल बात हॉबीज़ के, रुचियों के विकास की थ्योरी को लेकर चली थी, जिसके बारे में...।"

पड़ोसी तो यही समझा कि कोकाकोला पीकर भी उन्हें नशा हो गया है, पर उसी के दूसरे दिन से रोटरी-क्लब में 'डॉग-केयर' पर भाषण देने के लिए बुलाए गए। कुत्ता-विशेषज्ञ की हैसियत से अब उन्हें काफ़ी बड़े पैमाने पर स्वीकार कर लिया गया। उनको कुत्ता-प्रदर्शनियों के उद्घाटन के लिए और उनकी बीवी को पुरस्कार-वितरण के लिए बुलाया जाने लगा। वे जहाँ-जहाँ तबादले पर गए वहाँ-वहाँ उनकी अध्यक्षता में कुत्ता-कल्याण-समितियाँ बनाई गईं। सफलता की इन मंज़िलों को पार करके आख़िर में उन्हें यह आध्यात्मिक अनुभव हुआ कि उनके भी जीवन का एक अर्थ है और उस अर्थ का नाम कुत्ता है।

कुन्ती देवी का झोला

वसन्त का प्रभात था। कहने की ज़रूरत नहीं कि सुहावना था। कविता की परम्परा में वह इसके अलावा और क्या-क्या था, यह कहने की तो बिल्कुल ज़रूरत नहीं। जो कहना है वह यह कि ऐसे ही प्रभात में कुन्ती देवी के साथ के पाँच आदमी, जिन्हें आप बढ़ई-लुहार की तरह उनके व्यावसायिक नाम से पुकारना चाहें तो डकैत कह सकते हैं—हिम्मतपुरा गाँव में आए और नीम की छाँव में उसी कुएँ की जगत पर बैठ गए जहाँ वे कल दोपहर को भी आकर बैठे थे। फ़र्क इतना था कि कल पाँच की जगह वे ग्यारह थे और उनके साथ कुन्ती देवी भी थी।

जिस तरह बढ़ई-लुहार और दूसरे कामगार अपने काम से फुर्सत पाकर चना-चबेना करने के लिए अपने औजारों के साथ किसी भी कुएँ की जगत पर बेखटक बैठ सकते हैं, लगभग उसी इत्मीनान से, अपनी-अपनी बन्दूकें और राइफलें लिये, वे पाँचों भी वहाँ बैठे रहे और ज़िन्दगी के बारे में छोटी-मोटी बातें करते रहे। पर जिस लड़के को भेजकर उन्होंने पूरे गाँव के आदमियों को कुएँ पर आने के लिए बुलाया था उसके गाँव के दूसरे छोर तक पहुँचते-पहुँचते चारों ओर सन्नाटा छा गया। धीरे-धीरे गाँववाले वहाँ सिमटकर आते गए और जमीन पर बैठते गए। प्राचीन काल होता तो वे मुँह में तिनके दबाकर और अपने आगे-पीछे कोई गाय लेकर आते, पर बिना इन अलामतों के भी उनके चेहरे बता रहे थे कि वे सभी अपने प्राणों की भीख चाहते हैं।

जो पहले ही खेतों पर चले गए थे, डकैतों ने उन सबके लौटने का इन्तज़ार नहीं किया। उनके काम-भर का श्रोता-वर्ग आ चुका था। एक से दूसरे सिरे तक उस पर पैनी निगाह डालकर एक डकैत ने कहा, "कुन्ती देवी का झोला कहाँ है?"

कुन्ती देवी इस गिरोह की नेता थीं और सिर्फ़ इस कारण कि वे महिला और दस्यु साथ-साथ थीं, पुलिस और प्रेस के बीच दस्यु सुन्दरी कही जाती थीं। गाँववालों को उनकी सुन्दरता का पता न था, उनके पल्ले कुन्ती देवी की दस्युता-भर पड़ी थी। यह अकेला जुमला सुनकर गाँववालों की तुरन्त समझ में आ गया कि कोई एक झोला है जो कुन्ती देवी का है और जो खो गया है। यह भी समझ में आ गया कि वे गहरे संकट में हैं।

डकैतों ने डाँट-डपट नहीं की। ताकत के एहसास से उपजी जिस शिष्टता का परिचय नादिरशाह ने शहंशाह मुहम्मद शाह से कोहेनूर हीरा हासिल करने के लिए दिया

होगा, उसी के साथ वे गाँववालों को अपनी बात समझाते रहे। कल उनका गिरोह इसी गाँव से निकला था। इसी कुएँ पर रुककर उन्होंने रोटी खाई थी। चलते वक़्त कुन्ती देवी अपना झोला यहीं कहीं भूल गई थीं। अभी उसका पता नहीं चला है। गाँववालों को चाहिए कि वह जहाँ कहीं भी छिपाकर रखा गया हो, उसे निकालकर वापस कर दें।

"दो-एक दिन में हम लोग फिर आएँगे," दूसरे डकैत ने कहा, "अगर तब तक तुम लोगों ने झोला वापस नहीं किया तो बर्बाद हो जाओगे।"

यह धमकी थी पर आशीर्वाद की तरह दी गई थी। इसके झटके से गाँववाले उबर भी न पाए थे तो ऐसी कड़क के साथ जो फिल्मों और नाटकों में डकैतों के लिए खासतौर से सुरक्षित की गई है, तीसरे डकैत ने कहा, "और खबरदार, अगर इस सबके बारे में पुलिस को बताया तो किसी की खैर नहीं। तुममें से एक-एक को गोलियों से भून दिया जाएगा।"

आवाज़ ही नहीं, संवाद भी फिल्मी था। पर उससे गाँववालों का संकट घटा नहीं, उन्हें जकड़कर वहीं जम गया। कोई कुछ नहीं बोला। सिर्फ़ जब वे पाँचों चलने को तैयार हुए तब एक बुड्ढे ने बैठे-ही-बैठे, हाथ जोड़कर पूछा, "मालिक, यह झोला कैसा है? मतलब, कपड़े का है कि कुछ और? रंग-वंग?"

एक डकैत ने कहा, "गांधी आश्रम का है।"

बुड्ढे के चेहरे ने बता दिया कि वह कुछ समझ नहीं पाया है। तब डकैत ने उसे धीरज से समझाया, "खादी का है। हरे और सफेद रंग का। कन्धे से लटकाया जानेवाला।"

उसी दिन सरे शाम गाँव में पुलिस ने धावा बोला। आते ही उन्होंने एक-एक घर की तलाशी ली और अब उन्हें कुन्ती देवी का झोला नहीं मिला तो दो घरों में उन्हें देसी कारतूसी तमंचा मिल गया। उसके बाद जिन पर तमंचे का इल्जाम था, उनकी रस्मी पिटाई करके पुलिस ने भी गाँववालों को उसी तरह एक जगह इकट्ठा किया और कहा, "हमें पता चल गया है कि कुन्ती का गिरोह आज यहाँ आया था। तुमने हमें इसकी इत्तला क्यों नहीं दी? क्यों बे प्रधान के बच्चे?"

प्रधान का बच्चा यानी हैकड़ी के साथ गाँव सभा का चुनाव जीतकर जो प्रधान बना था वह पीछे दुबका खड़ा था। उसने कहा, "हमारी जानकारी में यहाँ कोई नहीं आया सरकार!"

इसके जवाब में पुलिस ने गोलियों की बौछार शुरू की और जब तक वह बदलकर मूसलाधार बारिश बनी तब तक प्रधान के इस वाक्य से गाँववालों ने आपस में कोई बात किए बिना एक बात तय कर ली। सभी गुहार मचाने लगे कि उनके गाँव में कुन्ती देवी या उनके गिरोह का कोई आदमी कभी नहीं आया। यह बात हाथ हिलाकर, रोकर, बहककर, घिघियाकर, कसमें खाकर, अकड़कर और वे सारी मुद्राएँ दिखाकर कही गईं जो झूठ का इल्माजम लगने पर हर सच्चे आदमी को दिखानी पड़ती है। जवाब में पुलिस ने कुछ और गालियाँ दीं, ज़्यादा उत्साह से बोलनेवालों को एकाध बेंत भी लगाए।

तब दारोगाजी ने कहा, "तुम सभी जानते हो कि हरगाँव में परसों भारी डाका पड़ा है। यह कुन्ती देवी के गिरोह का काम है। डाके में दो किलो वजन के सोने के जेवर लूटे गए हैं। उनकी कीमत जानते हो? पाँच लाख रुपए। हमें पता है कि कुन्ती ने वे जेवर इसी झोले में रखे थे। तुम लोग यह पाँच लाख का माल चुपचाप हजम करना चाहते हो? ट्रक के पहियों में जिस पम्प से हवा भरी जाती है, उसी से मेढक के पेट में हवा भर दी जाए तो क्या होगा? पेट भड़ाम से फूट जाएगा। तुम्हारा भी यही हाल होनेवाला है। पाँच लाख रुपया हजम करना तुम्हारे बूते का नहीं है। पूरे गाँव पर दफा चार सौ बारह चलेगी," फिर कड़ककर, "निकालो झोला!"

पर जिसका झोला था, जब वही गाँव में नहीं आई तो झोला कहाँ से आता? फिर भी पुलिस ने गाँववालों को झोला बरामद करने के लिए चौबीस घंटे का समय दिया, दूसरे दिन फिर शाम को दोबारा आने की धमकी दी और दो देसी तमंचों और उतने ही अभियुक्तों के साथ थाने की ओर वापस चले गए।

गाँव बहुत छोटा था, यही चालीस-पचास घर, यानी बीहड़ के एक सिरे पर झोंपड़ियाँ, जैसे किसी चुचके, मटमैले चेहरे पर मुँहासे फैले हों। सभी धरती के छोटे-छोटे रूखे-सूखे टुकड़े जोतकर ज्वार, चना या अरहर पैदा करते जो कभी होती और कभी न होती। इतना अच्छा था कि एक ओर बस्ती के पास ही जहाँ धरती इतनी ऊबड़-खाबड़ न थी, कँटीली झाड़ियों का एक छोटा-सा जंगल था और कुछ महुए के बाग़ थे। चना और अरहर का उतना नहीं, जितना गाँववालों को महुए का सहारा था। वे महुए के फूल सुखाते और उनकी कच्ची शराब चुवाते। बचे हुए फूलों में सफेद तिल मिलाकर उन्हें कूटते और उसे खाते। फल के छिलके की गर्मियों में सब्जी पकाते, फल का तेल निकालते और साल में एकाध बार जब तीज-त्यौहार में पूड़ी खाने की धार्मिक मजबूरी होती तो इसी तेल में पूड़ियाँ तलते। महुए के पत्तों का पत्तल में उपयोग करते। महुए की लकड़ी कमजोर होती है। दरवाज़े और चौखट उतने अच्छे नहीं बनते। पर वे दरवाज़े और चौखट भी बनाते। मर जाने पर महुए की लकड़ी अपनी चिता में जलाते, जिसके लिए वह घरेलू फर्नीचर के मुकाबले सचमुच ही ज़्यादा कारगर सिद्ध होती।

ऐसे लोगों के सामने पाँच लाख रुपए की गिनती मोटर पम्प की मदद के बिना ही उनके पेट को गुब्बारे-जैसा फुलाकर फोड़ने के लिए काफी था। बचत इसी में थी कि झोला खोज निकाला जाए और इसके पहले कि उनके पेट भक्क-से फूटें उसे सही हाथों में सौंप दिया जाए। पर सही हाथ सवेरे के मेहमानों के होंगे कि शामवालों के, यह तय नहीं हो पाया। फिर भी वे रात-भर अपने-अपने घरों के पास झोले की तलाश करते रहे, लालटेन लटकाकर कुएँ में कई बार काँटा भी डाला गया। सवेरा होते ही उन्होंने आसपास का जंगल, बाग़ों और बीहड़ भी छाना। पर झोला नहीं मिला। उनकी जगह उन्हें गाँव के दूसरी ओर के बीहड़ की

राह से आते हुए वे पाँच आदमी मिले जो द्वापर होता तो कुन्ती के पाँचों पति होते, कलजुग में केवल उसके कारकून थे।

तीन दिन तक यही होता रहा। कभी डाकू आते, कभी पुलिसवाले। गाँववालों की छाती पर बिछे हुए किसी अनदेखे तख़्ते के एक छोर पर डाकू और दूसरे छोर पर बैठे पुलिस के लोग 'सी-सा' का खेल खेलते रहे। हर बार गाँव का कोई-न-कोई आदमी पिटता, उसकी छाती की ओर राइफलें तनतीं, गाँव को जला देने की धमकी मिलती और उनके दिलों में इतनी ठोस दहशत पैठ जाती कि रात को घंटों धोने पर भी महुए का ठर्रा उसे धो नहीं पाता।

तब चौथे दिन प्रधान ने बुन्देलखंडी चमरौधा जूतों पर मैली धोती, उजला कुर्ता, टोपी और अँगोछा पहना, दो जवानों को साथ लिया और सबकी आँख बचाकर कई कोस दूर उस कस्बे का रास्ता पकड़ा जहाँ उनके एम.एल.ए. रहते थे। पर यह विदेश यात्रा और एम.एल.ए. के साथ हुई शिखर-वार्ता भी असफल रही।

हुआ यह कि एम.एल.ए. सिद्धान्तवादी निकले। उन्होंने कहा कि मामला पाँच लाख रुपए के जेवरों का है। पुलिस अगर उनकी तलाश कर रही है तो ठीक ही कर रही है। अगर वे जेवर तुममें से किसी के पास हैं तो उन्हें तुरन्त थाने पर जमा कर देना चाहिए। इसमें मैं तुम्हारी क्या मदद कर सकता हूँ? चाहो तो बस इतना कि वह झोला तुम मेरे हवाले कर दो और तुम्हारी तरफ़ से मैं उसे थाने पर जमा कर दूँगा। तुम्हें ख़ुद थाने पर नहीं जाना पड़ेगा। पता नहीं वहाँ पर क्या बीते। यह और देख लूँगा कि पुलिस तुम्हारा चालान न करे, मुक़दमे में तुम्हें सरकारी गवाह बना ले।

उस दिन, अपनी भावी योजना की बानगी के तौर पर डाकुओं ने तीन झोंपड़ियाँ जला दीं और पुलिस ने उतने ही आदमियों का नाजायज शराब बनाने के जुर्म में चालान कर दिया।

पाँचवें दिन दोपहर को दो लड़के, अपने एक निजी काम से कँटीले जंगल की ओर गए। उनमें बड़ा बारह और छोटा दस साल का था। कहा जा चुका है कि वसन्त की सुहानी ऋतु थी और हर सुहानी ऋतु में उन्हें जंगल में भटकना अच्छा लगता था। निजी काम यह था कि उन्हें घुँघची इकट्ठी करनी थी और घुँघची कँटीले झाड़ों से लिपटी हुई एक लता में पाई जाती हैं। भगवान ने घुँघची के लाल दानों के ऊपर जो काली बुन्दी लगा दी है, वह इन लड़कों को खासतौर से अच्छी लगती थी और आज उन्होंने सोचा था कि वे चुपके से जंगल में निकल जाएँगे और ढेर सारी घुँघची इकट्ठा कर लेंगे।

उन्होंने किया भी और उसी धुन में उस झुरमुट के पास पहुँच गए जहाँ महुए के दो-चार पेड़ों के इर्द-गिर्द झाड़ियाँ बड़ी गझिन हो गई थीं। उनके अन्दर घुसना आसान न था। पर भीतरी अँधेरे को बेधकर आती हुई धूप के चकत्तों में उन्हें घुँघची की दुबली-पतली लताएँ न दीखते हुए भी दीख पड़ीं। उन्होंने इस माहौल में उनसे लटकी हुई कुछ फलियाँ भी देखीं जो आधा सूखकर बीच में फट गई थीं

जिन पर चिपके हुए घुँघची के दाने उन्हें अपनी लाल-काली चिकनी चमक के साथ अपनी ओर खींच रहे थे। झाड़ियों के नीचे से घुटनों के बल खिसककर वे धीरे से झुरमुट के बीच जा पहुँचे और अपनी पीठ एक महुए के तने से टिकाकर धूपछाँही धुँधलके में चारों ओर निहारने लगे। वहाँ उन्होंने तने के दूसरी ओर पड़े हुए हरे-सफेद झोले को देखा।

दोनों के चेहरे ठस हो गए। उनकी आँखें फैल गईं और कुछ देर वे एक-दूसरे को बिना पलक भाँजे देखते रहे। धीरे-धीरे उनके चेहरों में हरकत आई और बड़े के होंठों पर एक हल्की मुस्कान उतरी। बाद में उसके होंठ फैल गए। वह ज़ोर से हँसने ही वाला था कि छोटे ने उसके मुँह पर अपना छोटा-सा पंजा उठाकर ढक्कन-जैसा लगा दिया। तब बड़े ने उसकी सूझ की तारीफ में सिर हिलाया, एक हाथ से उसका हाथ अपने मुँह से हटाया और दूसरा हाथ पीछे ले जाकर झोले को अपनी ओर खींच लिया।

छोटे ने फुसफुसाकर कहा, "देख, क्या है?"

झोला खींच तो लिया था, पर बड़े की उँगलियाँ ठीक से चल नहीं रही थीं। मुश्किल से उसे खोल पाया।

ऊपर एक मैला तौलिया था। उसे धीरे से झटककर उसने जमीन पर डाल दिया। उसके नीचे एक कपड़े की छोटी-सी पोटली थी। उसे खोलने पर चार सूखी रोटियाँ मिलीं, एक बड़ा-सा प्याज भी। कपड़े के खूँट में एक गाँठ बँधी थी। खोलने पर नमक निकला।

"फेंक दे। रोटी कई दिन की बासी है।" छोटा वैसे ही फुसफुसाया। पर बड़ा बोला, "रहने दे। गरम कर लेंगे तो बुरी नहीं लगेंगी।"

सूखे चमड़े के टुकड़ों-जैसी इन रोटियों को दोनों गम्भीरता से देखते रहे। तब छोटे ने कहा, "यह तो हमसे भी ज़्यादा गरीब है।"

बड़ा बड़ी देर तक सोचता रहा, बोला, "पता नहीं क्या दुख है उसे, जो चार रोटी बाँधे बीहड़ों में भटक रही है।"

आगे के सामान की तलाशी उसने ज़्यादा कारगर उँगलियों से ली। एक काँसे का गिलास निकला, फिर एक तीन इंची शीशा और एक कंघा। बड़े ने शीशे में मुँह देखा, रोब से आँखें मत्थे पर चढ़ा लीं।

अब छोटे के हँसने की बारी थी, पर बड़े ने उसे हँसने नहीं दिया।

नीचे कागज में लिपटी हुई कोई चीज़ थी। छोटे ने बड़ी दिलचस्पी से कहा, "इसमें गुड़ होगा।"

"तमंचा।" बड़ा बोला और इस बार अपनी ही आवाज़ से सकपका गया।

वे अंग्रेजी जानते होते तो समझ जाते कि वह बत्तीस बोर का एक छोटा सा स्मिथ एंड बेसन रिवाल्वर है। इस्पात का नीला-सा ख़ूबसूरत खिलौना। उन्होंने गाँव में एकाध बार देसी कारतूसी तमंचे देखे थे। पर वे बहुत बड़े और बदरंग होते हैं। यह सचमुच ही खिलौना-जैसा प्यारा और चिकना था। उनके मन में आतंक था, पर उसका चिकनापन उन्हें मजबूर कर रहा था।

बड़े ने उसे कई बार बारी-बारी से दोनों हथेलियों में उलट-पुलटकर देखा। तमंचा चलाने की मुद्रा में उसका हत्था भी एक बार हथेली में पकड़ा। तब तक छोटे का धीरज जवाब देने लगा। उसने भी हाथ बढ़ाकर बड़े की हथेलियों में बँधे हुए इस खिलौने को सहलाना शुरू किया।

तभी तमंचे से एक गोली छूटी और पता नहीं किधर गई। झुरमुट का सन्नाटा छिन्न-भिन्न हो गया। अचानक ऊपर के पेड़ों और झाड़ियों से सैकड़ों चिड़ियाँ चीखती हुई निकलीं और चारों ओर उड़ चलीं। वे उन चिड़ियों को देख नहीं सकते थे पर उनकी विकृत आवाज़ें, घबराहट और जड़ता के बावजूद, उन्हें सुनाई पड़ रही थीं। ज़्यादातर कौवे थे, उनसे भी ज़्यादा तोते थे।

रिवाल्वर उनके हाथ से नीचे गिर गया, उन्होंने एक-दूसरे के कन्धे भींच लिए। अचानक बड़े ने कहा, "उठ!"

सब कुछ वहीं, जैसे का तैसा, छोड़कर वे भागे। पर उसके पहले उन्हें कुछ देर पेट के बल घिसटना पड़ा। कोई दबाव था, जिसके कारण वे गाँव की ओर नहीं, बीहड़ की ओर भागे। झुरमुट पार करते-करते उन्हें दूर से अपने पीछे गोली चलने की आवाज़ें सुनाई दीं। वे झुके-झुके कुछ और तेजी से भागे और एक कम गहरे भरके में कूद गए। वहाँ उन्होंने रुक-रुककर दागी जानेवाली गोलियों की कई आवाज़ें सुनीं।

वे टेढ़े-मेढ़े भरकों में भागते हुए काफी देर भटकते रहे। उन्हें हर तीसरे कदम पर गोलियों की आवाज़ सुन पड़ती और बार-बार उन्हें लगता कि अगली गोली उनकी पीठ में लगेगी। बिना कुछ सोचे-विचारे, टोटका-जैसा करते हुए, वे अपनी हाफ पैंट की जेबों में भरी हुई घुँघची बीहड़ रास्ते में फेंकते गए। जब उनकी जेबें खाली हो गईं तब उन्होंने चैन की साँस ली। पर गोलियों की आवाज़ें भरकों में अब भी गूँज रही थीं।

बड़ी देर तक लम्बा चक्कर काटकर वे एक भरके से गाँव के दूसरे छोर पर निकले और सबसे पासवाली झोंपड़ी में घुस गए। वहाँ उन्हें सुनने को गोलियाँ नहीं, गालियाँ मिलीं। जो बुड्ढा चारपाई पर सिकुड़ा पड़ा था, गालियाँ खत्म करके अन्त में बोला, "भाग जाओ। चुपचाप घर में बैठो जाकर।"

बदहवास चेहरे लिये, छिपे-छिपे एक से दूसरी दीवार का सहारा लेकर वे अपने घर पहुँचे। बाहर गलियारों में कोई न था। अन्दर सब लोग दुबके बैठे थे। रुक-रुककर चलनेवाली गोलियों की आवाज़ यहाँ ज़्यादा साफ़ सुनाई देती थी। सन्नाटा था, चिड़ियों ने चीखना बन्द कर दिया था। थोड़ी देर में उन्हें दूर किसी मोटर की घरघराहट सुनने को मिली। एक बुज़ुर्ग ने कहा, "पुलिस की दूसरी मोटर आई होगी।"

बुज़ुर्गों की बातों से पता चला कि आज भी दोपहर में पुलिस गाँव में आई थी। पर लौटते-लौटते उनका दस्ता जंगल के पास अचानक रुक गया। उन्होंने जंगल की तीन तरफ़ से घेराबन्दी कर ली है। पुलिस का एक जत्था अब बीहड़ की तरफ़ बढ़ रहा है। शुरू में एक गोली चलाकर डाकू जंगल में अब चुपचाप घात लगाए बैठे हैं।

लगता है कि मुठभेड़ घंटों चलेगी। जब डाकू भी जवाबी गोलियाँ चलाएँगे तो घमासान लड़ाई होगी। पर पुलिस को उन्हें अँधेरा होते-होते मार लेना चाहिए नहीं तो मुश्किल होगी। अँधेरा हो गया तो डाकू बीहड़ में कूद जाएँगे।

छोटे ने यह सब बड़े ध्यान से सुना। वह कुछ कहना चाहता था पर बड़े ने हाथ दबाकर उसे रोक दिया। कुछ देर में एक-दूसरे को चोर निगाहों से देखते हुए वे दहलीज़ पार करके अन्दर आँगन में चले आए।

गाँव गया था, गाँव से भागा

उत्तर प्रदेश में वनों और वृक्षों का संरक्षण बड़े जोश से हो रहा है। वन-विभाग के कर्मचारी और पुलिसवाले इंसानों की रक्षा भले ही न कर पाएँ, पेड़ों की रक्षा के लिए कमर कसे बैठे हैं। सच तो यह है कि वे बैठे नहीं हैं, बराबर दौरा कर रहे हैं।

इस प्रसंग में मेरे एक मित्र का बड़ा सुखद अनुभव है। वे डाकघर की नौकरी से रिटायर होकर अपने गाँव में रहने लगे हैं। उन्हें अपनी बाग़ से महुआ के दो पुराने, अधसूखे पेड़ काटने की ज़रूरत आ पड़ी। मकान के लिए महुआ की लकड़ी घटिया होती है पर उन्हें मकान का नया हिस्सा घटिया ही बनवाना था। उन्होंने प्रधान से बात की थी। उसने बताया कि पेड़ काटने की अनुमति के लिए चालीस किलोमीटर दूर शहर जाना होगा, वन-विभाग के अफ़सर को अर्ज़ी देनी होगी।

प्रधान ने कहा, "पंडितजी, बहुत चक्कर लगाने पड़ेंगे। खर्च भी बहुत हो जाएगा। मैं जंगलों के एक ठेकेदार को आपके पास भेजे देता हूँ। वह ऐसा काम करता रहता है। आपके लिए भी परमिट ला देगा।"

दूसरे दिन ठेकेदार ने आकर पूछा कि आपके इन दोनों पेड़ों की क़ीमत कितनी दे दें।

इन्होंने कहा, "भई मैं, पेड़ बेच नहीं रहा हूँ, उन्हें काटने का परमिट-भर चाहता हूँ।"

ठेकेदार अनमना हो गया। बोला, "प्रधानजी ने समझा था कि आप पेड़ बेच रहे हैं। कोई बात नहीं, आगे बेचना ही पड़ेगा, ख़बर कर दीजिएगा। आप कहेंगे तो रुपए का कुछ भुगतान लकड़ी से ही कर दूँगा।"

एक-दूसरी बाग़ में आम का पेड़ पूरी तौर से सूख गया था। मित्र ने उसे कटवाकर काम चलाना चाहा। जब कि पेड़ की लकड़ी घर पर आ गई तो दूसरे दिन थाने के सिपाही भी घर पर प्रकट हुए। एक ने पूछा, "पंडितजी, यह पेड़ काटने का परमिट लिया था?"

उन्होंने कहा, "यह पेड़ पूरी तौर से सूखा हुआ था, उसका भी परमिट?"

"क्या सबूत कि पेड़ सूखा हुआ था?"

मित्र ने सूखी लकड़ी की ओर इशारा किया, कहा, "इसके लिए सबूत भी चाहिए?"

"जी हाँ, चाहिए," सिपाही बोला, "बाग़ में जब यह खड़ा था तभी आपको दिखाना था कि यह सूख गया है।"

उसने एक क़ानूनी नुक़्ता समझाया, "मान लो कहीं किसी आदमी की लाश पड़ी है। तो क्या तुम उसे जैसे चाहोगे, "उठाकर फूँक दोगे? पुलिस को ख़बर करोगे कि नहीं? लाश का पोस्टमार्टम होगा कि नहीं?"

तो अब सूखे पेड़ों का भी पोस्टमार्टम कराना होगा? मित्र सोचते रहे; पर सुखद अनुभव यह रहा कि क़ानूनी पेंच सिखाकर सिपाही—बिना बदकलामी किए, बिना घूस लिये—वापस चले गए। यह ज़रूर हुआ कि उसी सप्ताह गाँव में चार-छ: हरे पेड़ इत्मीनान से काटे गए।

नेता ऐसा चाहिए

तमिलनाडु में कामराजार या कामराज नामक एक ज़िला है। पिछले अट्ठारह नवम्बर को इस ज़िले के शहर विरुधु नगर में, कलेक्टर की मौजूदगी में ज़िला विकास परिषद की बैठक हो रही थी। सभागार में के. कामराज और एम.जी. रामचन्द्रन की तस्वीरें लगी थीं। कामराज की तस्वीर एम.जी.आर. की तस्वीर से बड़ी थी। इसी को लेकर लड़ाई हो गई।

कांग्रेसी विधायक संजय रामस्वामी ने शायद यह कह दिया कि ज़िले का नाम कामराज पर है इसलिए उनकी तस्वीर बड़ी होनी चाहिए। सुना जाता है कि इस पर स्वतंत्र विधायक पी. थमरैक्कनी ने उन्हें एक झापड़ रसीद किया। उस पर तत्काल क्या हुआ, इसकी मुझे पूरी ख़बर नहीं है। पर इतना तय है कि श्री रामस्वामी ने न तो बाइबिल-सम्मत विनम्रता से श्री थमरैक्कनी को अपना दूसरा गाल अर्पित किया और न स्वाभाविक मर्द की तरह एक जवाबी झापड़ ही। उन पर भारतीय दंड विधान की 341 और 323 जैसी मरियल और पिलपिली धाराएँ लगाई गई हैं जिसमें कुछ अभागे ही पकड़े जाते हैं। पर संजय रामस्वामी सुप्रीम कोर्ट के माननीय न्यायमूर्ति वी. रामास्वामी के पुत्र हैं, साक्षात् श्रीदेवी के बहनोई हैं और ख़ुद कांग्रेसी विधायक तो हैं ही। एक तरह से वे दुनाली नहीं, तिनाली बन्दूक हैं—भले ही तिनाली बन्दूक सिर्फ़ मुहाविरे में होती है और झापड़ कभी ऐसे आदमी पर नहीं लगाया जाता जो, मुहावरे में ही सही, बन्दूक समझा जाता हो।

अगर यह घटना आज के राजनेताओं के कुछ सद्गुणों को उजागर न कर रही होती तो इसका ज़िक्र ज़रूरी न होता। यह श्री थमरैक्कनी की एक महान् आध्यात्मिक विशेषता को—झापड़ के-से ही झन्नाटे के साथ—प्रकट करती है। यह विशेषता नेताओं के एक बड़े वर्ग में भी मौजूद है। इसका नाम है स्वामिभक्ति या अपने नेता में अटूट निष्ठा। न भूलें कि श्री थमरैक्कनी पहले अन्ना द्र.मु.क. के सदस्य थे, अब स्वतंत्र हैं। पर अपनी भूतपूर्व पार्टी के भूतपूर्व नेता के प्रति उनकी अभूतपूर्व निष्ठा है; उससे उनका मन स्वतंत्र नहीं हुआ है। जो निष्ठा तमिलनाडु के नगरों में अपने नेता के पचीस-पचीस फुट ऊँचे कट-आउटों की ऊँचाई लाँघकर आसमान छूती रही हो, वह अपने हृदय-सम्राट को एक सभागार में छोटी तस्वीर के अन्दर दबा हुआ पाकर ज़रूर घायल हुई होगी। एक भावुक और निष्ठावान आदमी के लिए यह मनोदशा विस्फोटक है। इसे क़ानून की भाषा में गम्भीर और आकस्मिक प्रोत्तेजन (ग्रेव ऐंड साउन प्रोवोकेशन)

कहते हैं। यह ऐसी महादशा है जिसमें कोई किसी का क़त्ल भी कर दे तो सज़ा में उसे रियायत मिल जाएगी।

यह निष्ठा चीज़ ही ऐसी है। एक बार आपको गुलाम बना लेने के बाद यह आपको हमेशा के लिए गुलाम बनाए रखती है और आप हमेशा घबराए रहते हैं कि आप कहीं इस गुलामी से छूट न जाएँ।

वैसे, "अपने नेता के प्रति अटूट और अनन्य निष्ठा" का पन्थ इन्दिरा गांधी का चलाया हुआ था—जब वे ख़ुद अपनी नेता थीं। अपने प्रति उनकी जैसी अटूट और अनन्य निष्ठा थी कि वही उनके भक्तों की ज़बान में 'इन्दिरा इज़ इंडिया' के सूत्र से निकली। वही बरुआ की भारत माता बनी, वही मक़बूल फ़िदा हुसैन की दुर्गा। भक्ति का यही पन्थ दक्षिण भारत में पहुँचकर एम.जी.आर. में देव-दर्शन कराने लगा।

अब यहीं राजनीति में थोड़ा-सा साहित्य भी ठेल दिया जाए। जिन्होंने हिन्दी साहित्य पढ़ा है उन्होंने यह भी पढ़ा होगा कि मध्यकाल में उत्तर भारत का भक्ति आन्दोलन दक्षिण भारत के आलवार सन्तों की प्रेरणा से फूला-फला। दक्षिण के रामानुज की परम्परा को उत्तर में रामानन्द ने आगे बढ़ाया। अब इस बीसवीं सदी में, लगभग आठ शताब्दी बाद, उत्तर-दक्षिण का हिसाब-किताब बराबर हो गया। इन्दिरा गांधी का भक्ति पन्थ दक्षिण में एम.जी.आर. के इर्द-गिर्द इधर से कुछ ज़्यादा ही फला-फूला। उस भक्ति-भावना में झापड़बाज़ी और हवालात तक कर्मकांड का हिस्सा बन गई।

नेताओं के एक वर्ग में झापड़बाज़ी स्वतंत्र रूप से भी एक मूल्य की तरह प्रतिष्ठित हो गई है। उसका भक्ति पन्थ से कुछ लेना-देना नहीं। नेताओं में एक ख़ास क़िस्म का चिड़चिड़ापन गुरूर और बुज़दिली के मेल से उनको आक्रामक मुद्रा देता है। तमाचा-पन्थ की यही शुरुआत है। उत्तर प्रदेश में, जहाँ तक मुझे याद है, यह पन्थ लगभग चालीस साल पहले प्रवर्तित हुआ। उसका प्रवर्तन प्रदेश के एक मंत्री के तमाचे से हुआ जो किसी नुमायश के प्रवेश द्वार पर, टिकट माँगने के अपराध में, एक सिपाही के गाल पर पड़ा था। पर उस कमबख़्त जमाने में लोगों की हमदर्दी फाटक पर रोके गए मंत्री से नहीं, कमबख़्त सिपाही से हुई। अब वक़्त बदल गया है। मंत्री हमारा प्रतिनिधि है, और हममें से अधिकांश उसके साथ खड़े हैं। घटनाएँ गिनाने से क्या लाभ, पिछले चालीस साल में एक से एक मरियल नेता मामूली चौकीदार, चपरासी, गेटकीपर से लेकर अफ़सर और ख़ुद अपने सहकर्मी तक पर तमाचा ताने खड़े हुए हैं। भले ही वह तमाचा देश की पूरी राजनीतिक संस्कृति पर पड़ रहा हो, उन्हें फ़िक्र नहीं है।

वैसे आशा है कि तमाचा-पन्थ अब कुछ ढीला पड़ जाएगा। लगभग सभी विधायकों और सांसदों के लिए और ख़ासतौर से कुछ घबराए हुए तमाचा-पन्थियों के लिए स्टेनगनधारी सुरक्षाकर्मी दिए गए हैं। इन नेताओं को अब ख़ुद किसी को तमाचा दिखाने की ज़रूरत नहीं। यह काम अब उनके सुरक्षाकर्मी स्टेनगन की नोक से करते हैं। अब, जहाँ स्टेनगन या बन्दूक का ज़िक्र आया, बिहार का ज़िक्र आना लाज़मी है। बिहार में—आपको याद होगा—हाल ही में एक नेता के सुरक्षाकर्मी ने रेल पर किसी

आई.ए.एस. अफ़सर के ऊपर बन्दूक तान दी थी। उसकी कुछ 'मगिंग' भी हुई। जो भी हुआ, नेता को तमाचे की संहार-मुद्रा दिखाने के लिए अपना पंजा नहीं खोलना पड़ा।

बुज़दिली और चिरकुटपन के इस माहौल में कितना सुखद है यह सुनना कि राजनीति में अब असली बन्दूकधारियों का प्रवेश होने लगा है। इसे आप भले ही राजनीति का अपराधीकरण कहें, पर मुझे लगता है कि दर्जनों कार्बाइनों, रायफलों, रिवाल्वरों आदि के मालिकों का मालिक बनकर जब कोई संसद, विधानसभा या पार्टी आफ़िस में आता है तो वह अपने सहयोगियों को तमाचा नहीं मारता। वह अफ़सरों से लेकर चौकीदारों तक को धमकाता नहीं, हुकूमत को वह बड़ी सहजता से अपनी जायदाद मान लेता है और आत्मविश्वास के साथ सबसे यथायोग्य व्यवहार करता है। असली माफ़िया सरदार भावावेश में नहीं आता, बदकलामी नहीं करता, गुस्सा नहीं दिखाता, चापलूसी नहीं करता और, वह कुछ भी करे, नेताओं की तस्वीरों पर इंचीटेप लगाकर उनकी लम्बाई-चौड़ाई नहीं नापता।

माफ़िया सरदार, जो राजनीति में पैर जमा चुका है, कभी-कभी मुझे उन मध्यकालीन सामन्तों और राजाओं का उत्तराधिकारी जान पड़ता है जिन्होंने अपने बाहुबल से शक्ति और सत्ता हासिल की थी। वह जहाँ है, अपने और अपने गिरोह के बाहुबल से है। इसके विपरीत बराबर भावावेश में रहनेवाला और क़दम-क़दम पर अपने नेता की दुहाई देनेवाला जो शख़्स ख़ानदान, पुश्तैनी दौलत, तीन-तिकड़म, जोड़-तोड़, ख़ुशामद, काइयाँपन, घूस, कमीशनख़ोरी आदि के सहारे जनतंत्र में आज मंत्री पद का दावेदार है उसे आज से दो सौ साल पहले हरकारा तक न बनाया जाता। उसके लिए भी तब तलवार और बर्छी का इस्तेमाल जानना ज़रूरी होता। यहाँ तक कि शराबख़ोरी तक में कमज़ोर के लिए कोई जगह न थी। तभी शहंशाह अकबर के दो बेटे मुराद और दानियाल शराब पी-पीकर चल बसे और ज़्यादा मज़बूत जिगरवाले सलीम को बादशाहत करने के लिए छोड़ गए।

सोचिए, झाँसी की रानी लक्ष्मीबाई और दुर्गावती के ज़माने में आज की उन कई तीसमारखाँ महिला नेताओं की क्या गत होती जो सिर्फ़ ज़बान चलाने की ताक़त पर अख़बारों में 'फ़ायर ब्रांड' कही जाती हैं और जो सिर्फ़ 'फ़ायर ब्रांड' कहे जाने की ताक़त पर सत्ता की किसी भी मंजिल पर बैठ सकती हैं? या, ख़ुद लक्ष्मीबाई अपने ज़माने में बाहुबल या बुद्धिबल से शून्य होतीं और सिर्फ़ 'फ़ायर ब्रांड' होने के सहारे अपना राज-काज चलातीं?

वैसे, बाहुबली माफ़िया सरदारों के राजनीति में प्रवेश को लेकर मैं यह नहीं कहना चाहता कि उनके लिए पलक-पाँवड़े या लाल क़ालीन बिछाने की ज़रूरत है। कहना सिर्फ़ यह है कि हम चाहें या न चाहें, आज की बाँझ राजनीति उन्हीं का इन्तज़ार कर रही है। जब वे आएँगे तो आज की अर्धनपुंसक, तमाचापन्थी, मगरूर, ख़ुशामदी, विवेकरहित नेताशाही को एक ऐसे खलनायकवाद का सामना करना पड़ेगा जिसकी अन्तिम सीमा मध्यकालीन अराजकता है। पर इसके साथ वे एक सम्भावना भी लाएँगे। हो सकता

है कि तब उनके विरुद्ध पनपनेवाली ज़ोरदार प्रतिक्रिया के तौर पर किसी अप्रत्याशित कोने से एक साफ़-सुथरी राजनीति की, एक सही नायकवाद की शुरुआत हो।

अन्त में, आरम्भ के शीर्षक को पूरा करने के लिए कुँवर नारायण का यह दोहा :

नेता ऐसा चाहिए, जैसे सूप सुभाव।
दाना रखै पास में देय कि भूसा खाव॥

29 नवम्बर, 1992

चन्द ख़तूत—जो हसीनों के नहीं हैं

हो सकता है कि इस टिप्पणी में आपको काफ़ी जहालत दिखाई दे। पर यक़ीन मानें, वह जहालत मेरी नहीं है—अगर हो भी तो यह इत्तफ़ाक़-भर है। वास्तव में मेरा इरादा यहाँ एक ख़ास ख़तरनाक क़िस्म की जलाहत पर विचार करने का है।

शुरुआत शैतान की एक कथा से होती है। लन्दन में सलमान रश्दी ने (जिन्हें हम शायद जनाब सुलेमान रशीदी भी कह सकते हैं) कुछ साल पहले 'सैटानिक वर्सेज़' यानी 'शतानी आयतें' नामक अंग्रेज़ी उपन्यास लिखा। कई इस्लाम धर्मानुयायियों के मत में इसके द्वारा हजरत मुहम्मद और इस्लाम धर्म का अपमान किया गया है। इसकी लहर इस्लामी देशों में पहुँचती, उसके पहले ही भारत के कुछ मुस्लिम बन्धु पवित्र क्रोध से भर गए। उनकी इच्छानुसार—मैं 'आज्ञानुसार' नहीं कह रहा हूँ—इस पुस्तक पर यहाँ तत्काल प्रतिबन्ध लगा दिया गया। उसके बाद ही ईरान के तत्कालीन सदर और धर्माध्यक्ष अयातुल्ला खुमैनी साहब ने फ़तवा निकालकर सलमान रश्दी को मौत की सज़ा सुना दी। जो उन्हें मौत के घाट उतार दे, उसके लिए दस लाख डालर का इनाम भी घोषित कर दिया। ईरान की मौजूदा हुकूमत ने यह रक़म बढ़ाकर बीस लाख डालर कर दी है। अब उसमें कुछ और बढ़ोतरी हुई। रश्दी साहब कहीं जान बचाए छिपे हुए हैं। अनेक निष्ठावान पवित्र मुसलमान उत्कंठा के साथ सज़ा की तामील की प्रतीक्षा कर रहे हैं; उधर सैकड़ों पेशेवर हत्यारे करोड़पती बन जाने का सपना देखते हुए अपने-अपने हथियार साफ़ कर रहे हैं। ये ख़बरें लगभग सभी को मालूम हैं।

जो ख़बर सबको मालूम नहीं वह यह है : सलमान रश्दी ने 'सैटानिक वर्सेज़' के आरम्भ में डेनियल डिफ़ो के 'शैतान का इतिहास' से एक उद्धरण दिया है। ज़ब्त होने के पहले यह किताब मेरी निगाह से गुज़री थी। मुझे याद है कि मेरी नज़र तब इस उद्धरण पर कुछ देर अटकी रही थी। डिफ़ो साहब का कहना है कि शैतान एक अनिश्चित, आवारा, घुमन्तू हालत में है; वह कहीं जम नहीं पाता है, भले ही उसका साम्राज्य द्रव तत्त्वों या हवाओं पर हो; उसे यह सज़ा दी गई है कि उसे कोई ऐसा निश्चित स्थान या अड्डा नहीं मिल सकेगा जहाँ वह अपना पाँव टिका सके।

एक-दूसरी ख़बर भी बहुतों को मालूम नहीं। वह यह है कि डिफ़ो साहब की थिसिस अब ग़लत साबित होने जा रही है। शैतान को अपना अड्डा मिल गया है। वह डिफ़ो साहब के देश से भागकर ईरान पहुँचा और वहाँ से अपनी टाँग उठाकर अब

उसने हिन्दुस्तान में टिका दी है। जहालत, मतान्धता और असहिष्णुता से पटे पड़े दिलों में घुसकर अब वह यहाँ स्थायी तौर से जमने की सोच रहा है।

आपको यक़ीन नहीं आता? तो 'टाइम्स ऑफ इंडिया' (12 नवम्बर) में छपे हुए दो ख़तूत पढ़ लीजिए। वे एडिटर के नाम हैं। पढ़िए और धुनिए। 5 नवम्बर के 'टाइम्स ऑफ इंडिया' में 'रश्दी को बचाओ' नाम की टिप्पणी छपी थी। ये दोनों चिट्ठियाँ उसी के विरोध में हैं।

पहली चिट्ठी भारत में ईरानी दूतावास के प्रेस अधिकारी एम.जी. गादिरी (जिन्हें यहाँ कादिरी कहते हैं) की है। गादिरी साहब फ़रमाते हैं कि सलमान रश्दी के इस उपन्यास से मुसलमानों की आस्थाओं का जो अपमान हुआ, उसे लेकर जगह-जगह प्रदर्शन हुए और उनमें अनेक मुस्लिम मारे गए। इन हत्याओं की ज़िम्मेदारी रश्दी पर है और उपन्यास की बात जाने दें—इन मौतों के लिए ही अगर रश्दी को फाँसी दे दी जाए तो ग़लत न होगा। आगे फ़र्माते हैं कि बोस्निया-हर्जेगोविना में जो हज़ारों मुसलमानों की हत्या हो रही है, उसके लिए संसार के 'सभ्य' देश कुछ क्यों नहीं करते? गादिरी साहब ने धर्म, आध्यात्मिकता और मानवता की रक्षा के नाम पर रश्दी के ख़िलाफ़ जारी किए गए फ़तवे को न्यायोचित ठहराते हुए घोषित किया है कि उसमें कोई परिवर्तन नहीं किया जा सकता।

जो मारे गए या मारे जा रहे हैं उनके ख़िलाफ़ हुई हिंसा की हम सब निन्दा करेंगे। पर यह न भूल जाएँगे कि यहाँ से हज़ारों मील दूर बैठे हुए एक निहत्थे लेखक की हत्या के लिए गादिरी साहब कैसे उलझे हुए, कैसे अललटप तर्क दे रहे हैं। उनका निष्कर्ष यह है—कुछ मतान्ध लोग प्रदर्शन और बलवे में मारे गए, राजनीतिक उथल-पुथल और गृहयुद्ध के कारण किसी देश में निरीह नागरिकों की हत्या हुई—इसलिए धर्म के नाम पर रश्दी का क़त्ल कर दो। 'अन्धेर नगरी चौपट राजा' का नवीनतम संस्करण पढ़ना हो तो यह ख़त देखिए।

और हैरत है कि ऐसी हिंसक बात भारत की धरती पर कही जा रही है और उसे कहा जाने दिया जा रहा है। नार्वे आदि पाँच उत्तरी यूरोपीय देशों ने कम-से-कम यह तो कहा है कि वे अपने देश के ईरानी राजदूत को बुलाकर इस विषय पर बात करेंगे और अपना विरोध दिखाएँगे।

दूसरा ख़त दिल्ली के किन्हीं अबू सकीब साहब का है (या अबू साकिब?) और उनका तर्क ठेठ हिन्दुस्तानी है। वे कहते हैं कि 'रश्दी को बचाओ' लिखने की मंशा सिर्फ़ मुसलमानों की निन्दा करना है। और : "हिन्दू देवताओं पर अगर वैसा ही लिखा जाता जैसा कि रश्दी ने पैगम्बर की पत्नियों के बारे में लिखा है तो वैचारिक स्वतंत्रता के नाम पर क्या इसे बर्दाश्त किया जाता?"

अगर आज देश के हज़ारों दिमाग़ भाजपा, विहिप, बजरंग दल और आदि के सुप्रभाव में धर्मगुरु खुमैनी की-सी प्रखरता न छू रहे होते तो अबू सकीब साहब के सवाल का जवाब मेरे लिए बहुत आसान होता है। मैं कहता : यक़ीनन हम ऐसे लेखन

को बर्दाश्त कर लेते। यही नहीं, उसे हास्य का उम्दा नमूना मानकर बार-बार पढ़ते और ख़ुश होते।

उन्हें मालूम नहीं कि भारतीय हास्य-व्यंग्य के एजेंडा में देवी-देवताओं का उपहास और उन पर उपालम्भ एक स्थायी विषय रहा है। और इस खेल में हिन्दू ही नहीं मुस्लिम कवि भी शामिल थे। इस बारे में पूरी किताब लिखी जा सकती है। पर यहाँ सिर्फ़ एक उदाहरण से काम चलाना होगा।

बीवियाँ पैगम्बर की ही नहीं हैं; परमदेवता विष्णु की भी हैं; श्री और लक्ष्मी। लक्ष्मी अपनी तुनकमिज़ाज़ी, चंचलता आदि के कारण कवियों को हमेशा से उलझाती रही हैं। गम्भीरता से सोचें तो वही लक्ष्मी शोभा, सौन्दर्य और समृद्धि की प्रतीक हैं। पर उनके लिए संस्कृत का कवि कहता है : कमला को लोग चंचल कहते हैं, पर इसमें उसका क्या दोष? दोष तो समुद्र का है जिसने उसे इतना बूढ़े आदमी (पुराण पुरुष) को ब्याह दिया। अब्दुर्रहीम ख़ानख़ाना, जिनके साहित्य पर हम सबको गर्व है, पीछे नहीं हैं :

कमला थिर न रहीम कहि यह जानत सब कोय।
पुरुष पुरातन की वधू क्यों न चंचला होय॥

यही नहीं, नए-नए विचारों और सम्प्रदायों के प्रवर्तन में कल तक हमारी क्या परम्परा रही है? क्या ब्रह्म समाज या आर्य समाज की स्थापना प्रचलित आस्थाओं, सम्प्रदायगत अनुष्ठानों और रूढ़ियों आदि पर कड़ा प्रहार किए बिना ही हो गई थी? पर वे तर्क-वितर्क और शास्त्रार्थ के दिन थे, रिवाल्वर और रायफलों के नहीं।

बहरहाल, एक बात साफ़ हो गई है। जहालत का इतना ख़तरा है कि अब बालिग़ों के लिए साहित्य लिखने का ज़माना नहीं रहा।

'शैतानी आयतें' लिख चुकने पर—काफ़ी मात्रा में आँसू और पसीना बहाकर—सलमान रश्दी ने वह सबक सीख लिया है जो मेरे मित्र 'टाइम्स ऑफ इंडिया' के विशेष संवाददाता स्व. के.के. शास्त्री मुझे बराबर सिखाया करते थे। (तभी सलमान रश्दी ने 'शैतानी आयतें' के बाद 'हारून और कहानियों का समुन्दर' लिखा है।)

के.के. शास्त्री का मत था : अधिकांश बालिग़ जाहिल होते हैं। समुदाय के रूप में सभी बालिग़ जाहिल होते हैं। तुम साहित्यकार हो तो इन जाहिलों पर अपनी प्रतिभा बर्बाद मत करो, लिखना है तो सिर्फ़ बच्चों के लिए लिखो।

'हारून और कहानियों का समुन्दर' मूलतः बच्चों के लिए है, पर सिर्फ़ बच्चों के लिए नहीं। जो जाहिल नहीं हैं, उन बालिग़ दिमाग़ों के लिए भी इसमें बहुत कुछ है : निर्दोषिता, सपने, साहस-यात्राएँ, प्रतीक-गाथाएँ।

काश, 'शैतानी आयतें' सिर्फ़ बच्चों के जादू और परी-कथाओं की तरह पढ़ा होता—या बालिग़ों ने बच्चों की-सी निर्दोषिता से, तो हमें आज ऐसे ख़त न पढ़ने पड़ते जो गादिरी जैसे जीव दुनिया को और भयानक बनाने के लिए लिखते हैं।

22 नवम्बर, 1992

साक्षात्कार : लोकसेवा आयोग का

'पार्किंसंस लॉ' में चुनाव के जो कई नए-पुराने नमूने बताए गए हैं, वे अपने देश में भी लागू होते हैं। मान लीजिए आप किसी फैक्टरी के महाप्रबन्धक के ओहदे के उम्मीदवार हैं और तीन लोगों का बोर्ड आपका इंटरव्यू ले रहा है। तीनों सम्पन्न बुज़ुर्ग हैं। इंटरव्यू कुछ इस तरह से चल सकता है :

अध्यक्ष : तो आपका नाम सुरेन्द्रप्रतापनारायण सिंह है?

आप : जी हाँ श्रीमन्!

पहला सदस्य : कहीं राजा महन्द्रेप्रतापनारायण सिंह से तो कोई रिश्ता नहीं?

आप : जी हाँ श्रीमन्, वे मेरे पिता हैं।

दूसरा सदस्य : (चहककर मेज पर हाथ मारते हुए) तो यह हुई बात! सुनिए परसाल रीवा के जंगल में आप ही ने वह शेर मारा था न? बाईस बोर की राइफल से?

आप : जी हाँ श्रीमन्, पर राइफल थर्टी स्प्रिंगफील्ड थी।

पहला सदस्य : यह हुआ ख़ानदानी शिष्टाचार। यह नौजवान अपने कमाल की तारीफ तक नहीं सुनना चाहता।

अध्यक्ष : (गम्भीरता से) सज्जनो, शायद हम सब सहमत हैं कि हमें अपना उम्मीदवार मिल गया है। क्या इसके बाद भी हमें दूसरे उम्मीदवारों के इंटरव्यू लेने होंगे?

दूसरा सदस्य : जहन्नुम में जाएँ दूसरे उम्मीदवार। हमारा काम खत्म हुआ। अब हम लोग क्लब चलकर थोड़ा विश्राम कर सकते हैं।

अध्यक्ष : बधाई नौजवान! तुम भी हमारे साथ चलोगे। शायद ठंडी बियर के एक मग्गे से तुम्हें एतराज न होगा।

आप : धन्यवाद श्रीमन्! पर मैं बियर नहीं पीता।

पहला सदस्य : ओह! (एक पल की खामोशी)

आप : आप इजाजत देंगे तो उसकी जगह मैं कुछ ग्लास व्हिस्की के पी लूँगा।

पहला सदस्य : (आपके कन्धे पर मौज के धौल जमाकर) यह बात हुई! नौजवान तुम बहुत ऊँचे जाओगे। (भावुक हो जाते हैं।)

इंटरव्यू का यह फर्जी दृश्य, ज़ाहिर है, लोकसेवा आयोगों के जन्म के पहले का है। आयोगों के गठन के बाद लोक सेवाओं की भर्ती ही में नहीं, लगभग सभी प्रकार

के संगठनों की भर्ती में भारी बदलाव आया है। उधर आयोगों ने अपने पचास वर्षों के ऊपर के अस्तित्व में—जो आजादी के पहले वैधानिक था और बाद में संवैधानिक हो गया—चुनाव के तरीक़ों को पूर्णतः वस्तुनिष्ठ बनाने की कोशिश में इतना बदला है, और उसी दौर में अपने को भी इस तरह बदला है कि अब न्याय होता ही नहीं, होता हुआ दीख ही पड़ता है।

कम-से-कम इंटरव्यू के मामले में तो ऐसा ही हुआ है। आयोग का एक औसत सदस्य अब उम्मीदवार के साथ जनतंत्री समानता और सौम्यता का पुतला-जैसा दीखने लगा है। असलियत में वह पुतला है ही नहीं, पुतलों का संवेदना से क्या रिश्ता? वह एक शिष्ट और संवेदनशील विशेषज्ञ है जो अब, हास्यास्पद दिखने की हद तक, उम्मीदवार को भरोसा दिलाना चाहता है कि उसके असली कद्रदाँ यहीं पर हैं। पता नहीं, आज से चालीस साल पहले के उन शानदार मेम्बरों की दहाड़ किन घाटियों में कब खत्म हो गई और आयोग की सीमित चरागाह में इतने शालीन, इतने मासूम मेमने कहाँ से आ गए। बहरहाल, 1960 तक ऐसा ही हो चुका था।

1964 का कोई दिन। मैं उन दिनों उत्तर प्रदेश सिविल सर्विस में था। संघीय लोक सेवा आयोग ने मुझे अपने यहाँ विशेष कार्याधिकारी बनाना चाहा था, जिसे आयोग की परीक्षाओं में हिन्दी और क्षेत्रीय भाषाओं के समावेश के बारे में देखना था। प्रो. हरिश्चन्द्र, जो कभी इलाहाबाद विश्वविद्यालय के मेरे छात्र-जीवन में वहाँ अंग्रेजी के प्राध्यापक थे, उस समय आयोग में परीक्षाओं के निदेशक थे। कुछ देर बात करके उन्होंने एक सदस्य का नाम लेकर कहा, "चलिए आपको उनसे मिला लाएँ।"

'उन' से मिलने गया। घरेलू ढंग से बातें होती रहीं। संस्कृत और हिन्दी में मेरी रुचि और गति की प्रशंसा हुई। पता लगा वे भवभूति के भक्त हैं। पर उन्होंने कुछ असंगत-सी बातें कहीं, जिन्हें मैंने अपनी समझ से सुसंगत करने की कोशिश की। फिर पुरातत्त्व, शास्त्रीय संगीत, आधुनिक नाटक और मेरा निजी पागलपन यानी कथा-साहित्य...लगा कि उनकी और मेरी रुचियाँ एक-सी हैं, पर उनके खयालात कुछ ऐंचाताना किस्म के हैं। आदमी बहुत प्यारे लगे, बड़ी मुश्किल से मैं अपने को उन्हें 'ताऊजी' कहकर पुकारने से रोक पाया।

"बधाई इंटरव्यू बहुत अच्छा रहा," प्रो. हरिश्चन्द्र ने बाहर आकर कहा।

इंटरव्यू! क्या हो गया इस आयोग को? कहाँ गए वे दिन जब इंटरव्यू में हम सब उम्मीदवार उम्दा पोशाक में सजे-धजे भिखमंगों की हैसियत से एक इंच भी ऊपर नहीं माने जाते थे? कहाँ गए 1940-50 के वे अध्यक्ष जिनकी गुर्राहट के आगे लिखित परीक्षा में दूसरा-तीसरा स्थान पानेवाले तक इंटरव्यू में दस प्रतिशत अंकों की भीख समेटकर 'टू बी ऑर नॉट टू बी' का स्वागत भाषण करते हुए बाहर निकलते थे?

"यह इंटरव्यू था?" मैंने पूछा।

"औपचारिक नहीं, पर वे जानना चाहते थे कि तुम्हारा 'स्टफ' क्या है।" इसके बाद उन्होंने वह किया जो इलाहाबाद यूनिवर्सिटी पर हर प्राचीन अध्यापक करता है।

वे मेरी नहीं, इलाहाबाद यूनिवर्सिटी की तारीफ करने लगे।

लगता है कि अब आयोग के साक्षात्कारों में सदस्य पहले से ही घबराए रहते हैं कि उम्मीदवार कहीं घबरा न जाए। जवाब में उम्मीदवार ने कोई घपला किया नहीं कि कोई बोल उठता है, "घबराइए नहीं, आराम से सोचकर अपनी प्रतिक्रिया दीजिए।"

बहरहाल, अब यह रवैया इतना व्यापक है और सदस्यों में उन्नीसवीं सदी का 'एल्डरली जेंट' दिखने का चलन इतना ज़्यादा है कि निजी क्षेत्र और सार्वजनिक क्षेत्र के चुनावों में भी यह संक्रामक रूप से फैल रहा है। और कहीं उनमें मनोवैज्ञानिक नामक विशेषज्ञ हो तो उसके सरपरस्ताना अन्दाज के कहने ही क्या।

अब इन सब कारणों से अगर उम्मीदवार को लगता है कि इंटरव्यू कॉलेज कैंटीन में किसी सीनियर के साथ दोस्ताना गपशप से ज़्यादा डरावनी चीज़ नहीं रहा तो यह उसकी ख़ुशकिस्मती है, जबकि असलियत यह है कि उम्मीदवार का मूल्यांकन अब रीवा के जंगलों में शेर के शिकार के सहारे नहीं, एक जटिल प्रतिक्रिया से हो रहा है। और इसमें उसकी और भी ख़ुशकिस्मती है, क्योंकि यह प्रतिक्रिया वस्तुनिष्ठता के ठीक केन्द्र में नहीं हो तब भी 'बुल्स आई' के आसपास तो है ही।

पर हमें यह भी न भूलना चाहिए कि यह सिर्फ़ शैली की बात है। ठोस पदार्थ में कोई ख़ास फर्क नहीं पड़ा है। उम्मीदवार का स्वागत गुर्राहट से हो या नरमी से, शुरू से ही आयोगों का उद्देश्य मूल्यांकन में तटस्थता और वस्तुनिष्ठता प्राप्त करना रहा है। ऐसा न होता तो उपेक्षित अंचलों और गाँवों से, शोषित समुदायों और विपन्न परिवारों से आनेवाले सैकड़ों साधनहीन नौजवान आज लोकसेवाओं के शिखरों पर बैठे न दिखाई देते। यह मुझे अच्छी तरह मालूम है, क्योंकि मैं ख़ुद ऐसे ही नौजवानों के बीच से आया हूँ। आयोग की वस्तुनिष्ठता का अनुभव मुझे 1948-49 में ही हो चुका था।

1947 में बी.ए. की परीक्षा देते ही मुझे पी.सी.एस. (एक्जीक्यूटिव) के लिए आवेदन-पत्र देना पड़ा। 'पड़ा' इसलिए के मेरी स्कूली उम्र असली उम्र से ज़्यादा है। एम.ए. की डिग्री लेकर परीक्षाओं में बैठना मेरे लिए सम्भव नहीं था। और यह भी तय था कि मैं एम.ए. तक पढ़ नहीं पाऊँगा। जो भी हो, उस साल परीक्षा में मैं असफल रहा। आज तो लगता है कि ज़िन्दगी की प्रत्येक परीक्षा में असफल रहा हूँ या कुछ ग्रेस मार्क पाकर ही सफल हुआ हूँ, पर उस समय किसी भी प्रकार की परीक्षा में यह मेरी पहली असफलता थी।

उन दिनों आयोग परीक्षार्थियों की अंकसूची भी प्रकाशित करता था। मैंने हिसाब लगाकर देखा कि लिखित परीक्षा में शायद छठी या सातवीं जगह पाने पर भी इंटरव्यू में (200 में से) 98 अंक मिलाकर मैं पैंतीसवें स्थान पर पहुँच गया हूँ।

दूसरे साल मेरे लिए आख़िरी मौक़ा था। दोबारा इसी परीक्षा में बैठा। इम्तहान इलाहाबाद में होता था। एक दिन वहाँ डॉ. अमरनाथ झा से मिलने गया। पहले जब वे इलाहाबाद विश्वविद्यालय में वाइस-चांसलर थे, वहाँ के अच्छे अंक पानेवाले बहुत से छात्रों की तरह मुझे भी यह भ्रम और अहंकार था कि मैं उनके नजदीक हूँ। इन दिनों

वे उत्तर प्रदेश लोकसेवा आयोग के अध्यक्ष थे। पिछले साल भी वे वहीं थे।

बँगले पर विश्वविद्यालय के दिनों जैसा ही माहौल था—वही निजी पुस्तकालय, वही पत्र-पत्रिकाएँ। नयापन सिर्फ़ एक तख्ती में था, जिसमें आग्रह किया गया था, "किसी भी तरह की प्रत्यक्ष या अप्रत्यक्ष 'कैन्वेसिंग' उम्मीदवार को 'डिस्क्वालिफाइड' कर देगी।"

"इलाहाबाद कैसे आना हुआ?" के जवाब में मैंने कहा, "कारण बताकर अपने को डिस्क्वालीफाइड नहीं कराना चाहता।" उन्होंने पूछा, "कम्पटीशन में बैठने आए हो? आई.ए.एस. में? पी.सी.एस. के लिए? पर इंटरव्यू में तो तुम पिछले साल भी आए थे।"

उनकी स्मरण-शक्ति ऐसा करिश्मा दिखा सकती है, यह हम जानते थे। मैंने कहा, "मैं लिया नहीं गया। आपको मैं इंटरव्यू में इम्प्रेस नहीं कर पाया।"

नम्बर? मैंने बता दिया। वे बोले, 98? ठीक तो है।"

मैंने एक अत्यन्त सफल उम्मीदवार का नाम लिया। कहा, "उनके 150 के मुकाबले..."

"ओह, श्रीलाल," उन्होंने मुझे मन्दबुद्धि के खाने में रखते हुए मेहनत से समझाया, "तुम अच्छे विद्यार्थी हो, पर वह 'इंटलेक्चुअल जायंट' है। तुम्हें 98 से ज़्यादा नम्बर कैसे मिलते? शैक्षिक योग्यता : न्यूनतम डिग्री। खेल-कूद?" उन्होंने मुझे एक दयनीय वस्तु की तरह देखा, "दूसरी ऐक्टिविटीज?...यूनिवर्सिटी में तुम सिर्फ़ नाम-भर के लिए रहे हो...। नहीं, कुल मिलाकर नम्बर बुरे नहीं हैं।"

उनका पहला वाक्य मुझे आख़िर तक याद रहा था। बोला, "लिखित परीक्षा में, सर, मुझे उन इंटेलेक्चुअल जायंट जैसे ही नम्बर मिले थे, शायद ज़्यादा ही।"

वे ख़ामोश रहे। फिर उन्होंने बातचीत ख़त्म करने के लिए इस बार परीक्षा में मेरी सफलता की शुभकामना की।

अचानक मेरे चलते-चलते उन्होंने पूछा, "और तुम्हारा लेखन?"

"लगभग बन्द है।"

"लिखते रहो।"

वह मैं आज भी कर रहा हूँ।

पर उस समय उनकी इस सलाह ने मुझे उलझन में डाल दिया : परीक्षा में वे मुझे पहले से ही असफल मानकर मुझको लेखन नाम का दूसरा व्यवसाय अपनाने की सलाह तो नहीं दे रहे हैं?

उस साल मैं पी.सी.एस. में सफल हो गया, पर इंटरव्यू में मुझे लगभग वही नम्बर मिले थे। इस बार 200 में 97।

होरी और उन्नीस सौ चौरासी

1984 का दिसम्बर। 1934-35 के दिन होते तो प्रेमचन्द के उपन्यास 'गोदान' का नायक होरी इस वक़्त अपने गाँव सेमरी में टूटे छप्पर के नीचे बैठा हुआ इधर-उधर से बीनकर लाई हुई लकड़ी और ईख की सूखी पत्तियों का अलाव ताप रहा होता। पर 1984—खासतौर से जार्ज आर्वेल के 1984—में होरी कुछ और ही हो गया है। वह अब हुक्का नहीं, बीड़ी पी रहा है। कछार में चोरी से चुआया हुआ महुए का ठर्रा भी वाजिब खुराक में पी चुका है। वह पंडित मातादीन की पक्की चौपाल में, पूस की रात के इस पहले पहर में टी.वी. देख रहा है और 'प्रोलफीड' खा रहा है।

'पंडित' मातादीन? 'गोदान' के पाठक शायद चौंके। यह वही मातादीन है न जिसके पिता पंडित दातादीन थे, जिसने सिलिया नाम की चमारिन से प्यार किया था, जिसके प्यार का फल रामू था, जिसने बाद में सिलिया को अपनाते हुए कहा था, "मैं ब्राह्मण नहीं, चमार ही रहना चहाता हूँ।" वह फिर से 'पंडित' कैसे? इसकी चर्चा बाद में होगी, पहले होरी और उसका 'प्रोलफीड'।

'प्रोलफीड'—बकौल जार्ज आर्वेल—प्रोलेतेरियत की खुराक, पार्टी की ओर से जनता को बराबर मिलनेवाला कूड़ा, मनोरंजन और फर्जी ख़बरों का मसाला। दूरदर्शन 'प्रोलफीड' उगल रहा है :

पिछले पाँच वर्षों में भारत की औसत सालाना विकास-दर 4.9 प्रतिशत रही है, जबकि अमरीका की 1.2 प्रतिशत और इंग्लैंड की सिर्फ़ 0.3 प्रतिशत। 1979-80 में कोयले का उत्पादन 10 करोड़ 40 लाख टन था। आज 1983-84 में यह बढ़कर 13 करोड़ 80 लाख टन हो गया। पेट्रोल का उत्पादन उसी दौरान 1 करोड़ 20 लाख टन हो गया। पेट्रोल का उत्पादन उसी दौरान 1 करोड़ 20 लाख से बढ़कर 2 करोड़ 60 लाख टन हो गया।...

होरी सुन रहा है, पर उसके लिए यह ऐसा संगीत है जिसके स्वरों का उतार-चढ़ाव तो समझ में आता है, शब्द पकड़ में नहीं आते। उसे कोयला और पेट्रोल से क्या लेना-देना?

...जहाँ 1950-51 में सिर्फ़ 5 करोड़ टन अनाज पैदा हुआ था, अब 1984 में 15 करोड़ टन पैदा हुआ है...।

हुआ होगा, कहीं गोदामों में सड़ रहा होगा, चूहे खा रहे होंगे। उसे तो यह अनाज

'काम के बदले अनाज' के एवज में दाना-दाना गिनकर ही मिल रहा है, चार दिन भी बुखार आ जाए तो घर में चूल्हा नहीं जलेगा।

...राष्ट्रीयकृत बैंकों की 24,000 शाखाओं के जरिए 1983-84 में देहाती क्षेत्रों में 4500 करोड़ रुपए की रकम खेतिहर ऋण के रूप में बाँटी गई...।

जिसमें से दो-तिहाई ग्रामसेवकों, विकास-अधिकारियों, शाखा-प्रबन्धकों की जेब में गई, जिससे उन्होंने ट्रक खरीदे, और शहरों में कोठियाँ बनवाईं, बाकी ऋण होरी-जैसे अभागों को ऋणी बनाने के काम आया।

प्रोलफीड के शुरुआती आँकड़े होरी के खयालों की बहती धारा में पतझर के पत्तों जैसे टपककर बह रहे थे। पर ऋण के ये आँकड़े उसकी चेतना पर दहकते हुए कोयलों-जैसे गिरे।

होरी के समुदाय ने रुपए और सूदखोरी की मार पीढ़ी-दर-पीढ़ी झेली है। 'गोदान' के दिनोंवाली वह साहूकारी। पंडित दातादीन, दुलारी सहुआइन, झिंगुरीसिंह, पटेश्वरी, मंगरू साह। पचास रुपए के कर्ज़ पर मंगरू साह ने तीन सौ रुपए निकाले थे, ईख नीलाम करवाई थी। मीठी जबान के बावजूद दुलारी सहुआइन नाक रगड़कर ही दो सौ रुपए देने को तैयार हुई थीं, आने पर ब्याज लेनेवाले पंडित दातादीन ने नौ साल में तीस रुपए पर दो सौ माँगे थे। उन्हीं की कृपा थी कि होरी की खेती-बारी टूट गई, ईख नहीं बो सका और किसान से मजदूर की श्रेणी में आ गया। तब एक-एक रुपए के पीछे जैसे घुटन, जैसा अपमान झेलना पड़ता था, उसकी याद आते ही आज भी दिल को एक झटका लगता है।

और, आज बकौल 'प्रोलफीड' : 1983-84 में राष्ट्रीयकृत बैंकों से 4500 करोड़ रुपए की रकम खेतिहर ऋण के रूप में बाँटी गई। होरी सार्वजनिक और स्वगत ढंग से कहता है : मार डाला बेईमानों ने।

1935 के होरी को साहूकारी सभ्यता के पेंच समझ में नहीं आए थे, सिर्फ़ इतना मालूम था—"हम जाल में फँसे हैं। जितना भी फड़फड़ाओगे, उतना ही और जकड़ते जाओगे।" एक तो सब कुछ भाग्य के अधीन था, दूसरे साहूकार भी तरह-तरह के थे। "ठाकुर या बनिए के रुपए होते तो ज़्यादा चिन्ता न होती, पर ब्राह्मण के रुपए! उसकी एक पाई भी दब गई तो हड्डी तोड़कर निकलेगी! भगवान न करे ब्राह्मण का कोप किसी पर गिरे!" तभी, जब गोबर ने दातादीन की सूदखोरी को चुनौती देकर तीस रुपए के कर्ज़ पर दो सौ की माँग के खिलाफ ब्याज समेत छाछठ रुपए लौटाने चाहे तो होरी ने साहूकार पंडित के चरण पकड़ लिये थे, कहा था, "महाराज, लड़कों की बातों पर मत जाओ। जब तक मैं जीता हूँ, तुम्हारी एक-एक पाई चुकाऊँगा।" उस

साहूकारी तंत्र में बड़े रहस्य थे : सूद का कभी न समझ में आनेवाला हिसाब, बामन के कर्ज़ का डर, थाना-कचहरी की दौड़, खड़ी फसल की नीलामी, वसूली के तरीक़ों में गालियों और डंडे का प्रयोग, और सबसे बड़ी बात कि जितना ही फड़फड़ाओगे उतना ही जकड़ते जाओगे।

1984 में बहुत कुछ बदला है और सूदखोरी नहीं बदली। होरी के सिर पर अब दो तरह के कर्ज़े हैं। एक खेतिहर ऋण जो सिंचाई के साधन से लेकर खेती के औजारों, मशीनों, खाद, बीज आदि तक के लिए मिलता है, और दूसरा असली ऋण—बिरादरी में बेइज्जती से बचने के लिए लिया जानेवाला ऋण। पहले ऋण को सरकारी अर्थशास्त्र विकासपरक ऋण कहते हैं, दूसरे को सामाजिक दायित्वों वाला ऋण। चूँकि होरी को अर्थशास्त्र की नहीं, पुराणपन्थियों की ही भाषा समझ में आती है, इसलिए पहले को देवऋण कहा जा सकता है, जो देवताओं की योनि में उपजे वित्त मंत्रालय के अधिकारियों, बड़े-बड़े बैंकरों, अर्थशास्त्रियों, ऋण-वितरण-समारोहों की अध्यक्षता करनेवाले खादीपोश बहुरूपियों और चपरकनाती अफ़सरों की कृपा से प्राप्त होता है। दूसरा ऋण, उसी पुराणपन्थी भाषा में पितृ-ऋण है जो पिता की कृपा से किसी जाति-विशेष में उत्पन्न होने के कारण, मुंडन, छेदन, ब्याह, गौना, दसवाँ, तेरहवीं आदि रस्मों को निपटाने के लिए फिर उन्हीं दुलारी सहुआइनों, उन्हीं दातादीनों, उन्हीं मंगरू साहुओं से लेना पड़ता है जो अब पहले से भी ज़्यादा चतुर हैं, जिनके लड़के अब आई.ए.एस. में घुसकर या बिजनेस मैनेजमेंट की डिग्री लेकर उसी तबके में घुस रहे हैं जो देव-ऋण बाँटनेवालों का है। 'उन्नीस सौ चौरासी' का लेखक जार्ज आर्वेल इसे अपनी 'न्यूस्पोक' में 'देपिसह' कह सकता था—देव-पितृ-सहायता। ऋण अब रहा ही नहीं, जो भी ऋण देता है वह वास्तव में सहायता दे रहा है। और चूँकि देव-ऋण और पितृ-ऋण देनेवाले—दोनों ही किस्म के लोग एक ही वर्ग और एक ही पार्टी के हैं, इसलिए होरी को इन ऋणों से अलग-अलग तंत्र में भले ही फर्क मालूम पड़े, ऋण देनेवाले जानते हैं कि वे एक ही बिरादरी के हैं। इस तरह, दो कामों के लिए दो तरह का ऋण दो अलग-अलग रास्तों से आने के बावजूद, चाहे सहकारी या सरकारी बैंक हो, या पुश्तैनी सूदखोर, वसूली के मामले में दोनों एक-से घातक हैं, दोनों ही खेत कुर्क करा सकते हैं, दोनों ही हवालात भिजवा सकते हैं। यह सूदखोरी व्यवस्था का द्वित्व (डाइकॉटमी) नहीं है, सार्वजनिक और सहकारी क्षेत्र का निजी क्षेत्र के दुर्दान्त सूदखोरों का शान्तिपूर्ण सहअस्तित्व है। संक्षेप में, 1935 में होरी को जहाँ नदी के इस किनारे पर पड़े मगरमच्छ निगलने को झपटते थे, वहीं अब उसे दोनों किनारों पर अलग-अलग शक्लवाले, पर एक ही नस्ल के मगरमच्छों का सामना करना पड़ता है। होरी की यह अजीब स्थिति है कि वह इस नदी को छोड़कर कहीं भाग नहीं सकता।

प्रोलफीड में 4500 करोड़ रुपए के खेतिहर ऋण का हवाला होरी के गले में हड्डी की तरह अटक जाता है। इस खेतिहर ऋण ने उसके साथ जो किया है, वैसा पंडित दातादीन और सेमरी के सारे साहूकार मिलकर भी नहीं कर सकते थे। उनके सामने,

कम-से-कम घिघियाया जा सकता था, कोई दुलारी सहुआइन कुछ देर के लिए द्रवित भी हो सकती थी, पर इसके सामने कुछ नहीं कहा जा सकता, क्योंकि कानूनबद्ध, चेहरारहित साहूकार कभी उसके सामने आता ही नहीं, उसके अस्तित्व का पता कुछ सरकारी कारकुनों और अख़बार में छपनेवाली कुर्की के इश्तहारों से ही चलता है।

इस साहूकारी व्यवस्था के शिखर पर बैठे हुए जो परम उत्साही व्यवसाय-विशेषज्ञ शहरी बाबू हैं, जो इस देश की राजनीतिक सन्ध्या के निर्जन सुनसान में अचानक भारत-भाग्य-विधाता बन गए हैं, वोट पकड़ने के तंत्र में कर्ज़ की राजनीति को ख़ूब समझते हैं। पर वे यह नहीं समझते कि गरीबी सबसे पहले इंसान की पहल करने की शक्ति को नष्ट करती है। सर्वहारा का मकरूज होना, वह अच्छी नस्ल की भैंस के कारण हो या बिरादरी के भोज के लिए, कोढ़ में सिर्फ़ खाज का काम करता है।

झिंगुरीसिंह के लिए अपनी उम्दा जोत के लिए जो चकबन्दी के कारकुनों के कारण और भी उम्दा हो गई है, ट्यूबवेल के लिए कर्ज़ लेना दीगर बात है। वह समृद्ध को समृद्धतर बनाता है। वह कर्ज़ वापस न कर सके, तब भी अपनी समृद्धि और राजनीतिक पुर्जेबाजी के सहारे वह अपनी जोत बचा ले जाएगा। पर ठर्रे में गनगनाते दिमाग के साथ प्रोलफीड खाते हुए इस होरी के साथ 1984 में क्या हुआ?

कुछ साल पहले उसे, जैसे सूअर के बच्चे को चार आदमी दबाकर उसका गला रेतते हैं, एक नसबन्दी शिविर में जाकर नसबन्दी करानी पड़ी थी। उसकी एक नस काट दी गई, पर उसे ज़्यादा दुःख नहीं हुआ था। जबसे वह पैदा हुआ, एक-एक करके उसकी नसें ही काटी जा रही थीं। उसने इससे भी समझौता कर लिया। पर कुछ ही साल बाद नसबन्दी-शिविरों की जगह खेतिहर-ऋण के शिविरों ने ले ली। अब विकास-खंड के कर्मचारी और तहसील का पूरा अमला गाँव पर गिद्धों की तरह उतर रहा था। सेमरी के पास के गाँव बिलारी में, जहाँ पहले यहाँ के जमींदार रायसाहब 'गोदान' के 1934 में रामलीला का जलसा कराते थे, उनके लड़के ने, जो विधायक भी थे और जिन्हें विधायक से मंत्री बनाना था, साल-भर पहले ऋण-वितरण-शिविर लगवाया था, जिसका लक्ष्य खेतिहरों में बीस लाख रुपए का ऋण बाँटना था। दिल्ली का खादीपोश युवा नेता, जो देश की अखंडता और एकता की लगातार बातें करता था और जिसकी बातें होरी की पहुँच के बाहर थीं, पूरे चेहरे को मुस्कान का अगियाबेताल बनाकर लोगों को ऋण बाँट रहा था। बैंक के हाकिम बरसाती मेढकों की तरह उसके आसपास फुदक रहे थे। उसी जलसे में होरी पर भी कुछ हजार रुपयों का कर्ज़ लाद दिया गया था।

उसे भैंस की ज़रूरत नहीं थी। 1935 के होरी ने एक गाय खरीदी थी; उधार पर, वह किस्सा अभी तक लोगों को याद है। सब कुछ ठीक था पर उसके एक भाई ने डाह के मारे गाय को जहर दे दिया था। उसी झमेले में गाय का पुराना मालिक भोला उसके बैल खोल ले गया था। अब, 1984 में, होरी में कर्ज़ लेकर भैंस खरीदने की दम न

थी। पर तहसीलवाले नहीं माने। कोई लम्बा-चौड़ा हिसाब दिखाकर उन्होंने बताया कि भैंस के दूध से, बैंक का कर्ज़ चुकाते हुए भी, होरी को कई सौ रुपए महीने का मुनाफा होगा। पर यह होरी भाग्य के बारे में अब और भी चौकन्ना हो गया था। वह जानता था कि ऐसी ख़ूबसूरत स्कीम को भीतर-ही-भीतर खाने के लिए कोई-न-कोई कीड़ा ज़रूर लगा होगा। वह कीड़ा ग्रामसेवक था जिसने कर्ज़ का एक हिस्सा कमीशन में कटवा लिया था, दूसरा पशु-चिकित्सक था जिसने एक बड़े मेले में अच्छी नस्ल की भैंसों की सामूहिक खरीद कराके उसे तीन थनवाली एक भैंस का पगहा पकड़ा दिया था।

भैंस बीमार हालत में आज भी होरी के दरवाज़े पर है। 1935 में उसकी गाय को उसके भाई ने जहर दिया था। आज, 1984 में उसकी ज़िन्दगी में इन ऋण-वितरण-शिविरवालों ने इस भैंस के बहाने न जाने कितना जहर घोल दिया है, वसूली के लिए कुर्की आने ही वाली है।

यह देव-ऋण का हाल है। पितृ-ऋण के लिए यानी सोना की शादी के लिए उसे रुपयों की ज़रूरत है। अब दहेज ठीक से न दिया जाए तो लड़की पर मिट्टी का तेल छिड़ककर उसे जला देते हैं। होरी को दहेज के लिए कर्ज़ चाहिए। पर इस काम के लिए राष्ट्रीयकृत बैंक, सहकारी बैंक, ग्रामीण बैंक—सब बेकार हैं। उधर आज गाँव में दुलारी सहुआइन और मंगरू साह भी नहीं हैं। डकैतों के डर से वे शहर के एक घने मुहल्ले में—ज़ो साहूकारों की पुश्तैनी बस्ती है—जा बसे हैं। इन साहूकारों के भव्य भवन बने हैं, वे टेलीफोन पर कारोबार करते हैं। खेतिहर-ऋण-वितरण-शिविरवाला खादीपोश नेता इनके यहाँ दावत खाने आता है। होरी की लड़की की शादी के लिए बैंक ऋण नहीं देगा, यह ऋण उसे इन्हीं सूदखोरों से मिलेगा और इनकी शर्तें मंगरू साह की शर्तों से भी ज़्यादा भयावह हैं।

पंडित मातादीन को यह टी.वी. सेट, बहुत किफायती लागत पर, पार्टी के प्रचार के लिए मिला है। होरी और वैसे ही दस-पाँच होरियों को 'प्रोलफीड' के साथ छोड़कर वे मकान के अन्दर चले गए हैं—उसी काम के लिए चोरी से चुराया हुआ महुए का ठर्रा पीने को। बाहर आकर यह देखकर कि टी.वी. पर कोई ऐसी गजल आ रही है, जिसमें गले लग जाने और बोसा लेने की इफारत है, वे सेट बन्द कर देते हैं। फिर लोगों को धर्मचारीजी का उपदेश, उनकी तांत्रिक सिद्धियों की महत्ता और उनके रचे भजनों का पाठ सुनाने लगते हैं।

पर वे तो चमार हो गए थे, फिर से पंडित कैसे हो गए? ऐसे। सिलिया और उनका बेटा रामू पढ़ने में अच्छा निकला। उसने अपनी माँ की जाति को अपनी जाति बनाकर, सुरक्षित जगहों में से आबकारी के इंस्पेक्टर की एक जगह ले ली। लड़के के इंस्पेक्टर बनते ही गाँववालों ने तय किया कि अब मातादीन को चमार नहीं कहा जा सकता, इसलिए उन्हें पंडितजी कहा जाने लगा। उनकी चुटिया अचानक बढ़ी ही

नहीं, उठ भी गई, उनके शरीर पर तीन धागे फिर से वापस आ गए। जिस एक दाँव ने बेटे को चमार बनाकर इंस्पेक्टर बनाया, उसी ने बाप को फिर से ब्राह्मण बना दिया। अब मातादीन के यहाँ सरकारी अमलों की आमद-रफ्त बढ़ रही है। पार्टी की स्थानीय शाखा के वे अध्यक्ष नामजद हुए हैं।

ऐल्डास हक्सले के 'ब्रेव न्यू वर्ल्ड' में यौनाचार एक अच्छा और अनिवार्य कर्तव्य है, जार्ज आर्वेल के 'उन्नीस सौ चौरासी' में यौनाचार एक घटिया, गर्हित काम है। आज होरी के 1984 में सिर्फ़ बलात्कार से प्राप्त यौन-सन्तोष ही चरम, सन्तोष है। 'गोदान' के 1935 में सोना, रूपा, सिलिया, झुनिया गाँव में मुक्त पक्षियों की तरह रहती थीं। खुद जिनके लिए उनके मन में आकर्षण हो; उन्हें छोड़कर बाकी सबसे भाईचारे के सम्बन्ध थे। शहर में पढ़नेवाले झिंगुरीसिंह के लड़कों ने ही उन दिनों भविष्य का इशारा दिया था, जब उनके बारे में कहा गया था कि शहर में पढ़ने जाकर उन्होंने गाँव की बिरादरी का नेम-धरम भुला दिया है।

अब होरी को सिर्फ़ सरकारी कर्ज़ की ही चिन्ता नहीं है, घर में जवान लड़कियों का बोझ उसे दिन-रात कुचलता रहता है। वह जमाना नहीं रहा जब गाँव के किसी लड़के की बदचलनी पर पंचायत बैठती थी, हर्जाना भरना पड़ता था। अब वह लड़का पंचायत को गाली देकर शहर भाग सकता है, वहाँ रिक्शा चलाकर किसी भी खेतिहर मजदूर से ज़्यादा कमा सकता है।

चारों ओर असुरक्षा है। शाम से ही घरों के दरवाज़े बन्द हो जाते हैं। सूरज डूबते ही सन्नाटा छा जाता है। कभी-कभी कुत्ते भूँकते हैं, जिससे अँधेरे का आतंक और गहराने लगता है। चारों ओर के जंगल और बाग़—सरकारी वनमहोत्सवों के ढकोसलों के बावजूद—कट गए हैं। अब गीदड़ और चमगादड़ तक नहीं बोलते। 'पूस की रात' जैसी कहानी में जाड़ा ही अब सबसे बड़ा यथार्थ बचा है। हिरनों और नीलगायों के झुंड अब फसल चरने नहीं आते। उनकी जगह गिरोहबन्द डकैतों ने ले ली है। वे किसी भी गाँव से निकल सकते हैं। वे सिर्फ़ लूटपाट करने नहीं आते, जवान बेटियों और बहुओं के लिए भी आते हैं। वे उनकी काम-क्षुधा का सबसे बड़ा आहार है। बूढ़े सम्पाती की तरह होरी उन्हें बचाने में असमर्थ है।

मातादीन समझाते हैं : लड़कियों को कुछ दिन के लिए शहर में गोबर के पास छोड़ आओ। शादी तय हो जाए, तब बुला लेना।

बड़ी-बड़ी तरक्कियाँ हुई हैं। पक्के मकान, बिजली, सड़कें, स्कूल...पर होरी, उसके जैसे लाखों खेतिहर मज़दूर और करोड़ों आदिवासी—इन सबके लिए 1984 आज भी जार्ज आर्वेल का दुःस्वप्न जैसा ही है। आज़ादी के बाद के आर्थिक उभार और

राजनीति का फायदा बहुतों को मिला होगा, पर होरी जैसे खेतिहर मज़दूर के लिए न कोई मिनिमम वेज़ेज ऐक्ट लागू होनेवाला है, न वर्कमेंस कम्पेंसेशन ऐक्ट। न बीमारी में उसकी व्यथा सुननेवाला कोई डॉक्टर है, न तमंचे की चोट से बचानेवाला कोई थानेदार। उसके बारे में सत्तापतियों की सिर्फ़ तीन चिन्ताएँ हैं : उसे बच्चा पैदा करने से कैसे रोका जाय, भूदान में मिले एक बीघा ऊसर के लिए उसको ज़्यादा-से-ज़्यादा विकास-ऋण कैसे पकड़ा दिया जाए और भले ही डकैतों की गोली लगने पर उसे थाने पर रपट लिखाने के लिए चौदह किलोमीटर चलना पड़े, उसका वोट लेने के लिए पोलिंग स्टेशन उसके दरवाज़े पर कैसे खड़ा कर दिया जाय। आतंक, असुरक्षा, कर्ज़ और दरिद्रता से जूझते हुए होरी को अब राहत के नाम पर महुए का अवैध ठर्रा-भर बचा है, जो जार्ज आर्वेल ने 1984 में विस्टन स्मिथ को भी विक्टरी जिनके नाम से मिला था, और मिला है पंडित मातादीन के घर का टी.वी. सेट, जो विंस्टन स्मिथ के ख़ुद अपने घर में लगा था। ऐल्डोस हक्सले ने शायद इसी की कल्पना करके आर्वेल को अपने एक पत्र में लिखा था :

"अगली पीढ़ी आते-आते, मुझे लगता है, दुनिया के शासकगण यह जान जाएँगे कि लोगों पर शासन करने के लिए उनमें बालबुद्धि और मूढ़ता का उद्दीपन क्लबों और जेलों से ज़्यादा कारगर साबित हो सकता है और ठोकर और कोड़े मारकर लोगों को काबू में लाने के बजाय प्रेमपूर्वक उनको अपनी दास-भावना में आसक्त बनाकर शक्ति की प्रबल आकांक्षा को मजे से सन्तुष्ट किया जा सकता है?"

प्रोलफीड में सब कुछ गलत ही नहीं है। बेशक, फिल्म एक्टर, संगीतकार, प्रबन्ध-विशेषज्ञ, वैज्ञानिक, अन्तरिक्षयात्री, उद्योगपति, दार्शनिक, न्यायविद हमारी ज़िन्दगी को समृद्धतर बनाने में लगे हैं, पर होरी की बदकिस्मती कहिए, उस ज़िन्दगी पर हुकूमत छुरेबाजों, दलालों, सूदखोरों, बौद्धिक नपुंसकों, डकैतों, संवेदनहीन हाकिमों को राजनीतिक मौकापरस्तों की है।

सकल बन ढूँढ़ूँ : एक सांगीतक

बाबा अम्बिकानन्दनशरण ने अपनी दाढ़ी पर हाथ फेरते हुए गद्गद कंठ से कहा, "धन्य है। धन्य है प्रभु, आपने ऐसा संगीत सुनाया है कि धन्य है! धन्य है!"

इसके पहले नगर की प्रसिद्ध गायिका सुरमादेवी ने लगभग घंटे-भर तक ख़याल का गायन किया था। ख़याल के बोल थे, 'सकल बन ढूँढ़ूँ।' सुरमादेवी के गाने की विशेषता यह थी कि जो उसे सुनकर नहीं समझ पाते थे वे उनको देखकर समझ जाते थे। इसी नीति से उन्होंने ऐसी-ऐसी मुद्राएँ दिखाईं कि साफ़ ज़ाहिर हो गया कि वे विरहिणी हैं और किसी को ढूँढ़ने के लिए जंगल-जंगल मारी-मारी फिर रही हैं। वे बार-बार आसमान की ओर देखकर कहती थीं, 'सकल बन ढूँढ़ूँ।' इससे जान पड़ता था कि संसार के सब जंगल आसमान में ही उगे हैं और उनका प्रेमी वहीं कहीं छिपा है। जब कभी वे उपेक्षा के साथ तबले और तानपूरेवाले की ओर देखतीं तो लगता मानो वे जंगल के किनारे-किनारे घूमने-फिरनेवाले सियार हैं। कभी-कभी वे श्रोताओं की ओर बड़ी ही भयपूर्ण मुद्रा बनाकर देखतीं जिससे जान पड़ता कि वे जंगल में घूमनेवाले भालू या शेर हैं। फर्श पर बिछे हुए कालीन पर वे इस प्रकार से हाथ-पैर पटकतीं कि लगता यह कालीन नहीं है बल्कि उसी जंगल की कँटीली घास है। इस प्रकार वन की भयंकरता दिखाकर सुरमादेवी बार-बार करुण आवाज़ में चीखतीं, "सकल बन ढूँढ़ूँ", "सकल बन ढूँढ़ूँ।"

सुननेवालों में बाबू राधाकान्त की परिहास-भावना बहुत ही विकसित थी। इसी कारण सभ्य समाज में वे मूर्ख समझे जाते थे और विकप्राय: उनकी ओछी तबीयत की निन्दा हुआ करती थी। उन्होंने बाबा अम्बिकानन्दनशरण से हँसकर कहा, "धन्य है। बाबाजी, धन्य है। इस पद में सुरमादेवी ने जो ब्रह्म-चर्चा की है, उसे योगी ही समझ सकते हैं।"

बाबाजी ने राधाकान्त को एक बार तिरस्कार के साथ देखकर फिर गम्भीरता के साथ कहा, "सत्य वचन हैं प्रभु, यह ब्रह्म-चर्चा ही है। सकल वन है क्या, अखिल ब्रह्मांड में व्याप्त चौरासी कोटि योनियों का प्रपंच है जो, सोई सकल बन है। परमात्मा से मिलने को परम व्याकुल है चित्त जिसका उन योनियों में भ्रमण करती हुई आत्मा ही प्रेमी-रूप है। जिससे मिलने को चित्त चलायमान है वह परमात्मा ही प्रेमिका-रूप है। उसी भाव में ओत-प्रोत है जो, सोई यह पद है। उस पदावली के गायन में आकंठ मग्न हैं जो वे सुरमादेवी ही इस ब्रह्म-चर्चा की प्रवर्तिका हैं। इस कारण से वे धन्य हैं।"

इस बार प्रोफेसर देवानन्द ने कहा, "आप अपनी जगह सत्य कहते हैं, पर सच बात यह है कि ब्रह्म-चर्चा इस प्रकार नहीं होती। यह ब्रह्म-चर्चा नहीं है। इस पंक्ति में विप्रलम्भ श्रृंगार का वर्णन है। इसी पंक्ति के गवाक्ष से भारत की प्राचीन संस्कृति झाँक रही है। हमारी सनातन संस्कृति और तपस्या का इतिहास इसी 'सकल बन ढूँढ़ूँ' में निहित है।"

इस बार सुरमादेवी ने आश्चर्य से प्रोफ़ेसर देवानन्द की ओर देखा, बोलीं, "सो कैसे प्रोफ़ेसर साहब?"

प्रोफ़ेसर साहब भारतीय इतिहास एवं संस्कृति के प्रकांड पंडित हैं। प्रकांड इसलिए कि जहाँ पंडित होता है वहाँ प्रकांड आ ही जाता है। अतः वे बोले, "आपने सुना कि विरहिणी नायिका नायक को समस्त वनों में ढूँढ़ती हुई घूम रही है। अब प्रश्न यह है कि वह नायक को ढूँढ़ने के लिए वनों में ही क्यों गई, नगर में क्यों नहीं आई? इसका उत्तर हमारी प्राचीन आरण्यक संस्कृति में मिलता है। नायिका को यदि आज कहीं अपने नायक को ढूँढ़ने के लिए जाना पड़े तो वह कहाँ जाएगी? कॉफ़ी हाउस में, रेस्तराँ में, क्लब में, बार में। परन्तु यह हमारी संस्कृति नहीं है। हमारी संस्कृति में तो नायक पहले पचीस वर्ष तक ब्रह्मचर्यपूर्वक वनों में ही निवास करता है। फिर गृहस्थाश्रम में प्रवेश करता है। फिर वानप्रस्थी हो जाता है अर्थात् वन की ओर पुनः प्रस्थान करता है। 'सकल बन ढूँढ़ूँ', यह पद हमारा ध्यान इसी आरण्यक संस्कृति की ओर खींचता है। और धन्य है यह बाला वियोगिनी नायिका जो अपने प्रिय से मिलने के लिए वनों में भटकती है!"

कहते-कहते प्रोफ़ेसर साहब भाव-विभोर हो उठे। तालाब में मुँह डालकर पानी पीते हुए बैल की तरह कुछ रुककर और फिर एक विकट उच्छ्वास निकालकर वे फिर पहले की भाँति भावलीन हो गए।

प्रोफ़ेसर साहब की बात से कॉमरेड शंकर का घोर अपमान हुआ। अपने ज़माने के वे घोर क्रान्तिकारी रह चुके थे। अब चूँकि उनका ज़माना ख़त्म हो चुका था इसलिए वे साँस लेते थे और जीते थे और इसी आज़ादी को गनीमत मानते थे। पर जहाँ इस प्रकार की बहस हो रही हो वहाँ चुप रहने में उनका अपमान था। इसलिए उन्होंने चीखकर कहा, "यह सब निरी बकवास है प्रोफ़ेसर साहब! ये गीत जन-जागरण के गीत हैं, इन्हें गद्दार नहीं समझ सकते। इन्हें वही समझ सकते हैं जो 'सर पर कफ़न को बाँधे क़ातिल को ढूँढ़ते हैं'। इसमें हीरोइन, ज़ाहिर है, गाँव की भोली-भाली लड़की है। हीरो रेवल्यूशनरी है। वह अंडरग्राउंड होकर जंगल में जा छिपा है। हीरोइन अपने हीरो से, अपने फ्रेंड, फिलास्फर और गाइड से मिलने के लिए जंगल में जाती है। किसलिए? जानते हैं आप? उस तहरीक में, उस मूवमेंट में, जान डालने के लिए। 'सकल बन ढूँढ़ूँ!' आपने 'पथेर दावी' नहीं पढ़ा? पढ़ लीजिएगा!"

कॉमरेड की बात सुनकर महाकवि मयूरजी अगाध आत्मविश्वास के साथ मन्द-मन्द हँसने लगे और बिना कहे ही कह ले गए कि ऐसी बात के कहने व सुननेवाले

दोनों ही निर्बोध हैं। सुरमादेवी ने पूछा, "क्या हुआ मयूरजी?"

मयूरजी की आँखों में एक ऐसी चमक टिमटिमाने लगी जो कि कभी-कभी पुरानी बैटरीवाली टॉर्च में बटन दबाने पर अचानक उभर आती है।

मयूरजी बोले, "देवि, यह सब व्याकरण ही की माया है। इसीलिए सब पर ऐसा भ्रम छाया है। इस गीत में जो नायिका है यही कहती है कि मैं प्रिय सकल बनकर तुम्हें ढूँढ़ती। जिस रूप में तुम मिलो वही बनाऊँगी। सब कुछ बनूँगी तभी तो तुम्हें पाऊँगी।"

मयूरजी कहते गए, "कैसा है उदात्त भाव! इसे भी तो देखिए। पहले के किसी कवि का कहा परखिए। बोली नायिका 'तुम्हें सभी विधि रिझाऊँगी, सैंया, तोरी गोदी फुलगेंदा बनि जाऊँगी।' आगे कहता है कवि, 'सैंया, तुम्हें भूख जो लगेगी तो लड्डू बालूसाही बन जाऊँगी।' अथवा, 'हे सैंया, तुम्हें प्यास जो लगेगी तो गंगा-जमुना औ सरसुती बनि जाऊँगी।' ऐसा ही किसी ने सिनेमा में भी कहा था कि 'फूल हो सजन तुम, मेरो मन भँवरा।' इस गीत में भी देवि, नायिका तैयार है नायक के अनुरूप रूप को बनाने को। प्रेम की, समर्पण की यही पराकाष्ठा है। यही है आदर्श, यही भारतीय काव्य है। सकल अर्थात् सभी बनकर ढूँढूँगी।"

इस पर श्रेष्ठ समालोचक, महाकवि मयूर के पुराने दुश्मन, डॉ. दीपधर ने कहा, "अरे मयूर साहब, आप सीधी-सी बात क्यों नहीं समझते? सब आपके हुक्म का करिश्मा है। जैसे गीदड़ की शामत आने पर वह शहर की ओर जाता है वैसे ही रीतिकाल की नायिका अपनी शामत आने पर जंगल की ओर जाती है। तभी आपने सुना होगा कि अभिसारिका काँटों को कुचलती है, साँपों को रौंदती है। वैसे, पहले आप-जैसे मयूर कभी-कभी उसकी चोटी को साँप समझकर खींचते थे, चकोर मुँह पर चन्द्रमा के धोखे में चोंच मारते थे। तोते होंठों का बिम्बाफल उड़ा ले जाना चाहते थे। पर वह जंगल में जाती ही थी। आप जैसे कवियों का हुक्म जो था! बाद में आपके हुक्म से कुछ नायिकाएँ क्षितिज के आसपास आ गईं। कुछ को मज़दूरों की बस्तियों में जाने का हुक्म मिल गया। ये तो सब आपके हुक्म की बाँदियाँ हैं। जहाँ चाहिए, वहाँ चली जाएँगी। क्यों सुरमादेवी?"

सब सुरमादेवी के मुँह की ओर देखने लगे, तब उन्होंने धीरे से मुस्कुराकर कहा, "हुकुम की क्या बात है, यह तो देश-देश के रिवाज पर चलता है। अपने देश में जंगल का ही चलन है, तो मयूरजी क्या करें? अपने यहाँ तो घर है, या जंगल है, और है ही क्या? यह तो देश-देश पर है।"

इस पर बाबा अम्बिकानन्दनशरण ने अपनी दाढ़ी पर हाथ फेरते हुए गद्गद कंठ से कहा, "धन्य है! धन्य है! अब इसी बात पर देस का आलाप हो जाए प्रभु। धन्य है! धन्य है!"

कालिदास का संक्षिप्त इतिहास

(लोक-कथाओं के आधार पर)

कालिदास का जन्म एक गड़रिए के घर में हुआ था। उनके पिता मूर्ख थे। उपन्यासकार नागार्जुन ने जिस वीरता से अपने पिता के विषय में ऐसा ही तथ्य स्वीकार किया है, वह वीरता कालिदास में न थी। अतः उन्होंने इस विषय में कुछ भी नहीं बताया। फिर भी सभी जानते हैं कि कालिदास के पिता मूर्ख थे। वे भेड़ चराते थे। फलतः कालिदास भी मूर्ख हुए और भेड़ चराने लगे। कभी-कभी गायें भी चराते थे। पर वे बाँसुरी नहीं बजाते थे। उनमें ईश्वरदत्त मौलिकता की कमी न थी। उसका उपयोग उन्होंने अपनी उपमाओं में किया है। यह सभी जानते हैं। जब वे मूर्ख थे, तब वे मौलिकता के सहारे एक पेड़ की डाल पर बैठ गए और उसे उल्टी ओर से काटने लगे। इस प्रतिभा के चमत्कार को वररुचि पंडित ने देखा। वे प्रभावित हुए। उनके राजा विक्रम की लड़की विद्या परम विदुषी थी। विद्या का सम्पर्क इस मौलिक प्रतिभा से कराके वररुचि ने लोकोपकार करना चाहा। कालिदास की मूर्खता का थोड़ा प्रयोग उन्होंने राजा विक्रम और विद्या पर बारी-बारी से किया। परिणाम यह हुआ कि कालिदास का विद्या से विवाह हो गया। विद्वता से मौलिकता मिल गई।

कुछ इतिहासकार कहते हैं कि वररुचि ने विद्या पर क्रोध करके उसका विवाह एक मूर्ख से कराया, यह गलत है। यदि वररुचि विद्या से नाराज़ होते और उन्होंने उसका अहित करना चाहा होता तो वे उसका विवाह किसी भी मूर्ख राजा से करा देते। किसी भी युग में ऐसे राजाओं की कमी नहीं रही है। सच तो यह है कि वररुचि ने जो किया, लोक-कल्याण के लिए किया।

कालिदास की मूर्खता प्रकट होने पर विद्या ने उनका तिरस्कार किया। वे देवी के एक मन्दिर में जा गिरे। उनकी जबान कट गई और देवी पर जा चढ़ी। देवी ने भ्रमवश उन्हें परम भक्त जाना। उनसे वर माँगने को कहा। मूर्ख होने के नाते कालिदास ने अपनी पत्नी के विरुद्ध कुछ कहना चाहा। किन्तु जैसे ही उन्होंने कहा, 'विद्या', भ्रमवश देवी ने समझ लिया, विद्या माँग रहा है। फिर क्या था, 'तथास्तु'। बस कालिदास विद्वान् हो गए।

आगे का इतिहास मतभेदपूर्ण है। पहले कालिदास किस शताब्दी में पैदा हुए, इसी को लीजिए। सभी जानते हैं वे विक्रमादित्य के समय में उत्पन्न हुए थे। विक्रमादित्य चौथी-पाँचवीं शताब्दी के राजा थे। चूँकि कालिदास का विवाह विक्रम की ही कन्या

से हुआ था, अतः यह चौथी शताब्दी के पहले पैदा नहीं हो सकते थे। यह भी सब जानते हैं कि महाराज भोज से भी इनकी मेल-मुलाकात थी। 'भोजप्रबन्ध' नामक ग्रन्थ में इसके अनेक प्रकरण मिलते हैं। भोज दसवीं शताब्दी के राजा हैं। इसी से सिद्ध होता है कि कालिदास का जन्म चौथी शताब्दी में और अन्त दसवीं शताब्दी में हुआ। वे लगभग छः सौ वर्ष जीवित रहे। मेरा अनुमान है जिस तरकीब से उन्हें विद्या मिली थी उसी से उन्हें दीर्घायु भी मिली।

वे तीन शताब्दियों तक 'मेघदूत', 'कुमारसम्भव' और 'रघुवंश' जैसे काव्यग्रन्थ लिखते रहे। (ऋतुसंहार अप्रामाणिक है।) बाद में उन्होंने नाटक लिखे क्योंकि जो कविता लिखता है वह सदैव कविता नहीं लिख सकता। कभी-न-कभी अकस्मात् आलोचना पर आने के पहले वह नाटक पर अवश्य ही उतरता है। उदयशंकर भट्ट, रामकुमार वर्मा आदि इसके उदाहरण हैं। तीन शताब्दियों में कालिदास के तीन नाटक, 'अभिज्ञान-शाकुन्तलम', 'विक्रमोर्वशीय' और 'मालविकाग्निमित्र' प्रकट हुए।

अभी कुछ दिन हुए हिन्दी-पत्रों में 'साधना' शब्द को लेकर काफी विवाद चला था। नए लेखक साधना-विरोधी हैं। पर कालिदास से उन्हें शिक्षा लेनी चाहिए। जन्म से मूर्खता मिलने पर भी भाग्य से उन्हें राज-सम्मान मिला, फिर भी उन्होंने पुस्तकें लिखने में जल्दी न की। छः सौ वर्षों में उन्होंने छः ग्रन्थ ही प्रकाशित कराए। इसी कारण कालिदास का नाम अब तक चला आ रहा है।

ख़ैर, यह तो विषयान्तर हुआ। विवाह के बाद कालिदास कविता लिखने लगे। यहाँ उन कवियों को कालिदास से शिक्षा लेनी चाहिए जो बिना विवाह किए ही कविता लिखने लगते हैं। इसी का फल है कि वे 'तेरे फीरोजी होंठों पर' जैसी पंक्तियाँ लिखकर होंठों के स्वाभाविक रंग से अपनी अज्ञता का प्रचार करते हैं। 'उभरे थे अम्बियों से उरोज' जैसी बात लिखकर और कुरुचि तक दिखाकर, यह नहीं जान पाते कि अम्बियाँ गिरती हैं, उभरती नहीं। जो विवाह करके कविता लिखेगा वह एक तो ऐसी गलतियाँ नहीं करेगा और करेगा भी तो उसको सही प्रमाणित करने का साहस रखेगा। इसीलिए कालिदास ने यह काम शादी के बाद आरम्भ किया। यह दूसरी है कि उनको अपने ससुर, विक्रमादित्य से इस विषय में प्रोत्साहन मिला। आज के कवि इतने भाग्यशाली कहाँ? कभी-कभी किसी सभा की सदस्यता पा लेने में, बची-खुची उपाधि हथिया लेने में और साक्षात् अपने ससुर से श्लोक-श्लोक पर लाख-लाख मुद्राएँ फटकारने में बड़ा अन्तर है। आजकल एक तो समझदार लोग अपनी कन्या का विवाह कवि से न करके ओवरसियर से करना चाहते हैं और कवि से विवाह कर भी दिया तो उमर-भर उसके भाग्य पर अकारण रोते हैं। पर कालिदास को ये असुविधाएँ न थीं। इसलिए उनका व्यवसाय अच्छा चला। 'भोजप्रबन्ध' आदि से विदित होता है कि कुछ दिन बाद वे पक्के व्यवसायी और चतुर व्यक्ति बन गए। जैसे आजकल के साहित्यकार अपनी रचना को पुरस्कृत कराने के लिए पहले एक पुरस्कार का विधान कराके बाद में अपनी रचना को ही सर्वश्रेष्ठ मनवा लेते हैं, वैसे ही कालिदास स्वयं राजा को समस्या

सुझाकर, दूसरे कवियों की रचनाओं में राजा की इच्छा का संशोधन देकर यह प्रकट करा देते कि श्लोक उन्हीं का है और इस प्रकार सहज प्रशंसा के भागी हो जाते थे।

आज की भाँति पुराने युग में भी लोग ज्ञानवर्धन के लिए यात्रा का महत्त्व समझते थे। इसीलिए कालिदास ने भी उत्तर-भारत से दक्षिण तक की यात्रा की। आज भी उत्तर-भारत के बहुत से कवि दक्षिण तक जाते हैं। पर उनकी गति कालिदास जैसी नहीं है। सर्वश्री भगवतीचरण वर्मा, नरेन्द्र शर्मा, नेपाली, प्रदीप आदि तो बम्बई तक ही पहुँचे। श्रीमती विद्यावती 'कोकिल' और सुमित्रानन्दन पन्त पांडिचेरी तक जा चुके हैं। फलतः इनके साहित्य में उन स्थानों की हवा का असर है। सब कुछ होने पर भी महर्षि रमण के आश्रम से भी दक्खिन जानेवाले हिन्दी कवि बहुत कम हैं। इस हिसाब से कालिदास की सिंहलयात्रा का ऐतिहासिक महत्त्व बढ़ जाता है। वे सिंहल अर्थात् सीलोन तक गए थे। इस बीच में शायद कोई भी महत्त्वपूर्ण हिन्दी कवि सीलोन नहीं गया। आगे भी हमारे यशस्वी कवि सीलोन जाएँगे, यह नहीं कहा जा सकता, क्योंकि रेडियो सीलोन की नीति अभी भली-भाँति निश्चित नहीं हो सकी है। फिर भी यदि वे किसी सांस्कृतिक आदान-प्रदान में सीलोन पहुँच भी जाएँ तब भी कालिदास की यात्रा का महत्त्व इससे कम नहीं होता, क्योंकि उस युग में उज्जयिनी के राजभवन से सीलोन तक जाना आज के युग में दिल्ली के संसद-भवन से पोलैंड तक जाने की अपेक्षा कहीं अधिक कठिन था।

कालिदास को वेश्याओं से प्रेम था। विद्वान जानते ही हैं कि कालिदास ने जिस "रमणी, सचिव : सखी मिथ : प्रियशिष्या ललिते कलाविधौ" की उदात्त कल्पना की है, वह वेश्याओं में बहुत अधिक मिल सकती है। वे रमणी होती ही हैं। आपके चाहने पर वे सचिव भी हो जाती हैं, और सखी भी। 'अज-विलाप' की नायिका और अपनी वेश्याओं में अन्तर केवल 'प्रियशिष्या' वाली बातों को लेकर है। वैसे सनातन काल से अपने देश का बड़े-से-बड़ा मूर्ख भी अपनी स्त्री को अपने से अक्ल में छोटा मानकर उसे शिष्या से ऊँचा नहीं उठने देता, वेश्या के साथ ऐसी बात नहीं। आप समझदार हों तो स्वयं उसके शिष्य बन सकते हैं। कई कवियों ने तो इसी शिष्यता के सहारे कवित्त-सवैये की लकीर छोड़कर गजल की झटकेदार कमन्द हथिया ली है। तात्पर्य यह है कि वेश्या का कवि-जीवन में जो महत्त्व है उसे हमारे जानने के पहले ही कालिदास जान चुके थे।

उनके मन में वेश्या-प्रेम कैसे जागा, इसको लेकर इतिहासकारों ने कई धारणाएँ व्यक्त की हैं। कुछ का कहना है कि वे पत्नी के शाप से वेश्यागामी बने। कुछ कहते हैं कि 'कुमारसम्भव' के नवम् सर्ग में शिव-पार्वती का संयोग-वर्णन इतना यथार्थवादी हो गया कि साक्षात् पार्वती को शाप देना पड़ा कि "ओ कवि, तू स्त्री-व्यसन में मरेगा।" उसी के वशीभूत होकर कालिदास वेश्यागामी हो गए। वैसे यह कथा विश्वास-योग्य नहीं है। देवी-देवता यदि अपने नाम पर संयोग-वियोग की लीलाएँ सुनकर कवियों को शाप देने लगते तो आज तक कवि-वंश का नाश हो गया होता; नहीं तो बहुत से

कवि संस्कारवश मन्दिरों के दरवाज़ों पर बैठकर बताशे बेचते होते। या कविता करते भी होते तो 'दफ़्तर की इमारत', 'चाय से लाभ', 'खेती के लिए उपजाऊ खादें' जैसे दोषहीन विषयों पर कविताएँ लिखते। यदि श्रृंगार-सुख के वर्णन से बुरा मानकर पार्वती कालिदास को शाप दे सकती हैं तो कल कोई रिसर्च का विद्यार्थी यही कहने लगेगा कि तुलसीदास का रत्नावली से वियोग इसलिए हुआ कि उन्होंने भगवान् राम को सीता के वियोग में दुःखी दिखाया था और उनके मन से जड़-चेतन का विवेक मिटा दिया था।

मेरे विचार से कालिदास को वेश्या-प्रेमी इसलिए होना पड़ा कि उनके सर पर उनकी पत्नी का शाप—या प्रताप बोल रहा था। देखने की बात है कि कालिदास की पत्नी उनके प्रति शुरू से ही कठोर रही। पुरुष की विद्या और आचरण ही उनके शास्त्रोक्त गुण हैं। पहले कालिदास के पास विद्या न थी, पर आचरण था। तब वह कालिदास का अपमान विद्याहीनता के कारण करती रही। जब वे विद्वान् हो गए और उसे कालिदास को गिराने की कोई तरकीब न सूझी तो उसने शाप देकर उनके आचरण को नष्ट कर दिया। और जब किसी सहृदय की पत्नी ही उसे शाप दे कि 'दुराचारी हो जाओ' तो फिर ऐसा कौन पति है जो इस शाप को स्वीकार न करेगा।

ये सब शोध की बातें हैं। सीधा-सादा इतिहास यह है कि कालिदास सीलोन गए। वहाँ एक वेश्या के घर रुके। वहाँ उन्होंने पुरस्कार पाने की लालच में एक समस्यापूर्ति की। तब उस वेश्या ने उन्हें मार डाला और उनकी समस्यापूर्ति के श्लोक को लेकर राजा से काफी धन प्राप्त किया। बाद में उसने राजा से कालिदास को मार डालने की बात भी मान ली। इस पर राजा ने वेश्या को माफ़ कर दिया। स्वयं वे कालिदास के साथ चिता पर जल मरे।

इस घटना से सिंहल देश के तत्कालीन न्याय-पद्धति पर भी प्रकाश पड़ता है। वहाँ यदि अपराधी अपराध स्वीकार कर लेता तो वह छोड़ दिया जाता था। जिसके सामने अपराध स्वीकार किया जाता वह दंड का भागी होता था। शायद इसीलिए अपराधी तब सही-सही बात बता भी देते थे। इस पद्धति का प्रभाव भर्तृहरि-काल में अपने देश में भी था। इसीलिए उन्होंने अपनी रानी को दूसरे पुरुष में आसक्त पाकर उसे कोई दंड नहीं दिया। ख़ुद अपने को देश-निकाला दे दिया।

ये सब विषयान्तर की बातें हैं, जो केवल वैधानिक इतिहास में आनी चाहिए। हमारे जानने योग्य तो यही बात है कि कालिदास वेश्या के घर में मारे गए। यदि उनके घर की तलाशी ली गई होती तो शायद बहुत-सा कालिदास-रचित भारतीय साहित्य, जो अब सिंहल देश की राष्ट्रीय-निधि है, हमारे साथ लग जाता। पर उस समय अपने देश का कोई हाई कमिश्नर वहाँ नहीं रहता था। इसी से यह नहीं हो पाया। वास्तव में, जिस प्रकार हमारे बहुत से वेद जर्मनी में पड़े हैं, इतिहास-ग्रन्थ इंग्लैंड में हैं, वैसे ही बहुत-सा काव्य-साहित्य सिंहल देश में है।

कालिदास का इतिहास मैंने जिस सफाई से बखाना है उससे आप यह न समझें कि उसमें मतभेद नहीं है। इतिहास का सम्बन्ध सच्ची घटनाओं से है। इसलिए एक-

एक घटना पर सौ-सौ मतभेद होते ही हैं। कालिदास के विषयों में भी मतभेद हैं। पर मैंने लोकप्रचलित कथाओं के आधार पर इसे रचा है। इसे लगभग नब्बे प्रतिशत जनता मानती है। इसीलिए विद्वानों को इसे सच्चा इतिहास मानना ही पड़ेगा। यही प्रजातंत्र का मूल सिद्धान्त है। इसे सच्चा इतिहास मानकर कालिदास के जीवन से कई शिक्षाएँ लेनी चाहिए। कुछ निम्नलिखित हैं :

1. यदि कोई जन्म से मूर्ख है तो उसे घबराने की ज़रूरत नहीं, अच्छा विवाह-सम्बन्ध हो जाने पर, राज-सम्मान मिल जाने पर या देव के प्रसाद से मूर्ख होने पर भी आदमी अच्छा कवि माना जा सकता है, और यशस्वी हो सकता है। ऐसे यशस्वियों की कभी कमी नहीं रही।

2. समस्या-पूर्ति करके काफी पैसा पैदा किया जा सकता है, पर पुरस्कार के लिए ही कविता लिखना या समस्या-पूर्ति करना कभी-कभी कुठाँव में मरवाता है।

3. वेश्याओं के यहाँ कभी न जाए। जाना ही हो तो उनके यहाँ जाकर कविता न लिखे। लिखे भी तो उसे कभी सुनाए ही नहीं। सुना भी दे तो उस पर मिलनेवाले पुरस्कार की चर्चा न करे।

4. बिना विवाह किए कविता न लिखे; लिखे भी तो उपयोगितावादी काव्य की साधना करे, 'नव विहान आया', 'कट गई रात जड़ता की, घर-घर हुआ साक्षरता प्रचार' जैसे विषयों पर।

हो सकता है कि कुछ विद्वान् कालिदास के इतिहास से सहमत न हों। शायद वे यह सिद्ध करना चाहें कि कालिदास एक उत्तम, धनी कुल में उत्पन्न हुए थे, उनके पिता भी कवि थे, उनकी प्रतिभा से प्रभावित होकर राजा विक्रमादित्य ने उन्हें अपना जामाता मान लिया था, वे सदाचारी थे, अपनी सदाशया पत्नी को छोड़कर किसी और स्त्री के, नूपुर के अलावा, कोई और आभूषण तक न पहचानते थे, उनका स्वास्थ्य बड़ा अच्छा था, नब्बे वर्ष की अवस्था में उन्होंने 'हरिः ओम् तत्सत्' कहकर शरीर छोड़ा, आदि-आदि। जो यह सिद्ध कर ले जाएँगे वे यह भी सिद्ध कर ले जाएँगे कि कालिदास के विषय में मेरी धारणाएँ असत्य हैं। पर इससे मुझे कोई दुःख नहीं होगा, क्योंकि उस दशा में भी कालिदास एक आदर्श कवि बने रहेंगे। साथ ही मेरा भी बड़ा भारी लाभ होगा। अपनी स्थापनाओं के खंडित हो जाने और उनके मिथ्या प्रमाणित होने पर भी मैं अमर हो जाऊँगा, क्योंकि बहुत से इतिहासकार आज भी इन्हीं कारणों से अमर माने जाते हैं।

आधुनिक कविता में भक्तिकाल

कुछ आलोचकों की शिकायत है कि आज के कवि केवल अपने कवि-मित्रों के लिए ही कविताएँ लिखते हैं और उनकी कविता का जनसाधारण में प्रसार नहीं हो पाया है। मैं आधुनिक हिन्दी-काव्य के बारे में इस प्रकार की निराशाजनक बातों को सुनने के लिए कतई तैयार नहीं हूँ। मेरा मत है कि वर्तमान हिन्दी कविता एक अधिक व्यापक रूप में पुराने भक्ति-काल की प्रवृत्तियों का प्रतिनिधित्व करती है।

वर्तमान कविता में भक्ति, ज्ञान, वैराग्य का अपूर्व सामंजस्य है। छायावाद तथा रहस्यवाद के आगमन के पूर्व तो प्रियप्रवास, पंचवटी, जयद्रथ-वध आदि का बोलबाला था ही, जिनमें या तो 'राधिका कान्हाई सुमिरन को बहानो है' वाली बात पाई जाती है या पुराणों के आख्यान और मर्यादा पुरुषोत्तम रामचन्द्र के चरित्र-चित्रण मिलते हैं। मैथिलीशरणजी ने यदि साकेत में राम को इष्ट माना है तो द्वापर में कृष्ण को, राम-श्याम का ऐसा संयुक्त आराधन किसी मध्यकालीन कवि में नहीं मिलेगा। वस्तुतः द्विवेदी युग के सभी कवि भक्ति-पक्ष की कविताएँ लिखते हैं, और नहीं तो, नीति के वचन कहते हैं, 'नर हो न निराश करो मन को।'

छायावादकालीन कवियों में प्रसाद की धर्मप्रवण प्रतिभा ने कामायनी का सृजन किया जिसमें श्रद्धा की महिमा का वेदसम्मत वर्णन करके 'श्रद्धावांल्लभते लाभं' की पुष्टि की है। उनकी कुछ भक्ति-विभोर प्रार्थनाएँ तो बहुत ही प्रसिद्ध हैं : 'पालना बनें प्रलय की लहरें', 'करुणा-कादम्बिनि बरसे' आदि। 'अब भी चेत ले तू नीच' जैसे गीतों में उन्होंने मायालिप्त मन को वैराग्य का सन्देश दिया है। 'चढ़कर मेरे जीवन रथ पर, प्रलय चल रहा अपने पथ पर' जैसी पंक्तियों में उन्होंने जीवन की क्षणभंगुरता का निर्देश किया है। प्रसादजी की सर्वाधिक भक्ति-पूर्ण रचना है 'आँसू'। इसमें भू-लोक, नक्षत्र-लोक एवं रहस्य-लोक की भावाविष्ट सृष्टि करके कवि ने आँसू को प्रभु की असीम करुणा का उपलक्षण माना है और उससे प्रार्थना की है कि वह विश्व-सदन में चमके। निराला ने तो तुलसीदास पर एक काव्य-ग्रन्थ लिखकर सिद्ध कर दिया कि राम ते अधिक राम कर दासा। फिर भी 'राम की शक्तिपूजा' में उन्होंने अपने शाक्त रूप का भी प्रचुर परिचय दिया है। वैसे मानना होगा कि निराला स्मार्त वैष्णव हैं 'डोलती नाव अगम है धार, सँभालो जीवन खेवनहार' अथवा 'भर देते हो' जैसी रचनाएँ एक वैष्णव ही लिख सकता है। उन्होंने 'पंचवटी-प्रसंग' नामक एक लघुपुराण भी लिखा है। उनके कुछ गीतों से, यथा, 'हमें जाना है जग के पार' से 'चल चकई वा देश में'

वाला भाव स्पष्ट होता है। जिस प्रकार कबीर ने 'माया महाठगिन मैं जानी' में माया की निन्दा की है वैसे ही निराला ने भी 'तू किसी के चित्त की है कालिमा' कहकर उसे तिरस्कृत किया है।

सुमित्रानन्दन पन्त तो अरविन्द के प्रभाव में खुलेआम भक्तिवादी हो गए हैं और संसार को भक्तिप्रवण होने का सन्देश दे रहे हैं। 'आओ प्रभु के द्वार' में उन्होंने एक व्यग्र पुजारी की भावनाओं का चित्रण किया है। कवयित्रियों में महादेवी वर्माजी द्वारा अज्ञात अव्यक्त परमात्म-तत्त्व की आराधना तो जगद्विख्यात है ही; 'पन्थ होने दो अपरिचित, प्राण रहने दो अकेला' में 'एक एव चरेत्' वाले भाव की पुनः पुष्टि की गई है। कोकिलजी के शब्दों में मीरा की-सी तन्मयता और भक्ति-भावुकता है। 'सखि अब रस बरसे मैं भीजूँ', 'माँ, मैं अचल सुहाग भरी' आदि पदों को सुनते ही मन का सारा कलुष धुल जाता है। नरेन्द्र शर्मा ने युवावस्था के प्रमाद में प्रवासी के गीत लिखे थे; परन्तु प्रवासी शब्द से ही परमात्मा से बिछुड़ी हुई आत्मा का बोध होता है और अनजाने ही जिस दर्शन-तत्त्व ने उनकी लेखनी को तब परिष्कृत किया था वही उनकी अर्वाचीन कविताओं में निर्द्वन्द्व भाव से फैल रहा है :

शत गज-बल संयुत यंत्र शिल्प नव विश्वकर्म।
शतरूपा सृष्टि-शिवालय समुदाय विश्वधर्म॥

× × ×

हो रही चतुर्दिक चिदाकाश से सूक्ष्म वृष्टि।
चिन्मय रस की सब ओर रास, जग वृन्दावन॥

जब मैंने अज्ञेय का नाम सुना था तभी 'ऋते ज्ञानान्न मुक्तिः' के आधार पर मान लिया था कि मुक्ति को पाने के लिए उनके काव्य का ज्ञान होना आवश्यक है। प्रपंच की धार में मग्न, किन्तु अपने आप में स्वतः तंत्र आत्मा के लिए 'हम नदी के द्वीप हैं' वाली कविता चिरकाल तक वेदान्तियों का ज्ञानवर्द्धन करेगी। जिसे कबीर ने 'जल का कुम्भ' कहकर छोड़ा था, उसने आज द्वीप का-सा वृहदाकार ग्रहण कर लिया है। 'अरे यायावर, रहेगा याद' कहकर चौरासी कोटि योनियों में भ्रमनेवाले जीव को उनके वास्तविक रूप का बोध कराया गया है। अज्ञेय की कविताएँ ज्ञानमूलक हैं किन्तु उनका मूलाधार आस्था है। जिससे भक्ति की सृष्टि होती है। उसी प्रकार धर्मवीर भारती के अन्धा-युग में 'यह जग अन्धा मैं केहि समझावों' की भावना के साथ ज्ञान-भक्ति का अद्‌भुत समन्वय करके श्रीकृष्ण लीला का संवरण किया है। श्रीकृष्ण-चरित्र पर लिखित यह एक पवित्र ग्रन्थ है।

यहाँ मुझे एक-दूसरे सन्त कवि बच्चन की याद आती है जो कहते हैं :

जय हो, हे संसार तुम्हारी।
तुम जीते उस ठौर जहाँ पर
हमने बाज़ी हारी।

इस भजन में एक अकेले व्यक्ति की तुलना में संसार की महत्ता का बखान हुआ

है। संसार क्या है? इसके उत्तर में गीता में अर्जुन ने भगवान कृष्ण से कहा है :

प्रसीद देवेश जगन्निवास
त्वमक्षरं सदसत्तत्परं यत्

(गीता 11/37)

अर्थात् हे भगवान्, यह जगत् ही तुम्हारा निवास है। संसार प्रभु का लीलामय निवास है, इसलिए बच्चन महाराज ने इस संसार के सामने अपनी हीनता स्वीकार की है। भक्ति सूत्रों में इसे प्रणति कहा गया है। यही नहीं, संसार तो स्वयं भगवान् का रूप है। भागवत में कहा है :

यस्मिन्निदं यतश्चेद येनेदं य इदं स्वयम्।
योऽस्मात् परस्माच्च परं तं प्रपद्ये स्वयम्भुवम्

(भागवत 8/3/3)

ध्यान दीजिए : य इदं स्वयम्।

उनका दूसरा भजन है :

अकेलेपन का बल पहचान।

और इस प्रकरण में दत्तात्रेय का यह उपेदश सुनने लायक है :

वासे बहूनां कलहो भवेत् वार्ता द्वयोरपि।
एक एव चरेत् तस्मात् कुमार्याइव कंकण:॥

(भागवत 11/9/10)

सांसारिक प्रपंच में लिप्त प्राणियों को इस तिरस्कारपूर्ण भजन से सचेत करने की चेष्टा की गई है : तूने अभी नहीं दुःख पाए।

नए कवि की आस्था वस्तुत: विश्वास का ही नया नाम है जो फलदायक होकर रसानुभूति कराती है। और रस क्या है? रसो वै स:। कवि की बहुवर्णित अनुभूति भी गूँगे का गुड़ है जिसका रस वह अपने आप ही पाता है और वृथा दूसरों पर प्रकट करने की चेष्टा करता है। अनुभूति का उत्तर अनुभूति ही दे सकती है, शब्द नहीं। ये तो दर्शन-निरूपण की कुछ मौलिक बातें हैं जिनका यही तात्पर्य है कि नवीन कवि भी परम भागवत एवं धर्मतत्पर हैं, और उनकी भाषा भी पुराने सन्त कवियों की सधुक्कड़ी भाषा जैसी अटपट और जटिल है।

श्री सुरेन्द्र एवं रामबहादुर 'मुक्त' द्वारा सम्पादित कविताएँ : 1957 नामक ग्रन्थ की पहली कविता यों है :

तृप्ति की मधु मोहिनी का एक कण दे दो न मुझको।

× × ×

छाँह की ममता भरी श्यामल शरण दे दो मुझको।

(अंचल)

इस स्तोत्र में 'रसौ वै स:' की मधुर कल्पनाएँ विवृत्त करके प्रभु का भाव-कण पाने की याचना की गई है।

दूसरी कविता यों है :

ये जो चेहरे पर खिंची लकीरें हैं

× × ×

जो माथे पर टेढ़े-मेढ़े आड़े-तिरछे बल हैं।

× × ×

सब कुछ तो बदल गया
पर मुख का भाव...

(अजित कुमार)

इसमें माथे की लकीरों, अर्थात् प्रारब्ध के अमिट होने की बात कही गई है और उससे बचने के लिए प्रभु का आश्रय लिया जाए, इसका प्रच्छन्न इंगित किया गया है।

तीसरी कविता यों है :

हरे भरे हैं खेत
मगर खलिहान नहीं

इस प्रकार जीवन के बाह्य वैभव की वास्तविक निस्सारता को बताकर कहा गया है :

पकेगा फल चखना होगा
उन्हीं को जो जीते हैं आज
जिन्हें है बहुत शील का ज्ञान...

(अज्ञेय)

इसमें पुन: कर्मफल की अनिवार्यता सिद्ध करके नीति-काव्य द्वारा शील की गरिमा की स्थापना की गई है।

चौथी कविता है : निमिया की छाँह तले। कवि हैं अधीर, बी.ए.। इसके शीर्षक से ही विश्वताप से दग्ध जीव को प्रभु की करुण छाया के प्रति प्रेरित किया गया है। पाँचवीं कविता में अनन्त कुमार 'पाषाण' ने शीर्षक दिया है : 'फौरन द्वार खोलो'। इससे भक्त की व्यग्रता और भाव की उत्कटता प्रकट होती है। इसकी अन्तिम पंक्तियाँ हैं :

हे प्रभु, शव यह प्रपंच का
तृष्णा के नयनों से
घूर रहा है अब भी...
खोलो द्वार, खोलो द्वार
फौरन द्वार खोलो

इस विह्वलता के आधार पर पाषाणजी को घनानन्द और रसखान की कोटि में रखा जा सकता है।

इसके बाद 'भोर' नामक कविता में अभय वर्मा गंगा-स्नान और राम-नाम आदि का महत्त्व गाते हैं :

प्रसन्न हुई हवा नहाकर गंगा
पड़ोस में राम का नाम जागा।

इस संग्रह में कहीं गंगाप्रसाद पांडेय मुक्ति की अकथ कथा कहते हैं :

यह वही क्षण
मुक्ति मधुकण
सामने सागर निकट है
जो कगारों से कभी मिलता नहीं।

(मुक्ति)

कहीं गजानन माधव 'मुक्तिबोध' ब्रह्म का निरूपण करते हैं :

निराकार सूने का घेरा किन्तु अखंड स्थिर रहा,
वह मेरा श्याम शून्य
अनिमेष निहारता खड़ा रहा सत्यों को एकटक

(कई बार)

गिरिजाकुमार माथुर अपनी प्रार्थना में विराट् रूप का ध्यान करते हैं :

जीवन को फिर विराट् गीत का आलाप दो
अग्नि दो, तपन दो, नया ताप दो।

(नयी आग की खोज)

जगदीश गुप्त सांसारिक व्यवहार की निस्सारता प्रकट करते हैं :

...हँसी यह
खोखली है, झूठ है, दिखावटी है

(हँसी के पाश)

हरिनारायण व्यास शब्द-ब्रह्म का माहात्म्य वर्णित करते हैं :

चैतन्य शिव आनन्द का उपभोग केवल शब्द में
सोया हुआ है।

(आज यह दुनिया)

धर्मवीर भारती जीवन-यात्रा में तृष्णा की निस्सीमता पर कहते हैं :

यह सफर की प्यास, अबुझ, अथाह!

(अन्तहीन यात्रा)

विष्णुचन्द्र शर्मा जीव के देह धारण करने की कुत्सा पर क्षोभ प्रकट करते हैं :

क्यों जन्मा मैं,
क्यों मेरे मन में जीवन की गाँठें खोलीं?

(वर्षगाँठ के दिन)

ये समस्त सन्त कवि साधुवाद, स्नेह और दया के पात्र हैं जो आज के नास्तिक-युग में अपनी आस्थापूर्ण भक्तियुक्त वाणी से लोक के कलुष को विशीर्ण कर रहे हैं। आजकल मानव जाति अणुबम एवं उद्जन-अस्त्रों के प्रबल आतंक में डूब-उतरा रही है,

क्षुधा-तृषा की तुच्छ समस्याओं में ग्रस्त है, अनेक आर्थिक, सामाजिक एवं राजनीतिक संघर्षों में अपने आपको भूली हुई है। ऐसी दशा में हमारे सन्त कवि अपने स्वरों द्वारा हमें तात्कालिक यथार्थ से खींचकर दूर ले जाने की पवित्र चेष्टा कर रहे हैं और हमें उस चिरन्तन सत्य का दर्शन करा रहे हैं जिसे हम मूढ़तावश अपने लिए अनावश्यक समझते हैं। यह दृष्टि-दोष है। यही माया है। किसी कवि ने कितनी सच्ची बात कही है :

एक ऊर्णनाभ
मेरी आँखों पर
जाला बुनता है...

(धुन्ध, देवकुमार)

संस्कृत-पाठशाला में प्रसाद

पंडितपुर की संस्कृत-पाठशाला का प्रसंग है। पंडित प्रेमनाथ शास्त्री भाषा और संस्कृत के विद्वान् हैं। वे दक़ियानूस नहीं हैं। इसलिए भारवि और माघ के साथ-ही-साथ कभी-कभी प्रसाद और निराला का भी नाम ले लेते हैं। उन्हें सब छायावादी कवियों के नाम याद हैं। वे यह भी जानते हैं कि महादेवीजी संस्कृत की एम.ए. हैं, निराला ने बचपन में श्लोक लिखे थे और प्रसाद ने संस्कृत का अध्ययन घर पर किया था। पन्त के बारे में उनकी राय अच्छी नहीं है क्योंकि पन्त ने प्रभात का प्रयोग स्त्रीलिंग में किया है और 'दृग सुमन फाड़' में समास का विग्रह पैदा कर दिया है।

प्रभात बेला है। छायाएँ लम्बी होकर फैली हैं। अत: वातावरण छायावादी है। संस्कृत-पाठशाला का चबूतरा टूटकर धरती के उर पर चिन्ताभार-सा टिका है। उस पर पड़ा हुआ छप्पर देखकर लगता है कि यहाँ प्रलय की लहरें आ चुकी हैं। और उस पर पालना बनकर निकल चुकी हैं। उस छप्पर में बर्र के छत्ते शीतल ज्वाला-सी जला रहे हैं। यत्र-तत्र फैली मक्खियों का समुदाय हृदय में बसी हुई सुधियों की बस्ती-सा जान पड़ता है। पाठशाला के सामने जामुन का पेड़ टपक रहा है जिससे कण-कण में स्पन्दन है। वहीं घने प्रेमतरु-तले एक सरोवर है जहाँ 'ले चल मुझे भुलावा देकर' वाला हाल-चाल दिखाई देता है। जामुन टपकते हैं, विद्यार्थी खाकर गला ख़राब करते हैं और वायु मर्मर-स्वर में तरु पल्लवों द्वारा कहती है, 'अब भी चेत ले तू नीच'; मेढक बोलते हैं, 'करु.का.ब.,' 'करु.का.ब.,' जैसे इशारा कर रहे हों, 'करुणा कादम्बिनी बरसे!'

इसलिए इसमें आश्चर्य ही क्या कि पंडित प्रेमनाथ शास्त्री बालकों को प्रसाद का काव्य पढ़ाने लगें! प्रसंग 'गायन्ति देवा: किल गीतकानि धन्यास्तु ये भारतभूमिभागे' ने खोला। वे बोले :

"अहा! धन्य हैं भारत-भूमि-भाग के रहनेवाले! देवता तक यह गीत गाते हैं..."

शास्त्रीजी का शीश छायावादी काव्य के अर्थ-सा जटिल है। मस्तक पर रक्तचन्दन की बिन्दी-ही-बिन्दी दिखाई देती है, मानो कवि के मन में किसी अपरिचित प्रीतिमयी नायिका की स्मृति हो। छायावादी शब्दावली-सी कोमल और मधुर मुख-मुद्रा है। हृत्तंत्री-जैसा टूटा हुआ चश्मे का फ्रेम है। उसे स्नेह की डोर के समान धागे से जोड़कर कान तक पहुँचाया गया है। वाणी में ऐसी विवशता है मानो विदाई में वेदना मिली है। वे अब कह रहे हैं :

"बालको, यहीं प्रसादजी ने भारत-वन्दना में जो गीत लिखा है उसे भी सुन-समझ लो।"

कवि कहता है :

अरुण यह मधुमय देश हमारा।
जहाँ पहुँच 'सुनसान' क्षितिज को
मिलता एक सहारा।

(पंडितजी ने 'अनजान' का पाठान्तर 'सुनसान' बनाकर कहा)

"इसका गौण अर्थ यह है कि हमारा देश लाल-लाल है। यहाँ पहुँचकर सुनसान क्षितिज को एक सहारा मिल जाता है।

अब इसका विशेष अर्थ देखो।

"अरुण का अर्थ है लाल। कवि-समय के अनुसार जैसे मलिनता आकाश और पाप का लक्षण है, धवलता यश, हास और कीर्ति का, वैसे ही लाल रंग क्रोध और अनुराग का लक्षण है।

"'मालिन्यं व्योम्नि पापे यशसि धवलता वर्ण्यते हासकीर्त्यौ रक्तं च क्रोधरागौ...।' इससे यह सिद्ध हुआ कि अपने देश में क्रोध और राग की प्रधानता है। अर्थात् क्रमशः रौद्र और शृंगार रस का यहाँ प्राचुर्य है। अब 'मधु' का अर्थ लो। मधु माने मीठा। मधु का अर्थ मदिरा भी होता है। साथ ही उपनिषद् वाक्य है, 'चरन् वै मधु विन्दति।' यहाँ मधु का अर्थ अमृतत्व है। यदि मधु का अर्थ मधुर लें तो प्रमाणित होगा कि अपने देश में मिष्टान्न का आधिक्य है। मिष्ठान्न का आधिक्य होने का ही परिणाम यह हुआ कि इस देश में ब्राह्मण-संस्कृति बहुत काल तक उन्नत स्थिति में रही। अथवा, मधु माने शहद; सो शहद सात्त्विक वृत्ति का द्योतक है, अर्थात् यह देश सात्त्विक गुणप्रधान है। मदिरा का अर्थ लिया जाए तो मदिरा यक्षों का पेय है। कालिदास ने 'यस्यां यक्षाः सितमणिमान्येत्य हर्म्यस्थलानि' वाले प्रकरण में कहा है कि यक्ष मधुसेवन करते हैं। अमरकोश में कहा है :

विद्याधराप्सरो यक्ष...
भूतोऽमि देवनोनयः।

"अतः मधुलाभार्थ इस देश में यक्षादि देवयोनियाँ आकर बसीं। मधुमय बताकर कवि यह कहना चाहता है कि यह देश देवयोनियों का प्रिय है। पुनः देखो, मधु अर्थात् अमृतत्व। कहा जा सकता है कि अपने देश में अमृतत्व भरा है। अर्थात्, यहाँ मनुष्य अमर है। या यों कहिए कि यहाँ अमर अर्थात् देवगण मनुष्य होकर आते हैं। 'अमरा निर्जरा देवाः इत्यमरः'—इसे 'गायन्ति देवाः' के 'भवन्ति भूयः पुरुषाः सुरत्वात्' से सिद्ध किया जाए तो संगति बैठेगी। कुल मिलाकर अर्थ यह हुआ कि इस देश में सात्त्विक पुरुष रहते हैं, यक्ष रहते हैं तथा देवता वास करते हैं। कुछ विद्वानों का अर्थ के विषय में यह मत है कि अरुण अर्थात् सूर्य मधु-भरा अर्थात् अमृतत्त्वपूर्ण है और वही हमारा देश है, ऐसा इस गीत का अर्थ है। इससे

यही प्रमाणित होता है कि इस देश में सभी सूर्यवंशी हैं और चन्द्रवंशी किसी दूसरे देश से आए थे। सुकवि प्रसादजी इतिहास के प्रकांड पंडित थे। इस पंक्ति में उन्होंने भारतीयों के सूर्यवंशी होने का सिद्धान्त प्रतिपादित किया है।

"अब दूसरी पंक्ति की व्याख्या करते हैं :

'जहाँ पहुँच सुनसान क्षितिज को मिलता एक सहारा।'

"क्षितिज में ही छायावाद है। क्षितिज का प्रथम अर्थ तो यह है कि जो क्षिति अर्थात् पृथ्वी से उत्पन्न हुआ हो। पृथ्वी से उत्पन्न हुआ है खनिज तत्त्व, लोहा, कोयला, मिट्टी का तेल। यह पदार्थ अन्य देशों में सुनसान पड़े रहते हैं किन्तु भारत देश में आकर इन्हें सहारा मिलता है। अत: जिस प्रकार कवि ने प्रथम पंक्ति में इस देश का इतिहास वर्णित किया है वैसे ही इस दूसरी पंक्ति में भूगोल का वृतान्त सुनाया है। साथ ही, क्षितिज अर्थात् पृथ्वी और आकाश के मिलने का जहाँ भ्रम हो वह रोदसी-वृत्त। तुम जब ध्यान से देखोगे तो जानोगे कि सुनसान क्षितिज को इसी देश में सहारा मिला है क्योंकि जिधर देखो उधर क्षितिज-ही-क्षितिज है। यह हमारे देश की एक भारी भौगोलिक विशेषता है। ऐसी विशेषता इतर देशों में नहीं है।

अब आगे के चरण में अद्भुत रस का वर्णन है :

सरस तामरस गर्भ-विभा पर
नाच रही तरु-शिखा मनोहर
छिटका जीवन हरियाली पर
मंगल कुंकुम तारा।

"बालको! इस चरण का अवलोकन करो जिसका अर्थ साधना उतना ही कठिन है जितना 'माघ' के एकाक्षरी श्लोकों का। कहते हैं कि सरस अर्थात् रसपूर्ण तामरस अर्थात् कमल के गर्भ की जो विभा है उस पर मन हरनेवाली तरुशिखा अब नाच रही है। हरियाली पर जीवन अर्थात् जल फैला है और उसमें कुंकुमवर्ण मंगलतारा शोभायमान है।

"इन पंक्तियों का अर्थ समझने के हेतु भाषा का साहित्य समझना चाहिए। ये पंक्तियाँ छायावाद की हैं। वाद अर्थात् सिद्धान्त। अर्थात् इन पंक्तियों के अन्तर्गत प्रतिकृति का सिद्धान्त निहित है। पहले हरिऔधजी ने 'प्रियप्रवास' में लिखा था :

तरु-शिखा पर थी अब राजती
कमलिनी-कुल-वल्लभ की प्रभा।

"अब छाया का सिद्धान्त लगाकर प्रसादजी ने इस भाव को उलट दिया है। अत: पहले यदि कमलिनी-कुल के वल्लभ की प्रभा तरु-शिखा पर विराजती थी तो छाया-रूप में कमल-कुल की प्रभा अब तरुशिखा पर विराजती है और छाया का प्रयोग होने के कारण तथा जलमयी हरियाली के सम्पर्क से यह नाचती-सी दीख पड़ती है। और उसकी रक्ताभा मंगल-तारा-सी जान पड़ती है। इन पंक्तियों में पुरातन साहित्य को उलटकर जल में छायावत् करके दिखाया गया है। साथ-ही-साथ अद्भुत रस का भी

समावेश किया गया है। आगे कहते हैं :

लघु सुरधनु-से पंख पसारे
शीतल मलय समीर सहारे
उड़ते खग जिस ओर क्षितिज को
समझ नीड़ निज प्यारा।

"अपने देश की वन्दना का मुख्य भाग इन्हीं पंक्तियों में है। कवि कहता है कि इस देश में ऐसे भी पक्षी हैं, जो कि उड़ते हैं। जब वे उड़ते हैं तो उनके पंख इन्द्र-धनुष-सा बनाते हुए फैलते हैं। इस देश के पक्षी पंखों से नहीं उड़ते। पंख तो केवल पसारते-भर हैं। उड़ते वे मलय-समीर के सहारे हैं। अब यह शंका उठती है कि जब जो मलय-समीर नहीं होता तब वे किसके सहारे उड़ते हैं? इसका समाधान प्रथम तो यही है कि मलय-समीर न होने पर भी उड़ते हैं वे इस देश के पक्षी न होंगे। अथवा द्वितीय समाधान यह है कि मलय-समीर न होने पर जब वे उड़ते हैं तब वे पंख केवल पसारते नहीं उनका सहारा भी लेते हैं। प्रसादजी को पक्षियों का और विशेषकर इसी देश के पक्षियों का विशद ज्ञान था। अत: तुम देखो कि वे कहते हैं कि इस देश के पक्षी क्षितिज को ही अपना नीड़ अर्थात् घोंसला समझकर उड़ते हैं। इस प्रसंग में मृग-तृष्णा की छाया आ गई है। जैसे पृथ्वी पर हिरन मरुभूमि में बालू को देख उसे सरिता का जल मान उसी दिशा में धावता है वैसे ही आकाश में पक्षी क्षितिज को अपना नीड़ जान उड़ते हैं और अन्त में शोक को प्राप्त होते हैं।

"इस प्रकार अब तक इस गीत में तुम्हें इस देश के इतिहास, भूगोल, जड़, चेतन सबकी दशा का ज्ञान कराया गया। जैसे वे सब यहाँ हैं, वैसे कहीं नहीं हैं। यही भारत-महिमा है। इसी से भारत लोकवन्द्य है। इसी से देवता यहाँ अवतार लेते हैं। अब आगे कहते हैं :

'हेम कुम्भ, ले उषा सबेरे...।' "

पंडितजी ने न केवल मूल के अर्थ को, बल्कि मूल पाठ को भी अपने ढंग से तोड़-मरोड़कर प्रसाद की महिमा का इतना बखान किया था। संस्कृतज्ञ होने के नाते अशुद्ध अर्थ को 'विकल्प' बताना और अशुद्ध पाठ को 'पाठान्तर' कहना उनका अपना अधिकार है। अत: उस अधिकार को पूर्ण प्रयोग करके वे प्रसाद के साहित्य की गरिमा और इस देश की महिमा 'गायन्ति देवा:' की भूमिका में समझाते रहे। पर प्रसाद की काव्यात्मा वहाँ अधिक न ठहरी। वह पंडितजी द्वारा की गई काव्य-मीमांसा का रस लेकर पछताती हुई यह कहकर अन्तर्निहित हो गई :

मैंने भ्रमवश जीवन संचित
मधुकरियों की भीख लुटाई।

घुड़सरी का कवि-सम्मेलन

मौजा घुड़सरी के लोगों को लारियों की धूल देखने के लिए सोलह मील चलना पड़ता था। बत्तीस मील चलने पर रेल का धुआँ देखने को मिल जाता था। जिले की कचहरी का पानी पीने के लिए चौंसठ मील का सफर करना पड़ता। महीने में अगर कभी पोस्टमैन इस गाँव की तरफ़ आता भी तो यहाँ तक आते-आते वास्कोडिगामा बन जाता। गाँव के आसपास अगर कभी दारोगाजी पहुँचते तो दो-तीन मील दूर से ही उनकी हुलिया बदलकर कोलम्बस जैसी हो जाती।

इस गाँव के विख्यात नेता बल्लमटेर महराज एक दिन जिला बोर्ड के मेम्बर हो गए। उनके मुकाबले कोई भी चुनाव लड़ने को खड़ा नहीं हुआ। सभी कहते थे कि इसमें बेइज्जती है। अत: वे निर्विरोध चुने गए। फिर सब कुछ निर्विरोध ही होता गया। एक प्राइमरी स्कूल खुला पर उसमें मिडिल तक के लड़के तालीम पाते रहे। जब वह मिडिल स्कूल हो गया तो उसमें हाई स्कूल तक के लड़के पढ़ने लगे। जब वह हाई स्कूल हो गया तो उसे कॉलेज कहकर प्रसिद्ध कर दिया गया। इस कॉलेज तक पहुँचने के लिए पक्की सड़क से सोलह मील तक कच्ची सड़क बनवाई गई। अर्थात् बल्लमटेर महाराज के पुश्तैनी दुश्मनों के खेत काट-काटकर राह में मिला लिये गए। जहाँ पहले बैलगाड़ी जाती थी वहाँ अब भी बैलगाड़ी निकल सकती थी। जहाँ नाला था वहाँ नाला ही रहा। धीरे-धीरे जैसे खेतों पर सड़क निकली थी वैसे ही सड़क पर खेत निकल आए। पर गाँव, सड़क के किनारे का गाँव हो गया।

इस कॉलेज में बल्लमटेर महाराज के भतीजे पं. दसादीन शर्मा प्रिंसिपल बने। जब यह मिडिल स्कूल था, वे तभी से इसके हेडमास्टर थे। हाई स्कूल होते-होते वे ख़ुद हाई स्कूल पास हो गए। अब कॉलेज हो जाने पर उन्होंने बी.ए. भी पास कर लिया था। वे अकबर की तरह कॉलेज का शासन सिर्फ़ बुद्धि के सहारे चलाते थे और इसके लिए सारी दुनिया में मशहूर थे।

इसी कॉलेज में बाबू रामाधार उर्फ पल्लवजी हिन्दी के अध्यापक नियुक्त हुए। वे हिन्दी से एम.ए. थे। इसीलिए कवि भी थे। इसलिए उनके मन में दूसरों को कविता सुनाने की इच्छा भी रहती थी। इसलिए लोग उनसे घबराते थे। इससे वे अकेले रह जाते थे। इस हालत में वे और भी कविताएँ लिखते और उन्हें सुनाना चाहते। तब लोग उनसे और भी घबराते। इस तरह फिर वही चक्कर चलने लगता।

इसी बीच विद्यालय निरीक्षक के दो आदेश आए। एक तो यह कि दसादीन शर्मा ट्रेनिंग पास करें, नहीं तो हेडमास्टर न रह सकेंगे और दूसरा यह कि कॉलेज की नाजायज कक्षाएँ तोड़ दी जाएँ। पं. दसादीन ने इसका भी हल ढूँढ़ निकाला। उन्होंने पल्लवजी से कहा कि विद्यालय निरीक्षक कविता-प्रेमी हैं। आगे की बात सुनकर पल्लवजी पल्लवित हुए। नोटिसें छप गईं कि स्कूल का सालाना जलसा होगा जिसके अन्तर्गत खेल-कूद, दंगल, अन्त्याक्षरी, एकांकी-नाटक और अखिल भारतवर्षीय कवि-सम्मेलन होगा, जिसका सभापतित्व सुप्रसिद्ध विद्वान् अमल एम.ए. पास, श्री जनार्दनदास विद्यालय निरीक्षक करेंगे।

सालाना जलसा सब तरह से कामयाब रहा। मास्टरों और लड़कों की रस्सा-कशी से लेकर प्रिंसिपल के भाषण तक और ज़ोरदार दंगल से लेकर बल्लमटेर महाराज के हाथों पुरस्कार वितरण तक आनन्दपूर्वक निबट गया। गड़बड़ी सिर्फ़ पिछली रात के नाटक में हुई। एक टिकट कलेक्टर का अभिनय करते हुए एक बुद्धिमान, विद्यार्थी अभिनेता ने इतनी मज़ेदार बातें कही कि दर्शकगण हँसते-हँसते दुहरे हो गए और फिर वहीं लोट गए। बार-बार टिकट बाबू के लिए शोर मचने लगा। पर नाटक के बाद पं. दसादीन शर्मा ने टिकट बाबू को बुलाकर अश्लीलता के आरोप पर चार बेंत लगाए। जो भी हो, नाटक बड़ा कामयाब रहा और लोग यही कहते हुए वापस गए कि टिकट बाबू ने कमाल कर दिया और ऐसा खेल कहीं नहीं देखा।

अब अन्तिम समारोह रह गया 'अखिल भारतवर्षीय कवि-सम्मेलन।'

पल्लवजी को इस सम्मेलन के बहाने कविता सुनने और सुनाने का अपूर्व अवसर मिल रहा था। इसलिए उन्होंने अच्छे-से-अच्छे कवि इकट्ठा करने में कोई कसर नहीं छोड़ी। उन्होंने स्कूली लड़कों को दूर-दूर के कई स्थानों पर भेजा, कई जगह जान-पहचान के सुराग लगाए, कई दूसरे कवियों से अपने साथी कवियों को चिट्ठियाँ लिखाईं, पिछड़े इलाके में साहित्य के प्रसार का लालच दिखाया, अन्त में हिन्दी-हिन्दू-हिन्दुस्तान का नारा लगाकर त्याग की भीख माँगी और इस प्रकार हिन्दी के कई अच्छे-अच्छे कवियों के आने का आश्वासन पा लिया।

कवियों के रहने का इन्तजाम का जिम्मा बल्लमटेर महाराज के छोटे भाई रामअँजोर ने लिया। कठपुतली का नाच और नौटंकी से लेकर रामलीला तक के इन्तजाम का बोझा हर साल भाई रामअँजोर ही सँभाला करते थे। कन्धे पर लाल अँगोछा डाले, कान पर चूने की गोली रखे, गमछा और बनियान पहने, गले में सोने की ताबीज लटकाए, भाँग खाए, नीचे के होंठ और दाँतों के बीच तम्बाकू भरे हुए और हथेली पर भी तम्बाकू मलते हुए भाई रामअँजोर को देखते ही सारी शंकाएँ मिट जाती थीं। यकीन हो जाता था कि ये कोई भी इन्तजाम सँभाल सकते हैं। इसलिए जब उन्होंने तम्बाकू की पीक पल्लवजी के पैर के पास थूककर बड़ी लापरवाही के साथ कहा, "सब हो जाएगा पल्लौजी, आप क्यों लिबिर-लिबिर करते हैं।" तो पल्लवजी को यकीन हो गया कि लिबिर-लिबिर करना बिल्कुल बेकार है।

हलवाहों को खेत से बुलाकर भाई रामअँजोर ने कवियों के रहने का इन्तजाम शुरू करा दिया। छप्पर से छाई हुई एक बँगलानुमा सरिया थी जिसमें उनकी गाय-भैंसें बँधा करती थीं। उन्हें हाँककर सामने बरगद के पेड़ के नीचे बँधवा दिया गया। सरिया के बाहर खट-पट करते हुए घोड़े और बछेड़ों को भी दूर बँधवा दिया गया। उनके खूँटे उखाड़ दिए गए। सरिया के भीतर जानवरों के पेशाब और गोबर को साफ़ करके उस पर पहले राख डाली गई, फिर उसे भी बुहारकर पत्तियाँ बिछा दी गईं उसके ऊपर ढेर-सा पुवाल फैलाकर स्कूल की टाट-पट्टियाँ बिछा दी गईं। सरिया के किनारे-किनारे तीन तरफ़ जानवरों के चारे की नाँदें एक-दो हाथ की ऊँचाई से गड़ी हुई थीं। भूसे, दाने, खली, नमक आदि की कई दिन पुरानी मिलावट से गन्धाता हुआ पानी उलीचकर दूसरी ओर बाहर फिंकवा दिया गया। नाँदों को धुलवाकर पुँछवाया गया, फिर उनमें सूखा भूसा भर दिया गया। एक कोने में दो नई नाँदें लगाई गई थीं, जिनका अभी तक इस्तेमाल नहीं हुआ था। भाई रामअँजोर ने एक में मिट्टी के कुल्हड़ और पत्तलें रखवा दीं और दूसरी में पीने को पानी भरा दिया ताकि इन चीज़ों के लिए दूर न जाना पड़े। इतना कर लेने पर उन्होंने पूरी स्थिति पर एक तजुर्बेकार सुपरवाइजर की निगाह डाली और गमछा सँभालते हुए तेजी से छप्पर के एक कोने के पास जा पहुँचे। हुमककर उन्होंने उसे कुछ ऊपर उठा दिया। बड़ी ताक़त लग रही है यह दिखाने के लिए दाँत भींच लिये, फिर वे बड़े ताकतवर हैं, यह दिखाने के लिए सीना उभारकर आगे फेंक दिया और छप्पर को कुछ ऊँचाई पर दो बाँसों के सहारे खड़ा कर दिया। फिर एक फूँक में साँस छोड़कर बोले, "बुला लाओ पल्लौजी को, वे भी देख लें कि कैसा चमन बना दिया।"

दोपहर के बाद से ही पड़ोस के गाँव के रहनेवाले उजागर शर्मा उस सरिया में, जिसे अब चौपाल कहा जाएगा, आकर बैठ गए। वे राधेश्याम कथावाचक की कथा हारमोनियम पर गाते थे। थोड़ी ही देर बाद घुटनों तक धोती चढ़ाए, देह पर मिर्जई पहने, सिर पर साफ़ा, गलमुच्छे रखाए, कोदईराम ब्रह्मभट्ट भी वहाँ आ गए। उन्हें देख उजागर शर्मा हँसे। बोले, "पल्लौजी ने आनन्द कर दिया।" उत्तर में कोदईराम ने एक बात कही, "कुछ कहिए नहीं, बड़ा तिकड़मी है।"

शाम होते-होते दो बैलगाड़ियों में भरे हुए शहर के कई कविगण घुड़सरी आ पहुँचे। गाँव के नज़दीक आते-आते बैलों ने कड़बड़-कड़बड़ दौड़ना शुरू किया। उनके गले में पड़ी घंटियों की तीखी झनझनाहट, गाड़ीवालों की 'बाँ-बाँ, काँ-काँ' और पहियों की गड़गड़ाहट से लोगों को पहले ही मालूम हो गया कि कवि लोग आ गए। हाईस्कूल के लड़कों ने अपना स्कूल बैंड बजाना शुरू कर दिया। प्राइमरी स्कूल के लड़के लाइन में खड़े होकर झन-झना-झन लेजिम भाँजने लगे। बछड़े भड़क-भड़ककर खूँटे तुड़ाने लगे। घोड़ा हिनहिनाने लगा, उसका बछेड़ा दुम उठाकर गाँव के बाहर बगटुट भागा। दो-एक हलवाहे चौपाल की ओर दौड़ पड़े। बरगद की जड़ पर बैठे हुए भाई रामअँजोर ने खड़े होकर फेफड़ातोड़ आवाज़ में पुकारा, "अरे पल्लौजी, मेहमान आ गए।"

कवि लोगों के चेहरे धूल से ढक गए थे। उतरते ही वे अपने कपड़े झाड़ने लगे। होल्डॉल, अटैचियाँ, कम्बल, झोले बैलगाड़ियों से उतारे जाने लगे। एक हलवाहे ने यह सब सामान चौपाल में ज्वार के गट्ठरों की तरह डालना शुरू किया। इसे देखने के लिए गाँव के बेकार के लोगों की भीड़ इकट्ठा हो गई। चना चबाते हुए, ईख चूसते हुए और आपस में चपतबाजी का खेल खेलते हुए लड़कों ने चौपाल का दरवाज़ा घेर लिया। घर लौटते हुए चरवाहे ठिठककर लाठी के सहारे खड़े हो गए। कई काली-काली औरतें, काली-काली धोतियाँ पहने, रेंडी के तेल, सैंदूर और काजल की इफरात में अपने आपको डुबोए वहीं आकर बैठ गईं और किचकिच करने लगीं। भाई रामअँजोर ने एक्सपर्ट की निगाह से चारों ओर देखा, फिर कड़ककर भीड़ लगानेवालों से बोले, "चलो भागो, नहीं तो एक-एक की टाँगें चीरकर रख दूँगा।" अब कवियों को उनकी ओर मुखातिब होना पड़ा। तब पल्लवजी ने भाई रामअँजोर का उनसे परिचय कराया। गमछे को अच्छी तरह कमर पर समेटकर वे पहलवानी चाल से कवियों तक आए और दोनों हाथों से उनसे हाथ मिलाने लगे।

ईख का रस छानकर उसे गरम किया गया। उसमें दूध मिलाया गया और मटर की घुघनी के साथ कवियों के सामने जलपान में दिया गया। उसके बाद गाँव के दो नाइयों को कुएँ के ऊपर लोटे लेकर बैठाल दिया गया और हिदायत दी गई कि कवि लोगों के हाथ-मुँह धुलाने का इन्तज़ाम किया जाए।

खाने के वक़्त चौपाल में नाँद से उठा-उठाकर पत्तल डाल दिए गए और दूसरी नाँद से भर-भरकर कुल्हड़ों में पानी रख दिया गया। अचानक रसोईघर की तरफ़ कुहराम मचा और पता लग गया कि खाना आ रहा है। रामअँजोर के साथ कोई सात-आठ मुस्तंडे जवान घुटनों तक धोती चढ़ाए, चुटिया हिलाते, नंगे बदन पर जनेऊ फटकारते खाना लेकर इधर-से-उधर दौड़ने लगे। एक ने कहा, 'भात', तो चौपाल से लेकर रसोईघर तक 'भात, भात' का नारा लग गया। फिर दूसरे ने कहा, 'दही चल जाए' तो 'दही, दही' की गरज से घुड़सरी के आसपास तक सत्तर कोस का इलाका गूँज उठा।

उँगलियों में लपेट-लपेटकर दिया गया दो-दो चुल्लू दही और दाल और हाथ से गोला जैसा बना-बनाकर परोसा हुआ भात सामने देखकर कवि लोग पहले तो एक-दूसरे के मुँह की ओर देखने लगे, फिर एक कवि ने भाई रामअँजोर से कहा, "जरा, क्या नाम है उनका, पल्लवजी को बुलाइए।"

भूसे से भरी नाँद के सहारे अपनी कमर को टिकाकर भाई रामअँजोर तिरछे खड़े हुए खाने का इन्तज़ाम देख रहे थे। उन्होंने पल्लवजी के लिए एक-दूसरी फेफड़ातोड़ आवाज़ लगाई और उस कवि के पास आकर पंजों के बल बैठते हुए, मसलहत के साथ बोले, "क्या हुआ? बात क्या है?"

कवि ने कुछ दूर बैठी हुई कवयित्री से अंग्रेज़ी में कुछ बात की, फिर रामअँजोर से कहा, "मैं और शीलाजी ऐसा खाना नहीं खाएँगे।"

इस पर भाई रामअँजोर ठठाकर हँसे। बोले, "चलिए, अभी धरती पर आचार—

विचार, धरम-करम कुछ बचा तो है। कोई बात नहीं, तुम कच्चा खाना न खाओगे तो पक्की रसोई का इन्तज़ाम करता हूँ।" इसके बाद उन्होंने एक मुस्तंडे नौजवान से कहा, "ऐ, जल्दी से पूड़ी बनवाओ। घुइयाँ बनवा लो। चट्-पट् इन्तजाम करो।" फिर कड़ककर बोले, "बिल्ली की चाल जाओ और कुत्ते की चाल आओ।"

कवि लोग भाई रामअँजोर का मुँह देखते रह गए। फिर उस कवि ने पल्लवजी के आने पर उनसे अंग्रेजी में कुछ कड़ी-कड़ी बातें कीं। उधर से कवयित्रीजी ने कुछ और जोड़ा। फिर एक कवि ने पानी से भरी नाँद की ओर इशारा किया। चौथे कवि ने टाट के नीचे से एक गोबर का टुकड़ा उठाकर पल्लवजी पर फेंका। पाँचवें कवि किसी ख़ास मजमून पर न आकर उन्हें सिर्फ़ डाँटते रहे। यह हालत देख कथावाचकजी ने कोदईराम से चिल्लाकर कोई बात कही, जिस पर कोदईराम ने गलमुच्छों पर ताव देकर और गला फाड़कर 'डड्डड्डक्करि चच्चच्चट्टरी चंडी...।' से शुरू होनेवाला एक छप्पय पढ़ना शुरू कर दिया। तब भाई रामअँजोर ने रुआँसे हो आए पल्लवजी को ललकारकर कहा, "क्या बात है, पल्लौजी? घबराते क्यों हैं?" इस पर चारों ओर से 'क्या बात है' कहते हुए कई मुस्तंडे वहीं आकर पिल पड़े। इसके बाद कवियों में एकदम से शान्ति छा गई और कुछ कवि खा चुके और कुछ पूड़ियों का इन्तज़ार करते रहे।

पहले किसी ने भाई रामअँजोर से कहा, उन्होंने पल्लवजी से, पल्लवजी ने कवियों से और फिर चारों तरफ़ शोर मच गया कि "बल्लभजी आ गए, बल्लभजी आ गए।" और सचमुच ही दूसरे क्षण बल्लभजी नाम के कवि चौपाल में दाखिल हुए। एक कवि ने उन्हें भद्दी-सी गाली देकर अपने पड़ोसी से कहा, "पार साल इसे अपने सम्मेलन में बुलाया था तो सैकड़ों रुपए माँग रहा था। आज यहाँ चार रुपल्ली के पीछे आठ कोस साइकिल चलाकर आया है।" एक-दूसरे कवि ने बल्लभजी को प्रेम से अपने पास बैठाला और कहा, "ऐसे अँधेरे और सर्दी में यहाँ तक साइकिल पर आना, आपका ही बूता था।" बल्लभजी फर्श पर धप् से बैठ गए। धीरे से बोले, "मैं क्या जानता था कि यह जगह यहाँ पर है? महेशजी की चिट्ठी मिली, चला आया। महेशजी की मुरव्वत ने मार डाला।"

कवि लोग आपस में सम्मेलन की बदइन्तजामी की निन्दा कर रहे थे। संयोजक को कोस रहे थे। साइकिल से घुड़सरी पहुँचकर बल्लभजी ने महेशजी का जिक्र क्या किया, जैसे कवियों को कोई भूला हुआ फार्मूला याद करा दिया। एक कवि ने अपने पड़ोसी से कहा, "मैं यहाँ हरगिज नहीं आता। पर महेशजी की चिट्ठी मेरे पास ही आई थी। उन्हीं के प्रेम में चला आया।" इस पर पड़ोसी ने कहा, "मैं भी क्यों आता। पर महेशजी के पत्र ने मजबूर कर दिया।" फिर तो, नहीं एक कवि पूछता, "आप दिल्ली जानेवाले थे?" जवाब मिलता, "पर कहाँ जा पाया? यहाँ के लिए महेशजी की चिट्ठी आ गई।" दूसरा कवि पूछता, "आपको दफ़्तर से छुट्टी कैसे मिल गई?" उधर से कोई कहता, "छुट्टी कहाँ मिली? पर महेशजी की बात टालना...!" कहीं कोई धीरे से सवाल करता, "आपका कितना किराया तय हुआ है?" तो दूसरा ज़ोर से जवाब

देता, "किराए का क्या सवाल? महेशजी के प्रेम में चला आया। जो भी दे दें।" अब बहुत से कवि, जो घुड़सरी पहुँचने के कारण एक-दूसरे के आगे झेंप रहे थे, महेशजी के नाम पर शहीद होकर हँसने-बोलने लगे। पल्लवजी ठुड्डी को उँगलियों की चुटकी से दबाए हुए सोचते रहे कि ये महेशजी कौन हैं?

लगभग दस बजे रात से कवि-सम्मेलन शुरू हुआ। स्टेज पर जहाँ कल नाटक हुआ था और टिकट बाबू का बोलबाला था, वहाँ आज कवियों के बैठने का मंच बन गया था। पीछे घोड़े पर चढ़े शिवाजी की तस्वीरवाला पर्दा था जिसकी साइडों में तालाब में नहाती हुई परियों की तस्वीरें थीं। सभापति और कवि लोग इसी मंच पर बैठे। सामने एक शामियाना था जिसके नीचे तीन-चार सौ आदमी बैठ गए थे। पर उसके आगे चारों ओर लगभग चार-पाँच हज़ार आदमियों की भीड़ ओस में बैठी हुई थी। कुछ दूर पर फाटक के पास पेड़ के नीचे तीन-चार चौकीदार अलाव ताप रहे थे। कुछ सिपाही चारपाइयों पर पड़े बीड़ी पी रहे थे। एक लड़का नौटंकी सुना रहा था। आसपास धुएँदार ढिबरियों की रोशनी में खोंचेवाले मूँगफली, रामदाने के लड्डू, लैया कड़ाकेदार आदि का नारा बुलन्द कर रहे थे। सभापति जनार्दनदास ने इन सबको देखा और कबूतर की तरह गर्दन फुलाकर पल्लवजी से कहा, "यह शोर बन्द कराइए। सम्मेलन शुरू किया जाए।" पल्लवजी ने यह बात भाई रामअँजोर से कही; भाई रामअँजोर अपने वजनी पाँवों से थम-थम करते हुए मंच से नीचे उतरे और कांस्टेबलों के पास जाकर कहने लगे, "दीवानजी, काम शुरू होनेवाला है। नौटंकी बन्द कराइए।" फिर खोंचेवालों से चीखकर बोले, "चुपचाप बैठे रहो सालो, नहीं तो एक-एक की टाँग चीरकर फेंक दूँगा।" इसके बाद सन्नाटा छा गया।

पहले पं. दसादीन शर्मा का भाषण यह बताने के लिए हुआ कि आजकल हिन्दी में किसी को भी कविता लिखना नहीं आता। फिर पल्लवजी ने अपने भाषण में यह सूचना दी कि हिन्दी में कुछ कवियों को कविता लिखना आता है और वे सब आज घुड़सरी में उपस्थित हैं। फिर कविता-पाठ शुरू हुआ।

पहले उजागर शर्मा ने राधेश्याम कथावाचक का एक वन्दनावाला चौबोला सुनाया। फिर बाहर से आई हुई कवयित्री ने अपना एक प्रेमगीत सुनाया। गीत गाते-गाते वे भीड़ देखकर घबरा गईं। आसमान को छूनेवाली लम्बी-लम्बी लाठियाँ लिये हुए लगभग चार हज़ार आदमी ओस से बचने के लिए सिर पर अँगोछा बाँधे बैठे हुए थे। सभी बीड़ी पी रहे थे या चिलम फूँक रहे थे। लगभग सभी चुप थे और इतना चुप थे कि कवयित्री को नदियों के वीरान कछार, सुल्ताना डाकू, मानसिंह और मशीनगनों की याद आने लगी। वे इतना डर गईं कि जब कवियों ने उनके गीत की एक लाइन पर आदत के मुताबिक 'वाह, वाह' की तो वे चौंक पड़ीं। एकदम से उन्होंने अपना गीत समाप्त कर दिया। कवियों ने तालियाँ बजाईं। जनता चुपचाप सुनती रही।

इसके बाद कविताओं का समाँ बँध गया। रस से कसमसाते हुए प्रेम-गीतों ने हवा बाँध दी। कुछ देर बाद एक कवि ने अपनी गद्यमयी कविता सुनाई। जनता ने यह सब

कुछ चुपचाप सुन लिया। फिर दूसरे कवि ने यह अनुभव किया कि जनता कुछ ज़्यादा ख़ामोश है। उन्होंने उसका ध्यान शिवाजी की तस्वीर की ओर खींचा। लोगों की निगाहें पर्दे पर शिवाजी के घोड़े और नहाती हुई सुन्दरियों पर अटकी रहीं। तब तक उस कवि ने शिवाजी की लड़ाइयों पर एक वीर रस की कविता सुनाई, गुरु गोविन्दसिंह के लड़कों के बलिदान का वर्णन किया, कड़े शब्दों का अर्थ भी समझाया और बार-बार कवियों की वाहवाही खींची। सभापति ने इस कवि को एक मेडल देने का वादा किया। कवियों ने तालियाँ बजाईं। शामियाने के नीचे से दो-चार लोगों ने इन तालियों की नकल की। पर तालियाँ वहीं पिट-पिटाकर रह गईं। जनता कुछ नहीं बोली। इस पर खीझकर एक कवि ने अभिनयपूर्वक वहाँ की स्थानीय देहाती बोली में एक मज़ेदार कविता सुनाई। दूसरे कवि इसे सुनकर हँसने लगे। जनता ने भी कुछ दिलचस्पी दिखाई। यानी कुछ ने अपनी लाठियों को लम्बा-लम्बा करके जमीन पर लिटा दिया और कई ने बीड़ियाँ सुलगाईं। फिर जो देहाती में कविताएँ नहीं लिखते थे उन्होंने भी देहाती की कविताएँ सुनाईं। पर तब तक यह तरकीब भी पुरानी हो गई। शामियाने के नीचे बैठे लोगों तक ने हँसना बन्द कर दिया। इस ख़ामोशी के सामने कवि लोग एक अजब-सी खीझ से भर गए। उन्हें वे सम्मेलन तक प्रेम के साथ याद आने लगे जहाँ कवियों को हूट किया जाता है और सभापति के लेक्चर पर आवाज़ें कसी जाती हैं।

अन्त में पल्लवजी ने अपने गीत सुनाए जिस पर भाई रामअँजोर धमधमाते हुए सिपाहियों के पास जाकर बोले, "हमारे स्कूल में पढ़ाता है। अच्छा काम दिखाता है। पट्ठा है होशियार।" जनता ने चुपचाप इन गीतों को भी निगल लिया। अपने भाषण के पहले कवियों के आग्रह पर सभापति जनार्दनदास ने 'रन्तिदेव की कथा' नामक अपनी एक पाठ्य-पुस्तकी कविता सुनाई। फिर भाषण में उसने सम्मेलन की भारी सफलता पर भारी हर्ष प्रकट किया और घुड़सरी जैसी जगह पर इतना भारी आयोजन करनेवाले दसादीन शर्मा और पल्लवजी को बधाई दी। पल्लवजी ने कवियों से कष्ट के लिए क्षमा माँगी, जनता को धन्यवाद दिया और एक बजे रात का सम्मेलन ख़त्म हो गया। सब लोग मंच से नीचे उतर आए। पर्दे के ऊपर शिवाजी की तस्वीर, तालाब में नहाती सुन्दरियाँ, गैस के हंडे चमकते रहे।

पर ओस में बैठे हुए लोग अब भी रजाई में दुबके बैठे रहे। कुछ ने चिलमें सुलगानी शुरू कर दीं, कुछ ने पैर फैला दिए। पेड़ की ओर बैठ हुआ सिपाही किसी खोंचेवाले को गालियाँ देने लगा। कुछ दूरी पर भाई रामअँजोर गमछा सँभालते और चिल्लाते हुए दीख पड़े, 'चाह चलाओ, चाह।" दो छोकरों ने हामिद डाकू की नौटंकी से गजल का एक मशहूर कोरस छेड़ दिया। तब लोग इत्मीनान से हँस-हँसकर बात करने लगे; एक कोने से दूसरे कोनेवालों को पुकारने लगे और कुछ घरेलू मज़ाक उछालने लगे। कुछ समझकर पं. दसादीन शर्मा मंच पर आकर खड़े हो गए और बोले, "सम्मेलन ख़त्म हो चुका है। अब आप लोग जा सकते हैं।"

यह सुनते ही लोगों में कुहराम मच गया। ज़मीन पर पड़ी हुई लाठियाँ सीधी हो

गईं। रजाई और चादरों के पल्ले कन्धों पर फेंक-फेंककर लोग अपनी जगह खड़े हो गए। कुछ देर तक सब एक-दूसरे से चीख-चीखकर बातें करते रहे। फिर उसके बाद कुछ देर तक लोग उसी तरह चीख-चीखकर एक-दूसरे को चुप करते रहे। बलवा-सा होने लगा। पं. दसादीन शर्मा जहाँ थे, वहीं चुपचाप सहमे हुए खड़े रह गए। काफी देर बाद लोग चिल्लाना छोड़कर फिर से जमीन पर बैठने लगे। उसके बाद दो-चार नौजवान लाठियाँ लिये गोल बाँधकर पं. दसादीन शर्मा के पास आए और उन्हें चारों ओर से घेरकर खड़े हो गए। शर्माजी ने घबराहट के मारे हकलाते हुए पूछा, "क्या बात है? आप लोग क्या चाहते हैं।"

उसके सामने एक तगड़ा आदमी सीना ताने खड़ा था। वह कुछ बोलने के लिए आगे बढ़ा। उसका निहायत काला-कलूटा रंग, चेचकदार चेहरा, बिच्छू के डंक-सी उठी हुई मूँछें, गिरगिट-सी हिलती हुई गरदन—इसे देखते ही शर्माजी चौंक पड़े। तेल में सींची हुई वजनदार लाठी को ठनाके के साथ उसने उनके सामने जमीन पर पटका। शर्माजी की आँखें फैल गईं। वे गला फाड़कर मदद के लिए चिल्लाने ही वाले थे कि उस आदमी ने बाएँ हाथ को मत्थे तक ले जाकर उन्हें सलाम किया, फिर बड़ी भलमनसाहत के साथ पूछा, "यह तो जो कुछ हुआ, ठीक ही हुआ; पर यह बताइए पंडितजी, कि कलवाला असली खेल कब शुरू होगा? टिकट बाबू कब आएँगे?"

मनीषीजी की एक रात

पूर्वार्द्ध

ख़ुदा ने कहा, 'रोशनी हो' और रोशनी हो गई।

वे इस शहर में इतिहास-समिति की वार्षिक बैठक के अवसर पर आए हुए थे। हर साल की भाँति इस साल भी उनसे आशा की गई थी कि वे किसी सनसनीखेज तथ्य का उद्‌घाटन करेंगे। और देखो, उन्होंने ऐसा ही किया।

पिछले साल उन्होंने भावात्मक समन्वय के हिसाब से सिद्ध किया था कि औरंगजेब और शिवाजी बड़े गहरे दोस्त थे। उनके ऊपर अब तक लिखे गए इतिहास को उन्होंने फरेब बताया था, उनके इतिहासकारों को उन्होंने कुछ ज़्यादा न कहकर सिर्फ़ पेशेवर और भावुक—इन दो चुटकियों में उड़ा दिया था। इस साल उनके सामने एक दूसरी सामाजिक चुनौती थी।

आँख से चश्मा उतारकर उन्होंने रूमाल से चेहरा पोंछा। बड़ी-बड़ी नंगी आँखों से उन्हें हाल में मधुमक्खियों जैसे लगभग एक हज़ार अस्पष्ट, अधूरे चेहरे दिखाई दिए। उनके मन में एक विशेषण बिना किसी को लक्ष्य किए गुब्बारे जैसा फूलकर फूटा 'टुच्चे'।

अब उन्हें अपनी बात बिना किसी झिझक के कहने में आसानी हो गई। इस साल की सामाजिक चुनौती मंजूर करते हुए उन्होंने कहा, "भारतवासी कभी किसी से नहीं हारे। विदेशी इतिहासकारों ने हमें एक गिरी हुई, कई बार की पराजित जाति बताने की कोशिश की है। वे...पर जाने दीजिए। मैं उनके बारे में नहीं, पहले एक घटना के बारे में अपना पर्चा पढ़ूँगा।

"मेरा मतलब भारत पर सिकन्दर के आक्रमण से है।"

लोगों ने तालियाँ पीटीं। उन्हें यक़ीन हो गया, अब वे बिना समझे हुए मेरी बात सुनेंगे, तालियाँ पीटेंगे। उन्होंने तालियों के बुझने का इन्तज़ार किया। फिर मौक़ा देखकर वे श्रोताओं पर सिकन्दर की तरह हमला करने को तैयार हुए। इत्मीनान से माइक के नजदीक आकर वे अपना गाल बड़े प्यार से सहलाने लगे। उसे एक ऐतिहासिक तथ्य बनाकर उन्होंने कहना शुरू किया, "पुराने पेशेवर इतिहासकारों ने हमें बताया है—और यही हम सब बचपन में पढ़ते हैं—कि हम आपस की फूट के कारण सिकन्दर से हार गए। पर मैंने, आप देखेंगे, इस पर्चे में साबित करने

की कोशिश की है...।"

सामने की कुर्सियों पर उन्हें संस्कृति और अनुसन्धान जैसे कड़े-कड़े लफ़्ज़ों से जूझनेवाले कई बड़े-बड़े अफ़सर दिखाई दिए। उनके लाभ के लिए उन्होंने देसी भाषा को छोड़कर विलायती में कहा, "...मैंने साबित करने की कोशिश की है कि, नम्बर एक, हममें आपस में फूट नहीं थी, आज की तरह हम तब भी एक थे; और नम्बर दो, कि हम यूनानियों से कभी नहीं हारे। हमने मिलकर सिकन्दर का मुकाबला किया था, उसे हराया था।"

एक जगह उन्हें काफी धुआँ-सा उठता दिखाई दिया, किसी ने शायद सिगार का ज़ोरदार कश लिया हो। एक आवाज़ आई, "और पोरस? पोरस कैसे पकड़ा गया था?"

"पोरस कैसे पकड़ा गया था?" उन्होंने मज़ाक में यह सवाल दोहराया। वे हँसे। दूसरे की बात की दुम को अपनी बात की नकेल बनानेवाली आदत उन्होंने प्रागैतिहासिक काल में, यानी जब लोग उन्हें भौतिक द्वन्द्ववादी समझते थे, सीखी थी। प्रागैतिहासिक काल अब अनुपयोगी था, ख़त्म हो चुका था; पर उस आदत की उपयोगिता अब भी थी।

वे कहते गए :

"पोरस तो पेशेवर इतिहासकारों की कलम की नोक से पकड़ा गया था," वे असर के लिए रुके, "उसे भूल जाइए। इस पर्चे में मैंने बताया है कि पोरस के दरबार में ख़ुद सिकन्दर को गिरफ़्तार करके लाया गया था। चौंकिए नहीं, यह तर्क की, प्रमाण की बात है।..."

वे अपना नया माल बेचते गए "...पर सिकन्दर के पक्ष में यह बताना आवश्यक है कि मौत का सामना होने पर भी वह हिचका नहीं। वह टूट गया, पर झुका नहीं। पोरस ने उससे पूछा, 'बोलो, तुम्हारे साथ कैसा सुलूक किया जाए?' इस पर सिकन्दर ने वही प्रसिद्ध जुमला कहा, 'जैसा एक राजा दूसरे राजा के साथ करता है'।"

लोग एक क्षण चुपचाप बैठे रहे। फिर अचानक सभी को कुछ याद आया : तालियाँ।

वे अपना चश्मा पोंछने लगे। बीच से एक दुबला-पतला, धोती-कुर्तेवाला आदमी सिगार फूँकता हुआ उनके सामने से निकला। उनके मुँह पर धुआँ छोड़ता हुआ चला गया। वे मजे से मुस्कुराए।

उन्होंने अंग्रेजी मुहावरे में सोचा कि ईश्वर अपने स्वर्ग में है और दुनिया में सब कुछ ठीक है। इत्मीनान से उन्होंने अपना पर्चा पढ़ डाला। पर्चा, कहने की ज़रूरत नहीं, अंग्रेजी में था। उसमें सैकड़ों इतिहासकारों के नामों का उल्लेख था। हज़ारों उदाहरण थे। मनीषी लोग जैसा लिखते हैं, बिल्कुल उसी मॉडल पर था। उसमें कहीं भी कोई सुराख नज़र नहीं आता था।

लोग कुछ देर पर्चे की विद्वत्ता से सहमे बैठे रहे। फिर तालियाँ बजाते रहे।

"सवाल? किसी को सवाल पूछने हैं?"

अध्यक्ष के इस सवाल पर एक बुज़ुर्ग एक जगह खड़ा हो गया। बोला, "पहले अपना परिचय दे दूँ। मैं पेशेवर इतिहासकार हूँ।"

वे मुस्कुराए, "मैं जानता हूँ।"

अध्यक्ष ने कहा, "आप सवाल पूछिए।"

"इस निबन्ध से हम लोगों को गहरा धक्का लगा है।"

उन्होंने कहा, "इस निबन्ध का यही उद्देश्य था।"

अध्यक्ष ने बुज़ुर्ग को कुछ और बोलने के पहले टोका, "सवाल! सिर्फ़ सवाल पूछिए। समीक्षा नहीं होनी चाहिए।"

"क्यों नहीं होनी चाहिए?"

"सवाल। सवाल पूछिए। समीक्षा नहीं।"

"मैंने सवाल ही पूछा है। मेरा सवाल है, समीक्षा क्यों नहीं होनी चाहिए?"

अध्यक्ष के कुछ बोलने के पहले ही वे माइक के नजदीक मुँह लाकर बोले, "वह इसलिए मेरे दोस्त, कि सवाल अभी मेरी मौजूदगी ही में हो सकता है। समीक्षा तो बाद में, मेरी पीठ पीछे भी हो सकती है। जैसा कि लोग पिछले बीस साल से करते रहे हैं।"

फिर सवाल नहीं हुए। सिर्फ़ तालियाँ हुईं। लोग यह जानकर कि वे हमेशा एक थे और कभी किसी से नहीं हारे थे, बच्चों को पीटने, पड़ोसियों के ख़िलाफ़ झूठी गवाही देने, रिश्वतखोरों के सामने दाँत निकालने की घटनाएँ भूलकर अकड़ते हुए अपने-अपने घरों की ओर चल दिए।

शाम कामयाब रही।

उत्तरार्द्ध

रात शहर के सभी प्रमुख मनीषियों ने उन्हें शहर के सबसे प्रमुख होटल में दावत दी। वे मनीषापूर्वक शराब पीते रहे। जब शराब और मनीषा अपने वजन और फैलाव में इतनी घुलमिल गई कि किस बात के नीचे मनीषा है और किसके नीचे शराब, यह जानना कठिन हो गया, तब उन्होंने तय किया कि इस भावात्मक समन्वय के बाद खाना खाया जाए।

वे सभी सफल मनीषी थे और ऊँची मनीषा की जहाँ-जहाँ दरकार थी वहाँ वे उसे सालों से, थोक और ख़ुदरा, सभी तरह से पहुँचाते चले आ रहे थे। ज़रूरत पड़ने पर, बिना विदेशी मुद्रा की दिक्कत महसूस किए, वे विदेशी मनीषा का आयात भी कर लेते थे। इससे वे सभी करीब-करीब अन्तर्राष्ट्रीय हो गए थे और इस वक़्त उनके मज़ाक, उनकी महत्त्वाकांक्षाएँ और उनके खाने का चिट्ठा—सभी कुछ अन्तर्राष्ट्रीय हो रहा था।

खाने के बीच से ही मनीषीजी के पेट में एक हल्की-सी चुभन होने लगी थी, पर उसका पूरा अनुभव उन्हें खाने के बाद लाउंज में हुआ। ज़्यादातर लोग काफी पी रहे थे। जो कॉफी पी रहे थे वे मामूली मनीषी लोग थे; वे ज़्यादा-से-ज़्यादा सिकन्दर और पोरस की कुश्ती बराबरी पर छुड़ा सकते थे। मनीषीजी ने सिकन्दर को पारस से हरा

दिया था। वे खाने के बाद ब्रांडी पी रहे थे।

धोती-कुर्ते में एक पतला जिस्म दिखाई दिया। एक क्षण के लिए उनकी भौहें चढ़ गईं। उन्होंने मुस्कुराते हुए कहा, "प्रोफेसर राय, मैं यहाँ हूँ। आइए, जी भरकर धुआँ छोड़ लीजिए। शामवाला धुआँ मुझे मिला नहीं था।"

प्रोफ़ेसर राय सिगार पीते हुए उनके आगे आकर खड़े हो गए। बोले, "तुम्हारी आजवाली थ्योरी ताश का महल है। उसे गिराने के लिए धुएँ से ज़्यादा किसी वजनी चीज़ की ज़रूरत नहीं है।"

"मुझ पर अपने लफ़्ज नहीं, अपना धुआँ फेंकिए। आपने लीकॉक का मज़मून नहीं पढ़ा, आक्सफोर्ड ऐज आई सी इट।"

उनके पास कोई महिला आकर खड़ी हो गई थी। उन्होंने समझाया, "लीकॉक ने कहा है, आक्सफोर्ड में विद्यार्थी पर पुराने प्रोफ़ेसर जितना ही धुआँ फेंकते हैं—विद्यार्थी जितना ही धुआँता है—उतना ही काबिल होता है।"

महिला हँसी।

"मैं वहाँ का धुआँ पहले खा चुका हूँ। अब प्रोफ़ेसर राय के सिगार का धुआँ खाना चाहता हूँ।"

प्रोफ़ेसर राय चलने को हुए। बोले, "कालिख की वैसे ही इफरात है। तुम्हें अब धुएँ की और ज़रूरत नहीं है।"

उन्हें बिल्कुल बुरा नहीं लगा। जब वे यूनिवर्सिटी में थे, कई बार विदेश जा चुके थे। बाद में इस इतिहास-समिति में आए। यहाँ रहते हुए उन्होंने भूगोल के कई चक्कर लगाए। कई जगहों पर वे कई तरह के आदमियों से मिले थे और उनका अनुभव था कि जानवरों की बात और है, पर आदमियों की बात का कभी बुरा नहीं मानना चाहिए।

राय महाशय के टलते ही वे उस अधेड़ महिला में गुम हो गए। उनकी ज़िन्दगी कितनी वीरान और आवारा रही, इस मजमून पर वे उसे एक सारगर्भित व्याख्यान सुनाने लगे। तभी जिस चुभन का पहले जिक्र आया है, उसका एक तीखा-सा अनुभव उनके पेट में दोबारा हुआ। कोई भी डॉक्टर उस चुभन का मतलब या इलाज नहीं बता सकता था; पर यह उनकी पुरानी तकलीफ थी और अभ्यास के सहारे वे इसे अच्छी तरह पहचानते थे। उन्होंने महिला से माफ़ी माँग ली। वे बची हुई ब्रांडी एक साँस में निगल गए और जल्दी-जल्दी फिर से बधाइयाँ लेने और धन्यवाद देने के लिए मेजबानों की ओर चल दिए। उनके पेट की चुभन अब फैलकर फेफड़े की ओर बढ़ रही थी और दूसरी ओर से घूमकर रीढ़ की हड्डी तक जा रही थी। उनके पैरों की नसें तनी-सी जा रही थीं।

मेजबानों ने कहा, "अभी से?"

"गुडनाइट, गुडनाइट। मुझे ज़रूरी, बहुत ज़रूरी काम है।"

किसी ने उन्हें उनके होटल तक पहुँचाने के लिए कहा। उन्होंने टूटती आवाज़ में माफ़ी माँगी। बोले, "मैं एक दोस्त की कार लाया हूँ।" चलते-चलते उन्होंने महसूस

किया, उनके पाँवों की पिंडलियाँ पत्थर जैसी हुई जा रही हैं।

जाड़ा था। चेस्टर से अपने जिस्म को ढके वे कार तेजी से चलाकर एक वीरान सड़क पर आए। सड़क छायादार थी और बत्तियाँ दूर-दूर थीं। वे सीटी बजाने लगे, पर सीटी ठीक से नहीं निकली। एक जगह उन्होंने गाड़ी रोकी, फिर थोड़ा आगे बढ़े। आख़िर में एक पेड़ के नीचे गाड़ी खड़ी करके वे उतर पड़े। उन्होंने सिगरेट जलाई। एक हाथ पैंट की जेब में डाले हुए, दूसरे से वे अपना गाल सहलाने लगे। फिर फुटपाथ पर लम्बे-लम्बे डगों में टहलने लगे। भर्राये गले से उन्होंने एक गाना भी निकाला पर वह उन्हें कुछ बेगाना-सा जान पड़ा। वे चुप हो गए। उन्हें लगा कि ब्रांडी कुछ ज़्यादा चढ़ गई है। लापरवाही से उन्होंने कहा, "उँह्!" कुछ दूरी पर बिजली के एक खम्भे को देखकर उन्होंने आँख सिकोड़ीं। अचानक उनकी पिंडलियाँ और कस गईं। उनका पूरा जिस्म एक चुभन बन गया।

ढीले सैंडिलों की अस्वाभाविक-सी आवाज़ निकालती हुई एक लड़की उनके पास से निकली। उन्होंने अंग्रेजी में कहा, "इतनी देर बाद।"

लड़की ठिठकी, फिर फुसफुसाकर बोली, "चुप। पुलिस।"

वे कुछ सहम से गए। उन्हें अचानक प्रोफ़ेसर राय याद आ गए। लड़की को अन्दर लेने के लिए उन्होंने तेजी से कार का दरवाज़ा खोला। वे प्रौढ़ अवस्था के महापुरुष थे और उन्हें जो कुछ सुन्दरता मिलनी थी, वह शरीर की नहीं, मनीषा की मार्फ़त मिली थी। किसी लकीर के आगे बड़ी लकीर खींचकर पहली लकीर को छोटा किया जा सकता है। इस हिसाब से वह लड़की उनके सामने कम-उम्र और ख़ूबसूरत थी। गाड़ी साबुनदानी जैसी थी और छोटी थी। वे सड़क पर कुछ आगे निकल आए जहाँ बिजलियों के खम्भे और भी दूर-दूर हो गए थे। उन्होंने गाड़ी को सड़क से उतारकर एक पेड़ के नीचे खड़ा कर दिया।

लम्बा-चौड़ा मैदान था और अँधेरी रात थी। इस वक़्त उसमें बायरन, शैली और कीट्स की आत्माएँ चिरन्तन रहस्य और आनन्द की मुद्रा में विचर रही थीं। दिन को मैदान का एक-दूसरा उपयोगितावादी पहलू सामने आता था जब वहाँ खच्चर और गधे घास चरने की कोशिश करते थे, लड़के क्रिकेट खेलते थे। अपने समूचेपन में मैदान कला की आनन्दपूर्ण व्यर्थता और उपयोगिता इन दोनों पहलुओं की खाना-पूरी करता था।

मनीषीजी चेस्टर जमीन पर बिछाए लेटे हुए थे। उनके जिस्म की चुभन ख़त्म हो गई थी। लड़की अर्नेस्ट हैमिंग्वे की किसी नायिका की तरह उनकी छाती से चिपकी हुई थी। उनकी सभी ऐतिहासिक गवेषणाओं में यही एक ऐसी थी जिसे वे इस वक़्त मुस्कुराकर एकदम से 'हंबग' नहीं बता सकते थे। उन्हें अब अपने से बड़ा प्यार छूट रहा था और जम्हाइयाँ आने लगी थीं। इस भाव के उदित होते ही वे समझने लगे थे कि उनके लिए लड़की का उपयोग अब समाप्त हो रहा है। उन्होंने प्रेमोत्तरकालीन बातचीत शुरू की। वे उसे इतिहास समझने लगे।

लड़की खिसककर उनके और पास आ गई और फुसफुसाकर बोली, "क्या तुम भी पुलिस से डरते हो?"

अपने देश के गिरे हुए बौद्धिक स्तर पर उन्हें सचमुच ही अफसोस हुआ। पोर्ट सईद के एक चकले में उन्होंने एक बार मिस्त्र के पिरामिडों की बात की थी। वहाँ उस लड़की ने उनकी बात समझ ली थी और जवाब में एक शब्द कहा था, "क्लियोपैट्रा।"

उनकी ब्रांडी बोलती गई, "तुम कुछ नहीं समझीं। अच्छा, कोशिश करो, समझो। मैंने आज साबित किया था...तुम नहीं समझोगी। मैं...तुम...इतिहासकार का मतलब जानती हो?"

लड़की ने जम्हाई लेते हुए कहा, "मैं सिर्फ़ इतना जानती हूँ कि तुम चिड़ी के गुलाम हो। सिर्फ़ बकबक करना जानते हो?"

उन्होंने लड़की की पसलियों में उँगलियाँ गड़ाईं। वह उनका मज़ाक था जिस पर वे ख़ुद ज़ोर से हँसे। लड़की ने घबराकर कहा, "चुप! पुलिस!" उसकी घबराहट से वे ख़ुद घबरा गए। न जाने क्यों उन्हें प्रोफ़ेसर राय की दोबारा याद आ गई। वे उठकर बैठ गए।

उन्होंने धीरे से कहा, "तुम नहीं समझोगी।"

अँधेरा था। उन्होंने चारों ओर निगाह घुमाई। लड़की भी उठकर खड़ी हो गई थी। वे ख़ुश हुए कि जो भी हो, सेक्स का अध्याय ढंग से समाप्त हुआ। सेक्स और धर्म और युद्ध—इन सबके साथ यों ही होता है। इनका कोई तर्क नहीं, इसलिए इनमें कहीं-न-कहीं कुछ रह जाता है। जैसा भी हो, मनीषियों की यही थोड़ी-सी निर्बौद्धिक लीलाएँ हैं। उन्होंने सोचा, इस पर एक टिप्पणी लिखी जा सकती है।

पर मन में उन्हें कुछ खटक-सा रहा था। कन्धे पर चेस्टर डाले, कुछ लँगड़ाते से वे कार की ओर लौटे। उन्होंने लड़की को अपराधी बनाते हुए कहा, "तुम मुझे बिल्कुल नहीं समझ पाईं।"

"सभी शराब पीकर इस तरह की बात करते हैं।"

अचानक उन्हें यह सम्भावना ठीक जान पड़ी। वे चुप हो गए। कार के पास उन्होंने लड़की से पूछा, "तुम्हें कहाँ छोड़ दूँ।"

यहीं मैदान के उस पार मेरा घर है।"

"वेरी गुड।"

वे बटुए से अन्दाज लगाकर नोट निकालने लगे।

अचानक नोटों को हाथ से छूते ही उनके दिमाग से ब्रांडी और गैर-जिम्मेदारी का सारा असर खत्म हो गया। उन्हें आज का पर्चा याद आ गया।

"फिर कहाँ मिलोगे?" लड़की ने पूछा। सरसराते नोटों का स्पर्श उनकी उँगलियों पर अब भी ताजा था, लड़की का फिर से ग्राहक बनने की बात उनके दिमाग से निकल चुकी थी।

क्योंकि कल सबेरे से उन्हें ख़ुद अपने ग्राहकों से मिलना होगा। यह याद आते

ही उन्हें थकान ने घेर लिया। गाड़ी स्टार्ट करके लड़की के सिर पर एक होनहार बाप की तरह उन्होंने प्यार से हाथ फेरा और सोचने लगे कि कल के काम के लिए उन्हें अब जल्दी से आराम करना चाहिए, क्योंकि इतना-इतना कर चुकने के बाद किया गया आराम हराम नहीं है।

लखनऊ-1

"शरीफ़ों का ज़वाल और कमीनों का ज़ोर हुआ...। तख़फीफ़ का बाज़ार गर्म हुआ। अय्याशी का दौर शुरू हुआ...। आवारा औरतों की बन आई...। बाज़ार का मामला भी देखादेखी ख़राब हुआ...हर चीज़ में मिलावट हुई...नाज़िम और आमिल सब नालायक़ थे।"[1]

सामने विलायती ढंग की दुकानें, सिनेमा, रेस्तराँ और बार थे। जिन, व्हिस्की और बीअर के हवाई विज्ञापनों की निऑन रोशनी जल-निषेध की नीति को प्रमाणित कर रही थी। फ़िएट और एम्बेसेडर कारों की भीड़ में एकाध इम्पाला जब कभी निकलती थीं, तो हम मुँह फाड़कर उसे आदर से देखते थे, जैसे देशी विश्वविद्यालयों में विलायती विद्यार्थियों को देखा जाता है। फ़ैशनेबल, दुबली-पतली लड़कियाँ—जिनके जीवन का मुख्य कार्यक्रम अपनी ओर लफंगों को और लफंगों की ओर पुलिस को आकर्षित करना था—कूल्हे, वक्ष और टखने-मात्र में सम्पूर्ण—मचलती हुई सड़क पर चली जा रही थीं। चमचमाती दूकानों पर चालाक छोकरे ढीली बुशशर्टों, लहलहाते बालों और चूड़ीदार पैंटों में कसे हुए, पुल्लिंगवती वेश्याओं की तरह बैठे थे।

हज़रतगंज का बाज़ार काफ़ी आधुनिक हो रहा था। पर यह आधुनिकता वैसी ही थी जैसी आज की कुछ कहानियों में केवल ईसाई लड़कियों को हीरोइन बनाकर पैदा की जाती है।

मैं एक नए रेस्तराँ के सामने खड़ा था। मेरे साथ दो अदद पत्रकार, हिन्दी के एक प्राध्यापक और एकाध होनहार होते-होते इरादा बदल देनेवाले साहित्यकार थे। हिन्दी-प्राध्यापक ने कहा, "हज़रतगंज बड़ा फ़ैशनेबल होता जा रहा है।"

खंडन करने की अपनी पैदाइशी प्रवृत्ति के अनुसार मैंने कहा, "मुझे तो बड़ा देहाती-सा लगता है," फिर कुछ सोचकर मैंने कारण बताए, "क्योंकि यहाँ राजधानी है; दूर-दूर की झोंपड़ियों और टपरों के लोग यहाँ आकर बस रहे हैं। यहीं विधान-भवन है। कोटद्वारा से सिसवा-बाज़ार तक के गाँवों और क़स्बों की संस्कृति आपको यहाँ फूलती-फलती मिलती है। कॉफ़ी-हाउस ही में जाइए—जाते ही किसी क़स्बे के नाई की दुकान की याद आती है। सभी आपके मामलों में टाँग घुसेड़ते हैं। सभी में काश्तकारों

1. मिर्जा रज्जबअली 'सुरूर'-लिखित 'फ़सान-ए-इबारत' का एक उद्धरण। इसका सम्बन्ध वाजिद अली शाह के पिता हज़रत अमजदअली शाह के शासन-काल से है।

की-सी घरेलू चालाकी है। कोई भी आपको चुपचाप जीने नहीं देता।"

प्राध्यापक को मेरी बात जँची नहीं, पर उसमें उलटबाँसी थी, इसलिए उन्होंने कबीर की स्मृति में उसे झेल लिया। फिर वे मेरे पीछेवाले रेस्तराँ में लगी हुई एक आधुनिक चित्रकार की प्रदर्शनी का जिक्र करने लगे।

रेस्तराँ में किसी सन्दिग्ध चित्रकार ने अपने चित्रों की बेशर्म नुमाइश लगाई थी। अन्दर मेज़ पर कुछ मनीषी लोग (इंटेलेक्चुअल) बिना किसी ख़ास वजह के कुछ समस्याओं पर विचार कर रहे थे। उन्हें बिना सुने ही मैं जानता था कि न समस्याएँ उनकी हैं, न विचार उनके हैं। जो भ्रम यह रेस्तराँ और तस्वीरें पैदा करती थीं, वही ये मनीषी भी पैदा करते थे। बाहर भी, जैसा कह चुका हूँ, आधुनिकता का भ्रम देनेवाली बहुत-सी चीज़ें थीं।

पर जहाँ मैं खड़ा था, उसके दाएँ-बाएँ किसी ने इस आधुनिकता की क़लई खुरच दी थी, क्योंकि एक ओर एक थालीवाला, सस्ते दाम का, निम्न-मध्यमवर्गीय भोजनालय था। दूसरी ओर हनुमानजी का एक मन्दिर था, जहाँ कई लोग अपने को और हनुमानजी को भूलकर राधाकृष्ण का कीर्तन कर रहे थे। कुछ पैंट-कमीज़वाले बाबू लोग झेंप-झेंपकर हनुमानजी को प्रणाम कर रहे थे। कुछ बिना झेंपे हुए, उन्हें प्रसाद चढ़ाकर, तिलक लगवाकर हमें चुनौती-सी देते हुए आगे बढ़े जा रहे थे। मैं भारतीय तटस्थता की नीति से चुपचाप खड़ा था।

मन्दिर से दस गज़ की दूरी पर जाकर एक नई कार रुकी। उसमें दो आदमी बैठे थे। उनके चेहरे से लगता था कि ये अच्छी तरह खानेवाले, और ख़ासतौर से अच्छी तरह पीनेवाले, आदमी हैं। बैंकों के शेयर, तस्कर-व्यापार, इनकम-टैक्स की चोरी और किशोरियों को फुसलाने और अफ़सरों को खिलाने-पिलाने का वातावरण, तस्वीर के सन्तों के तेजोमंडल की तरह, उनके चेहरों के चारों ओर फैला था। उनके हाथों में देखते-देखते जादू के ज़ोर से दो गिलास आ गए। मेरे देखते-देखते उन्होंने गिलासों में बोतल से कुछ उँड़ेला और उसे सन्तोषपूर्वक पीने लगे।

हिन्दी के प्राध्यापक से मैं अब साहित्यिक बातें करने लगा था। मैंने अपनी एक प्रिय बात बताई, "छायावाद-काल हिन्दी-कविता का अन्धयुग है।"

वे चिढ़कर प्रसाद का एक उद्धरण देने की तैयारी करने लगे। बोले, "सम-सामयिक विश्व-साहित्य में प्रसाद के मुक़ाबले...।"

मैंने जिज्ञासा की, "सम-सामयिक विश्व-साहित्य के बारे में आप क्या जानते हैं?"

उन्होंने बिगड़कर पूछा, "आप क्या जानते हैं?"

मैंने समझाया, "मैं हिन्दी-लेखक हूँ। आप इसी से समझ सकते हैं कि मैं 'एकाउंटर' और 'टाइम्स लिटरेरी सप्लीमेंट' पढ़ता हूँ, जो आप नहीं पढ़ते।"

"मैं प्रसाद का साहित्य पढ़ता हूँ, जो आप नहीं पढ़ते।"

मैंने साँस खींचकर कहा, "मुझमें और आपमें लेखक और अध्यापक का मौलिक अन्तर है।"

इसका भी कोई जवाब न मिल जाए, इस डर से मैं एकदम से पत्रकार मित्रों से उपचुनावों की बात करने लगा। ऐसा करते ही मैं लखनऊ में हो गया।

मोटरवालों ने दूसरा गिलास भरा। थालीवाले भोजनालय से बेवाईदार पाँवों और छतनार मूँछों का एक जत्था बाहर निकला। हनुमानजी के मन्दिर में बड़ी ज़ोर से जय-जयकार हुई। किसी देसी रियासत की एक विलायती मोटर किसी झबरी औरत के हाथों में अटकी हुई, टेढ़ी-मेढ़ी होती सामने से निकली। उसकी नम्बर-प्लेट पर रियासत का नाम और गाड़ी का नम्बर हिन्दी में लिखा था। हम इतने से ही कृतकृत्य हो गए। दो-तीन ऐंग्लो-इंडियन लड़कियाँ फुटपाथ पर खड़ी होकर हनुमानजी को घूरने लगीं। जवाब में हनुमानजी के भक्त लड़कियों को घूरने लगे।

सामने एक रिक्शा आकर रुका। उस पर सोलहवीं शताब्दी बैठी थी—मानो बुरके के अन्दर एक औरत थी। मेरे साथ का एक पत्रकार रिक्शे के पास जाकर खड़ा हो गया। उसने दो-एक बार नाक सिकोड़ी, जैसे कुछ सूँघ रहा हो। फिर लौटकर हमारे पास वापस आया और अपने साथी से बोला, "तुम जाओ।"

"नहीं, तुम जाओ।"

मेरी ओर इशारा करके कहा गया, "ये जाएँगे।"

"ये क्या जाएँगे?"

"तो फिर तुम्हीं जाओ।"

वह उसी रिक्शे पर बैठकर चला गया। अंग्रेज़ी शाम और हिन्दुस्तानी रात के आठ बजे।

अब 'गंजिंग' शुरू हुई। हम लोग गर्भवती स्त्रियों की अदा से धीरे-धीरे टहलते हुए एक-दूसरे के कन्धे-से-कन्धा लड़ाते, सड़क पर चलने लगे। चलते-चलते गांधी-आश्रम के सामने ऐसे ही खड़े हो गए—वही गांधी आश्रम, जहाँ असली मधुमक्खियों से निकाला हुआ शहद मिलता है। हमारे एक साथी ने फुटपाथ पर सिगरेट सुलगाई। एक गन्दी कमीज़ और पतलूनवाला आदमी हमारे पास आकर खड़ा हो गया और माँगकर सिगरेट पीने लगा। लोग उससे इज़्ज़त के साथ बातें करने लगे। मैंने पूछा, "तुम्हारी जेब में आज किसकी क़िस्मत है?"

उसने डेढ़ हज़ार और उससे ऊपर तनख्वाह पानेवाले चार-पाँच अर्द्धदेवताओं के नाम लिये। यक़ीन दिलाने के लिए उसने अपनी जेब से कुछ की जन्म-कुंडलियाँ निकाल लीं। फिर हमेशा की तरह मेरी जन्म-कुंडली माँगी। मैंने कहा, "मुझे खेद है कि मैं अभी मुस्तक़िल ज्योतिषी पालनेवाले इनकम-ग्रुप में नहीं हूँ। ज़रूरत पड़ने पर फुटपाथ पर हाथ देखनेवालों या चिड़िया के सहारे भाग्य पढ़नेवालों से काम चला लेता हूँ।"

"इससे क्या? आप कुंडली तो लाइए।"

मैं विनम्रता से कहता रहा, "ज्योतिषी तो आगे की बात है, मैं अभी कोई बाबा तक नहीं पाल पाया हूँ?"

"पर इससे क्या...?"

तब तक एक पत्रकार मित्र ने कहा, "दूसरी खेद की बात यह है कि आपको आज मैं बीअर नहीं पिला सकता। मेरी जेब ख़ाली है।"

"हें-हें-हें, ऐसा भी क्या...!" कहते-कहते उन्होंने जन्म-कुंडलियाँ लपेटनी शुरू कर दीं। देखते-देखते उत्तर प्रदेश के कुछ कर्णधारों के भाग्य सिमटकर एक गन्दे पतलून की जेब में घुस गए। सिगरेटों के आदान-प्रदान के बाद हम फिर गर्भवती स्त्रियों की तरह अपनी राह पर लुढ़कने लगे। हमारे साथी ज्योतिष का मज़ाक उड़ाने लगे। पर राजधानी में ज्योतिषियों और बाबाओं के बढ़ते हुए आतंक का मैं मज़ाक नहीं उड़ा पाया। मुझे रासपुटिन के रूस की याद आ गई। पर बात को मोड़ देने के लिए मैंने बात वहीं पर छोड़ दी।

पास की इमारत में एक ग्रामोफोन-रिकॉर्ड भायँ-भायँ बजा। उसने बताया कि

हम चीनियों को मारकर भगा देंगे। हमें याद पड़ा कि स्थिति संकटकालीन है। अचकचाकर हम सब लोग एक पान की दूकान की ओर बढ़ गए। एक नौकरीपेशा आदमी कई बार की कही हुई बात कह रहा था, "ऐसी नौकरी के मुक़ाबले पान की दुकान रखी होती...।"

"तो अब तक पान बेच रहे होते," मेरे एक साथी ने कहा।

किसी ने ख़बर दी, "परसों अली अकबर ख़ाँ का सरोद-वादन होगा।"

"लखनऊ में?" मैं ताज्जुब से पूछा।

थोड़ी देर में मेरे एक मित्र ने कहा कि शाम जवान हो रही है। वास्तव में ऐसी बातचीत अनुवाद-मात्र जान पड़ती है, पर चूँकि हम ख़ुद अनुवाद-मात्र हो रहे थे, इसलिए मुझे यह बात बड़ी वास्तविक जान पड़ी। पैदल चलना छोड़कर हमने मोटर का सहारा लिया।

खुली सड़क पर एक पार्क के सामने एक अस्थायी रेस्तराँ खुला था। फुटपाथ पर कुर्सियाँ पड़ी थीं और लोग आइसक्रीम खा रहे थे। हम मोटर से नीचे नहीं उतरे, बल्कि वहीं ठंडा सोडा और गिलास मँगवा लिये। इत्मीनान से बैठे हुए हम लोग पार्क में खड़ी गांधी की प्रतिमा, नई कार, चीनियों के आक्रमण और शराब के विज्ञापनों की हवा में अपने-अपने फेफड़ों की हैसियत से साँस लेते रहे। भगवतीचरण वर्मा, अमृतलाल नागर और यशपाल पर बातें होती रहीं। बीच-बीच में राजनीति की टुच्ची समस्याएँ आती रहीं, जाती रहीं। अपने हिसाब से वातावरण बौद्धिक हो गया।

इस समय हम लोग तीन रह गए थे। हम सभी निरुद्देश्य थे और हमारी सबसे बड़ी समस्या ढेर-से समय की थी। लगभग आध घंटे बाद हम आगे बढ़े हम एक घनी बस्ती के बीच से निकले, जहाँ कुछ दिन पहले दिन-दहाड़े एक आदमी मार डाला गया था। किसी ने पुलिस को टेलीफोन करने की बात सोची तो टेलीफोन के मालिक ने मारे डर के मना कर दिया। वैसे, दिन-दहाड़े बाज़ार में किसी का मारा जाना किसी दुर्व्यवस्था का चिद्द नहीं, यह केवल दुस्साहस का चिद्द है। हत्या करने के लिए (और नेता बनने के लिए) दुस्साहस के सिवा और चाहिए ही क्या? कहने-भर से ही

आप करने के मामले में क़ाबिल मान लिये जाएँगे।

हम भड़भूजों, छोटे दूकानदारों, कुँजड़ों और बिसातियों से भरे-पूरे जन-साधारणवाले बाज़ार से होकर एक ऐसे होटल के सामने से गुज़रे जो उस इलाक़े के लिए बड़ा शानदार और हमारी वर्गभेदवाली निगाह में घटिया था। होटल के अन्दर जाकर हम लोग एक बड़े से कमरे में पहुँचे, जिसकी दीवारों का गहरा रोग़न मुरझा गया था, फ़र्श पर संगमर्मर का नक़ली काम था। चारों तरफ़ सस्ते बार का वातावरण था। हम लोगों ने कॉफ़ी मँगवाई। अंडरवियर पहने हुए एक वेटर ने ताज्जुब से हमें देखा, फिर बहुत सोच—विचारकर बोला, "अच्छा, देखिए...देखते हैं।"

एक आदमी हाथ में गिलास लिये हुए आया और हमारी मेज़ के पास खड़ा होकर मुझे घूरता रहा। फिर बोला, "तुम कौन हो?"

यह आदमी पुराने लखनऊ का था, जिसके साथ पौष्टिक दवाओं, कुछ सेकेंड-हैंड यादों, घिसी-पिटी ग़ज़लों और गंडे-ताबीजों की हवा बँधी थी। मैंने इज़्ज़त के साथ उसे बताया, "मैं लेखक हूँ।"

उसने आँख मिल-मिलाकर कहा, "शायरी करते हो?"

"नहीं, पर चाहूँ तो कर सकता हूँ।"

वह थोड़ी देर मुझे घूरता रहा फिर बोला, "पर वैसे दिखते नहीं हो।"

"यह रोज़ दाढ़ी बनाने और नहाने का नतीजा है।"

उसके चेहरे से लगा कि मैं उसकी निगाह में गिर गया। एक कोने की ओर इशारा करके उसने मुझसे पूछा, "उन्हें जानते हो? वे ज़माने के उस्ताद हैं।"

बात सच थी। हमारे नज़दीक के कोने में अपने ज़माने के एक बड़े प्रसिद्ध तबला-वादक बैठे हुए दारू पी रहे थे। साथ में दो-एक लोग थे जो उसी तरह के पेशों के रहे होंगे। वे पीते हुए ज़माने को लानत भेज रहे थे कि खंजड़ी बजानेवाले भी आजकल तबलची शुमार किए जाते हैं; यहाँ तो वही कलाकार है जिसे ऑल इंडिया रेडियो मानता है।

लोगों ने अफसोस के साथ उनसे सहमति प्रकट की।

वे दुखी थे। शायद कलाकारों की राजकीय मान्यता के सिलसिले में, या जैसे भी हो, इंशा और ग़ालिब का ज़िक्र आ गया था। मैं सोच ही रहा था कि मेरे बोलने का वक़्त आ रहा है, तभी अचानक बुज़ुर्ग उस्ताद ने बिना किसी प्रोत्साहन के कान पर हाथ रखकर एक ग़ज़ल छेड़ दी। दो-चार लोग उसे दोहराने लगे। उनकी पुरानी आवाज़ साफ़-सुथरी और सधी हुई थी पर ऊँचे स्वरों पर जाकर वहीं टिक गई थी। उसके कारण वातावरण बड़ा उल्लासपूर्ण होता जा रहा था, हालाँकि ग़ज़ल का कुल मिलाकर मतलब यह था कि हम बर्बाद हो गए। मेरी तबीयत गिर गई। मुझे याद आया, बहुत देर हो गई है। हमने जल्दबाज़ी दिखानी चाही, तो हमें बताया गया कि यहाँ कॉफ़ी नहीं मिल सकती।

हम बाहर निकले। सड़कें वीरान होने लगी थीं। हम घनी बस्तियों से निकल रहे

थे। एक ओर अमीनाबाद, मौलवीगंज, अशर्फ़ाबाद, चौक नख्खासवाला लखनऊ था जो मुँह ढाँपे पड़ा था। एकाध छोकरे, कुछ बुरकेवाली औरतें, मरियल घोड़े और हिलते हुए ताँगे, तम्बोलियों की दुकानें, हलवाइयों की भट्ठियाँ, कुँजड़ों द्वारा फेंके गए गोभी और मूली के सड़ते हुए पत्ते—उधर का लखनऊ कुल इतना रह गया था।

इस पर एक नया भविष्य हमलावर हो रहा था। यह नया भविष्य नई पीढ़ी का हो, ऐसी बात नहीं। वह मज़बूती से कुछ होशियार, पुराने हाथों की मुट्ठियों में जकड़ा था। पर वे हाथ हमारे चिर-परिचित हाथ न थे। चुस्त सलवारों, ऊलजलूल बालों और खुली हुई रोमहीन बग़लोंवाली लड़कियाँ और ड्रेन-पाइप पतलून और ढीली कमीज़ पहननेवाले लड़के इस भविष्य को हथियाने का सपना-भर देख रहे होंगे। पर वह ऐम्बेसेडर कार के अन्दर बैठकर, हनुमान-मन्दिर के पास जिन पीनेवालों और हज़रतगंज के रेस्तराँ के अन्दर सस्ती थाली में अहिंसावादी खाना खानेवालों के हाथ में चला गया था।

हज़रतगंज आते-आते मैं मेफ़ेयर सि नेमा के सामने मोटर से उतर गया। मैं टहलना चाहता था और रोमांटिक हो रहा था। मैं सोच रहा था कि आत्म-हत्या करने के बाद अगर किसी तरकीब से मैं लोगों की प्रतिक्रियाएँ जान सकता तो एक बार ज़रूर आत्महत्या करता।

अकेले टहलते-टहलते मैं एक ऐसी जगह पहुँचा जहाँ बीअर का एक अनिवार्य विज्ञापन मेरी आँखों में चुभने लगा। ग्यारह के ऊपर बज चुका था। एक लड़की विज्ञापन के खम्भे के सहारे खड़ी हुई इधर-उधर देख रही थी। दूर से ही पुरानी हवेलियों, आवारा लड़कों और जीविकाहीन बुज़ुर्गोंवाले किसी ख़ानदान का सहारा दिखती थी।

मुझे अपनी एक 'माया'-छाप कहानी याद आई, जिसमें सड़क पर घूमनेवाली वेश्या भाई की बीमारी की बात चलाकर पैसे के सवाल पर आती है। वह पहले बताती है कि मेरा एक भाई एक मेडिकल कॉलेज में बीमार पड़ा है।

खम्भे के पास खड़ी हुई लड़की की आवाज़ ने मुझे चौंकाया, उसने मुझसे टाइम पूछा था। मैंने कहा, "ग्यारह बजकर पच्चीस मिनट।" फिर न जाने कैसे, मैंने उससे अचानक सवाल किया, "तुम्हारा कोई भाई क्या मेडिकल कॉलेज में बीमार है?"

"आपको कैसे मालूम?" उसने कुछ रुककर कहा। उसकी आवाज़ में विश्व-मैत्री का सन्देश था।

जवाब में पहेली-सी बुझाते हुए, विलायती स्टाइल में मैंने कन्धे मटकाए और बिना कोई बात कहे, टहलता हुआ आगे बढ़ गया। बिजली के खम्भों की रोशनी में फैली हुई, एक-दूसरे को काटती हुई अपनी परछाइयों को कुचलता हुआ मैं एक परछाईं-सा ही धीरे-धीरे अपने घर की ओर चलता रहा।

लखनऊ का एक बौद्धिकतापूर्ण दिन ख़त्म हुआ।

लखनऊ-2

गोमती के किनारे बना हुआ एक बेशकीमती क्रीड़ास्थल (स्टेडियम) है, जो खिलाड़ियों की अपेक्षा बाढ़ के पानी को ज़्यादा खींचता है। वहीं 'बन्दर पुल' है। जिस पर चलनेवाले बन्दर कम हैं और विश्वविद्यालय के छात्र ज़्यादा। छोटी-छोटी सड़कों का जाल। लम्बे-चौड़े पार्क, जिनकी रौनक बढ़ाने के पीछे नगरमहापालिका ने अपने-आपको दीवालिया बना लिया और बता दिया कि अवध की रियासतें कैसे चलाई जाती थीं। वहीं एक छोटा सा तिकोना पार्क है, जिसमें एक रोमन शिकारी की प्रतिमा लगी है वह लक्ष्मणजी हैं वही लक्ष्मणजी जो शेषनाग के अवतार हैं, जो राम-पंचायतन में राम और सीता के पास खड़े दीखते हैं। हमें बताया जाता है, लखनऊ शहर—भाँडों और नपुंसकों का पुरातन रंगस्थल—उन्होंने ही बसाया था। शहर बसाकर वह राम-पंचायतन की तस्वीर में यथास्थान विराजमान हो गए थे, अपने शहरियों को राजनीति, कला, बौद्धिकता आदि की गलियों में खाने खेलने के लिए छोड़ गए थे।

प्रतिमा के नीचे लिखी अमर पंक्तियाँ इस प्रकार हैं :

वज्रादपि कठोर उर-बल में
कुसुमादपि थी नरमी। जड़ता के जाड़े में
डाली चेतनता की गरमी।

लखनऊ के सांस्कृतिक पुनर्जागरण की यही चेतनता है। ये पंक्तियाँ लोचनप्रसाद पांडेय या मैथिलीशरण गुप्त की नहीं, लखनऊ के कवि शिवसिंह 'सरोज' की हैं।

लखनऊ में फिलहाल इसी को इतिहास मानकर कुरेदा जा रहा है कि लखनऊ शहर लक्ष्मणजी ने बसाया। जिस तरह पहले यहाँ के पार्कों में महारानी विक्टोरिया या बटलर की प्रतिमाएँ थीं, आज गांधी या तिलक की प्रतिमाएँ हैं, कल चन्द्रभानु गुप्त, बनारसीदास और गोविन्दसहाय की प्रतिमाएँ होंगी, उसी तरह यह एक प्रतिमा लक्ष्मणजी की है—सिर्फ़ ऐतिहासिक ज़रूरत।

चारबाग स्टेशन से बाहर निकलते ही बाहरी आदमी को दो रास्ते खुले मिलते हैं—वैसे रास्ते तो कई हैं, पर घूम-फिरकर रह दो ही जाते हैं—नवाबी और अंग्रेजी। इन रास्तों पर चलने के लिए सवारियाँ भी दोनों तरह की हैं : इक्के और ताँगे, साइकिल—रिक्शे और बसें। टैक्सी लगभग वही और उतनी ही दिखेंगी, जो 1940 में थीं, स्कूटर-रिक्शे प्रतीक के रूप में दिख जाएँगे। पर असल सवारी है ताँगा, जिसमें उत्तर की ओर जाते हुए आप मुँह दक्खिन की ओर रखते हैं, जो कि कुछ-कुछ लखनऊ के जीवन-दर्शन से मेल खाता है।

और लखनऊ की बस-सर्विस भी बहुत दिलचस्प है। मिल जाए तो बस पर चढ़ना चाहिए। किसी भी बस-स्टैंड पर खड़े होकर लगेगा, बसें बहुत हैं, सैकड़ों की तादाद में आ-जा रही हैं, पर जो घंटों से नहीं आई वह सिर्फ़ हमारे रूट की बस है। स्टेशन के बाहर लखनऊ की हवा है : लैला की उँगलियों और मजनू की पसलियों-जैसी ककड़ियाँ, 'मिसरी की डली', जैसी गंडेरियाँ, 'खरबुज्जे' इसी हवा की उपज हैं। 'अमाँ' और 'यार' हर मौसम में पाए जाते हैं...इसी हवा की बदौलत। "शरारत करोगे तो देखो, बताए देते हैं, हम गाली दे देंगे!"

इस हवा में सिर्फ़ बात की जा सकती है, बिना बात की बात। चौराहे पर सिपाही भी गलत जाती हुई मोटर का चुपचाप चालान नहीं करता, पहले बहस करता है, "एएए! भाई साहब ए, किधर जा रहे हैं?" आपको छूट है कि आप साबित करें, आप ठीक जा रहे थे। आपका चालान होगा, पर पाँच मिनट की बहस के बाद। वही बहस नीबू खरीदने में, एक पुरानी टैक्सी का किराया तय करने में और बनारसीदास और गोविन्दसहाय के प्रेस-वक्तव्यों में मौजूद है। आप सोचते ही रह जाएँगे कि ये कितना बोलेंगे, पर वे नहीं सोचते हैं कि आप भी सोचते हैं।

ये राजनीतिक बहसें बेतकल्लुफी की हैं, मुलायम और लम्बी, लखनऊ की ककड़ियों की तरह। सिर्फ़ बनारसीदास और गोविन्दसहाय की बहस की मिसाल इनसे अलग है। पर सच पूछिए तो वे भी लखनऊ से अलग हैं। वे छपते लखनऊ के अख़बारों में हैं, पर वे लखनऊ की हवा के नहीं हैं। वे उन सैकड़ों छोटे कस्बेवाले आदमियों में से हैं—कोटद्वार से सिसबा बाज़ार, टनकपुर से बाह तक फैले हुए आदमियों में से—जिनकी तहजीब ही अब लखनऊ की तहजीब है, जो झिलमिलाती 'नियन लाइट' और घुरघुराती इम्पाला कारों के बावजूद लखनऊ को गँवारपन प्रदान करती हुई, उसे सामाजिक यथार्थ के नजदीक ले जाती है, फैशनेबल रेस्तराँओं में नाई की पुरानी दुकान का वातावरण पैदा करती है। लखनऊ को अपने 'सरझुकाऊ' एकान्त से बाहर निकालकर उसको गाँव-पंचायतों और विधानसभाओं की बहुमुखी प्रतिभा देती है। पर यह पहली निगाह में नहीं देखा जा सकता। जो देखा जाता है, वह उन्हीं दो रास्तों पर है—नवाबी और अंग्रेजी। स्टेशन से बाहर बाईं ओर चलते ही आप उधर पहुँचते हैं, जो 'फिसान-ए—आज़ाद' और 'बूँद और समुद्र' की धरोहर हैं जिस पर 'दो बाँके' मिलते हैं, जहाँ 'नवाबी मसनद' सजती है। मटमैले फटे बुरके। चन्द रोगों का शर्तिया इलाज। सस्ती चाट और कूड़ा। चेचक और कॉलरा। खुलेआम बालटियों में ढोया जाता हुआ मैला। छोटी लोनेदार ईंटें। सन्तरे के छिलके, गोभी के सड़े पत्ते और प्याज के टुकड़े। गिरती शहतीरें। महिला-उद्धारक समितियाँ। खुले हुए संडास। आवारा छोकरे। चोरी के माल और इस्तेमाल किए हुए रईसी सामान से भरा-पूरा इतवार का बाज़ार। गरीबी। अशर्फाबाद और सआदतगंज की सूदखोरी। पतंग, बटेर, तीतर। बाँभन; गाय, हाथी, भंगी, कुत्ता, बनिया—सबकी अलग-अलग, दूर से ही पहचान करा देनेवाली फिजा। एक लखनऊ यह है : रिपोर्ताज-लेखकों का शाश्वत प्रेरणा-स्रोत।

दाएँ हाथ मुड़ने पर वह सब है, जो हिन्दुस्तान के सभी बड़े शहरों में होता है, जिसका अपना कोई व्यक्तित्व नहीं। अफ़सरों के बँगले और क्लब (जहाँ गोरों के चले जाने पर भी गोराशाही कायम है) टुच्चे दफ़्तरों की शानदार इमारतें (जहाँ गोरों के चले जाने पर भूरेशाही—नीरद चौधरी का 'ब्राउन क्लोनियलिज्म'—कायम हो गई है), आकाशवाणी का स्टेशन (जिसकी नई इमारत बनवाने का ठेका कभी भारत सेवक समाज ने लिया था, पर जो निश्चय ही, भारत-सेवा में रत हो जाने के कारण बनवा नहीं पाया), विधानसभा का रोबदार विलायती गुम्बज (जिसके सामने रोज नए आन्दोलन बनते हैं, बिगड़ते हैं, उखड़ते हैं), हजरतगंज का समन्वयवादी बाज़ार (जहाँ, देहाती राजनीतिक कार्यकर्ता और 'गुबरैले' शहरी नौजवान बॉर में एक साथ विलायती शराब पीते हैं और बाहर एक साथ हनुमानजी के मन्दिर के आगे सिर झुकाते हैं), ज़िन्दा अजायबघर (जहाँ दस पैसे देने पर शेर मुँह फाड़कर बोलने लगता है), मुहम्मद बाग़ क्लब (जहाँ कुछ दिन हुए, 'वर्षान्त की मादक निशा' में इनकम टैक्स का एक बड़ा अफ़सर, आमोद-उल्लास के बन्धन तोड़कर दूसरे सदस्यों को देखते-देखते, वीरगति को प्राप्त हुआ), एक और छोर पर भारतीय शहरों का वर्जित क्षेत्र—फौजी छावनी के साफ़-सुथरे मकान (जो 'जय जवान जय किसान' के बावजूद जवानों से बहुत ऊपर और किसानों से बहुत दूर हैं)। एक लखनऊ यह है।

इन दो लखनऊओं के आदि स्रोत पर बना हुआ, लगभग बीस लाख रुपए की लागत का रवीन्द्रालय है, स्टेशन के बिल्कुल पास। आते-जाते कोई उसे अनदेखा नहीं कर सकता, कोई यह नहीं कह सकता कि लखनऊवालों को रवीन्द्रनाथ ठाकुर का नाम नहीं मालूम। यहाँ कभी-कभी शास्त्रीय संगीत के कार्यक्रम भी होने लगे हैं, जो भातखंडे म्यूजिक कॉलेज के होने के बावजूद स्वातंत्र्योत्तर लखनऊ के लिए एक बड़ी घटना है। अफ़सरों और व्यापारियों के सजे-बजे जोड़े इन्हें सुनने को बड़ी ललक के साथ रवीन्द्रालय पर टूटते हैं : वही ललक, जो वे 'किंग ऑफ चाट' की दुकान की ओर दिखाते हैं। स्मरणीय तथ्य : अली अकबर खाँ का सरोद सुनकर एक अफ़सर की बीवी का कान्वेंटी अंग्रेजी में सीत्कार : बहुत-बहुत अच्छा सितार बजाता है! दूसरा स्मरणीय तथ्य : देहाती नौटंकियों में थानेदारों के लड़के जिस तरह आगे घुसकर बैठते हैं, उसी अन्दाज़ से एक नाटक के दौरान कुछ मिनिस्टरों की सन्तति का अगली सीटों के लिए अविनय अवज्ञा आन्दोलन और आमंत्रित दर्शकों में अमृतलाल नागर का शान्तिपूर्वक सदन-त्याग।

यह सांस्कृतिक जीवन है, जिसके दूसरे प्रतीक यहाँ के मुहल्लों के नाम हैं। नवाबी धजवाले मुहल्ले, लइयावाली गली, बताशेवाली गली, गन्नेवाली गली। शहरी सामन्तवाद की प्रतिध्वनियाँ, ड्योढ़ी आगा मीर, सराय मालीखान, पुराना किला। ठेठ अवधी रंग का मुहल्ला तालाब गंगनी सुकुल। साहित्यिकों के आँसू पोंछने का टुकड़ा : महाकवि निरालानगर। अहिंसावाद को बेझिझक उकसानेवाले मुहल्ले, अशोक नगर, अशोक मार्ग, गौतम बुद्ध मार्ग, गौतमपल्ली (जिसके नामकरण के पीछे ज़ाहिर है, तत्कालीन मुख्यमंत्री सम्पूर्णानन्द का हाथ रहा होगा)।

पर यह सांस्कृतिक सैलानियों को अपनी ओर इस इतिहास-भूगोल के कारण नहीं खींचता। उसके कारण दूसरे ही हैं। एक और बड़ा इमामबाड़ा, छोटा इमामबाड़ा, दिलकुशा, रेजीडेंसी आदि का 'क्षुधित पाषाणी' वातावरण है, दूसरी ओर लखनऊ के लम्बे-चौड़े—ख़ूब लम्बे-चौड़े पार्क और हाल में शहर को 'फेस लिफ्ट' देने के स्थूल प्रयास। गोमती नदी की धारा में बिना मतलब के कई फीट ऊँचा फुहारा निकलता है, जिसका सम्बन्ध जवाहरलाल नेहरू से है : जवाहर फुहार। वहीं एक निरर्थक खम्भा बना है। जहाँ तक बजट ने साथ दिया, वहाँ तक लोग उसे ऊँचा करते गए—नाम है शहीद-स्मारक। इन तरकीबों से लखनऊ को पहले के मुकाबले ज़्यादा आकर्षक बनाया जा रहा है। पर लखनऊ का आकर्षण आज की इन चीज़ों में उतना नहीं, जितना कि यहाँ के लोगों में है।

वही हजरतगंज को आकर्षण का केन्द्र बनाते हैं। वैसे यह बाज़ार प्रायः पुरानी और बदसूरत इमारतों से बना है, किराना और बिसातखाने की दुकानें इफरात में हैं, काफी बड़ा थाना है, लगभग उतना ही बड़ा सूचना केन्द्र है, यानी कुल मिलाकर एक मामूली बाज़ार है। पर जब शाम को नौजवान लड़के और लड़कियाँ, उखड़ते हुए नेता और उखाड़ते हुए पत्रकार, थके हुए क्लर्क, चीखते हुए कलाकार, ऐंठते हुए व्यापारी धीरे-धीरे फुटपाथों पर टहलना शुरू करते हैं, मूँगफली या काजू या च्यूँइंग गम के सहारे, तो लगता है, पेंगुइन की चिड़ियों की कतारें धीरे-धीरे थिरक रही हैं। यही 'गजिंग' है, जो नए लखनऊ के व्यक्तित्व को ऊपर उभारती है, जिसके बूते पुरानी, बदसूरत इमारतें आधुनिकतम बन जाती हैं।

लखनऊ में कोई कुछ भी हो सकता है। खेलों के ठीक से नाम न जानने पर भी, सिर्फ़ राजनीतिक दाँव-पेंच की दक्षता के आधार पर, आप काउंसिल ऑफ स्पोर्ट्स के अध्यक्ष बन सकते हैं। ताश और गोल्फ को होशियारी से खेलकर आप किसी परम प्रतिष्ठित मन्दिर की प्रबन्ध-समिति का सभापतित्व ले सकते हैं। बढ़िया डॉक्टर होने के नाते आप ज़िन्दा अजायबघर के प्रशासक हो सकते हैं, कामर्स ग्रेजुएट होने के आधार पर ललित कला अकादमी के मंत्री बन सकते हैं और सिर्फ़ दुस्साहस के सहारे शिक्षा को अप्रासंगिक बनाकर आप विश्वविद्यालय के प्रबन्धकों की सूची में शामिल हो सकते हैं और जहाँ तक साहित्य और राजनीति का सवाल है, उनमें घुसने के लिए यहाँ दुस्साहस की भी ज़रूरत नहीं है।

विश्वविद्यालय लखनऊ में भी है। आप चाहे जितना आश्चर्य करें, पर यह सही बात है। पूर्णविकसित विश्वविद्यालय है, जिसकी सबसे बड़ी सुन्दरता यह है कि गोरखपुर विश्वविद्यालय इससे ज़्यादा गया-बीता है। यहाँ का वातावरण बड़ा ही मनोहारी और समर्थनपूर्ण है। यहाँ की प्रतिभाओं ने आज तक कभी भी राजकीय नीतियों के ख़िलाफ़ ज़ोर से कुछ नहीं कहा। यहाँ के बुद्धिजीवी कुछ ऐसा अचम्भा हैं कि प्रायः वही सोचते हैं, जो सरकार सोचती है।

लखनऊ विचारकों का नहीं, स्वप्न-द्रष्टाओं का नगर है। बनारसी बाग का लॉन

और शेर-चीते, दिलकुशा और रेजीडेंसी के खंडहर-विचार नहीं, स्वप्न ही उत्तेजित करते हैं। तभी यह स्वप्नदर्शिता सभी क्षेत्रों को अपने में समेट लेती है। लगभग सभी के अपने-अपने स्वप्न हैं, जो मियामी-बीच के आरामगाहों से लेकर चीफ मिनिस्टर की कुर्सी तक कल्पना को दौड़ाकर हँफा देते हैं। अत: इस बात पर आश्चर्य न होना चाहिए कि लखनऊ से कला, साहित्य, समाज-विज्ञान, राजनीति आदि की एक पत्रिका भी नहीं निकलती। लखनऊ ने 'रंगेगुल से बुलबुल के पर बाँधने' की परम्परा को टूटने नहीं दिया है और जहाँ तक बन पड़ा है, उसके मस्तिष्क ने किसी प्रकार का कष्ट नहीं उठाया है।

पिछले कुछ दिनों से राजनीतिक कार्यकर्ताओं का हृदय अपनी ओर जिस कार्यक्रम ने खींचा है, उसका नाम सहकारिता आन्दोलन है। लखनऊ में इस सहकारिता की बड़ी-बड़ी राज्यस्तरीय संस्थाएँ हैं। अब सभी जानते हैं कि किसानों की गरीबी सहकारिता आन्दोलन ने दूर कर दी है। इसलिए किसानों के हितैषी होने के नाते कुछ कार्यकर्ताओं को इस आन्दोलन ने मुग्ध कर रखा है। यहाँ की सहकारी संस्थाओं से वे तन-मन से चिपके हुए हैं, धन से भी। वे नहीं चाहते कि कोई उनकी सेवा का विवरण जाने। यहाँ तक कि कोई उन पर निगाह न डाल दे, इसलिए वे व्याख्यान तक नहीं देते।

सहकारिता आन्दोलन का प्रतीक एक बड़ी शानदार इमारत है, जो सचिवालय के पास लगभग तीन साल से अधूरी खड़ी है। यह इमारत सहकारी दफ़्तरों के मुख्यालय के लिए बन रही थी। इमारत के पीछे बड़ी-बड़ी आकांक्षाएँ थीं, जो कि सहकारिता-आन्दोलन के पीछे भी थीं। पर इमारत बरसों से अधूरी है, और दफ़्तर किराए की इमारतों में हैं, वैसे ही जैसे कोऑपरेटिव बैंक बहुत बड़ा है, पर किसानों को कर्ज़ अशर्फाबाद और सआदतगंज के सूदखोरों से ही मिलता है। अनुभव है कि कोऑपरेटिव सोसाइटियाँ ज़्यादा सूद खाने की चाहे जितनी कोशिश करें, वे आज भी अत्यन्त कुशल कार्यकर्ताओं के बावजूद जनता से इतना ज़्यादा सूद नहीं खा पातीं, जितना कि अशर्फाबाद मुहल्ले का एक परम्परावादी सूदखोर अनायास खा सकता है। यदि लखनऊ की कोऑपरेटिव संस्थाएँ ऐसी ही दस-पाँच और इमारतों की नींव डाल दें और उन पर, और उनसे जुड़ी हुई मुक़दमेबाजी पर अपना खर्च बढ़ाने की पूरी-पूरी चेष्टा करें तो उन्हें कुछ दिनों बाद सूदखोरी की ढुलमुल नीति अपने-आप बदलनी पड़ जाएगी और तब वे अशर्फाबाद के सूदखोरों से कह सकेंगे कि देखो, इस साल हमने तुमको तुम्हारे ही मैदान में मात दे दी है।

झोला छाप

जहाँ तक मेरी जानकारी है, मानक हिन्दी कोशों में आपको 'झोला छाप' का अर्थ नहीं मिलेगा। अगर आक्सफ़ोर्ड इंग्लिश डिक्शनरी की तरह किसी हिन्दी कोश के ऐसे संस्करण समय-समय पर निकलते रहते जिनमें बोलचाल में खपे हुए नए शब्दों को बाइज़्ज़त शामिल किया जाता तो निश्चय ही अब तक 'झोला छाप' की छाप आपके दिमाग़ पर पड़ चुकी होती। बहरहाल, यह विशेषण उत्तर प्रदेश और बिहार में व्यापक रूप से प्रचलित है और यदि आप सोचते हों कि यह उन नेताओं के लिए है जो कन्धे से भूदानी झोला लटकाकर पदयात्राएँ करते हैं, तो आप निशाने से बहुत दूर हैं।

झोला छाप वे डॉक्टर हैं जो डॉक्टरी पढ़े बिना ही डॉक्टरी करने लगे हैं। ये क़स्बों और गाँवों में बहुतायत से पाए जाते हैं। और जिस तरह उन्हीं क़स्बों में 'रॉकेट', 'हाहाकार', 'घमासान' जैसे साप्ताहिकों के सम्पादक अपने को दिलीप पडगाँवकर या एच.के. दुआ या विद्यानिवास मिश्र के समकक्ष समझते हैं, पर झोला छाप डॉक्टर यही समझता और समझाता रहता है कि अगर वह दिल्ली चला जाए तो उसे तुरन्त इंडियन मेडिकल एसोसिएशन का चेयरमैन बना दिया जाएगा।

वह प्रायः मोटरसाइकिल पर चलता है और पतलूनधारी होता है। उसके पास कोई झोला नहीं होता (वह उससे पहले की पीढ़ीवाले लेकर चलते थे), और गाँवों में उसकी 'विज़िट' के दिन निश्चित होते हैं। जिस देश का स्वास्थ्य विभाग इक्कीसवीं सदी के आने तक सबके लिए चिकित्सा-सुविधा का कीर्तन करता है, वहाँ की अस्सी प्रतिशत जनता इसी झोला छाप के भरोसे पड़ी हुई है।

वह ज़्यादातर क़स्बों में रहता है, उसके मकान का लम्बा-चौड़ा साइनबोर्ड होता है, यमदूत प्रसाद, एफ.आर.एस.एच. (लन्दन), आर.एम.पी. (ए.एम.) जैसा। अपनी बचत के लिए बाज़ार में टिके रहने के लिए, वह बराबर अपने शत्रुओं से चौकन्ना रहता है। डॉक्टरी की सही डिग्री लेकर डॉक्टरी करनेवाले ही उसके शत्रु हैं। इसलिए उसका पहला निशान स्थानीय प्राइमरी हेल्थ सेंटर के सरकारी डॉक्टर होते हैं। लाज़मी है कि उनके आँगन में पत्थर फिंकवाकर, कमरे में सेंध लगवाकर या ज़रूरी हो तो किसी नर्स द्वारा उनके ख़िलाफ़ बलात्कार की शिकायत भिजवाकर उन्हें वापस शहर भगाया जाए। राजनीति में वह ज़्यादातर उसी पार्टी का स्थानीय नेता होता है जो सत्ता में हो।

एक मेडिकल काउंसिल ऑफ इंडिया है। उसका एक मज़बूत हथियार मेडिकल काउंसिल ऑफ इंडिया ऐक्ट है। वह नियमित रूप से डॉक्टरी की डिग्री पाए हुए लोगों

का चिकित्सा कर्म के लिए पंजीकरण करती है। राज्यों में यह काम स्टेट मेडिकल काउंसिल करती है। इनके रजिस्टरों में जो पंजीकृत नहीं हैं, उन्हें आधुनिक चिकित्सा करने का अधिकार नहीं है। अगर कोई ऐसा करता है, तो उस पर मुक़दमा चल सकता है, उसे दंड दिया जा सकता है।

डॉक्टरी की डिग्री क्या है? इसका निर्धारण भी यही भारतीय चिकित्सा परिषद् करती है। वही चिकित्सा शिक्षा का पाठ्यक्रम तय करती है, मेडिकल कॉलेजों को मान्यता देती है, उनके लिए नियम बनाती है, पर...।

पर यहाँ क़ानूनी व्यवस्था के ऊपर भगवान् है और भगवान् के ऊपर ठगों का गिरोह है।

यह गिरोह अपने कॉलेज अलग से चलाता है—कॉलेज यानी एक कोठरी का दफ़्तर जहाँ कुछ रजिस्टर, रसीद बुकें, फ़ार्म, रबर की मोहरें और छपे प्रमाणपत्र-भर होने चाहिए। वहाँ दो-चार हज़ार रुपया देकर एक डॉक्टरी डिग्री ली जा सकती है। पूरे देश में ऐसी कोठरियाँ चार सौ से ऊपर हैं, मेरे उत्तर प्रदेश में बत्तीस। उनमें से आठ यहाँ की राजधानी ही में हैं। वे परचून की दुकानों की तरह बेधड़क और बेख़ौफ़ कारोबार चलाती हैं। इनके ख़ूबसूरत नाम जानना चाहेंगे? भारतीय ग्रामीण चिकित्सा परिषद्, जन-स्वास्थ्य सेवा प्रशिक्षण संस्थान, बोर्ड ऑफ मेडिकल एसोसिएशन, रूरल मेडिकल प्रैक्टिशनर्स काउंसिल ऑफ इंडिया आदि-आदि—कृपया ध्यान दें कि सारा ज़ोर हमारे उपेक्षित ग्रामीण समाज और सेवा पर है।

डिग्रियों की क़िस्में भी उतनी ही ख़ूबसूरत और इफ़रात में हैं। आप होम्यो-एलेक्ट्रोपैथी, इलेक्ट्रो-होम्योपैथी, मैग्नेटोपैथी, इंडोएलोपैथी आदि में बिना किसी के जाने कि ये क्या चीज़ हैं, मनचाही डिग्री ले सकते हैं। डिग्रियों का कोई भी नाम हो सकता है : एफ.आर.एस.एच. (लन्दन), एम.आर.एस.एच. (लन्दन), आर.एम.पी. (ए.एम.), बी.ई.एम.एस. आदि। और न भूलें कि ए.एम. 'आयुर्वेदिक मेडिसिन' और 'एलोपैथिक मेडिसिन' में से कोई भी एक या दोनों हो सकता है।

अब यहाँ केन्द्रीय स्वास्थ्य मंत्रालय की भी तारीफ़ कर दी जाय। उन्होंने आधुनिक चिकित्सा में भारतीय गँवारों का इतना भरोसा तो उकसा ही दिया है कि डॉक्टर की चिरन्तन अनुपस्थिति में झोला छाप पर उनकी निर्भरता बढ़ गई है। जहाँ गँवई-गाँव की महिलाएँ पहले झाड़-फूँक, जादू-टोना से काम चला लेती थीं, वहीं अब वे बीमारी का हाल बताने के पहले ही झोला छाप से कहती हैं : "साहेब, बबुवा को एक सुई लगा दीजिए, टिकिया से कुछ नहीं होगा।" तब पोखर के पानी को गन्दी सुई से लड़के के जिस्म में दाखिल करके हमारा झोला छाप दुखियारी माँ का दुःख दूर करता है, अपनी जेब भी गर्म करता है।

मेरा एक सपना है : मैं सीधा-सादा नहीं हूँ, फिर भी एक सीधे-सादे आदमी का सपना : कि अपने देश में हर सीधा-सादा काम सीधे-सादे ढंग से होने लगा है। किसी को अपराध की रिपोर्ट लिखानी हो तो उसे थाने पर बिना चूँ-चपड़ के लिख लिया गया

है, कि मिलावट का माल बेचनेवालों पर मुक़दमा चलाकर उन्हें बिना किसी सनसनी के जेल में बन्द कर दिया गया है, कि फ़र्ज़ी डॉक्टर का बाना बनाकर जो ठगों का गिरोह पूरे देश को रौंद रहा है, उन्हें छुट्टा साँड़ की हैसियत देने के पहले ही ठगी और नाजायज़ प्रैक्टिस के आरोपों पर बाक़ायदा सज़ा देकर देश से एक महामारी का ख़ात्मा कर दिया गया है। पर यह सपना-भर है, यथार्थ यह है कि :

सबका यही निष्कर्ष है, कितना बड़ा उत्कर्ष है!
तुम धन्य हो, हम धन्य हैं, औ' धन्य भारतवर्ष है!

19 सितम्बर, 1993

एन.टी.आर. की वकालत में

आरम्भ में श्रीराम का नाम लीजिए (क्योंकि प्रकरण श्री रामाराव का है) और उनके पिता दशरथ को याद कीजिए। जब बुढ़ापे में उनकी मृत्यु हुई, उनकी दूसरी रानी कैकेयी जवान थी। प्रमाण : बाबा तुलसीदास का "सूल कुलिस असि अँगवनि हारे। ते रतिनाथ सुमन सर मारे," यानी उस वक़्त भी कैकेयी उनका कामोद्दीपन कर सकती थी। संस्कृति और परम्परा के नाम पर भारतीय पुराण और इतिहास से 'वृद्धस्य तरुणी भार्या' के सैकड़ों उदाहरण दिए जा सकते हैं। निहायत बूढ़े और शिथिल च्यवन ऋषि से नवयुवती सुकन्या का विवाह हुआ था, ययाति का उदाहरण भी विश्वसाहित्य में अनूठा है। देवयानी से विवाह रचाकर उन्होंने शर्मिष्ठा से रतिप्रसंग चालू किया जिस पर उन्हें शाप मिला कि तुम असमय ही बूढ़े हो जाओ। पर शुक्राचार्य के एक संशोधन से उन्हें मौक़ा मिल गया कि उनका बुढ़ापा स्थानान्तरणीय, यानी 'ट्रांसफरेबल' हो जाय। चट से उन्होंने अपने बेटे पुरु को अपना बुढ़ापा पकड़ा दिया और उसकी जवानी खींच ली। बूढ़े की भोगलिप्सा और पिता के प्रति त्याग का कैसा ज्वलन्त उदाहरण है! है न?

अब आइए तेलुगूदेसम् के नेता श्री एन.टी. रामाराव पर। उन्हें बधाई। नाम से ही दो देवियों के बीच महादेव की सैंडविच पर देनेवाली छत्तीस वर्षीया सुश्री लक्ष्मी शिव पार्वती से विवाह करके उन्होंने, अनेक नेताओं में प्रचलित, रखैल रखने की प्रथा तोड़ी है। इसलिए दोहरी बधाई। हम जानते हैं कि वे अगर नेता नहीं, सिर्फ़ अभिनेता रहे होते तो अपनी इकहत्तर साल की उम्र में उनकी बीवी के समानान्तर या उसके बिना प्रेमिका के प्रसंग में धर्मेन्द्र या कमलहासन से होती। वे पत्नी की जगह तब केवल 'संगिनी' रख सकते थे—भले ही वह क़ानून में निरर्थक और भारतीय दिमाग़ में अनैतिक कर्म होता। पर उन्होंने वह नहीं किया और वही किया जो किया।

अब यहाँ भारतीय बुद्धि की सुन्दरता देखिए। ख़बर है कि इलाहाबाद ज़िला बार एसोसिएशन के अध्यक्ष ने, अपनी क़ानूनी जानकारी के बावजूद या शायद उसी के कारण, माँग की है कि भारतीय संस्कृति और परम्परा को कुचलने के आरोप में एन.टी.आर. को गिरफ़्तार करके उन पर मुक़दमा चलाया जाना चाहिए। पता नहीं कि उन पर यह मुक़दमा किस अधिनियम की किस धारा में चलेगा, पर यदि यह मालूम हो जाए कि दोनों पति-पत्नी किन-किन जातियों या वर्णों के हैं तो भारतीय संस्कृति और परम्परा की जय बोलकर 'अनुलोम' और 'प्रतिलोम' के प्रश्न पर 'हिन्दुत्व' की अदालत में उन पर एक मुक़दमा ज़रूर ठोंका जा सकता है।

तो अब सवाल के दो मुद्दे साफ़ हुए। एक तो बुढ़ापे में एक युवती से, भले ही वह प्रौढ़ाधीरा होने जा रही हो—शादी करने का, दूसरे, वर्ण व्यवस्था में घपला करने का। पहले मुद्दे पर मैं यहाँ आरम्भ में ही भारतीय संस्कृति और परम्परा की कसौटी पर एन.टी.आर. को सादर दशरथ और च्यवन आदि का दर्जा देकर बरी कराने की कोशिश कर चुका हूँ। दूसरा मुद्दा है—फिर उसी भारतीय संस्कृति और परम्परा के नाम पर—इस विवाह को वर्ण व्यवस्था के नजरिए से देखने का।

यहाँ मैं अपने अज्ञान के लिए शर्मिन्दा हूँ। मुझे इन पति-पत्नी के वर्ण, गोत्र, प्रवर आदि की कोई जानकारी नहीं है। बहरहाल, अगर एन.टी.आर., ऊँचे वर्ण के हैं और श्री.ल.शि. पार्वती नीचे वर्ण की तो यह 'अनुलोम' विवाह हुआ, जो आपस्तम्ब के मत से अमान्य है। और अगर श्री.ल.शि. पार्वती उच्चतर वर्ण की हुईं, तो यह 'प्रतिलोम' विवाह हुआ, जिसके लिए व्यवस्था है कि :

"'प्रतिलोम्येन पातकम्' : प्रतिलोम विवाह करना पाप है। मनु ने कहा है कि प्रतिलोम जातियाँ शूद्र के समान हैं। कौटिल्य का मत है कि चांडालों को छोड़कर सभी प्रतिलोम जातियाँ शूद्रवत् हैं। देवल का कहना है कि प्रतिलोम सभी वर्णों से पृथक् और पतित हैं। गौतम के अनुसार वे धर्महीन हैं।..." (सन्दर्भ : डॉ. काले का 'धर्मशास्त्र का इतिहास')।

निष्कर्ष यह है, भारतीय संस्कृति और परम्परा की कसौटी पर श्री एन.टी. रामाराव का विवाह जायज़ ही नहीं, उनकी उम्र के हिसाब से प्रशंसनीय भी है, बशर्ते कि वह अनुलोम हो, न प्रतिलोम, उसे सहवर्णी होना चाहिए। अगर इस मामले में कोई खोट हो तो केन्द्र सरकार को तुरन्त एक क़ानून बनाकर, उसे पूर्वगामी प्रभाव देते हुए,

एन.टी.आर. का चालान करके उनके वोट-बैंक में सेंध लगा देनी चाहिए।

19 सितम्बर, 1993

लकीर का साँप

साँप के निकल जाने पर उसकी लकीर पीटते रहना हमारा पुराना शग़ल है पर इस बार हमने एक कीकर को ही साँप समझ लिया है और उसकी पिटाई का काम जारी है।

मामला वही 'सहमत' वाला है। अयोध्या में 'सहमत' ने रामकथा पर एक प्रदर्शनी लगाई, उसमें बौद्ध जातकों के किसी 'दशरथ जातक' की कथा का भी पोस्टर लगाया गया। वह राम से जुड़ी हुई वैष्णवधर्मी मान्यता के ख़िलाफ़ था। इस पर कुछ सांस्कृतिक वीरभद्रों ने 'सहमत'-छाप विवेक का जवाब सड़क-छाप विवेक से दिया और वे पोस्टर फाड़ डाले। इसके बाद, साँप के गुज़र जाने पर उसकी लकीर को लेकर अख़बारों ने ख़ूब चिल्ल-पों मचाई; वह लकीर संसद में भी जमकर पीटी गई। उसके बाद ख़ुद साँप ने अपनी लकीर को पीटा, यानी शुरुआती हमले के झटके से उबरते ही 'सहमत' वालों ने कुछ किताबी बुद्धिजीवियों की मदद से एक प्रेस कान्फ्रेंस कर डाली। तभी अयोध्या में पुलिस ने लकीर को ही साँप बना दिया।

एक पुलिस इंस्पेक्टर ने अयोध्या कोतवाली में 'सहमत' के ख़िलाफ़ एक मुक़दमे की प्रथम सूचना रिपोर्ट लिखा दी। आरोप : लोगों की धार्मिक भावनाओं को चोट पहुँचाकर समाज में विद्वेष और असुरक्षा पैदा करना।

यह अगस्त, 1993 के अन्तिम सप्ताह की बात है। दस साल बाद भी, 2003 ई. में यह लकीर बदस्तूर पीटी जा रही थी। मामला केन्द्रीय जाँच ब्यूरो यानी सी.बी.आई. के हाथ में था। कुछ ऐसे पेंच पैदा हो गए थे कि मामला सी.बी.आई. को और सी.बी. आई. मामले को उलझाती ही जा रही थी।

दस साल पहले—1993 में—सी.बी.आई. के गुप्तचर 'सहमत' के सचिव के पास पहुँचे थे। उनसे कड़ी पूछताछ हुई। सचिव ने कहा, "हमारी कोई ख़ता नहीं। 'दशरथ जातक' हमने नहीं लिखा है; न ही इस किताब पर सरकार ने पाबन्दी लगाई है। बहरहाल, जिसने इसे लिखा हो उसी से जाकर पूछिए। चालान भी उसी का कीजिए।"

"किसने लिखा है?"

"मुझे नहीं मालूम।"

"तब किससे मालूम होगा?"

"पता नहीं। शायद डॉ. वेबर को मालूम हो, या डॉ. याकोबी को या दिनेशचन्द्र सेन को।"

सी.बी.आई. कुछ साल इन डॉक्टरों को खोजती रही। उसने इंडियन मेडिकल

काउंसिल के सारे रजिस्टर छान मारे पर कहीं कुछ पता नहीं चला। तीन साल बाद उन्हें किसी ने बताया कि वे डॉक्टर नहीं थे, वे इतिहास लिखते थे। यह भी बताया कि वे स्वर्गवासी हो चुके हैं। इसके बाद गुप्तचरों ने सीधे 'दशरथ जातक' को ही दबोचने की रणनीति अपनाई।

पता चला कि दशरथ की गाथाएँ पाली में हैं। कुछ साल सी.बी.आई. भूगोल के विशेषज्ञों से पूछती रही कि पाली कहाँ है। एक क़स्बा पलिया मिला—बल्कि दो क़स्बे, एक पलिया कलाँ, दूसरा पलिया ख़ुर्द; पर पाली नहीं मिला। बाद में पता चला कि पाली एक भाषा का नाम है। इस भाषा के पंडितों को जब पुलिस ने कर्रा किया तो पता चला कि 'दशरथ जातक' जिस पाली ग्रन्थ में है वह एक सिंहली पुस्तक का अनुवाद है जो सिंहलद्वीप में हो सकती है, नहीं भी हो सकती है।

तब सी.बी.आई. का एक संयुक्त निदेशक अपनी टीम के साथ तुरन्त श्रीलंका पहुँच गया। उस ग्रन्थ की वहाँ बहुत खोज की गई। बौद्ध मठों में, विश्वविद्यालयों में, पुस्तकालयों, शराबख़ानों, होटलों, कैबरे हॉलों, जुआघरों में—कहाँ नहीं, पर वह कहीं नहीं मिली।

सी.बी.आई. को सिर्फ़ यह सलाह मिली, "इस रामकथा को कोई ऐसी रिपोर्ट मत समझो जिसे तुम तीन घंटे में डिक्टेट कर सकते हो। इसमें सैकड़ों-हज़ारों लोगों का हाथ है। यही नहीं, इसके पीछे एक बड़ा भारी अन्तर्राष्ट्रीय षड्यंत्र है। हिन्दुस्तान के ही साथ तिब्बत, स्याम, कम्बोडिया, मलेशिया, जावा, सुमात्रा—न जाने कितने देश इसमें शामिल हैं।"

तो इसे 'रॉ' को सौंप दिया जाए—सी.बी.आई. ने सोचा—पर एक बार दक्षिणपूर्व एशिया के बौद्ध मठों, पुस्तकालयों, होटलों आदि-आदि का भी नमूना देख लेने के बाद...

सी.बी.आई. को अचानक बैंकाक में एक सज्जन मिले। उन्होंने अपना नाम हनुमान बताया। फिर कहा, "जी हाँ, वही, जिसे आप सोच रहे हैं।"

काफ़ी मँगाई गई पर हनुमान को दिलचस्पी केलों में थी। उन्होंने सी.बी.आई. टीम से कहा, "तुम सिर्फ़ लकीर पीटना जानते हो। तुम्हें गुप्तचरी का क ख ग तक नहीं आता। और कुछ नहीं सीखा था तो मेरी जीवनी ही ठीक से सीख लेते। तब तुम्हें पता चलता कि उल्टी ख़बरें—डिस्इन्फार्मेशन—कैसे फैलाई जाती है।"

वे कहते रहे, "मुझी को देखो। मैं दशरथि राम का प्रमुख गुप्तचर था। तुम्हारे डाइरेक्टर से भी बड़ा। तुम सब जानते हो कि मैं बाल ब्रह्मचारी हूँ। पर इन देशों में मेरे प्रेम-प्रसंगों के क़िस्से चारों ओर फैले हैं। यक़ीन न हो तो सेरीराम और रामकियेन जैसी रामायणें पढ़ लो। भारत में भी ऐसी जैन रामकथाएँ हैं जो मुझे हज़ारों पत्नियों का पति घोषित कर चुकी हैं।"

संयुक्त निदेशक गुस्से से लाल हो गया। बोला, "सरासर बदतमीज़ी है यह।"

"अजी बदतमीज़ी नहीं, यह सब डिस्इन्फार्मेशनवाली चालें हैं," हनुमान ने कहा, "वे चाहते हैं कि तुम मुझे असली रूप में न देख पाओ, यानी हमारे बारे में तुम आस्था

और विश्वास के जिस खुले राजमार्ग पर चल रहे हो, वह एक भूलभुलइया में गुम हो जाए। 'दशरथ जातक' भी यही कर रहा है।"

नतीजा यह हुआ कि सी.बी.आई. ने रामकथावाली तफ़तीश से अपना हाथ खींच लिया, पर 'रॉ' ने उसे लपककर अपना लिया। तब तक 'सहमत' को हर साल दिए जानेवाले अनुदानों से ऊबकर भारत सरकार ने उसे बाक़ायदा अपना एक मुहक़मा ही बना लिया था और उसका नाम 'श्रीराम सद्भाव संकीर्तन निदेशालय' रख दिया था।

5 सितम्बर, 1993

शलवार के बहाने एक सांस्कृतिक चिन्तन

आशुतोष कॉलेज, कलकत्ता के प्रिंसिपल के नादिरशाही हुक्म पर, जिसके द्वारा उन्होंने एक छात्रा को शलवार-कमीज़ पर प्रतिबन्ध लगाकर उसे साड़ी में कॉलेज आने को मजबूर किया, प्रेस में बहुत-कुछ आ चुका है। इस पर होनेवाले कलकतिया आन्दोलन, साड़ी बनाम शलवार का सवाल और उसी बहाने नागरिकों के मूलभूत अधिकारों पर काफ़ी बहस हो चुकी है। उसमें न पड़कर मैं यहाँ सिर्फ़ एक सांस्कृतिक बिन्दु पर चिन्तन करूँगा।

कुछ लोग कहते हैं कि बिना सिले कपड़ों के मुकाबले सिले हुए कपड़े पहनना सभ्यता की एक ज़्यादा विकसित स्थिति है। कुछ यह भी मानते हैं कि प्राचीन भारत की नारियों में सिले कपड़ों का रिवाज न था और सिले हुए कपड़े हमें इस्लाम के संसर्ग से मिले। बड़ी सौम्यता से कुछ ऐसा ही इशारा जनाब अब्दुल हलीम 'शरर' ने अपनी एक सदी पुरानी किताब 'गुजिश्ता लखनऊ' में किया है। कुछ लोग यहाँ तक मानते हैं कि हर्ष के समय तक भारत में सिलाई नाम की चीज़ चली ही नहीं थी।

आइए, कुछ देर के लिए मान लें कि नग्नता से उबरकर अंजीर की पत्ती से अंग ढकना, फिर वल्कल वस्त्रों तक आना, फिर बिना सिले हुए उत्तरीय और अधोवस्त्र का प्रयोग करना, और अब शलवार-कुर्ते में पैठ जाना—ये सब सभ्यता-यात्रा की बढ़ती मंजिलों को वैसे ही प्रमाणित करते हैं जैसे हमारे फ़ैशन डिज़ाइनरों की मदद से हमारा फिर उसी पुरानी नग्नता की ओर धीरे-धीरे, पर पक्के तौर से बढ़ना। इसके बाद बहस सिर्फ़ प्राचीन भारत में सिले वस्त्रों के प्रयोग को रह जाती है। इससे इतिहास के पंडित जूझें, पर मेरे लिए महाभारत की 'सूच्यग्रं नैव दास्यामि' वाली कविता काफ़ी है। ज़ाहिर है कि महाभारत-काल में सुई मौजूद थी और वह सिर्फ़ बहस में विपक्षी के नितम्ब में चुभाने के लिए नहीं, अपने सहज काम, यानी सिलाई के लिए इस्तेमाल में आती थी। यह और बात है कि नारियों में सिला हुआ अधोवस्त्र पहनने का रिवाज न रहा हो, पर इसका सभ्यता के विकास से कोई लेना-देना नहीं, यानी ऊपर जो बात मैं कुछ देर के लिए मान चुका हूँ, उसे अब ख़ारिज करना चाहता हूँ।

'हर्षचरितम्' में बाणभट्ट सातवीं सदी के आरम्भ में राज्यश्री के विवाह के लिए तैयार कराए गए कपड़ों की प्रशंसा में कहते हैं, "रेशम, रुई, ऊन के वस्त्र—साँप की केंचुल जैसे महीन, श्वास से ही उड़ जानेवाले, केवल स्पर्श से अपने होने का पता देनेवाले, इन्द्रधनुष जैसे रंग-बिरंगे...।" माना कि ये शलवार-कमीज़ की शक्ल

में सिलकर नहीं रखे गए थे तब भी 'निर्मोकनिभैः, निःश्वासहार्यैः, स्पर्शानुमेयैः' जैसे विशेषण सभ्यता के किस स्तर पर आपको उड़ाकर पहुँचा रहे हैं?

वैसे, श्रेष्ठतर सभ्यता के तर्क को नामंजूर करते हुए भी, शलवार के हक़ में दो बातें ज़रूर कही जा सकती हैं : एक तो यह कि महिलाओं के लिए सुगमता और उपयोगिता के बल पर कभी महात्मा गांधी तक ने शलवार की सिफ़ारिश की थी। दूसरे यह कि हिन्दू-मुस्लिम वैमनस्य के ऐतिहासिक प्रसंगों को अनदेखा करके, उनका तात्त्विक समाधान न खोजकर जो लोग 'गंगा-जमुनी' जैसे चलताऊ मुहाविरों की कमन्द पकड़कर सिर्फ़ प्रतीकों के बल-बूते पर सद्भाव का अभियान चला रहे हैं, उनके लिए शलवार 'गंगा-जमुनी' भारतीय संस्कृति की ध्वजा है (अलबत्ता चारों ओर से सिली हुई)। वह गँवार हिन्दुवानी, आदिवासी क्रिस्तानी और शहरी मुग़लानी को एक साथ खरी सभ्य हिन्दुस्तानी बना सकती है। इसलिए मानवाधिकार जैसे हाहाहूती सवाल उठाए बिना भी हम आशुतोष कॉलेज के प्रिंसिपल चक्रवर्ती के चक्रवर्तित्व को चुनौती दे सकते हैं।

पर गड़बड़ी यह है कि पुराना बंगाली अपने मन में बँधी शलवार-सम्बन्धी गाँठ को आसानी से नहीं खोल पाता। नीरद चौधरी जैसे पंडित तक अपनी 'एक अनजाने हिन्दुस्तानी की आत्मकथा' में कहते हैं : "यह पोशाक (शलवार) उतनी ही इस्लामी है जितनी कि शरिअत...और हैरत की बात यह कि इसका चलन बढ़ रहा है। यहाँ तक कि बंगाली औरतें भी इसे अपना रही हैं—यह भुलाकर कि उनके कमतरीन जिस्मों पर यह फबती नहीं है, और यह तक भुलाकर कि उत्तर भारत की नारियों में सिले हुए अधोवस्त्र की मौजूदगी या नामौजूदगी ही हिन्दुत्व और इस्लाम की कसौटी हुआ करती थी।"

सवाल यह है : ढपोरशंखी संस्कृति के स्वर्णयुग में अगर सिला हुआ वस्त्र हिन्दू नारियों के लिए अहिन्दू माना जाता था तो क्या 1993 में भी हमें अपने को सुसंस्कृत समझने के लिए वैसा ही मानना चाहिए?

15 अगस्त, 1993

वह संसद में जाना चाहता है

बुज़ुर्ग बाप—किसी ज़माने के जाने-माने विद्वान् और बहुतों के आध्यात्मिक गुरु—अस्पताल में बेहोश पड़े हैं। मधुमेह में ऐसी बेहोशी को हाइपोग्लाइसीमिया कहते हैं। रक्तचाप भी है। गुर्दे जवाब देने लगे हैं। उनके दो लड़के उन्हें देखने आए हैं : बड़ा पटना से अपनी कार पर, छोटा कलकत्ता से हवाई जहाज़ द्वारा। बड़ा कहता है : "डायबिटीज़ बेहूदा बीमारी है।"

"बहुत बेहूदा। पीढ़ी-दर-पीढ़ी चलती है," छोटा कहता है, "मुझे डर है कि इनकी वजह से कहीं हमें भी न हो गई हो।"

"मुझे तो है ही। पर हमारे पार्टी अध्यक्ष का कहना है, इससे मेरा पार्लमेंट में जाना आसान हो जाएगा। कहते थे कि दुनिया के ज़्यादातर सांसद डायबिटिक होते हैं।"

"और बवासीर?"

"हुश्। वह ब्यूरोक्रैट्स के लिए है। पर सच तो यह है कि सबसे बड़ी बीमारी है भ्रष्टाचार। यह न तो आदमी का पेशा गिनती है, न उसका ओहदा। जो भी मिला उसको पकड़कर चाँप लेती है। हमारे पटने में...।"

"कलकत्ते की हालत और भी बुरी है। मैंने प्लेन पर देखा, मेरा पड़ोसी...।"

"कलकत्ते में भ्रष्टाचार से भी ज़्यादा भयानक चीज़ अनार्की है।"

"अनार्की तो बाहर है, मैं एसेम्बली के भीतर की बात कह रहा हूँ। प्लेन पर मेरी बग़ल में एक एम.एल.ए. बैठा था, मैंने तो उससे कह भी दिया, माना कि पुलिस की गोलीबारी से युवा कांग्रेस के प्रदर्शन में बारह आदमी मरे, पर एसेम्बली में कांग्रेसियों को ऐसा न करना चाहिए था...।"

"पर वहाँ तो कुछ भी नहीं हुआ। एक आदमी की भी जान नहीं गई। सोचो,

बारह मौतों के बदले उन्होंने सिर्फ़ वहाँ गालियाँ दीं, चप्पल फेंके, बेंचें तोड़ीं, माइक्रोफ़ोन फोड़े...।"

"पर कांग्रेसी सौगत राय और सी.पी.यम. के लगनदेवसिंह के बीच क्या हुआ?"

"कुछ भी नहीं। दोनों ज़िन्दा हैं।"

"मेरा ख़याल है कि ज्योती बासू कूछ ज़्यादा ही ऐरोगैंट हो रहा है। मैंने प्लेन पर अपने पड़ोसी मुसाफ़िर से कहा...।"

"है, पर बीजू पटनायक से ज़्यादा नहीं। वैसे, भ्रष्टाचार के मामले में...।"

"जब हमारा प्लेन राँची एयरपोर्ट पर उतरा...।"

"उसे छोड़ो। मैं भ्रष्टाचार की बात कर रहा हूँ। लोग पटने को बदनाम करते हैं पर तुम्हें उड़ीसा का पता नहीं। जे.बी. पटनायक...।"

"नहीं, बीजू पटनायक। राँची एयरपोर्ट पर...।"

"मैं भ्रष्टाचार की बात कह रहा हूँ।"

"मैं भी। राँची में इंडियन एयरलाइंस का मैंने तमाशा देखा...।"

"उसे छोड़ो। पता है, हर्षद मेहता ने सेंटर के कितने लोगों के नाम गिनाए हैं? एक-एक का...उधर अपने पटने में...।"

एक महिला कमरे में प्रवेश करती है। वह इन दोनों की बहन है। होंठों पर उँगली रखकर उन्हें चुप होने का इशारा करती है। उसी के पीछे एक नर्स और डॉक्टर कमरे में आते हैं।

छोटा भाई कहता है, "प्लेन पर अब क़ायदे की काफ़ी तक नहीं मिलती।"

डॉक्टर उसे सवालिया निगाह से देखता है। बड़ा भाई कहता है, "अब तुम भ्रष्टाचार की बात से कतरा रहे हो। पटने में अभी मेरा एक व्याख्यान हुआ था...।"

डॉक्टर कहता है, "आप लोग कुछ देर के लिए कमरे से बाहर जाएँगे?"

दोनों मुस्तैदी से खड़े हो जाते हैं। छोटा कहता है, "मैंने एयरलाइंस के लोकल मैनेजर से कहा कि...।"

दरवाज़े पर बड़े भाई की आवाज़ सुन पड़ती है, "बोफोर्स का तो नाम-भर है। दर्जनों ऐसे मामले हैं...।"

डॉक्टर ज़ोर से साँस लेता है। महिला की ओर सवालिया निगाह फेंकता है। वह कहती है, "मेरे भाई हैं।" फिर समझाती है, "बड़े भैया पार्लमेंट का चुनाव लड़नेवाले हैं। उसी की तैयारी कर रहे हैं।"

डॉक्टर बेहोश बुज़ुर्ग की ओर देखता है, देखता रहता है। "हिन्दुस्तान की भी यही हालत है न? वह मौत के कगार पर बेहोश पड़ा है। और वे उधर नहीं देखते, सिर्फ़ आपस में एक-दूसरे पर चीख़ रहे हैं।"

"आपने कुछ कहा?" बहन पूछती है।

"कुछ नहीं," डॉक्टर स्टेथस्कोप के साथ मरीज़ पर झुकता है, "कुछ कहने का कोई मतलब भी है?"

8 अगस्त, 1993

दुभाषिए

जब श्रीमान् तथा श्रीमती खन्ना अपने दो मनोहर बच्चों के साथ श्रीमान् तथा श्रीमती लाल के सजे-बजे ड्राइंगरूम से बाहर आए तो श्रीमती लाल ने श्री खन्ना से स्नेह-भरे स्वरों में कहा, "शाम को ऐसे ही आ जाया कीजिए, भाई साहब। आप तो जानते ही हैं कि यहाँ का रहना जेलखाने जैसा रहना है। आप लोगों के साथ दो-चार घड़ी हँस—बोलकर...।"

तभी श्रीमान् खन्ना के अष्टवर्षीय पुत्र ने लाल महाशय से कहा, "अंकिलजी, कल आप लोग आइएगा न? पिक्...निक्...।"

'पिक्' और 'निक्' के अगले भाग पर ज़ोर देकर और पिछले भाग को भारहीन बनाकर कुमार खन्ना ने लोगों को हँसाने की गरज से ऐसा शब्द निकाला कि लोग हँस पड़े।

फिर 'गुडनाइट', 'गुडनाइट', 'टाटा', 'टाऽऽऽऽटाऽ', 'बाई-बाई', 'गुडनाइट', 'ओल्ड ब्वाय', 'नमस्ते अंकिल', 'आंटी टा टा,' फिर मोटर के इंजन का शब्दहीन शब्द, सामने की साफ़-सुथरी क्यारियों, फूलों-भरी रविशों पर मोटर की मखमली रोशनी, पीछे की लाल बत्तियों का बढ़ना, धीमा होना, बाहर सीमेंट की सड़क पर हल्की सरसराहट। बरामदे में केवल लाल-परिवार रह गया।

लम्बी साँस खींचकर लाल महाशय ने कहा, "बेईमान कहीं का! आया था मोटर दिखाने। हम भी दो-दो रुपए मिस्त्रियों से वसूलते होते तो ऐसी दस मोटरें खरीद लेते।"

सुनकर श्रीमती रत्ना लाल हँसने लगीं! बोलीं, "इस तरह बिगड़ने की क्या बात है? अपनी पुरानी मोटर ही क्या बुरी है?"

इस बात का विचार करके कि खन्ना की बेईमानी और उनकी ईमानदारी का हाल सुननेवाली उनकी पत्नी ही रह गई है, लाल महाशय ने विषय बदल दिया और एक निरर्थक बात कही, "कोई बात नहीं है रत्ना। अपना-अपना ज़माना है।"

श्रीमती रत्ना अर्थपूर्ण भाव से हँसने लगीं।

वे बँगले के अन्दर जाने लगे तभी सामने से आता हुआ एक दुबला-पतला आदमी दिखाई दिया। लाल महाशय बोले, "गुप्ता हैं क्या?"

गुप्ता वहीं से बोला, "जी हाँ, मैं ही हूँ...पर कोई बात नहीं, मैं सवेरे आ जाऊँगा, आपके खाने का वक़्त हो गया होगा।"

वे बोले, "नहीं-नहीं, आ जाओ।"

लॉन में कुर्सियाँ पड़ गईं। वे बैठे। श्रीमती लाल, जो अब तक भुन-भुना रही थीं, "अजीब लोग हैं, आधी रात को चलते हैं," निकट आकर बैठ गईं और आत्मीयता के साथ पूछने लगीं, "कहिए गुप्ताजी, आपकी बच्ची के क्या हाल हैं?"

गुप्ताजी की बच्ची को बहुत दिन हुए साधारण-सा ज्वर आया था, और बहुत दिन हुए, वह ठीक भी हो गई थी। बिना समझे ही उसने कहा, "वह बिल्कुल ठीक है, थैंक्यू।"

लाल महाशय ने बैठते ही पूछा, "खन्ना का क्या हुआ?"

गुप्ता पेशे से सीनियर इलेक्ट्रिकल इंजीनियर का स्टेनोग्राफर और लाल महाशय के छोटे भाई का सहपाठी था। हँसकर बोला, "अब क्या होना है! जो होना था, वह तो पन्द्रह दिन पहले ही हो गया।"

"क्या मतलब?"

गुप्ता हँसने लगा। बोला, "अभी-अभी तो खन्ना साहब आपके यहाँ से गए हैं, आपने पूछा नहीं?"

लाल महाशय ने उदासीनता से कहा, "मैं भई, किसी की प्राइवेट बातों में नहीं पड़ता। मैं क्यों पूछता?"

गुप्ता नें धीरे से कहना शुरू किया, "अपने इंजीनियर साहब तो पुराने फिंकैत हैं...," फिर आवाज़ बदलकर बोला, "देखिए साहब, यह सब किसी से आपने कह दिया तो मैं बर्बाद हो जाऊँगा।"

लाल महाशय ने प्रेम से कहा, "गुप्ता यार, तू मेरे रविन्दर का साथी है। मैं तो तुझे उसी की जगह मानता हूँ।"

गुप्ता ने कहा, "नहीं-नहीं, लाल साहब, ज़माना बुरा है। दीवारों के कान होते हैं। दाएँ हाथ को बाएँ हाथ का एतबार नहीं है। बड़े-बड़े धोखे खाए हैं। तभी डरता हूँ। पर आपको बड़ा भाई न मानता तो आता ही क्यों? सुनिए, सच बात तो यह है कि खन्ना साहब को मोटर खा गई।"

वे दुखी स्वर में बोले, "कैसे?"

"कैसे क्या? अपने साहब ने जनरल मैनेजर को इनकी मुअत्तली के लिए लिख दिया है। पाँचू ठेकेदार की शिकायत थी न? जाँच से साबित हो गया कि उसका आधा रुपया खन्ना साहब ने दबा लिया है। रसीद जाली है। उसी के पन्द्रह दिन बाद मोटर आई है।"

लाल महाशय बोले, "भगवान बुरा दिन दुश्मन को भी न दिखाए। अब बताओ गुप्ता, नौकरी किसलिए करते हैं? खाने-पहनने के लिए ही न? पर समय ऐसा आ गया है कि लोगों ने खन्ना तक को न छोड़ा।"

गुप्ता ने कहा, "आपके साथी हैं, इसलिए नहीं कहता। वरना काम तो इन्होंने ऐसा किया था कि...," बात को बीच में छोड़कर वह बोला, "ये तो हुए मुअत्तल, अब डिप्टी इलेक्ट्रिकल इंजीनियर आप ही होंगे।"

पर लाल महाशय पर सुखद सूचना का प्रभाव प्रकट न हुआ। उदासीनता से बोले, "क्या रखा है ऐसी तरक्की में गुप्ता? अपना तो यह रहा कि दूसरों से पाँच रुपए

कम मिलें, पर कोई यह न सोचे कि हमने किसी का हक मारा। अरे भाई, दो दिन की ज़िन्दगी, किसी के बुरे बनें भी तो किसलिए?"

सहसा कुर्सी से सिमटकर वे बोले, "गुप्ता, सीनियर साहब ने तो खन्ना को बचाने का वादा किया था।"

गुप्ता बड़े ज़ोर से हँस पड़ा। उसने कोई जवाब नहीं दिया।

तब लाल महाशय ज़ोर-ज़ोर से सीनियर साहब की निष्पक्षता की प्रशंसा करने लगे।

अचानक गुप्ता ने कहा, "आपसे तो वे ख़ुश हैं। कहते थे कि रामनरेश मिस्त्री को निकाल दिया जाएगा।"

आँख सिकोड़ते हुए उन्होंने पूछा, "क्यों?"

गुप्ता ने लापरवाही से कहा, "आपके ख़िलाफ़ दरख़्वास्तें दिलाया करता है न!"

लाल महाशय ने हँसकर विषय को टाल दिया और अपने भाई रवीन्द्र की प्रशंसा करने लगे। कहते-कहते कहने लगे, "रवीन्द्र तो कहता था कि उसके मुकाबले में दर्जे के एक तुम्हीं थे गुप्ता...।"

उन्होंने इसके कुछ पहले ही इशारे से श्रीमती रत्ना को वहाँ से हटा दिया था। न जाने इशारा कितना लम्बा था, क्योंकि गुप्ता ने खटपट होती सुनकर देखा, उसके बगल में एक छोटी सी मेज़ पर दो ग्लास, सोडा, व्हिस्की, बरफ सभी कुछ रखा है।

उसकी आँखें आनन्द से फैल गईं। जब कुछ देर बाद दोनों के हाथों में व्हिस्की का ग्लास पहुँच गया और पेट में व्हिस्की पहुँच गई तो लाल महाशय ने, जैसे वे बिल्कुल निश्चिन्त हों, इस भाव से पूछा, "गुप्ता, यह रामनरेशवाला मामला क्या है?"

गुप्ता ने प्रसन्न होकर कहा, "लाल साहब, मुझे आप रविन्दर ही समझें। बात कुछ नहीं, बस जरा-सी है। बात यह है...।"

उसी के तीन दिन बाद ही श्रीमान् खन्ना निलम्बित अर्थात् मुअत्तल हुए। लाल महाशय प्रलम्बित हुए अर्थात् खन्ना के स्थान पर डिप्टी इलेक्ट्रिकल इंजीनियर बने। उनके अपने स्थान पर रामेश्वर वर्मा नाम का व्यक्ति असिस्टेंट इंजीनियर होकर आया।

वह विद्या-सम्पन्न था, विनयविपन्न था। अत्याचार का शत्रु था। अतः उसका कोई मित्र न था। आते ही उसने लाल महाशय से पूछा, "भाई साहब, खन्ना जैसे निर्मल आदमी को यह सब कैसे झेलना पड़ा है?"

लाल महाशय बोले, "वर्मा साहब, अब इस बारे में कुछ न कहिए। मैं तो खरा आदमी हूँ। पता नहीं, मुँह से कब क्या निकल जाए। समय ख़राब है। सब देखते जाइए। इसी का नाम नौकरी है। और इस फैक्टरी की नौकरी? मैंने कहा, वर्मा साहब कि अब क्या कहा जाए!"

पर वर्मा के पास कुछ कहने का अभाव न था। बोला, "सीनियर ने धोखा दिया। यदि खन्ना ने उससे आशा न की होती तो शायद वह कोई बचत ढूँढ़ निकालता।"

लाल महाशय बोले, "अपना-अपना भाग्य।"

वर्मा ने चिढ़कर कहा, "क्या मतलब है आपका? यानी कि खन्ना इसी लायक

था! आप उसे नहीं जानते, वह मेरा पुराना साथी है। सहपाठी भी है। हम सात साल साथ पढ़े हैं।"

लाल साहब उदास होकर बोले, "नहीं वर्मा साहब, आपको ग़लतफ़हमी हुई है। किसी ने आपसे कुछ कहा है। यह जगह बड़ी नाक़िस है। कोई किसी का नहीं है। आइए, अन्दर बैठें।"

वर्मा ने नाक सिकोड़कर कहा, "नहीं। अब क्षमा कीजिए। चलूँगा। सीनियर से अभी ही मिलना है।"

वे बोले, "भाई साहब, ग़लतफ़हमी दूर कर लेना अच्छा है।"

वर्मा ने कहा, "सुनिए लाल साहब, जहाँ एक-दूसरे के लिए प्रेम होता है वहाँ ग़लतफ़हमी नहीं होती। मैं आपको गलत नहीं समझ रहा हूँ। आप भी मुझे गलत न समझिए।"

वह तेजी से बँगले के बाहर निकला। साइकिल पर था। उधर से श्रीमान् खन्ना की मोटर बँगले के अन्दर आई। उसने मुस्कुराकर नमस्ते का इशारा किया और आगे बढ़ गया। खन्ना ने मुस्कुराकर नमस्ते का उत्तर दिया।

मोटर में श्रीमती खन्ना अपने पति से बोलीं, "साइकिल पर कौन था? कोई लाल साहब का दलाल होगा। आया होगा किसी का पेट काटने!"

आहत स्वर में श्रीमान् खन्ना ने कहा, "वही इंजीनियर वर्मा है। पैदायशी झगड़ालू है। जहाँ देखो, कुछ-न-कुछ उखाड़-पछाड़ करता है। यहाँ बड़े तिकड़म से आया है।"

वह बोलीं, "कुछ उजबक-सा है।"

श्रीमान् खन्ना कहते गए, "बहुत ही छोटे ख़ानदान का है। भीख माँग-माँगकर पढ़ा है। मैं उसकी नस-नस जानता हूँ। मेरे ही साथ तो पढ़ता था।"

वे वर्मा की बाबत यह सब कहते रहे पर स्वयं वर्मा साइकिल पर घिसटता-घिसटता सीनियर इंजीनियर के बँगले पर पहुँच गया। सीनियर साहब ने वर्मा का जी खोलकर सत्कार किया। परन्तु उस पर सीनियर की प्रसन्न मुद्रा, मैत्रीपूर्ण भाव, कीमती सिगरेट, आरामदेह सोफा, गर्म कॉफी, बरकदार पान—किसी का कोई प्रभाव न पड़ा। सीनियर साहब अपने से भी सीनियर जनरल मैनेजर की दिनचर्या, उनकी कार्यक्षमता, उनकी पूजा करने की आदत, उनकी गरीबपरवरी की प्रशंसा करते रहे। वर्मा सुनता रहा। वे फिर बोले, "मैंने सोचा था कि खन्ना के केस में जाकर उनसे बात कर लूँगा। शायद बेचारा बच जाता। पर मेरे पहुँचने के पहले ही उसकी मुअत्तली का आदेश आ गया।"

अब वर्मा के लिए यह असह्य हो गया। उसने कहा, "क्षमा कीजिएगा, उन्हें मुअत्तल तो आप ही की रिपोर्ट पर किया गया है।"

बच्चों के-से भोलेपन के साथ वे बोले, "यह किसने बताया तुमसे? मैं तो वर्मा, किसी को नुकसान पहुँचाना ही नहीं चाहता।"

वर्मा ने कहा, "बताएगा कौन? मैंने स्वयं वह रिपोर्ट देखी है। मैं तो हेडक्वार्टर पर ही था। क्षमा कीजिएगा, खन्ना के साथ कुछ अन्याय-सा हो रहा है।"

सीनियर साहब भावुक हो उठे। कहने लगे, "वर्मा, जब तुम मेरी जगह पहुँचोगे तब समझोगे कि मैंने वह रिपोर्ट क्यों लिखी। खन्ना के कसूर को देखते हुए उसमें कुछ भी नहीं है।"

वर्मा बोले, "आप जानते हैं कि वह कितना ईमानदार है। उसके विरुद्ध कुचक्र रचा गया है। आप चाहते तो वह बच जाता। उस रिपोर्ट को भेजना आपके लिए लाजमी न था। आप चाहते तो उसके विरुद्ध इतनी कड़वी बातें न लिखते।"

वे बोले, "वर्मा, तुम नहीं जानते। सच कहने के लिए कभी-कभी कड़वी बात कहनी ही पड़ती है।"

न जाने क्यों वर्मा को हँसी आ गई। उसने कहा था, "या यों कहिए कि कड़वी बात कहने के लालच में कभी-कभी सच भी कहना पड़ जाता है।"

क्षण-भर के लिए सीनियर की भौंहें चढ़ गईं। चेहरा तमतमा उठा। पर उसी के बाद उनके मुँह पर हास्य की निर्मल छटा फूट निकली। हँसते हुए वे बोले, "तुम्हारी हाज़िरजवाबी लाजवाब है। कमाल है।"

इसी हँसी ने वर्मा को थोड़ी देर के लिए चुप-सा कर दिया। फिर वह धीरे से नम्रतापूर्वक बोला, "मैं अपनी सीमा के बाहर जा रहा था। क्षमा कीजिएगा।"

वे हँसते रहे। बोले, "कोई बात नहीं, वर्मा, कोई बात नहीं। तुम्हारे विचार आदर्श हैं। अपने मित्रों के प्रति ऐसी वफादारी आजकल दिखाता ही कौन है? नौकरी के कुचक्र ने तुम्हारे मन पर कोई प्रभाव नहीं डाला है।"

कुछ देर बाद वर्मा चला गया। तब सीनियर महोदय जनरल मैनेजर को एक गोपनीय पत्र लिखाने लगे :

"प्रिय श्री बैनर्जी,

मुझे दुःख के साथ कहना पड़ता है कि श्री खन्ना की मुअत्तली के सम्बन्ध में आए हुए श्री रामेश्वर वर्मा, असिस्टेंट इंजीनियर ने यहाँ आते ही जिस प्रकार से कार्य आरम्भ किया है, उससे उसका यहाँ रुकना किसी प्रकार भी उचित नहीं माना जा सकता। देखने में वह अच्छे व्यवहार का, मिष्टभाषी युवक है पर वास्तव में वह स्थानीय गुटबन्दी और षड्यंत्र को प्रोत्साहन देने लगा है। इसी अल्पकाल में उसके विरुद्ध अत्यधिक मदिरा-पान और दुराचरण की भी शिकायत आई है। ऐसे व्यक्ति को फैक्टरी में किसी उत्तरदायित्वपूर्ण पद पर रखना किसी भी समय अवांछित परिस्थितियाँ पैदा कर सकता है।

ऐसी दशा में उनको अपने पहलेवाले स्थान पर हेडक्वार्टर में बुला लेना आवश्यक जान पड़ता है।"

पहली चूक

उत्तम खेती मध्यम बान
अधम चाकरी भीख निदान।

यह कहावत पहले मैं कई बार सुन चुका था। अब हुआ यह कि बी.ए. पास करने के बाद मुझे अधम चाकरी मिली ही नहीं। इसलिए उसे भीख निदान समझकर मैंने खेती के उत्तम व्यवसाय में हाथ लगाना चाहा और अपने गाँव चला आया।

मेरे चाचा ने मुझे समझाया कि खेती का काम है तो बड़ा उत्तम, पर फारसी पढ़कर जिस प्रकार तेल नहीं बेचा जाता वैसे ही अंग्रेजी पढ़कर खेत नहीं जोता जा सकता। इस पर मैंने उन्हें बताया कि यह सब कुदरत का खेल है क्योंकि फारस में तेल बेचनेवाले संस्कृत नहीं पढ़ते, फारसी ही पढ़ते होंगे और इंग्लैंड के किसान सिर्फ़ अंग्रेजी ही नहीं बोलते, खेत भी जोतते हैं।

चचा बोले, "बेटा, यह खेती का पेशा तुमसे नहीं चलेगा। यह तो हम जैसे जाहिलों के लिए है। इसमें तो दिन-रात पानी और पसीना, मिट्टी और गोबर से खेलना पड़ता है।"

इस पर मैंने जवाब दिया कि यह शरीर ही मिट्टी का बना हुआ है और गोबर तो परम पवित्र वस्तु है। मिट्टी का स्थान यदि पंचभूत में है तो गोबर का स्थान पंचगव्य में है।

मेरे मुँह से पवित्रता की बात सुनते ही चचा दंग रह गए। आसपास बैठे हुए लोगों में 'धन्य है, धन्य है' का नारा लग गया। तब मैंने फिर कहना शुरू किया, "और चचा, यह खेती जाहिलों का पेशा नहीं है। बड़ों-बड़ों ने इसकी प्रशंसा की है। कार्लाइल ने इस पर लेख लिखे हैं, टॉलस्टाय तो स्वयं किसान ही हो गया था, वाल्टेयर ख़ुद बागबानी करता था, ग्लैडस्टन लकड़ी चीरता था। अपने देश में भी गौतम जैसे ऋषि गेहूँ बोते थे। वैसे तो, कन्दमूल-फल खाने के कारण उनकी दिलचस्पी हॉर्टिकल्चर में थी और वे ज़्यादातर फल और शकरकन्द ही पैदा करते थे। इसलिए खेती को उत्तम मानना ही चाहिए। मैं कल से खेती करूँगा। मेरा यही फ़ैसला है।"

मेरे चचा मेरी बात से प्रभावित तो हुए पर बोले, "बेटा, खेती तो करोगे पर इतना समझ लो कि खेतों के आसपास न तो कॉफ़ी हाउस होते हैं, न क्लब; सिनेमाघरों की गद्देदार कुर्सियों की जगह अरहर की ठूँठियों पर घूमना-फिरना होता है।"

यहाँ मैं आपको बता दूँ कि मुझे सिनेमा का बड़ा शौक है। वह इसलिए कि सिनेमा खेती की उन्नति का एक अच्छा साधन है। सिनेमा द्वारा खेती का बड़ा प्रचार

हुआ है। बड़े-बड़े हीरो खेत जोतते हैं और गाते जाते हैं। हीरोइन खेत पर टोकरी में रोटी लेकर आती है। हरी-भरी फसल में आँखमिचौनी का खेल होता है। फसल काटते समय हीरोइन के साथ बहुत-सी लड़कियाँ नाचती हैं और गाती भी हैं। वे नाचती जाती हैं और फसल अपने आप कटती जाती है। ऐसे ही मधुर दृश्यों को देखकर पढ़े-लिखे आदमी गाँवों में आने लगते हैं और खेतों का चक्कर काटने लगते हैं। इस प्रकार सिनेमा द्वारा खेती की शिक्षा मिलती है। सच पूछिए तो खेती करने की सच्ची शिक्षा मुझे भी सिनेमा से ही मिली थी।

दूसरे दिन चचा ने मुझसे खेतों पर जाकर काम करने के लिए कहा। मैंने पूछा, "खेत कहाँ पर हैं।"

उन्होंने कहा, "गाँव के दक्खिन की ओर, रमेसर की बाग के आगे से गलियारा जाता है। गलियारे से पश्चिम एक राह फूटती है। राह से उत्तर एक मेड़ जाती है, मेड़ के पूरब गन्ने का एक खेत है। गन्ने के खेत के पास बाजरा खड़ा है। वहीं अपने खेत जोते जा रहे हैं। तुम वहीं जाकर काम देखो।"

मैं चल पड़ा। कुवार का महीना था। आसमान पर हल्के-हल्के बादल थे। ताड़ और खजूर के पेड़ हिल-हिलकर एक-दूसरे के गले मिल रहे थे। सब कुछ सिनेमा जैसा लग रहा था। तभी आगे एक कुआँ दीख पड़ा। सिनेमा में हीरोइन कुएँ पर पानी भरती है और हीरो खेत की ओर जाते हुए उससे बातें करता है। मैंने रुककर सीटी बजाई पर कुआँ सुनसान था। किसी के पायल नहीं झनके, न कोई घड़ा टूटा। इसी तरह पूरा रास्ता कट गया। न खेतों में आँखमिचौनी का दृश्य दीख पड़ा, न हीरो ने बाँसुरी बजाई। न हीरोइन ने गाना सुनाया। न खेतों में किसानों ने कोरस गाये। मुझे देहात से बड़ी निराशा हुई। चुपचाप मैं अपने रास्ते पर चलता गया।

अब मैं ऐसी जगह पहुँचा जहाँ मेरे खेत होने चाहिए। चचा ने बताया था कि वहीं गन्ने का खेत है और वहीं बाजरा खड़ा है। मैं गन्ने के बारे में ज़्यादा नहीं जानता था। इसलिए बाजरे का सहारा लेना पड़ा। एक मेड़ पर एक अधेड़ किसान खड़ा था। उसके पास जाकर अपना गाना बन्द करते हुए मैंने पूछा, "आपका नाम बाजरा तो नहीं है?"

किसान ने मेरी ओर घूरकर देखा, फिर घबराहट के साथ पूछा, "यह आप पूछ क्या रहे हैं? मेरा नाम तो रामचरन है।"

मैंने रामचरन के कन्धे पर हाथ रखकर सार्वभौमिक मित्रता के भाव से कहा, "तो भाई रामचरन, मुझे बताओ यह बाजरा कौन है? कहाँ रहता है? यह खड़ा कहाँ है? इसे क्यों खड़ा किया गया है?" मेरी बात सुनते ही रामचरन ज़ोर से हँसने लगा। आसपास काम करते हुए किसानों को पुकारकर उसने कहा, "यह देखो, ये भैया तो बाजरा को आदमी समझ रहे हैं।" दो-तीन किसान हँसते हुए वहीं आ गए। मैं समझ गया कि मुझसे चूक हो गई। इसलिए बात पलटते हुए मैंने कहा, "ओ, मैं तो हँसी कर रहा था। दरसअल मैं तो बाजरे के पेड़ की छाँह ढूँढ़ रहा हूँ। उसी पेड़ के पास मेरे चचा के खेत हैं।"

इस बार वे किसान कुछ और ज़ोर से हँसे। मुझे भी झेंप-सी लगी। पर मैंने हँसकर इस बात को टाल दिया।

दूसरे दिन से ही मुझे इस बात की चिन्ता हुई कि ऐसी चूक मुझसे कहीं दोबारा न हो जाए। इसलिए कृषि-शास्त्र की मोटी-मोटी किताबें मँगवाकर मैंने उनका अध्ययन आरम्भ कर दिया। गाँव से मैं हताश हो गया था। यहाँ वह था ही नहीं जो मैंने रुपहले पर्दे पर देखा था। फिर भी मैं अध्ययन करता रहा। अध्ययन करते-करते मैं इस नतीजे पर पहुँचा कि आदर्श खेती गाँव में हो ही नहीं सकती, वह शहर ही में होती है। यह सब इस प्रकार से हुआ।

मुझे बीज और खाद ख़रीदने के लिए बीज-गोदाम जाना पड़ा। बीज-गोदाम के कर्मचारी शहर गए हुए थे। इसलिए मैं भी शहर चला गया। दूसरे दिन मुझे अपने खेतों में अच्छे हलों से जोताई करानी थी। अच्छे हल शहर में मिलते हैं। इसलिए मैं फिर शहर पहुँचा। तीसरे दिन मुझे नहर में एक नया पाइप लगवाने की ज़रूरत जान पड़ी। उसके लिए नहर के बड़े इंजीनियर का हुक्म लेना पड़ता है। वे शहर में रहते हैं। इसलिए मैं फिर शहर गया। चौथे दिन कुछ कीटाणुनाशक दवाइयाँ ख़रीदने के लिए मुझे शहर का चक्कर लगाना पड़ा। फिर मुझे कृषि-विभाग के एक कर्मचारी की शिकायत करने के लिए शहर जाना पड़ा। उसके बाद में मैं जितना ही खेती की समस्याओं को समझता गया, उतना ही शहर जाने की आवश्यकता बढ़ती गई। इसलिए एक दिन मैंने कृषि-शास्त्र की सब किताबें एक बैग में बन्द कीं, और अपनी कार्डुराय की पतलून और रंग-बिरंगी छापेदार बुशर्ट पहनी, फेल्ट कैप लगाई और चचा से कहा, "देखिए, यह खेती का काम ऐसा है कि बिना शहर गए इसे साधना कठिन है। इसलिए मैं शहर जा रहा हूँ। वहीं रहूँगा और वहीं से वैज्ञानिक ढंग की खेती करूँगा।"

चचा ने प्रसन्नतापूर्वक हँसकर कहा, "जैसे खूँटे से छुटी हुई घोड़ी भूसे के ढेर पर मुँह मारती है, जैसे धूप में बँधी हुई भैंस तालाब की ओर दौड़ती है, वैसे ही तुम्हारा शहर की ओर जाना बड़ा ही स्वाभाविक और उचित है। मैं आदमी पहचानने में कभी चूक नहीं करता। पर तुम्हें पहचानने में ही मुझसे पहली चूक हुई है। जाओ, शहर ही में रहकर खेती करो।"

मैंने भी प्रसन्न मुद्रा में कहा, "नहीं चचा! चूक आपसे नहीं हुई, पहली चूक तो मुझी से हुई थी जो मैंने बाजरे को पहले आदमी समझा और बाद में उसे छायादार पेड़ समझता रहा। पर कोई बात नहीं। अब मैं शहर में रहकर बाजरे के विषय में अपनी रिसर्च करूँगा और बताऊँगा कि किस खाद के प्रयोग से बाजरे की लताओं में मीठे और बड़े-बड़े फल लाए जा सकते हैं।"

इस प्रकार हम दोनों ने प्रसन्नतापूर्वक एक-दूसरे से विदा ली। मैं सीटी बजाता हुआ स्टेशन की ओर चल दिया और वे बैलों की पूँछ उमेठते हुए खेत की ओर चले गए।

साहब का बाबा

चपरासी ने अदब से परदा उठाकर गोल कमरे में प्रवेश करा दिया। मैं सोफ़े पर बैठ गया तो उस कमरे में पहुँचाने के एहसान का बदला पाने की गरज से बड़ी मित्रता-सी दिखाते हुए उसने पूछा, "बिजली के छोटे इंजीनियर होकर आए हैं न आप?"

मैंने स्वीकृति में सर हिलाया और गम्भीर बनने की कोशिश की। पर उसकी निराधार मित्रता को जैसे आधार मिलनेवाला हो। उसने फिर पूछा, "बर्टी साहब की जगह आए हैं न?"

मैंने गम्भीरता से कहा, "हाँ।"

उसने फिर प्रेम से पूछा, "आप तो बाँभन हैं न?"

डरते हुए, कि कहीं वह पैर न छू ले...मैंने स्वीकार में सर हिलाया और नाक सिकोड़कर प्रश्न के अनौचित्य पर प्रकाश डाला।

पर चपरासी पर इसका कोई प्रभाव न पड़ा। अदम्य आत्मीयता से उसने कहा, "बर्टी की जगह आप आ गए, अच्छा हुआ। बड़ा बदमाश था। सब परेशान थे।"

विषय बड़ा आकर्षक था, फिर भी चीफ के अर्दली से इस पर बात चलाई जाए या नहीं, इसी सन्देह में मैं कोई उत्तर न दे सका। धीरे से मुस्कुराकर फिर गम्भीर हो गया।

चपरासी को जैसे मेरी थाह मिल गई। धीरे से, जैसे कोई घर का आदमी हो, उसने कहा, "आप बैठें, मैं साहब को इत्तिला दे आऊँ।"

वह चला गया। नहीं लौटा। मैं चुपचाप गोल कमरे में बैठा रहा।

गोल कमरा चौकोर था और सुरुचिपूर्वक सजाया गया था। किसी सौ-सवा सौ रुपया महीना पानेवाले सुरुचि ने, यानी किसी विभागीय डिजाइनर ने समझदारी से बड़े-बड़े किताबी करिश्मे दिखाए थे। मैं एक संगमर्मरी क्यूपिड—कामदेव से लेकर मिट्टी के बुद्ध तक अपनी निगाह नचाता रहा। एक साथ श्रृंगार और शान्त रस में निमज्जित होता रहा।

इसी बीच दरवाज़े पर आहट हुई। मैंने उठना चाहा, पर उठते-उठते बैठ गया।

लगभग सात-आठ साल का एक लड़का मेरे सामने खड़ा था। गोरा, स्वस्थ, बनियान और हाफ पैंट पहने हुए। बाल मत्थे तक फैले हुए। "घुँघराली लटैं लटकैं

मुख ऊपर..." आदि-आदिवाला मजमून। मन में वात्सल्य भाव उमड़ा। मैंने मुस्कुराकर कहा, "हलो।"

वह हँसकर मेरे घुटने के पास आकर खड़ा हो गया। बोला, "हलो।" मैंने प्यार से उसका सर सहलाया। पूछा, "बेटा, तुम्हारा क्या नाम है?"

उसने कहा, "नहीं बताते।"

मैं झेंपकर हँसने लगा।

तब उसने पूछा, "तुम्हारा क्या नाम है?"

मैंने कहा, "नहीं बताते।"

वह मेरी गोद पर चढ़ आया। जैसे वह कोई कुर्सी हो। उसका मुलायम शरीर कुछ देर तक बड़ा भला लगा। वह मेरी जाँघों पर खड़ा हो गया, हाथ से मेरे बाल पकड़कर अपनी ओर खींचते हुए बोला, "क्यों नहीं बताते? अपना नाम बताओ?"

अब इस हालत में अपना नाम बताते हुए मुझे सचमुच झेंप लगी। मैंने उसके हाथ से अपने बाल छुड़ाए। बाल बिगड़ जाने पर मन-ही-मन उसे कोसते हुए, उसे नीचे खड़ा कर दिया। फिर, अपने बड़े होने का अनुभव होते ही, यह सर्वकालीन नसीहत दी, "अच्छे बच्चे ऐसा नहीं करते।"

अब वह बड़ी तीव्रता से दाँत पीसता हुआ मेरी गोद में चढ़ने को दौड़ा और चीखने लगा, "अच्छे बच्चे? अच्छे बच्चे? नाम बताओ। अपना नाम बताओ।"

मुझे डर लगा कि लोग यह न समझें कि मैं उसकी हत्या कर रहा हूँ। अतः चाकर-सुलभ सरलता से मैंने कहा, "मेरा नाम गोपाल है।"

उसने मेरी टाई अपनी ओर खींचकर आनन्द से कहा, "अरे वाह रे गुपल्लू! गुपल्लू! गुपल्लू!"

यह कहने में उसने जैसा मुँह बनाया उसी से मैंने निश्चय किया कि बच्चों को ठीक रखने के लिए छड़ी का महत्त्व अभी भली-भाँति समझा नहीं गया है।

पर मेरी टाई बिगाड़कर वह कुछ शान्त हो गया। प्रेम से बोला, "मेरा नाम लीलू है।"

मैंने कहा, "वेरी गुड।"

वह फिर बोला, "दीदी का नाम जानते हो?"

"मैंने 'नहीं' के लिए सर हिलाया।"

"क्वीनी, उसका यार बोलता है।"

मैंने आश्चर्य से आँखें फैलाईं। उसने कहा, "डैडी का नाम जानते हो?"

मैंने फिर वैसे ही सर हिलाया। वह बोला, "भेड़िया; शोफ़र बोलता है।...मम्मी का नाम जानते हो?"

मैंने फिर सर हिलाया तो उसने कहा, "डार्लिंग। डैडी डार्लिंग बोलते हैं।"

मैं उदास होकर बैठ गया तो उसने कहा, "वह क्या है।"

मैंने जवाब दिया, "बुद्धा।"

वह तालियाँ बजाता हुआ उछल पड़ा, बोला, "बुद्धा नहीं, बुद्धू! बुद्धू! तुम बुद्धू! तुम बुद्धू!"

मेरी हास्यप्रियता का दिवाला बहुत पहले निकल चुका था। मैंने ज़रा कड़ाई से कहा, "चुप रहो।"

इस पर वह चीखा, "चुप रहो नहीं; शटअप, शटअप, शटअप ब्लडी फ़ूल!"

मैंने परेशान होकर इधर-उधर देखा। तभी यह भी देखा कि बाल और टाई ही नहीं, मेरे कोट और पतलून पर भी उसका असर आ चुका है। वहाँ उसके जूतों के निशान बने हुए हैं। यह मेरी गोद में चढ़ने-उतरने का नतीजा था।

मैं रोया नहीं। धीरे से कहा, "लीलू, क्या बकते हो?"

वह मुँह मटकाता रहा, "क्या बकता हूँ? अच्छा।" कुछ देर वह चुप रहा, फिर बोला, "उस तस्वीर में क्या है?"

"जंगल है।"

"और वह लड़का और लड़की।"

मैंने क्यूपिड की मूर्ति को मन में नमस्कार करके कहा, "हाँ, वे भी हैं।"

"क्या करते हैं?"

मैं चुप रहा।

"क्या करते हैं?" वह चीखा।

मैंने कहा, "तुम्हीं बताओ।"

"बताऊँ?" वह कुछ देर चुप रहा। फिर चिल्लाकर बोला, "किसिंग! किसिंग! बताऊँ?"

मैं कुर्सी से उठ खड़ा हुआ। मुँह से निकला, "हे भगवान्!"

तब उसने आख़िरी दाँव लगाया, "कुत्ते का मुँह काला है, तू हमारा साला है।"

तभी दरवाज़े पर एक भूतनी आकर खड़ी हो गई। यानी, जो आकर खड़ी हुई

तो उसे भूतनी कहकर समझना आसान पड़ेगा। काले शरीर पर सफ़ेद साड़ी फब रही थी। लगता था, पीपल के पेड़ से उतरकर छत पर होती हुई किसी भाँति नीचे आ गई है...।

पर मैं अन्याय कर रहा हूँ। वह मेरी रक्षा करने को आई थी। मैं उसका आदर करता हूँ। आते ही उसने कहा, "बाबा, बाऽऽ बाऽऽ, अन्दर चलो।"

बाबा आनन्द से हँसता हुआ अन्दर जाने लगा, तभी चीफ़ ने कमरे में प्रवेश किया। आते ही पूछा, "बाबा से खेल रहे थे? बड़ा शरारती है...हाँ हँ, हँ।"

वे न जाने क्या-क्या बकते रहे। मैं हारा-सा, पिटा-सा, सुनता रहा; सोचता रहा, संसार असार है। कोई किसी का नहीं। कामिनी कंचन का मोह वृथा है। स्वामी रामकृष्ण परमहंस का वचन है कि अनासक्त होकर रहो, जैसे तुम अपने दफ़्तर की सम्पत्ति को अपनी कहकर भी अपनी नहीं मानते, जैसे तुम्हारी आया तुम्हारे बच्चों को अपना मुन्ना बताते हुए भी उन्हें अपना नहीं जानती...

तभी सहसा विचार आया, जिस बाबा के वचनमात्र ने संसार को असारता समझा दी, और जिस आया के दर्शन-मात्र से कामिनी-कंचन का मोह छूट गया, उनके साथ निरन्तर रहनेवाला यह साहब कितना बड़ा परमहंस होगा! साक्षात् बुद्ध!

अकस्मात् आदर से फूलकर मैं सोफ़े पर और भी सिमट आया और साहब के उपदेश को दत्तचित्त होकर भन्ते की भाँति सुनने लगा।

अंगद का पाँव

वैसे तो मुझे स्टेशन जाकर लोगों को विदा देने का चलन नापसन्द है, पर इस बार मुझे स्टेशन जाना पड़ा और मित्र को विदा देनी पड़ी। इसके कई कारण थे। पहला तो यही कि वे मित्र थे। और, मित्रों के सामने सिद्धान्त का प्रश्न उठाना ही बेकार होता है। दूसरे, वे आज निश्चय ही पहले दर्जे में सफ़र करनेवाले थे, जिसके सामने खड़े होकर रूमाल हिलाना मुझे एक निहायत दिलचस्प हरकत जान पड़ती है।

इसलिए मैं स्टेशन पहुँचा। मित्र के और भी बहुत से मित्र स्टेशन पर पहुँचे हुए थे। उनके विभाग के सब कर्मचारी भी वहीं मौजूद थे। प्लेटफार्म पर अच्छी खासी रौनक थी। चारों ओर उत्साह फूटा-सा पड़ रहा था। अपने दफ़्तर में मित्र जैसे ठीक समय से पहुँचते थे, वैसे ही गाड़ी भी ठीक समय पर आ गई थी। अब उन्होंने स्वामिभक्त मातहतों के हाथों गले में मालाएँ पहनीं, सबसे हाथ मिलाया, सबसे दो-चार रस्मी बातें कहीं और फर्स्ट क्लास के डिब्बे के इतने नज़दीक खड़े हो गए कि गाड़ी छूटने का ख़तरा न रहे।

गाड़ी छूटनेवाली थी। लोगों ने सिगनल की ओर देखा। वह गिर चुका था।

अब चूँकि कुछ और करना बाक़ी न था इसलिए उन्होंने उन लोगों में से एक आदमी से बातें करनी शुरू कीं जो ऊपरी मन से हर काम के आदमी को दावत के लिए बुलाते हैं और जिनकी दावतों को हर आदमी ऊपरी मन से हँसकर टाल दिया करता है। हमारे मित्र भी उनकी दावत टाल चुके थे। इसलिए वे कहने लगे, "इस बार आऊँगा तो आपके ही यहाँ रुकूँगा।"

वे हँसने लगे। कहने लगे, "आप ही का घर है। आने की सूचना भेज दीजिएगा। मोटर लेकर स्टेशन आ जाएँगे।" तब मित्र ने कहा कि मोटर की क्या ज़रूरत है। तब वे बोले कि वाह साहब, मोटर आप ही की है, इसमें तकल्लुफ़ की क्या ज़रूरत है। तब मित्र बोले कि तकल्लुफ़ घरवालों से तो किया नहीं जाता। तब वे बोले, जाइए साहब, ऐसा ही घरवाला मानते तो आप बिना एक शाम हमारे गरीबखाने पर रूखा-सूखा खाए यों ही न निकल जाते। तब मित्र ने कहा कि ऐसी क्या बात है; आप ही का खाता हूँ। तब वे हें-हें करने लगे। तभी गाड़ी ने सीटी दे दी और लोग आशापूर्वक सिगनल की ओर झाँकने लगे।

मैंने इस बातचीत में कोई दिलचस्पी नहीं दिखाई क्योंकि मित्र को हमेशा मेरे ही यहाँ आकर रुकना था और हम दोनों इस बात को जानते थे।

ठीक वैसे ही जैसे मित्र दफ़्तर में आते तो समय से थे पर जाने में हमेशा कुछ देर कर देते थे वैसे ही समय हो जाने पर भी गाड़ी ने सीटी तो दे दी पर चली नहीं। इसलिए फिर रुक-रुककर इन विषयों पर बातें होने लगीं कि मित्र को पहुँचते ही सबको चिट्ठी लिखनी चाहिए और उस शहर में अमरूद अच्छे मिलते हैं और साहब, आइएगा तो अमरूद ज़रूर लाइएगा। तब पुराने नौकर ने बताया कि नाश्तेदान को बिस्तर के पीछे रख दिया है। तभी पुराने हेड क्लर्क बोले कि बिस्तर तो सीट पर बिछा दिया गया है। तब एकाउंटेंट ने कहा कि बिस्तर का सिरहाना उधर के बजाय इधर होता तो अच्छा होता क्योंकि उधर कोयला उड़कर आएगा। तब हेड क्लर्क बोले कि नहीं, कोयला उधर नहीं आएगा बल्कि उधर से सीनरी अच्छी दिखेगी। तभी कैशियर बाबू आ गए; उन्होंने मित्र को दस रुपए की रेजगारी दे दी। तब मित्र ने खुलेआम उनके कन्धे को थपथपाया और खुले गले से उन्हें धन्यवाद दिया।

पर इस सबसे न कुछ होना था, न हुआ। लोग महीना-भर से जानते थे कि मित्र को जाना है। इसलिए मतलब की सभी बातें पहले ही अकेले में ख़त्म हो चुकी थीं और सबके सामने वे सभी बातें की जा चुकी थीं जो सबके सामने कही जाती हैं। सामान रखा ही जा चुका था, टिकट ख़रीदा ही जा चुका था। मालाएँ डाली ही जा चुकी थीं। हाथ या गले या दोनों मिल ही चुके थे और गाड़ी चलने का नाम तक न लेती थी। थिएटर में जब हीरो पर वार करने के लिए विलन खंजर तानकर तिरछा खड़ा हो जाता है, उस वक़्त परदे की डोरी अटक जाए तो सोचिए क्या होगा? कुछ वैसी ही हालत थी। परदा नहीं गिर रहा था।

चूँकि मेरे पास करने को कोई बात नहीं रह गई थी इसलिए मैं मित्र से कुछ दूर जाकर खड़ा हो गया और किसी ऐसे आदमी की तलाश करने लगा जो बराबर बात कर सकता हो। जो ऐसा आदमी नज़र में आया उसे मित्र की ओर ठेल भी दिया। उसने अपनी हमेशावाली मुस्कान दिखाते हुए कहा, “आपके जाने से यहाँ का क्लब सूना हो जाएगा।” मित्र ने हँसकर इस तारीफ से इनकार किया। उसने फिर कहा, “हमेशा ब्राउन साहब के ज़माने में टेनिस इसी तरह चली थी, पर बीच में दब गई थी। आपके ज़माने में फिर ज़ोर पकड़ने लगी थी, पर अब देखिए क्या होता है।” मित्र बोले, “होता क्या है? आप चलाइए।” तभी वे एकदम नाराज़ हो गए। तुनककर बोले, “मैं क्या चला सकता हूँ जनाब, मुझे तो ये लड़के क्लब का सेक्रेटरी ही नहीं होने देना चाहते। अब कोई टिकियाचोर सेक्रेटरी हो तभी टेनिस चलेगी। मुझे तो ये निकालने पर आमादा हैं।” बोलते-बोलते वे अकड़कर खड़े हो गए। मित्र ने हँसकर इस विषय को टाला। उसके बाद इनकी बातों का भी दिवाला पिट गया और बात आई-गई हो गई।

पर गाड़ी नहीं चली।

मित्र कुछ देर तक बेचैनी से सिगनल की ओर देखते रहे। कुछ लोग प्लेटफॉर्म

पर इधर-उधर टहलकर पान-सिगरेट के इन्तजाम में लग गए। कुछ को अन्तर्राष्ट्रीय समस्याओं ने इस कदर बेज़ार किया कि वे पास के बुकस्टॉल पर अख़बार उलटने लगे। कुछ के मन में कला, कौशल और ग्रामोद्योगों के प्रति एकदम से प्रेम उत्पन्न हो गया। वे पास की एक दूकान पर जाकर हैंडिक्रैफ्ट के कुछ नमूने देखने लगे। तब एक पुराना स्थानीय नौकर मित्र के हाथ लग गया। उसे देखते ही अचानक मित्र के मन में समाज की समाजवादी व्यवस्था के प्रति विश्वास पैदा हो गया। वे हँसकर उसकी प्रशंसा करने लगे। तब वह रोकर अपनी पारिवारिक विपत्तियाँ सुनाने लगा। अब मित्र बड़े करुणाजनक भाव से उसकी बातें सुनने लगे। तब कुछ टिकट-चेकर तेजी से आए और सामने से निकल गए। मित्र ने उनकी ओर देखा, पर जब तक वे कुछ बात करने की बात तय करें कि वे आगे निकल गए। तब तक एक लम्बा-सा गार्ड सीटी बजाता हुआ निकला। हेड क्लर्क ने कहा, "सुनिए साहब," पर यह उसने अनसुना कर दिया और सीटी बजाता हुआ आगे बढ़ गया।

पर गाड़ी फिर भी नहीं चली।

कुछ को परिस्थिति पर दया आई और वे फिर मित्र के पास सिमट आए। पर घूम-फिरकर कई लोगों ने कई छोटे-छोटे गुट बना लिए और कला के लिए जैसे कला—वैसे बात के लिए बातें चल निकलीं। एक साहब की निगाह मित्र की फूल-मालाओं पर गई। उनको उसी से प्रेरणा मिली। बोले, "गेंदे के फूल भी क्या कमाल पैदा करते हैं। असली फूल-मालाएँ तो गेंदे के फूलों की ही बनती हैं।"

बातचीत की सड़ियल मोटर एक बार जब धक्का खाकर स्टार्ट हो गई तो उसकी फटफटाहट फिर क्या पूछना! दूसरे महाशय ने कहा, "इंडिया में अभी तो जैसे हम बैलगाड़ी के लेवल से ऊपर नहीं उठे, वैसे ही फूलों के मामले में गेंदे से ऊपर नहीं उभर पाए। गाड़ियों में बैलगाड़ी, मिठाइयों में पेड़ा, फूलों में गेंदा, लीजिए जनाब, यही है आपकी इंडियन कल्चर!"

इसके जवाब में एक-दूसरे साहब ने भीड़ के दूसरे कोने से चीखकर कहा, "अंग्रेज चला गया पर अपनी औलाद छोड़ गया।"

इधर से उन्होंने कहा, "जी हाँ, आप जैसा हिन्दुस्तानी रह गया पर दिमाग़ बह गया।" इतना कहकर, जवाब में आनेवाली बात का वार बचाने के लिए वे फिर मित्र की ओर मुखातिब हुए और कहने लगे, "बताइए साहब, गुलाब की वो-वो वैरायटी निकाली हैं कि...।"

तभी गार्ड ने फिर सीटी दी और वे चौंककर इंजिन की ओर देखने लगे। इंजिन एक नए ढंग से सीं-सीं करने लगा था। कुछ सेकंड तक यह आवाज़ चलती रही, पर उसके बाद फिर पहलेवाली हालत पर आ गई, ठीक वैसे ही, जैसे दफ़्तर छोड़ने के पहले मित्र कभी-कभी कुर्सी से उठकर भी कोई नया काग़ज़ देखते ही फिर से बैठ जाते थे। तब उस पुष्प-प्रेमी ने अपना व्याख्यान फिर से शुरू किया, "हाँ साहब, तो अंग्रेजों ने गुलाब की वो-वो वैरायटी निकाली हैं कि कमाल हासिल

है! सन बर्स्ट, पिंक पर्ल, लेडी हैलिंग्टन, ब्लैक प्रिंस, वाह, कमाल हासिल है! और अपने यहाँ? यहाँ तो जनाब वही पुराना टुइयाँ गुलाब लीजिए और ख़ुशबू का नगाड़ा बजाइए।"

बात यहीं पर थी कि इस बार गार्ड ने सीटी दी। बहस थम गई। पर कुछ देर गाड़ी में कोई हरकत नहीं हुई। इसलिए वे दूसरे महाशय भी भीड़ को फाड़कर सामने आ गए। अकड़कर बोले, "हाँ साहब, ज़रा फिर से तो चालू कीजिए वही पहले का दिमाग़वाला मजमून। मेरा तो भई, दिमाग़ हिन्दुस्तानी ही है, पर आइए, आपके दिमाग़ को भी देख लें।"

तब मित्र महोदय बड़े ज़ोर से हँसे और बोले, "हातिम भाई और सक्सेना साहब में यह हमेशा ही चला करता है। याद रहेंगे, साहब, ये झगड़े भी याद रहेंगे।"

इस तरह यह बात भी ख़त्म हुई, झगड़े को मजबूरन मैदान छोड़ना पड़ा। उधर सिग्नल गिरा हुआ था। इंजिन फिर से 'सीं-सीं' करने लगा था। पर गाड़ी अंगद के पाँव-सी अपनी जगह टिकी थी।

भीड़ के पिछले हिस्से में दर्शन-शास्त्र के एक प्रोफ़ेसर धीरे-धीरे किसी मित्र को समझा रहे थे, "जनाब, ज़िन्दगी में तीन बटे चार तो दबाव है, कोएर्शन का बोलबाला है, बाक़ी एक बटे चार अपनी तबीयत की ज़िन्दगी है। देखिए न, मेरा काम तो एक तख़्त से चल जाता है, फिर भी दूसरों के लिए ड्राइंग-रूम में सोफ़े डालने पड़ते हैं। तन ढाँकने को एक धोती बहुत काफी है, पर देखिए, बाहर जाने के लिए यह सूट पहनना पड़ता है। यही कोएर्शन है। यही ज़िन्दगी है। स्वाद ख़राब होने पर भी दूध छोड़कर कॉफी पीता हूँ, जासूसी उपन्यास पढ़ने का मन करता है पर कांट और हीगेल पढ़ता हूँ, और जनाब गठिया का मरीज़ हूँ, पर मित्रों के लिए स्टेशन आकर घंटों खड़ा रहता हूँ।"

वे और उनके श्रोता—दोनों रहस्यपूर्ण ढंग से हँसने लगे और फिर मुझे अपने नजदीक खड़ा पाकर और ज़ोर से खुलकर हँसने लगे ताकि मुझे उनकी निश्छलता पर सन्देह न हो सके।

गाड़ी फिर भी नहीं चली।

अब भीड़ तितर-बितर होने लगी थी और मित्र के मुँह पर एक ऐसी दयनीय मुस्कान आ गई थी जो अपने लड़कों से झूठ बोलते समय, अपनी बीवी से चुराकर सिनेमा देखते समय या वोट माँगने में भविष्य के वादे करते समय हमारे मुँह पर आ जाती होगी। लगता था कि वे मुस्कुराना तो चाहते हैं पर किसी से आँख नहीं मिलाना चाहते।

तभी अचानक गार्ड ने सीटी दी। झंडी हिलाई। इंजिन का भोंपू बजा और गाड़ी चलने को हुई। लोगों ने मित्र से उत्साहपूर्वक हाथ मिलाए। फिर मित्र ही डिब्बे में पहुँचकर लोगों से हाथ मिलाने लगे। कुछ लोग रूमाल हिलाने लगे। मैं इसी दृश्य के लिए बेचैन हो रहा था। मैंने भी रूमाल निकालना चाहा, पर रूमाल सदा की भाँति घर पर ही छूट गया था। मैं हाथ हिलाने लगा।

एक साहब वजन लेनेवाली मशीन पर बड़ी देर से अपना वजन ले रहे थे और दूसरों का वजन लेना देख रहे थे। गार्ड की सीटी सुनते ही वे दौड़कर आए और भीड़ को चीरते हुए मित्र तक पहुँचे। गाड़ी के चलते-चलते उन्होंने उत्साह से हाथ मिलाया। फिर गाड़ी को निश्चित रूप से चलती हुई पाकर हसरत के साथ बोले, "काश, कि यह गाड़ी यहीं रह जाती।"

एक हारे हुए नेता का इंटरव्यू

मैं जिस समय उनके बँगले पर पहुँचा, वे बरामदे में फ़र्नीचर-जैसे पड़े थे। मैंने लड़ाई के बाद अपने को वाटरलू के मैदान में खड़े हुए पाया।

बँगले के सामने एक लॉन चौपट हो चुका था। दो-तीन जीपें धूल में लथपथ खड़ी थीं और पुरानी मोटरों के टायर और पुर्ज़े इधर-उधर बिखरे पड़े थे। एक शेड के नीचे लाउडस्पीकरों के चार सेट और कुछ फटी-पुरानी दरियाँ पड़ी थीं। एक तरफ़ कई बाँस और लाठी-डंडे बेतरतीब डाल दिए गए थे। शेड के नीचे चार-पाँच बोरे भी रखे थे और मुझे पता नहीं था कि इनमें चाकू हैं या शराब की बोतलें।

बरामदे में पोस्टरों का एक बंडल हवा के रुख पर दाएँ-बाएँ लुढ़क रहा था, निर्वाचक-सूचियाँ इधर-उधर उड़ रही थीं।

मैंने उन्हें बताया कि मैं पत्रकार हूँ। उन्होंने कहा कि मैं हार चुका हूँ और अपना ओहदा छोड़ चुका हूँ। आपको अब मैं कुछ नहीं दे सकता। मैंने कहा कि आप मुझे इंरटव्यू दे सकते हैं।

मैंने उन्हें बढ़ावा देते हुए कहा कि आपकी हालत नैपोलियन-जैसी है। आप सिर्फ़ हारे हैं, मरे नहीं हैं। इस हालत में आप और कुछ भले ही न दे सकें, इंटरव्यू तो दे ही सकते हैं। आप अपने दूसरे बुज़ुर्ग साथियों को देखें। कई सालों से देश को उन्होंने इंटरव्यू के सिवाय और दिया ही क्या है?

वे मान गए। बोले, "दो मिनट रुकिए। मैं अपनी इन्द्रियाँ फ़िट कर लूँ।"

वे बयासी साल के हो चुके थे और अब तक मैंने अपनी बात उनके कान में चीख-चीखकर कही थी। उन्होंने घंटी बजाकर नौकर से कुछ चीज़ें मँगाईं। उन्होंने मुँह में नकली दाँतों का सेट लगा लिया, आँख पर चश्मा चढ़ाया और कान में एक इयर-फ़ोन ठूँस लिया। ऐसा करते ही वे वैसे दिखने लगे जैसे कि वे अपने कार्टूनों में दिखा करते थे। इसके बाद वे आरामकुर्सी पर एक ऐसी मुद्रा में पड़ रहे जो लेटने और बैठने, ज़िन्दा रहने और मरने के बीच की एक स्थिति थी।

मैंने कहा, "आपकी हार की ख़बर सुनकर मुझे बड़ा ख़ेद हुआ।"

वे बोले, "यह बात मुझसे कई लोग कह चुके हैं—वे भी, जो मेरे ख़िलाफ़ वोट देकर आए हैं।"

मैंने समझाया, "यह कोई आश्चर्य की बात नहीं। दरअसल जनता एक ख़ेदपूर्ण स्थिति से गुज़र रही है। आप जीत जाते तब भी उसे खेद होता; आप हार गए, उसे

तब भी खेद है।"

"अब आपका आगे का कार्यक्रम क्या है?" मैंने पूछा।

"इंटरव्यू देना—आप ख़ुद ही बता चुके हैं," उन्होंने जवाब दिया।

"मैं समझता हूँ," मैंने कहा, "पर कुछ दिन हुए अख़बारों में छपा था कि आप राजनीति से संन्यास ले रहे हैं।"

"ग़लत छपा था। वास्तव में मैंने कहा था कि संन्यासियों को भी राजनीति में आना चाहिए।"

उनके जवाब काफी चुस्त थे। लगता था, उनका दिमाग़ उनके शरीर का अंग नहीं है; कहीं अलग से लाकर, नक़ली दाँतों की तरह फ़िट किया गया है। मैंने पूछा, "तो सक्रिय राजनीति में आप अब भी भाग लेते रहेंगे?"

उन्होंने जवाब दिया, "जीत जाता तो दूसरी बात थी। अब सक्रिय राजनीति के सिवाय मुझे करना ही क्या है?"

"आप आधी शताब्दी से सक्रिय राजनीति में हैं," मैंने पूछा, "आपका जी नहीं ऊबता?"

"हम इसी को देश-सेवा कहते हैं," उन्होंने गम्भीरता से कहा और उनका मुँह दूसरी ओर लुढ़क गया।

"क्या आप यह ज़रूरी नहीं समझते कि राजनीति में अब नई पीढ़ी को भी स्थान मिलना चाहिए?"

उन्होंने चेष्टा करके सिर ऊपर उठाया। कुछ देर वे छत की ओर देखते रहे। बोले, "नई पीढ़ी है कहाँ? मुझे तो कहीं दिखी नहीं।"

इस जवाब ने मुझे ढेर कर दिया। मैंने अपनी बात दोहराई, "तो क्या आपकी राय में इस देश में नवयुवक हैं ही नहीं?"

वे मेरी ज़िद से शायद नाराज़ हो गए। तेजी से बोले, "होंगे! होंगे कहीं, पर मैं नहीं जानता।"

मैंने उसी तरह फिर पूछा, "और क्या आपकी राय में जनता में ऐसे लोग हैं ही नहीं जो..."

वे मेरी बात काटकर बोले, "जनता! जनता भी होगी कहीं! पर मैं नहीं जानता।"

मैं उन्हें ठंडा करने की नीयत से चुप हो गया। कुछ देर में वे ठंडे हो गए। मैंने पूछा, "चुनाव में आपकी जो हार हुई है, उसके क्या कारण हैं? उसे आप कहाँ तक अपनी नीतियों की हार समझते हैं?"

वे थोड़ी देर सोचते रहे। फिर बोले, "देखिए, यह नीतियों की हार नहीं हो सकती, क्योंकि मेरी कोई नीति नहीं थी।"

उन्होंने जल्दी से जोड़ा, "पर यह प्रेम के लिए नहीं है।"

मुझे समझाते हुए उन्होंने कहा, "वैसे अपने को हारा हुआ कहने के बजाय यह कहने में ज़्यादा सुन्दरता है कि यह मेरी नहीं, नीतियों की हार है। इससे हार का कलंक

अपने ऊपर से टल जाता है।"

"तो और कौन कारण हो सकता है? जातिवाद?"

"जातिवाद से मुझे कोई शिकायत नहीं है। उसके सहारे मैं कई बार जीत भी चुका हूँ," उन्होंने सिर हिलाकर कहा, "मेरी हार के असली कारण हैं शनैश्चर और राहु।"

"नीतियाँ, सिद्धान्त, जनता का मूड—ये सब कहने की बातें हैं। वास्तव में मुझे ग्रहों ने हराया है। मुझे पहले से ही पता था। सात-सात ज्योतिषियों ने मुझे चेतावनी दी थी कि गोचर में बारहवें हानि-स्थान पर शनैश्चर और राहु विराजमान हैं और उनके ऊपर मंगल की पूर्ण दृष्टि है।"

कुछ रुककर उन्होंने पूछा, "आपको ज्योतिष में विश्वास तो है न? यह हमारे ऋषियों का वरदान है—ज्योतिर्विज्ञान!"

उनकी यह बात अनसुनी करके मैंने कहा, "ज्योतिषियों की यह राय जानकर भी आप चुनाव लड़े थे?"

"उससे बचत कहाँ थी!" उन्होंने कहा, "फिर वही ग्रहों का फेर! उच्च का गुरु चतुर्थ स्थान में बैठकर दशम स्थान को पूर्ण दृष्टि से देख रहा था। ऐसी अवस्था में चुनाव तो लड़ना ही था।"

मैं समझ गया, अब ये प्रत्येक ग्रह पर जाएँगे, सिर्फ़ उसी ग्रह पर क़दम न रखेंगे जिसका कि नाम पृथ्वी है। मैंने अपनी नोटबुक बन्द कर ली और उन्हें धन्यवाद देकर उठ खड़ा हुआ। वे अब भी ज्योतिष के बारे में कुछ कह रहे थे।

उन्हें टोककर मैंने अपनी अन्तिम बात कही, "आज का समाज बहुत दुखी है। उसके लिए आपकी ओर से एक आशा का सन्देश चाहिए।"

शायद उन्होंने मेरी पूरी बात नहीं सुनी। पर वे आँखें मिलमिलाने लगे और व्याकुलतापूर्वक बोले, "आशा? आप जानते हैं उसे? कहाँ रहती है वह आजकल?"

मैंने सुन लिया। अब मुझे धक्के देकर निकालने की ज़रूरत न थी।

जीवन का एक सुखी दिन

सवेरे नहा-धोकर मैंने लांड्री से धुलकर आई हुए कमीज़ और पतलून पहनने को निकाली और ताज्जुब के साथ देखा, उनका कोई भी बटन टूटा नहीं है। तभी एक कोने में रखे हुए जूतों पर निगाह पड़ी; पुरानी आदत के मुताबिक़ आज के दिन नौकर ने उन पर काली पॉलिश लालवाले ब्रुश से नहीं की थी। जूते पर सही ब्रुश का प्रयोग हुआ था। मन-ही-मन मैंने कहा, यह मेरे जीवन का एक सुखी दिन होगा।

कॉलेज जाने के लिए बस पर चढ़ा और एक रुपए का नोट कंडक्टर के हाथ में दे दिया। जितनी रेज़गारी मिलनी थी, उसने वह पूरी-की-पूरी वापस कर दी। टिकट की पुश्त पर इकन्नी का प्रोनोट नहीं लिखा। सीट पर मेरी बग़ल में कोई महिला नहीं बैठी थी, इसलिए फ़िल्मी रोमांस की कमज़ोरी से फुर्सत पाकर मैं आराम से पैर फैलाकर बैठ गया। मेरे पड़ोस में एक साहब आज का अख़बार पढ़ रहे थे। मुझे उसकी ओर ताकता हुआ पाकर उन्होंने ऊपरवाला पन्ना मेरी ओर बढ़ा दिया। अख़बार में मैंने देखा, न उस दिन किसी विदेशी ने हिन्दुस्तान को तरक्की की सनद दी थी, न प्रधानमंत्री की कोई स्पीच ही आई थी। अब मैं इत्मीनान से बिना ऊबे हुए अख़बार पढ़ने लगा।

रेलवे-क्रॉसिंग पर रेलवे के प्वाइंटमैन ने बस को आता हुआ देखकर भी फाटक खुला रहने दिया। बस बिना रुके हुए ऐसी आसानी से फाटक पार कर गई मानो ऐसा रोज़ ही हुआ करता हो। कॉलेज के पास बस के रुकते ही मैं बिना किसी को धकेले, बिना किसी के घुटनों से टकराए, बिना 'थैंक्यू' और 'सॉरी' कहे नीचे उतर आया। स्टैंड पर एक चाटवाला मुझे मिला तो ज़रूर, पर उसने न तो मेरी ओर देखा ही और न मुझे फुसलानेवाली आवाज़ में गरमागरम चाट की आवाज़ ही लगाई।

दिन-भर कॉलेज में बड़ा सुख रहा। लड़कों को यूरोप-यात्रा पर एक सीधा-सादा लेख पढ़ाया। दूसरे दर्जे में सदाचार की महिमा समझाई। न तो उन्हें कोई प्रेम-गीत ही पढ़ाना पड़ा, न किसी हास्य-व्यंग्यपूर्ण उक्ति का अर्थ समझाना पड़ा। खाली खंटे में मेरी कोई भी छात्रा अपनी किसी भाव-प्रधान कहानी या कविता में संशोधन कराने नहीं आई। किसी चापलूस छात्रों ने मेरी किसी असफल रचना की प्रशंसा नहीं की। किसी लेक्चरार ने विद्यार्थियों के सामने मुझे 'अमाँ यार' कहकर नहीं पुकारा। मेरे एक प्रतिद्वन्द्वी लेक्चरार के कमरे से कुछ विद्यार्थी क्रान्ति के नारे लगाते बाहर निकल आए।

स्टाफ़-रूम में प्रिंसिपल के बारे में ख़ूब गन्दे-गन्दे क़िस्से, बिना अपनी ओर से कुछ कहे ही, फोकट में सुनने को मिल गए।

शाम को घर वापस आने के पहले एक मित्र मुझे एक बड़े रेस्तराँ में चाय पिलाने ले गए; पर बातें उन्होंने मुझे ही करने दीं, ख़ुद ज़्यादातर चुप रहे। रेस्तराँ के सामने रिक्शेवाले को पैसे देने के लिए मैंने अपनी जेबें टटोलीं, मेरी जेब से दस रुपए का नोट निकला, पर मित्र की जेब से पहले ही एक अठन्नी निकल आई। रेस्तराँ के भीतर भी मुझे कोई उलझन नहीं हुई। वेटर का हुलिया बड़े लम्बे-चौड़े रोबदार बुज़ुर्ग का न था। वह दुबला-पतला था और नौसिखिया-सा दिखता था। पड़ोस की मेज़ों पर न कुछ मसखरे नौजवान थे, न फ़ैशनेबल लड़कियाँ थीं, न हँसी के ठहाके थे; न कोई मुझे घूर रहा था, न कोई मेरे बारे में कानाफूसी कर रहा था। रेस्तराँ में भीड़ न थी, पर इतने लोग थे कि काउंटर के पीछे से मैनेजर सिर्फ़ हमीं को नहीं, औरों को भी देख रहा था। हमारे चलने के पहले पास की मेज़ पर दो गम्भीर चेहरेवाले आदमी आ गए और जब मैंने आपसी बातचीत में 'एक्ज़िस्टेंशिएलिज़्म' का अनावश्यक ज़िक्र किया, तब उन लोगों ने निगाह उठाकर मेरी ओर देखा था। रेस्तराँ से बाहर आने पर मेरा एक परिचित बीमा-एजेन्ट सड़क के दूसरी ओर जाता हुआ दीख पड़ा, पर उसने मुझे देखा नहीं। इसके बाद अचानक ही मुझे तीन परिचित आदमी मिल गए। उन्होंने नमस्कार किया और उसका जवाब पाया। मेरे मित्र को कोई परिचित आदमी नहीं मिला।

घर वापस आकर मैंने श्रीमतीजी से सिनेमा चलने का प्रस्ताव किया पर उन्होंने क्षमा माँगी और कहा कि उन्हें लेडीज़ क्लब जाना है। इसलिए मैं पूर्वनिश्चय के अनुसार अपने एक मित्र के साथ सिनेमा देखने चला गया। सिनेमा का टिकट खिड़की पर ही मिला और असली क़ीमत पर मिला। पंखे के नीचे सीट मिल गई। सिनेमा शुरू होने के पहले साबुन, तेल और वनस्पति घी के विज्ञापनवाली फ़िल्में नहीं दिखाई गईं। पास की सीट से किसी ने सिगरेट के धुएँ की फूँक मेरे मुँह पर नहीं मारी। पीछे बैठनेवालों में किसी ने अपने पैर मेरी सीट पर नहीं टेके। अँधेरे में किसी ने मेरा अँगूठा नहीं कुचला। हीरो की मुसीबत पर किसी पड़ोसी ने सिसकारी नहीं भरी। हिन्दी की फ़िल्म थी, फिर भी वह अठारह रील पूरी करने के पहले ही ख़त्म हो गई। सिनेमा से बाहर आने पर कई रिक्शेवालों ने मिलकर मुझ पर हमला नहीं किया। रिक्शा करने पर मजबूर हुए बिना ही मैं पैदल वापस लौट आया। रात में सुनसान सड़क पर मेरे पैदल चलने पर भी कोई साइकिलवाला मुझसे नहीं टकराया, किसी मोटरवाले ने मुझे गाली नहीं दी, किसी पुलिसवाले ने मेरा चालान नहीं किया।

घर आकर खाना खाने बैठा तो उस वक़्त रुपए की कमी पर कोई घरेलू बातचीत नहीं हुई। नौकर पर गुस्सा नहीं आया। बातचीत के दौरान मैं श्रीमतीजी से साहित्य-चर्चा करता रहा, यानी अपने साथ के साहित्यकारों को कोसता रहा। वे दिलचस्पी से मेरी बातें सुनती रहीं और मेरे टुच्चेपन को नहीं भाँप पाईं।

घर में चारों ओर शान्ति थी। किसी भी कमरे में बिला मतलब बल्ब नहीं जल रहा था, न बिला वजह किसी नल का पानी बह रहा था, न दरवाज़े पर कोई मेहमान पुकार रहा था, न रसोईघर में किसी प्लेट के टूटने की आवाज़ हो रही थी, न रेडियो पर कोई कवि-सम्मेलन आ रहा था, न पड़ोस में लाउडस्पीकर लगाकर कीर्तन हो रहा था। और सबसे बड़ी बात यह कि कल आनेवाला दिन इतवार था, उस दिन मेरे सभी उत्साही मित्र शहर से कहीं दूर, पिकनिक पर चले जानेवाले थे।

एक जीते हुए नेता से मुलाकात

जिन्होंने मेरा 'एक हारे हुए नेता से इंटरव्यू' पढ़ा है उन्हें याद होगा कि हमारा वह हारा हुआ नेता अस्सी साल से ऊपर था और नकली इन्द्रियों के सहारे—यानी चश्मा, नकली दाँत, इयरफोन आदि फिट करके देश की राजनीति का संचालन करता था। इसलिए जब मैं इस जीते हुए नेता से मिला और उसके पैने, खुरदरे और लपलपाते हुए व्यक्तित्व की चपेट झेली तो मेरा आशावाद फिर से जाग उठा। उस हारे हुए नेता से मिलकर मैं सोचने लगा था कि देश जहन्नुम में जा रहा है। इस जीते हुए नेता से मिलकर मुझे यक़ीन हो गया कि हमारा देश सीधे स्वर्ग जा रहा है।

वैसे तो यह नेता न युवा था, न तुर्क था, पर उसे अपने संगठन में युवातुर्क कहा जाता था। उसकी उम्र पचपन के करीब होगी पर सैकड़ों यूथ क्लबों और छात्र-संगठनों में घुसते समय उसे सींग तुड़ाने की ज़रूरत नहीं थी। वह चुस्त और ऊँची आवाज़ में बोलता था और हमेशा बोला ही करता था। बहुत बोलने के कारण लोग उसे बहुत विचारशील मानते थे और मुँह खोलकर वह जो भी आवाज़ निकाल देता था, वही विचार बन जाती थी। मोटर छोड़कर जब कभी उसे पैदल चलने का मौका मिलता तो वह बहुत तेज़ी से चलता। कोशिश उसकी यही रहती कि उसकी तेज़ चाल देखकर लोगों को प्रातः भ्रमण पर निकले हुए महात्मा गांधी की याद आ जाए, यह और बात है कि कुछ लोगों को उसकी तेज़ रफ्तार सिर्फ़ किसी पॉकेटमार की याद दिलाती थी।

हमें उम्मीद थी कि चुनाव जीतने के बाद यह नेता मंत्री बन जाएगा और उसके बाद ही वह ख़ुद जिस तेज़ी से चलता है उसी तेज़ी से देश भी चल निकलेगा। पर वह मंत्री नहीं बनाया गया, या यूँ कहिए कि वह मंत्री नहीं बना। जो भी हो, क्योंकि उसका एक ज़िगरी दोस्त मंत्री बन चुका था, इसलिए वह लगभग मंत्री की हैसियत में आ गया। वह ज़िगरी दोस्त सीधा-सादा भोला-भाला आदमी था और बाबाओं और ज्योतिषियों को छोड़कर लोगों से मिलने में झिझकता था। इसलिए धीरे-धीरे वह असली मंत्री से लगभग-मंत्री की हैसियत पर आ गया और हमारा गतिशील नेता लगभग-मंत्री की जगह असली मंत्री का रोब खींचने लगा।

बहरहाल, लगभग-मंत्री की हैसियत भी काफी ऊँची थी और उसके मकान पर जिसे अब मकान नहीं बल्कि बँगला कहा जाने लगा था, सैकड़ों आदमियों की भीड़ सुबह से रात तक मौजूद रहती थी। दूर-दूर तक शोहरत थी कि उस तक पहुँचने के

लिए न सिफारिश की ज़रूरत है, न रिश्वत की। भीड़ को पार करने लायक सिर्फ़ मजबूत कन्धों और हिम्मतवर फेफड़ों की ज़रूरत है। मैंने यह भी सुना था कि दूसरों का काम करते समय वह गलत-सही, नैतिक-अनैतिक के झमेले में नहीं पड़ता, गीता के कर्मयोगी की तरह बस काम करता जाता है; यानी दूसरों का काम दूसरे आदमी की तरफ़ से करके अपनी लगभग-मंत्रीवाली हैसियत बेलौस बनाए रखता है।

उसके मकान के पास फाटक से ही मुझे भीड़ मिलनी शुरू हो गई। दरअसल, कुछ लोग फाटक पर चढ़े हुए थे और कुछ लटके हुए थे। एक ओर आम का भारी पेड़ था जिसकी एक शाख जमीन से चार-पाँच फुट ऊपर थी। कई लोग इस शाख पर बैठे थे। देहात से आए हुए कुछ लोग पोर्टिको तक पहुँचनेवाली सड़क पर अँगोछे बिछाकर बैठ गए थे। स्टेडियम में क्रिकेट का टेस्ट मैच होते समय बाहर जिस तरह निठल्लों की भीड़ जमा हो जाती है, कुछ वैसा ही माहौल था। पोर्टिको तक पहुँचते-पहुँचते मैंने देखा, आसपास जितने पेड़ थे, उनके तनों और निचली शाखाओं का सहारा लिये हुए कई लोग बैठे हैं या खड़े हैं या झूल रहे हैं। पोर्टिको तक पहुँचते-पहुँचते मुझे दो-तीन बार सचमुच ही अपने कन्धों और फेफड़ों की मज़बूती की परीक्षा देनी पड़ी, पर किसी चिमिरखी जैसे आदमी ने मुझसे कहा, "चले जाओ, बाबू साहेब पोर्टिको में बैठे हैं। आज भीड़ कम है, जल्दी काम हो जाएगा।"

बात सही थी, पोर्टिको में मोटर न थी, उसकी जगह बीसियों टेढ़ी-मेढ़ी बेतरतीब कुर्सियाँ पड़ी थीं, उन पर दो शख्स फी कुर्सी की औसत दर से लोग बैठे या टिके थे। बीच में एक कुर्सी पर हमारा नेता, युवा वर्ग का प्राण, युवातुर्क, लगभग-मंत्री, पैर फैलाए बैठा था उसके बदन का ऊपरी हिस्सा एक घरेलू ढंग से मटमैले कपड़े से ढका था; चेहरे पर साबुन का फेन फैला था। उसकी हजामत बन रही थी।

बार-बार बगल में रखा हुआ टेलीफोन बजता और वह अपनी बात को बीच में काटकर फोन पर बात करने लगता; तब-तक नाई एक किनारे खड़ा होकर अपनी हथेली पर उस्तरे को लौटते-पौटते उसकी धार तेज़ करता रहता। फोन रखते ही वह किसी नए आदमी से बात करने लगता और बीच-बीच में नाई को ललकारता, "बनाते चलो, बनाते चलो।" नाई मौका देखकर गाल या ठुड्डी के किसी हिस्से पर उस्तरे के एकाध हाथ चलाता और फिर उसकी बात पूरी होने का इन्तज़ार करने लगता।

मैं पोर्टिको के एक कोने में खड़ा हो गया था। नेताजी की आँखें चारों ओर नाच रही थीं। मुझे देखते ही उसने कहा, "खड़े मत रहिए। बैठ जाइए।" उसके बाद ही चारों ओर से 'बैठ जाइए' 'बैठ जाइए' के कोरस ने मेरे कानों पर हमला बोल दिया। नेता ने कहा, "किसी के भी साथ बैठ जाइए। क्या बताएँ, चाहे जितनी कुर्सियाँ डलवाई जाएँ, कम ही पड़ जाती हैं।" उसने लाचारी से नाई की ओर देखा, नाई ने इस बार दाएँ गाल की दाढ़ी साफ़ कर दी। नेता ने कुछ कहने को मुँह खोला तो वह उस्तरे को आसमान की ओर उठाकर एक किनारे हो गया। नेता ने कहा, "तुम्हीं से कह रहा था। फटाफट दाढ़ी बनाओ। जल्दी खत्म करो।" कहकर उसने दूसरी ओर गर्दन

मोड़ दी। किसी से पूछा, "तुम्हारा क्या काम है?" वह सबको 'तुम' कह रहा था। कुर्सी पर बैठे हुए आदमी ने कहा, "मंत्रीजी से कहकर भूरेलाल का तबादला कराना है।" नेता ने कहा, "करा तो दूँगा पर भूरेलाल ऊँचे दर्जे के हरामी हैं, यह याद रखना। तुम्हारे कौन लगते हैं?" "जी, मेरा तो लड़का है।" उसने जबाब दिया। नेता ने सपाट लहजे में कहा, "तो उसे सही रास्ते पर चलाओ, नहीं तो किसी दिन झूल जाएगा। अब तुम रास्ता नापो, आज बातचीत के लिए ज़्यादा टाइम नहीं है। भूरेलाल का काम हो जाएगा। मुंशी, दर्ज कर लो।"

एक मुंशी ही जैसे दिखनेवाले आदमी ने रजिस्टर में कुछ लिख लिया। जिस कुर्सी के एक बटा बीस हिस्से पर अपने नितम्ब का एक बटा पचास हिस्सा टिकाकर मैं बैठने का अभिनय कर रहा था उसके दूसरे हिस्से पर बैठे हुए व्यक्ति ने कहा, "इनका काम हो गया।" मैंने पूछा, "कैसे?" "देखते नहीं हो रजिस्टर में इसे दर्ज कर लिया गया है।" नेता एक दूसरे आदमी से कह रहा था, "तुम हमेशा छोटा-मोटा काम लेकर खड़े रहते हो। फलाँ को चपरासी बना दो, फलाँ को क्लर्की दिला दो। इन कामों के लिए मैं ही बचा हूँ?" नेता का दूसरा गाल अब भी फेने से सना था, एक गाल की दाढ़ी साफ़ हो गई थी। कुल मिलाकर किसी मसखरे का चेहरा लग रहा था। मैंने सोचा : इस देश के नेतृत्व के लिए यह आदर्श चेहरा है।

वह आदमी खड़ा हो गया। बोला, "तुम्हारे लिए क्लर्की दिलाना छोटी बात है तो बैजनाथ को कोई बड़ी नौकरी ही दिला दो। उसे कलेक्टर बना दो, या हो सके तो कहीं ऐम्बैसेडर बनाकर भिजवा दो।" नेता हँसा, बोला, "मुंशी, इसे दर्ज कर लो। बैजनाथ को ऐम्बैसेडर बनवाना है।" फिर वह लोगों को सुनाकर कहने लगा, "आप लोगों का आशीर्वाद रहा तो कभी सचमुच ही ऐम्बैसेडरों की नियुक्ति करूँगा।" इससे कोई भी असहमत नहीं था।

"तुम क्या चाहते हो? जल्दी बोलो, मैं उठ रहा हूँ," नेता ने किसी से कहा और मैंने पाया कि वह मुझी से बात कर रहा है। मैं उसकी ओर बढ़ा। उसने कहा, 'वहीं से बोलो,' और किसी दूसरे से बात करने लगा। फिर मुझे चुप देखकर कहा, "बोलो, बोलो, बोलते जाओ।" मैंने एक कागज़ निकालकर कहा, "मंत्रीजी से मुझे...।"

"फियट चाहिए न? कोई बात नहीं, एलाट करा दूँगा," उसने मेरी बात काटकर कहा। मैंने कहा, "जी, फियट नहीं...।"

"तो स्कूटर चाहिए? दिला दूँगा, पर छः महीने लगेंगे। अपना नाम इधर मुंशी को लिखा दो। दरखास्त छोड़ दो।" वह अब दूसरे आदमी से बात करने लगा था। मैं नेता के नज़दीक पहुँच गया। बोला, "मेरे गाँव के अस्पताल में दो साल से कोई डॉक्टर नहीं है। किसी की तैनाती करनी है।"

"किसकी तैनाती? तुम जाना चाहते हो?" नेता ने पूछा।

"कोई भी डॉक्टर भिजवा दीजिए।"

"साफ़-साफ़ बताओ न भाई। तुम्हें वहाँ अप्वाइंट करवा दूँ।"

"पर मैं डॉक्टर नहीं हूँ।"

"तो तुम्हारे लड़के को, भतीजे को, जिसको बताओ उसको अप्वाइंट करा दूँ।"

"उनमें कोई भी डॉक्टर नहीं है। हमें तो वहाँ के लिए एक डॉक्टर चाहिए," नेता ने चीखकर कहा, "मुंशी, इनकी बात समझकर रजिस्टर में दर्ज कर लो। मुझे तो कुछ समझ में आया नहीं कि इनका काम क्या है।" नाराज़गी में एक क्षण के लिए जैसे ही वह चुप हुआ, नाई ने दाढ़ी का काम निबटाना शुरू कर दिया।

अचानक मकान से किसी महिला के गरजने की आवाज़ आई और कई लोग घर के विभिन्न दरवाज़ों से जो ड्राइंगरूम, बेडरूम या बाथरूम के होंगे, निकलकर पोर्टिको और मैदान में भरने लगे। जैसे भेड़ों के झुंड को भगाया जा रहा हो, इस तरह उन्हें भगाती हुई एक महिला बरामदे में आ गई। वह काफी सुन्दर थी पर चीखने के कारण उसकी आवाज़ बीभत्स हो गई थी।

नेता ने मुस्कुराकर कहा, "लोगों का यह हाल है कि अपनी बात कहने के लिए मेरे बाथरूम तक में जाकर बैठ जाते हैं। और इस बेचारी का यह हाल है कि दिन-भर उन्हें हड़काते ही बीतता है।" इतना कहकर वह तेज़ी से बरामदे में पहुँचा, अपनी पत्नी का कन्धा थपथपाकर कहा, "घबराओ नहीं, सबको दो मिनट में निबटाता हूँ।"

बरामदे के एक कोने पर शायद बाथरूम था। वहाँ बैठे हुए मुलाकातियों को निबटाने, और उसी के साथ नहाने के लिए वह उधर चला गया। रास्ते में कुर्ते के बटन खोलता रहा।

पोर्टिको में खड़े हुए एक प्रोफेसरनुमा आदमी ने अंग्रेज़ी में कहा, "कितने अफसोस की बात है कि इसे मंत्रिमंडल में नहीं लिया गया। वहाँ इसके डाइनैमिज़्म का कोई मुकाबला न कर पाता।"

रवीन्द्र जन्मशती की रिपोर्ट

स्थान : छंगालाल विद्यालय इंटर कॉलेज, ग्राम शिवपालगंज, ज़िला लखनऊ (उत्तर प्रदेश)।

मुख्य पात्रा : रवीन्द्रनाथ ठाकुर—हमारी श्रद्धा और इस कहानी की दया के पात्र।

वैद्यजी : जो देहाती लड़के खेतों, कारखानों और जेलों से बाहर थे, उन्हें खदेड़कर कॉलेज में ले जानेवाले समाज-सुधारक, राजनीतिक कार्यकर्त्ता, अत: साहित्यिक समारोहों के अग्रणी। कॉलेज के मैनेजर।

बाबू हरिहरदास : कॉलेज कमेटी के सदस्य। स्थायी रूप से उत्साह और ताड़ी में डूबे हुए।

प्रिंसिपल : कॉलेज की इमारत बनवाने के लिए मज़दूरों के ऊपर लगाया गया हैड-मेट जो संयोगवश पढ़-लिख लेता था।

खन्ना/मालवीय : कॉलेज के लेक्चरर। 'कला कला के लिए' के आधार पर चलनेवाले प्रिंसिपल-विरोधी अभियान के अगुवा।

रुप्पन बाबू : वैद्यजी के पुत्र। कॉलेज के चिरस्थायी छात्र। विद्यार्थियों के लीडर। अध्यापकों के सहज शत्रु।

बाबू हरिहरदास आज सवेरे से ही ताड़ी पीकर एक साहित्यिक व्याख्यान देने की हालत में पहुँच गए थे। व्याख्यान का विषय 'मुख्य अतिथि का स्वागत करना' था। मुख्य अतिथि ज़िला विद्यालय निरीक्षक थे जो किसी भी कॉलेज में पहुँचते ही मुख्य अतिथि बन जाते थे। बाबू हरिहरदास कह रहे थे :

"भाई मेरे, हम सब जानते हैं कि रवीन्द्रनाथ ठाकुर कितने महान् कवि थे। ठाकुरों का काम तलवार चलाना है, मातृभूमि की रक्षा करना है। पर वे एक ठाकुर थे जो कलम के ज़ोर से वही काम कर दिखाते रहे जो महाराणा प्रताप तलवार की नोक से दिखाते थे। उन्होंने ऐसी-ऐसी वीरतापूर्ण कविताएँ लिखीं कि लिखते तो वे इंडिया में थे पर उन्हें पढ़कर लोगों को इंग्लैंड तक में जोश आ जाता था। आज उनको मरे हुए सौ वर्ष पूरे हुए, पर हमारे लिए वे आज भी ज़िन्दा हैं।..."

रुप्पन बाबू धोती के छोर को गले के चारों ओर लपेटे मास्टरों के साथ एक किनारे खड़े थे। उन दिनों शिवपालगंज के गुंडों में गले के चारों ओर रूमाल बाँधने का फैशन था। यह उसी का नतीज़ा था। सवेरे से ही उन्होंने भंग पी ली थी। हरिहरदास की बात सुनकर रुप्पन बाबू खन्ना मास्टर से बोले, "देखिए मास्टर साहब, इतने बड़े कवि को

यह साला जीते जी मारे डाल रहा है।"

न्यायशास्त्रियों का मत है कि जहाँ-जहाँ धुआँ होता है, वहाँ-वहाँ आग होती है और जहाँ-जहाँ शामियाना होता है, वहाँ-वहाँ जलसा होता है। इसी शामियाने के एक सिरे के नीचे रवीन्द्रनाथ ठाकुर के चित्र का उद्घाटन किया गया था। चित्र स्थानीय ड्राइंगमास्टर की उन कला-कृतियों में था जो मॉडल के रूप में विद्यार्थियों के आगे नकल के लिए नहीं रखी जातीं। अतः इस चित्र में कुछ ऐसी तरकीबें लगाई गई थीं कि उसकी नकल नहीं हो सकती थी। ख़ास तौर से चेहरे के इर्द-गिर्द प्रकाश का जो घेरा बनाया गया था उसमें छोटे-बड़े न जाने कितने बुलबुले उठा दिए गए थे। नासमझों की श्रद्धा के छींटें पड़ते-पड़ते कई साल का बासी प्रकाश फूल गया था।

मानवता के स्तर पर रवीन्द्रनाथ अपने समन्वयवाद के लिए मशहूर है। शायद इसी से ड्राइंग मास्टर ने इस चित्र में कुछ ऐसा समन्वय दिखाया था कि वह एक साथ मार्क्स, बर्नार्ड शा और टालस्टाय की भी तस्वीर हो सकती थी। उन्होंने सुन रखा था कि वे एक बड़े ही भावुक कवि थे। अतः इस तस्वीर की आँखों में एक ऐसी अलौकिक भंगिमा थी कि ख़ुद खाने के साथ-ही-साथ ड्राइंग मास्टर ने कविगुरु को भी अफीम की एक गोली खिला दी थी। वैसे कुल मिलाकर यह तस्वीर बुरी न थी। गांधी-नेहरू की हज़ारों चित्र-विचित्र तस्वीरें तंबोलियों की दुकानों पर लटकी रहती हैं और उनमें बहुतों की मुद्रा ऐसी होती है कि उनका बड़ा-से-बड़ा विरोधी भी पिघल जाता है। यह तस्वीर भी उसी दर्जे की थी।

हरिहरदास का व्याख्यान चल रहा था। शामियाने के नीचे इतनी भीड़ थी कि बात-बात पर हर कोने में तिल का ताड़ खड़ा हो जाता था, पर कहीं तिल नहीं रखा जा सकता था। स्कूल के सब लड़के पढ़ाई की क्लास से छूटकर स्वेच्छापूर्वक मौजूद थे। साथ ही और लड़के भी यहाँ आ गए थे जो आसपास के बाग़ों में दिन भर जुआ खेलते, अपने मवेशी दूसरों के खेतों में चरने के लिए छोड़कर पेड़ों की छाँह में निर्द्वन्द्व सोते या तहसील-थाने पर नौकरी लगने के लालच में हाकिमों के घर बेगार करते। रवीन्द्रनाथ ठाकुर की तस्वीर की बगल में सजी हुई मेज़ और उसके पीछे कुर्सियाँ थीं। हरे तूली रंगों का चक्षुभेदी मेज़पोश, विकास-खंड की ग्राम-सेविकाओं के हाथों सँवारे हुए कागज़ी फूलोंवाले गुलदस्ते, सिगरेट की पन्नी की झिलमिलाहट...शान्तिनिकेतन को अभी बहुत कुछ सीखना बाकी था।

बीच की कुर्सी पर खद्दर की कमखर्च बालानशीं बुशर्ट पहने ज़िला विद्यालय निरीक्षक बैठे थे। वे जानते थे कि कल किसी हिन्दी अख़बार में इस जलसे का वर्णन आएगा, उनका नाम छपेगा। वे इसी से प्रसन्न थे। उनकी बगल में एक ओर बाबू हरिहरदास और दूसरी ओर वैद्यजी बैठे थे। प्रिंसिपल साहब मंच के नीचे दौड़-दौड़कर अरदली का काम कर रहे थे। विद्यालय निरीक्षक का अरदली एक किनारे बैठा हुआ दार्शनिक भाव से बीड़ी फूँक रहा था।

हरिहरदास का व्याख्यान देते-देते गला रुँध गया था। लड़कों ने सहर्ष तालियाँ

पीटीं। शामियाने में कुत्ते और बिल्लियों की आवाज़ें गूँजने लगीं। तब प्रिंसिपल साहब ने खड़े होकर पाँच मिनट तक लड़कों को अपना अनिवार्य व्याख्यान सुनाया : डिसिप्लिन पर। मास्टर लोग दौड़-दौड़कर अपनी तैनाती की गुमटी पर पहुँच गए और लड़कों को शान्त करने के लिए हाथ-पैर जोड़ने लगे। खन्ना मास्टर ने रुप्पन बाबू से प्रार्थना की, "रुप्पन बाबू, प्रिंसिपल मुझे ही ताक रहा है। कहेगा कि मैंने शोर बन्द करने की कोशिश नहीं की। मेरी सहायता कीजिए। अपने साथियों को चुप कराइए।"

धूप और भंग की गर्मी से रुप्पन बाबू पसीजे। बोले, "आप क्यों परेशान हैं? शोर बढ़ता रहा तो इंस्पेक्टर तो प्रिंसिपल की गरदन पकड़ेगा। आपके बाप का क्या जाता है?"

विद्यार्थी नेता से अपने लिए यह रक्षा-वाक्य सुनकर खन्ना मास्टर सोचने लगे। रुप्पन बाबू बोले, "अंग्रेज़ी पढ़ाना एक बात है, पॉलिटिक्स भिड़ाना कुछ और ही चीज़ है। अभी इसे सीखिए।"

शोर अपने आप कुछ कम हो चला था। बाबू हरिहरदास अब फिर बताने लगे थे कि रवीन्द्र जयन्ती के इस अवसर पर सबसे महत्त्वपूर्ण घटना यह घटी है कि ज़िला विद्यालय निरीक्षक का कॉलेज़ में पदार्पण हुआ है, इंस्पेक्टर साहब हमारे कॉलेज के हित के लिए कायदा-कानून कुछ नहीं देखते। वे हमारे लिए हर मौके पर जवाँमर्दी दिखाते हैं। उन्होंने इस कॉलिज को बनाया है। मैंने सुना है कि आज कुछ अध्यापक यहाँ प्रिंसिपल के खिलाफ गुटबन्दी कर रहे हैं। इंस्पेक्टर साहब की निगाह इन सब बातों पर है। सावधान देशद्रोहियो, तुम्हारी कुचालों पर हम सबकी नज़र है।"

यह कहकर बाबू हरिहरदास ने मास्टरों को इस तरह ललकारा जैसे हम लोग बैठे हुए चीन-पाकिस्तान-जर्मन-जापान-अरब-ईरान सभी को ललकारा करते हैं। लड़कों ने फिर कुत्ते-बिल्लियों की एक अदृश्य फौज शामियाने के नीचे छोड़ दी। काफी देर गोल-माल रहा, बड़ा मज़ा आया। हरिहरदास ने आखिर में कहा, "उन्हीं इंस्पेक्टर साहब को आज की सभा का सभापति बनाकर हम कृतार्थ हुए हैं।" पर उनकी यह बात इंस्पेक्टर नहीं सुन पाए, बिल्कुल सामने बैठे लड़कों में भी कोई-कोई कुत्ते-बिल्लियों की आवाज़ निकालने लगे थे।

अंग्रेज़ी में एक कहावत है, बढ़िया शुरुआत का अर्थ है कि आधा काम हो गया। यहाँ हरिहरदास के व्याख्यान का इतना बढ़िया असर पड़ा कि लगा रवीन्द्र-शताब्दी का जलसा इस शुरुआत से पूरा का पूरा खत्म हो जाएगा। पर लड़कों के असहयोग से वह पूरा नहीं खत्म हुआ। उनका मनोरंजन अभी कुछ बाकी था। इसीलिए उन्होंने आशा के विपरीत चीखना कम कर दिया और शोर अपने आप कम हो गया।

इसके बाद ब्लॉक पर काम करनेवाली एक महिला अधिकारी ने दो-तीन लड़कियों को खींचतान कर उनसे रवीन्द्रनाथ का एक गीत गवाया। जितने लोग मौजूद थे उन्होंने यह समझा कि गीत बंगला में है। कोई बंगाली होता तो समझता कि गीत गुज़राती में है। अर्थात् गीत किसी की समझ में नहीं आया और अपनी न समझ में आनेवाली ख़ूबी के कारण वह एकदम से सार्वभौमिक हो गया।

एक स्थानीय कीर्तन कलाविद् ने रवीन्द्रनाथ ठाकुर का लिखा हुआ एक भावपूर्ण भजन गाया। वे ओंकारनाथ ठाकुर के पोज़ में पैर बगल की ओर फैलाकर शेरबच्चा स्टाइल में बैठ गए और भजन गाने लगे। उनकी सिकुड़ी हुई भौंहें और रोनी मुद्रा, आसमान की ओर बार-बार उठनेवाली आँखें देखकर सबको यकीन हो गया कि भजन बड़ा करुण और भावपूर्ण है। एक हाथ की हथेली को चम्मच जैसा बनाकर दूसरी हथेली को ढक्कन की तरह से रखने की तैयारी में बैठे हुए वे अपना भजन गाते रहे। लगता था जैसे कोई मुर्गी उनके हाथ से निकल गई है और वे दोनों हाथों से उसकी मोटी-ताज़ी याद पकड़े बैठे हैं। लोग भाव-विभोर हो गए। लड़कों ने भी मुर्गी की याद में कुकड़ूँ-कूँ करना शुरू कर दिया। इतना शोर मचा कि भजन के अन्तिम चरण का पेटेंट मार्क—मीरा के प्रभु गिरिधर नागर—सुनाई ही नहीं दिया और बहुत से लोग इसी प्रारम्भिक सूचना के अनुसार अपने घर वापस गए कि उन्होंने रवीन्द्रनाथ का भजन सुना है।

इसके बाद कॉलेज के क्लर्क साहब ने एक उर्दू की कविता सुनाई। कविता के मामले में वे हमेशा से बेतकल्लुफ थे और जहाँ उन्हें कोई कविता पसन्द आई, वे उसे अपनाए बिना न मानते थे। इस समय भी उन्होंने दो-चार पुरानी कविताओं को एक में मिलाकर एक मौसमी चीज़ तैयार कर दी थी।

यह वास्तव में एक कसीदा था जिसका तात्पर्य यह था कि आज अचानक फूल क्यों खिल रहे हैं, दिल क्यों मचल रहे हैं, और गुंचे-गुंचे पर परिन्दे क्यों चहक रहे हैं

हवा क्यों इतराती हुई बह रही है और ये कातिल घटाएँ क्यों मँडराती हुई चली आ रही हैं? इसी तरह से दस-बीस फर्जी सवाल करके बाद में बताया गया था : यह सब इसलिए हो रहा है कि आज हमारे कॉलेज में जनाब इंस्पेक्टर साहब बहादुर तशरीफ लाए हैं।

रवीन्द्रनाथ की इस सांकेतिक अभ्यर्थना के बाद संस्कृत के पंडितजी ने गीतांजलि पर एक प्रवचन देना शुरू किया।

उन्होंने एक बड़ी गोपनीय खबर दी कि भारत बड़ा ही धर्मप्राण देश है, और उसका प्रमाण यह है कि रवीन्द्रनाथ ठाकुर तक ने गीतांजलि लिखी है। वे गीता के बारे में लगभग पन्द्रह मिनट बोलते रहे और बाद में इस निष्कर्ष पर पहुँचे कि गीता गीता है और गीतांजलि गीतांजलि है, पर जो गीता में है वही गीतांजलि में भी है।

वह पंडित ही क्या जो हर बात का तोड़ अद्वैतवाद पर लाकर न गिराए। इसलिए उन्होंने इसी बात को बढ़ाकर कहा कि और वही मुझमें है, वही तुझमें है, वही जल में है, थल में, अनिल-अनल में है। यही रहस्य है, इसी को रहस्यवाद कहते हैं, और चूँकि रवीन्द्रनाथ ने इसी पर कविता लिखी है, इसलिए वे रहस्यवादी हैं।

तालियाँ और भौं-भौं, म्याँव-म्याँव, चीं-चीं का फिर से एक नया दौर चला।

संस्कृत के पंडितजी अब सिनेमा के किसी गाने का गलत उद्धरण देकर कह रहे थे कि हिन्दी में अब ऐसी ही कविता हो रही है, 'चसमबद्दूऽऽऽ चसमबद्दूऽऽऽ' जब कि ठाकुर साहब ने ऐसी-ऐसी धार्मिक कविताएँ लिखी हैं, जैसे 'अन्तर मम विकसित

करो।' तभी पंडाल के एक कोने में सचमुच ही एक गाना होने लगा, 'चश्मे बद्दूऽऽऽर'।

तब वैद्यजी लड़कों को शान्त कराने के लिए खड़े हो गए। उनके लाल-लाल स्वस्थ चेहरे को देखकर लड़कों ने उल्लासपूर्वक सीटियाँ बजाईं।

इस मौके पर खन्ना मास्टर प्रिंसिपल साहब के पास आकर खड़े हो गए। बोले, "मालवीयजी ने रवीन्द्रनाथ पर एक निबन्ध लिखा है उसे सुनाना चाहते हैं।"

प्रिंसिपल साहब ने चिढ़कर खन्ना को देखा; कहा, "कैसा निबन्ध? यह रवीन्द्रनाथ पर निबन्ध सुनाने का मौका है?"

"मौका तो यही है। नहीं तो क्या ऐसी बातें क्लास-रूम में की जाएँगी।"

प्रिंसिपल ने चारों ओर निगाह डाली। सीटियों की आवाज़ कम हो गई थी। वैद्यजी अपनी थिएटरी आवाज़ में नौटंकी जैसा गा-गाकर रवीन्द्रनाथ पर राजनीतिज्ञों वाला व्याख्यान देने लगे थे, "देश में उन्नति करने के लिए सिर्फ़ रुपए की ही आवश्यकता नहीं। कला और साहित्य की भी उन्नति होनी चाहिए...।"

खन्ना ने उधर अपनी बात दोहराई, "तो मालवीय साहब अपना निबन्ध पढ़ दें?"

प्रिंसिपल ने दाँत पीसकर कहा, "पालिटिक्स! जब देखो तब पालिटिक्स! भैया तुम काजी हो कि मुल्ला? तुम काहे दुनिया भर का बोझ सिर पर लिये घूम रहे हो? मालवीय को क्या लकवा मार गया है। वे ख़ुद क्यों नहीं कहते? जहाँ देखो वहीं गुटबन्दी। किसी को लेख पढ़ना है तो वह भी खन्ना साहब की मार्फत बात करता है। हुँहू!"

खन्ना ने कहा, "मेरे कुछ बोलने से ही आपको खुजली लगती है तो मैं जाता हूँ। मालवीय को ही भेजे देता हूँ।"

प्रिंसिपल की छाती तन गई। हाथ हाफपैंट की जेबों में पहुँच गए। बाँस की तरह लपलपाते हुए उन्होंने खन्ना का रास्ता रोक लिया। कहने लगे, "मालवीय तो मालवीय, मालवीय के बाप भी उतर आवें तो यहाँ उनका लेख नहीं पढ़ा जाएगा। यह साहित्यिक सभा है, कोई धोबियों की पंचायत नहीं है।"

"साहित्य?" खन्ना ने कहा, "आप मज़दूरों के साथ बैठकर कॉलेज का छप्पर छवाइए। आप अपने मुँह से यह लफ्ज क्यों निकालते हैं?"

लड़कों का शोर बन्द हो गया था और वैद्यजी, रवीन्द्रनाथ, गांधी, नेहरू, इंस्पेक्टर आफ स्कूल्स, हरिहरदास, शिक्षामंत्री, पिं्रसिपल, जिला कमेटी के अध्यक्ष—इन सब पर बारी-बारी से अपनी प्रशंसा का एक-एक वाक्य गिराते हुए ब्रह्मचर्य पर आ गए थे; रवीन्द्रनाथ के मुख पर कैसा तेज था, इसकी याद दिलाने लगे थे।

प्रिंसिपल ने आवाज़ को दबाकर दाँत के नीचे दाँत घिसते हुए कहा, "खन्ना, इसी कॉलेज में तुम्हारे अन्दर भूसा न भर दिया तो कहना। किए जाओ दलबन्दी।"

एक सज्जन छापेदार बुश्शर्ट और पैंट पहने, पान खाए, चश्मा लगाए, लड़कियों की ओर निगाह केन्द्रित किए वहाँ आकर खड़े हो गए। खन्ना ने कहा, "भाई मालवीय, आपका निबन्ध यहाँ नहीं पढ़ा जाएगा।"

मालवीय प्रिंसिपल की ओर देखने लगे। प्रिंसिपल ने समझाते हुए कहा, "अच्छा

है। आपने निबन्ध लिखा, उससे मुझे ख़ुशी हुई। अपना अध्यापन छोड़कर आप लेख लिखते हैं तो क्या हुआ, दूसरे मास्टर उसी वक़्त बैठकर दलबन्दी करते हैं, ताश खेलते हैं। आप लेख लिखते हैं, इसमें बुरा क्या है?"

प्रिंसिपल साहब यों बात करते रहे जैसे मालवीय लेख लिख लेने की ग्लानि में आत्महत्या करके मर जानेवाले हों और उनकी सान्त्वना के ही कारण अब तक ऐसा करने से रुके हुए हों। उन्होंने कहा, "पर...।"

"पर मैं पर-वर नहीं जानता। यह तुम्हारे निबन्ध का समय नहीं है। वैद्यजी बोल रहे हैं।"

"पर...पर, यहाँ कुछ तो होना चाहिए। रवीन्द्रनाथ पर एक भी निबन्ध नहीं पढ़ा गया!"

"और हो क्या रहा है? कान में रुई खोंस ली है क्या?" प्रिंसिपल बोले, "कलकत्ता-दिल्ली-इलाहाबाद—जहाँ देखो वहाँ रवीन्द्र जयन्ती इसी तरह तो मनाई जा रही है। बड़े-बड़े नेता, मिनिस्टर, हाकिम, सभी अपनी-अपनी श्रद्धांजलि दे रहे हैं। तुम्हारे जैसे साहित्यिक निबन्ध कौन पढ़ रहा है? यहाँ भी अब टाइम कहाँ है? आधा घंटे बाद इंस्पेक्टर साहब को उठना है। उनका लेक्चर अभी पड़ा ही है।"

अपनी चतुरता पर ख़ुश होते हुए प्रिंसिपल साहब ने अन्त में कहा, "मौका समझो मालवीय। अक्ल बड़ी कि भैंस? अपना निबन्ध जेब में रख लो।"

छायावादी कविता का सत निकालकर जो आह बनाई गई है, उसे मुँह में खींचकर मालवीयजी चुप हो गए। कुंठित होकर उन्होंने फिर उसी ओर टकटकी बाँध ली जहाँ चार-छः लड़कियाँ निगाह नीची किए बैठी थीं और सारी दुनिया को बदमाश समझ रही थीं।

दीवाली, जुआ और कविगण

मुझे पता नहीं कि शहरों में दीवाली कैसी होती है क्योंकि दीवाली की छुट्टियाँ मैं प्रायः अपने गाँव में बिताता हूँ। पर मुझे लगता है कि शहर में दीवाली का कुल यही अभिप्राय है कि अमीर इतनी ज़्यादा अमीरी दिखाएँ कि गरीबों में अपनी गरीबी का अहसास और भी गाढ़ा हो जाए। अगर हम देश में सर्वहारा-वर्ग को क्रान्ति के लिए खड़ा करना चाहते हैं तो इसका सबसे सस्ता नुस्ख़ा यह है कि शहरों में दीवाली का त्योहार तीन दिन के बजाय तीन महीने के लिए खींच दिया जाए। लोग सफ़ेद और काले पैसे का करिश्मा देखते-देखते इतना उकता जाएँगे कि अपने आप क्रान्ति कर बैठेंगे। पर मेरे गाँव में अगर साल में बारह महीने दीवाली होती रहे, तब भी कोई क्रान्ति नहीं होगी। दरअसल, अगर जुए को दीवाली का प्रमुख लक्षण माना जाए तो मेरे गाँव में बारहों महीने दीवाली चलती है—और क्रान्ति नहीं होती। दीवाली पर मेरे गाँव में रोशनी-वोशनी का ज़्यादा चक्कर नहीं, सिर्फ़ जो लोग पूरे साल बाग़ों में, जंगलों में या खंडहरों में छिपकर जुआ खेलते हैं, वे दरवाज़ों पर खुलकर खेलने लगते हैं, और रुपया इकट्ठा करने के लिए जो हारे हुए जुआरी पहले अँधेरे में इक्के-दुक्के मुसाफ़िर को लूटने की योजना बनाते थे, वे इस मौक़े पर सज्जनतापूर्वक सिर्फ़ अपने घर के जेवर या बर्तन बेचकर सन्तोष कर लेते हैं।

मुझे अपने गाँव की दीवाली बहुत पसन्द है क्योंकि इस मौक़े पर सभी लोग, अमीर-गरीब का भेद भूलकर एक साथ बीड़ी पीते हुए या तम्बाकू मलते हुए, जुआ खेलते हैं। छुआछूत वैसे भी मेरे गाँव में कम है, इस मौक़े पर बिल्कुल ही ख़त्म हो जाती है, और दस-दस पैसे के सिक्कों को जीतने के लिए बाँभन और चमार एक साथ कन्धे से कन्धा मिलाकर मेहनत करते रहते हैं।

मेरे लिए यह एक ऐसा मौक़ा होता है, जब मैं अगर जुआ न खेलूँ तो, अकेला पड़ जाता हूँ। अकेलेपन में—जब सारा गाँव 'फल्लास' खेलने में व्यस्त रहता है—मैं चारपाई पर पड़े-पड़े कविताएँ पढ़ता हूँ। काव्य के अध्ययन के लिए राज्य सरकार हर साल मुझे दीवाली की छुट्टियों का उपहार देती है और इसका मैं पूरा-पूरा फायदा उठाता हूँ। इन दिनों मैं रवीन्द्रनाथ ठाकुर और तुलसीदास से लेकर धूमिल और लीलाधर जगूड़ी, तक के दाँव एक मँजे हुए जुआरी की तरह झेलता रहता हूँ। कभी-कभी कोई बढ़िया कविता पढ़कर लगता है कि दाँव जीत लिया, पर ज़्यादातर ऐसी ही कविताएँ होती हैं जिन्हें पढ़कर लगता है कि मैं बुरी तरह पिट गया हूँ।

अभी दीवाली की छुट्टी आई नहीं है, पर मैंने इस साल पहले से ही अपने काव्य-सम्बन्धी वार्षिक अध्ययन की तैयारी शुरू कर दी है। मैं एक थीसिस पर कई दिन से सोच रहा हूँ और लगभग इस नतीजे पर पहुँच गया हूँ कि हमारे कवियों ने अपनी कविता में जुआरियों के भावबोध को बड़ी गहराई से समझा है और बड़े कलात्मक ढंग से व्यक्त किया है। मुझे विश्वास है कि इस दीवाली पर जब मेरा गाँव योगस्थ होकर जुआ खेल रहा होगा, उस समय मैं अपने कवियों की इस ख़ूबी की दाद दे रहा होऊँगा कि उन्होंने जुआरियों की मन:स्थिति को किस तरह समझा है, अपने अध्ययन के कुछ नमूने मैं अभी से उद्धृत किए दे रहा हूँ :

पहले गोस्वामी तुलसीदास को ही लीजिए। एक जुआरी सारी रात जुआ खेलता रहा है और हारता रहा है। सवेरा होते-होते एक दाँव वह जीत जाता है और उसके हाथ कोई रत्न लग जाता है। उसकी मनोवृत्ति इन पंक्तियों से प्रकट होती है :

अब लौं नसानी अब ना नसैहों।
...पायो नाम चारु चिन्तामनि उर कर ते न खसैहौं।

मीराबाई ने भी एक ऐसे ही जुआरी के उल्लास का वर्णन किया है जो पहले बहुत कुछ खो चुका है पर चलते-चलते जिसके हाथ एक उम्दा दाँव लग गया है :

पायो जी मैंने नाम रतन धन पायो।
...जनम-जनम की पूँजी पाई जग में सभी खोवायो॥

सूरदास अपने काव्य में जीते हुए जुआरी के इस उल्लासपूर्ण मूड को बहुत बाद में पकड़ सके हैं। प्राय: वह ऐसे जुआरी की मन:स्थिति में रहते हैं जो जीतने के लालच में अपना नफा-नुकसान नहीं समझ पाता। वह कहते हैं :

माधौ जू, मन माया बस कीन्हौ।
लाभ-हानि कछु समझत नाहीं,
ज्यों पतंग तन दीन्हौ॥

रसखान का प्रसिद्ध सवैया 'या लकुटी अरु कामरिया पर राज तिहूँ पुर को तजि डारौं' पता नहीं किस मूड में लिखा गया था, पर वह मेरे गाँव के चरवाहों पर पूरा-पूरा चस्पाँ होता है। मेरे गाँव के चरवाहे भी डंडा लेकर जानवरों के पीछे घूमते हैं, आम और महुवे के कुंजों में बैठकर जुआ खेलते हैं, वन-बाग़-तड़ाग निहारते रहते हैं और दाँव पर दाँव लगाते जाते हैं; और जुआ खेलने के इस सुख के मुकाबिले उन्हें तीनों लोकों का राज भी दिया जाय या 'आठहुँ सिद्धि नवौं निधि को सुख' पेश किया जाए तो वे उसे रसखान की ही तरह लेने से इनकार कर देंगे।

जब जुए का दाँव लगता है तो वातावरण बड़ा ही समत्वमय हो जाता है और चाहे वह अशर्फाबाद का सूदखोर हो या मौजा अतरौली का चरवाहा—दोनों का दाँव बराबरी की हैसियत से देखा जाता है। इसी भावना को मैथिलीशरण गुप्त से श्रद्धा-विगलित वाणी से व्यक्त किया है :

जय देवमन्दिर देहली
सम-भाव से जिस पर चढ़ी
नृप-हेम-मुद्रा और रंक—
वराटिका।

पर चाहे हेम-मुद्रा वाला राजा हो, चाहे दस पैसे के सिक्केवाला रंक—दाँव हार जाने पर दोनों को अपने दिमाग़ में एक ही जैसे सन्नाटे का अनुभव होता है। हारे हुए जुआरी की दशा का वर्णन महादेवी वर्मा का इन पंक्तियों में देखिए :

आज क्यों तेरी वीणा मौन?
शिथिल शिथिल तन,
थकित हुए कर
स्पन्दन भी भूला जाता उर,
मधुर कसक-सा आज हृदय में
आन समाया कौन?

पर हारे हुए जुआरी का एक-दूसरा भी मूड है जिसमें वह न किसी से झगड़ा करता है, न बोलता है, न स्तब्ध होकर रह जाता है। कैलाश वाजपेयी की कविता 'जोड़-बाकी' (तीसरा अँधेरा, पृ. 39) का जुआरी देखिए कैसे चलता है :

बिना तरस खाए
बिना कोसे किसी को
रीझे, बिना ऐंठे
सिर झुकाए हुए चलता हूँ।

हारे हुए जुआरी को भगवान का नाम भी याद आता है, पर वह अपना आत्मसम्मान नहीं खोता। अज्ञेय की कविता 'मैंने ही पुकारा था' (सागर मुद्रा, पृ. 17) में चित्रित जुआरी की छवि देखिए :

नाम : नाम का एक तरह का सहारा था।
मैं थका-हारा था
पर नहीं था किसी का गुलाम।

रात-भर जुआ खेलने के बाद थकावट, नींद और शान्ति की अनुभूति निराला की प्रसिद्ध कविता 'जागृति में सुप्ति थी' में भी मिलती है :

जाग्रत प्रभात में क्या शान्ति थी?
जागृति में सुप्ति थी,
जागरण-क्लान्ति थी।

भगवतीचरण वर्मा की प्रसिद्ध कविता 'हम दीवानों की क्या हस्ती' भी जुआरियों पर ही लिखी गई है। भरी हुई जेब लेकर ख़ुश-ख़ुश आए, ठर्रा पीकर मस्ती से दो-चार दाँव लगाए, खल्लास होकर आँसू बहाते हुए, धूल उड़ाते हुए चल दिए, लोग कहते ही रह गए कि अरे, अरे...

हम दीवानों की क्या हस्ती,
हैं आज यहाँ कल वहाँ चले,
मस्ती का आलम साथ चला,
हम धूल उड़ाते जहाँ चले,
आए बनकर उल्लास अभी,
आँसू बनकर बह चले अभी,
सब कहते ही रह गए अरे
तुम कैसे आए, कहाँ चले?

अगली दीवाली पर जुए के आलम में कविता का गहन अध्ययन करके मैं जो थीसिस लिखने जा रहा हूँ, उसका यह सारांश (सिनाप्सिस) भर है। पर यदि मेरी जगह कोई पाठक ख़ुद यह काम करना चाहे तो मुझे और भी प्रसन्नता होगी; क्योंकि तब मैं अपना वक़्त कविता के चक्कर में नहीं गवाऊँगा—उतने वक़्त बैठकर जुआ खेलता रहूँगा तो अपने परिश्रम को ज़्यादा सार्थक समझूँगा।

छात्रों में अनुशासनहीनता कैसे रोकी जाए?

छोटी कथाओं में मुझे सिखाया गया था कि प्रत्येक निबन्ध की शुरुआत परिभाषा से करनी चाहिए; जैसे गाय का निबन्ध लिखना हो तो शुरू इस सवाल से करना चाहिए कि गाय किस चिड़िया का नाम है? उसी तरह इस छोटे से निबन्ध की शुरुआत इस सवाल से हो सकती है कि छात्रों की अनुशासनहीनता है क्या चीज़?

इतना तय है कि क्लास में न आना, फीस न देना, अध्यापकों से अबे-तबे करना, किताबों को कभी न देखना, सहपाठिनी छात्राओं को लगातार देखते रहना, ऊलजलूल कपड़े पहनना, उससे भी ज़्यादा ऊलजलूल बोली बोलना—यह सब अनुशासनहीनता नहीं है; कम-से-कम इन्हें लेकर छात्रों को अनुशासनहीन नहीं कहा जाता। वैसे ही, सिनेमा में झगड़ा करना, रेल में बिना टिकट चलना, दुकानदारों से चौथ या जजिया वसूलना, किसी भी रेस्तराँ में पहुँचकर अपनी शहंशाही का खुत्बा पढ़ते हुए फोकट में खाना और फोकट में खिलाना—यह सब भी अनुशासनहीनता में नहीं आता। दरअसल, अगर कल के गुजरात और आज के बिहार की हालत पर गौर करें तो स्पष्ट हो जाएगा कि छात्रों की अनुशासनहीनता सिर्फ़ सड़क पर जुलूस निकालने, हड़ताल करने, बसें जलाने, गोली खाने, जेल जाने, यानी सौ बात की एक बात—पालिटिक्स भिड़ाने में है।

सवाल यह है : इस समय यानी जब जयप्रकाशनारायणजी सभी का सर्वोदय कर रहे हैं, छात्रों की इस अनुशासनहीनता को रोका कैसे जाए?

अनुशासनहीनता का उपर्युक्त अर्थ जान लेने के बाद उसका हल आसानी से निकाला जा सकता है। सबसे सीधा रास्ता तो यह है कि पालिटिक्स ही ख़त्म कर दी जाए—न रहे बाँस, न बजे डंडा। पर पालिटिक्स ख़त्म हो जाने से ग्राम स्तर से अखिल भारतीय स्तर तक के लाखों राजनीतिक नेता बेकार हो जाएँगे और इतना बड़ा 'ले-आफ' होने से बेरोजगारी की समस्या और भी विकराल हो जाएगी। इसलिए, पालिटिक्स अच्छी हो या बुरी, बेरोजगारी को दूर रखने के लिए पालिटिक्स को कायम रखना ही पड़ेगा।

दूसरा उपाय यह है कि स्कूलों, कॉलेजों और विश्वविद्यालयों को ख़त्म कर दिया जाए। न रहें छात्र और न रहे उनकी अनुशासनहीनता। पर इससे भी यह नुकसान होगा कि लाखों अध्यापक बेरोजगार हो जाएँगे। और सभी मानते हैं आज की शिक्षा-संस्थाएँ छात्रों के लिए भले ही बेकार हों, अध्यापकों की रोजी के लिए उनका कायम रहना लाजमी है। वैसे भी, यदि शिक्षा-संस्थाएँ ख़त्म हुईं तो उसी अनुपात से शराबखानों,

पागलखानों और जेलों की संख्या बढ़ानी होगी जो कि नैतिक दृष्टि से अनिष्टकर है। अतः फिलहाल शिक्षा-संस्थाओं को अबध्य मानकर अछूता छोड़ दिया जाए।

तीसरा उपाय यह है कि कॉलेज ख़त्म न हो सकें तो छात्रों की परीक्षाएँ ख़त्म कर दी जाएँ, क्योंकि 'इंकलाब ज़िन्दाबाद' के नारों की शुरुआत अब प्रायः परीक्षा-कक्ष से ही होती है। पर पर्चा बनानेवालों, परीक्षा के निरीक्षकों, अधीक्षकों, पर्यवेक्षकों और कॉपी जाँचनेवालों, नम्बर जोड़नेवालों, जोड़ की चेकिंग करनेवालों, यानी परीक्षा से पैसा पैदा करनेवालों की संख्या भी लाखों में है और अगर परीक्षाएँ ख़त्म हो गईं तो उनकी जीविका का एक साधन भी ख़त्म हो जाएगा; यानी आज की परीक्षाएँ छात्रों के लिए भले ही बेकार हों, मास्टरों के लिए बड़े काम की हैं और सारी-की-सारी शिक्षा भले ही ख़त्म हो जाए, परीक्षाएँ नहीं ख़तम की जा सकतीं।

तब सवाल उठता है कि पालिटिक्स को मिटाए बिना, शिक्षा-संस्थाओं को मिटाए बिना, परीक्षाओं को मिटाए बिना छात्रों की अनुशासनहीनता कैसे मिटाई जा सकती है? इस प्रसंग में, सूत्र-रूप में, निम्नलिखित नुस्खों की आजमाइश की जानी चाहिए :

(1) राजनीति के दलदल में वह ख़ुद भले ही लोट रहा हो, पर प्रत्येक राजनीतिक नेता बार-बार यही चीखता रहे कि विद्यार्थियों को राजनीति से दूर रहना चाहिए।

(2) सामाजिक जीवन की गुत्थियों और देश की समकालीन समस्याओं के साहित्य पर रोक लगा दी जानी चाहिए। उसकी जगह 'यूथ टाइम्स', 'माधुरी', 'फेमिना', 'फिल्मफेयर', 'दीवाना', 'कांफिडेंशल एडवाइजर' जैसी पत्र-पत्रिकाओं को रियायती दरों पर छात्रों में बेचा जाए और स्कूलों में मुफ्त बँटवाया जाए।

(3) 'गर्म हवा' जैसी गर्म फ़िल्मों को रोककर 'मनोरंजन', 'दोराहा', 'चेतना', 'ज़रूरत' जैसी फ़िल्मों को कलात्मक घोषित किया जाए, उन्हें मनोरंजन कर से मुक्त किया जाए और प्रोड्यूसरों तथा डायरेक्टरों में गन्दी फ़िल्में बनाने की वार्षिक प्रतियोगिता चलाई जाए।

(4) किताबें बहुत महँगी हों और शराब बहुत सस्ती हो। नशीली दवाओं का खुलेआम गुप्त प्रचार किया जाए।

(5) गांधी की ब्रह्मचर्य साधना को लँगोटीवादी राजनीति बताकर सेक्स सम्बन्धी स्वच्छन्दता को राष्ट्रीय मान्यता दी जाए।

(6) विश्वविद्यालय में प्रजातंत्र के सिद्धान्त, घाटे की अर्थव्यवस्था, मुद्रास्फीति आदि विषयों को छोड़कर बराबर ऐसे सेमिनार होते रहें जिनका विषय हो 'सिनेमा में चुम्बन दिखाया जाए या नहीं' अथवा 'पत्नी के साथ एक प्रेयसी रखना तन्दुरुस्ती के लिए हानिकारक है या लाभकर।'

(7) फ़िल्मों और विज्ञापनों की मार्फत बड़े-बड़े बालों, उल्टे-सीधे फैशनों बेहूदा तौर-तरीक़ों को प्रोत्साहित किया जाए।

(8) होटलों, मिठाई की दुकानों, कहवाघरों और शराबखानों पर उन्हें निरन्तर उधार लेने की चिरन्तन सुविधा दी जाती रहे।

(9) फौजी अफ़सरों, प्रशासकों, राजनीतिक नेताओं और असफल अध्यापकों के अलावा सेक्स-बम रेखा और योगिता बाली या राजेश खन्ना और शत्रुघ्न सिन्हा जैसे अभिनेताओं को विश्वविद्यालयों का वाइस-चांसलर बनाने का मौक़ा दिया जाए।

(10) विश्वविद्यालयों का पाठ्यक्रम पच्चीस साल में पूरा हो ताकि छात्र विश्वविद्यालय से बाहर आते-आते बूढ़े हो जाएँ।

(11) यह हालत तो सामान्य तौर पर रहे, पर बड़े उद्योगपतियों, अफ़सरों और नेताओं के लड़कों के लिए खुफिया तौर पर छोटे-छोटे शिक्षा संस्थान चलाए जाएँ, जहाँ से वे भविष्य के उद्योगपतियों, अफ़सरों और नेताओं की शक्ल में निकलकर अपने बाप का उत्तराधिकार सुरक्षित रखें।

(12) संक्षेप में, कुछ ऐसा माहौल हो कि छात्रों का पूरा समाज 'गुलिवर्स ट्रैवेल्स' के याहू नामक जन्तुओं का समुदाय बन जाए, वे अपनी आधी से ज़्यादा उम्र सिर्फ़ ऊल-जलूल ढंग से बाल बढ़ाने, ऊलजलूल फ़िल्में देखने, बेहूदा पत्रिकाएँ पढ़ने, एक-दूसरे पर खीझने, चीख़ने-चिल्लाने, गुर्राने, सस्ता नशा करने, होटलों में फोकट का खाना खाने, हर तीसरे रोज़ बरगलाने और हर जगह से अपने को बर्बाद करने में बिताते रहें।

और, उसी प्रसंग में, देश में जो जहाँ जिस गद्दी पर जिस तरह बैठा है, वह वहाँ उस गद्दी पर उसी तरह बैठा रहे।

अब आप यह देखिए कि ये सुझाव तो मैं आज दे रहा हूँ पर अपने देश में ऐसी सूझ-बूझवाले लोग हैं कि इनमें से अपने आप कई सुझावों पर बहुत पहले से अमल होने लगा है।

धोखा

कथामुख

बाबू मन्नालाल निगम, बी. एस-सी., एल-एल.बी., एस.टी. ने इस साल लोकल सेल्फ गवर्नमेंट का डिप्लोमा भी ले लिया और फिर वे सोचने लगे कि जीवन-संग्राम में पैंतरेबाज़ी दिखाने के लिए अभी कौन सा कोना सबसे ज़्यादा खाली है।

प्रत्येक कोने में एक से एक तन्दुरुस्त पैंतरेबाज़ खड़े हुए अपनी मांसपेशियाँ

मरोड़ रहे थे। यह भीड़भाड़ बाबू मन्नालाल पिछले छः साल से देखते चले आ रहे थे। बी.एस-सी., एल.टी. करने के बाद ही उन्हें अपना कॉलेज छोड़ देना पड़ा। उसके बाद उन्हें एक देहाती स्कूल में विज्ञान का अध्यापक बनाया गया। तीन घंटे आठवें, नवें और दसवें दर्जे में विज्ञान पढ़ाकर और चौथे घंटे में सातवें दर्जे को संस्कृत और बाद के तीन घंटों में तीन छोटी कक्षाओं में अंग्रेज़ी और इतिहास पढ़ा चुकने पर भी वे अपनी निगाहों में कभी भी बहुमुखी प्रतिभा के विद्वान् होकर नहीं उठ पाए। बेचारे देहाती विद्यार्थी जो केवल इसी सन्तोष में गद्गद थे कि उन्हें अंग्रेज़ी स्कूल में पढ़ाया जा रहा है और जो खेत पर बैलों की पूँछ उमेठते हुए अपने बाप के आगे—कार्बन डाई आक्साइड, हाइड्रोजन, नाइट्रोजन, रिलेटिव डेंजिटी, विटामिन डी, लिवर, आकमेडिज़, एक साँस में कहकर उसे यह सन्तोष देते थे कि उसका लड़का साहबों जैसी अंग्रेज़ी बोल रहा है, कभी भी बाबू मन्नालाल की मजबूरी को नहीं पहचान सके। अट्ठावन रुपया प्रति मास तनख़्वाह पाकर और अस्सी रुपया की रसीद पर बराबर हस्ताक्षर बनाने पर भी बाबू मन्नालाल के मन को समझा लिया कि अध्यापक-वृत्ति ही संसार की ऐसी वृत्ति है जिसमें आदमी ईमानदारी से रह सकता है। पर, मई के महीने में उनकी जगह स्कूल के मैनेजर के बी. एस-सी. फ़ेल भतीजे को नियुक्त कराने के लिए बाबू मन्नालाल को जब नौकरी से हटने का नोटिस मिला तो विवश होकर अगली जुलाई में उन्हें वकालत के दर्जे में नाम लिखाना पड़ा।

दो साल डाकघर की क्लर्की और क़ानून की पढ़ाई को साथ-साथ निभाकर बाबू मन्नालाल स्थानीय कलक्टरी में वकील की हैसियत से प्रकट हुए। ईश्वर की कृपा से शरीर अच्छा था और कपड़े रोबीले थे। पहले ही दिन एक मुक़दमा हाथ लगा। अदालत में दूसरे पक्ष की ओर से घसीट उर्दू में लिखा हुआ जवाब-दावा पाकर बाबू मन्नालाल चकराए। न जाने किस धोखे में उन्होंने हाई स्कूल तक उर्दू के बजाय हिन्दी ले रखी

थी। वे चश्मा उतारकर और चेहरे पर अनगिनत झुर्रियाँ डालकर पढ़ने ही जा रहे थे कि मुवक्किल ने पूछा, "क्या लिखवाया दुश्मन ने, वकील साहब, शिकमी कि कब्ज़ेदारी?"

पूरी तरह कोशिश करने पर भी वकील साहब कुछ पढ़ न सके। सप्रू और काटजू की तस्वीरों को मन-ही-मन प्रणाम करके बोले, "शिकमी।"

सुनते ही मुवक्किल उछल पड़ा। बगल में खड़े हुए आदमी को झकझोरकर बोला, "अरे सुनते हो बरखंडी, दुश्मन ने अपने को शिकमी लिखा दिया। तब तो मुक़दमा ही ख़त्म हो गया। वही तो कहा, झूठ लिखाने के लिए भी कलेजा चाहिए, कलेजा।"

इस निर्मल उच्छ्वास ने बाबू मन्नालाल निगम बी. एस-सी., एल-एल.बी. (वकील) के हृदय पर तानकर घूँसा मारा। बोले, "रुक जाओ भई, अभी इतना साफ़ नहीं हो पाया।"

मुवक्किल के आनन्द को धक्का लगा। उसने पूछा, "क्या साफ़ नहीं हुआ?"

बाबू मन्नालाल ने पास खड़े हुए एक आदमी को शक्ल से उर्दू जाननेवाला समझकर कहा, "इसे पढ़िए", और पढ़ने के लिए जवाब-दावा उसके हाथ में दे दिया। मुवक्किल सनकी हुई निगाहों से कुछ देर देखता रहा, फिर बोला, "तुम उर्दू नहीं जानते वकील साहब?"

इधर वकील साहब ने कहा, "ज़्यादा नहीं जानता।" उधर पढ़नेवाले ने ज़ोर से पढ़ा, "मुद्दाअलेह आराज़ी मुतनाज़िया पर अरसा आठ साल से बतौर क़ब्जेदार काबिज़ व दखील है।"

मुवक्किल ने उसके हाथ से काग़ज़ छीनकर कहा, "बड़े धोखेबाज़ हो वकील साहब। यहाँ उमर अदालत ही में बीती है और वही हमें चराने चले हो। उर्दू तक तो जानते नहीं और करोगे वकालत! अरे जाओ बरखंडी, दे आओ पंडित राधेसरन को वकालतनामा।"

बाबू मन्नालाल सर नीचा किए हुए चल दिए। चुपचाप घर आए और किताब में शिकमी और कब्ज़ेदार का अर्थ ढूँढ़ने लगे।

इस प्रकार प्रायः एक साल बीता। शिक्षा-विभाग के कोने में हज़ारों सुदृढ़ मांसपेशियोंवाले पैंतरेबाज़ दिखाई पड़े। उधर जाने का साहस न हुआ। वकालत के कोने में उससे भी अधिक संख्या में पैंतरेबाज़ दिखाई दिए। उर्दू-ज्ञान और क़ानूनी पेंचों ने बाबू मन्नालाल की हड्डी चूर-चूर कर दी। अब इस नए डिप्लोमा को लेकर वे म्युनिसिपैलिटी के एक्ज़ीक्यूटिव ऑफ़िसर बनने चले।

लोगों से सलाह लेकर म्युनिसिपल कमिश्नरों से बाबू मन्नालाल ने मुलाकात की और सबने उन्हें सलाह दी कि वकालत का पेशा सबसे अच्छा है और एक्जीक्यूटिव ऑफ़िसर वे उसी को बनाएँगे जो कुछ साल कहीं एक्ज़ीक्यूटिव ऑफ़िसर रह चुका हो।

बाबू मन्नालाल के जीवन का एक वर्ष और बीता। अन्त में उन्होंने तय किया

कि किसी दूसरे शहर चलकर कुछ दूसरा काम किया जाए, पैसा कमाया जाए, फिर अर्थशास्त्र में एम.ए. करके रिसर्च की जाए और इस प्रकार संग्राम-क्षेत्र के किसी ऐसे कोने में जगह की जाए जहाँ कम-से-कम लोग हों।

'कुछ दूसरा काम' करना आसान था, बशर्ते कि वह मिले। जूते में पालिश करनेवाले ग्रेजुएटों की कहानियाँ सुनी थीं पर एक दृश्य को देखकर उन्हें वे कहानियाँ भी भूल गईं।

ट्रेन के जिस डिब्बे में बैठे वे सफर कर रहे थे वहीं एक गन्दा लड़का एक मुसाफ़िर के जूतों में पालिश कर रहा था। बिजली की-सी फुर्ती से उसने जूते चमकाकर रखे ही थे कि मुसाफ़िर ने कहा, "अभी चमक नहीं आई। काम सिर्फ़ दो पैसे का हुआ है।"

लड़के ने जूता उठाकर अपने घुटनों में दबाया और कुर्ते के निचले हिस्से के दोनों सिरों को दोनों हाथों से खींचते हुए जूते पर खराद-सी करनी शुरू कर दी। मुसाफ़िर के गाल हँसी से फूल उठे। वह बोला, "बस यही तो जूता चमकाने का तरीक़ा है। जूता ब्रुश से साफ़ भले ही हो जाए, पर कहीं चमकता भी है!"

बाबू मन्नालाल की विचारधारा इस दृश्य से दूसरी ओर मुड़ गई। उन्होंने तय किया कि 'कोई और दूसरा काम' इसके अलावा होना चाहिए।

अब तक उनके स्वभाव में काफ़ी परिवर्तन आ गया था। वे संसार की संकट-पाठशाला (यह शब्द उन्होंने ट्रेनिंग कॉलेज में सीखा था!) में पढ़ते-पढ़ते काफ़ी समझदार हो गए थे। उनके साथ बैठने का अर्थ उनसे जान-पहचान हो जाना था। जान-पहचान होने का अर्थ उनके साथ शाम बिताना था। शाम बिताने का अर्थ अपने मनीबैग में आग लगा देना था। संसार की संकट-पाठशाला में निपुणता मिलने ही वाली थी कि बाबू मन्नालाल को 'कोई दूसरा काम' ढूँढ़े मिल गया। यह काम मिला बाबू रायबहादुर दवाफरोश, डेंटिस्ट, जादूगर, प्रेतबाधा-निवारक, कीर्तन-कला-विशारद की दयापूर्ण दीक्षा से।

कथा

चौराहे के एक कोने में घेरा बाँधकर भीड़ खड़ी है। इसमें न जाने कितने विद्यार्थी, व्यवसायी बाबू लोग और कुली मज़दूर हैं। बीच में बाबू मन्नालाल कुछ ऐसे विश्वास से भाषण दे रहे हैं मानों प्रताड़ित मानवता के कल्याण के लिए पृथ्वी ने वर्षों की तपस्या के बाद ऐसे पुरुष-रत्न को जन्म दिया है।

उनके आगे एक ऊँची मेज़ है। उससे ज़मीन तक लटकता हुआ इश्तहार शाम

को घुलती हुई धूप में चमक रहा है। उसमें उर्दू, हिन्दी, अंग्रेज़ी और गुरमुखी के हरूफ में लिखा है, "श्रीमान् प्रोफ़ेसर एम.एल. निगम, बी. एस-सी., एल-एल. बी., एल.टी.,

एल.एस.जी.डी., आयुर्वेद-विशारद, सर्वबाधा-निवारक।" मेज़ पर हज़ारों तरह की शीशियों व पैकेटों में रंग-बिरंगी दवाएँ रखी हैं।

बाबू मन्नालाल ब्रीचेज़ व खाकी कमीज़ पहने हैं। कमीज़ पर चमड़े की पट्टी से

बँधा हुआ, अपनी आवाज़ से शेर-चीतों व डाकुओं के दिलों में खौफ पैदा करनेवाला नकली अमरीकन तमंचा झूल रहा है। सर पर काली कलंगीवाली एक अजीब सी हैट है। हैट पर एक बल्ब जलता है, बुझता है, फिर जलता है। उनका चेहरा पहले से अधिक स्वस्थ है और आवाज़ में मँजे हुए पेशेवरों का अभ्यास है। हज़ार बातें कहकर दाएँ-बाएँ खड़े हुए दो पहलवानों की ओर इशारा करके वे फिर कहते हैं :

"तो हाज़रीन, कौन कहता था कि वे दो पिद्दी से इंसान जिनके गाल पिचके थे, आँखें गढ़ों में थीं, पीठ झुकी थी, सीना नदारद था—वे दो इंसान जिनके दिलों में मायूसी थी, जेबों में ख़ुदकुशी करने के लिए ज़हर था, वे दो इंसान इस अक्सीर दवा के इस्तेमाल से इस कदर लहलहा उठेंगे कि उनसे हाथ मिलाते हुए गामा और ज़ेबिस्को भी एक बार सकपका जाएँ!"

भीड़ पर उसका असर जानने के पहले ही बाबू मन्नालाल फिर कड़ककर कहते हैं, "हमारी दवा ने इन लोगों को इंसानियत की बुलन्दी पर लाकर खड़ा किया है। है कोई इस भीड़ में जो इनसे हाथ मिलाए?"

भीड़ चुप है।

फिर एक कड़क, "है कोई!"

भीड़ में कोई नहीं है।

"तब ऐसी दवा के लिए अगर एक शीशी का चार्ज चार रुपया है तो क्या ज़्यादा है? हम बेईमान नहीं। हम दवा नहीं, ज़िन्दगी बेचता है। हम हिमालय की गुफ़ाओं में शेरों की ज़बान निकालकर उसके सत में चीते का कलेजा मिलाता है, जिससे वह दवा बनती है। हम बेईमान नहीं जो एक पैसे की खड़िया में पाव भर पानी डालकर ज़रा-सा लेमनेड घँघोल दें और उसे चार रुपयों में बेच दे। हमने अपना जिस्म गलाया है। कौन कहता है कि हम बेईमान हैं?"

कोई नहीं कहता कि बाबू मन्नालाल बेईमान हैं।

"शर्म लगती हो तो यहाँ नहीं, महावीर के मन्दिर में हम रुका है। पब्लिक वहाँ से दवा ले सकती है। पर शर्म किस बात की?"

शर्म किसी बात की नहीं। कुछ आदमी रुपया निकालते हैं और बिक्री शुरू हो जाती है। फिर खेल ख़त्म होता है।

कुछ हिस्सा पहलवानों को मिलता है, कुछ हिस्सा दलालों को। अपने हिस्से की ताक में चौराहे का सिपाही आता है। कहता है, "होशियार रहना उस्ताद। दीवारों के भी कान होते हैं।"

चूँकि दीवारों के भी कान होते हैं, जिनके पीछे हाथवाले मौजूद हैं, इसलिए उसी शाम कुछ-का-कुछ हो जाता है।

खड़िया मिले पानी को दवा कहकर बेचने व अनेक अन्य प्रकार के अपराधों के

खुलने के सिलसिले में बाबू मन्नालाल हवालात में डाल दिए गए हैं। रात है और बहुत दिन के बाद उन्हें सोचने का अवसर मिला है कि वे पढ़े-लिखे आदमी हैं।

उन्होंने बी. एस-सी. किया और विद्यालय ने उन्हें विज्ञान का कुमार बना दिया। तब भी आइंस्टीन और न्यूटन की परम्परा क्षितिज-सी अस्पृश्य रही।

उन्हें बताया गया था कि शिक्षा-विज्ञान पढ़कर मनुष्य देश की उभरती हुई नव-मानवता के मार्ग को प्रशस्त करता है, वह अज्ञान और अन्धकार पर जिहाद बोलता है, युग को बदलने के लिए नए तत्त्वों का सृजन करता है।

उन्होंने एल.टी. किया। अट्ठावन रुपया मासिक पाया, फिर कुछ नहीं पाया। उन्होंने जिन्हें शिक्षा दी, वे भी उन्हीं रास्तों में भटक रहे हैं जहाँ अब भी बाबू मन्नालाल की बेबसी झलक रही है।

उन्होंने क़ानून पढ़ा। साधारण मानव-समुदाय पर अपनी विद्वत्ता-मुखर दृष्टि फेंककर भाग्य का निर्णय तो दूर रहा, वे उनकी अज्ञानता का संकट तक न दूर कर पाए। वकील होकर भी वे गूँगे की आवाज़ न बन सके। वे ख़ुद अपनी आवाज़ से अनभिज्ञ रहे।

फिर भी विश्वविद्यालयों ने मज़बूत और चिकने काग़ज़ों पर चमकते हुए अक्षरों में लिखकर उनसे बताया, "जाओ, तुम वैज्ञानिक हो, तुम शिक्षक हो, तुम विधानज्ञ हो।"

उन्हें न जाने कितनी शीशियों में अचूक कही जानेवाली दवाएँ मिलीं, पर वे दवाएँ न थीं। वे पानी और खड़िया का निरर्थक घोल भर थीं।

बाबू मन्नालाल की आँखों में विवशता के आँसू आ जाते हैं। बड़े-बड़े वैज्ञानिक, विद्वान, न्यायपति मन में आँधी उठाते हुए आते हैं और आँखों से पानी बनकर निकलने लगते हैं।

और बेहया नींद आकर उनकी आँखें मूँदती है, उनके अंग ढीले कर देती है और उन्हें अपने आँचल में ढाँक लेती है।

उपसंहार

चूँकि अभी अँधेरा है और बाबू मन्नालाल अभी सो रहे हैं, इसीलिए उनकी पलकों का गीलापन तुम नहीं देख रहे हो।

धुँधलके में समाज-सेवा

जज साहब और बहूजी—स्वतंत्र भारत में मेमसाहब का देवनागरी रूप—खाना खाकर 'सौ वर्ष कैसे जियूँ' वाले लेख के अनुसार टहलने निकले थे। ज़्यादा खा गए थे, इसलिए ज़्यादा दूर टहलने निकल गए।

जज साहब माँ आनन्दमयी, पवहारी बाबा, रामशंकर शास्त्री एम.ए. (राजज्योतिषी), डी.के. कश्यप (डाइरेक्टर इंस्टीट्यूट ऑफ योगिक थेरपी), जस्टिस करामत हुसैन, ललितेश्वरी देवी (बेवा और अमीर सास) और उनकी कन्या भुवनेश्वरी देवी (बहूजी) के भक्त थे। खानपान में, कुछ को छोड़कर, सभी चीज़ों से परहेज। महत्त्वाकांक्षा थी कि रिटायर होते ही चुटिया बढ़ाएँगे, धोती और अँगरखा पहनेंगे और गीता का अंग्रेजी अनुवाद करेंगे। बहूजी की चारपाई छोड़कर और कहीं नहीं सोते थे। चेहरा योग और विवाहित आनन्द की चलती-फिरती होर्डिंग, म्यूनिसिपैलिटी जिसकी कोई फीस नहीं लेती थी।

जाड़े की रात के नौ बजनेवाले थे। उन्होंने सिविल लाइन पीछे छोड़ दी और हलवाइयों, पंसारियों, तम्बोलियों, माँ-बहन की गालियों, मरियल कुत्तों, आवारा गायों, ट्रांजिस्टरों पर विविध भारती से फैलती हुई 'मेरी जाँ, मेरी जाँ' की चीखोंवाली सड़क पर आ गए। एक ट्रक—भारतीय सड़कों पर हत्याकांड का थोक विक्रेता—घरघराता हुआ बहूजी के पास से निकल गया। ट्रक और बहूजी के बीच का फसला एक मीटर से ज़्यादा होगा, पर उन्हें अचानक पुनर्जन्म का अहसास हुआ, उसका विश्वास उन्हें पहले से ही था। वे पति से, बिना किसी की सिफारिश के, चिपक गईं। साँस के संयत होते ही बोलीं, "चलो लौट चलें।"

योग और विवाहित आनन्द एक साथ बोला, "एक फर्लांग और चल लें, उस खम्भे तक—वहीं जहाँ लाल तिकोन चमक रहा है। फिर लौट चलेंगे।"

"इन सड़कों पर ट्रकों को न आने देना चाहिए।"

"कल पुलिस कप्तान से कहूँगा। वैसे, शाम को अब छोले मत बनवाया करो, वजनी होते हैं।"

"गर्म पानी से लवणभास्कर चूर्ण ले लेना।"

"दवाएँ सिस्टम को बिगाड़ देती हैं। कल एनीमा ले लूँगा।"

बातचीत में अनजाने ही उनका प्रिय विषय—बदहजमी का इलाज—आ गया था। सड़क को, जो अब वीरान होने लगी थी, सम्बोधित करते हुए उन्होंने कहना शुरू

किया, "सन्तुलित आहार के बिना।"

बहूजी कुछ दूर तम्बोली की दुकान पर बजनेवाले ट्रांजिस्टर से 'मेरी जाँ, मेरी जाँ' की आख़िरी किस्त को तन, मन, प्राणों से सोखती रहीं। वे कह रहे थे, "इसके लिए मयूरासन से अच्छा और कोई आसन नहीं।" 'मेरी जाँ, मेरी जाँ' की प्रतिध्वनि हवा में गूँज रही थी।

"चलो, अब लौट चलें।"

उनके सिर पर, बहुत ऊँचे, लाल तिकोने का विज्ञापन चमक रहा था।

लौटते ही उन्हें फुटपाथ पर किसी की कराह—मन्द सप्तक के धैवत को छूती हुई—सुनाई दी। पर उनकी आत्मा मयूरासन और एनिमा से गुँथी थी, उन्होंने ध्यान नहीं दिया। बहूजी ने लोककथाओं की पार्वती की तरह पूछा, "यह कैसी आवाज़ है?"

योगेश्वर ने जवाब दिया, "मैंने तो कोई आवाज़ नहीं निकाली।"

तब तक दूसरी कराह हुई। उसमें मध्य सप्तक का गन्धार छू गया था। दोनों ठिठक गए। फिर हिचकते-हिचकते वे शब्द के सहारे पदार्थ तक पहुँचे।

पदार्थ एक आदमी था। फुटपाथ पर एक बँगले की चहारदीवारी से सटा हुआ था। खाकी कमीज़ और धारीदार पाजामा पहने हुए। वहाँ के धुँधलके को रह-रहकर लाल तिकोन की चमक ही तोड़ रही थी। बहूजी ने कहा, "हाय, इसके मुँह से तो ख़ून बह रहा है!"

पदार्थ नियमित रूप से एक मिनट में ढाई की दर से कराहें निकाल रहा था। जज साहब ने उसे दूर से देखा और बोले, "इसकी हत्या करने की कोशिश की गई है!" फिर सोचकर कि यह फ़ैसला जल्दबाजी में हुआ है, उन्होंने बात पूरी की, "या क्या पता, घंटे-भर बाद यह हत्या का ही मामला न बन जाए!"

"अस्पताल को एम्बुलेंस के लिए कहीं से फ़ोन कर दें।"

"कायदे से थाने को फ़ोन करना चाहिए।"

दोनों अचकचाकर उसे कुछ देर देखते रहे। वह हिलडुल नहीं रहा था, सिर्फ़ कराह ही उसके ज़िन्दा रहने की दलील थी। अचानक जज साहब तेजी से चल दिए। बहूजी ने कहा, "कहीं से फ़ोन..."

उनके पैरों में कर्ता-कर्म-करण—सभी कुछ ज़ोर मारने लगे थे। चलते हुए बोले, "वही करने जा रहा हूँ। आओ।"

पार्वती शंकर के पीछे चल दीं। उन्होंने कहा, "थाना भी तो पास ही है, वहीं चले चलो।"

"यह कैसे हो सकता है?" शंकर ने बिना मुड़े हुए कहा, "इस कुर्ते-पाजामे में कौन यक़ीन करेगा कि मैं जज हूँ।"

"ठीक है। किसी और जगह से फ़ोन कर लो।"

ये चलते रहे और कहते रहे, "पापा कहते थे, बाथरूम भी अगर मकान से बाहर हो तो वहाँ जाने के लिए टाई ज़रूर लगा लेनी चाहिए।"

“तुम्हें तो पतलून पहनना भी मुसीबत जान पड़ता है।”

सड़क के किनारे एक दुमंजिला इमारत थी। छोटा-सा फाटक, फिर सँकरी-सी लॉन। उसके बाद ही एक रोशनीदार कमरा। अन्दर कई लोग एक साथ बोल रहे थे। सबसे ज़्यादा ऊँची आवाज़ के बोल सड़क पर आकर छिटक गए, “प्लेटो कोई बेवकूफ थोड़े ही था। उसने अपने रिपब्लिक में...”

“जी हाँ, न प्लेटो बेवकूफ था,” दूसरी आवाज़—शायद खलनायक की, “न आप बेवकूफ हैं, बेवकूफ तो मैं हूँ।”

वे फाटक पर हिचके-से खड़े रहे। बहूजी ने साइनबोर्ड पढ़ा—“कार्यालय, नगर... कमेटी...” नगर और कमेटी के बीच राजनीति थी, जिसके आगे 'गन्दी' का विशेषण अपने आप जुड़ जाता है। बहूजी ने कहा, “यहाँ फ़ोन तो होगा ही।”

“ज़रूर होगा।”

“तो यहीं से कर लें।”

इस बार प्लेटो के बारे में एक बड़ा लम्बा वाक्य सड़क तक खिंचकर आया। जब तक जज साहब कमरे में पहुँच नहीं गए, वाक्य खिंचता रहा।

“आप?”

आदमी इस तरह कमरे में फैले थे कि कमरा छोटा और फर्नीचर कम पड़ गया था। उनमें से एक ने उनके बारे में पूछा, “आप?”

कोने में एक मेज़ पर बैठे हुए आदमी ने अपने हाथ का ग्लास एक घूँट में ख़त्म कर दिया और कहा, “मेरी थिसिस ही प्लेटो पर थी जनाब!” फिर उसने भी दोहराया, “आप?”

बहूजी ने कहा, “ज़रा आपके फ़ोन का इस्तेमाल करना है।”

वे चारों उन्हें सन्देह की निगाह से देखते रहे। फिर एक ने, जो पहले बोला था, कहा, “श्रीमानजी, क्या आप बता सकते हैं कि आप कौन हैं, कहाँ फ़ोन करेंगे?”

सवाल का पहला भाग भूलकर जज साहब ने कहा, “ज़रा यहीं थाने को फ़ोन करना है।”

प्लेटो का विद्वान वहीं से चीखकर बोला, “नहीं, मत देना जी इन्हें फ़ोन। हमें थाने से बात नहीं करनी है।”

तीसरे आदमी ने लेटे ही लेटे, बिना मांस का सीना ऊपर उभारकर—जिसे वह गौरव और आत्माभिमान की मुद्रा समझ रहा होगा—कहा, “हम लोग शान्तिप्रिय नागरिक हैं। भाग जाओ जी, हमें थाना-अदालत से क्या लेना?”

उन्होंने कहा, “देखिए, मैं यहाँ सिविल ऐंड सेशंस जज हूँ। ये मेरी मिसेज हैं। हम लोग टहलने आए थे। रास्ते में एक घायल आदमी पड़ा है। उस पर शायद किसी ने हमला कर दिया है। मैं थाने को इत्तला करके उसे अस्पताल भेजना चाहता हूँ। इसमें आप लोगों की मदद की ज़रूरत है।

इस पर चारों आदमियों में तीन तरह की प्रतिक्रिया हुई। प्लेटो के भाष्यकार ने

उछलकर एक तख्त पर बिछे हुए गद्दे की शिकनें मिटाईं और बहूजी की साड़ी खींचकर उन्हें उस पर बैठने के लिए कहा। मांसहीन सीनेवाला आदमी बिस्तर से उठकर खड़ा हो गया और फकीरों की तरह बड़ी बुलन्दी पर जाकर बोला, "आप चाहे जज हों, चाहे फज्ज या भज्ज, मेरी निगाह में तो आप एक लाजवाब इंसान हैं।" उसने आँखें मूँद लीं। कहने लगा, "आप अपनी मिसेज के साथ अजनबी जगहों में एक आदमी की मदद के लिए घूम रहे हैं।" उसने पूरे कमरे से बड़ी प्रभावशाली मुद्रा में कहा, "कोई साला दूसरों के लिए ऐसा कर सकता है?"

प्लेटो के भाष्यकार ने जोड़ा, "वह भी मिसेज के साथ!"

बाक़ी दो आदमी आपस में टेलीफ़ोन को लेकर छीना-झपटी करने लगे। इस पर होड़ थी कि थाने को कौन फ़ोन मिलाता है। एक ने दूसरे के हाथ से फ़ोन छीनकर कहा, "तुम कौन बड़े सिकन्दर हो? मैं करूँगा।" हाथ से फ़ोन के हटते ही दूसरा आदमी एक आरामकुर्सी पर गिर गया। फिर नहीं उठा। वहीं से बड़ी शालीनता के साथ बोला, "कर लो। तुम्हीं कर लो।"

थाने से फ़ोन मिल गया। जज साहब ने रिसीवर लेकर पहले अपना नाम और पता बताया—यह नहीं बताया कि वे कुर्ता-पाजामे में हैं—फिर मौत के मुँह में पड़े हुए एक इंसान का हृदय-विदारक वर्णन करने लगे। कहते रहे, "...हाँ, वहीं। लाल तिकोन के पास। आप लोग जल्द वहीं पहुँच जाइए। एम्बुलेंस भी मँगा लें। मैं भी आ रहा हूँ। जी नहीं, मैं बँगले से नहीं, नगर कमेटी के कार्यालय से बोल रहा हूँ। जी हाँ, जी हाँ..."

प्लेटो का भाष्यकार बहूजी के सामने खड़ा हाथ मल रहा था, "स्कूल की प्रार्थना में कहते थे, 'हम दीन-दुखी निबलों-बिकलों के सेवक बन सन्ताप हरें।' जज साहब बिल्कुल वैसे ही हैं। कौन इस तरह रास्ते में मरते हुए लोगों की सेवा करता है!"

उसे एक भूली बात याद आ गई, "और वह भी मिसेज के साथ!"

वह और नजदीक आ गया। ठर्रे की भभक बहूजी के नथुने में घुसकर एक साथ खोपड़ी और गले को जलाने लगी। उसने विनम्रता से कहा, "अब आपको कुछ करने की ज़रूरत नहीं, आप यहीं रुक जाएँ। ख़ुद हम लोग अब आपकी सेवा करेंगे।"

बहूजी एक झटके से उठीं और कमज़ोर टाँगों पर लड़खड़ाती हुई कमरे के बाहर आ गईं। टेलीफ़ोन पर रिसीवर रखकर जज साहब ने कहा, "थैंक्यू! आप लोगों ने बड़ी मदद की।" वे भी बाहर आ गए।

सहसा प्लेटो के भाष्यकार ने उत्साह से चीखकर कहा, "जी नहीं। मदद की नहीं, बल्कि अब करेंगे।"

युद्ध के लिए ललकारते हुए उसने अपने साथियों से कहा, "चलो भाइयो, हम लोग भी वहीं चलें। जज साहब और उनकी मिसेज़ को हम इस समय अकेले न जाने देंगे। जनता द्वारा जनता के लिए जनता की सेवा ही डेमोक्रेसी है। हम वही करेंगे।" कमरे के दरवाज़े पर आकर बहूजी को ग़ौर से देखा। वे प्रजातंत्र की इस फ़िलॉसफ़ी से उदासीन होकर सड़क पर आ गईं।

वे चारों उनके पीछे-पीछे चल दिए। इस बार बहूजी की चाल इतनी तेज थी कि जज साहब के पाँव उखड़ गए। उनके चारों समर्थक ज़ोर-ज़ोर से बोलते हुए सड़क की पूरी चौड़ाई को घेरकर उनके पीछे चलते रहे। दोनों वर्गों का फासला बराबर बढ़ता जा रहा था।

लाल तिकोन के पास पहुँचने से पहले ही एक सिपाही आता हुआ दीख पड़ा। वह उनके पास से बिना रुके निकला जा रहा था। जज साहब ने उसे रोककर पूछा, "थाने से आ रहे हैं?"

"हाँ। क्या बात है?"

"उस घायल आदमी के लिए मैंने ही फ़ोन किया था। मैं यहाँ सिविल एंड सेशन जज..."

सिपाही ने कुर्ते-पाजामे को पहले अविश्वास से, फिर अश्रद्धा से देखा, एक लुचलुचे हाथ से सैल्यूट किया।

"वह आदमी उधर पड़ा है। पता नहीं, अब तक बचा भी है या नहीं।"

तब तक वे लोग भी आ गए थे। सड़क पर चार छायाएँ स्थिर होने की कोशिश में लहराती रहीं। सिपाही ने कहा, "उस आदमी की आप फिक्र न करें।"

"एम्बुलेंस बुला ली है न?"

"उसकी ज़रूरत नहीं है," सिपाही ने आत्मविश्वास के साथ अपना बायाँ हाथ ऊपर उठाया। एक छोटा, मज़बूत काला डंडा बल्ब की रोशनी में झलका। उसने कहा, "साले को दो हंटर लगाने की भी ज़रूरत नहीं पड़ी। पहले हाथ ही में उठकर भागा। अब तक अपने घर पहुँचकर जंजीर खटखटा रहा होगा।"

बहूजी ने कहा, "यह क्या किया? उसके मुँह से ख़ून..."

"क्या पता? ख़ून भी हो सकता है, पान की पीक भी।"

अचानक प्लेटो के भाष्यकार ने चिल्लाकर कहा, "पिए होगा। उसे दो हंटर मेरी ओर से भी रसीद करने थे। गुंडे सड़क पर आकर..."

लगा, मांसरहित सीनेवाले आदमी की टाँगों से किसी ने हड्डियाँ निकाल ली हैं। वह वहीं फुटपाथ पर टेढ़ा-मेढ़ा होकर फैलने लगा। उसके दूसरे साथी ने उसे खींचते हुए कार्यालय की ओर ले चलने की कोशिश की। जाते-जाते सबके लाभ के लिए उसने एक बहुत सही बात भी कही, "मिरगी की बीमारी बड़ी ख़राब होती है!"

1979

स्वामी से भी ज़्यादा स्वामिभक्त

पुराने नगर प्रशासक के बारे में मशहूर था कि वह पान ज़्यादा खाता है और घूस उससे भी ज़्यादा खाता है। इसलिए सजा के तौर पर उसका तबादला राज्य वित्त निगम के प्रबन्ध निदेशक के पद पर कर दिया गया था। नया प्रशासक उससे भिन्न था। वह पान नहीं खाता था। फिर भी शिकायतों की कमी नहीं हो रही थी, नगर बदइन्तजामी का जंगल बनता जा रहा था, मानो माननीय प्रधानमंत्री की छवि धूमिल करने की कहीं कोई साजिश चल रही थी।

इसलिए नगर विकास मंत्री के पद की शपथ लेते ही वे नगर और नगर निगम के दफ़्तर का आकस्मिक निरीक्षण करने को निकल पड़ते हैं। साथ में सरकारी फोटोग्राफर और ग़ैर-सरकारी होने के बावजूद दो जिम्मेदार पत्रकार।

दफ्तर पहुँचते ही उन्हें एक इंजीनियर, दो उप और तीन सहायक नगर अधिकारी गैरहाजिर मिलते हैं। वे उनकी मुअत्तली का हुक्म देते हैं। इंजीनियर पहले ही मुअत्तल हो चुका है, पर हाईकोर्ट के स्थगन आदेश लेकर अपनी कुर्सी पर कायम है। फाटक के उस पार तम्बोली की दुकान पर पान खाते वक़्त इस नई मुअत्तली की ख़बर पाते ही मंत्रीजी पर न्यायालय की मानहानि का दावा ठोंकने के लिए वह हाईकोर्ट की ओर फुर्र से उड़ चलता है। वहाँ उसे उप और तीन सहायक नगर-अधिकारी पहले से ही मौजूद मिलते हैं, जो अपनी मुअत्तली के ख़िलाफ़ स्थगन आदेश लेने आए हैं।

इधर मंत्री को अपने कमरे में घुसते देखकर नगर प्रशासक निरीक्षण की आकस्मिकता पर उम्दा किस्म की हैरत ज़ाहिर करता है। वे धाकड़ी से कहते हैं, "ह्याँ कोई डिसिप्लिन नहीं है। सभी ग़ैरहाजिर हैं। आपका प्रशासन बिल्कुल रद्दी है। पूरा शहर सड़ाँध और गन्दगी से बजबजा रहा है, घूरा बन गया है।"

उन्हें आदर से कुर्सी पर बैठाते हुए नगर प्रशासक कहता है, "आप ठीक कहते हैं, सर! मुझे पुराने प्रशासन से यही घूरा विरासत में मिला है, पर हमारा भरसक प्रयास होगा कि इसका कायाकल्प कर इसे इक्कीसवीं सदी के मॉडल टाउन के रूप में..."

इक्कीसवीं सदी का शाबर-मंत्र सुनते ही मंत्रीजी ठिठकते हैं। आगे बातचीत कुछ इस तरह होती है :

मंत्रीजी : सारे शहर में सीवर रुँधे हुए हैं, मेनहोल खुले पड़े हैं, सारी गन्दगी बाढ़ के पानी के साथ...

प्रशासक : सर, सीवर की समस्या विषम है। यह तीन लाख की आबादीवाले

शहर के लिए बनाया गया था, पर आबादी अब 13 लाख हो गई है और इक्कीसवीं सदी के आने तक 21 लाख हो जाएगी। हमने नए सीवर के लिए 50.37 करोड़ की योजना विश्वबैंक की स्वीकृति के लिए भेजी है, जिसमें जापान और इटली की नवीनतम टैक्नोलाजी होगी। एक दूसरी योजना...

मंत्रीजी : सड़कों पर कूड़े के ढेर लगे हैं। आपका स्टाफ क्या करता है?

प्रशासक : सर, अभी हमारी पुरानी कूड़ागाड़ियाँ और स्टाफ प्रतिदिन दस घंटे काम करके तीन दिन में सिर्फ़ पाँच हजार टन कूड़ा हटा सकते हैं, जबकि नगर में उसका उत्पादन तीस हज़ार टन प्रति सप्ताह की दर से हो रहा है। हमने नगर की कूड़ा सम्बन्धी क्षमता को देखकर अगली पंचवर्षीय योजना में जो प्रावधान किए हैं और जिस वाशिंगटन-पैटर्न को अपनाया है...

मंत्रीजी : यह सब छोड़िए, पानी का क्या हो रहा है? पश्चिमी मुहल्लों में तीन दिन से एक बूँद पानी नहीं आया है और आप बँगले में पड़े सो रहे हैं।

प्रशासक : यह समस्या भी, सर, पिछले प्रशासन की गैरदूरन्देशी का नतीजा है। विश्व-स्वास्थ्य संगठन, केन्द्रीय मंत्रालय और राज्य योजना आयोग की एक टीम के सर्वे के आधार पर जो योजना हमने बनाई है, उससे अगले सात साल में हम 12 लाख गैलन अतिरिक्त क्षमता...

मंत्रीजी : बस योजना! योजना!

प्रशासक : और सर, जहाँ तक मेरे बँगले की बात है, इस वक़्त मेरा कोई सरकारी बँगला नहीं है। प्रशासक निवास के लिए अगले वर्ष 12.42 लाख रुपए का प्रावधान हुआ है। निवास बन जाने पर प्रशासकीय कुशलता में 35.7 प्रतिशत की वृद्धि सम्भावित है।

मंत्रीजी : सड़कें इतनी टूटी-फूटी हैं! चीफ़ इंजीनियर को तुरन्त मुअत्तल कर दीजिए।

प्रशासक : सर, चीफ़ इंजीनियर का तो पद खाली है, लोकसेवा आयोग अगले मास तक उसके लिए विज्ञापन निकालनेवाला है। सड़कों के लिए 123 करोड़ की योजना ऊपर भेजी गई, जिससे...

मंत्रीजी : यह रुपया मिल भी गया, तो आपके यहाँ के भ्रष्टाचार...

प्रशासक : सर, भ्रष्टाचार का सवाल ह्यूमन रिसोर्सेज, प्लानिंग और मॉरल क्लाइमेट का है। यह आज एक विश्वव्यापी समस्या है। फिर भी हमने एक उच्च-स्तरीय समिति गठित की है।

मंत्री अब खड़े होकर चीखते हैं, "शटअप, मैं शहर की मौजूदा समस्याओं की बात कर रहा हूँ और तुम अपनी अगली योजनाओं के बारे में टेलीविजन की ख़बरों की तरह मुझे आँकड़े देते चले जा रहे हो!"

प्रशासक कहता है, "सर, टेलीविजन की ख़बरों का बड़ा महत्त्व है। वे हमें वर्तमान समस्याओं और भविष्य के भारत का सच्चा परिचय देती हैं। सच तो यह है कि मैं उन्हीं से आज तक इस नगर के भविष्य-निर्माण की प्रेरणा लेता रहा हूँ। पर आज से

उसमें आपका बहुमूल्य मार्गदर्शन भी जुड़ गया है। अब हमारे नागरिकों को विश्वास हो जाना चाहिए कि हम इस नगर को अपने युवा प्रधानमंत्री के नेतृत्व में इक्कीसवीं सदी की ओर लिये जा रहे हैं..."

जिम्मेदार पत्रकार इसे नोट करने लगते हैं, तभी दरवाज़े से कॉफी और काजू का प्रवेश होता है।

नवम्बर, 1985

पंडित, ठाकुर, लाला, बाबू, मुंशी आदि

जब प्रधानमंत्री राजीव गांधी भूतपूर्व प्रधानमंत्री जवाहरलाल नेहरू के लिए 'पंडितजी'-'पंडितजी' की रट लगाते हैं तो यक़ीन मानिए, वे एक अत्याधुनिक इक्कीसवीं सदी में नहीं, सिर्फ़ एक चुनाव-वर्ष में प्रवेश कर रहे होते हैं—चुनाव-वर्ष, जिसमें ब्राह्मणों को याद दिलाना होता है कि पंडितजी भले ही विलायत में पढ़े हों, कढ़े वे ब्राह्मण-परिवार से ही थे। पर यह सोचना राजीव गांधी के साथ ज़्यादती होगी कि जवाहरलाल नेहरू को पंडित उन्होंने बनाया है। उन्होंने सिर्फ़ इतना किया है कि सार्वजनिक रूप से वे नाना कहकर उनका बार-बार बखान नहीं करते। मसलन वे संसद में 'जवाहर रोजगार योजना' की घोषणा करते हैं, उसे 'नाना रोजगार योजना' नहीं कहते।

इसके विपरीत कुछ ही दिन पहले वे 'इन्दिराजी' न कहकर लोकसभा में उन्हें माँ की हैसियत से याद करते रहे, उस दिवंगत माँ की याद करते रहे जिसके वे एकमात्र बचे हुए पुत्र हैं। प्रसंग दुखद है पर जो बात उभरकर आती है वह यह है कि वोट की ज़रूरत पड़े तो नाना को पंडितजी कहकर सम्बोधित करो और पिछली प्रधानमंत्री इन्दिरा गांधी को 'माँ' कहकर याद करो। एक ही साँस में बाज़ाव्ता सरकारी तंत्र बन जाओ, उसी के साथ घरेलू बालक भी।

पर यहाँ मुझे मौजूदा प्रधानमंत्री के बारे में कुछ और नहीं कहना है, उनका जिक्र तो 'पंडितजी' के प्रसंग में आ गया था और यहाँ बात पंडित, ठाकुर, लाला, बाबू, मुंशी आदि की हो रही है। यह सभी जानते हैं कि जवाहरलाल नेहरू के आगे 'पंडित' बहुत पहले से, अंग्रेजों के वक़्त से ही लगा चला आ रहा है। कैम्ब्रिज के इस विलायती रंग के साहब को 'पंडित' चिढ़ाने के लिए नहीं कहा जाता था, यह अंग्रेजों द्वारा भारत में अपनाई गई तहजीब और शिष्टाचार का अंग था।

शिष्टाचार यह था : सार्वजनिक जीवन में सभी महत्त्वपूर्ण लोगों को उनकी जाति के हिसाब से सम्मानसूचक शब्द दो, ब्राह्मण के लिए पंडित, राजपूत के लिए ठाकुर, कायस्थ के लिए बाबू और कहीं-कहीं मुंशी, बनिया के लिए लाला। शूद्रों और पिछड़ी जातियों के लिए इस सबकी ज़रूरत नहीं थी, क्योंकि सार्वजनिक जीवन में उनकी ख़ास गिनती नहीं होती थी, और कभी ज़रूरत पड़ जाए तो 'बाबू' से काम चला लिया जाता था—जैसे, 'बाबू' जगजीवन राम।

पुराने नेताओं के नाम के आगे 'श्री' या 'मिस्टर' की जगह कुछ-न-कुछ चिपका ही रहता था। 'पंडित' मदनमोहन मालवीय, 'चौधरी' चरणसिंह, 'ठाकुर' हुकुमसिंह,

'बाबू' राजेन्द्र प्रसाद, 'बाबू' जयप्रकाश नारायण, 'लाला' लाजपत राय। उसी परम्परा में जवाहरलाल नेहरू भी, जो ब्राह्मण कहे जाने और पाँव छुए जाने पर गजों उछलते थे, पंडित होकर रह गए और इस कदर पंडित हुए कि उनका नाती आज उन्हें बिना झिझक पंडित कहता है।

यह शिष्टाचार सिर्फ़ राजनेताओं, वकीलों, डॉक्टरों आदि तक ही सीमित न था। (वैसे व्यावसायिक जीवन में डॉक्टर लोग पंडित, लाला, बाबू आदि कहलाने से बच जाते थे—उनके नाम के आगे 'डॉ.' की चिप्पी लगकर उनकी जाति के सम्मानसूचक उल्लेख को बचा लिया जाता था।) यह शिष्टाचार साहित्य, शिक्षा, कला के क्षेत्र में प्रतिष्ठित व्यक्तियों पर भी चिपकता था, 'पंडित' महावीरप्रसाद द्विवेदी, 'बाबू' श्यामसुन्दर दास, 'ठाकुर' गोपालशरण सिंह, 'लाला' सीताराम 'भूप' और अन्त में—पर सबसे प्रथम—'मुंशी' प्रेमचन्द।

आज भी हम उन्हें मुंशी प्रेमचन्द के नाम से याद करते हैं। यह और बात है कि यह चिपकू शिष्टाचार उनकी सन्तान पर लागू करते हुए उनके पुत्रों को हम मुंशी श्रीपतराय या मुंशी अमृतराय नहीं कहते, वैसे ही जैसे कि राजीव गांधी भले ही जवाहरलाल नेहरू को 'पंडितजी' कहें, हम ख़ुद उनको 'बाबू राजीव गांधी' नहीं कहेंगे।

साहित्यकारों और कलाकारों आदि पर ही नहीं, यह शिष्टाचार सरकारी सेवाओं में भी लागू होता था। उसमें अपवाद भी थे, पर बिना अपवादवाली सेवाओं के अफ़सरों की सूची—सिविल लिस्ट—अपने आप में एक पठनीय सामग्री होती थी। 1949 में, जब मैं राज्य की सिविल सर्विस में प्रविष्ट हुआ, तो मेरे उन वरिष्ठों की पुरानी सूची, जो आई.ए.एस. में जाने से छूट गए थे, एक विचित्र जन्तु-उद्यान का रजिस्टर जैसी दीखती थी : पंडित रामकृष्ण त्रिवेदी, बाबू महावीरशरन दास, ठाकुर जयकीरत सिंह आदि। पर वे सारी सूचियाँ आज़ादी के पहले की थीं। आज़ादी के बाद इन नामों के आगे का यह चिद्द-शिष्टाचार समाप्त हो गया था और मैं सरकारी रिकॉर्ड में पंडित श्रीलाल शुक्ल होते-होते बच गया था।

अब अपवादों पर आइए। सरकारी सेवाओं में पहला अपवाद अखिल भारतीय सेवाओं का था। अगर आप आई.सी.एस. या आई.पी.एस. आदि हैं तो आपको पंडित, बाबू, लाला आदि होने की ज़रूरत नहीं है। यह मान लिया गया कि आई.सी.एस. होते ही आप पंडित, लाला आदि का नाका पार कर गए। तभी एक भाई बी.पी. बागची, आई.सी.एस. हो तो दूसरा भाई पंडित गौरीप्रसाद बागची, डिप्टी कलेक्टर हो सकता था।

दूसरा अपवाद मुक़दमेबाज और अपराधीगण थे। अदालत में न कोई पंडित था, न बाबू—मुक़दमेबाज की हैसियत से आपका नाम ही आपका सहारा था, वह भी ज़्यादातर भ्रष्ट, अशुद्ध और ख़ुर्दरी आवाज़ से पुकारा जाता हुआ।

तीसरे अपवाद के पीछे के तर्क को समझाना कुछ मुश्किल है। यह चिपकू शिष्टाचार मुख्यतया उत्तर भारत की उपज थी—उत्तर प्रदेश (तब का संयुक्त प्रान्त), बिहार, मध्य प्रदेश, पंजाब आदि प्रान्तों तक की, सीमित। महाराष्ट्र (तब बम्बई या बृहत्तर बम्बई)

इस शिष्टाचार से अछूता था, तभी बाल गंगाधर तिलक के आगे 'पंडित' की मजबूरी कभी नहीं चिपकी, बी.बी. खेर, मुरारजी देसाई, एस.के. पाटिल—ये सब उस इल्लत से अछूते निकल गए जो लाला लाजपतराय से लेकर पंडित जवाहरलाल नेहरू के आभिजात्य की अलम्बरदार थी।

दक्षिण के प्रान्त तो बिल्कुल अछूते रहे। चक्रवर्ती राजगोपालाचार्य, पट्टाभि सीतारमैया, के. कामराज आदि को क्या पंडित या बाबूवाले खिताब के साथ सोच सकते हैं? कुल मिलाकर यह शिष्टाचार उत्तर भारत की सांस्कृतिक सम्पदा बनकर रह गया।

ऐसा क्यों था? इसका जवाब तो विज्ञ इतिहासकार या समाजशास्त्री ही दे सकते हैं। मैं सिर्फ़ अन्दाजा लगा सकता हूँ। 1857 के गदर का असली और तीखा प्रभाव उत्तर भारत में ही पड़ा था। साम्राज्यवादी सत्ता को इस क्षेत्र में अब भी ख़तरा मालूम हो सकता था। तभी उत्तर भारत में ऐसे कई बारीक तरीक़े अपनाए गए जो लोगों में सामूहिक चेतना का विकास होने से रोकें।

पंडित, बाबू, लाला, मुंशीवाला यह ख़ूबसूरत शिष्टाचार कहीं उन्हीं तरीक़ों में से तो नहीं था? ऐसा तो नहीं कि सभी उल्लेखनीय व्यक्तियों को एक बृहत्तर और संगठित समाज की व्यापक अवधारणा से दूर रखने के लिए उन्हें पंडित, ठाकुर, बाबू, लाला आदि से बाँटकर क्षुद्र जातिगत हितों को उभारने की एक बड़ी सभ्यतापूर्ण कोशिश की गई?

और उसी माहौल में मौजूदा प्रधानमंत्री के परनाना मिस्टर नेहरू से पंडित मोतीलाल नेहरू बन गए और बीसवीं सदी में कैम्ब्रिज से लौटे हुए उनके नाना भी अपनी खरी साहबियत के बावजूद 'पंडित' की उपाधि से विभूषित हो गए। पता नहीं यह उपाधि थी या व्याधि, पर जिस इत्मीनान से इसे आज भी उछाला जा रहा है, उससे लगता है कि पंडित, ठाकुर, चौधरी, बाबू, लाला, मुंशी आदि इस समय भी हमारे लिए उतना ही सहज है जितना नई टेक्नालॉजी, समाजवाद के सिद्धान्त और एक वर्गहीन-जातिहीन समाज के सपने।

आप आदर्शवाद के धक्के से उत्पन्न पवित्र क्रोध के साथ सोच रहे होंगे कि मैं भी जाति-पाँति के किस टुच्चे प्रसंग को उभार रहा हूँ। पर यह न भूलिए कि यह चुनाव-वर्ष है, जिसमें सभी राजनीतिक दल जाति-वर्ग-हीन समाज का पुरजोर दावा कर रहे हैं और उसी के साथ हमारे चारों ओर जाति-पाँति के टुच्चेपन की घेराबन्दी करने की तैयारी में भी हैं। तब कुछ देर के लिए थमकर पंडित, लाला, ठाकुर, बाबू, चौधरी, मुंशी की संस्कृति पर गौर कर लेना शायद हमारे लिए नुकसानदेह न होगा।

2 मई, 1989

पूड़ी-सब्जी प्रोग्राम, श्रीराम भक्ति, आलू आदि

लखनऊ, 14 अक्तूबर, 1984 : श्रीराम-जन्मभूमि-मुक्ति यज्ञ समिति की विराट रथ-यात्रा में, जो बिहार की सीतामढ़ी नगरी से शुरू हुई थी, लगभग तीन लाख भक्तगण स्थानीय बेगम हजरतमहल पार्क में समवेत हुए। वहाँ, ख़बर है, स्थानीय मेडिकल कॉलेज के पाँच सौ छात्र बजरंग दल में भर्ती हुए। चिकित्सकों का बजरंगबली से पुराना रिश्ता है। एक तो बजरंगबली ख़ुद परम चिकित्सक हैं। (प्रमाण : नासै रोग हरै सब पीरा।) दूसरे, द्रोणाचल को कटोरा जैसा बनाकर संजीवनी लाने के वक्त से उनका चिकित्सकों से फिजीशियन-फार्मेसिस्ट सम्बन्ध कायम हो गया है।

यही वजह हो या कोई और, इस महायज्ञ में जिन ख़ास लोगों ने हिन्दू जाति को हिन्दुत्व से हिंध्वनित किया उनमें मेरे डॉक्टर दोस्त भी थे जो कैंसर रोग की एक संगोष्ठी से संगोष्ठित होकर लौटे थे। कल तक वे कैमोथेरपी, रेडिएशन, सर्जरी आदि की निर्झरी बहा रहे थे, आज वे राम को बँधुवा हालत से मुक्ति दिलाने की युक्ति कर रहे थे। सीतामढ़ी जिस बिहार में है, वहाँ के बँधुआ मज़दूर पंजाब तक फैले हैं, पर उन्हें मुक्त कराने का काम बीस-सूत्रीय पंसारियों का है, उनका नहीं—ऐसा डॉक्टर ने कहा। यह भी : "हमारा काम तो श्रीराम को अयोध्या में बाबर की बर्बर कैद से मुक्त कराने का है।" उनकी बातें सुनकर और इस विराट, भव्य, दिव्य आदि-आदि आयोजन के सव्य-अपसव्य नारों से चौंधियाकर मैं कुछ देर के लिए मोहाविष्ट हो गया।

बाद में, जब तीन लाख नर-नारी समूह कुछ छोटे-छोटे खंडों में बँटकर, पी.एस. प्रोग्राम—यानी पूड़ी-सब्ज़ी के पैकेट लिये इधर-उधर बैठा था, डॉक्टर ने पूछा, "कैसा लगा?" मैंने पूछा, "क्या?" "मेरा व्याख्यान?" मैंने कहा, "ओजस्वी था।" वे कुछ और सुनना चाहते हैं, सोचकर मैंने फिर कहा, "तंत्र-साधना में कुछ साधक मुर्दे की पीठ पर जप करके कुछ ऐसी सिद्धि पा लेते हैं कि मुर्दा पलटकर अपना मुँह आसमान की ओर कर लेता है। आप ऐसे ही महान साधु हैं, मथुरा में कृष्ण जन्मभूमि की ईदगाह और वाराणसी में बाबा विश्वनाथ की निकटवर्ती मस्जिद के लिए अभियान चलाकर आप पेट के बल पड़े इतिहास के मुर्दे को पलटकर चित करने जा रहे हैं।"

वे बोले, "आप व्यंग्य कर रहे हैं।" मैंने कहा, "मैं सीधी बात कर रहा हूँ। मुझे व्याख्यान से डर लग रहा है।" उन्होंने कहा, "आपमें जातीय गौरव का बोध नहीं है।" मैंने कहा, "बिल्कुल नहीं, पर कैंसर के बारे में डॉक्टर होकर भी आपको जो जानकारी नहीं, वह मुझे है।"

वे मेरी मूर्खता पर हँसे। मैंने कहा, "कल आप मुँह के, ओरल कैविटी के कैंसर की बात कर रहे थे। आप नहीं जानते कि वह दो किस्म का होता है, एक तो जीभ यानी जिह्नामूल का कैंसर जो सिर्फ़ रोगी की जान लेता है, दूसरा जीभ यानी वाणी का कैंसर, जिससे रोगी मरे या न मरे, दो-चार हज़ार तो कभी भी मर सकते हैं। यहाँ मुझे इस दूसरे कैंसर के कई रोगी दिखाई दे रहे हैं।"

मेरी इस मनोरंजक बात पर डॉक्टर की हँसी ख़त्म नहीं हो पाई थी, तभी मुझे कुछ परिचितों ने पकड़ लिया। वे परिचित ही क्या जो आपकी भावनाओं से पूर्णत: अपरिचित न हों और अपने सुपरिचित आग्रहों को आप पर ठेल न रहे हों? "अहा! आप भी यहाँ हैं! इतने बड़े लेखक, ऐसे विद्वान! आपको हमारे बीच कुछ कहना भी पड़ेगा।"

डॉक्टर मित्र बदला निकालना चाहते होंगे : "अब इस समूह में आपको बोलना तो पड़ेगा ही," उन्होंने शह दी। हज़ार-बारह सौ की भीड़ के आगे एक अस्थायी मंच बन गया। रामभक्त डॉक्टर के विख्यात लेखक मित्र बोलने को खड़े हो गए।

मैंने श्रोताओं को देखा। कुछ बाबा, कुछ बाबू, पर ज़्यादातर खरीफ की कटाई और रबी की बुवाई छोड़कर आए हुए खेतिहर। दसों दिशाओं में श्रीराम की हवा बह रही थी, और उनकी कृपा या मेरी समझ या उसका अभाव देखिए खेतिहरों को देखते ही मेरे दिमाग़ में खेती लहलहाने लगी। मैंने कहा, "भाइयो, और ख़ासतौर से किसान भाइयो, भवपाश से जो हम सबको मुक्ति दिलानेवाले हैं, उन्हें मुक्ति दिलाने की चिन्ता छोड़ो, यह वक़्त बड़ा क़ीमती है, रबी की बुवाई का है। मेरी सलाह है कि यहाँ से वापस जाकर तुम आलू की खेती पर विशेष ध्यान दो। आलू बड़ा गुणकारी होता है। कानपुर कृषि विश्वविद्यालय इस पर एक गोष्ठी करने जा रहा है। इसे गेहूँ, तम्बाकू, तिलहन आदि के साथ भी बोने की पद्धति निकाली गई है। जहाँ तक आलू के उन्नतिशील बीज की बात है..."

तभी एक सड़ा आलू मेरी छाती पर ढेले की तरह लगा। मैंने कहा, "अगर आलू की चर्चा आपको अच्छी न लगे तो मैं गन्ने की बुवाई की पद्धति भी बता सकता हूँ।" पर तब तक मेरे ऊपर होनेवाली आलू-वर्षा कुछ और तेज हो गई थी। आलू का बीज उन्होंने शायद पहले ही ख़रीद लिया था।

नवम्बर, 1984

दूरदर्शन का जीवन-दर्शन

क्या आपने किसी मिनिस्टर को रिश्वत लेते देखा है? मैंने तो देखा है...

...दूरदर्शन पर 'यह जो है ज़िन्दगी' के एक घटनाक्रम में। वहाँ एक मिनिस्टर को रिश्वत लेते देखकर मजा आ गया, अब दूसरे घटनाक्रम में मुझे एक ऐसे ही चीफ़ मिनिस्टर का इन्तज़ार है और तीसरे में—परम् शान्तम् पापम्। इसकी ज़रूरत नहीं होगी। अपने अनेक सीरियलों में दूरदर्शन रिश्वतखोरी और धाँधलेबाजी की इतनी तफसील दे चुका है और वे इतने रोचक हैं कि अब उसे एक भयानक सामाजिक व्यवस्था मान सकते हैं। डी.डी.टी. के निरन्तर प्रयोग से जैसे मच्छर, वैसे ही इन नाट्य प्रयोगों से भ्रष्टाचार के मामले में हमारे मन निर्द्वन्द्व रहने लगे हैं। आगे चलकर उसे हम ज़िन्दगी की एक साहसपूर्ण पद्धति-भर मान लेंगे, जैसे कुछ नौजवान फ़िल्मों में बार-बार बलात्कार के दृश्य देखकर उसे प्रेमक्रीड़ा का एक पुरजोश तरीक़ा-भर मानने लगे हैं।

दूरदर्शन द्वारा अपनाई गई इस भंडाफोड़वादी नीति का एक और भी फायदा है। इससे विरोध की राजनीति का गुब्बारा पिचकने लगा है। प्रतिपक्ष और बुद्धिजीवी अब भ्रष्टाचार की कहानियाँ किसे सुनाएँ? जनता को? उसे तो दूरदर्शन पहले ही सुना चुका है। सरकार को? उसे तो पहले ही से सब कुछ मालूम है और वही तो है जो जनता को यह सब सुनवा रही है।

तब प्रतिपक्ष को और विरोधी पत्रकारों और बुद्धिजीवियों को क्या करना चाहिए? उन्हें दूरदर्शन ही की 'रजनी' के हाथ मज़बूत करने चाहिए, दरअसल, दूरदर्शन के दर्शनशास्त्र के अनुसार, अब राष्ट्रीय जीवन की हर एक बुराई दिखाने का काम सरकार का है, उससे जाकर टकराने और उसे मिटाने का काम रजनी का है और उस पर 'वाह-वाह' और 'मुकर्रर इरशाद' कहने का काम प्रतिपक्ष और बुद्धिजीवियों का है।

रजनी भी क्या अजीब चीज़ है! बिना तलवार और घोड़े की बिल्कुल कलंकी अवतार! सिर्फ़ कातिलाना निगाह और बर्छी जैसी जबान के सहारे वह हर किस्म की धाँधली को चन्द मिनटों में चित्त कर देती है। उसकी ललकार के आगे कोई-न-कोई पुलिस अफ़सर, ड्रग-कंट्रोलर, शिक्षा-निदेशक दुम हिलाता हुआ उसकी मदद के लिए पीछे चल देता है। इसलिए, रजनी की कामयाबी देखते हुए उससे अब कुछ और बड़े काम क्यों न कराए जाएँ, जैसे :

घटना-1 : शाम का वक़्त, घुमड़ती घटाएँ। रजनी का जमूड़ा, यानी उसका पति उसके साथ अँगरेजी शराब की दुकान पर व्हिस्की की बोतल ख़रीदने जाता है।

वहाँ पहुँचते ही रजनी को बीस-पचीस लाशें बिछी मिलती हैं। उसे पता चलता है कि ये मौतें दुकान से बेची गई नकली और जहरीली शराब से हुई हैं। रजनी उसी वक़्त नकली शराब की बिक्री के ख़िलाफ़ आन्दोलन छेड़ देती है, जनता उसके पीछे खड़ी हो जाती है। वह दुकानदार को गिरफ़्तार कराने के लिए चौराहे के सिपाही को सीटी बजाकर बुलाती है। पर उसके पहले दुकानदार रजनी के पाँव पकड़ लेता है, उसकी स्तुति करता है और क्षमा माँगने लगता है। रजनी आगे के लिए उससे असली शराब बेचने का वादा लेकर उसे माफ़ कर देती है, पर कहती है, "इन हत्याओं के लिए तुम्हें जेल जाना ही पड़ेगा।"

दुकानदार जवाब देता है, "इसकी आप फिक्र न करें, इनके मुँह में मैं जैसे ही असली शराब डालूँगा, ये उठकर खड़े हो जाएँगे।"

घटना-2 : खूँख्वार गुंडों के एक गिरोह, यानी माफिया का बाज़ार में आतंक छाया है। वह होटल और सिनेमावालों, दुकानदारों आदि से तगड़ी माहवारी वसूल करता है और घूस लेनेवाले कुख्यात हाकिमों तक से हिस्से लेता है। जो उनकी माँग से इनकार करता है, उसके कान-नाक काट लिये जाते हैं। एक होटलवाले की फरियाद पर रजनी तमतमाकर एस.पी. से मिलने जाती है, फिर उसके लिबलिबपन से चिढ़कर आई.जी. पुलिस से मिलती है और यह जानकर कि माफिया सरदार को एक मंत्री की शह मिली है, मंत्री पर धावा बोल देती है। मंत्री टालमटोल करता है। पर जैसे ही रजनी कहती है कि मैं रजनी-वजनी नहीं, असल में मैं प्रिया तेन्दुलकर हूँ और अभी प्राइम मिनिस्टर से मिलकर आई हूँ और अभी वापस जाकर उनके आगे तुम्हारी पोल खोलती हूँ तो वह घबराकर माफिया सरदार को बुला लेता है। सरदार आते ही रजनी के आगे हाथ जोड़कर अहिंसावादी बन जाता है और वादा करता है कि बहनजी, भविष्य में मैं दुकानदारों से उतने ही प्रेम से रुपया वसूलूँगा, जितने प्रेम और आत्मीयता से हमारी पार्टी मिल-मालिकों से चुनाव का चन्दा लेती है।

घटना-3 : ट्यूनिशिया में फिलिस्तीनी मुक्ति संगठन के कैम्प पर इस्राइल की बमबारी के ख़िलाफ़ हमारे प्रधानमंत्री का वक्तव्य पढ़ते ही रजनी पहले अमरीका के राष्ट्रपति रेगन के पास जाकर उन्हें फटकारती है, फिर उनसे निराश होकर भारत के प्रसिद्ध पुलिस अफ़सर और गुजरात के डी.जी.पी. रिबेरो को साथ लेकर इस्राइल के प्रधानमंत्री से मिलने का फैसला करती है। रिबेरो उसे आतंकवाद के ख़िलाफ़ शानदार कामयाबी पानेवाले पंजाब के गवर्नर अर्जुनसिंह को अपने साथ ले जाने का सुझाव देते हैं।

अब इस एपिसोड में किस चमत्कार से रजनी ने इस्राइल पर अपनी नैतिक दिग्विजय प्राप्त की, इस खोज का काम मैं 'रजनी' के लोकप्रिय निर्देशक बासू चटर्जी के लिए छोड़ रहा हूँ।

नवम्बर, 1985

जीती-जागती सरकार का एक हसीन सपना

हाईस्कूल और इंटरमीडिएट की परीक्षाओं में छुटपुट घटनाओं को छोड़कर, नकल नहीं होती। खुलेआम नकल होने की बात विपक्षी दलों का कुप्रचार-भर है। कुछ ऐसी ही धारणा व्यक्त की उत्तर प्रदेश की शिक्षामंत्री ने। कुछ दिन पहले। विधान सभा में। और यक़ीन कीजिए, वे ख़ुद प्राध्यापिका रही हैं, कॉलेज की प्रिंसिपल भी। पर शायद वह 'हमारे ज़माने में ऐसा होता था' वाला ज़माना था। या शायद 'मूँदहु आँखि कतहुँ कोऊ नहीं।'

माननीया शिक्षामंत्री ने जो कहा, या जो कहना चाहा, उसका सारांश है : उत्तर प्रदेश में लगभग बीस लाख छात्र हाईस्कूल और इंटर की परीक्षाओं में बैठते हैं। उनमें कुल बीस हज़ार छात्र नकल करते या गलत तरीक़े अपनाते हुए पकड़े गए हैं। मुश्किल से इनकी संख्या कुल परीक्षार्थियों की एक प्रतिशत है। यह तो कुछ भी नहीं हुआ। इसे आप खुलेआम नकल कहना चाहेंगे?

हरगिज नहीं, वैसे ही जैसा कि बलात्कार के मामले में विरोधी दल और प्रेसवाले कुप्रचार कर रहे हैं। कहा जाता है कि पिछले वर्ष बलात्कार के मामलों में उत्तर प्रदेश को पूरे भारत में प्रथम स्थान पाने का गौरव मिला। लगभग पन्द्रह सौ मामले थानों में दर्ज किए गए। शिक्षामंत्री की तरह एक-दूसरी सम्मानित महिला, राज्य की गृहमंत्री अगर चाहें तो यह जवाब दे सकती हैं।

उत्तर प्रदेश में महिलाओं की संख्या साढ़े पाँच करोड़ से ऊपर है। उनमें ग्यारह साल से नीचे और पचपन साल से ऊपर की महिलाओं को छोड़ दिया जाए तो बलात्कार के ख़तरे में लगभग तीन करोड़ महिलाएँ आती हैं। इस दशा में बलात्कार के पन्द्रह सौ मामले मुश्किल से .0002 प्रतिशत होते हैं, इनका होना या न होना बराबर है।

यानी, संसार में सब ठीक-ठाक चल रहा है और भगवान शेषशैया पर निश्चिन्त होकर शयन कर रहे हैं सारे सरकारी आँकड़े घुमा-फिराकर आपको यही समझा रहे हैं।

अब शिक्षामंत्री की चापलूसों से चुसी, आँकड़ों से उलझी, वातानुकूलित दुनिया को छोड़कर हकीकत के धूल-धक्कड़ में आइए। हाईस्कूल या इंटरमीडिएट के किसी परीक्षा-केन्द्र पर चलिए। दूर जाने की ज़रूरत नहीं, राजधानी के पास इंटौजा, गोसाईंगंज, मोहनलाल गंज या निगोंहा—या लखनऊ छावनी से सटा तेलीबाग़, जिसे हाल में अख़बार

नकली शराब और तस्करी के धन्धे के नाम पर प्रसिद्ध बना चुके हैं।

पर यह नजारा देखने के पहले नकलची सम्प्रदाय की बोली समझ लीजिए, तीन शब्द जान लेना काफी होगा : (1) 'वार्ड' या 'कंडीडेट', अर्थात् वह लड़का या लड़की जिसे परीक्षा-केन्द्र में ड्यूटी पर तैनात कोई होमगार्ड, सिपाही, दारोगा, अध्यापक, नेता या गुंडा ख़ास दिलचस्पी दिखाकर केन्द्र-व्यवस्थापक या कक्ष-नियंत्रक की मदद से नकल कराके पास कराना चाहते हों, (2) 'मैटर' अर्थात् कोई किताब, उसका फटा हुआ पन्ना, कोई काग़ज़ या कोई और सामग्री जिससे प्रश्नपत्र के उत्तर नकल करके उतारे जा सकते हों और (3) चर्म-कर्म : यह अर्ध-अश्लील शब्द दारोगा, सिपाही, कक्ष-नियंत्रक आदि की उस लालसा को प्रकट करता है जिसके ज़ोर से वे किसी परीक्षार्थी लड़की या लड़के की शारीरिक आसक्ति के कारण उसे पास कराने के लिए सारी शर्मो-हया छोड़कर खुलेआम मैदान में उतर पड़ते हैं।

परीक्षा-केन्द्र पर बँटनेवाला पर्चा—अगर सात बजे परीक्षा शुरू होती है—साढ़े छः बजे खुल गया है। उसकी एक प्रति तत्काल लगभग दो सौ मीटर दूर एक इमारत में पहुँच चुकी है जहाँ एक या दो विद्वान जल्दी-जल्दी उसका हल तैयार करने को तैयार बैठे हैं। वे एक घंटे में काम पूरा करके जवाबों के काग़ज़ चौपर्त लेते हैं। यही 'मैटर' है। वहाँ पहले से ही दर्जनों लोग अपने 'वार्ड' के लिए 'मैटर' लेने को खड़े हुए हैं। रबर बैंड ने यह काम आसान कर दिया है। मैटर को रबर बैंड से बाँधकर आप चाहें तो उस पर 'वार्ड' का नाम भी लिखा सकते हैं, वैसे उस पर इतना पता काफी है, कमरा नं. 7, सीट नं. 19। मैटर के बदले में विद्वान को जो दिया जाएगा, वह घूस या फीस नहीं है, वह सुविधा-शुल्क है।

इधर घंटे-भर में परीक्षा का माहौल गर्म हो चुका है। बाहर इमली के पेड़ के नीचे मोटरसाइकिल खड़ी है, यह परम्परावादी ब्रांड है, राजदूत या रायल एन्फील्ड। यह दारोगाजी की है, जो कहीं से ड्यूटी करके लौट रहे हैं और चाय पीकर कर्तव्यबोध से, या चर्म-कर्म के मारे या सिर्फ़ तफरीहन कुछ देर के लिए परीक्षा केन्द्र पर आ गए। वहाँ दो-तीन सिपाही और उनसे दोगुने-तिगुने होमगार्ड पहले से ही ड्यूटी पर मौजूद हैं। सबकी दिलचस्पी अपने या अपने कुछ साथियों और हितैषियों के 'वार्ड' में चर्म-कर्म, सुविधा-शुल्क या चाय-समोसे के लालच में बरकरार है।

परीक्षार्थी पहले से ही किताबों और कॉपियों के फटे पन्ने जेबों में रखे या पतलून में खोंसे या पाजामे के नाड़े में अटकाए या ब्लाउज के बीच गुमशुदा घाटी में छिपाए अपनी सीटों पर बैठकर कार-अंजाम देने लगे हैं। तभी उनके 'मैटर' की सहायता के लिए विद्वानों का लिखा, कार्बन कॉपी किया या शहरों में बाकायदा फोटोस्टेटशुदा यह मोटर भी परीक्षा-कक्ष में पहुँच जाता है।

होमगार्ड कमरा नं. 7 की सीट संख्या 19 नहीं ढूँढ़ पाता। बुदबुदाता है, पता नहीं साले सीटें किस तरह लगाते हैं। तब कक्ष-नियंत्रक उसकी परेशानी में शामिल हो जाता है, पुरस्कार पूछता है : सीट नं. 19 कौन है? जैसे ही एक दुबली-पतली लड़की हाथ

उठाती है, होमगार्ड उसकी गोद चौपर्ते मैटर से भर देता है। तब कक्ष में धीर-ललित गति से दारोगाजी प्रवेश करते हैं।

'कैसे हैं मास्टर साहब?' का जवाब कक्ष-नियंत्रक खीसें निकालकर देते हैं। यह उनके जीवन का स्वर्णिम क्षण है। दारोगाजी से उनका परिचय आज गहरा होने जा रहा है। अब वे अपने पड़ोसी का चालान कभी भी दफा 107 में करा देंगे। कक्ष-नियंत्रक की सवालिया निगाह का जवाब दारोगाजी इस सवाल से देते हैं : कमरा नं. 6 यही है न? सीट नं. 14 किधर है? कक्ष-नियंत्रक हाथ फैलाकर उनसे मैटर ले लेते हैं, कहते हैं, "इधर दीजिए, आप कहाँ-कहाँ कमरा नं. 6 के लिए घूमते रहेंगे।"

कमरा नं. 6 का नियंत्रक 7 के कक्ष-नियंत्रक से पूछता है, "कैसा चल रहा है?" ख़ूब कड़वी दवा पीने की मुद्रा बनाकर नं. 7 वाला कहता है, "नरक है।" वह सीट नं. 14 पर अपने हाथ का मैटर गिराकर वापस लौटता है, अपने साथी से कहता है, "मन में आता है इस्तीफा दे दूँ। इस निकम्मी सरकार की..." लगता है कि वह स्वामी विवेकानन्द बनने के लिए पृथ्वी पर आया था, निकम्मी सरकार ने उसे हाजी मस्तान बना दिया है।

केन्द्र-व्यवस्थापक दौरा करते हुए कमरा नं. 7 में आते हैं, दो-चार लड़के किताबों से सीधे नकल कर रहे हैं। 'यह क्या हो रहा है मास्टर साहब?' के जवाब में कक्ष-नियंत्रक कहता है, "नरक है सर! पाँच बार सबके पास से काग़ज़ निकलवाकर जला चुका हूँ, फिर भी किसी-न-किसी के पास कुछ न कुछ निकालता ही रहता है।"

पवित्र गुस्से के साथ केन्द्र-व्यवस्थापक वह सारा मैटर खिड़की से बाहर फिंकवाकर दारोगाजी से गपशप करने के लिए इमली के पेड़ की ओर चले जाते हैं। तभी बाहर फाटक के पास 'हो-हो, हे-हे, हूँ-हूँ, हो-हो' की घोषणा सुनाई देती है। कक्ष-नियंत्रक अचानक कुर्सी से उठ खड़े होते हैं। परीक्षार्थी मेज़ से, जेबों से, ब्लाउज की गहराइयों और नाड़े की अन्दरूनी अटकाव से 'मैटर' निकाल-निकालकर खिड़की से बाहर पिछवाड़े फेंकने लगते हैं। कॉलेज के चपरासी, स्वीपर और कुछ उत्साही गार्जियन बोरियों में जल्दी-जल्दी वह मैटर बटोरना और उन बोरियों को छिपाना शुरू कर देते हैं। उस हल्ले में कुछ के हाथ निरोध के पैकेट आते हैं, कुछ के हाथ नोट और रेजगारी भी। इस भागदौड़ में जो मैटर कमरे में बिखर जाता है, उसे कक्ष-नियंत्रक अपने हाथों से बटोरकर खिड़की के बाहर फेंकने लगते हैं।

हुआ क्या है? हुआ यह कि राजदूत या रायल एन्फील्ड पुरानी मोटरसाइकिलें हैं, जिन पर दारोगाजी चलते हैं। यह ज़माना सुजुकी या हीरो हांडा का है, जिनके साथ कई वार्डों के गार्जियन पहले से ही फाटक पर मौजूद रहे हैं। उनमें से दो लोग पहले से ही दो-तीन सौ मीटर की दूरी पर खड़े होकर उस उड़नदस्ते की राह ताकते रहे हैं जो जीप पर उपशिक्षा निदेशक, ज़िला विद्यालय निरीक्षक या बेसिक शिक्षा अधिकारी की कुमुक के साथ कभी भी आ सकता है। जीप का बॉनेट दूर से देखते ही दोनों सुजुकी या हीरो हांडा परीक्षा-केन्द्र की ओर अस्सी किलोमीटर प्रतिघंटा की रफ़्तार

से दौड़ पड़ती हैं, उनके इशारे पर फाटक के पास इकट्ठा गार्जियन या चाय-समोसे के शौकीन निठल्ले फेफड़ा फाड़कर घोड़ों और गधों की भाषा में चिल्लाते हैं और उसे सुनते ही पूरा परीक्षा-केन्द्र उड़नदस्ते के स्वागत के दर्जनों बोरे 'मैटर' खिड़की से बाहर फेंकने लगता है।

इसी उठा-पटक में कुछ वार्डों का मैटर दूसरे वॉर्डों की मेज़ पर सीट के नीचे या पैरों के पास गिर जाता है। उन परीक्षार्थियों को नकल के अपराध में पकड़कर उड़नदस्ता उनके ख़िलाफ़ 'आवश्यक कार्यवाही' शुरू कर देता है। उनमें कुछ ऐसे भी परीक्षार्थी होते हैं, जो अपनी समझ से पूरा मैटर बाहर फेंक चुकने के बावजूद किसी भूली-बिसरी जेब में पड़े हुए मैटर के कारण धर लिये जाते हैं। माननीय शिक्षामंत्री ने जिन बीस हजार नकलचियों का अपने जवाब में जिक्र किया है, उनमें ज़्यादातर यही अभागे परीक्षार्थी हैं।

स्वतंत्र भारत, 18.4.1989

बहस जारी रहेगी : मैं भी शामिल हूँ

घास-फूस उगे एक बड़े तालाब में तरह-तरह की मछलियाँ पलती थीं। वे कीड़े-मकोड़े खाती थीं, आपस में एक-दूसरे को भी खाती थीं। इधर तालाब का पानी तेजी से सूख रहा था, मछलियाँ छटपटाती थीं। वहीं कुछ लोग घड़ियाल-पालन की योजना पर विचार कर रहे थे। किसी ने हिप्पो का भी जिक्र किया।

वसन्त साठे ने कहा, "राष्ट्रीय स्थिरता के हित में समय रहते हमें एक प्रजातांत्रिक बचाव तैयार कर लेना चाहिए। सवाल सिर्फ़ संविधान के अनुच्छेद 54 और 55 में अदना-सी तरमीम करने का है। ये अनुच्छेद बदलकर राष्ट्रपति का सीधा चुनाव करा लीजिए।"

जस्टिस कृष्णा अय्यर ने कहा, "पर अनुच्छेद 74 को बदले बिना इसका मतलब क्या होगा? और इस सबसे फ़ायदा भी क्या होगा?"

ननी पालकीवाला ने कहा, "फ़ायदा ज़रूर होगा। अमरीकी ढंग की राष्ट्रपति शासन-प्रणाली से...।"

वसन्त साठे ने कहा, "यही तो ग़लतफ़हमी है, जिस पर विपक्षी लोग इतनी उछलकूद मचा रहे हैं। मैं अमरीकी या फ्रांसीसी राष्ट्रपति-प्रणाली की बात नहीं कर रहा हूँ। मैं तो, महज यूँ ही, अनुच्छेद 54 और 55 को छेदकर...।"

"न भूलें कि प्रणाली का शाब्दिक अर्थ नाली है," एक पंडित मित्र ने कहा, "जो गन्दा पानी एक नाली में बह रहा है, उसे दूसरी नाली में बहाने से कौन सा लाभ?"

आदरणीया तत्कालीन प्रधानमंत्री ने कहा, "निकट भविष्य में देश में राष्ट्रपति शासन-प्रणाली लागू करने का सवाल नहीं उठता। पर प्रजातंत्र में लोक-महत्त्व के सभी मुद्दों पर बहस होनी चाहिए, शासन-प्रणाली पर भी बराबर गौर किया जाना चाहिए।"

मैंने कहा, "पर उसके पहले सारे मुल्क में फैली घूसखोरी, बेरोजगारी और मार-काट के मुद्दों पर भी बहस होनी चाहिए।"

अटल बिहारी वाजपेयी ने कहा, "केन्द्रीय मंत्री होते हुए भी वसन्त साठे ने ऐसी बात कही, इसके लिए उन्हें इस्तीफा देना चाहिए।"

अपनी पोस्टग्रेजुएट कक्षाएँ कॉफीहाउस में चलानेवाले एक प्रोफ़ेसर मित्र ने कहा, "भारत किसी एक ऐतिहासिक घटना या भौगोलिक धुप्पल की उपज नहीं है।

भारत एक देश नहीं, एक धारणा है जिसे 26 जनवरी, 1950 को प्रतिष्ठित किया गया है। उस धारणा में अगर कोई हस्तक्षेप करता है तो उसे भारत की मूल कल्पना में ही हस्तक्षेप माना जाएगा।"

"दरअसल," एक समाजशास्त्री ने कहा, "पिछले सैंतीस सालों में हम सभी देशवासियों ने पानी की तरह लुढ़ककर अपना धरातल खोज लिया है। वह एक गड्ढा है। ऊपर बहनेवाली हवा वहाँ कभी दो-चार लहरें उठा जाती है। उसी को हम प्रगति कहते हैं। संविधान बदले या न बदले, बहस यह होनी चाहिए कि यह गड्ढा किस तरह पटे, ताकि पानी खुलकर चारों ओर फैले, लहराए।"

पंडित मित्र ने कहा, "तभी तो नाली बदली जा रही है।"

मालदा में इंका के तत्कालीन महासचिव राजीव गांधी ने कहा, "राष्ट्रपति शासन-प्रणाली के हक में दिए जानेवाले तर्कों से इत्मीनान नहीं होता।" पर किशनगंज में रेल पर चढ़ते-चढ़ते उन्होंने कहा, "इस मामले में बहस-मुबाहसा हो तो हमें ऐतराज नहीं।"

"ऐतराज नहीं तो सुना जाय, हुजूर," एक पुराने स्वतंत्रता-संग्राम-सेनानी ने कहा, "यह सारी बहस अंग्रेजीदाँ लोगों का चोंचला है। गांधी के सिद्धान्त दफन हो गए। पहले तो गाँव को गरीबी और चोरी-डकैती से, शहर को लापरवाही और दादागिरी से, आदिवासी को साहूकारों और जंगलों के उजाड़ से, राज्य को भाषा और दलबदलुओं से, देश को राजनीतिक कबाड़ीपन और नेता-अफ़सर-सेठ के गठबन्धन से चौपट किया, अब इस सबको राष्ट्रपति शासन-प्रणाली से बचाने चले हैं।"

"राष्ट्रपति हमारे राष्ट्र का मत्था है," अवधी की एक अमुद्रणीय कहावत का शिष्ट खड़ी बोली में उपयोग करते हुए मैंने कहा, "अगर कमर के घाव का इलाज मत्था सेंककर हो सकता है, तो जनता के दुःख का निवारण राष्ट्रपति शासन-प्रणाली से क्यों नहीं हो सकता?"

दिनमान, 1984

एक वर्ष युवावर्ग के भी नाम

1985 के अन्तर्राष्ट्रीय युवा वर्ष में हमारे युवा वर्ग की हालत वैसी ही अच्छी है, जैसी कि 1984 में थी। कुछ अपवादों को छोड़ दीजिए, आज भी घूस देकर वे नौकरी पा सकते हैं। अदायगी की फिक्र न हो, तो ऋण-शिविरों से बैंक का कर्ज़ चन्द मिनटों में मिल सकता है। मालदार मकान मालिक किराएदार का सामान सड़क पर फिंकवाने के लिए उन्हें अपने दस्ते में भरती करने को बेचैन हैं। वे किसी भी आयोजन या आन्दोलन का नाम लेकर बाज़ार में दुकानदारों से चन्दे या चौथ की नियमित उगाही कर सकते हैं। कुछ भी न हो, तो सिर्फ़ खादी का झीना, ऊँचे गलेवाला कुरता और अलीगढ़ी पाजामा पहनकर वे अपने चुने हुए क्षेत्र में किसी भी सरकारी सूदधारी नेता के पीछे लगकर अपनी खुराक का जुगाड़ कर सकते हैं। वे राहजनी करके भी काम चला सकते हैं, पर उसमें पेशेवराना ख़तरा कुछ ज़्यादा है। मैं इसकी सिफ़ारिश नहीं करूँगा।

बस, क्या है कि 1985 में हिन्दुस्तानी युवा वर्ग पर एक नई जिम्मेदारी आ गई है। वह है देश की एकता और अखंडता के लिए भरपूर कोशिश करना और इस काम में देश के युवा प्रधानमंत्री के हाथ मजबूत करना। पर दिक्कत यह है कि दूसरों के हाथ मजबूत करने का तरीक़ा उन्हें ठीक से नहीं आता। उनमें से ज़्यादातर यह समझते हैं कि कसरत और उम्दा खुराक़ से प्राप्त अपने हाथ तो मजबूत कर सकते हैं—जैसा कि ऊँचे घरों के लड़के अक्सर कर लेते हैं, पर दूसरों के नहीं। एक-दूसरी छोटी-सी दिक्कत यह भी है कि अब तक यह देश नाम की चीज़ उनसे छिपाकर रखी गई है, उन्हें पता ही नहीं कि यह कहाँ है, किस तरफ़ को है, कैसी है।

इन दिक्कतों का अहसास मुझे एक नौजवान लड़के से बातचीत करके हुआ। वह हमारे गाँव-घर का लड़का है, एम.कॉम. पास है। औसत देहाती उपज होने के नाते थर्ड डिवीजन है। उसे बिजली बोर्ड में एकाउंट्स क्लर्क की नौकरी मिल सकती है, सिर्फ़ आठ हज़ार रुपए घूस की माँग पूरी करनी है। उसी के लिए वह कुछ माँगने आया था। मैंने समझाया, "बेटा, इस तरह पचास-पचास रुपया माँगकर इतनी बड़ी रकम कैसे जोड़ पाओगे? यह तो वैसा ही है, जैसा कोई गरीब बुढ़िया चन्दा करके अपने लड़के की हूस्टन में बाई पास सर्जरी कराने का ख्वाब देख रही हो।"

वह बोला, "चाचाजी, मैं गरीब बुढ़िया नहीं हूँ, नौजवान हूँ। आप मुझे पचास रुपए का दान नहीं, सिर्फ़ आठ हज़ार का कर्ज़ दे दें। अपने बाप की औलाद हूँ तो छह महीने में ही वापस कर दूँगा।"

मैंने अपनी मजबूरी बताई। यह अपनी निगाह से कहता रहा कि इतने साल ऐसी नौकरी में आप क्या सिर्फ़ घास खोदते रहे थे। तब मैंने बात को पलटा देकर देश की एकता, अखंडता और प्रधानमंत्री के हाथों की बहुचर्चित मजबूती का मसला उठाया। तभी उसने कहा कि देश का हमें पता नहीं लगता। मालूम नहीं कि कहाँ, किसके लॉकर में बन्द है।

"देखिए पंजाब या असम का आपने जिक्र किया, हम कभी वहाँ गए ही नहीं, सिर्फ़ सुना-भर है, जैसे टिंबकटू के बारे में सुनते हैं।"

"पूरब में कहाँ तक गए हो?"

"कलकत्ता जाने के लिए एक बार रेल पर बिना टिकट बैठा था। मुगलसराय में उतार दिया गया। बनारस देखकर लौट आया, सोचा रायबरेलीवाले के लिए इतना ही बहुत है।"

"पर रेल पर बिला टिकट चलना तो ठीक नहीं था।"

"वह न करता तो बनारस भी न देख पाता।"

"देश में और भी कहीं गए हो?"

"किस देश में?"

"हिन्दी के अलावा कोई भाषा जानते हो?"

"पीयूटी पुट और बीयूटी बुट।"

"मलयालम?"

"जानता हूँ, चाहे बाएँ से पढ़ो या दाएँ से, मलयालम ही रहती है।"

"यह कहाँ की भाषा है?"

"मलय पर्वत की।"

"कन्याकुमारी कहाँ है?"

"बम्बई में होगी या मद्रास में। सुना है, बढ़िया एक्टिंग करती है।"

"राष्ट्रीय ध्वज में कितने रंग हैं? क्या तुम्हें राष्ट्रगीत याद है?"

"जनरल नॉलेज में कुछ पढ़ा तो था, पर याद नहीं रहा। इनसे तो कोई काम पड़ता नहीं है," कहकर वह हँसा, बोला, "चाचाजी, आप तो मेरा इंटरव्यू लेने लगे हैं। पर ऐसे कड़े सवाल तो सुना है, आई.ए.एस. में भी नहीं पूछे जाते।"

"तो बोर्ड की एकाउंट्स क्लर्की के लिए कैसे सवाल पूछे जाते हैं?"

"वहाँ तो पहला और आख़िरी सवाल यही है कि देने को तुम्हारे पास आठ हज़ार रुपए हैं या नहीं?"

आठ हज़ार रुपए मेरे पास होते, तो यक़ीनन उसी वक्त अन्तर्राष्ट्रीय युवा वर्ष में अपना योगदान करने से न हिचकता।

सितम्बर, 1985

बैलगाड़ी से

बहुत दिन की बात है, तब मैं उन्नीस साल का था और कॉलेज में पढ़ता था। उस साल दशहरे की छुट्टियों में एक मित्र के बुलाने पर दो मित्रों के साथ मैं उसके गाँव के लिए शहर से चल पड़ा। हम घर से ताँगे पर चले। ताँगे ने हमें बड़े स्टेशन पर छोड़ा। वहाँ हमें रेलगाड़ी मिली। रेलगाड़ी ने हमें एक छोटे से स्टेशन पर उतारा। वहाँ हमें बैलगाड़ी मिलनी थी। बारह मील का रास्ता था।

हम लोग अपने स्वागत के लिए किसी की प्रतीक्षा कर रहे थे। तभी एक निहायत गन्दे आदमी ने आकर हमें सलाम किया। मैंने पूछा, "क्या चाहते हो?"

गन्दे आदमी ने कहा, "आप ही लोग शहर से आए हैं हुजूर? चलिए, रामबाबू ने बैलगाड़ी भेजी है।" इतना कहकर सड़े हुए दाँतों की एक टेढ़ी-मेढ़ी कतार दिखाने के लिए उसने अपना मुँह फैलाया और, फिर बिना किसी कारण या प्रोत्साहन के हँसी की एक फुलझड़ी छोड़ दी।

शहर से आने में या रामबाबू के बैलगाड़ी भेजने में कोई हँसी की बात है या नहीं, इस पर बिना सोचे ही हम लोग इस गन्दे आदमी के पीछे-पीछे चल दिए। इस बीच में मैंने उससे पूछा, "तुम गाड़ीवान हो?" जवाब में उसने हँसी की एक दूसरी फुलझड़ी छोड़ दी।

हम लोग स्टेशन से बाहर एक बरगद के पेड़ के पास पहुँचे। दिन के ग्यारह बजे थे। कुवार का महीना था। चारों ओर चमकती धूप। बीच में गहरी, काली छाँह। मेरे दो साथियों में एक साहित्य और दर्शन के विद्यार्थी थे। इसी बात के सबूत में उन्होंने कहा, "इसी छाया को देखकर कवि ने कहा होगा, 'कहो कौन तुम दमयन्ती-सी...'।"

पर मेरी निगाह उस गन्दे आदमी पर थी जो पेड़ के नीचे जाकर एक बैलगाड़ी के पास खड़ा हो गया था। वहीं दो बैल बैठे हुए थे—एक सफ़ेद, एक काला। बीच में ज़मीन पर भूसे और ज्वार की कुट्टी के कुछ टुकड़े पड़े थे। ज़ाहिर था कि बैलों ने पेट भरकर भोजन किया है। अब वे आँख मूँदे बड़े ही शान्त और संयत भाव से जुगाली कर रहे थे। ऐसे वातावरण में मुझे दमयन्ती का ख़याल नहीं आया। बल्कि मुझे लगा कि मैं किसी आश्रम में आ गया हूँ। इसलिए मैंने अपने दार्शनिक साथी से कहा, "भाई, तुम्हारे विचार ही गर्हित हैं। यहाँ दमयन्ती कहाँ! यह तो वट-वृक्ष की छाया है। दोनों बैल उन महर्षियों की भाँति हैं जिन्होंने सांसारिक प्रपंच का जुआ अपने कन्धों से उतारकर फेंक दिया है। अब वे आँख मूँदकर परमहंसों की भाँति बैठे हुए हैं।"

मेरे दूसरे साथी राजनीति के विद्यार्थी थे। वे बोले, "और देखो तो, एक बैल काला है, एक सफ़ेद है। पर इनमें काले-गोरे का भेद-भाव नहीं है। ये दोनों एक ही जगह बैठकर खाना खाते हैं। कन्धे-से-कन्धा मिलाकर चलते हैं। एक ही बैलगाड़ी में साथ-साथ जुतते हैं। इन बैलों से उन बहुत से देशों को एक शिक्षा मिल सकती है, जहाँ वर्ण-भेद के कारण...।"

"हट्-हट्, तिक्-तिक्" की ज़ोरदार आवाज़ ने मेरे राजनीतिक मित्र को यहीं रोक दिया। हमने देखा, वह गन्दा आदमी इस मंत्र को बार-बार दोहरा रहा था और तालू, जीभ और गले के प्रयोग से ऐसे-ऐसे स्वर निकाल रहा था कि दोनों बैल पूँछ फटकारकर खड़े हो गए थे। उन्होंने मुँह का फेना ज़मीन पर गिरा दिया, नाक से जोरदार साँस निकाली, सींग हिलाकर गले की घंटियाँ बजाईं और इस तरह ऐलान कर दिया कि दो महर्षि फिर से संसार का जुआ अपने कन्धों पर रखने को तैयार हो रहे हैं।

गन्दे आदमी ने हमारे देखते-ही-देखते बैलगाड़ी में ढेर से पुआल के ऊपर एक टाट का टुकड़ा बिछाकर हमारे बैठने का इन्तजाम कर दिया। बैठने के पहले हमने उस गाड़ी को एक निगाह देखा। यह न तो ऐसी गाड़ी थी जो 'चरमर चरमर चूँ चररमरर' वाले स्तर की होती है; जिस पर भूसा, गल्ला, ईंट ढोया जाता है और जो पूँजीवादी व्यवस्था की मज़बूती के लिए काम में लाई जाती है। न यह ऐसा सूक्ष्म और सुन्दर शकट ही था जिस पर मृच्छकटिक की नायिका बसन्तसेना ने अपने परिभ्रमण का सुख उठाया होगा। यह एक मझोले कद की गाड़ी थी। इसकी सतह पर गोबर और खाद के पुराने निशान बने थे, जिससे ज़ाहिर था कि इसका प्रयोग 'अधिक अन्न उपजाओ' आन्दोलन में होता रहा है। साथ ही इसके पहियों में 'हब' से रेंडी का तेल अब तक चू रहा था, जिससे ज़ाहिर था कि गाड़ी को बहुत दिन बाद पहियों पर लाया गया है।

गाड़ी में बैल जुत गए। महर्षि लोग गृहस्थाश्रम आ गए। हम तीनों अन्दर बैठे, हमारे ऊपर चादरे का हुड फैला दिया गया। गाड़ीवान ने, जो हमारे पास बैठने के कारण अब गन्दा आदमी कहलवाने से बच रहा है, गाड़ी चला दी। गाड़ी घरघराती हुई छाँव से धूप में, स्टेशन से मैदान में और मैदान से उतरकर एक सँकरे गलियारे में आ गई। यहाँ बैलों का उत्साह धीमा हो गया। आन्दोलन की प्रगति ढीली हो गई। गाड़ी धीरे-धीरे डेढ़ मील फी घंटे की चाल पर उतर आई। गाड़ीवान भी पहले तो 'हट्-हट्, तिक्-तिक्' का नारा लगाता रहा। फिर बैलों को कोसने लगा। फिर उन्हें पुचकारने लगा। फिर चुप हो गया। फिर हमारी ओर पैर फैलाकर बैठ गया। फिर लेट गया। फिर सो गया।

बैल धीरे-धीरे चलते रहे।

मेरे मन में, न जाने क्यों, बड़े ही उदात्त भाव पैदा हो रहे थे : इस गाड़ी को बैल चलाते हैं। बैल धर्म का प्रतीक है। अत: बैलगाड़ी वह गाड़ी है जो धर्म से चलती है। यह हमारी धर्मधुरीण प्राचीन संस्कृति का उपलक्षण है। इसके सहारे हमारी संस्कृति जहाँ थी, वहीं है और वहीं रहेगी। हम स्पुटनिक और रॉकेटवाले देशों का मुक़ाबला भले ही न कर सकें, पर हमने भी कछुए और खरगोश की कहानी पढ़ी है और जब तक हमारी

बैलगाड़ी का कछुआ सत्यता की लीक पर चल रहा है, हमें हार का डर नहीं है...।

मेरे मन में ऐसे ही भाव उमड़ रहे थे कि गाड़ी का एक पहिया किसी गड्ढे में धक्का खाकर नीचे गया फिर ऊपर निकल आया। हमें लगा कि हमारी कमर के पास से जिस्म को गन्ने की तरह किसी ने तोड़ दिया है। पर हमारे दार्शनिक मित्र बोले, "बैलगाड़ी के पहिए ऊपर-नीचे जाकर हमें दुःख-सुख के चक्रों का पाठ पढ़ाते हैं—चक्रवत् परिवर्तन्ते दुःखानि च सुखानि च।"

मैंने भी जवाब दिया, "बैलगाड़ी ही हमारे दर्शन और काव्य का आदि स्रोत हैं। तभी कालिदास ने कहा है, 'नीचैर्गच्छत्युपरि च दशा चक्रनेमिक्रमेण'।"

इसी बीच में बैलगाड़ी का पिछला हिस्सा एक ओर को झुककर ज़मीन से सट गया। जुआ उछलकर आसमान की ओर ताकने लगा। हम लोग बालू के बोरों की तरह एक-दूसरे पर लुढ़क गए। हुआ यह था कि गाड़ी लीक से बाहर घूमकर एक गड्ढे में जा पड़ी थी। दोनों बैल जुए से बाहर निकलकर इस तरह सींगें हिला रहे थे और पूँछ फटकार रहे थे जैसे वे किसी का भी मुक़ाबला कर सकते हों।

गाड़ीवान ने बैलों की नाथ खींचकर उनके मुँह पर ज़ोर-ज़ोर से तमाचे लगाए, उन्हें गाड़ी में जोता और फिर वह हँस-हँसकर कहने लगा, "बड़े तेज़ बैल हैं, हुजूर। वो, वो, जो गुलाबी साफ़ा बाँधे हुए कोई साइकिल पर जा रहा है, उसी को देखकर भड़क गए थे। नए-नए काढ़े गए हैं, हजूर।"

इस बात का कोई जवाब नहीं था। गाड़ी फिर चल पड़ी। इस पर हमारे राजनीतिक मित्र बोले, "जैसे कालिदास को इस बैलगाड़ी से उत्कृष्ट साहित्य की प्रेरणा मिली थी, वैसे ही आजकल यह प्रजातंत्र की प्रेरक शक्ति है। ये बैल कैबिनेट के समान हैं। गाड़ीवान प्रेसीडेंट का काम करता है जो बैलों को चलाता है और नहीं भी चलाता है। यह गाड़ी, यह गाड़ीवान, ये बैल—ये सब हमारे हैं। हम जनता हैं।"

पता नहीं, मित्र का व्याख्यान कब ख़त्म हुआ। कुवार का महीना, हरियाली, आलस-भरा घाम, ठंडी हवा...इसने जादू का काम किया। हम थके थे ही। कुछ देर में एक-एक करके सो गए। गाड़ीवान पहले ही मुँह पर अँगोछे डालकर लेट गया था। गाड़ी धीरे-धीरे चलती रही।

अचानक किसी ने मुझे जगाया। मैंने आँखें मलकर देखा। गाड़ी उसी बरगद के पेड़ के नीचे खड़ी थी। मैंने और ध्यान से देखा। हम स्टेशन के पास ही थे। गाड़ीवान बैलों पर लगातार डंडे बरसा रहा था। हमें जगा हुआ देखकर उसने हँसी की एक और फुलझड़ी छोड़ी और हमें समझाने लगा, "अरे हुजूर, ये बैल ही गब्बू हैं। बड़े सीधे जानवर हैं, हुजूर। इस इलाक़े के लोग भी बड़े बदमाश हैं। मेरी जरा-सी आँख झप गई। बस किसी ने बैलों का मुँह मोड़ दिया, गाड़ी घुमा दी और फिर उसे स्टेशन की तरफ़ चला दिया। दो कोस तक निकल गए थे, हुजूर, फिर उतना ही वापस लौट आए।"

गाड़ीवान के हँसने के पहले ही दार्शनिक मित्र ने गम्भीरता से कहा, "प्रगति एक

मिथ्या तत्त्व है। हम चाहे जितना चलें, घूमकर फिर वहीं आ जाते हैं।"

राजनीतिक मित्र बोले, "प्रजातंत्र तभी सफल होता है, जब जनता जागती रहती है। यह सब हमारे ही सो जाने का नतीजा है।"

गाड़ीवान ने हँसते हुए बैलों को फिर से गाड़ी में जोत दिया। महर्षिगण फिर संसार-चक्र में आ गए। 'हट्-हट्' और 'तिक्-तिक्' के साथ हमारी बैलगाड़ी फिर पुरानी लीक पर पर चल पड़ी।

प्रभात-समीरण उर्फ़ सुबह की हवाएँ

(एक ऐसी प्रेम-कथा, जो कई फ़िल्मों के आधार पर बनी है और जिसके आधार पर कई फ़िल्म बने हैं। उसमें दो फ़िल्मों का परिचय इस प्रकार दिया जा सकता है :)

"एक महान् देश के महान् अतीत की महान् सांस्कृतिक विभूतियों को चित्रित करता हुआ एक महान् चित्र।"

अथवा

"दो दिलों की कहानी, जिन्हें बेदर्द दुनिया मिलने नहीं देती, पर मुहब्बत भी वह शै है जो आग पानी में लगाती है—इसके बाद रुपहले पर्दे पर देखिए।"

अहा! इस लोक में प्रणय की भी कैसी महिमा है! न तात, न माता, न भ्राता, न भ्रातृज—कोई सत्य नहीं है। प्रणय-तत्त्व ही चरम सत्य है। इसी के आधार पर मानव रोदसी-रमण करता है, आकाश-आस्फालन करता है, महीधरों का मर्दन करता है। विच्छुरितवसन बनता है। भवन-भस्मीकर की उपाधि पाता है। प्रणय परम पवित्र है।

(दुनिया में मुहब्बत भी क्या चीज़ है? न बाप, न माँ, न भाई, न भतीजा—कोई सच्चा नहीं है। सच्ची अगर कुछ है, तो मुहब्बत है। इसी के सहारे इंसान हवा से लड़ता है, आसमान से भिड़ता है, पहाड़ों से टकराता है। अपना गरेवाँ फाड़ सकता है, अपना घर उजाड़ सकता है। मुहब्बत बहुत ही नेकपाक है।)

अतः इसमें विस्मय ही क्या है कि कुमार उदयन का प्रेम कुमारी पुष्पिता से हो गया। उदयन एक महासामन्त के कुमार थे। वे गन्धर्वलोक से प्रशिक्षित होकर विमान-द्वारा आकाश-मार्ग से जम्बूद्वीप स्थित भरतखंड में आए। पुनः भूमियान-द्वारा अपने पुर के निकट पहुँचे। अनुपलब्ध प्रवृत्ति के कारण वहाँ उनका गैहिक स्वर्णशकट नहीं पहुँच सका। अतः कुमारी पुष्पिता द्वारा परिचालित रथ पर बैठ वे अपने प्रासाद पहुँचे। पुष्पिता महासामन्त के एक ऐसे सामन्त की कन्या थी जिन्हें कूट-प्रपंच के दोषों पर निष्कासन मिला था। तथापि, समागतवय की प्रेरणा : नयनाभिमुख होते ही उनमें रागोदय हुआ। दोनों कुछ काल व्रीडावनत रहे। फिर स्मितमुख होकर रथोद्भूत स्वर-लहरी के आश्रय पर साथ-साथ सांगीतक की अवतारणा करने लगे।

(इसलिए इसमें अचम्भा ही क्या कि उठल्लू बाबू फूला से मोहब्बत कर बैठे। उठल्लू बाबू बड़े ज़मींदार के लड़के थे। विलायत में तालीम पाकर, हवाई जहाज़ से एशिया के अन्दर वे हिन्दुस्तान आए, फिर रेल पर चढ़कर अपने गाँव के स्टेशन पहुँचे। ख़बर मिलने में गड़बड़ी हो जाने के कारण उन्हें घर की सवारी न मिल

सकी। तब वे एक ऐसी बैलगाड़ी पर बैठकर घर गए जिसे फूला हाँक रही थी। वह जमींदार के एक ऐसे पुराने नौकर की लड़की थी जिसे फरेब के जुर्म में निकाल दिया गया था। पर उमर का तकाजा; निगाह मिलते ही उनमें मोहब्बत हो गई। दोनों कुछ देर शर्माए, फिर मुस्कुराए, फिर बैलों के खुरों की आवाज़ में दोनों एक साथ एक गाना छेड़ बैठे।)

तदनन्तर उनके पारस्परिक प्रणय के प्रकाश से समस्त जगत् चमत्कृत हो गया। उस जनपद के निकट बहनेवाली धाराओं पर दारुनिष्क्रामक बने थे। वहाँ दोनों ने वर्षा की कादम्बिनी को देख 'सन्तप्तानां त्वमसि शरणम्', का मधुर गान किया। सरिताकूल पर लतान्तराल में विद्यमान एक तरणी थी। उस पर दोनों ने नौकाविहार किया। परस्पर वे धार में प्रविष्ट हुए। परस्पर ही जलप्लावित हुए। एक भग्न अट्टालिका थी। उसकी प्राचीरछाया में वे बैठे। उसके धूसर अलिन्द में अश्रुपात-रत हुए। उसके एक निभृत प्रकोष्ठ में जाकर हँसे। उनका प्रणय जगद्विख्यात हुआ।

(इसके बाद दोनों की मोहब्बत ने वह रंग पकड़ा कि ज़माना दंग रह गया। गाँव के पास नालों पर लकड़ी के पुल बने थे। वहाँ खड़े-खड़े उन्होंने बरसात के बादलों को देखा और 'ओ बादल, तुही दिलजलों का सहारा' गाया। नदी के किनारे झाड़ियों में एक नाव बँधी रहती थी, उस पर चढ़कर दोनों नदी में घूमे। वे साथ-साथ पानी में कूदे और साथ-साथ भीगे। एक टूटी-फूटी गढ़ी थी, वे उसकी शहतीर की छाँव में जाकर बैठे। उसके मटियाले बरामदों में जाकर रोये। उसके एक कोने में हँसे। उनकी मोहब्बत जग-उजागर हो गई।)

अतः उनके माता-पिता को यह प्रणय-दशा पूर्णतः विदित हो गई। वे घोर असन्तुष्ट हुए। उभय-पक्ष में अन्तःपुरीय कलह का सूत्रपात हुआ। पुष्पिता का एक पुरुष से पाणिग्रहण संयोजित था। उसका नाम क्षेत्रपति संवर्धन था। यहाँ तक कि इस प्रणय-कथा का ज्ञान उसे भी हो गया।

(उनकी यह हालत उनके माँ-बाप से छिपी न रही। वे बहुत नाराज़ हुए। दोनों ओर घरों में अन्दरूनी झगड़े-फसाद फैलने लगे। फूला की मँगनी एक किसान से हो गई थी। उनका नाम बाढ़ू था। यहाँ तक कि उसे भी यह किस्सा मालूम हो गया।)

एक दिन कुमारी पुष्पिता का मार्ग-रोध करके क्षेत्रपति, संवर्धन ने कुछ अभद्र शब्द कहे तथा कुमार उदयन की हत्या का भय दिखाया। वे आकृति और प्रकृति, दोनों से विकर्षक थे, उनका शिरोभाग खल्वाट था, शरीर पृथुल था। वे ईषत्तुन्दिल थे। उनके परिचरों में जनपद के क्रूरतम दस्युओं एवं लम्पटों का प्राचुर्य था। क्षेत्रपति संवर्धन ने उन्हें कुमार उदयन के वधार्थ प्रेरित किया।

(एक दिन बाढ़ू किसान ने फूला को रास्ते में रोक उससे कुछ बदतमीजी की बातें कीं और उठल्लू बाबू का ख़ून करा देने की धमकी दी। बाढ़ू की शकल और आदत, दोनों से नफ़रत होती थी। उसका सर गंजा था, जिस्म थुलथुल था। पेट कुछ निकला था। उसके हमराहियों में वहाँ के सभी खूँख्वार डकैत व गुंडे भरे थे। उन्हीं को बाढ़ू ने

उठल्लू बाबू को मारने के लिए भेजा।)

एक दिन दस्युओं ने विजन-वन में कुमार के रथ की वल्गा पकड़ ली और उन पर आक्रमण किया। तुरन्त साधु, कुमार, साधु! किसी को उन्होंने पाद-प्रहार से पीड़ित किया, किसी को कर-प्रहार से कर्तित किया, किसी को मुष्टि-प्रहार से मर्दित किया। इस प्रकार समस्त दस्युओं का दमन करके, स्वयं म्रियमाण अवस्था में उन्होंने प्रासाद के अन्तःपुर में प्रवेश किया। उनकी रक्त-रंजित सज्जा देख कंचुकी काँपे, विदूषक विषण्ण हुए, परिचारिकाएँ पर्याकुल हुईं, उपचारक अवसन्न हुए।

(नतीजा यह हुआ कि दिन सुनसान बियाबान में उठल्लू बाबू की गाड़ी रोककर डकैतों ने उन पर हमला किया, पर शाबाश, मेरे पट्ठे! किसी को उसने पैर से पटका, किसी को हाथ से काटा, किसी को मुक्के से मारा। यों डकैतों को दबाकर, वे अपने मकान पर आए और अन्दर घुसे। वे ख़ुद चोट खा चुके थे और मरने की हालत में थे। यह देख कार-परदाज़ काँपे, भँड़ैत भड़भड़ाए, नौकरानियाँ घबराईं, डॉक्टरों के दिल बैठ गए।)

महार्हरत्नजटित पर्यंक पर तिरस्करिणी द्वारा अदृश्यमान कुमार श्वेत-पटच्छादित सज्जा में म्रियमाण पड़े थे। कुमारी पुष्पिता लोकाचार का निराकरण करके उनके दर्शनार्थ आईं। देखते ही उन्होंने चीत्कार किया, और चीत्कार करती हुई, बाणबिद्ध मृगी-सी पलायित हुईं। वे शिवालय में पहुँचीं और वाष्पावरुद्ध कंठ से उच्च स्वर में गायन करने लगीं, "चन्द्रशेखर, चन्द्रशेखर, पाहि माम्।"

(उठल्लू बाबू क़ीमती पलँग पर लेटे थे। चारों ओर पड़े पर्दों ने उन्हें ढक दिया था। जिस्म पर सफ़ेद पट्टियाँ बँधी थीं। फूला दुनिया का लिहाज छोड़ उन्हें देखने पहुँची। देखते ही उसके मुँह से चीख निकली। चीखती हुई, वह गोली खाई हिरनी जैसी वहाँ से भागी और शिवाले में आकर रुँधे गले से चिल्ला-चिल्लाकर गाने लगी, "मेरी नैया प्रभूजी बचाना।")

गायन के उपरत होते ही, प्रवर्धमान दीपशिखा के इंगित से कुमारी पुष्पिता को उदयन के चेतना-लाभ का ज्ञान हुआ। अब वे मत्त-मयूरी-सी लास-लालित पद-क्षेपण करती, संगीत-निरत भाव में प्रत्यावर्तित हुईं, किन्तु हन्त दैव! संवर्धन ने पुनः मार्ग-रोध करके उन्हें अपने सैन्धव अश्व पर बैठा लिया एवं निमेष मात्र में सघन कानन के अन्धकार में विलीन हो गया।

(गाना ख़त्म होते ही शिवाले के चिराग़ की लौ ऊँची उठी। बस फिर क्या था! फूला ने समझ लिया कि उठल्लू बाबू को होश आ गया है। अब वह मस्त मोरनी-सी फुदकती, नाचती, गाती वापस लौटी, पर हाय री क़िस्मत! बाढ़ू रास्ता रोके था। उसने फूला को अपने सिन्धी घोड़े पर बिठाया और पलक मारते जंगल के अँधेरे में गायब हो गया।)

दिग्दिगन्त में इसकी प्रचारणा हुई। कुमार उदयन चेतना पाकर प्रहृष्ट मुद्रा में लेटे थे। सूचना पाते ही वे खंगपाणि होकर अपने यावनीय अश्व पर आरूढ़ हुए और उसी ओर गमनोद्यत हुए जिधर संवर्धन गया था। इस दशा में पुत्र को जाता देख, पूर्व अमर्ष

का त्याग कर, उदयन के पिता महासामन्त निष्कर्मण्य भी शास्त्रसज्जित हो उन्हीं की ओर प्रधावित हुए।

(चारों ओर इसकी ख़बर फैली। होश में आकर उठल्लू बाबू ख़ुशी से लेटे थे, ख़बर पाते ही हाथ में तलवार लेकर वे अपने अरबी घोड़े पर सवार हुए और तेजी से उसी ओर बढ़े जिधर बाढ़ू गया था। यों बरख़ुरदार को जाता देख, उठल्लू बाबू के बाप जमींदार निठल्लू बाबू ने गुस्से को थूक दिया। वे भी हथियार से लैस होकर उन्हीं के पीछे रवाना हुए।)

चार योजन तक वे अश्वों को अपरिकल्प्यत्वरा से धावित करते रहे। तदनन्तर पर्वत-श्रेणी पर एक विराट गह्नर के आ जाने से मार्ग में व्यतिकर समुपस्थित हो गया। क्षेत्रपति संवर्धन को रुकना पड़ा। द्रुतगति से पृथ्वी पर उतरकर कुमार संवर्धन से वह खड्गयुद्ध करने लगा। कुमारी पुष्पिता संत्रस्त नेत्रों से इस घटना को देखती रहीं।

(सोलह कोस तक तीनों होश गुम कर देनेवाली रफ़्तार से घोड़े भगाते रहे। इसके बाद पहाड़ी पर एक भारी खुड्ड आ गया और बाढ़ू का रास्ता रुक गया। वह घोड़े से कूदकर ज़मीन पर आ गया और उठल्लू बाबू के साथ तलवार चलाने लगा। फूला सहमी निगाहों से यह सब देखती रही।)

प्रथमत: कुमार उदयन संवर्धन को प्रताड़ित करते-करते गह्नर तक ले गए, पुनः संवर्धन ने उदयन को वही स्थान दिखाया। गह्नर पर एक रज्जु प्रलम्बित थी। उससे निलम्बित होकर दोनों ने युद्ध किया। पुनः गह्नर की कोटि पर आकर उन्होंने वैसा ही युद्ध किया। तत्पश्चात् उदयन ने संवर्धन के शरीर पर आरोहण करके करवाल कला दिखाई, पुनः संवर्धन ने उदयन पर आरोहण करके अपनी कला दिखाई। कुमार उदयन क्रमशः संज्ञा-शून्य हो ही चले थे कि महासामन्त निष्कर्मण्य ने पीछे से आकर संवर्धन को रणाह्वान किया। संवर्धन ने बिना उत्तर दिए एक परिघास्त्र निष्कर्मण्य पर प्रक्षिप्त किया।

(पहले उठल्लू बाबू ने बाढ़ू को मारते-ढकेलते खुड्ड तक पहुँचाया, फिर बाढ़ू ने उनको वहाँ तक ढकेला। एक रस्सी भी खुड्ड पर टँगी थी, दोनों उससे लटककर तलवार चलाते रहे। फिर दोनों खुड्ड के किनारे आकर लड़ते रहे। फिर उठल्लू बाबू ने बाढ़ू पर तलवार चलाई। फिर बाढ़ू ने उठल्लू बाबू पर तलवार चलाई। उठल्लू बाबू बेहोश होने लगे कि पीछे से जमींदार निठल्लू बाबू ने आकर बाढ़ू को ललकारा। बाढ़ू ने बिना कुछ कहे एक कटार फेंककर निठल्लू बाबू पर मारी।)

किन्तु दैवी विधान, कि एक श्वेत जटाधारी मानव के महासामन्त के सम्मुख आकर वह परिघास्त्र अपने वक्ष पर झेला और वहीं संज्ञाशून्य होकर भू-लुंठित हो गया। महासामन्त विलाप करते हुए बोले, "अहह, सामन्त विचक्षण, तुम्हारा यह अन्त!" विचक्षण बोले, "स्वामिन्, स्वामिन्, स्वामी के प्राण-रक्षण में मेरा प्राण-भक्षण हो यह परम सौभाग्य है।" विचक्षण का प्राणान्त हो गया। महासामन्त

और भी रोने लगे; कुमारी पुष्पिता भी कुररी-सदृश आक्रोश करने लगीं। सामन्त विचक्षण ही कुमारी पुष्पिता के पिता थे।

(पर क़िस्मत की क्या कहिए, एक सफ़ेद बालोंवाले इंसान ने ज़मींदार निठल्लू के आगे आकर उस कटार को अपनी छाती पर रोक लिया और बेहोश होकर वहीं जमीन पर लोट गया। निठल्लू बाबू रोते हुए बोले, "हाय, बुझावन भाई, तुम यों गए!" बुझावन बोले, "मालिक, मालिक की जान बचाने में अपनी जान जाए, इससे बढ़कर और क्या हो सकता है।" बुझावन मर गया। निठल्लू बाबू और भी रोने लगे। फूला भी चील की तरह चीखकर रोने लगी। बुझावन ही फूला के बाप थे।)

इस स्थिति में संवर्धन ने एक और परिघास्त्र प्रक्षिप्त किया जिसके आघात से महासामन्त निष्कर्मण्य प्रणवोच्चार करते हुए परम गति को प्राप्त हुए। संवर्धन की इस अनवधानता से लाभ उठाकर कुमार उदयन ने भी खड्ग का एक ऐसा प्रहार किया कि संवर्धन का एक घोर चीत्कार के साथ प्राणान्त हो गया और वह गह्नर की गहनता में विलीन हो गया।

(इस दुःख की घड़ी में बाढ़ू ने एक और कटार फेंकी जो निठल्लू बाबू की छाती में जा लगी और जिससे उनके मुख से निकला, 'राम, हे राम' और वे वहीं ढेर हो गए। बाढ़ू का ध्यान अपनी ओर न होने से मौक़ा पाकर उठल्लू बाबू ने उस पर तलवार का वह वार किया कि वह भी वहीं चीख मारकर मर गया और खुड्ड की गहराइयों में गुम हो गया।)

अब सर्वत्र आनन्द व्याप्त हो गया। पाटल राग रवि अम्बरतल से अवलम्बित हो रहा था। तरु शिखरों पर रक्तांगराग छाया था। कमल मुकुलित था तो कोककुल प्रफुल्लित होनेवाला था। खगकुल कुलकुलायमान। ताराकुल तमतमायमान था। ऐसे काल में दो प्रेमी पितृहीन होकर, शत्रुहीन होकर, अर्थात् निष्कंटक अवस्था में अश्वों पर चढ़े वही गान गाते हुए लौट रहे थे जो उन्होंने कुछ काल पूर्व अपनी रथ-यात्रा में गाया था। ओम् शान्तिः।

(अब चारों ओर बहार छा गई। लाल-लाल सूरज आसमान में लटक आया। पेड़ों की फुनगियों पर रंगीनियाँ बिखर गईं। कमल मुरझाने लगा तो कोकाबेली फूलने लगी। चिड़ियाँ चहकीं, तारे चमके और अपने बापों को गँवाकर, अपने दुश्मनों को मिटाकर, यानी सब मुसीबतें सुलझाकर, मस्ती के साथ, घोड़ों पर चढ़े हुए, दो इश्कपरस्त वही गाना गाते हुए वापस लौटे जो कुछ दिन हुए उन्होंने बैलगाड़ी पर बैठकर गाया था। दि एंड।)

टिप्पणी...आज के चलन के अनुसार इस कहानी के फ़िल्मों का शीर्षक 'प्रभात—समीकरण' उर्फ़ 'सुबह की हवाएँ' इसीलिए रखा गया है कि इसमें सुबह की हवाओं का कोई जिक्र नहीं है।

पुराना पेंटर और नई क़लम

प्रोफ़ेसर पन्नालाल निशात थिएट्रिकल कम्पनी के प्रसिद्ध चित्रकार रह चुके हैं। उनके रँगे हुए पर्दों की रंगीनी देखने के लिए किसी ज़माने में लोग बम्बई से कलकत्ता जाते थे और यदि कम्पनी बम्बई में हुई तो कलकत्ता से बम्बई आते थे। पर्दों पर बनी हुई तस्वीरों के क्या कहने! कहीं काले पहाड़ बने हुए हैं, लाल सूरज निकल रहा है, हरे जंगल के ऊपर सफ़ेद भूरे बादल हैं और वहीं पहाड़ की तलहटी में नदी बह रही है, सफ़ेद घाट बना है, रंग-बिरंगी औरतें नहा रही हैं, पानी नीला है। (क्या मजाल कि उसमें भी बादलों की रंगीनी का अक्स पड़ जाए)। वहीं मटमैली सड़क बनी हुई है जिस पर दो जेंटिलमैन, यानी कोट, पतलून, लम्बी मूँछ, छड़ीधारी दो जवान आदमी टहल रहे हैं, क्योंकि, जैसा बताया गया है, सवेरे का सुहावना समय है, या जैसा आप समझ ही सके हैं, पास ही औरतें नहा रही हैं।

पर अब उन पर्दों का ज़माना गया। उन नाटकों की जगह सिनेमा ने ले ली और उन नाटक-कम्पनियों के स्थान पर स्कूल-कॉलेजों की टीमें आ गईं जो गरीबी के मारे पर्दों का काम अभिनय के सहारे चलाती हैं। इसलिए प्रोफ़ेसर साहब अब रिटायर होकर अपने घर पर बैठकर तस्वीरें बनाने लगे हैं जिनमें दरिया का किनारा, ताड़ के पेड़, लकड़ी के पुल, पूनों का चाँद या उगता हुआ सूरज—ये चीज़ें बहुतायत से पाई जाती हैं। ये तस्वीरें आठ आने से आठ रुपए तक बिकती हैं और चूँकि प्रोफ़ेसर साहब के हाथों में हुनर है इसलिए उन्हें पेट पालने के लिए किसी का मोहताज नहीं होना पड़ता है। हमारे नगर में ये चित्र बहुत जनप्रिय हो चले हैं और तम्बोलियों की दूकानों तक पर लम्बे-लम्बे ढाँचों में मढ़े हुए पाए जा सकते हैं।

अत: स्वाभाविक है कि इतने सीनियर और जनप्रिय कलाकार होने के कारण प्रोफ़ेसर पन्नालाल कला के समीक्षक भी हो जाएँ। इसीलिए जब कभी वे मेरे पास आ जाते हैं तो आधुनिक चित्रकारों की थोड़ी-बहुत आलोचना भी सुना जाते हैं और अपनी अवस्था की ओर संकेत करके कह जाते हैं कि गुन ना हिरान्यो बल्कि गुन गाहक ही हिरान्यो है।

कल आते ही उन्होंने मुझसे पूछा, "अजी, यह जामिनीराय कौन है? इम्पीरियल कम्पनी में एक राय-राय करके आर्टिस्ट रहा करता था, वही तो नहीं है?"

मैंने आदर से कहा, "नहीं, ऐसा नहीं हो सकता। जामिनीराय तो बंगाली हैं।"

वे बोले, "तो बंगाली तो वह भी था। हो सकता है कि उसी राय के यह भी कोई हों।"

मुझे जामिनीराय का इम्पीरियल कम्पनी के आर्टिस्ट से कोई सम्बन्ध रखना अच्छा न लगा। अत: मैंने बिल्कुल निषेधात्मक मुद्रा में सर हिलाकर कहा, "नहीं, जामिनीराय उसके कोई नहीं हैं।"

प्रोफ़ेसर पन्नालाल मेरे निकट आकर बैठ गए और बोले, "अरे भाई, दिल्ली गया था। तस्वीरों की नुमायश जब देखी तो चारों तरफ़ जामिनीराय ही जामिनीराय नजर आए। पर तस्वीरें ऐसी थीं कि हम तो नजर नीची करके भाग निकले। हम तो, साहब, ठहरे आर्टिस्ट आदमी, भद्दी तस्वीरें एक बार निगाह में चढ़ गईं तो हाथ से वही उतरकर काग़ज़ पर आएँगी।"

मैंने आश्चर्य से पूछा, "इतनी भद्दी थीं?"

मेरी आवाज़ कुछ और चढ़ी, "भद्दी? भाई साहब, भद्दी या भली तो तब कहें जब वे असल तस्वीरें हों।"

मैंने उनकी बात काटकर शास्त्रार्थवाले लहजे में कहा, "प्रोफ़ेसर साहब, इम्पीरियलवाले की बात छोड़िए। मुझसे तो इन जामिनीराय की बात कीजिए। आपको इनकी चित्रकला में कौन सी कमी मालूम पड़ी?"

वे बोले, "लो भाई, मैं कमी क्यों बताने लगा? सब अपने हाथ के हुनर पर जीते हैं। जामिनीराय जब तस्वीर बनाएँ तब तो कमी का जिक्र हो। वे तस्वीरें हैं कहाँ? गाँव की औरतें जैसे दरवाज़े पर हाथी, घोड़े या सिपाही बना देती हैं, वैसे ही बेढंगे नक्शे-से बने थे। अब उन्हीं को तस्वीरें कहिए तो मेरी तस्वीरों को क्या कहिएगा?"

मैंने समझाते हुए कहा, "प्रोफ़ेसर साहब, जामिनीराय ने सचमुच लोकजीवन से प्रेरणा पाई है और...।"

पर अब तक वे आगे निकल चुके थे। कहते रहे, "अरे साहब, यह लोक-जीवन भी कोई आर्टिस्ट है। वही महाबली कम्पनीवाले हरजीवन का भाई होगा। हरजीवन को ही क्या आता था?"

ऐसी बात सुनकर स्वाभाविक था कि मैं चुप हो जाता। अत: विजय के सन्तोष में पराजित को अपनी सदाशयता से प्रभावित करनेवाली, नर्म आवाज़ में वे बोले, "देखिए, बहस हरजीवन या लोकजीवन पर नहीं, जामिनीराय पर है। उनकी एक तस्वीर याद है 'काला घोड़ा'। अब क्या बताऊँ उसके एक ही आँख थी और वह भी आँवले-सी गोल-गोल, मुगदरनुमा गावदुम पाँव थे, जोधपुरी साफ़े की कलँगी-सी दुम थी और गधे के से कान थे। ज़ीन की जगह पीठ पर दरी बिछी हुई थी और रकाब की जगह एक तरफ़ घंटी-सी लटक रही थी। अब लीजिए साहब, न रकाब, न ज़ीन, न लगाम और काला घोड़ा सवारी के लिए हाजिर है।"

मैंने अपना दिमागी पैंतरा बदलते हुए कहा, "और साहब, आपने ये सब याद भी ख़ूब कर रखा है, नहीं तो किसे ख़याल रहता है काले घोड़े की घंटी का?"

वे प्रोत्साहित हो गए और सरपट बोलने लगे, "यही नहीं, मैंने तो जामिनीराय की और भी तस्वीरें देख लीं। कहीं चन्द लड़कियों के चेहरे बने थे और कह दिया गया

कि पाँच बहनें हैं; सबके एक-से चेहरे, न जाने किस कमबख़्त की लड़कियाँ थीं। अब अपने मुँह से क्या कहा जाए! हमने भी तीन औरतों की आदमकद तस्वीरें बनाई थीं। एक पर्दे की बात कर रहा हूँ। पर्दा सामने आते ही एक-तिहाई हाज़रीन बेहोश हो जाते थे, एक-तिहाई सर धुनते और आहें भरते थे और एक-तिहाई गजलें पढ़ने लगते थे। यहाँ इन गहनों का यह हाल था कि देख लीजिए तो सारी दुनिया में बस बहनें-ही-बहनें नजर आने लगेंगी। भई, मैं तो बाज़ आया ऐसे जामिनीराय से।"

मैंने विरोध न करते हुए, पर जामिनीराय को बचाते हुए कहा, "और तस्वीरों के क्या हाल थे? कलकत्ते से तो और भी चित्र आए होंगे।"

"अब और की न पूछिए," प्रोफ़ेसर पन्नालाल नाक सिकोड़कर बोले, "वक़्त की बात है। चलती का नाम गाड़ी है। जब मढ़ते बनती है तो बजती भी ठनाके से है।" कुछ देर शान्त रहकर वे फिर अकस्मात् कहने लगे, "कोई अवनीन्द्रनाथ ठाकुर थे। उनके साथ नन्दलाल, शारदा वकील, हाल्दार, मजूमदार न जाने कितने लोगों की तस्वीरें एक तरह दीवाल घेरे थीं। वहाँ भी वही हालत! हमने तस्वीरें देखीं और नजर नीची कर ली।"

मैंने पूछा, "उनमें भी कोई ख़राबी थी?"

कहने लगे, "जब सारा जहान उन तस्वीरों को लासानी मानता है तो मैं कैसे ख़राब बता सकता हूँ? पर बालिश्त-भर के चेहरे में डेढ़ बालिश्त लम्बी आँखें और हाथ-भर के हाथ में डेढ़ हाथ लम्बी उँगलियाँ, माफ़ कीजिएगा भाई जान, ऐसे इंसान इधर के इलाक़े में तो होते नहीं।" आधे मिनट तक उन्होंने सारगर्भित शान्ति-सी दिखाई और फिर बगटुट छूट चले, "और तस्वीरों के नाम में वह फरेब है कि किसे क्या कहें? नन्दलाल साहब की एक तस्वीर है 'वसन्त'। अब पूछिए मुझसे कि वसन्त किसे कहते हैं। वसन्त उसे कहते हैं जिसमें पेड़-पौधे फूलों से लद जाएँ, हवा अठखेलियाँ करती हुई बहे, कोयल बोले, भौंरे गुनगुनाएँ और बिरहिनें बाग़ों में घूम-घूमकर कामदेव को कोसें। तो, यह तो हुआ वसन्त, और पूछिए नन्दलाल साहब से कि उन्हें भी कुछ ख़बर है वसन्त की। इसी तस्वीर में कुल तीन अदद पेड़ नजर आते हैं। वीराना-सा है। पेड़ों पर पत्तियाँ लगी हैं या फूल, कहना आसान नहीं और दो आदमी आगे-आगे भाग से रहे हैं। और दो आदमी हाथ में चिराग़ लिये पीछा कर रहे हैं। इन पीछा करनेवालों में गालिबन एक औरत भी है और वह बच्चा लिये है। यानी वसन्त में बच्चा भी शामिल हो गया। अब लीजिए साहब हो गया वसन्त इसी में हवा की अठखेलियाँ भी हैं, इसी में कोयल भी है और बिरहन का कोई जिक्र नहीं!"

प्रोफ़ेसर पन्नालाल हँसने लगे। उनकी ऐसी निश्छल और द्वेषहीन हँसी सुनकर मैंने पूछा, "तो कलकत्ता स्कूल आपको पसन्द नहीं आया। बम्बईवालों की भी तस्वीरें आपने देखी होंगी।"

सुनते ही वे तड़प उठे। बोले, "उनका नाम न लीजिए साहब, मैं भी बम्बई में रहा हूँ और जहाँ अपनी तस्वीरों का वह दौर रहा वहीं के लोग आज यह दिन दिखाएँ। बस कुछ नहीं कह सकता। कहीं तीन काली-कलूटी औरतें बैठी हैं। कोई चावड़ा साहब

हैं, उनकी तस्वीर है। एक औरत ओखली में कुछ कूट-सी रही है। बस जनाब हो गई तस्वीर। चन्द मछलियाँ पड़ी हैं और एक पानी का वर्तन रखा है, सब कुछ धुँधला है। भाई साहब, यह भी एक तस्वीर है। अब यही सब रह गया है।"

मैंने कहा, "एक 'प्रोग्रेसिव ग्रुप' भी है।"

वे कुछ देर भौंहों पर बल डाले सोचते रहे। फिर बोले, "कह तो दिया जनाब कि कहीं सिर्फ़ तिकोने बनाइए, कहीं चौकोर नक्शे खींचिए, कहीं खर-पतवार उगाकर बीच में एक आँख बना दीजिए, कहीं सर बनाइए तो पैर न बनाइए या पैर बनाइए तो सिर्फ़ पैर-ही-पैर बनाइए, इसी सबसे आपका मतलब है न? तो इसी भोलेपन की बदौलत आपके आर्टिस्ट विलायत का मुकाबला करने चले हैं?"

विलायत की बात सुनकर मैंने कहा, "तो आप कहते क्या हैं? अमृत शेरगिल ने तो फ्रांस में अपनी तस्वीरों से वहाँवालों का मुकाबला किया ही था।"

प्रोफ़ेसर पन्नालाल ने कहा, "मगर कहाँ साहब? मैंने उनकी भी तस्वीरें देखी हैं। जामिनीराय के मुकाबले में उनकी तीन बहनें देखिए तो मालूम होता है कि ये बहनें सचमुच ही कुछ हैं। पर बारीकी से देखिए तो पता चलना मुश्किल है कि कौन बड़ी है और कौन छोटी, कौन शादीशुदा है, कौन शादी करेगी। अब बताइए यह सब कोई कहने के लिए विलायत से तो आवेगा नहीं।" वे कहते गए, "तस्वीर तो बोलती हुई होनी चाहिए। पर आजकल तो लफ्फाजी पर तस्वीरें चलती हैं। मैंने देखा कि एक कमरे में मेज़ पर चाय के चन्द प्याले टेढ़े-मेढ़े पड़े हैं। अब जनाब, एक साहब मुझे पढ़ाने लगे कि इसमें इंसान नहीं दिखाया गया, पर लगता है कि कमरे से अभी-अभी चाय पीकर लोग बाहर गए हैं। मैंने कहा, भाई जान, इसका क्या सबूत? मुझे तो लगता है कि नौकर बेसलीके से प्याले रख गया है और लोग उन्हीं में चाय पीने को आ रहे हैं यह तो अपना-अपना ख़याल है।"

मैंने कहा, "तो सबूत होता भी तो क्या होता?"

व़े बोले, "क्यों फर्श पर जाते हुए पैरों के निशान क्यों नहीं दिए। भई, अक्ल की ज़रूरत तो सभी जगह पड़ती है!"

इतनी देर बाद मुझे लगा कि मेरे धैर्य की आख़िरी बूँद भी सूख रही है। अत: मैंने कहा, "प्रोफ़ेसर साहब! असल बात यह है कि आजकल की चित्रकला के बारे में आप कुछ नहीं जानते। इसकी सुन्दरता समझने के लिए आँख ही नहीं, दिमाग़ भी चाहिए।"

पर वे शायद इसके लिए भी तैयार थे। इसलिए वे फिर मुस्कुरा दिए और बिना कहे ही कह ले गए कि मेरी पीढ़ी के लड़कों से वे इसी तमीज की उम्मीद करते हैं कहने लगे, "बस, बस, यही बात हम लोगों ने कभी नहीं कही। हम यहीं कच्चे पड़ते हैं। तुम लोगों का तो यह हाल है कि गाना बहुत घुमाकर गाओगे। न पसन्द आया, तो कह दोगे कि गानेवाला पक्का गवैया है और सुननेवाला गावदी है। बाद में अगर तुम अंग्रेजी ट्यून पर कोई सड़ियल तराना छेड़ बैठे और हमने नाक सिकोड़ी तो कह दोगे, पुराना जाहिल है, कुछ नहीं जानता। वही हाल आर्टिस्ट का है। तस्वीर सरासर आँख

के सामने है, देखता हूँ तो देखने में अच्छी नहीं लगती, न कोई देवी है, न देवता है, न आदमी है, न औरत है, न नेचर का करिश्मा है, न इंसान की हिकमत है। टेढ़ी-मेढ़ी बेढंगी बातें हैं। मैं देखकर कहता हूँ कि यह तस्वीर दो कौड़ी की है और आप कह देते हैं कि मैं नासमझ हूँ। यानी सरासर तस्वीर देख रहा हूँ और आप कहते हैं कि मैं देखता नहीं हूँ।"

प्रोफ़ेसर पन्नालाल शायद दूसरे की गवाही मान जाएँ इस आशा से मैंने कहा, "आप इन तस्वीरों पर जो इतना इनाम दिया जाता है...?"

वे बोले, "इनाम क्या? इनाम तो सरकार पक्के गाने पर भी देती है और फ़िल्मी गानों पर भी। पुराने ढंग की किताबों पर देती है और नए क़िस्म की पापुलर किताबों पर भी देती है। हर आर्ट की यही हालत है। सिर्फ़ तस्वीरों के मामले में घपला है। मैं तो यह कहने जा रहा हूँ कि जहाँ आप पाँच टेढ़ी-मेढ़ी आँखों के गोल दायरों पर इनाम देते हैं, वहीं मेरे राम-पंचायत पर भी रहम खा लें। वे गोल दायरे तो आपके गोल कमरे में ही हैं, पर राम-पंचायत तो जनता के घर-घर में है। ज़रा यह भी तो देखिए।"

वे कुछ देर उत्तेजित से बैठे रहे। फिर सहसा हँसकर जैसे कोई भूला हुआ फार्मूला-सा याद करते हुए बोले, "भाई जान, अब तो जनता-राज है और हम जनता के आर्टिस्ट हैं। आप हमारी समझ पर हँसकर ख़ुद कौन सी समझ दिखा रहे हैं?"

इस बार जिस अन्दाज से उन्होंने झुककर छाती पर हाथ रखा और अकड़कर मूँछों से हँसी की फुलझड़ी बिखेरी, उससे मुझे इत्मीनान हो गया कि प्रोफ़ेसर पन्नालाल की आर्टिस्ट निशात थिएटर कम्पनी के पर्दों के ऊपर तक ही नहीं, कभी-कभी पर्दे के आगे स्टेज पर भी खिसक आती रही होगी। मैंने अपनी नासमझी मान ली और उनसे माफ़ी माँगी। उन्होंने मुझे माफ़ कर दिया और मेरी वंश-परम्परा विनम्रता की प्रशंसा की।

भारतीय इतिहास का एक स्वर्णिम पृष्ठ

उस ज़माने में संगीत का दर्जा इतना बुलन्द हुआ कि वह मनुष्य की वाणी न रहकर आकाशवाणी बन गया।

जहाँपनाह को संगीत का बेहद शौक़ था। देश के बड़े-बड़े गवैए उनके दरबार में छह बजे सवेरे से राग अलापना शुरू करते और रात के बारह बजे तक अलापते रहते। हर अच्छे गवैए का उस दरबार में जाना लाजिमी था और जो न जाता वह अच्छा गवैया न था। देशी रियासतें टूटने के बाद जहाँपनाह ने कलाकारों की बड़ी परवरिश की और किसी दूसरे को उनकी परवरिश नहीं करने दी।

यही साहित्य के साथ हुआ। दरबार में हज़ारों कवि और लेखक नौकर थे। वे दिन-रात साहित्य लिखते रहते और साहित्य फल भले ही न रहा हो, फूल बड़े ज़ोर से रहा था। फूलने की एक मिसाल यह है कि एक पड़ोसी बादशाह ने जब मुल्क पर हमला किया तो उस मौक़े पर लिखी जानेवाली कविताओं से साहित्य इतना फूला, इतना फूला कि कहीं-कहीं भक्क से फूट गया। जहाँपनाह की हुकूमत का एक पूरा-का-पूरा महकमा साहित्य लिखने के लिए था। साहित्य एक तरह से हुकूमत बन गया था।

उस ज़माने में साहित्य की व्यंजना-शक्ति बड़ी ही विटामिन-युक्त थी। किसी भिखारी की आत्मकथा पढ़कर देश के नौजवानों से अधिक अन्न उपजाने का हौसला पैदा हो सकता था। उस ज़माने में एक प्रसिद्ध कवि ने एक पौराणिक प्रेम-प्रसंग पर एक महाकाव्य लिखा था, जिसकी ओजस्वी भाषा पढ़कर मनुष्य के मन में घर छोड़कर फ़ौज में भरती हो जाने की, या, कुछ न बन पड़े तो दार्शनिक बन जाने की इच्छा पैदा होती थी। इस प्रकार उस ज़माने का साहित्य बड़ा ही उदात्त, तेजस्वी और मतलबी साहित्य था।

यह दूसरी बात है कि उस ज़माने में भी कुछ अल्पसंख्यक साहित्यकार थे, जो कुंठा, अनास्था आदि की बात करते थे और अपने को भूखा या विक्षुब्ध बताते थे। कुछ निषेधवादी साहित्यकार भी थे, जो अकविता या अकहानी का नारा बुलन्द करते थे। दरबारी साहित्यकारों ने इस सबको सराहा, मौक़े पर उन सबकी पीठ थपथपाई और उन्हें बताया कि हम भी तुम्हीं-जैसे हैं। इस तरह, जैसे बुद्ध को विष्णु का अवतार बताकर हिन्दू धर्म ने भारत में बौद्धधर्म को समाहित कर लिया था, वैसे ही दरबारी साहित्य इस विक्षुब्ध साहित्य को गटक गया और एक बार फिर यह बात ऐतिहासिक रूप से साबित हो गई कि हमारा देश साम्यवादी देश है।

जहाँपनाह ने संगीत, साहित्य, कला आदि की बड़ी-बड़ी शानदार संस्थाएँ खोली थीं और उनकी इमारतें आज भी उनके कला-प्रेम के पथराए हुए सबूत हैं। पर इमारतों के बारे में बाद में लिखा जाएगा, क्योंकि देश में स्वर्ण-युग लाने का असली श्रेय उन्हीं को है। सम्राट् अशोक जिस तरह बौद्ध धर्म के सम्बन्ध में बड़ी-बड़ी सभाएँ करता था, वैसे ही उस ज़माने में जहाँपनाह ने संगीत, साहित्य, नाटक आदि के सभी पक्षों पर विचार करने के लिए बड़ी-बड़ी सभाएँ बुलाईं, ताकि किसी अकेले कलाकार को उनके किसी पक्ष पर मनमाना प्रयोग करने की गुंजाइश न रह जाए। विशेषतया, साल में एक बार जब जहाँपनाह का जलवा राजधानी की सड़कों पर प्रकट होता था, देश के कोने-कोने से नाचने-गानेवालों के जत्थे वहाँ पर आ जाते थे और अपनी-अपनी कलाकारी दिखाते थे। सैकड़ों विदेशी इन दृश्यों को देखकर उनकी भूरि-भूरि प्रशंसा करते और कहते कि देश की बड़ी तरक्की हो रही है, और घर आकर, व्हिस्की पीकर और गुसलखाने में क़ै करके बिस्तर पर लेट जाते।

जहाँपनाह की हरियाली बहुत पसन्द थी और उन्हें दूब उगाने का बड़ा शौक़ था। वैसे, देश में दूब उगाने की कला विशेष रूप से गोरों के ज़माने में विकसित हुई थी, पर जहाँपनाह ने उसे इतने ऊँचे स्तर पर पहुँचा दिया था कि गेहूँ उगाने के मुक़ाबले दूब उगाना ज़्यादा महत्त्वपूर्ण हो गया, हालाँकि बाद में एक अल्पकालीन मजबूरी में उन्हें दूब की जगह सब्जी उगाने का भी फ़ैसला करना पड़ा था। जो भी हो, उस ज़माने में शहरों में घास के बड़े-बड़े मैदान बनाए गए। राजधानी में तो घास की रविशें मीलों तक फैली हुई नजर आती थीं। पार्कों में दिन-रात इज़ाफ़ा होता जाता था। भले आदमी की अलामत ही यही थी कि उसके मकान के आगे घास हो। हर सही बँगले की यही तस्वीर थी कि वहाँ घास हो और सवेरे-सवेरे ज़मीन तक घिसटनेवाले गाउन और ऊलजलूल बालोंवाली मेम वहाँ घास खोदती हुई नजर आएँ। संक्षेप में, हर चीज़ पर घास उगती हुई नज़र आती थी, जिसे देखकर एक विदेशी यात्री ने कहा था, "भुखमरे देशों में घास उगाना बहुत आवश्यक है ताकि लोगों की अक्ल के लिए चारे की कमी न रहे।"

वास्तव में इस वातावरण में लोगों के लिए चारों ओर सावन था और उन्हें सब तरफ़ हरा-ही-हरा सूझता था।

जहाँपनाह की हुकूमत में वास्तुकला की बड़ी तरक़्क़ी हुई, क्योंकि उन्हें शासन के कार्यों में इमारतें बनवाने का काम सबसे ज़्यादा रुचिकर था। मुग़ल काल में शाहजहाँ नामक सम्राट् इमारतें बनवाने का बड़ा शौक़ीन था, पर जहाँपनाह ने उसे भी मात कर दिया था। इमारतें बनवाने का शौक़ इस हद तक पहुँच गया कि जहाँपनाह कोई बात सोचने के पहले ही उस पर इमारत बनवा डालते थे। उदाहरण के लिए उस ज़माने में

जनतंत्र तो बस यूँ ही-सा था, पर उसके प्रतिनिधियों के रहने और मीटिंग करने के लिए बड़े-बड़े बेशक़ीमती भवन पहले ही खड़े कर दिए गए थे, जिनमें देश के दक्खिनी भाग में पाँच करोड़ रुपए की लागत का बना हुआ एक सौध सबसे प्रमुख माना जाता था। इसी जोश में उत्तर भारत में एक पूरा शहर बनवा डाला गया था, जो उस शताब्दी में विलासियों और राजनीतिक कबाड़ियों का सबसे बड़ा गढ़ माना जाता था। यह शहर फ़तेहपुर-सीकरी और दौलताबाद से सैकड़ों गुना बड़ा था।

जहाँपनाह को अपने नौकरों का बड़ा ख़याल था। वह प्राय: कहा करते थे कि इस देश का अस्तित्व ही इसलिए है कि वह उनके नौकरों को आराम दे। जन-कल्याण की इस दुधारी भावना से प्रेरित होकर उन्होंने अपने नौकरों के लिए लाखों इमारतें बनवाईं। देश और प्रदेशों की राजधानियों में इन नौकरों के लिए रिआया से अलग बड़े-बड़े उपनिवेश बनवाए गए थे, जिनमें ओहदे के हिसाब से मकानों का इन्तज़ाम होता था। यही नहीं, उन्होंने अपने नौकरों के लिए जंगलों, पहाड़ों और नदियों के किनारे आरामगाहें बनवाई थीं और चूँकि रिआया उनका दूर से निरीक्षण करती रहती थी, इसलिए उन्हें 'निरीक्षण-गृह' कहा जाता था।

जहाँपनाह का सबसे ज़्यादा झुकाव दफ़्तरों की इमारतों पर था और उन्हें हर पुरानी इमारत कमज़ोर मालूम देती थी। तभी हर पुराने दफ़्तर के लिए कोई-न-कोई नई इमारत बनती रहती थी और दफ़्तरों की सारी कुशलता इसी में रह गई थी कि इमारत का रख-रखाव क़ायदे से हो। उन्होंने नाच-गाने व ड्रामावाली इमारतें भी सैकड़ों की तादाद में बनवाई थीं और ज़्यादातर उनके नाम बुज़ुर्ग कलाकारों के ऊपर रखे गए थे, जिनमें रवीन्द्रनाथ ठाकुर का नाम पकड़ने के लिए सबसे नज़दीक पड़ता था, क्योंकि वे कवि थे, नाटककार थे, चित्रकार, ऋषि आदि सब कुछ थे, साथ ही विदेशियों को क़ायल करने के लिए, जैसे अन्धे के हाथ में बटेर, वैसे ही हमारे हाथों में एक ज़ोरदार सांस्कृतिक हथियार थे।

जहाँपनाह की नाट्यशालाएँ ज़्यादातर उन शहरों में बनी हुई थीं, जहाँ नाटक-मंडलियाँ न थीं। इसलिए वे धराऊ रखी रहती थीं। और ज़्यादातर इस्तेमाल से उनके घिस जाने का ख़तरा न था।

इसमें सन्देह नहीं कि कला की इस सेवा ने जहाँपनाह के ख़जाने पर बुरा

असर डाला और कुछ इतिहासकारों ने इसकी कड़ी आलोचना की है। पर जहाँपनाह इस मामले में देश की पुरानी रईसी-परम्परा के क़ायल थे, जिसमें लोग क़र्ज़ की पीते थे मय। दरअसल जहाँपनाह ने बाहरी देशों में राह-रस्म पैदा कर ली थी और अपनी सभी ज़रूरतें उनसे रुपया और माल मँगाकर पूरी कर लेते थे। बाहर से रुपया खींचने में उन्हें अच्छी महारत हासिल हो गई थी और इस तरह उन्हें कला और सौन्दर्य की सेवा करने में कभी तंगदिली का अहसास नहीं हुआ। वे जब तक रहे, तब तक मध्यकालीन सम्राटों की शानदार परम्परा में भवन-निर्माण करते रहे और कला की उपासना में रत रहे।

इसका आख़िरी नतीजा क्या निकला, इस विषय पर इतिहासकारों में मतभेद है। इस पर गवेषणा करने की ज़रूरत है जो कि तभी की जा सकती है जब कोई दस-पन्द्रह लाख रुपए की लागत का एक गवेषणा-भवन बनवा दे। पर इसमें शक नहीं कि जहाँपनाह ने बड़ी योग्यता दिखाई और इमारतों के निर्माण की मार्फ़त देश का निर्माण करके दिखा दिया।

एक पद्मभूषण का अभिनन्दन

वे 1960 में अमरीकी पैसे के सहारे, रूसी मित्रों की चिट्ठियाँ लेकर, जापानी कला का इतिहास पढ़ने के लिए चीन गए थे। 1962 में फ्रांस की किसी संस्था के अनुरोध पर वे दक्षिण-पूर्वी एशिया के देशों में घूमे। बाद में बहुत से अल्पकालीन दौरे हुए; एक क़दम में इज़राइल, यूनान और ईजिप्ट को नापा, दूसरे में फ्लोरिडा और क्यूबा को, लगे-हाथ ट्रिनिडाड और टोवैगो के भारतीयों के बीच सत्यनारायणव्रत-कथा, तुलसीदास और समाज के समाजवादी ढाँचे पर बातचीत। एक नए ग्रेजुएट ने किताबी ज़बान में पूछा, "आधुनिक हिन्दी-साहित्य का सबसे बड़ा कवि कौन है?" जवाब दिया, "मैं हूँ!"

एक स्थायी साहित्यिक-सांस्कृतिक कार्यकर्ता। रोम जाने के लिए उनका पासपोर्ट बन चुका था। जब तक उनके कुरते विदेश-यात्रा के लिए लांड्री से धुलकर आएँ, उन्होंने एक 'पर्भूिंषण के अभिनन्दन' के लिए जलसा कर डाला।

जो अचानक पर्भूिंषण बनाया गया, वह कवि था। प्याज़, राजनीति और पर-स्त्री से परहेज़ करनेवाला। प्रत्येक गवर्नर उसको अपने यहाँ बुलाता था। बहुत अच्छे, नई वैराइटीवाले गुलाब उगाता, एक ऊनी कपड़े की दुकान का मालिक। भला और मिलनसार। पढ़ा-लिखा भी, यह दूसरी बात है कि पढ़ा कम, लिखा ज़्यादा। मातृ-वेदना, रानी-खेत की यात्रा, पानीपत की तीसरी लड़ाई जैसे विषयों पर शुद्ध, दोषहीन और लम्बी कविताएँ लिखनेवाला; प्रत्यक्ष की प्रार्थना में लीन। उलझन से अलग। पूरा पैदायशी पर्भूिंषण। अपने-आपमें एक अभिनन्दन। बहरहाल—

हाल में घुसते ही जूते पड़े मिले, हज़ारों तो नहीं, पर सैकड़ों। ज़रूरत-भर के लिए और कुछ फ़ालतू भी। उसके बाद मैली दरी, दूसरे दर्जे के नागरिकों के लिए। फिर एक लम्बा-चौड़ा पुराना क़ालीन।

हाल में वैसे गीता का प्रवचन होता था, मुहल्ले की बरातें टिकती थीं; खाली हो तो चौकीदार को दस रुपया देकर रईसों के नौजवान लड़के यहाँ ग्यारह बजे रात के बाद आकर रुक सकते थे। "क्या ऐसा कहीं नहीं, जहाँ हम यहाँ से जा सकें" की चिरन्तन समस्या का समाधान। ऊपर की मंज़िल पर बना था। खिड़कियों से हवा नहीं, म्युनिसिपैलिटी की बू आती थी।

जब मैं हाल में पहुँचा तो उन्हीं का व्याख्यान चल रहा था, "...हमारे नगर के, राज्य के, देश के, देश ही नहीं—संसार के महाकवि को पर्भूिंषण की उपाधि मिली है।

यह उनके साहित्य की समीक्षा करने का मौक़ा नहीं है, न यह इसी बात का मौक़ा है कि हम इस उपाधि की महत्ता के बारे में बहस करें। यह मौक़ा तो...।"

'इंकलाब ज़िन्दाबाद' बोलने का है। मैंने अपने मन में सोचा और जूते उतारकर जूतों के ही पास दरी पर बैठ गया।

"...यह मौक़ा तो केवल आनन्द मनाने का है। अभी किसी ने कहा कि पभूँषण मिल जाने से ही कोई महाकवि नहीं हो जाता। उसने ठीक कहा है। यहीं किसी और ने कहा कि पभूँषण महाकवियों को ही मिलता है। उसने भी ठीक कहा है। हमें इससे क्या मतलब? हमारा मतलब आनन्द मनाने से है। हमारे नगर के एक महाकवि को सम्मानित किया गया, हमारे लिए इतना काफ़ी है। यह मौक़ा तो...।

"...आपको खिड़की के बाहर फेंक देने का है," मैंने फिर उसी तरह सोचा और अचानक महसूस किया कि मैं ऐंग्री यंगमैन हूँ, मैं भूखी पीढ़ी हूँ, मेरा हाजमा ख़राब है।

वे बोलते जा रहे थे। तब तक मुझे मालूम हो गया था कि मैं देर से आया हूँ, सभी वक्ता बोल चुके हैं, पभूँषण भी बोल चुका है और अब—क़ायदे के ख़िलाफ़—संयोजक की आख़िरी स्पीच हो रही है। मैं शान्त हो गया। मेरा आशावाद लौट आया। यही आख़िरी स्पीच है। रे मन, धीरज धर! वन फ़ाइट मोर—द बेस्ट एंड द लास्ट। मैं उनके बारे में उदारतापूर्वक सोचने लगा। नहीं, तुम चाहे जो कुछ बोलो, मैं तुम्हें खिड़की के बाहर नहीं फेंकूँगा। यह देश ग़रीब है। यहाँ किसी चीज़ को बर्बाद नहीं करना चाहिए।

चीज़! उन्हें आदमी की जगह कोई चीज़ मान लेते ही मेरा हृदय-परिवर्तन हो गया। उनकी स्पीच अब पीछे छूट गई। मैं उनमें और उनके आसपास बैठी हुई दूसरी चीज़ों में दिलचस्पी लेने लगा।

कुछ चीज़ें अच्छी थीं, कुछ बुरी, कुछ साफ़, कुछ गन्दी, कुछ उभरी हुई, कुछ गिरी हुई; सब बनी हुईं—कुछ परम्परा से, कुछ आधुनिकता से। सबसे ख़ास बात यह कि कोई भी चीज़ नई नहीं थी। सभी जानी-पहचानी, पुरानी, फफूँद लगी हुईं। उनमें से मुझे किसी की भी स्पीच सुनने की ज़रूरत न थी।

अचानक वे गरजे, "...मैंने पेरिस का ईफिल टावर भी देखा है।...मेडागास्कर की तितलियाँ। आस्वान बाँधवाले मन्दिर।...अंगकोर। ग्रीनविच विलेज।...सब जगह मनुष्य का हृदय एक-सा है। वह रस चाहता है।...रस की सृष्टि कौन करता है? कवि! तभी तो कवि सभी जगह बिना ताज का बादशाह होता है..."

पभूँषण ने सिर नीचे झुका लिया। हमने देखकर इत्मीनान कर लिया कि वहाँ ताज नहीं है। वे संयोजक की हैसियत से रस और कवि की मर्यादा पर बोलते रहे। पर मम्मट, अभिनवगुप्ताचार्य, विश्वनाथ ग़ैरहाज़िर थे। डॉ. नगेन्द्र भी नहीं। वे निडर होकर बराबर बोलते रहे। इस समय वे कवि भी थे, विद्वान् भी।

कहा भी है : जहाँ शाब्दिक मौजूद हों, वहाँ वे तार्किक हैं; जहाँ तार्किक मौजूद हों, वहाँ वे शाब्दिक हैं; जहाँ दोनों मौजूद हों, वहाँ वे दो में से कुछ भी नहीं। जहाँ कोई भी मौजूद नहीं, वहाँ वे सब कुछ!

अचानक मुझे सुनाई दिया : "हाय!...मर गया!"

लगा, यह अख़बार के मुखपृष्ठ की ख़बर है। मैंने चौंककर उनकी तरफ़ देखा, वे ठिंगने क़द के इंसान थे। इंटेलेक्चुअल आदमी कन्धे झुकाकर चलते हैं, इस धोखे में वे जिस तरह खड़े थे, उससे रीछ-जैसे दिख रहे थे। साहित्यिक-सांस्कृतिक कार्यकर्ता की सारी अलामतों से लैस। उनके अन्दाज़ में टियर-गैस के दर्जनों बम फूट चुके थे। वह कह रहे थे, "इतना महान् जनवादी कवि गरीबी और कर्ज़ के बोझ से टूट गया। शहंशाहों की हैसियत का आदमी भिखारी की तरह मर गया!"

मैंने घबराकर अपने पास बैठे हुए आदमी से पूछा, "कौन मर गया?"

उसने कहा, "वालिप्।" मैंने तेजी से पूछा, "कौन?"

वह तम्बाकू खा रहा था। उसने इधर-उधर देखकर दरी के नीचे थूकने के बाद साफ़ आवाज़ में कहा, "ग़ालिब।"

मुझे हैरत में देखकर उसने स्कूल-मास्टरों की तरह दोहराया, "मिर्जा असदउल्ला खाँ ग़ालिब।"

वे तब तक एक सदी आगे बढ़ चुके थे। कह रहे थे, "ग़ालिब ही नहीं, हमारे सभी महाकवि गरीबी से संघर्ष करते रहे हैं। रत्नाकर के साथ क्या हुआ? प्रसाद के साथ क्या हुआ?..."

मेरे मुँह से निकला, "बताइए न, क्या हुआ?" वे अनसुना कर गए। बोले, "और, निराला, हाय निराला!...हमारे कवियों के प्रति समाज अपनी जिम्मेदारी नहीं समझता। केवल पर्भिूंषण कह देने से क्या होता है। हमारा कर्तव्य है कि हम उनको पर्भिूंषण बना भी दें।"

पाँच मिनट तक हवा में कर्तव्य गूँजता रहा। किसी समस्या की बात हो रही है, समझकर लोग चौकन्ने हो गए। पर्भिूंषण ने ऐसा मुँह बनाया, जैसे उसकी कपड़ेवाली दुकान नीलाम हो गई हो। मैंने उकताकर खिड़की के बाहर देखा, वहाँ बहुत घना बाज़ार, रिक्शे, मोटरें, गायें, भैंसें, लाउडस्पीकर, सिनेमा के गाने, थोक बिकनेवाले गरम मसाले की बू और जनसंघ फैला हुआ था।

"कवि-भवन की स्थापना करनी है। साधनहीन साहित्यकारों के लिए...समाज की जिम्मेदारी...।"

प्रस्ताव की शक्ल साफ़ हो गई।

निहायत दुबला-पतला नरकुल-जैसा एक आदमी, दुपल्ली टोपी लगाए हुए उठा और हवा में तैरता-सा दरवाज़े पेर पहुँच गया। उन्होंने व्याख्यान को रोककर कहा, "लल्लूलालजी, आप अभी नहीं जा सकते।"

"हज़ार रुपया हमारे नाम लिख देना," ज़ोर से चीख़कर वह आदमी बाहर चला गया।

...कवि-भवन के लिए कवि-भवन के लिए...

पर्भिूंषण ने कहा, "हज़ार रुपया मेरा!"

मैं खिड़की पर खड़ा होकर बाहर गला साफ़ करने लगा, "आप?"

मेरी पीठ में गोली-जैसी लगी। यह शब्द की चोट थी। मैंने पलटकर देखा। मेरी ओर उँगली उठाए हुए वे पूछ रहे थे, "आप?"

"मेरे पास दो रुपए सैंतीस पैसे हैं," मैंने ईमानदारी से बताया।

जय-जयकार इसको कहते हैं। साहित्यकारों को संघर्ष से बचाने के लिए कवि-भवन की स्थापना होगी। एक आवारा-सी दिखनेवाली चीज़ ने इसके लिए अपना सब कुछ दे डाला है—दो रुपए सैंतीस पैसे!

चन्दे की फ़ेहरिस्त बनने लगी थी। सभा उखड़ चुकी थी पर क़ालीन के बीचोबीच आठ-दस आदमी बैठकर गम्भीरता से विचार करने लगे थे। शक्ल से ऐसे आदमी जो अकेले में कब्ज़ियत, पड़ोसी की बीवी और फ़ोकट की आमदनी की बात सोचते होंगे, आपस में मिलते ही एक सामाजिक-सांस्कृतिक समस्या को सुलझाने के लायक हो गए।

मनुष्यत्व की कितनी महान् सम्भावनाएँ हैं, मैंने सोचा। पभिंूषण एक अफ़सरनुमा आदमी से, जैसी बात वह समझ सके, यानी गुलाबों की बात करने लगा था।

मैंने उनका इंटेलेक्चुअलनुमा झुका हुआ कन्धा छूकर पूछा, "आप रोम कब जा रहे हैं?"

कवि-भवन के लिए मिलनेवाले चन्दे की फ़ेहरिस्त अभी पूरी नहीं हुई थी। लिखनेवाला कालीन के बीचोबीच बैठा था। उनकी निगाह उसी ओर जमी रही। उन्होंने मेरा सवाल नहीं सुना। मैंने अपनी बात दोहराई, "तो आप रोम कब...?"

"रोम?"

उनसे निगाह मिलते ही मैं समझ गया कि अब रोम की बात करना बेकार है क्योंकि कवि-भवन का निर्माण करना है।

कभी-कभी अपने देश में रहना भी स्फूर्तिदायक साबित हो सकता है, मैंने सोचा।

खलनायक की कहानी

धड़धड़ाते हुए हृदय से प्रमोद ने अपने कमरे में आकर लता की दी हुई किताब खोली। एक फड़फड़ाता हुआ नीला, ख़ुशबूदार लिफ़ाफ़ा फ़र्श पर गिर पड़ा। उतावलेपन में प्रमोद ने पहले तो लता की किताब ही फाड़ डाली। बाद में लिफ़ाफ़े को फाड़कर अन्दर का खत पढ़ा। एक दिन पहले प्रमोद ने लता को एक खत लिखा था। उसके जवाब में उसी के नीचे लता ने अपना उत्तर लिख दिया था।

प्रमोद ने एक बहुत घिसा हुआ फ़िल्मी गाना लिखा था :

कुछ याद रहे तो सुध कर जा तू,
हाँ कर जा या ना कर जा तू।

जवाब था :

"हाँ...ना"

—ल.—

अब प्रमोद को एक नया काम करना पड़ा। वह सोचने लगा : पहली बार सोचने को काम करते ही उसका माथा झनझना उठा। पर उसने इतना सोच लिया कि लता उसे प्यार करती है। झट उसने बच्चन की एक कविता अपने नाम से लिखकर लता के पास भेज दी।

दूसरे दिन दोनों एक पार्क में मिले, वहाँ से नदी के किनारे पहुँचे। पहले दस मिनट तक दोनों में वही बात चलती रही जिसे देसी कहानीकार प्रेम प्रकट करने का कोड-वर्ड मानते हैं। यानी दोनों एक-दूसरे इसरार करते रहे कि उन्हें एक-दूसरे को 'आप' नहीं, 'तुम' कहना चाहिए। फिर प्रमोद ने कहा, "लत्तू (क्योंकि प्रेमी लोग एक-दूसरे का नाम इसी तरह लेते हैं) सच-सच बताना, तुमने मुझे कब से प्यार करना शुरू किया था?"

लता ने कहा, "डैडी ने आपकी तारीफ़ की थी और कहा था कि प्रमोद-जैसे योग्य विद्यार्थी को ही मैं लता के ट्यूशन पर लगाऊँगा। तभी मुझे आपसे—नहीं-नहीं, तुमसे प्यार हो गया। मेरी सब सहेलियाँ अपने-अपने ट्यूटर को प्यार करती हैं।"

फिर रुककर, "और प्रमोद, तुमने मुझे कब से"...कहते-कहते लता लाज के मारे अचानक मर गई।

प्रमोद बोला, "लत्तू, यह जानते ही कि मैं तुम्हारा ट्यूशन करूँगा, मैं तुमसे प्रेम करने लगा था। मेरे सभी साथी अपनी ट्यूशनवाली लड़कियों से प्रेम करते हैं। हम सब प्रेम के लिए ट्यूशन करते हैं।"

"सच प्रमोद?" उसके बालों में उँगलियाँ डालकर लता ने कहा, "क्या सचमुच ही तुम पैसे के लिए नहीं, बल्कि प्रेम के लिए ट्यूशन करते हो?"

प्रमोद ने लापरवाही से कहा, "पैसे की किसे परवाह है लत्तू! अपने प्रोफ़ेसर को एक बार पीट दूँ तो रीडर साहब साल-भर की पढ़ाई का पैसा यों ही दे देंगे। सच तो यह है लत्तू, कि मेरे जीवन का लक्ष्य पैसा नहीं, प्रेम है। भोग नहीं, त्याग है।"

"आह, प्रमोद," लता ने उत्साह से कहा, "तुम कितने लकीरी[1] हो।"

प्रमोद ने पूछा, "और लत्तू, क्या यह सच हैं कि तुमने विद्या के लिए नहीं, प्रेम के लिए ही ट्यूटर लगवाया था?"

"प्रमोद, प्रमोद!" वह भावुक हो उठी, "मैं कैसे बताऊँ! विद्या का मुझे लालच होता तो यूनिवर्सिटी के क्लर्कों को रिश्वत देकर, प्रोफ़ेसरों के साथ सिनेमा देखकर मैं कब की बी.ए. हो गई होती? मुझे कुछ न चाहिए, बस तुम...तुम..." भावुकता का आवेग 108 बार 'तुम...तुम' कहकर उतर गया।

"आह् लत्तू," वह चीख़कर बोला, "तुम भी कितनी लकीरी हो!"

फिर दोनों चुप होकर प्रेम करने लगे। दोनों ने महीनों प्रेम किया। वे जब प्रेम करने से फुर्सत पाते तो दार्शनिकता से भरी बातें करते। उनके उस समय के डॉयलाग लिखने की ज़रूरत नहीं, क्योंकि 'उर्वशी' महाकाव्य प्रकाशित हो चुका है और वैसी ही बातें उर्वशी-पुरुरवा की वार्ता में पाई जा सकती है।

जो भी हो, इस बीच में उन्हें अनुभव हुआ कि संसार में सबसे घृणित पदार्थ संसार है; मनुष्य के सबसे बड़े शत्रु उनके माँ-बाप हैं; प्रेम का वासना से नहीं, आत्मा से सम्बन्ध है; पर आत्मा का आलिंगन शरीर के आलिंगन की मार्फत ही मिलता है; दुःख का सबसे बड़ा कारण अपने घर पर रहना है और सुख का चरम लक्ष्य कानपुर से बम्बई भाग जाना है।

अतः दोनों बम्बई भाग गए। वहाँ पहले क्या हुआ, यह आप कृशनचन्दर और ख्वाजा अहमद अब्बास से पूछ लीजिएगा। बाद में यह हुआ कि दोनों प्रेमी बिना पैसे-कौड़ी के गिरी हालत में, थकान से चूर-चूर समुद्र के किनारे बालू पर लेट रहे। (थका-हरा पंछियों का जोड़ा) अचानक एक साधु उनके सामने आकर खड़ा हो गया। बोला, "चिन्ता न करो बेटी, तुम्हारे दुःख के दिन अब बीत गए हैं।"

प्रेम-कहानियों की इस प्रसिद्ध सांस्कृतिक घटना के घटते ही लता साधु के गले से लिपटकर रोने लगी, "बाबा, इसे—प्रमोद को बचाओ। यह बहुत बीमार है। इसे बुखार आने ही वाला है।"

वह फूट-फूटकर रो पड़ी। साधु-भारत साधु-समाज की राष्ट्रीयता के वज़न पर बोला, "घबराओ नहीं। इसे कुछ नहीं होगा। इसके हाथों अभी राष्ट्र का बड़ा हित होना है।"

---

1. यह शब्द मेरे मित्र श्री ए.के. सरन, भू.पू. प्राध्यापक, समाजशास्त्र, लखनऊ विश्वविद्यालय के निजी शब्द-कोश से साभार लिया गया है।

अपनी कुटी पर लाकर साधु ने उन्हें जलपान कराया। उनकी थकान दूर हो गई। वे बेहोश होकर बिस्तरों पर गिर गए।

साधु ने फ़ोन करके पुलिस बुला ली और दोनों को यू.पी. से आए हुए एक थानेदार के हवाले कर दिया (साधु सी.आई.डी. का आदमी था)।

कुछ दिनों प्रमोद को हवालात में रखकर पुलिस ने उसे छोड़ दिया, क्योंकि लता बालिग थी और लता के बाप मामले को खींचना न चाहते थे। लता बिलखती हुई अपने संसार में लौट आई।

और प्रमोद टूट गया। उसका मन डूब गया। वह अपने-आपसे ऊब गया, अत: वह दूसरों के मामलों में दखल देने लगा और होते-होते वह राबिनहुड और विनोबा भावे के दो छोरों पर लटकी हुई रस्सी पर सरकस का खेल दिखाने लगा।

पर वह लता को नहीं भूल सका। बहुत दिन तक वह अपने ऊपर मुक़दमा चलाए जाने की प्रतीक्षा करता रहा। लता को फिर देख पाने का यही उपाय था। जब उस पर मुक़दमा न चला तो उसने ख़ुद लता के पिता पर मुक़दमा चला दिया। उसने रिट दायर करके कोर्ट से कहा कि लता बालिग है, उसके साथ रहना चाहती है, पर उसका बाप बाधा डाल रहा है।

कोर्ट ने तय किया कि लता को अपनी आँख से देखकर ही, उसकी बात अपने कान से सुनकर, आख़िरी फ़ैसला दिया जाए।

प्रमोद ने लता को शत्रु-पक्ष के साथ कोर्ट के अन्दर जाते देखा। दोनों की निगाहें टकराईं। चोट खाकर गिरने का मौक़ा न था, इसलिए दोनों सँभल गए। आँखों-ही-आँखों में लता ने पूछा, "अब क्या होगा प्रमोद?"

प्रमोद की आँखें बोलीं, "तुम जैसा चाहो, लत्तू!"

लता की आँखों ने कहा, "हाय, प्रमोद! प्रेम और कर्तव्य के दो छोरों में मैं झूल रही हूँ।"

प्रमोद की आँखें बोलीं, "लत्तू, वह तो हर प्रेमिका करती है, पर प्रेम प्रेम है, कर्तव्य कर्तव्य है। दोनों को अलग रखो।"

मुक़दमे के दौरान न्याय-मूर्ति ने कहा, "लता, तुम कहाँ जाना चाहती हो? अपना रास्ता चुनने को तुम स्वच्छन्द हो।"

उसकी आँखें भर आईं। गला रुँध गया। आवाज़ काँप गई। क्षण-भर से ऐसे ही कई छोटे-छोटे वाक्य हो गए। वह बोली, "हे न्यायाधीश! मैं प्रेम और कर्तव्य के दो छोरों पर झूल रही हूँ। इधर प्रेमी है, पर उधर पिता है। पिता ही धर्म है, पिता ही कर्म है, पिता ही परम पद है।"

पिता पर पन्द्रह मिनट का लेक्चर खिंचता देख कोर्ट में हाहाकार मच गया। प्रमोद बेहोश हो गया।

उस शाम जब प्रमोद अपने कमरे में फाँसी का फन्दा लटकाकर उसमें गर्दन रखने के पहले ऐसे मौक़े पर बाहर होनेवाली 'खट्-खट्-खट्' का इन्तज़ार कर रहा

था, तभी दरवाज़े पर 'खट् खट् खट्' हुई और किसी ने दराज़ से एक नीला लिफ़ाफ़ा कमरे के अन्दर गिरा दिया।

"ऐं, लत्तू का पत्र!" कहकर प्रमोद ने उसे दबोच लिया। पत्र काफी लम्बा था, उस पर उसका सार यह था :

"प्यारे प्रमोद,

आज कोर्ट में तुम्हारा सूखा हुआ मुँह देख मेरा हृदय विदीर्ण हो गया। सच मानो प्रमोद, मैं वहीं मर गई। अब इस मुर्दा शरीर का पिताजी विनोद के साथ ब्याह रचा रहे हैं। हाँ, प्रमोद, हमारी कक्षावाला विनोद, जो अब एक चाय-कम्पनी में टी-टेस्टर के ऊँचे ओहदे पर है। हाय, प्रमोद! यह सब सुख लेकर मैं क्या करूँगी? कर्तव्य के नाम पर तुम्हारे नयनों की मूक भाषा पढ़कर ही मैंने इतना त्याग कर डाला। पर क्या मैं सचमुच इस त्याग की चोट को सह पाऊँगी? प्रमोद, मुझे सहारा दो, प्रमोद! तुम भी विवाह कर लो। सुखी होकर किसी ऊँची नौकरी में चले जाओ, प्रमोद! तभी मेरा त्याग सार्थक होगा। मैं प्रति साँस में तुम्हें याद करूँगी, प्रमोद! विनोद के साथ का घिनौना सुख उठाते हुए तुम्हारे दुःख में मैं निरन्तर दुखी रहूँगी। प्रमोद! जब वह रोज़ कई तरह की चाय चख-चखकर मुझसे बात करेगा, तब भी मैं तुम्हारी बातों को याद किया करूँगी। प्रमोद! सच मानो प्रमोद, हमारा प्रेम वासना और विवाह से परे है, प्रमोद! पर तुम दुखी न होना प्रमोद! नहीं तो मैं रो पड़ूँगी, प्रमोद...!"

लिफ़ाफ़े में जितने पन्ने आ सकते थे और पन्नों में जितने शब्द आ सकते थे, उसी दर से पत्र की लम्बाई निर्धारित की गई थी। प्रमोद का शोक भी उतना ही लम्बा हो गया। रस्सी की ज़रूरत अब उसे नहीं रही। फाँसी का फन्दा खींचकर उसने अपने गले से बीस गज़ दूर फेंक दिया। रोते-रोते उसने अपनी माँ को पत्र लिख दिया कि वह माँ की आज्ञानुसार विवाह कर लेगा।

उपर्युक्त कहानी के दो पात्रों में आगे चलकर एक दिन झगड़ा होने लगा।

प्रमोद ने विनोद से, जो लता को बीवी ही नहीं, माँ भी बना चुका था, कहा, "तुम मेरे जीवन की कहानी के खलनायक हो।"

विनोद बोला, "लता से शादी तो मैंने की है। कहानी भी इसी पर ख़त्म हुई है। इसलिए मैं नायक हूँ। खलनायक तो तुम हो।"

प्रमोद ने बिगड़कर कहा, "कहीं ऐसा भी होता है? शादी कर लेने-भर से कहीं कोई नायक हो जाता है?"

विनोद ने कहा, "ऐसा तो होता ही है। जिसकी मुझसे शादी होनी थी, उस

लड़की को अपनी शराफ़त से प्रभावित करना तुम-जैसे खलनायक का ही तो काम हो सकता है।"

प्रमोद चिढ़ गया, "जी नहीं। स्टेज पर जो बाद में आता है, वही खलनायक होता है।"

विनोद ने कहा, "जी नहीं, ये नौटंकी बातें हैं। नई कहानी में तो खलनायक ही पहले आता है।"

प्रमोद ने हिन्दी के किसी बुज़ुर्ग साहित्यकार की तरह नाक सिकोड़कर जवाब दिया, "मैं नई कहानी को नहीं मानता।"

विनोद बोला, "नई कहानी को न मानते होते तो भला तुम अपनी पुरानी प्रेमिका के पति से इस तरह घुलते-मिलते? तब तो तुम तमंचा तानकर घूमते। मानो या न मानो, पर दोस्त, तुममें नई कहानी की सैंसिबिलिटी है ज़रूर।"

प्रमोद ने क्रुद्ध होकर कहा, "मैं साहित्यिक बहस में हमेशा हार जाता हूँ। पर बात मेरी ही सही होती है। कहानी का नायक मैं ही हूँ। लगता है, यह दिखाने के लिए मुझे कोई आलोचक पकड़ना पड़ेगा।"

विनोद ने व्यंग्य के साथ जवाब दिया, "क्यों? रिट क्यों नहीं दायर कर देते? दोबारा हाईकोर्ट जाकर मुझे खलनायक घोषित कराने में डर लगता है क्या?"

साहित्य की इस आपत्कालीन स्थिति में इन पात्रों का आपस में लड़ना मुझे ठीक नहीं लगा। उनका झगड़ा बढ़ता देख मुझे ख़ुद बीच में आना पड़ा। मैंने समझाया, "लड़ो नहीं, भाइयो! तुम सभी नायक हो। खलनायक तो मैं हूँ, जो चन्द पैसों की लालच में अपनी हर कहानी में तुम्हें ही घसीटकर ले आता हूँ और बार-बार तुम्हीं को एक-दूसरे के ऊपर-नीचे, आगे-पीछे करता रहता हूँ।"

यहाँ से वहाँ

कुछ दिन हुए, किसी शहर में कोई आदमी किन्हीं कारणों से किसी स्टेडियम के पास आकर बस गया और वहाँ एक होटल चलाने लगा। वह होटल ही था, इसका सबूत यह है कि उसके ऊपर 'श्री जनता का होटल' की तख्ती लटकी थी। वैसे वहाँ ज़माने के चलन के अनुसार खाने के लिए सिर्फ़ भूसे के बिस्कुट और कूड़े के बासी केक तथा पीने के लिए दूधनुमा पानी और शक्करनुमा मिट्टी के साथ काली राख की चाय मिल जाती थी। पास के स्टेडियम में खेलनेवाले नौजवान थककर इस होटल में चाय पीने के लिए आते और नए सिरे से खेलने की और झगड़ा करने की स्फूर्ति लेकर जाते। दर्शक लोग यहीं आकर चाय पीते और खिलाड़ियों को खेल में ललकारने के लिए और उन्हें आपस में लड़ा देने के लिए आवश्यक उत्साह बटोर लेते।

एक दिन ऐसा हुआ कि स्टेडियम में फुटबाल का खेल होते-होते किसी टेक्नीकल विषय पर एक टीम का रेफ़री के साथ शास्त्रार्थ हो गया। रेफ़री की तरफ़ से दूसरी टीम भी शास्त्रार्थ करने लगी। दर्शकों के भी दो दल हो गए और दोनों टीमों की ओर से शास्त्रार्थ करने लगे। परिणाम यह हुआ कि कुछ लोग तो सिर्फ़ गाली खाकर फ़ुर्सत पा गए, पर बहुत से लोगों को शास्त्रार्थ की गहरी लपेट में आ जाना पड़ा। आख़िर में पुलिस के एक द्रुतगामी जत्थे के आ जाने से दोनों दल तितर-बितर हो गए। उनमें से एक नौजवान खिलाड़ी 'श्री जनता होटल' तक लड़खड़ाता हुआ आया और एक डगमगाती हुई मेज़ के सहारे कुर्सी पर बैठ गया।

धारीदार अंडरवियर और फटी हुई गन्दी बनियान पहने हुए एक बैरे ने आकर पूछा, "क्यों साहब, चाय पीजिएगा?"

खिलाड़ी ने कहा, "तुम्हारे यहाँ कोई नई बनियान है?"

बैरे ने कहा, "खाने में सिर्फ़ बिस्कुट रह गया है।"

उसने फिर पूछा, "तो फिर सुई-डोरा और बटन होंगे?"

बैरे ने वैसे ही कहा, "नहीं साहब, एकाध केक शायद पड़ा हो। ले आऊँ?"

स्टेडियमवाले शास्त्रार्थ में एक वज़नी तर्क का प्रभाव खिलाड़ी की बनियान पर पड़ा था और उसकी धज्जियाँ उड़ गई थीं। दूसरा तर्क उसके पैंट से चिपक गया था और वह इसलिए एकाध जगह से दाँत निकालने लगा था। बैरे का जवाब पाकर वह खिलाड़ी 'श्री जनता होटल' से चल दिया, पर जाते-जाते होटल के मालिक को यह सलाह देता गया कि अगर उस स्टेडियम के पास होटल चलाना है तो उसे एक होजरी

की और दूसरी दर्ज़ीगीरी की दुकान भी चलनी चाहिए।

उसमें कुछ ही दिनों बाद होटल के साथ-ही-साथ एक होज़री की दुकान खुल गई जहाँ ज़माने के चलन के अनुसार चुंगीवालों की आँख बचाकर लाई गई सस्ती बनियानें और मोज़े बिकने लगे। साथ ही एक लँगड़ा टेलर-मास्टर एक पुरानी मशीन लेकर बैठ गया और ज़माने के ही चलन के अनुसार किसी कपड़ा बिगाड़ देनेवाले, ज़ाहिल छोकरे के सहारे 'डि-लक्स टेलरिंग हाउस' नाम की कम्पनी चलने लगी।

कुछ दिन बीतने पर एक और खिलाड़ी लड़खड़ाता हुआ आया और आकर उसी डगमगाती मेज़ के सहारे कुर्सी पर बैठ गया। उसी बैरे ने खिलाड़ी से पूछा, "चाय ले आएँ साहब?"

खिलाड़ी ने सिर हिलाकर कहा, "नहीं।"

बैरे ने फिर पूछा, "तो फिर मोज़ा, बनियान, अंडरवियर, इनमें से कुछ ले आएँ? या हाफ-पैंट उतार दें तो जहाँ-जहाँ फटी है, वहाँ-वहाँ उसकी सिलाई करा दें।"

इस बार खिलाड़ी ने चीख़कर कहा, "क्यों जी, बिल्कुल ही अन्धे हो गए हो? तुम्हें मेरा माथा नहीं दीख पड़ता? जाओ, जल्दी से डिटॉल, मरक्यूरोक्रोम, रूई की पट्टी ले आओ।"

बैरे ने कहा, "एकाध सिली हुई बुश्शर्ट और रोएँदार तौलिया तो मिल सकती है, पर यह सब तो नहीं होगा साहब!"

खिलाड़ी आज हॉकी का मैच जीत गया था और बाद में विपक्षियों से मार भी खा चुका था। फूटा हुआ माथा लेकर जाते-जाते वह मालिक को सलाह देता गया कि स्टेडियम के पास होटल, बनियान-स्टोर और डिलक्स टेलरिंग हाउस से कुछ न बनेगा। उसे कुछ दवा-दरमत का भी सामान रखना पड़ेगा।

उसके कुछ दिनों बाद होटल के साथ ही एक छोटी सी दवा की दुकान भी खुल गई जिसमें ज़माने के चलन के अनुसार गुजरी हुई तारीख़ोंवाली बासी दवाएँ, तूली रंग मिला हुआ मरक्यूरोक्रोम और नारियल का तेल मिला हुआ डिटॉल तक बिकने लगा।

कुछ ही दिनों बाद तीन-चार खिलाड़ी एक साथ लड़खड़ाते हुए आए और एक लम्बी बेंच पर आकर लुढ़क गए। इनमें से किसी के फूटे घुटने पर बल्ले की तस्वीर बनी हुई थी, किसी के माथे पर क्रिकेट के गेंद के बराबर दूसरा गेंद निकल आया था, किसी के चेहरे पर लगता था, सौ गज़ की दौड़ दौड़ा दी गई है।

इस बार बैरे की हिम्मत नहीं पड़ी कि इन खिलाड़ियों से चाय के लिए पूछे। उसने तत्काल उनकी मरहमपट्टी शुरू कर दी। एक खिलाड़ी के घुटने पर वह पट्टी बाँध ही रहा था कि उसने एक झापड़ रसीद करते हुए कहा, "क्यों रे, तेरे हाथ में बबूल के काँटे लगे हैं या बेल के?"

दूसरे खिलाड़ी ने दाँत पीसते हुए अपने पैर में अपने ही हाथ से पट्टी बाँध ली और फिर अपने स्वावलम्बन पर खीझते हुए होटल के मालिक से कहा, "देखो जी, यहाँ कारोबार करना है तो एक छोटा सा अस्पताल खोल डालो, दो-एक नर्सें बुला

लो। नहीं तो किसी दिन गुस्सा आ गया तो एक ही हाथ से यह अंगड़-बंगड़ उखाड़कर फेंक दूँगा।"

उसके कुछ ही दिनों बाद वहाँ एक छोटी सी डिस्पेंसरी खुल गई और उसमें दो नर्सें आ गईं। दोनों नर्सें स्वभाव से मिलनसार थीं और दुखी लोगों के लिए सहानुभूति से छलछला रही थीं। उनके आते ही खेल-कूद में सरगर्मी आ गई; जो चुप रहते थे वे भी झगड़ने और चोट खाने लगे। होटल का कारोबार बढ़ गया, होज़री की दुकान जनरल स्टोर्स में बदल गई, टेलरिंग हाउस का रेट बढ़ गया और डिस्पेंसरी में भीड़ लगने लगी। विद्यार्थियों की साइकिलों और पत्रकारों के स्कूटरों के मारे ट्रैफ़िक पुलिस की उलझन बढ़ने लगी।

अब यह तो आप जानते ही हैं कि जहाँ खेलने-कूदने, खाने-पीने, पहनने-ओढ़ने से लेकर दुखी मन के लिए सहानुभूतिपूर्ण सम्पर्क तक पाने का सुभीता होगा, वहाँ लोग पिकनिक और सैर-सपाटे के लिए आएँगे ही; इसी से नगर का यह हिस्सा देखते-ही-देखते अच्छी तरह विकसित होने लगा और उसकी उन्नति का क्रम समझने के लिए बहुत-सी प्रगतिशील संस्थाओं के प्रतिनिधि यहाँ का चक्कर काटने लगे। इसी सबमें धीरे-धीरे होटल का मालिक बाहरी लोगों को इंटरव्यू देने का गुर सीख गया और उसका बैरा भी यहाँ-वहाँ की बातें करने के फ़न में माहिर हो गया।

अब सुना है कि किसी पिछड़े इलाक़े की विकास-परिषद् ने होटल-मालिक को प्राविधिक सलाहकार चुन लिया है, और उस बैरे ने 'डिलक्स टेलरिंग हाउस' में अपने लिए कई ऐसे सूट सिलने को दिए हैं जो उस परिषद् के चीफ़ एक्ज़ीक्यूटिव सेक्रेटरी की हैसियत के अनुकूल हों।

मृत्यु : एक दिग्दार्शनिक निबन्ध

आदर्श जीवन की परिभाषा के बारे में कई दार्शनिक मत हैं। कोई अपनी मोमबत्ती दोनों छोरों से जलाता है (हालाँकि पता नहीं कि इस तरह जलती हुई मोमबत्ती को वह खड़ी किस तरह करता है), कोई हाथों में जुम्बिश न होने पर भी आँखों के आगे साग़रो-मीना रहने देने का फ़र्मान निकालता है। कोई 'हे खगेशा, राम भजन बिनु जीवन केर कलेशा' न कटने की बात कहता है। कोई नेकी करने और नेकी न करनेवालों को दरिया में डालने की धमकी देता है।

पर आदर्श मृत्यु के बारे में सबकी राय एक है। नहीं है, तो होनी चाहिए। हार्ट-फ़ेल होने या दिमाग़ की नसें फट जाने से होनेवाली मृत्यु आदर्श होती हैं। तीसरे ढंग की आदर्श मृत्यु वह है जो हवाई जहाज़ की दुर्घटना से हो। इस तरह से मरनेवालों के गौरव में कोई सन्देह नहीं रह जाता।

हार्ट-फ़ेल से मरनेवाला आदमी साधारण नहीं हो सकता। साधारण हो भी, तो हार्ट-फ़ेल से मरकर वह असाधारण हो जाता है। उदाहरण मात्र से कोई बात सिद्ध नहीं होती, पर इस बात को सिद्ध करने के लिए अपने एक अनुभव का उदाहरण दे रहा हूँ। मेरा मतलब यह नहीं कि मुझे ख़ुद अपने हार्ट-फ़ेल का अनुभव है। मैं तो सिर्फ़ यह बताना चाहता हूँ कि मैंने एक बार रामभरोसेजी का हार्ट फ़ेल होते हुए देखा है।

वे मेरे साथ एक कान्फ्रेंस में आए थे और सब तरह से साधारण थे। उनमें असाधारण कुछ था तो सिर्फ़ उनका उच्चारण, जिसके सहारे दूसरों को उनके ज़िले का पता बताए बिना ही मिल जाता था। उनको हम लोगों ने तब तक नहीं पहचाना जब तक कि हमारे देखते-देखते वे एक व्याख्यान के दौरान अपनी सीट से गिरकर बेहोश नहीं हो गए। फिर उनके मरते-मरते हम लोगों ने यह भी जान लिया कि खेतिहरों-जैसी धजवाले बाबू रामभरोसे वास्तव में खेतिहर न थे। वे एक ताल्लुक़ेदार थे। ऐसा न होता तो हार्ट-फ़ेल क्यों होता?

लोग कहने लगे "बड़े महान् थे। सात बार जेल गए थे।"

"क्या कहने हैं!"

"एक बार तो स्वतंत्रता-संग्राम में भी जेल गए थे।"

"क्या कहने हैं!"

"पीने में हमेशा स्कॉच ही पीते थे।"

"क्या कहने हैं!"

"इसी सबमें तन्दुरुस्ती बिगड़ गई...कर्ज़ हो गया।"

"क्या कहने हैं!"

उक्त उदाहरण से सिद्ध हो जाता है कि हार्ट-फ़ेल से मरनेवाला व्यक्ति असाधारण होता है और न हो, तो हो जाता है।

हार्ट-फ़ेलवाली मृत्यु की लोकप्रियता का एक-दूसरा कारण उसकी नाटकीयता है। इसलिए वह मृत्यु उतनी ही लोकप्रिय है जितनी हिन्दी-कहानियों में आंचलिकता। उपन्यासकार इस मृत्यु को ख़ासतौर से पसन्द करते हैं। इसके सहारे जब चाहा, वे अपने किसी भी पात्र को कबूतर की तरह ज़मीन पर लिटा सकते हैं। इससे कथा का चरपरापन भी बढ़ जाता है और चार अध्याय पहले से पात्र को मारने के लिए तैयारी नहीं करनी पड़ती। मुश्किल में फँसे हुए और लेखक को मुश्किल में फँसानेवाले पात्र को एक किनारे लगाने का यह एक बड़ा ही सस्ता और आज़मूदा नुस्ख़ा है। मैं औरों को किस मुँह से कहूँ, एक क्षणिक कमज़ोरी के कारण मैंने ख़ुद एक बार अपने एक पात्र को इस तरकीब से लगभग मार ही डाला था।[1]

मुझे क्षमा कीजिए। एक दार्शनिक व्याख्या में उपन्यास का ज़िक्र करना अनुचित था। क्योंकि उधर उपन्यास में कोई दार्शनिकता आते ही पाठक 'अनुचित', 'अनुचित' की आवाज़ उठाने लगते हैं। हाँ, तो मैं हार्ट-फ़ेल की विशेषताएँ समझा रहा था। हार्ट-फेल की ख़राबी बस यही है कि कभी यह ग़लत जगह मारता है। 'मारेसि मोहि कुठाउँ' या 'हिटिंग बेलो दि बेल्ट' जैसे वाक्यों को पूरा करने में हार्ट-फ़ेल बतौर कर्ता के इस्तेमाल हो जाता है। एक और उदाहरण देकर अपनी बात प्रमाणित करूँगा। अमुकदासजी के साथ यही हुआ। वे शमीम के यहाँ मसनद पर गाना सुनते-सुनते लुढ़क गए और अपने आगे साग़रो-मीना रखे-रखे समाप्त हो गए। हाथ पसारे आए थे, हाथ पसारे चले गए। पर आने के वक़्तवाला शोर नहीं मचा पाए। शोर साज़िन्दों ने मचाया। तत्काल पुलिस आ गई, जैसे ग़लत तरीक़े से पानी पीते ही हिचकी आ जाती है।

अमुकदासजी बड़े ही प्रसिद्ध समाजसेवी थे और इसीलिए उनका चरित्रवान होना स्वत:सिद्ध था। पर उनकी मृत्यु की बात सुनते ही लोगों ने उनके बारे में ऐसी-ऐसी बातें कहनी शुरू कर दीं जिनसे देवताओं में इन्द्र-वरुण और मनुष्यों में मजनूँ-देवदास की ख्याति भले ही ऊपर उछल जाए, अमुकदासजी की सिर्फ़ टोपी ही उछल सकती थी। मैंने लोगों को लाख समझाया कि अमुकदासजी उस समय शमीम के घर उसका हृदय-परिवर्तन करने के लिए गए थे, पर यह दलील शुरू से ही लचर साबित हुई।

दिमाग़ के रक्त-स्राव से मरना भी मरने का एक उपयोगी तरीक़ा है। इससे सिद्ध हो जाता है कि मरनेवाले के पास दिमाग़ था और इस बात को लेकर उसके जीवन-भर लगे हुए एक आरोप का खंडन हो जाता है। अत: यह तरीक़ा ख़ासतौर से राजनीतिज्ञों के लिए काफ़ी महत्त्वपूर्ण है और किसी दल-विशेष की सदस्यता की तरह अपने-आप

1. यक़ीन न हो तो देखिए : 'अज्ञातवास' में रजनीकान्त को।

में यह बड़प्पन की ज़ोरदार दलील बन सकता है। खोपड़ी का फटना बिल्कुल दूसरी चीज़ है। बरसात में खेतों की हदबन्दी को लेकर लाठियाँ चला ही करती हैं, खोपड़ियाँ फूटा ही करती हैं, लोग मरते ही रहते हैं। यह सब वैसे ही होता है जैसे क़ानून बनते ही रहते हैं, शान्ति की अपीलें निकला ही करती हैं, फ़ाख्ते उड़ते ही रहते हैं। पर दिमाग़ी रक्त-स्राव से मरने और खोपड़ी की चोट से मरने में क्लास का अन्तर है। एक ओर मोटी और कड़ी गर्दन, ख़ूब लम्बा और कसैला सिगार, कलफ़दार खड़ा कालर, दिन-रात की लिखा-पढ़ी, सुप्रीम कोर्ट तक की दौड़-धूप और दिमाग़ी रक्त-स्राव; और दूसरी ओर लुचलुचे कन्धे, एक बार की पी हुई बीड़ी का कान पर रखा हुआ टुकड़ा, हल की मूठ, फौज़दारी, पंचायती अदालत, फूटी खोपड़ी—यानी अन्तर क्लास ही का है और यही असली अन्तर है।

हवाई जहाज़ की दुर्घटना में मरना, सामूहिक रूप से रोज़मर्रा की बात होते हुए भी, व्यक्तिगत रूप से विशिष्टता का एक अंग है। पहले यह गौरव कार-दुर्घटना से भी प्राप्त हो जाता था। पर कारों और जीपों का उपयोग अब इस प्रकार भी होने लगा है कि साधारण हैसियत के आदमी भी सरकारी या ग़ैर-सरकारी नौकरियों की मार्फ़त इन पर घूमने लगे हैं। अतः अब कार-दुर्घटना का शिकार होने-भर से कोई बात दुर्घटित व्यक्ति के पक्ष में साबित नहीं हो पाती। पर हवाई जहाज़ की दुर्घटना में अब भी काफ़ी गौरव बाक़ी है और खेद के साथ मुझे सूचित करना पड़ा है कि हार्ट-फ़ेल की तरह इस तरकीब की ओर अभी हिन्दी उपन्यासकारों का ध्यान नहीं गया है। इस नुस्ख़े की आजमाइश भी करने लायक है और यह विश्वासपूर्वक कहा जा सकता है कि एक बार इसके चल निकलते ही आगामी दशाब्दी के सत्तर प्रतिशत पात्र हार्ट-फ़ेल की अपेक्षा हवाई दुर्घटना की ओर उन्मुख दिखाई पड़ेंगे।

इसके विपरीत मृत्यु का एक स्फुटच्चर (फटीचर) उदाहरण यह भी है कि सड़क के बाईं ओर किसी ट्रक के नीचे साइकिल-समेत पिच्ची होकर मरा जाए। यहाँ हमें मानना होगा कि हमारे कथाकारों की अपेक्षा बम्बइया फ़िल्मकार इस स्थिति के बारे में अधिक सचेत हैं और जब कभी किसी पात्र से फ़ुर्सत पाने के साथ-ही-साथ उसके लिए सहानुभूति का एक ज़ोरदार मिक्सचर भी देना होता है तो वे बिना किसी चेतावनी के उसके पीछे कोई धड़धड़ाती हुई ट्रक—जवान पात्रों को मारने के लिए कार—प्रकट कर देते हैं। किन्तु उच्चस्तरीय मृत्यु के मामले में अभी वे भी बैलगाड़ी-युग में ही हैं। हवाई जहाज़ तक वे अभी नहीं पहुँच पाए।

सड़क पर ट्रक के नीचे कुचला जाना जिस प्रकार पात्र की स्फुटच्चरता का प्रमाण है वैसे ही हवाई जहाज़ की दुर्घटना का शिकार बनना वर्गगत महत्ता का। दूसरे प्रकार से मरनेवाला व्यक्ति अपने वारिसों को यह कहने के लिए छोड़ जाता है, "डैडी की डेथ तो स्टेट्स जाते वक़्त एयर-क्रैश में हो गई थी।—हाँ, वही क्रैश जिसमें विलियम्सन की फ़ेमिली भी...।" पर, है कोई माई का लाल, जो उसी तरह कह सकता हो—"बप्पा दपतर से सैकिल पर आ रहे थे। रास्ते में एक मरसिडिया ट्रक की लपेट

में आ गए।—हाँ, वहीं तो। सड़क के किनारे घुरहू नाई बोरा बिछाकर बैठा था। उसे भी काफ़ी चोट आ गई थी।"

इस लोक में रहते हुए आज हम बहुत से आभिजात्य प्रतीकों से घिरे हुए हैं—आया, कान्वेंट, विदेश-यात्रा, नए मॉडल की कार, मातृ-भूमि और मातृ-भाषा से परेशानी आदि-आदि।—उसी तरह अब लोगों के मरने पर यह देखा जाएगा कि अमुक जन इह-लोक से उह-लोक किस पद्धति से गया। इस प्रकार मृत्यु की पद्धति-विशेष भी अब आभिजात्य का अन्तिम प्रतीक बनकर रह गई है। पहले भी महापुरुष योग से शरीर-त्याग करते थे, जघन्य पुरुष अकाल मृत्यु ही मरते थे। मृत्यु की पद्धति-विशेष पहले भी आज ही की तरह आभिजात्य का अन्तिम प्रतीक थी। किन्तु इससे यही सिद्ध होता है कि जो पहले था, वही अब भी है। यही इस महान् देश की विशेषता है। यही इस निबन्ध का निष्कर्ष है।

एक छोटा सा क़ानूनी सवाल

हम साधारण भारतवासी इराक-कुवैत की उठापटक और सोवियत संघ का भट्ठा बैठने जैसी असाधारण या अपवाद के तौर पर, टेस्ट क्रिकेट जैसी साधारण घटनाओं में इतना खोए रहते हैं कि चारों ओर फैले साधारण पर हमारी नजर नहीं जाती। अगर सामने पड़ी केंचुल पर नजर पड़ेगी भी तो वह तभी जबकि वह बदलकर फ़न उठाए हुए नाग जैसी दिखने लगे। वैसे इस वक्तव्य में संशोधन की माँग की जा सकती है। क्योंकि हमारी नजर कभी-कभी साधारण पर भी जाती है, बशर्ते कि वह असाधारण किस्म का साधारण हो। जैसे किसी अंग प्रदर्शित करनेवाली मॉडल का अचानक फ़िल्मी ऐक्ट्रेस बन जाना या किसी फिल्मी ऐक्ट्रेस का अचानक अंग प्रदर्शित करने लगना। ज़ाहिर है ये साधारण बातें असाधारण तभी बनती हैं जब वे फ़िल्मी या खेलकूद की दुनिया की हों; अध्यापकों, दुकानदारों या लेखकों की ज़िन्दगी की नहीं। तभी—लेखकों का ही नमूना लें—पिछले दिनों इतनी कोशिशों के बावजूद काशीनाथ सिंह और रवीन्द्र कालिया जैसे कथालेखक, और उनसे पहले उनसे भी ज़्यादा दबीज़ उपेन्द्रनाथ अश्क जैसे दूसरे कथालेखक साधारण पाठक को अपने संस्मरणों के असाधारण अनुभवों की ओर नहीं खींच पाए। साधारण पाठक ने इसे साहित्यकारों की साहित्यिक चोंचलेबाजी समझकर फुर्ती के साथ अपनी नाक इधर से हटाकर पत्रिका के उस पन्ने में खोंस दी होगी जिसमें किसी पूजा बेदी के कीर्ति-कलापों से एक साथ कैमरे और क़लम ने खेल किया है।

अब यहाँ काशीनाथ सिंह और रवीन्द्र कालिया का ज़िक्र सिर्फ़ साधारण द्वारा साधारणों की उपेक्षा किए जाने के प्रसंग में किया गया है और इसका उनके कर्म और कृति की गुणवत्ता से कोई सम्बन्ध नहीं है। सच तो यह है कि उन्होंने जो भी किया (यानी जो भी लिखा), वह—माना जा सकता है—बिल्कुल जायज़ है और संविधानसम्मत तो है ही। मगर इस टिप्पणी में मेरे विलाप का विषय बहुत से लोगों के ऐसे कर्म और कृत्य हैं जिन्हें साधारण समझकर साधारण लोग—और कई असाधारण लोग भी नज़रअन्दाज़ करते रहते हैं किन्तु न जो जायज़ हैं और न ही संविधानसम्मत।

ऐसे ही कर्मों और कृत्यों का सम्बन्ध हमारे उत्तर भारत के वकील-समुदाय से है। पर वकीलों में न पूजा बेदी हैं, न विवेक मुशरान; इसीलिए यह समुदाय साधारण लोगों को अभी दूर से निर्जीव पड़ी हुई साधारण केंचुल जैसा दीख रहा है।

सच-झूठ भगवान जाने या सच-झूठ से निबटना ही जिनका पेशा है जज और वकील जानें—पर कुछ दिन हुए अख़बारों में जो घटना छपी वह कुछ इस तरह है :

उत्तर प्रदेश के एक पूर्वी ज़िले में कुछ वकीलों ने एक मुख्य न्यायिक मजिस्ट्रेट की पिटाई कर दी। वकील मजिस्ट्रेट के एक फ़ैसले से उत्तेजित हो रहे थे। फ़ैसला तीन पुलिसकर्मियों को लेकर था। उन्होंने एक वकील को गिरफ़्तार करके उसके साथ ज़्यादती की थी। वकील इस पर उत्तेजित हो गए। तब दोषी पुलिसकर्मियों को गिरफ़्तार किया गया। मुख्य न्यायिक मजिस्ट्रेट ने उन तीनों की अर्ज़ी मंजूर करके उन्हें ज़मानत पर छोड़ दिया। इतना वकीलों को फिर से उत्तेजित करने और मजिस्ट्रेट के पिटने के लिए काफ़ी था। (एक अख़बार ने इस साधारण घटना को और भी साधारण बनाते हुए लिखा है कि मजिस्ट्रेट वास्तव में पिटे नहीं पिटते-पिटते बच गए। पर इससे यह साबित नहीं होता कि वकीलों के मुँह से उत्तेजना का जो झाग गिर रहा था, उसका घनत्व या विस्तार किसी तरह कम हुआ हो।)

सवाल यह है : ये वकील आए कहाँ से? मुझे यक़ीन है कि यह सुनते ही आज के राष्ट्रवादी नागरिक महाभारत, मनुस्मृति, शुक्रनीति आदि देखकर बताने लगेंगे कि जैसे हवाई जहाज़ और एटम बम आदि हमारे यहाँ वैदिक युग से चले आ रहे हैं वैसे ही वकील राजतंत्र के आरम्भ से यहाँ मौजूद रहे हैं। और चाणक्य सीरियल के विधाता डॉ. चन्द्रप्रकाश अगर मौर्ययुग में 'हर हर महादेव' सुन सकते हैं तो कौटिल्यीय अर्थशास्त्र में वे वकील को तो खोज ही लेंगे। पर विलायती क़ानून के साथ भारत में आए या पनपे वकील को वैदिक यज्ञों का धुआँ सुँघाने के लिए मैंने यह सवाल नहीं किया है। मेरा सवाल है; इतने उत्तेजित वकील अचानक आए कहाँ से?

लगता है कि यह सवाल भी ठीक से नहीं उठा क्योंकि जवाब में कहा जा सकता है कि पिछले सालों में दिल्ली, उत्तर प्रदेश और कई दूसरे राज्यों में रह-रहकर वकील जो करते रहे हैं, उससे यही नतीजा निकलता है कि व्यक्तिगत स्तर पर वे भले ही जनक, गौतमबुद्ध या गांधी हों, सामूहिक रूप में सबसे पहले उत्तेजित हैं, फिर वकील हैं, फिर आदमी हैं। यानी, सामूहिक स्तर पर उत्तेजना उनके लिए वैसी ही हो गई है जैसे मछली के लिए पानी, यानी पानी के लिए तरलता या तरलता के लिए बहकर नीचे गिरने का स्वभाव।

तभी वे दिल्ली में चोरी के इल्ज़ाम में किसी वकील के हथकड़ी लगने पर उत्तेजित होते हैं, पुलिस उपायुक्त के दफ़्तर के गलियारों में उत्तेजित होते हैं, इलजास के बाड़े में अपनी अनधिकृत दुकानों के हटने पर उत्तेजित होते हैं, जनता को राहत देने के लिए न्यायालय के अधिकार-क्षेत्र के प्रस्तावित विकेन्द्रीकरण पर उपेक्षित होते हैं। और हाज़िरी-ग़ैरहाज़िरी, छुट्टी-काम और न्यायालय के निर्णय-अनिर्णय पर तो वे उत्तेजित होते ही रहते हैं। और अब एक मजिस्ट्रेट के एक बाक़ायदा क़ानूनी फ़ैसले को लेकर उत्तेजित हुए हैं और सभी जानते हैं कि इन सब बातों का जवाब उत्तेजना नहीं, बल्कि उस क़ानून की किताब में लिखी आवेदन, अपील और निगरानी की व्यवस्था है जिसकी रक्षा करने के लिए न जाने किस विदूषक ने वकालत का पेशा ईजाद किया था।

अब अगर मान लें कि विधिसम्मत कार्रवाई और तर्क का स्थान उत्तेजना और

मारपीट ले सकती है तो कुछ पंक्तियों पहले मैंने मुख्य न्यायिक मजिस्ट्रेट के साथ हुई जिस घटना का ज़िक्र किया है, उसे केन्द्र में डालकर कई दृश्य बन सकते हैं। पहला तो वही कि जो था; यानी पुलिसजनों को ज़मानत पर छोड़ने का फ़ैसला हुआ और वकीलों ने उत्तेजित होकर मजिस्ट्रेट को पीट दिया। दूसरा दृश्य यह हो सकता है कि पुलिसजनों की ज़मानत नामंजूर हो गई और इस पर उत्तेजित होकर पुलिसकर्मियों ने मजिस्ट्रेट को पीट दिया। कुछ दिन पहले गुजरात में पुलिस के हाथों एक के साथ हुई घटना से और उत्तर भारत में छिटपुट होनेवाली ऐसी कई घटनाओं से यह बात बड़े सुभीते के साथ मानी जा सकती है कि यह दूसरा दृश्य पहले दृश्य से भी ज़्यादा सहज और—साहित्यिक भाषा में कहें तो—यथार्थपरक है। अब एक तीसरा दृश्य भी है जो उतना सहज तो नहीं है पर यदि मजिस्ट्रेट न्यायविद् होने के साथ नीतिकुशल भी हो तो उसे यथार्थपरक बना सकता है।

यह मजिस्ट्रेट जानता है कि ज़मानत पर पुलिसकर्मियों को छोड़ देने से उसे वकीलों के हाथों पिटना पड़ेगा। वह यह भी जानता है कि पुलिसकर्मियों की ज़मानत नामंजूर हो जाने पर उसे पुलिस के हाथों पिटना पड़ेगा। वह जानता है कि वकील और पुलिसकर्मी—दोनों ही उत्तेजना का और हाथों और हथियारों का जमकर इस्तेमाल कर सकते हैं और हर हालत में कोई-न-कोई इनका इस्तेमाल करेगा ही; जब कि वह, यानी मजिस्ट्रेट जवाब में ख़ुद अपनी बुज़दिली और निहत्थापन ही पेश कर पाएगा। ऐसी दशा में उसे एक प्रस्ताव पेश करना चाहिए कि "अधिवक्ता संघ के माननीय सदस्यो और पुलिसजनो, मुझे मालूम है कि मेरे फ़ैसले के बाद आप दो में से कोई-न-कोई उत्तेजना और ताक़त का इस्तेमाल करेगा ही। इसलिए मैं अभी अपना फ़ैसला स्थगित रखता हूँ। चूँकि सारा खेल उत्तेजना और ताक़त का है, इसलिए मैं चाहूँगा कि आप दोनों के प्रतिनिधि आमने-सामने आकर एक-दूसरे पर अपनी उत्तेजना और ताक़त की आज़माइश पहले ही कर लें। इनमें जो जीतकर मेरे सामने आएगा, फ़ैसला उसी के पक्ष में सुना दिया जाएगा। शुरू में अगर आप लोग इतना फील्ड वर्क कर लेंगे तो फ़ैसले के बाद होनेवाली उत्तेजना और हिंसा की अवांछनीय स्थिति में आप दोनों पक्ष या मुझे मिलाकर, हम तीनों पक्ष बच जाएँगे।"

इस तीसरे दृश्य के बारे में जो लोग पहले से सोच रहे हों कि सीधे मुक़ाबले में फ़ैसला पुलिस के पक्ष में होगा उन्हें आगाह करना ज़रूरी है कि मारपीट में दक्षता को लेकर पुलिस में उनका विश्वास आधाररहित है और पुलिस को हमेशा विजयी समझने की उनकी धारणा अगर सौ फ़ीसदी पक्षपातपूर्ण नहीं तो भावुकता-मिश्रित और आशावादी अवश्य है। और यहीं मैं अपने उस सवाल पर भी वापस आना चाहूँगा कि इतने उत्तेजित वकील आए कहाँ से।

सारे देश में प्रबुद्ध और शिष्ट वकीलों की एक मज़बूत पारिवारिक परम्परा है और उन परिवारों की बहुत सी लायक़ सन्तानें, किसी भी उम्दा पेशे में चमकने की सुप्रकट क्षमता के बावजूद, वकालत के पारिवारिक पेशे में प्रवेश कर रही हैं। पहली पीढ़ी के

भी कई ऐसे वकील हैं जो इन परम्पराओं को पानी में मछली की तरह—पर अध:पतन की ओर बढ़नेवाली तरलता की तरह नहीं—अपना लेते हैं। पर आज वकीलों की एक बहुत बड़ी जमात—या भीड़—उनकी है जो पानी में मछली की तरह नहीं, ख़ुद पानी की तरह अपने आप सबसे नीचा धरातल खोज लेती है।

मुझे पूरे देश का पता नहीं, पर देश के सबसे ज़्यादा जन-संकुल राज्य उत्तर प्रदेश विश्वविद्यालयों में वकालत की पढ़ाई की कुछ जानकारी है। और यह है तो बिहार के बारे में। बिना कुछ जाने ही मैं बहुत कुछ जानता हूँ, क्योंकि पिछड़ेपन की होड़ में वह इस मैदान में उत्तर प्रदेश से भी दो क़दम आगे होगा। अब, उत्तर प्रदेश के विश्वविद्यालयों में क़ानून की कक्षा में प्रवेश सबसे आसान है और उतना ही आसान है जितना क़ानून की परीक्षा में फेल होना मुश्किल है। अन्तहीन छात्र आन्दोलनों ने यह निश्चित करा लिया है कि क़ानून की कक्षा में प्रवेश की सीटें हर हालत में लगभग उतनी होंगी जितने कि प्रवेशार्थी होंगे। यह भी हो रहा है कि क़ानून की कक्षाएँ तभी लगेंगी जब बहुत से छात्र दूसरे कार्यों से निबटने के काफ़ी बाद, या पहले, खाली होंगे, यानी दिन को नहीं, शाम वक़्त या सवेरे। वे काम हैं महापालिकाओं, विकास प्राधिकरणों,

पी.डब्लू.डी. आदि में तमंचे के ज़ोर से ठेकेदारी करना, राजनीतिक पार्टियों के मुस्टंड पट्ठे की हैसियत से छात्रनेता का कारोबार चलाना, छोटी-मोटी सेना तैयार करके भाड़े पर दूसरों की ज़मीन हथियाना या मकानों पर एक का क़ब्ज़ा हटाकर दूसरे को क़ब्ज़ा दिलाना आदि। इसके बाद, यह भी परम्परा है कि अनुपस्थित रहते हुए भी कक्षा में 'प्रॉक्सी' से उपस्थित रहना।

इस आरम्भिक प्रशिक्षण और उठापटक के बाद, वकील की हैसियत से निबन्धन की कई औपचारिकताएँ बिना किसी बाधा के पूरी करके, वकीलों की जमात में कोई भी आसानी से घुस सकता है, असंगठित मज़दूरों के मुक़ाबले इस सुरक्षा के साथ कि वह एक संगठित जमात का अंग है। पर असंगठित मज़दूरों से उसका अन्तर यहीं नहीं ख़त्म होता। उसे चौराहों पर नारेबाजी, मारपीट, माफ़िया गुटों की कार्यप्रणाली, राजनीति के निकम्मेपन, और उससे जुड़े अपार और असंख्य लाभ, और सारी व्यवस्थित संस्थाओं के खोखलेपन की पहले से ही जानकारी है। फिर, वकील बनते ही उसे तत्काल दो बोनस मिलते हैं : पत्रकारों की तरह किसी भी सत्तारूढ़ आदमी के आगे-पीछे दाएँ-बाएँ लगकर उसे 'आप' से 'तू' तक कहने का अधिकार और राजनीतिक नेताओं की तरह दुर्दान्त डकैतों, ख़ूनियों और जालसाज़ों से सीधा परिचय।

शिष्टता, सभ्यता और सौम्य निर्भीकता की ख्यातिवाले इस व्यवसाय में यह नया टाइप कब से घुस आया है, और कितना मजबूत है—इसका आभास वकीलों के बहुकालीन और बहुरंगी आन्दोलनों से हो सकता है। वैसे तो अब कोई भी पेशा समानधर्मा और समान संस्कारवाले लोगों की जमात नहीं रहा, पर वकालत के साथ विशेष रूप से ऐसा हुआ है कि यहाँ सभी तरह के संस्कार, विचार, रंग, रेशे, धारियोंवाले तीन पीढ़ी के लोग एक साथ मंच पर मौजूद हैं और अब यह किसी न्यूनतम आचरण-संहिता में विश्वास

रखनेवालों की जमात नहीं है; यह एक अपने आप में भरी-पूरी दुनिया है जिसे बाहरी दुनिया की अराजकता और असंगतियाँ एक साथ, एक ही जगह पर नियंत्रित करती हैं।

इसलिए आपको हैरत न होनी चाहिए अगर मजिस्ट्रेट द्वारा रचित तीसरे दृश्य के अनुसार बार एसोसिएशन के प्रतिनिधियों और पुलिसकर्मियों के बीच सीधा मुक़ाबला होने पर पुलिस को उन्हीं की चिरपरिचित दवाओं की बोतलें पीनी पड़ जाएँ यानी पिटकर और बाद में दुम दबाकर उन्हें मैदान से भागना पड़ जाए, और इसके बाद उनकी ज़मानत की अर्ज़ी 'तदनुसार निस्तारित' मान ली जाए!

यहाँ तक सब ठीक है, फिर भी दो छोटी चीज़ें खटकने के लिए बच रहती हैं। एक तो यह कि वकील के पेशे का जो मॉडल हमने 'वेनिस का व्यापारी' से पाया है, वह आज भी न्याय को महान्, पर करुणा को महत्तर शक्ति मानता है। पर आज भी करुणा की महत्ता को एक तर्क बनाकर वकीलों की तरफ़ से उसे न्यायालयों में प्रस्तुत कराता है। तभी अपराध सिद्ध होने पर भी अपराधी की कच्ची उम्र, उसकी बेवा माँ की दरिद्रता और बीमारी या अपराधी की दूसरी दुःखद स्थितियों का हवाला देकर उसे 'रियायत की परिस्थिति' (एक्सटेनुएटिंग सर्कम्स्टांस) का लाभ दिलाने की कोशिश की जाती है। और जहाँ सौ फ़ीसदी अपराध सिद्ध न हों, वहाँ वकील ही सबसे पहले 'सन्देह का लाभ' वाले तर्क को दबोचकर, बरसाती छिपकली जैसे बेख़बर कीड़े पर टूटती है, न्यायालय पर टूटता है। पर करुणा, मानवीयता, सन्देह का लाभ जैसे तर्कों में डूबा हुआ वही व्यक्ति उत्तेजित होते ही अपने विरोधी के हक़ में यह सब भूल जाता है; उसके जिस्म से आधा पाउंड गोश्त काट-निकालने के लिए उतावला हो उठता है।

बहस के लिए अगर मैं मान भी लूँ कि उक्त घटना में मजिस्ट्रेट न्याय के खिलाफ़ खड़ा था और वकील न्याय के पक्ष में, तब भी सवाल उठेगा : करुणा, मानवीयता, सन्देह का लाभ आदि क्या सिर्फ़ ख़ूनियों, डकैतों, बलात्कारियों, जालसाज़ों के लिए ही हैं? एक अलोकप्रिय फ़ैसला देनेवाले मजिस्ट्रेट के हक़ में ये सिद्धान्त क्या दूर से भी लागू नहीं किए जाएँगे?

और दूसरी बात बिल्कुल सीधी है। माना कि बदकलाम गुंडों और झूठों से लेकर सन्तों और सत्यवादियों तक को हमारा संविधान स्वतंत्र अभिव्यक्ति का अधिकार देता है, फिर भी किसी समुदाय को—चाहे वह अधिवक्ता संघ के माननीय सदस्यों का ही क्यों न हो—क़दम-क़दम पर हिंसक मुद्रा अपनाने और देश के क़ानून को पाँव से रौंदने का अधिकार कहाँ से मिल जाता है? और यह कैसी उलटबाँसी है कि जिस वर्ग का गठन क़ानून की और उसकी मर्यादा की रक्षा के उद्देश्य से हुआ हो, वही वर्ग क़ानून से सम्बन्धित सारी संस्थाओं और साधनों को अपमानित और नष्ट करने को ही अपने शानदार वजूद का सबूत समझता है।

एक बहुत सीधा आदमी

इस कहानी का नायक एक बहुत सीधा आदमी है। सुभीते के लिए आप कल्पना कर लें कि उसका नाम रामभरोसे है। उसका असली नाम मैं यहाँ खोलना नहीं चाहता, क्योंकि उस नाम के सभी लोग तब समझेंगे कि मैं उनको बहुत सीधा बता रहा हूँ और हो सकता है कि वे बुरा मान जाएँ, तभी मैंने अपने सीधे-सादे कथानक का फ़र्ज़ी नाम रामभरोसे रखा है। इस अपार संसार-सागर में उसकी नाव तो रामभरोसे ही पार होनी है।

रामभरोसेजी का बचपन उनके माँ-बाप के लिए बड़ी चिन्ता का समय था। जो भी उनके घर आता, उन्हें देखते ही कहने लगता, "आपका लड़का बड़ा सीधा है।" माँ-बाप का कलेजा फट जाता। वे लोग अफ़सर वर्ग के थे। वे देखते कि उनके पड़ोसियों के लड़के अपनी चुस्ती और चालाकी में एक के बाद दूसरी खाई लाँघते हुए आगे बढ़ रहे हैं और उनके लड़के से चिपका हुआ यह सीधापन छूटने ही नहीं आता। किसी तरह अपनी पढ़ाई पूरी हुई, फिर पीरों-फकीरों की दुआएँ माँगी गईं, सिफ़ारिशों के घोड़े दौड़े और जैसे-तैसे रामभरोसेजी को उद्योग विभाग में ऐसी नौकरी मिल गई जो न बहुत नीची थी, न बहुत ऊँची। तब तक उनके पड़ोसियों के चुस्त लड़के, जिन्हें अब चालाक न कहकर 'स्मार्ट' कहा जाने लगा था, बड़ी लाइन से बड़ी-बड़ी जगहों पर बैठ गए थे। उनमें दो-चार ऐसे भी थे जो रामभरोसेजी के ही संगठन में अफ़सर बने।

इन स्मार्ट अफ़सरों के लिए रामभरोसेजी की प्रगति-यात्रा एक निहायत दिलचस्प विषय थी। बिना किसी के बताए ही वे अब तक अपने पूरे महकमे में बहुत सीधे आदमी की शक्ल में मशहूर हो चुके थे। रही-सही कसर इन स्मार्ट अफ़सरों ने चारों ओर यह सहानुभूति-भरी घोषणा करके पूरी कर दी कि वैसे तो वह बड़ा उम्दा आदमी है पर बहुत सीधा है, कभी-कभी तो उनका नाम लिये बिना ही कहा जाता 'बेचारा बहुत सीधा है।'

हैरत की बात यह है कि अपने सीधेपन के बावजूद रामभरोसेजी अब तक दो तरक्कियाँ पा चुके थे और हैसियत में अपने स्मार्ट साथियों में कुछ ज़्यादा नीचे नहीं बैठते थे। इस कारण कुछ लोग ऐसे भी थे जो उनके आचरण को बड़े सन्देह के साथ देखने लगे थे, उन्हें कभी-कभी शंका होती थी कि कहीं इसके सीधेपन में कोई मिलावट तो नहीं आ गई है।

जो भी हो, उन्हीं दिनों रामभरोसेजी को एक ऐसा काम सौंपा गया जो उनके साथियों की निगाह में रामभरोसेजी के बाप के बाप के भी बूते का न था। हुआ यह कि एक बड़े उद्योगपति की मिल में कई लाख रुपए की कर-चोरी का क़िस्सा प्रचारित हुआ।

आजकल तो हम लोग अरबों की बात सुनते रहते हैं और सुनकर मौसम की बात करने लगते हैं पर उन दिनों कुछ लाख रुपए निकालने के नाम पर बड़े-बड़े रईसों के दिल दरक जाते थे। बहरहाल, ऊपर फ़ैसला हुआ कि मिल प्रशासन के ख़िलाफ़ जाँच बैठाई जाए और असलियत का पता लगाया जाए।

पर जाँच के लिए जिस किसी अफ़सर का नाम प्रस्तावित होता, मिल-मालिक उस पर ऐतराज़ करते। वे कोई-न-कोई पुरानी कथा सुनाते जिससे लगता कि फ़लाँ अफ़सर उनसे इसलिए और फ़लाँ उसलिए नाराज़ हैं। अन्त में खीझकर उनसे कहा गया, "तो आप चाहते क्या हैं? मामले की जाँच रामभरोसे करें? अगर आप यही चाहते हों तो उनका नाम इसी वक्त पक्का किया जा सकता है।"

मिल मालिक यही चाहते थे। रामभरोसेजी सीधे आदमी तो थे ही, जाँच के विषय से उनका दूर-दूर का भी नाता न था। उनके मिल में पहुँचने की बात हुई, तब उन्होंने इशारे में बताया कि फ़लाँ तारीख़ के बाद बताएँगे। पर एक दिन वे अचानक मिल की अतिथिशाला में पहुँच गए। स्टेशन से वे रिक्शा लेकर आए थे। उन्हें देखते ही मिल मालिक और मैनेजर 'हाय हाय' करने लगे, बोले, "आप यहाँ रेल से आए, यह हम बर्दाश्त कर लेंगे, पर रिक्शा। यह सरासर ज़्यादती है। स्टेशन से आपका फ़ोन आ जाता तो मोटर भेज दी जाती।" रामभरोसे ने इधर-उधर देखते हुए भुनभुनाकर कहा कि मुझे मालूम न था कि स्टेशन पर फ़ोन भी है।

जो भी हो, मिलवाले ख़ुश थे कि उन्होंने मिल की अतिथिशाला का तिरस्कार नहीं किया। वास्तव में एक घंटे के भीतर ही कमरे में वे यूँ व्यवस्थित हो गए जैसे उन्हें बाक़ी ज़िन्दगी वहीं बितानी हो। इस पर मिल मालिक का मन मुदित हो गया। उसी जोश में उन्होंने शाम को उनके लिए स्कॉच व्हिस्की का ज़िक्र किया। रामभरोसेजी तुरन्त नहीं कहना चाहते थे पर कुछ सोचकर बोले, "पहले कभी-कभी ले लेता था। अब बिल्कुल नहीं छूता।" शाम के खाने की भी बात उठी, उस पर भी उन्होंने कहा कि पहले नानवेज से परहेज़ नहीं था, अब बिल्कुल नहीं छूता।

मिलवालों को सान्त्वना मिली कि आदमी एकदम रूखा नहीं है। बोले, "और ब्रिज? शाम को क्लब में...।"

"मगर ब्रिज को तो मैं वहीं छोड़ आया हूँ। उसकी माँ बीमार है।" बाद में पता चला कि ब्रजबल्लभ उनका नौकर है।

कुछ देर रुककर मैनेजर ने पूछा, "खाने के मामले में कोई ख़ास पसन्द?" रामभरोसेजी सवेरे नाश्ते में मट्ठे की बात करनेवाले थे, अचानक उन्हें एक हिन्दी फ़िल्म याद आ गई जिसमें हीरो की माँ अपने लड़के की ख़ास पसन्द का खाना बनाकर इन्तज़ार करती थी। रामभरोसेजी ने बिना हिचक कहा, "पालक का साग और गोभी के पराँठे।"

अब सिर्फ़ यह जानना रह गया कि काम कैसे शुरू करेंगे। जवाब मिला, "मुझे गीता का अध्ययन बड़ा प्रिय है।" सुनते ही मैनेजर साहब उछल पड़े बोले, "मुझे भी प्रिय है।"

"तो शाम को घंटे-भर के लिए आ जाया कीजिए। मुझे अच्छा लगेगा।"

गीता में अठारह अध्याय हैं, पर रामभरोसेजी वहाँ छत्तीस दिन रुके। शाम को मैनेजर के उठने के पहले वे उसे एक काग़ज़ पकड़ा देते। उसमें कोई-न-कोई जानकारी माँगी गई होती। वैसे, पहले काग़ज़ में सिर्फ़ दो ख़ाने थे। उनमें तीन साल के उत्पादन के वार्षिक आँकड़े और उनकी कुल लागत पूछी गई थी। मैनेजर ने पूछा, "लागत का विवरण भी दे दें।" जवाब मिला, "क्या कीजिएगा?"

बाद के काग़ज़ों में भी सिर्फ़ दो या तीन ख़ानों में कोई सीधी-सादी सूचना माँगी जाती। उन काग़जों में माँगी गई सूचना पर मैनेजर ख़ुश होते; कभी उन्हें शंका भी होती है कि अगले काग़ज़ में कोई असमंजसवाली बात पूछी जाएगी। पर ऐसा नहीं हुआ। छत्तीस सीधे-सादे नक्शे लेकर रामभरोसेजी राजधानी लौट गए।

पर पन्द्रह दिन बाद ही मिलवालों की खोपड़ी पर आसमान टूटा। उन्हें करवंचना के पन्द्रह लाख रुपयों के बारे में नोटिस भेजा गया था। मिल मालिक और मैनेजर ने राजधानी में जगह-जगह अपने ऊपर हुए अत्याचार का हाल सुनाया, कहा कि श्री रामभरोसे वहाँ सिर्फ़ गीता पढ़ा करते थे। उन्होंने कोई जाँच नहीं की है।

तब बाबू रामभरोसे को उस बैठक में बुलाया गया जिसमें मिल मालिक, मैनेजर और कई दूसरे स्मार्ट लोग बैठे थे। रामभरोसे ने छत्तीस काग़ज़ों के आँकड़ों की बड़ी उलझाऊ व्याख्या दी, कई बार जोड़-बाक़ी गुणा-भाग के करिश्मे अपने कैल्कुलेटर पर दिखाए, फिर मिल मालिक से बोले, "अपना कैल्कुलेटर ज़रा इधर दीजिएगा। देखें कि उस पर यही आँकड़े निकलते हैं या कोई और।"

फिर बैठक के अध्यक्ष से उन्होंने लगभग हकलाते हुए कहा, "सारे काग़ज़, सर, मैनेजर साहब के हाथ के लिखे हैं। अगर वे सही नहीं हैं, तो उन्हें वही सूचना दोबारा देने का एक मौक़ा दे दीजिए। मुझे ऐतराज़ न होगा।"

कमरे से बाहर निकलकर मिल मालिक ने मैनेजर से कहा, "इन दो में कौन ज़्यादा घटिया है? आप जैसा आदमी जो काइयाँ दिखते हुए भी बेवकूफ़ हो, या वह जो सिर्फ़ बेवकूफ़ दिखता है, है नहीं?"

इस घटना का अंजाम रामभरोसेजी के लिए बहुत अच्छा नहीं हुआ। लोग उन्हें अब उतने विश्वास से बहुत सीधा आदमी नहीं कहते थे। उनके लिए अब कहा जाता है कि वे वैसे बेवकूफ़ नहीं हैं जैसे कि दिखते हैं।

एक निर्लिप्त भावुक की कथा

कई साल हुए किसी शहर में किसी चौड़ी सड़क के किनारे किसी इमारत में, दुमंज़िले के ऊपर और चौमंज़िले के नीचे, एक भावुक रहता था जिसका नाम बाबूलाल था। बाबूलाल एक बहुत ख़ूबसूरत नाम है क्योंकि इसमें 'ब' और 'ल'—इन दो अक्षरों का दो-दो बार प्रयोग करके चार अक्षर बनाए गए हैं और इस नाम को जल्दी-जल्दी दोहराया जाए तो एक अद्भुत संगीत की सृष्टि होती है। फिर भी इस नाम में नलिन, पंकज, दयासिन्धु, दीनबन्धु जैसे नामों की भावुकता नहीं है। इसलिए जो आदमी बहुत भावुक हो उसकी बचत के लिए बाबूलाल जैसा नाम बड़ा फायदेमन्द साबित होगा।

जो भी हो, बाबूलाल को यह नाम काफ़ी नहीं जान पड़ा। इसलिए आगे चलकर उसने अपने लिए एक नाम उपनाम का आविष्कार किया और अपने को बाबूलाल 'निर्लिप्त' कहना शुरू कर दिया। कुछ ही दिनों में 'निर्लिप्त' का नाम उसके पुराने नाम में लिप्त हो गया।

बाबूलाल 'निर्लिप्त' भावुक थे, पर इसकी ज़िम्मेदारी, जैसा कि प्रत्येक भावुक बिना आगे पढ़े ही समझ गया होगा, समाज पर थी। उनका सारा ज़ीवन, प्रत्येक भावुक के जीवन की तरह, संघर्षों से बीता था और उन संघर्षों के आगे रूस, जर्मनी, फ्रांस, कोरिया, वियतनाम के संघर्ष निहायत पोच मालूम देते थे। उदाहरण के लिए जिस दिन हिरोशिमा पर ऐटम बम गिरा था उसी दिन एक सिनेमा हाउस में बैठे-बैठे एक बेवफ़ा लड़की ने बाबूलाल 'निर्लिप्त' का दिल तोड़ दिया था। ज़ाहिर है, संसार के लिए ऐटम बम के मुक़ाबले असली ट्रैजेडी यही थी।

मैंने बताया कि बाबूलाल 'निर्लिप्त' को भावुक बनाने की ज़िम्मेदारी समाज पर थी। वह कैसे? वह इस तरह कि समाज ने उन्हें शुरू से ही दुःख दिया था। उनके माँ-बाप का देहान्त उनके पैदा होने के पहले ही हो गया था; यानी कम-से-कम बाप का देहान्त तो पहले हुआ ही था।

उनका बचपन पार्कों, सड़कों, गलियों और नालियों में बीता। शुरू से ही उनके मन में विदेशी हुकूमत द्वारा बनाए गए क़ानूनों से नफ़रत थी। इसीलिए वे इंडियन पेनल कोड की कई धाराओं को कभी बाएँ हाथ से, कभी दाहिने हाथ से, कभी पैर से, कभी ज़बान से और हमेशा दिल और दिमाग़ से तोड़ा करते थे। उन धाराओं में से एक धारा ऐसी भी है जिसका सम्बन्ध सम्पत्ति के समान और न्यायपूर्ण बँटवारे से था; तात्पर्य चोरी से है। मारपीट भी वे अच्छी करते थे और ज़्यादातर कमजोर लड़कों पर विपत्ति

पड़ने पर नंगे पैर ही दौड़ पड़ते थे। यह इसलिए भी, क्योंकि तब उनकी दुनिया में जूते का आविष्कार नहीं हुआ था। वे ठेला बहुत अच्छा चलाते थे और रेलवे लाइन के किनारे लगे हुए सारे इंसुलेटर जिस दिन टूटे नजर आएँ उस दिन अन्दाज़ा लग जाता था कि श्री बाबूलाल 'निर्लिप्त' का कारवाँ किधर से निकला है।

इस सबके बावजूद वे कभी जेल नहीं गए। यह ज़रूर है कि इन घटनाओं के कारण उनके जिस्म पर चोटों की कमी नहीं रही। सोलह साल की उमर पार करते-करते वे एक छोटे-मोटे राणा साँगा हो गए। उनके जिस्म पर लगभग चालीस चोटों के घाव थे। एकतालीसवीं चोट उन्हें दिल पर लगी—जिसके बारे में पहले ही बता चुका हूँ—सिनेमा हाउस में बैठे हुए, एक बेवफ़ा लड़की के हाथों, एक ऐसे दिन जब हिरोशिमा पर ऐटम बम गिरा था। बयालीसवीं चोट, उसी के दो साल बाद, उनके दिमाग़ पर लगी क्योंकि न चाहते हुए भी उन्नीस साल की छोटी उमर में वे हाईस्कूल पास हो गए। उसी साल उन्होंने महसूस किया कि समाज ने उनको भावुक बना दिया है और समाज को इसका बदला वे समाज-सेवा करके देंगे। उन्होंने अपना उपनाम 'निर्लिप्त' रख लिया। वे सामाजिक कार्यकर्ता हो गए।

अब ज़माना ख़राब होने लगा है। गेहूँ महँगा और आदमी सस्ता हो गया है। लड़कियाँ मन लगाकर पढ़ती हैं, लड़के ऐक्टिंग करते हैं। नौजवान क्रान्ति करते हैं, बुड्ढे क्रान्ति कराते हैं। होशियार तो एक ढूँढ़ो, हज़ार मिलते हैं, बेवकूफ़ों का कहीं नामोनिशान नहीं। इन उलटबाँसियों में यह भी हो गया है कि जहाँ भावुकता की ज़रूरत है, वहाँ लोग अक़्ल की उम्मीदें करते हैं और जहाँ अक़्ल चाहिए, वहाँ लोग भावुकता दिखाते हैं।

सामाजिक कार्यकर्ता के ऊपर भी अब अक़्ल की पाबन्दी लग गई है। अन्धे-लूले-लँगड़े, गूँगे-बहरे, अनाथ-बेसहारा-भिखमंगे, मुसीबतज़दा लड़कियाँ, मुसीबत पैदा करनेवाले लड़के—इनकी समस्याएँ समझने के लिए अब भावुकता की ज़रूरत नहीं रह गई है। हर यूनिवर्सिटी समाजशास्त्र और सामाजिक कार्य की डिग्री देती है। वह डिग्री हाथ में लेते ही आँख के आगे एक दुःख-शोक-हीन समाज के सपने तैरने लगते हैं। यही नहीं, अगर इस तरह के दस डिग्रीधारी एक जगह बैठकर कोई सेमिनार कर डालें तो उतने से ही वे सपने पूरे हो जाते हैं। हिल स्टेशन पर सेमिनार हो तो वे सपने और भी जल्दी पूरे होते हैं।

बाबूलाल निर्लिप्त जिन दिनों सामाजिक कार्यकर्ता हुए थे, समाज-सेवा के लिए भावुकता एक अनिवार्य योग्यता थी। इसलिए उन्होंने समाजसेवा को सिर्फ़ तीन तरीक़ों से पहचाना; रो-रोकर लेक्चर देने से, अनाथ लड़कों के साथ कोरस गाने से और बेहिसाब चन्दा बेहिसाब जेबों में ठूँसने से। इन कामों में कुशलता प्राप्त करने के लिए उन्होंने लम्बे झमझोल कुरते पहनने शुरू कर दिए, बड़े-बड़े बाल बढ़ा लिये, आँखों में एक चिरन्तन खुमारी का पोज़ उतारा और हारमोनियम बजाना सीख लिया।

चूँकि ग़रीब और बेसहारा लड़कों की सोहबत ने ही उन्हें सामाजिक कार्यकर्ता बनाया था इसलिए उन्होंने तय किया कि वे किसी भी लड़के को ग़रीब और बेसहारा

नहीं रहने देंगे। उन्होंने ऐसे लड़कों के बीच बहुत काम किया; यानी ख़ूब हारमोनियम बजाई, बहुत से कोरस गाए, उनके लिए चन्दा इकट्ठा किया, रो-रोकर लेक्चर दिए, उन्हें जेलों से बाहर और स्कूलों के अन्दर रखने की कोशिश की, उनकी गालियाँ ख़ुद सीख लीं और अपने भजन उनको सिखा दिए। पर पाँच साल के बाद उन्हें लगा कि लड़कों के चेहरे ज़रूर बदल गए हैं, उनकी तादाद नहीं बदली है। हर साल जितने लड़के सही रास्ते पर बाहर जाते हैं उतने ही नए लड़के ग़लत रास्ते से चलकर अन्दर आ जाते हैं।

बाबूलाल निर्लिप्त को तब किसी ने बताया कि इसकी जिम्मेदारी लड़कों या उनके माँ-बाप पर नहीं, बल्कि एक ऐसी सामाजिक व्यवस्था पर है जिसमें कुछ लड़के हमेशा बेसहारा बन जाते हैं। इसलिए निर्लिप्तजी ने सामाजिक व्यवस्था में क्रान्ति लाने का बीड़ा उठाया। झमझोल कुरते छोड़कर उन्होंने फटी हुई क़मीज़, मसले हुए पतलून, टूटी चप्पल, रूखे बाल और अधजली बीड़ीवाला भेस बनाया और पाँच साल तक मौजूदा सामाजिक व्यवस्था के ख़िलाफ़ क्रान्ति करते रहे। यह दूसरी बात है कि हारमोनियम बजाने का काम साबिक़ बदस्तूर जारी रहा।

पर क्रान्ति नहीं हुई। सारी भावुकता, सारा रोष, सारा ज़ोशो-खरोश, सारी ईमानदारी, सारी बेईमानी—इन सबको दाँव पर लगा देने पर भी क्रान्ति नहीं हुई। बात यह थी कि इसी दौरान क्रान्ति की हुलिया में शान्ति और भ्रान्ति नाम की दो वस्तुएँ भी घूमने-फिरने लगी थीं। और क्रान्ति करनेवालों ने सब काम रोककर यह बहस शुरू कर दी थी कि क्रान्ति का असली हुलिया क्या हो रहा है। इस बहस में वे लोग भी ज़ोर-ज़ोर से भाग ले रहे थे जिनके ख़िलाफ़ क्रान्ति होनी थी। नतीजा यह हुआ कि बहुत से क्रान्तिकारी इस बात से ऊब गए, टूट गए, कुंठित हो गए, कट गए और पलट गए। उनमें बाबूलाल निर्लिप्त भी थे।

कुछ ने जाकर योग की शरण ली। कुछ ने दर्शन-शास्त्र पढ़ने शुरू कर दिए, कुछ ने मुनाफ़ाख़ोरों और डाकुओं के हृदय-परिवर्तन का शान्तिपूर्ण रास्ता पकड़ा। कुछ अख़बारनवीस हो गए। बाबूलाल निर्लिप्त कुछ ज़्यादा टूट गए थे; उनसे एक महिला मित्र ने, जो क्रान्ति के रास्ते में उनसे भी ज़्यादा टूट चुकी थी, कहा कि संगीत की आत्मा ही एकता का सूत्रधार है। फिर कई "अहा! वाह! हाय! आह! हाव!" जैसे शब्द निकालकर उनको समझाया गया कि तुममें बड़ी प्रतिभा है, तुम संगीत-साधना क्यों नहीं करते?

"संगीत से ही विश्व का कल्याण होगा।" इस यक़ीन पर खड़े होकर उन्होंने पहले हारमोनियम बजाई, फिर सितार, फिर वायलिन। पर ये तो उनके बजाए बजे नहीं, उन चार-पाँच वर्षों में पेट का भोंपू इतने ज़ोर से बजा कि उनकी महिला मित्र ने ही उन्हें सलाह दी कि समाज सेवा का कोई दूसरा रास्ता निकाला जाए। तब तक उन्होंने समझ लिया था कि उन्हें रोटी चाहिए वे समाज को नहीं खा सकते, खाने के लिए रोटियाँ ही चाहिए।

रोटी की ज़रूरत स्वीकार करते ही बाबूलाल निर्लिप्त एकदम से सक्रिय हो उठे। उनके एक पुराने क्रान्तिकारी साथी अब शान्ति और भ्रान्ति का सहारा लेकर बड़ा कान्तिमय जीवन व्यतीत कर रहे थे। वे परमिट दिलाने की कला के विशेषज्ञ थे और उस दुनिया में रहते थे जहाँ कोयला, स्पिरिट और मिट्टी का तेल जैसी घटिया चीज़ों के सहारे आदमी सीमेंट कांक्रीट के ठोस महल खड़ा करता है। बाबूलालजी उनसे मिले और कुल तीन परमिटों ने उनकी भावुकता के सहारे संकल्पों को साकार कर दिया।

अब सामने चौड़ी सड़क है; उसके दूसरी ओर पार्क है जिसमें म्यूनिसिपैलिटी फूल खिलाती है और जिन्हें बाबूलाल निर्लिप्त निगाहों से अपनी बालकनी पर खड़े देखते हैं। दुमंज़िले के ऊपर और चौमंज़िले के नीचे यानी तीसरी मंज़िल पर यह फ़्लैट उनकी महिला मित्र ने ख़रीदा है और उन्होंने ख़रिदवाया है। एक भावुक सामाजिक कार्यकर्ता के कैरियर की यह आख़िरी मंज़िल है जहाँ उसे अपनी सफलता पर बराबर हैरत महसूस होती है और उससे भी ज़्यादा हैरत इस बात पर होती है कि कोयला और मिट्टी के तेल की हैसियत पहचानने में उन्हें इतनी देर क्यों लगी।

इस देश का इतना प्राचीन इतिहास है, पर क्या हमने उससे कभी कोई नसीहत ली है? फिर भी, जिन्हें ज़रूरत हो वे इस इतिहास से यह नसीहत ले सकते हैं कि कोयले या मिट्टी के तेल को मिट्टी न समझो, वह सोना है। एक-दूसरी नसीहत यह भी है कि भावुकता को ख़र्च करने के बजाय उसे फ़िक्स्ड डिपाज़िट में डालकर उसके ब्याज पर रहा जाए तो ज़िन्दगी आराम से बीतती है।

सम्पर्कजी का सम्पर्क

मेरी वकालत के शुरुआती दिनों में सम्पर्कजी मेरे उस्ताद रहे थे। यानी मैं उनका जूनियर वकील था। पर उसके पहले का भी एक शुरुआती दौर है। तब वकालत पढ़ते हुए कुछ महीने मैं उनका मुंशी रहा था। लोग तब भी उन्हें सम्पर्कजी के नाम से ही जानते थे और उनका असली नाम भूल चुके थे। कारण स्पष्ट है। उनका मानना था—और आज भी मानना है—कि क़ानून की जानकारी अच्छी चीज़ है और हो सके तो हर वकील को थोड़ा-बहुत क़ानून जानना चाहिए। पर उससे भी ज़्यादा ज़रूरी चीज़ है लोगों को जानना, उनकी कमज़ोरियों को नजरअन्दाज़ करना, उनकी ख़ूबियों को उभारना, यानी लम्बा-चौड़ा जन-सम्पर्क रखना। यही उनका सिद्धान्त था, यही व्यवहार था और इसी के कारण लोगों ने उन्हें सम्पर्कजी कहना शुरू कर दिया था। आज भी उन्हें सम्पर्कजी कहा जाता है। सम्पर्क उनके गोत्र का नाम हो गया है। उनके लड़का का नाम अविनाश सम्पर्क है। वह अमरीका में इंजीनियर हैं। लड़की का नाम रचना सम्पर्क है। वह सरकार में ऊँचे ओहदे पर क़ानून अधिकारी है। परिवार में दूसरे भी कई सम्पर्क हैं जो सम्पर्कजी के सम्पर्कों के सहारे नए-नए सम्पर्क निकालकर अब ख़ुद सम्पर्क की चीज़ बन चुके हैं।

वास्तव में वह मेरी मुंशीगीरी के पहले का भी एक शुरुआती दौर था जब मैं सम्पर्कजी के सम्पर्क में आया। यह कुछ इस तरह हुआ। मुझे एक शपथपत्र यानी हलफ़नामे पर अपने दस्तख़तों का सत्यापन कराना था। उन दिनों सम्पर्कजी को ओथ कमिश्नरी का लाइसेंस भी मिला हुआ था। यह भी सम्पर्क का करिश्मा रहा होगा। वकील की हैसियत से अभी वे ज़्यादा पुराने नहीं हुए थे। मैं जब उनके तख़्त पर पहुँचा वहाँ सभ्य समाज, सौम्य वार्त्तालाप और चाय-समोसे का माहौल था। मेरे गँवार चेहरे और बदहाल पोशाक के बावजूद सम्पर्कजी ने मुस्कुराते हुए मुझसे हाथ मिलाया, मुझे तख़्त के एक कोने पर बैठाया और बोले, "क्या कराना है?"

मैंने कहा, "सत्यापन।"

उन्होंने सवालिया निगाह से अपने सहायक को देखा। उसने कहा, "सत्यापन सर। यानी तस्दीक़।"

"ओह! तस्दीक़," वे बोले, "तो आप तस्दीक़ कराएँगे?"

मैंने स्वीकार में सिर हिलाया। वे बोले, "सोच लो भाई, तस्दीक़ कराओगे या वेरिफ़िकेशन?"

मैंने कहा, "आप जो कहें।"

वे सोचते रहे। फिर बोले, "भाई सत्यापन तो संसकीरत है, मेरी समझ में आनेवाली नहीं, पर 'तस्दीक़' और 'वेरिफ़िकेशन' को लें; वैसे तो ये दोनों एक ही चीज़ हैं, पर तस्दीक़ तस्दीक़ है; वेरिफ़िकेशन वेरिफ़िकेशन है। सोच लो।"

सहायक बोला, "तस्दीक़ की फीस पाँच रुपिया है, वेरिफ़िकेशन की दस रुपिया।"

वकील साहब कुछ देर मुझे ग़ौर से देखते रहे; बोले, "कोई बात नहीं, तुम तस्दीक़ ही करा लो। उसमें भी कोई हर्ज नहीं है।"

मैंने कहा, "ओथ कमिश्नर साहब, सर। मैं तस्दीक़ नहीं, वेरिफ़िकेशन कराऊँगा। पर फीस तस्दीक़ की दूँगा क्योंकि मैंने जो हिन्दी-उर्दू-अंग्रेज़ी पढ़ी है, उसके हिसाब से सत्यापन, तस्दीक, वेरिफ़िकेशन—ये सब एक ही चीज़ के नाम हैं।"

कोई दूसरा होता तो यह सुनकर लड़खड़ा जाता। पर सम्पर्कजी ज़ोर से हँसे, हँसते रहे। बोले, "तुम तो छिपे रुस्तम निकले भाई। इतना सब जानते हो। तुम्हें तो वकील होना चाहिए। करते क्या हो?"

इस सवाल से जो बातचीत शुरू हुई वह ख़त्म हुई जाकर उनके साथ मेरी मुंशीगीरी में—और कुछ अरसे बाद उन्हीं के साथ वकालत में।

मुंशीगीरी के दौरान मुझे लगा कि जनसम्पर्क के मामले में उनका रुझान जितना पुरुषों की ओर है, महिलाओं की ओर उससे कुछ ज़्यादा है। और उसका ढंग भी प्रायः बड़ा ग़ैरदकियानूसी है। एक दिन शाम को जब मैं उनके बँगले पर पहुँचा, सामने बरामदे में कुछ मुवक्किल बैठे हुए थे। पता चला कि वकील साहब बँगले के अन्दर हैं। मैं इधर-उधर टहलता रहा। कुछ देर बाद पिछवाड़े चहारदीवारी से लगी एक झाड़ी के पास से निकला। वहाँ मुझे कुछ कानाफूसी जैसी सुनाई दी। बेवकूफ़ी में मैंने झाड़ी की कुछ डालें हटाकर अन्दर झाँका। वहाँ वृन्दावन कुंज-धाम हो रहा था। हमारे उस्ताद एक महिला के साथ शोभायमान थे। तस्वीरों में जैसे कुंज के भीतर राधा-कृष्ण को खड़े देखते हैं, लगभग वैसी ही मुद्रा थी, सिर्फ़ हाथ वंशी पर नहीं, उनकी ओर झुके हुए एक उरोज पर था। मुझे देखते ही वे मुझे दूसरे हाथ के जोरदार इशारे से भगाने लगे, दबे गले से बोले, "भाग जाओ। पुलिस ने इनके ख़िलाफ़ दफा 100 का वारंट निकलवाया है। तभी इन्हें यहाँ छिपाकर खड़ा हूँ। भाग जाओ, किसी को ख़बर न हो।"

मैं भाग आया। मुझे कहना था कि सर, वहाँ मुवक्किल आपकी राह देख रहे हैं। आप जाकर उनका काम देखिए, और इन्हें यहाँ छिपाकर रखने का काम मैं देख ले रहा हूँ। पर जल्दी में कुछ कह नहीं पाया।

कुछ दिनों बाद एक खन्ना साहब पर फ़ौजदारी का मुक़दमा चल गया। अपराध मामूली-सा था। एक आदमी को उनकी कार से सड़क पर चोट लग गई थी। खन्ना साहब की कोर्ट में ज़मानत करानी थी। तब तक मैं सम्पर्कजी का जूनियर वकील बन चुका था। खन्ना साहब की पत्नी अपनी सौम्यता, सुन्दरता आदि-आदि के लिए मशहूर

थीं। सम्पर्कजी ने मुझे ज़मानत का प्रार्थना-पत्र देकर कहा, "इसे कोर्ट में लगा आओ और दोपहर बाद बहस का वक़्त ले लो।"

मेरी राय में ज़मानत की बहस तत्काल होनी चाहिए। पर सम्पर्कजी उस समय खाली नहीं थे। हवालात में पड़े खन्ना साहब की ज़मानत के बजाय उस समय मिसेज़ खन्ना से सम्पर्क करना उनके लिए ज़्यादा ज़रूरी था। मैंने जब कोर्ट चलने के लिए ज़ोर दिया तो बोले, "मैं पहले मिसेज़ खन्ना से जाकर पूछ आऊँ वे क्या चाहती हैं!"

मैंने कहा, "वे क्या चाहेंगी? क्या वे चाहेंगी कि उनके पति हवालात में पड़े सड़ते रहें?"

"यही तो पूछना चाहता हूँ," वे बोले।

हुआ यह था कि उसी दिन हमारे खन्ना साहब का रसोइया पाँच दिन की छुट्टी पर चला गया था। सम्पर्कजी को इस विषय पर एक क़िस्सा याद था। क़िस्सा यूँ था। किन्हीं साहब पर एक मुक़दमे में पाँच सौ रुपए जुर्माना और जुर्माना न देने पर दो हफ़्ते क़ैद की सज़ा हुई। सुनकर कोर्ट में उनकी बीवी ने कहा कि प्राणनाथ, तुम जानते ही हो कि हमारा रसोइया छुट्टी पर गया है। इसलिए अच्छा हो कि रसोई के झंझट से बचने के लिए तुम जेल चले जाओ और मैं भाई के यहाँ चली जाऊँ।

शायद इसे ज़्यादा गम्भीरता से लेकर ही सम्पर्कजी ने मिसेज़ खन्ना को बताया कि वे चाहें तो मिस्टर खन्ना की ज़मानत पाँच दिन बाद हो सकती है; इस दौरान मैडम चाहें तो बराबर मेरे यहाँ खा सकती हैं। पर मैडम ने सम्पर्कजी को इस व्यावहारिक सुझाव के लिए धन्यवाद नहीं दिया; नाराज़ होकर कहा कि मेरे पति की ज़मानत तुरन्त होनी चाहिए और उसी दिन खन्ना साहब ज़मानत पर छूट गए।

यह दूसरी बात है कि छूटते ही मिस्टर खन्ना बौखला गए। जैसे ही उन्होंने सुना कि रसोइया छुट्टी पर गया है, उन्होंने घबराकर पत्नी से पूछा, "तब हम लोगों के खाने का क्या होगा।"

पत्नी बोली, "मैं जो हूँ। पकाऊँगी, खिलाऊँगी।"

मिस्टर खन्ना ने यह सुनते ही मेरी ओर घूमकर देखा, बोले, "मुझे ज़मानत पर इसीलिए छुड़ाया था? अब मुझे इनका पकाया खाना भी झेलना होगा? मेरी ज़मानत आप चार दिन रुककर नहीं करा सकते थे?"

सम्पर्कजी ने मुस्कुराते हुए बारी-बारी से मिसेज़ खन्ना को और मुझे देखा। यह उनकी विजय का क्षण था।

बाद में सम्पर्कजी कुछ दिनों के लिए सरकारी वकील हो गए। तब उनके सम्पर्क का प्रभाव दूसरे ढंग से दिखाई दिया। एक बार वे सबूत की ओर से धोखाधड़ी के एक अभियुक्त के ख़िलाफ़ मुक़दमा कर रहे थे। अचानक उनकी नज़र फ़ाइल में एक पन्ने पर टिक गई। अभियुक्त से उन्होंने पूछा, "तुम शान्तानन्दजी के लड़के हो?"

"जी," अभियुक्त ने कहा।

"तुम...तुम..." सम्पर्कजी ने आत्मीयता के साथ पूछा, "तुम टुन्नू हो?"

उसने रुआँसे होकर जवाब दिया, "जी हाँ अंकिल।"

तब तक अदालत ने उन्हें टोका, "मिस्टर गवर्नमेंट एडवोकेट, यह क्या हो रहा है?"

कोर्ट की ओर मुखातिब होकर सम्पर्कजी बोले, "इस मुक़दमे में तारीख दे दी जाए योर आनर। अभियुक्त मेरे मित्र का लड़का है। मेरे बेटे जैसा है। बड़ा ही शरीफ़ लड़का है, कोई जुर्म कर ही नहीं सकता। बहरहाल मैं इसके ख़िलाफ़ नहीं खड़ा हो सकता। यह केस कोई दूसरा लॉ ऑफ़िसर करेगा।" कहकर वे हथेली पर सिर थामे एक कुर्सी पर बैठ गए।

क्या बताना पड़ेगा कि अभियुक्त विद्यानन्द जिनका घर का नाम टुन्नू था, कुछ दिनों बाद बाइज़्ज़त बरी हो गए। सम्पर्कजी ने भरे इज़लास में घोषणा करके जिसे अपना बेटा माना हो, वह कुछ और भले ही न हो पाए, बरी तो हो ही जाएगा।

हिन्दी पर दो टिप्पणियाँ

(1) राजभाषा या महाराज-भाषा

राजभाषा बनते ही हिन्दी की हैसियत राजकवि, राजवैद्य या राजपुरोहित की-सी हो गई है जिसका प्रजा से कोई सम्बन्ध रखना ज़रूरी नहीं है। तभी उसका जो स्वरूप सँवर रहा है वह राजसम्मान के उपयुक्त भले ही रह जाए, सड़क और गली से वह कोसों दूर है। यह नमूना देखिए :

"जहाँ कि सम्पत्ति के किसी अन्तरण के निबन्धन निदिष्ट करते हैं कि उस सम्पत्ति से उद्भूत आय (क) अन्तरक के जीवन से, या (ख) अन्तरण की तारीख़ से अठारह वर्ष की कालावधि से अधिक कालावधि तक पूर्णतः या भागतः संचित की जाएगी,

वहाँ एतस्मिन्पश्चात् यथा—उपबन्धित के सिवाय ऐसा निदेश वहाँ तक शून्य होगा जहाँ तक कि वह कालावधि जिसके दौरान में संचय करना निर्दिष्ट है, पूर्वोक्त कालावधियों में से दीर्घतर कालावधि से अधिक हो और ऐसी अन्तिमवर्णित कालावधि का अन्त होने पर सम्पत्ति और उसकी आय इस प्रकार व्ययनित की जाएगी मानो यह कालावधि जिसके दौरान में संचय करना निदिष्ट किया गया है, बीत गई है।"

(धारा (17), (1), सम्पत्ति अन्तरण अधिनियम 1882—भारत सरकार के विधि मंत्रालय का प्रकाशन।)

स्पष्ट है कि इस प्रकार की भाषा समझने के लिए नहीं, पूजने के लिए लिखी गई है। यह राजभाषा नहीं, महाराज-भाषा है। कम-से-कम इस भाषा में लिखे गए क़ानूनों से वकीलों का पेशा और समुदाय उतना तो सुरक्षित रहेगा ही जितना अंग्रेज़ी क़ानूनों से रहता है।

हिन्दी का 1947 के बाद का यह स्वरूप शुद्ध दफ़्तरों या दफ़्तरी उपान्तों की उपज है।

हिन्दी ही नहीं, कोई भी भाषा जब दफ़्तरों में घुसती है तो उसका एक बँधा-बँधाया शब्द-जाल विकसित होता है, वह टकसाली स्वरूप ग्रहण कर लेती है। इसके लिए अंग्रेज़ी में 'आफ़िशलीज़' शब्द का प्रयोग होता है। हिन्दी को राजभाषा बनाने के साथ ही उसकी यह अनिवार्य नियति हो गई कि उसकी भी आफ़िशलीज़ विकसित होती। पर हिन्दी के बारे में एक काम यह हुआ कि उसमें अपने-आप आफ़िशलीज़ के विकसित होने का इन्तज़ार नहीं किया गया। शब्द-कोश-समितियों और विशेषज्ञ आयोगों ने 'रेडियो' को 'आकाशवाणी' और 'सिविल सर्जन' को 'जनपद शल्यक' का दर्जा देते

हुए 'आई.एम. डाइरेक्टेड टू से' और 'आई.एम. डिज़ायर्ड टू से' के हूबहू रूपान्तर हिन्दी में शुरू कर दिए जो नक़ली, फ़र्ज़ी और ग़ैरज़रूरी थे।

हिन्दी के वेतनभोगी विशेषज्ञ ख़ुद तो अपनी तनख्वाह के प्रति नमकहलाली दिखा रहे थे पर उसी के साथ अनजाने ही हिन्दी को विदूषकों का जामा भी पहना रहे थे। और चूँकि अधिकांश विशेषज्ञों को एक स्थायी पेंशनदायी नौकरी की ज़रूरत थी, इसलिए हिन्दी में आफ़िशलीज़ के विकास का काम भी दीर्घकालीन, लगभग स्थायी ढंग से होना लाज़मी था। तभी चेतन-अचेतन ढंग से कोशिश यही रही कि दफ़्तरी हिन्दी बनाने का काम कभी ख़त्म न होने पाए। 'पारिभाषिक शब्दावली' के नाम पर, जिसका उपयोग ऊपर से क़ानूनी उदाहरण में खुलकर हुआ है, विदूषक-छाप हिन्दी बनाने का यह दीर्घकालीन व्यायाम हिन्दी-विरोधी तत्त्वों के लिए ख़ासतौर से सुविधाजनक रहा है; क्योंकि वे कह सकते थे, "शाबाश! अभी तो तुम भाषा बना रहे हो, बनाते रहो; जब बना चुकोगे तब उसका हम प्रयोग करेंगे ही। घबराते क्यों हो?" परिणामतः हिन्दी की सेवा करते-करते उसके सेवकों ने उसको असाध्य रूप से रोगी बना दिया।

जटिल और दुरूह हिन्दी के विकास में दो प्रवृत्तियाँ ख़ास तौर से सक्रिय रहीं।

पहली प्रवृत्ति का सम्बन्ध हैसियतपरस्ती से है। उसका एक उदाहरण देखा जाए; अंग्रेज़ों के ज़माने में सरकारी अफ़सरों के पद-नाम हल्के होते थे और उनमें शान या दिखावट की कमी थी। 'ऑफ़िसर' को ही लीजिए, इसका मतलब होगा 'ऑफ़िसवाला'। इसके विपरीत हिन्दी में इसका रूपान्तर है 'अधिकारी' जिसका अर्थ है 'अधिकारवाला'। आज भी लन्दन में पुलिस का सबसे बड़ा अफ़सर 'चीफ़ कांस्टेबल' है, जबकि उत्तर प्रदेश में होम गार्ड जैसे संगठन तक के सर्वोच्च अधिकारी को 'कामांडेंट-जनरल' जैसा शानदार नाम दिया गया है जिससे किसी फ़ील्ड मार्शल का धोखा होता है। पदनामों को हिन्दी में लाते समय एक सामन्तवादी—या अफ़सरवादी आकांक्षा किसी-न-किसी स्तर पर काम कर रही थी कि वह केवल पदनाम न रहे, उससे ऊँची हैसियत भी टपके। तभी अबोध और दुरूह शब्दों के लिए भागमभाग मची। कलेक्टर, इंजीनियर, सर्जन जैसे शब्द अधिकार का नहीं, काम का संकेत करते थे। इनके लिए क्रमशः तहसीलदार, मिस्त्री और जर्राह की प्रकृति के शब्द काफ़ी होते। पर हैसियतपरस्ती (स्टेटस माँगरिंग) इतनी ज़्यादा थी कि 'कलेक्टर' के लिए 'ज़िलाधिकारी' भी काफ़ी नहीं रहा, जोश में उसे 'ज़िलाधीश' कहा जाने लगा—गोया वह परमभट्टारक महाराजाधिराज चन्द्रगुप्त विक्रमादित्य का पोता हो। और इंजीनियर और सर्जन को 'अभियन्ता' और 'शल्यक' जैसी चोटियों पर बैठाया गया ताकि लोगों को उनकी ऊँचाई का पता ही न चले और वे सोचते ही रह जाएँ कि इनका जुगराफ़िया क्या है।

अंग्रेज़ी ज़माने में अंग्रेज़ी शब्द का रोब स्वतःसिद्ध था। तभी 'कलेक्टर' अपने हिन्दी रूपान्तर 'तहसीलदार' से दो दर्जे ऊपर था, 'जज' अपने हिन्दी रूपान्तर 'मुंसिफ' से एक दर्जा ऊपर, पुलिस का इंस्पेक्टर अपने हिन्दी रूपान्तर 'दारोगा' से, जो सब-इंस्पेक्टर का समकक्ष है, एक दर्जा ऊपर बैठता था। आज़ादी के पहले जो हैसियत

अंग्रेज़ी के मुक़ाबले दास भाषाओं की थी, वही हैसियत आज़ादी के बाद क्लिष्ट हिन्दी ने जनभाषाओं या सरल हिन्दी के मुक़ाबले अपना ली। तभी 'हेडक्लर्क' के लिए 'बड़ा बाबू' छोटा जान पड़ा, 'प्रधान लिपिक' ठीक बैठा, 'फ़िश मार्केटिंग ऑफ़िसर' के लिए 'मछलीफ़रोश अधिकारी' घटिया लगा, 'मत्स्य क्रय-विक्रय अधिकारी' को तरजीह मिली, क्योंकि उसका उच्चारण जितना दुरूह है उसे उतना ही ऊँचा समझने की गुंजाइश थी। समझ में आनेवाला हर शब्द बाज़ारू समझा गया और प्रत्येक क्लिष्ट शब्द हैसियत और गरिमा का द्योतक बन गया।

दूसरी प्रवृत्ति संज्ञापरक, विशेषणपरक और क्रियाविशेषणपरक उपवाक्यों से सम्बन्धित है। अंग्रेज़ी में इस प्रकार के उपवाक्योंवाले वाक्यों की भरमार रहती है, वह अंग्रेज़ी अभिव्यंजना का सहज गुण है। पर 'आई नो ही नोज़ दैट आई नो' जैसी स्पष्ट बात हिन्दी के 'मैं जानता हूँ कि वह जानता है कि मैं जानता हूँ' में अस्पष्ट और दुरूह हो जाती है। उपवाक्यों से भरे हुए बड़े-बड़े वाक्य, जिसका नमूना इस लेख के शुरू में दिया गया है, हिन्दी की प्रकृति के विपरीत हैं, वैसे ही जैसे कि समासबहुल पदावली संस्कृति का सहज स्वभाव है पर वह हिन्दी में नहीं खपती। राजभाषा बनानेवाले हिन्दी-विशेषज्ञ हिन्दी-अभिव्यंजना की इस सीमा को नहीं समझना चाहते या शायद मानना भी नहीं चाहते। नतीजा सामने है।

दरअसल, सबसे ज़्यादा महत्त्व की बात यह है कि राजतंत्र का काम भाषा बनाना नहीं, नागरिकों के लिए की जानेवाली राजव्यवस्था को उनके लिए अधिकतम सुचारु रूप में प्रस्तुत करना है और नागरिकों की भाषा—जिसका राजतंत्र प्रयोग करता है—इस प्रक्रिया का एक माध्यम-भर है। इसीलिए, राजकीय स्तर पर भाषा का विकास सिर्फ़ अनुवाद या रूपान्तर का मसला नहीं है; वह उन प्रक्रियाओं और व्यवस्थाओं का परिणाम है जो नागरिकों के लिए निर्धारित की जाती हैं। उदाहरण के लिए, मेरे लिए ट्रांसफ़र ऑफ़ प्रॉपर्टी एक्ट, 1882 इस दृष्टि से ज़्यादा महत्त्वपूर्ण है कि वह नागरिकों के लिए सम्पत्ति सम्बन्धी किस नीति का अनुसरण करता है, और क़ानूनी प्रक्रियाएँ, जिनमें भाषा का उपयोग भी शामिल है, किस हद तक उन नीतियों को कार्यान्वित करा पाती हैं। तभी बुनियादी सवाल यह उठता है कि क्या इस क़ानून का हिन्दी अनुवाद सिर्फ़ किसी अस्पष्ट राष्ट्रीय भावना और हिन्दी-प्रेम के कारण हो रहा है या हम सचमुच यह चाहते हैं कि हिन्दी-भाषी जनता का काम आसान हो, उसे क़ानूनी जटिलता से, वकीलों के दाँव-पेंच से राहत मिले।

भले ही यह सवाल भाषा के प्रसंग में उठाया गया हो पर इसके उठते ही हमारी क़ानूनी व्यवस्था को जनता की अदालत में मुल्ज़िम की तरह खड़ा होना पड़ेगा। तब भाषा के प्रश्न का महत्त्व घट जाएगा, महत्त्व इस बात का होगा कि अल्प साधनवाले नागरिकों को क़ानून और उसकी प्रक्रियाएँ यदि यातना दे रही हैं तो चाहे वे हिन्दी के माध्यम से आएँ, या अंग्रेजी के, उन्हें किस तरह सरल और सहज बनाया जाए। और यह तय है कि क़ानूनी व्यवस्था को बदलने की प्रक्रिया में अंग्रेज़ी के बनावटी खोल

को सड़े अंडे की तरह फेंक दिया जाएगा और हिन्दी और दूसरी क्षेत्रीय भाषाएँ उसकी जगह ले लेंगी। उसी प्रसंग में हम उस पेचीदेपन से भी छुटकारा पाना चाहेंगे। जिसमें क़दम-क़दम पर वकील की ज़रूरत पड़ती है, नीची-ऊँची अदालतों की घुमावदार सीढ़ियों से गुज़रना पड़ता है, नज़ीरों के अथाह, असीम दलदल में घिसटना पड़ता है।

समस्या के इस बुनियादी पक्ष से परिचित हो जाने के बाद हम 1882 के ट्रांसफ़र ऑफ़ प्रॉपर्टी ऐक्ट और उसके अत्यन्त जटिल हिन्दी अनुवाद को एक साथ कूड़ेदान में फेंक देंगे। उसकी जगह जो क़ानून बनेगा वह हिन्दी में बनेगा, पर उसका उद्देश्य हमारा हिन्दी-प्रेम न होगा; वह नागरिकों को राज्य की सामाजिक-आर्थिक नीतियों के अनुसार सस्ता, सरल और अविलम्ब न्याय देने का माध्यम होगा।

(2) हिन्दी तेरा रूप अनूप

रैब्ले की प्रसिद्ध व्यंग्य-कृति 'गर्गण्टुवा और पैंटाग्रुयल' में पैंटाग्रुयल को एक बार पेरिस के बाहर टहलते हुए एक नौजवान विद्वान मिला। उससे पूछा गया, "मित्र, इस समय कहाँ से आ रहे हो?" फ्रांसीसी भाषा में विद्वान का जवाब, उसी वज़न की हिन्दी में कुछ इस प्रकार का था, "ये उस विशिष्टित, प्रतिष्ठायित, गरिमामंडित संस्थान से आ रहा हूँ जिसे ल्यूटेशिया अभिधानित किया जाता है।"

तब पैंटाग्रुयल ने अपने एक साथ से पूछा, "यह क्या बक रहा है?"

साथी ने जवाब दिया, "कहता है कि पेरिस से आ रहा हूँ।"

इसके बाद नौजवान विद्वान ने जिस चमत्कारपूर्ण भाषा में प्रवचन दिया उसका अनुवाद किसी भी भाषा में सम्भव नहीं है। पर पैंटाग्रुयल को समझने में यह देर न लगी कि यह आदमी फ्रांसीसी की नक़ल करने की कोशिश में उस भाषा की हत्या कर रहा है। जब पैंटाग्रुयल ने उसकी गर्दन दबाकर उसे झटका दिया तो वह तुरन्त अपनी क्षेत्रीय बोली पर उतर आया। बहुत दिन बाद आक्टेबिन आगस्टस का यह सिद्धान्त उसकी समझ में आया कि दुरूह शब्दों के प्रयोग से हमें उसी तरह बचना चाहिए जैसे जहाज़ों के सतर्क नाविक समुद्र में चट्टानों से बचते चलते हैं।

हिन्दी की सड़कों पर आजकल इसी तरह के विद्वानों का हुजूम है। उनकी मुठभेड़ पैंटाग्रुयल से नहीं होती, और न होने की ज़रूरत है। पर अंग्रेज़ी के शब्दों, मुहावरों, वाक्यांशों को यथावत् उतारकर जब वे हिन्दी को समृद्ध बनाने की कोशिश करते हैं तो उसमें शक नहीं कि वे हिन्दी का अंग-भंग भी करते चलते हैं। कुछ नमूने देखिए :

"इस अराजकता के सार्थक प्रतिकार के लिए, अर्थ के निश्चित अनुभव को फिर से प्राप्त करने के लिए अस्तित्व के प्रति एक अतिरिक्त चिन्ता और चेतना विकसित की जाती है और इस प्रक्रिया में भाषा का अनुभव भी अधिकाधिक आन्तरिक होता जाता है।" (—रमेशचन्द्र शाह, 'छायावाद की प्रासंगिकता' में)।

"सम्बन्धों की नियति जिन जटिलताओं को उत्पन्न करती है, उन्हें बृहत्तर परिवेश में अर्थहीन विरूप प्रयोगों तथा पूर्ण निस्संगता से विवर्तित किया जा सकना असम्भव

नहीं है।" (—श्याम परमार, अकविता और कला-सन्दर्भ में।)

"स्व-अस्तित्व, पर-अस्तित्व, मृत्यु, परमितता, अजनबीयत, आत्म-प्रपंच, व्यग्रता, हताशा आदि तत्त्वों का निरूपण कृति को सार्वत्रिक बनाता है।" (मधुसूदन बख्शी—'साहित्य-सृजन और कुछ विचारधाराएँ' में।)

"विज्ञान के नवीनतम आविष्कारों ने हमारे आगे एक ऐसी प्रलम्बित अनिश्चितता का उद्घाटन किया है...।" (धनंजय वर्मा 'आस्वाद के धरातल' में।)

यह मन्तव्य नहीं कि ये उद्धरण निरर्थक हैं; ये नमूने सिर्फ़ इतना बताते हैं कि इस तरह के हिन्दी-गद्य समझने के लिए अंग्रेज़ी की जानकारी अनिवार्य है। केवल हिन्दी की जानकारी के सहारे इन्हें पढ़ा जाए तो ये सचमुच ही निरर्थक दीखने लगेंगे।

यह शर्त, कि हिन्दी-गद्य समझने के लिए अंग्रेज़ी की जानकारी हो, हमारे गद्य की सबसे बड़ी कमज़ोरी बनती जा रही है। समस्या सिर्फ़ उधार ली हुई भाषा की नहीं, समस्या यह कि इस प्रकार की भाषा क्या किसी भी प्रकार के स्वतंत्र चिन्तन का माध्यम बनने के लिए, उसके विश्लेषण के लिए समर्थ मानी जा सकती है?

वास्तव में आजकल हिन्दी का अधिकांश गद्य अंग्रेज़ीदाँ लोगों का है अंग्रेज़ीदाँ लोगों द्वारा अंग्रेज़ीदाँ लोगों के लिए लिखा जा रहा है। प्राय: उसे समझने के लिए उसका पहले मन-ही-मन अंग्रेज़ी में अनुवाद करना पड़ता है। कुछ समय पहले ऐसे गद्य के अनूठे उदाहरण 'कल्पना' में 'अनमोल बोल' स्तम्भ के अन्तर्गत छपते थे, 'सरिता' भी कभी-कभी उन्हें 'यह किस देश की भाषा है?' शीर्षक से छापा करती है।

1939 के आसपास कृष्ण शंकर शुक्ल ने 'आधुनिक हिन्दी साहित्य का इतिहास' में वृन्दावनलाल वर्मा के उपन्यास 'कुंडली चक्र' के उद्धरण देकर उनकी इस प्रवृत्ति पर एतराज़ किया था कि वह कहीं-कहीं अंग्रेज़ी मुहावरों का अनुवाद प्रयुक्त करते हैं। उस समय 'रतन के हृदय में कहीं तो एक ललित कोना होगा' या 'भुजबल पाँव के नीचे घास नहीं उगने देता था' जैसे प्रयोग एक नई प्रवृत्ति की शुरुआत-भर थे जो द्विवेदी युग में लिखे गए गद्य की परिष्कृत मानसिकता से मेल न खाते थे। कृष्ण शंकर शुक्ल ने तब कल्पना भी न की होगी कि अंग्रेज़ों के देश से बाहर जाते ही यह प्रवृत्ति इतनी व्यापक हो जाएगी कि अधिकांश गद्य अंग्रेज़ी वाक्यांशों का अनुवाद-भर रह जाएगा।

ऐसा होना ही था। आरम्भ के हिन्दी गद्य लेखकों में बहुत से अंग्रेज़ी नहीं जानते थे, पर वे संस्कृत और उर्दू-फ़ारसी के जानकार थे। जो अंग्रेज़ी जानते थे वे यह भी जानते थे कि उनका पाठक-वर्ग कौन सा है। बहरहाल, अधिकांश लेखकों की संस्कृतज्ञता के कारण हिन्दी में विशेषण बहुलता की बीमारी ज़रूर आई पर अपनी बात को स्पष्ट और तर्कनिष्ठ ढंग से कहने की प्रवृत्ति भी विकसित हुई। उर्दू की जानकारी के सहारे तत्कालीन लेखकों ने हिन्दी के चुस्त और परिनिष्ठित रूप को निखारा।

धीरे-धीरे अंग्रेज़ी न जाननेवाले हिन्दी लेखक अल्पसंख्यकों की कोटि में आ गए। अब तो वे सिर्फ़ गिने-चुने रह गए हैं और ऐसे लेखकों की संख्या बढ़ रही है। अंग्रेज़ी ज़्यादा और हिन्दी कम जानते हैं। दोनों भाषाओं पर सन्तुलित अधिकार रखनेवाले लेखक

बिरले ही हैं। तभी अंग्रेजी के प्रचुर ज्ञान और हिन्दी के कामचलाऊ ज्ञानवाले लेखकों की एक नई भाषा विकसित हो रही है जिसमें 'साहसिक' का अर्थ पारम्परिक रूप से समुद्री डाकू या लुटेरा नहीं, बल्कि 'साहसपूर्ण' है, 'कारुणिक' का अर्थ 'करुणामय' नहीं बल्कि 'कारुण्य उत्पादक' है; 'निर्भर है' के बजाय 'निर्भर करता है' लिखा जाने लगा है और 'शाप', 'नरक' और 'विरूप' जैसे शब्दों को 'श्राप', 'नर्क' और 'विद्रूप' बना लिया गया है। अजीब नहीं कि कुछ वर्षों बाद इस भाषा में 'कृपया' को 'कृप्या' लिखा जाने लगे।

इसी के साथ अंग्रेज़ी का वाक्य-विन्यास, उसके शब्द और मुहावरे, उसके विशिष्ट अभिव्यक्ति-प्रयोग सभी हिन्दी गद्य में उतरने लगे हैं जो हिन्दी-पाठक को आतंकित करते हैं और केवल हिन्दी जाननेवाले लेखक को निरुत्साह बनाकर छोड़ देते हैं। केवल हिन्दी जाननेवाला लेखक अपने ही साहित्य-क्षेत्र में बेगाना हो गया है। सनेही, मैथिलीशरण गुप्त, शान्तिप्रिय द्विवेदी आदि के दिन गए—इस माहौल में रेणु और शैलेश मटियानी अपवाद की तरह दीख पड़ते हैं। अंग्रेजी-परस्त हिन्दी का यह नकचढ़ा (हाईब्राऊ) रवैया उन लेखकों को बहिष्कृत करता जा रहा है जिनसे सहज गद्य की सहज आशा की जा सकती थी।

नतीजा यह है कि केवल हिन्दी जाननेवाला लेखक भी अब जैसे ही लिखना शुरू करता है, वह अनजाने ही इस प्रतिस्पर्धा का शिकार हो जाता है कि हम क्या किसी से कम हैं। तभी वह 'सन्दर्भ', 'आयाम', 'परिप्रेक्ष्य', 'नकारात्मक साक्षात्कार', 'सम्पृक्ति के सूत्र' जैसे सिक्कों को खुलकर उछालता चलता है ताकि उसकी शब्द-सम्पन्नता पर किसी को शुबहा न रहे; और इस प्रवृत्ति से उलझकर वह उलझानेवाले गद्य की परम्परा को मज़बूत करता है। तभी वह 'जलते-प्रश्नों' की बात करता है, 'चाय के प्याले में तूफ़ान' उठता है, अपने पात्रों को 'ढीले सिरे' से लटकाए रहता है।

प्रत्येक देश और समाज के मुहावरे उसकी सभ्यता, संस्कृति और ऐतिहासिक-भौगोलिक स्थिति की उपज हैं। पर अंग्रेजी की नकल में हमें इसका भी ध्यान नहीं रहता। तभी हम 'कोल्ड रिसेप्शन' 'वार्महार्टेड' का भी शाब्दिक अनुवाद रखने की कोशिश करते हैं। भारत जैसे गर्म देश में किसी से मिलकर ठंडक का अनुभव करना स्नेह और सौहार्द का लक्षण हो सकता है (तुमहिं देखि सीतल भइ छाती)। पर इंग्लैंड जैसे देश में उपेक्षापूर्ण और स्नेहहीन आचरण के लिए 'कोल्ड बिहेवियर' का प्रयोग होगा। वहाँ सौहार्दपूर्ण व्यक्ति के लिए 'वार्महार्टेड' का प्रयोग उतना ही स्वाभाविक है जितना भारत में नाराज़गी के लिए 'गर्म होना' का प्रयोग।

इस तरह के अनेक उदाहरणों से देखा जा सकता है कि अंग्रेज़ी शब्द-समूह का हूबहू हिन्दी अनुवाद निरर्थक ही नहीं, विपरीत अर्थ सृजित करनेवाला भी हो सकता है। वास्तव में भाषा का विकास ऐसे कृत्रिम उपायों से नहीं, संस्कृति और चिन्तन के विकास के अनुरूप ही होता है। तभी अभिव्यक्ति की नई माँगों के समाधान के लिए भाषा अपने लचीलेपन की सारी सम्भावनाओं को निचोड़ती है और नई अभिव्यंजनाओं

की सृष्टि करती है। सन्तोष का यही विषय है कि भाषा का विकास इस सहज आधार पर भी कहीं-कहीं एक-दूसरे समानान्तर स्तर पर होता जा रहा है।

तो बक़ौल, अंग्रेजी कहावत के शाब्दिक अनुवाद के, काले बादलों में यही एक रुपहली लकीर है। मनीषियों का एक समुदाय गद्य की उसी स्थिति के बारे में पूर्णतया सजग है। इस प्रसंग में रामस्वरूप चतुर्वेदी का 'गद्य की सत्ता' नामक एक लेख कुछ समय पहले आलोचना (27) में छपा था। उन्होंने बहस की शुरुआत इसी स्थिति से की थी कि 'हिन्दी में अच्छा गद्य या सिर्फ़ कहें, गद्य-लेखक बिरले हैं।' इसके अन्य कारणों के साथ उन्होंने भी अनुभव किया है कि "अंग्रेज़ी शब्द-समूह, वाक्य-विन्यास आदि के क्षेत्रों में तरह-तरह से घुसपैठ कर रही है।" उनका कहना है कि "मैकाले ने अभी तक काले साहब के शरीर की रचना की थी, उनका दिमाग़ तो असल में अब बन रहा है। ऐसी स्थिति में हिन्दी का स्वायत्त विकास निश्चय ही कठिनतर होता जा रहा है।"

इस स्थिति से बचत के दो रास्ते हैं। एक यह कि प्रत्येक हिन्दी-लेखक अपने लिए वह अनुशासन स्वीकार करके चले कि उसका कथ्य ऐसे पाठक के लिए है जो अंग्रेज़ी नहीं जानता। वह यह ध्यान रखे कि वह अपनी भाषा द्वारा अपने पाठक को अंग्रेज़ी की जटिल शब्द-शृंखला का उपहार नहीं दे रहा है, बल्कि उसे उस भाषा के माध्यम से अपनी संवेदना और चिन्तन का भागी बना रहा है।

दूसरे रास्ते का सम्बन्ध भाषा के बाह्य स्वरूप से नहीं, बल्कि माध्यम के रूप में उसकी मूलभूत उपयोगिता से है। जब तक हम उधार या चोरी का माल हिन्दी में भरते रहेंगे तब तक उस स्थिति की यह अनिवार्यता रहेगी कि हम उधार या चोरी को छिपाने के लिए एक उधार ली हुई, जान-बूझकर जटिल बनाई गई भाषा का प्रयोग करें, जिसका उद्देश्य विचार या संवेदना का उद्घाटन नहीं, बल्कि संगोपन होगा। पर हमारी अपनी संवेदना और अपना चिन्तन सम्प्रेषण के लिए उधार की भाषा को अपने-आप छोड़ता चलेगा और बार-बार अपनी अभिव्यक्ति के लिए एक वास्तविक, समर्थ माध्यम की माँग करेगा।

सफ़ेद कालर का विद्रोह

सफ़ेद कालर के विद्रोह यानी मध्यवित्त लोगों की युद्धकामिता, यानी मिडिल क्लास मिलिटेंसी की प्रेरक शक्ति महँगाई और मुद्रास्फीति ही नहीं है। उसके पीछे सामाजिक कुरीतियाँ, व्यक्तिगत कुकर्म और हर सुविधापरक पदार्थ को ख़रीदने की स्पर्धा भी है—जो सफ़ेद कालर को अन्धाधुन्ध ख़र्च करने और पैसे की कमी पर लगातार रोने को बाध्य करती है।

मान लीजिए कि आप विदेशी हैं (ऐसा मान लेना मुश्किल नहीं है क्योंकि अंग्रेज़ीदाँ हिन्दुस्तानी प्राय: अपने को विदेशी ही मानता है) और भारत में नए-नए आए हैं, और किसी पंच तारांकित होटल के लाउंज़ में बैठकर 'इलस्ट्रेटेड वीकली' या 'फेमिना' जैसी कोई पत्रिका पलट रहे हैं। उस समय इन पत्रिकाओं के विज्ञापन पढ़कर आप यही समझेंगे कि :

भारत से ग़रीबी मिट गई है, भारत आज फिर से सोने की चिड़िया बन गया है। यहाँ 'नारीत्व का गौरव' बी.सी.एन. की साड़ियों से पैदा होता है, यहाँ 'पिश' रेज़र से दाढ़ी बनानेवाले को कोई मात नहीं दे सकता, यहाँ 'चांडेला' ने हंगामा मचा दिया है (हर दिन के लिए एक नया रंग, एक नया डिज़ाइन)। यहाँ 'ट्राम्बे डाइंग' कपड़े पहनने से आपकी नजरें कैमरे पर होती हैं और सबकी (तस्वीर में पाँचों छोकरियों की) नजरें आप पर, यहाँ 'सिप्टन' चाय को कोई पछाड़ नहीं सकता, यहाँ नई पीढ़ी के लिए 'सीविया' क्रीम है, 'पिनाका' टूथपेस्ट करके संसार की सब तरुणियों का चुम्बन कीजिए, 'टनासिन' खाइए और दनादन सितार बजाइए, आशिक़ के साथ पिकनिक पर जाइए।

अगर आप असली मध्यवित्तीय व्यक्ति हैं तो यही सब ख़रीदिए, यही सब खाइए और दिन-रात कंगाली के गीत गाइए, क्रान्ति का नारा लगाइए!

ऐसे विज्ञापनों को पढ़कर आपके सामने ख़ुशहाली और ऐशपसन्दगी की जो तस्वीरें उभरती हैं वह एकदम झूठ नहीं हैं। इससे यह असलियत खुलती है कि हिन्दुस्तान के भीतर एक और हिन्दुस्तान है जो सफ़ेद कालरवालों का हिन्दुस्तान है। यहाँ सभी उपभोक्ता पदार्थ ठुँसे पड़े हैं। अंग्रेज़ी रेज़र ब्लेड से लेकर जापानी टेपरिकॉर्डर तक, टोस्टर से लेकर बिजली की कुकिंग रेंज और टेलीविज़न तक, व्हिस्की से लेकर 'हेडेंसा' तक—यहाँ सब कुछ मौजूद है। इस हिन्दुस्तान में आज भी शृंगार सामग्री पेरिस से आती है, साड़ियाँ जापान से आती हैं—यह दूसरी बात है कि ख़ुद जापानी औरतें साड़ी नहीं पहनतीं।

सफ़ेद कालरवाला मध्यवित्तीय आदमी ज़िन्दगी की इसी विशिष्टता (क्वालिटी) के लिए दिन-रात हुड़कता है, उसे पाने के लिए विद्रोह करता है, नारे लगाता है, जुलूस निकालता है—तनख़्वाह में सौ रुपल्ली बढ़वाने के लिए जेल जाता है।

मज़दूरों और अल्पसाधन लोगों का भी एक वर्ग है जो उसी तरह नारे लगाता है, जुलूस निकालता है, जेल जाता है और गोली खाता है—पर उसकी क्रान्ति और सफ़ेद कालर की क्रान्ति में फ़र्क़ है। उसकी क्रान्ति अधिकार सत्ता को चुनौती देती है, सत्ता के ढाँचे को तोड़ना चाहती है; पर सफ़ेद कालरवाले क्रान्ति का नाम लेकर भी उस सत्ता-तंत्र को सुरक्षित रखना चाहते हैं, उसके ढाँचे को तोड़ने के बजाय उसे खटखटाकर कुछ रियायतें खींचने की कोशिश करते हैं। यानी इंजीनियर, डॉक्टर, सिविल सर्वेंट आदि जब 'युद्ध-मार्ग पर प्रवृत्त' होते हैं तो मुझे इत्मीनान रहता है कि वे ऐसे खच्चर हैं जो तबेले में लतियाउझ करेंगे, कुछ देर तबेले के बाहर भी टहलेंगे और फिर तबेले के अन्दर आकर अपने-आपको बन्द कर लेंगे।

सफ़ेद कालर के विद्रोह को शान्त करने के लिए कोई बड़ा फ़ैसला लेने की भी ज़रूरत नहीं। ओवरसियर की जगह उसे जूनियर इंजीनियर कह दो, इतना काफ़ी है। उसके विद्रोह का उद्देश्य बहुत अदना होता है। वह कहे या न कहे, उसके विद्रोह के मुद्दे कुछ इस तरह के हैं कि आइसबॉक्स की जगह उसे रेफ्रिज़रेटर मिलना चाहिए, ललिता रानी बालिका विद्यालय से उसकी बालिका को लॉरेटो कॉन्वेंट में जाना चाहिए और पीने के ब्लैक नाइट की जगह 'ब्लैक डॉग' होनी चाहिए और चूहे का ओहदा बदलकर उसे मूषक का महान् पद मिलना चाहिए। कुल मिलाकर, उसके खानपान और रहन-सहन का वही स्तर होना चाहिए जिसका रस 'इलेस्ट्रेटेड' और 'फ़ेमिना' के विज्ञापनों से चू रहा है।

सफ़ेद कालर और गन्दे कालर के विद्रोह में एक और फ़र्क़ है। गन्दे कालरवालों का विद्रोह अपने लिए एक-सी व्यवस्था और हैसियत की माँग करता है। पर सफ़ेद कालर की मनोवृत्ति जॉर्ज आर्वेल के इस वाक्य का अनुसरण करती है कि "सब जानवर बराबर हैं, पर कुछ जानवर आपस में ज़्यादा बराबर हैं।"

तभी जब आई.ए.एस. 'वार पथ' पर निकलता है तो उसकी दोहरी माँग होती है कि (1) उसे टाइगर या चीता न समझकर बबर शेर समझा जाए, और (2) दूसरों को गीदड़ समझा जाए। इंजीनियर कहता है कि अब उसे भारी पेटवाला हाथी बनना मंजूर नहीं; उसे भी आई.ए.एस. की तरह बबर शेर समझा जाए; पर शर्त यह है कि पी.सी. एस. को तेंदुए या ज़्यादा-से-ज़्यादा चीते का दर्जा दिया जाए। उधर प्राइवेट प्रैक्टिस की माँद से निकलकर डॉक्टर फ़रमाइश करता है कि उसे कम-से-कम टाइगर समझा जाए और दूसरे सिविल सर्वेंटों को रीछ की तरह ज़मीन और पेड़—दोनों जगहों पर एक-सा पड़ा रहने दिया जाए। डिग्री कॉलेज का अध्यापक अपने को अरबी घोड़े से नीचे नहीं देखना चाहता, पर प्रतिबन्ध रहे कि हाईस्कूल और इंटर का अध्यापक खच्चर ही शुमार किया जाए। लखनऊ बेंच का हाईकोर्टवाला वकील इलाहाबाद की बेंच के

वकील से हैसियत के बारे में नहीं झगड़ना चाहता, दोनों ही साँड़ हैं और रहें—पर वह लखनऊ बेंच से लगी हुई चरागाह के रक़बे को बढ़ाने के लिए आन्दोलन करता है।

इस तरह यह सारा विद्रोह और आन्दोलन एक उस तालाब की शक़्ल ले लेता है जिसमें गन्दे पानी की लहरें एक-दूसरे पर टूट रही हैं और बड़े जोश से एक-दूसरों को काट रही हैं और तालाब के बाहर किनारे पर खड़े भारी-भरकम पेड़ों को इनसे कोई ख़तरा नहीं है।

यह पढ़कर हो सकता है कि आप सोचने लगें कि मैं सफ़ेद कालरवालों का दर्द नहीं समझता। पिछले पच्चीस साल से अपनी गर्दन पर मैं भी सफ़ेद कालर का बोझ ढो रहा हूँ और अपने साथियों के दर्द के साथ अपनी गर्दन के दर्द को भी ख़ूब समझता हूँ। पर यह भी जानता हूँ कि ज़्यादातर यह दर्द जन्म-दिवस, विवाह-वार्षिकी, दहेज, सुविधापरस्ती और विज्ञापनों से सीखी गई ऐशपरस्ती के लिए साधन जुटाने का दर्द है। मुद्रास्फीति और महँगाई तो है ही; वह न होती, तब भी इनका दर्द आसानी से दूर न होता क्योंकि सफ़ेद कालर का आदमी एक दर्द दूर करने की धुन में दूसरा दर्द पैदा कर लेने में माहिर होता गया है। रुपए से उसकी दुश्मनी है और उसे पाते ही वह उसे फेंकने लगता है ताकि निरन्तर ग़रीबी का दर्द क़ायम रहे; ताकि बक़ौल पार्किसन, टैक्स कलेक्टर जब तक दरवाज़े पर आए-आए तक भरी बोतलें ख़ाली हो चलें और छोकरियाँ बूढ़ी हो जाएँ और वसूली के लिए कुछ भी बचा न रहे, ताकि अभाव का निरन्तर रोना रहे; ताकि सफ़ेद कालर की क्रान्ति अमर रहे।

मम्मीजी का गधा

विश्व-भूगोल में बाँसगाँव नामक एक तहसील है, जिसके निवासी बरसों से ट्रिनिडाड से लेकर बैंकाक तक फैले हुए हैं और जहाँ कहीं भी हैं, वे अपनी विद्या या अविद्या के लिए मशहूर हैं—विद्या के लिए कुछ ज़्यादा ही। कहीं भी वे अपने को पहचनवाए बिना नहीं रहते। जो विश्व-भूगोल नहीं जानते उनकी जानकारी के लिए : बाँसगाँव उत्तर प्रदेश के ज़िला गोरखपुर में है। इसी इलाक़े में हमारे गधे, अर्थात् बेटे ने जन्म लिया।

उसी बाँसगाँव के कविरत्न मन्नन द्विवेदी गजपुरी की एक कविता है :

गधा एक था मोटा ताज़ा,
बन बैठा वह वन का राजा।
कहीं शेर का चमड़ा पाया,
चट वैसा ही रूप बनाया।

इस शताब्दी के आरम्भ में, जब हिन्दी आलोचना 'सपाटबयानी' नामक शब्द से अछूती थी, इस बालोपयोगी कविता में बहुतों को सपाटबयानी और पंचतंत्र की नक़ल के दर्शन हुए होंगे, पर भारतीय इतिहास और जार्ज आर्वेल के इस 1984 में, जैसा कि इस कथा से सिद्ध होगा, इस कविता में न सपाटबयानी है, न किसी की नक़ल। आज यह उस माहौल की कविता है जिसमें गधा अपनी पोल खुल जाने पर भी गधेवाली स्थिति में नहीं लौटता। गुंडागर्दी, राजनीतिक धकापेल, पैसे की ताक़त या हाईकोर्ट या सुप्रीम कोर्ट के स्थगन-आदेश के बूते वह जिस्म से शेर की खाल खिसक जाने पर भी हमारे दरवाज़े शेर की ही तरह मुँह फाड़े बैठा रहता है।

बहरहाल, वहाँ तक जाने की ज़रूरत नहीं, यह सिर्फ़ हमारे बेटे की कथा है जिसे हम कभी प्यार से गधा कहते थे। वैसे यह किसी के भी बेटे की कहानी हो सकती है, पर उस 'किसी' की, या उसके बेटे की दुलत्ती के डर से मैंने अपने घर के गधे को ही अपना कथानायक बना लिया है।

2

हम पति-पत्नी बचपन में अपने बेटे के गुणों पर रीझकर कभी-कभी प्यार से उसे गधा कहने लगे थे। वह ज़िद्दी था, धीमा था, अकारण ज़ोर-ज़ोर से गाने का शौकीन था,

मार खाकर भी मार खाने की जगह से दूर न भागता था, झुंड में ख़ुश और अकेले में और भी ज़्यादा ख़ुश रहता था। वैशाखनन्दन तो वह था ही, यानी अप्रैल में पैदा हुआ था। गधों ही की तरह वह बरसात से दुखी और गर्मियों में ख़ुश रहता था। वैसे, यह गधोंवाली ख़सलत से नहीं, एक-दूसरे कारण से था। कारण यह था कि बरसात में वह ज़्यादातर बीमार पड़ जाता, गर्मियों में अपनी माँ के साथ नैनीताल या रानीखेत की ख़ुशनुमा आबोहवा में पहुँच जाता था।

हमारा गधा, अधिकांश गधों की तरह, गाने का शौकीन तो था ही, गाता भी बहुत अच्छा था और हमारे पड़ोसी और मित्र जब हमें ख़ुश करना चाहते, हमेशा उसके गाने का ज़िक्र करते। शाम को सैर करने के लिए निकले पड़ोसियों के जोड़े जब बैठे-ठाले प्रेम निभाने के लिए हमारे यहाँ आकर यूँ ही बैठ जाते तो हम उन्हें यथाशीघ्र चलता करने के लिए चाय-बिस्कुट, ठंडे पेय आदि से उनका सत्कार करके अपने गधे बेटे को उनके आगे तुरन्त पेश कर देते, ताकि वे उससे गाने का आग्रह करके, उसका गाना सुनकर, फिर उसकी और उसके माता-पिता की सराहना करके और यह अच्छी तरह समझकर कि आज की शाम अब उन्हें हमसे कुछ लेना-देना नहीं रहा, पहले ही की तरह सड़क पर सैर के लिए निकल जाएँ।

उन्हीं दिनों की घटना है कि एक सायंकालीन मेहमान के एक दिन घरेलूपन की झोंक में कहा, "बेटा गधे, एक गाना तो सुनाओ।"

तब वह चार साल का था। उसने बिगड़कर कहा, "मुझे गधा मत कहना, मैं तुम्हारा नहीं, सिर्फ़ मम्मीजी का गधा हूँ।"

3

ग़ौर करने की बात है कि हमारे गधे का यह वक्तव्य, लगभग पचीस साल बाद, भारतीय राजनीति का एक मार्गदर्शक सिद्धान्त—एक डाइरेक्टिव प्रिंसिपुल बन गया है।

उस वक़्त मेहमान ने, मैं सुन न सकूँ, इतनी धीमी आवाज़ में, पर मुझे ही सुनाने के लिए कहा, "बदतमीज़ है।" और फिर वे हीं-हीं-हीं-पूर्वक "घर पर मेहमान आनेवाले हैं" कहकर वापस चले गए।

ग़ौर करने की बात है कि हमारे मेहमान का भी वक्तव्य आज, लगभग पचीस वर्ष बाद, भारतीय राजनीति का एक-दूसरा मार्गदर्शक सिद्धान्त बन गया है।

4

मेरी पत्नी बहुत ख़ुश थी। उसे अख़बार पढ़ने का शौक़ था और सार्वजनिक जीवन में प्रतिदिन हज़ारों पढ़े-लिखे तमीज़दारों के बदतमीज़ी-भरे चतुर वक्तव्य पढ़ते-पढ़ते उसकी यह महत्त्वाकांक्षा हो गई थी कि उसका बेटा सिर्फ़ गधा न रहे, बदतमीज़ बन जाए। इसलिए हम लोगों ने उसकी पढ़ाई पर अन्धाधुन्ध ख़र्च किया, उसे

उच्चकोटि की शिक्षा दिलाई, उसे विदेश भेजकर एक ऊँची तकनीकी डिग्री लेने का बढ़ावा दिया और वहाँ से लौटकर हमारा गधा प्रदेश के बिजली बोर्ड का तेज़तर्रार अफ़सर बन गया।

बदतमीज़ था, इसलिए उसे मशहूर होने, और उसी के साथ अपने वर्ग में लोकप्रिय बनने में देर नहीं लगी। उसकी लोकप्रियता तब और बढ़ी जब उसने नौकरी में आते ही एक आन्दोलन छेड़ दिया जो ऊँचे वर्गवालों के द्वारा, ऊँचे वर्गवालों के लिए ऊँचे वर्गवालों का आन्दोलन है। इसे 'जेनरलिस्ट वर्सस स्पेशलिस्ट' या 'सामान्य प्रशासक बनाम विशेषज्ञ' का आन्दोलन कहा जाता है। हमारे बेटे ने नारा लगाया कि उसके संगठन से सभी जेनरलिस्टों को, जो कई ऊँचे ओहदों पर एक देशव्यापी षड्यंत्र के कारण और अंग्रेजी हुकूमत के भग्नावशेष के रूप में मौजूद है, बाहर निकाल दिया जाना चाहिए। अफ़सरों के नए ख़ून ने, जो हर आन्दोलन के लिए उबाल पर रहता है, इसका समर्थन किया और बाहर निकाले जाने की माँग में 'कान पकड़कर', 'धक्का देकर' और 'गरदनिया देकर' जैसे मुहावरे भी, अपनी स्थानीय बोली और संस्कृति के अनुसार, जोड़ दिए। आन्दोलन ज़ोर पकड़ता गया और दोनों ओर से पढ़े-लिखे तमीज़दारों के बदतमीज़ी-भरे वक्तव्यों से सभी अख़बार गर्ध्वनित और कॉफीहाउस गर्दभित होने लगे। सरकारी हेंहेंकार में हाहाकार फैल गया।

एक दिन मौका पाकर, यानी अपने बेटे को गुनगुनाते हुए देखकर मैंने उससे कहा, "देखो भाई, (अब उसे गधा कहनेवाले दिन गुजर चुके थे) यह सब क्या कर रहे हो? सवाल जेनरलिस्ट या स्पेशलिस्ट का नहीं है। कोई भी ओहदा किसी के लिए रिज़र्व न होना चाहिए। चाहे जेनरलिस्ट हो या स्पेशलिस्ट, जो जिस काम के लिए सबसे ज़्यादा मौजूँ हो, उसे उस पर जाना चाहिए।"

बेटे ने कहा, "यह जेनरलिस्टों की बड़ी पुरानी दलील है। यही कहते हुए वे इतने सालों से हमें गधा बनाकर घर से घाट तक दौड़ा रहे हैं, ख़ुद मौज कर रहे हैं। जनता को...।"

मैंने समझाया, "बेटे, जनता की बात मत करो। वह तो तुम दोनों को एक-सा समझती है। दोनों ही दोनों हाथ से पैसा बटोरते हैं, दोनों ही एक-जैसी तरक़्क़ी के लिए हुड़कते हैं, दोनों ही जनता पर एक-सी चड्ढी गाँठते हैं, एक ही जैसे बँगलों में रहते हैं, एक ही-सी मोटर पर चढ़ते हैं...।"

बेटे ने कहा, "पापा, आपको समझाना बड़ा मुश्किल है। एक ही जैसे बँगलों में रहने, कार पर चढ़ने या घूस लेने से ही अगर सब एक-जैसे हो जाते हैं तो जनता अपने एम.एल.ए. को कलेक्टर और अपने कलेक्टर को एम.एल.ए. क्यों नहीं बना देती?"

5

अफ़सर बनने के बाद हमारे बेटे में पहली ख़ूबी तो यह आई, जिसे ऊपर बख़ूबी बयान कर चुका हूँ। दूसरी बात यह हुई कि उसे ब्रिज, बिलियर्ड, टेबलटेनिस से लेकर नाटक,

चित्रकला और दूसरी ललित कलाएँ अपने-आप आ गईं, जैसे कि हर अफ़सर को आ जाती हैं। संगीत तो वह जानता था ही। इसी के साथ, जैसे-जैसे 'जेनरलिस्ट बनाम स्पेशलिस्ट' आन्दोलन गहराता गया, उसने, हर अफ़सर की ही तरह, लेखकों, कवियों, नेताओं, दार्शनिकों, समाजसुधारकों, वैज्ञानिकों, पत्रकारों आदि-आदि पर बिना माँगे अपनी राय देना शुरू कर दिया और जिस दिन उसने कहा कि मैं प्रधानमंत्री की किसी और धारणा से तो नहीं पर इससे ज़रूर सहमत हूँ कि यहाँ के पत्रकारों का कोई चरित्र नहीं है, उसका यह वक्तव्य, उसके फ़ोटो के साथ, पत्रकारों ने बड़े उत्साह से छापा। मेरे देखते-देखते कुछ ऐसा हो गया कि सामूहिक रूप से पत्रकारों की वह जितनी ही भर्त्सना करता, व्यक्तिगत रूप से पत्रकारों से उसके सम्बन्ध उतने ही मधुर होते गए। मैं समझ गया कि मेरे बेटे की बहुत सी बातें सचमुच ही मेरी समझ से बाहर हैं।

तीसरी और सबसे बड़ी ख़ूबी उसमें यह आई कि उसे अचानक भैंसों, सूअरों और गधों से भारी नफ़रत हो गई।

6

अब, आज की शहरी ज़िन्दगी में भैंसों, सूअरों और गधों की एक विशेष हैसियत है और उसके बारे में कुछ साफ़-साफ़ कहना जोखिम की बात है। तो, इसे यूँ समझिए कि पिछले बीस-पचीस सालों में, ख़ासतौर से जब से सभी शहरों और क़स्बों के नगर-निगम और नगरपालिकाएँ प्रभुतासम्पन्न प्रशासकों के हाथ में चली गईं और जिसे 'स्थानीय स्वायत्त शासन' कहा जाता था वह न स्थानीय रहा, न स्वायत्त, न शासन, तब से भैंसों, सूअरों और गधों के झुंड शहरों की हैसियत के प्रतीक बन गए हैं। गीता में समदर्शी की जो परिभाषा दी गई है, यानी विद्याविनय-सम्पन्न ब्राह्मण, गाय, हाथी, कुत्ता, चांडाल; इन सबको तत्त्वदर्शी एक समान देखता है, वही अब अधिकांश शहरों के प्रशासकों का भी जीवनदर्शन है। तभी चौराहे के सिपाही के पतलून पर भैंस अपनी सींग रगड़ती है और सड़क पर स्कूटरों के आगे गधे, गवर्नर की गाड़ी के आगे पायलट की तरह, चौकड़ी भरते हुए चलते हैं। अच्छे-से-अच्छे मोहल्लों, सड़कों, ख़ूबसूरत पार्कों और तंग गलियों से लेकर शानदार बँगलों के फाटकों तक पर भैंसों, सूअरों और गधों का क़ब्जा है। इसके पीछे नगर-प्रशासकों का यह समाज-दर्शन है कि सबको सर्वत्र सबके साथ रहने का हक़ है, और इसे कार्यान्वित करने का उनका तरीक़ा यह है कि अगर तुम छोटे को ऊँचा करके बड़े के बराबर नहीं ला सकते तो बड़े की गर्दन छाँटकर उसे छोटे के बराबर तो कर ही सकते हो। उन्होंने नगर-विकास के विषय पर जो पहली पोथी पढ़ी है, उसका पहला पाठ है : शहर उस सूअरबाड़े को कहते हैं जिसके बीच भैंसियाना हो और जो ख़ुद एक बड़े गधेघर के बीच में हो, उसी में कहीं चौराहे पर सन्तोषी माता या हनुमानजी की सात दिन पुरानी मठिया हो तो वह धार्मिक शहर, और उन्हीं

के साथ कहीं-कहीं पाँच दिन पुराने पीरों के मज़ार हों तो वह धर्मनिरपेक्ष शहर कहलाता है।

माना कि यह विषयान्तर है पर विषयान्तर न हो तो विषय पर आएँगे कहाँ से? बहरहाल, यह स्पष्ट हो जाना चाहिए कि इस सबमें कुसूर भैंस, सूअर या गधे के मालिकों का नहीं है, अगर यह कुसूर है तो ज़्यादातर उन्हीं का है जिनके पास भैंस, सूअर या गधे नहीं हैं। शहरी ज़िन्दगी ही कुछ ऐसी है जिसका इनके बिना गुज़ारा नहीं।

कोई चरक नाम के आयुर्वेद के विद्वान् हुए हैं—शायद वही है या कोई और हों—जिन्होंने हिन्दुस्तानियों की खोपड़ी में धारोष्ण दुग्ध के लिए अपार श्रद्धा भर दी है। इसलिए बोतल का मशीनी दूध न लेकर जब हम बाल्टी हिलाते हुए धारोष्ण दूध के लिए भैंसियाने की ओर जाते हैं, तो हमारी चाल के अनुपात से भैंसों का 'कल्ट' तरक़्क़ी करता है। गोबर और मूत और कीचड़ से भरे हुए किसी भी पार्क में—जिसे भैंस-पालकों ने नगर-प्रशासकों के सौन्दर्यीकरण की चपेट से कल ही छुड़ाया होगा—या सिविल लाइंस की किसी भी चौड़ी सड़क के किनारे, खूँटे से बँधी हुई भैंस आपको धारोष्ण दूध देती है। इससे बल, विद्या, बुद्धि, दीर्घायुष्य आदि की प्राप्ति होती है। जो शाकाहारी नहीं हैं, वे यही तर्क सूअरों पर भी लागू कर सकते हैं, और शाकाहारी और गैरशाकाहारी मिलकर कुछ ऐसे ही तर्क गधों पर लागू करते हैं।

ख़ासतौर से गधों पर। क्योंकि, जब और जहाँ सफ़ेदपोश है, तब और तहाँ धोबी हैं, और जहाँ धोबी है, वहाँ गधा है। इसीलिए जितनी तेज़ी से सफ़ेदपोश और उनके मोहल्ले बढ़ रहे हैं, उतनी ही तेज़ी से भैंस, सूअर और ख़ासतौर से, गधे भी।

7

बात कुछ समाजशास्त्र की ओर मुड़ गई थी। अब, मूल कथा। हमारा बेटा पच्छिम जर्मनी में कई साल बिताकर लौटा था और प्रदेश के बिजली बोर्ड का अफ़सर बन गया था। वह शहर के एक नए बसे मोहल्ले के एक बड़े बँगले में रहता था। जर्मनी से लौटने के बाद उसे कई दिन यहाँ पर सड़कों की भीड़, मनमानी सवारियाँ, मुर्दा पर बिना-दफ़नाए टेलीफ़ोनों और पान की दूकानों से ख़ासी शिकायत रही। फिर वैसी ही शिकायत नागरिकों की रुहानी और जिस्मानी तन्दुरुस्ती से, या उसकी नामौजूदगी से हो गई। वह कहने लगा, "हमारे देश का आदमी ही-ही-ही-ही करते हुए भी ख़ुश नहीं नजर आता है। सड़क पर हो या दफ्तर में, दूकान पर हो या मकान में, वह कुछ बिगड़ा-सा, कुछ उखड़ा-सा, कुछ खौखियाया-सा, और कुछ नहीं तो गुम-सुम नज़र आता है।"

मैंने उसे एकाध नए होटलों में जाने की सलाह दी जहाँ नौजवान लड़के-लड़कियाँ डिस्को नाच नाचते थे, दारू पीते थे और उतने ही ख़ुश नजर आते थे जितने कि दूरदर्शन के विज्ञापनों में ठंडे पेय पीनेवाली लड़कियाँ और लड़के जो सिर्फ़ समुद्र में जल-विहार करते हैं, हवाई जहाज़ की तरह मोटरसाइकिलें चलाते हैं। और एक

चुल्लू-भर रंगीन पानीवाली बोतल चूसते हुए स्वास्थ्य, सौन्दर्य और स्वतंत्रता के ऐसे प्रतिमान स्थापित करते हैं जो पिक-अप या पेप्सी कोलावालों का चरम स्वप्न है। पर मेरे बेटे ने इस पर भी मुँह बनाया, कहा, "पापा, इन चार फुट-साढ़े ग्यारह इंच लम्बी लड़कियों और मुट्ठी-भर सीनेवाले लड़कों को नाचते देखकर मुझे अपने देश पर तरस आता है। इन्हें पाँच सौ मीटर दौड़ा दीजिए तो गश खा जाएँगे। इन्हें फलों के रस और विटामिनों की ज़रूरत है।"

नौजवानों की हालत और उनकी तन्दुरुस्ती इतनी गिरी है, यह बीस-सूत्रवालों ने आज तक किसी भी स्पीच में नहीं कहा, दूरदर्शन पर भी युवाशक्ति के ऐसे उन्मुक्त, पगलैट नाच-गाने देखने को मिलते रहे हैं कि मैं अपने बेटे के इस निराशाजनक निष्कर्ष से सहमत नहीं हुआ। पर वह ख़ुद छः फुट लम्बा और काफ़ी तगड़ा था और जर्मनी के पेटूपन का असर लेकर आया था, इसलिए मैंने उससे बहस नहीं की। पर उसकी बातों से इतना तो समझ ही गया कि वह क्यों अपने बँगले में किसी भी तरह की कुरूपता, कमज़ोरी और फूहड़पन का निशान नहीं देखना चाहता। यह सही है, कुछ ही दिनों में उसका बँगला ख़ूबसूरती, सुव्यवस्था, संगीत, कलाप्रेम आदि-आदि की, यानी पूँजीवादी उपभोक्तावादात्मक विशिष्टतावादिता की बूज़र्वा रंगस्थली बन गया। इतना तो हो ही गया कि बाहर उसे अपना देश चाहे जितना फूहड़, फटीचर और कमज़ोर दिखे, घर आकर, इस दूसरे हिन्दुस्तान में, वह उसे आसानी से भूल सकता था। तभी फाटक में घुसते ही मिलते थे चित्र-विचित्र पेड़, लतरें, फूल-पौधे, मख़मली लॉन, करीने की रविशें और अन्दर ड्राइंगरूम में गहरी हरियाली की फुफकार-जैसी मारती गमलों की वनस्पतियाँ, दीवारों पर टँगे चित्र, फ़र्श पर हाथ के बुने क़ीमती क़ालीन, अदृश्य स्पीकरों से निकलती रविशंकरी या पच्छिमी संगीत की धुनें।

यह और बात है कि फाटक के बाहर सड़क पर घूमते सूअरों के विशाल झुंड, उनकी मर्मान्तक चीखें, गधों का कर्कश सी-पों-सी-पोंकार, सारे जग से उदासीन भैंसों का जमाव, उनके बीच से निकलते ट्रकों के हाहाकारी हॉर्न, स्कूटरों की पिर्र-पिर्र, रिक्शों की किर्र-किर्र नगर को बराबर नागरिकता की सागरिकता में समेटे रहतीं।

8

तभी फाटक के अन्दर गधे का प्रवेश।

फाटक के अन्दर जब गधे ने प्रवेश किया, मेरा बेटा अपने बेड-रूम में फ़र्श पर बिछे क़ालीन के ऊपर काग़ज़ फैलाए एक स्मृतिपत्र की दुरुस्ती कर रहा था। यह एक सौ इकहत्तर पृष्ठ का एक पत्र था जो दो दिन बाद मुख्यमंत्री को दिया जाना था और जिसमें अनेक तर्कों, पूर्वदृष्टान्तों, सैद्धान्तिक विवेचनों और ऐतिहासिक विवरण और विश्लेषण से युक्त उद्धरणों द्वारा यह माँग की गई थी कि सचिवालय के बिजली मंत्रालय में सचिव के पद पर किसी सामान्य प्रशासक की नहीं, बल्कि एक तकनीकी विशेषज्ञ की नियुक्ति होनी चाहिए। चूँकि मैं एक भूतपूर्व सामान्य प्रशासक हूँ, इसलिए

इसके कुछ ज़ोरदार अंश मेरे बेटे ने मुझे विशेष रस लेकर सुनाए थे और चूँकि मैं अपने बेटे की प्रतिबद्धता जानता था और ख़ुद किसी से भी प्रतिबद्ध न था, और चूँकि मैंने ट्वीडिल्डम और ट्वीडिल्डी की कहानी भी बहुत पहले से पढ़ रखी थी, इसीलिए अपने बेटे की प्रच्छन्न चुनौती को नज़रअन्दाज़ करके मैंने उसे सुन-भर लिया था, किसी बहस में नहीं पड़ा था। बहरहाल, मेरा बेटा अपने बेडरूम में और उसके ड्राइंगरूम में था तभी हमने बिल्कुल अपनी खोपड़ी पर गधे की खुले गलेवाली, भूमिका रहित, सीपों-सीपों सुनी।

माली का छोटा लड़का बाहर लॉन में काम कर रहा था। उसने गधे को अन्दर आते न देखा होगा, देखा भी होगा तो उसे एक मामूली आमद-रफ़्त का दृश्य-भर मानकर देखा होगा। सी-पों-सी-पों की विस्फोट-भरी आवाज़ सुनकर एक क्षण के लिए मैं सुन्न-जैसा हो गया, फिर उछलकर बाहर बरामदे में आया; मेरा बेटा मेरे साथ ही दूसरी ओर से बरामदे में आ गया था। उसकी युद्ध-गर्जना से माली और उसका छोटा बेटा दो विपरीत दिशाओं से गधे की ओर लपके।

गधा उस समय ब्राज़ील से मँगाए गए एक दुर्लभ पौधे पर मुँह मार रहा था। माली और माली-पुत्र गधे के पास तक तेज़ी से आए, फिर यह देखकर कि उनके हाथ में कुछ भी नहीं है, ठिठके। उधर ब्राज़ील की वनस्पति पर गधावाद हावी हो चला था। मेरे लड़के ने, चीख़ना बन्द किए बिना, एक ख़ाली गमला उठाकर गधे पर फेंका। वह, यानी गमला, चूर-चूर हो गया और उसका एक टुकड़ा माली की पीठ पर लगा जो लॉन से एक खुरपा उठाने के लिए झुक रहा था। पलटकर माली ने गधे की ओर इस तरह देखा जैसे उसकी पीठ पर दुलत्ती लगी हो और खुरपा लेकर उसे खदेड़ने को दौड़ा।

पर उसकी ज़रूरत न थी। गधा पहले ही भाग चुका था, यह और बात है कि फाटक की ओर भागने की बजाय पहले वह लॉन की ओर भागा था। पहले वह धीरे-धीरे, फिर दुम उठाकर चौकड़ी भरते हुए भागा था, फिर चारों ओर से बढ़ते हुए शोरगुल से घबराकर लॉन में अपनी दौड़ से वृत्त, त्रिकोण, चतुष्कोण आदि बनाते हुए, कई पौधों को रौंदता, कई गमलों को तोड़ता, किसी ख़ास दिशा को अपना लक्ष्य न समझने के बावजूद, सही लक्ष्य की, यानी फाटक की ओर, फिर फाटक से बाहर भागता चला गया था।

9

इसके बाद गधा बँगले में परक गया, ज़रा भी फाटक खुला छूट जाए तो अन्दर आ जाता था। लगता था, ब्राज़ील की वह वनस्पति उसे ख़ासतौर से भा गई थी। उसे बाहर भगाने में दो-चार सेकंड की देर हो जाए, तब भी वह किसी दूसरे पौधे पर मुँह नहीं मारता था, उसी विदेशी माल की ओर निष्ठापूर्वक बढ़ता रहता था। डंडे खाकर भी वह फाटक के बाहर बड़ी अनिच्छा से ही निकलता। यह भी था कि अब हर बार उसके प्रवेश पर वह पहलेवाला शोरगुल नहीं मचता था क्योंकि पहली बार के बाद गधे ने

अपने प्रवेश की घोषणा में सी-पों सी-पों करना बन्द कर दिया था। और शोरगुल मचाने के लिए हर बार उसके प्रवेश के समय हमारे बेटे वहाँ होते नहीं थे। पूरी रस्म माली और गधे के बीच की रह गई थी; वह आता था, यह भगा देता था।

मेरे बेटे के लिए यह सिर्फ़ एक छुट्टा जानवर की समस्या न थी। गधे के बँगले में आ जाने से फूल-पौधों को ख़तरा हो, सिर्फ़ इतना न था। जब वह फाटक के अन्दर धावा बोलता तो वह हमारे बेटे की सौम्यता, उसके कलाबोध, उसके सौन्दर्य-बोध पर भी धावा बोलता था। उसने माली को डाँटा, बँगले पर रहनेवाले एक चपरासी को भी, कि गधे की शिकायत उसके मालिक से की जाए, उसे बता दिया जाए कि गधे को उसने बाँधकर नहीं रखा तो उसे गोली मार दूँगा। पर गधे के मालिक का किसी भी तरह पता नहीं चला।

यह रोज़-रोज़ का क़िस्सा हो गया। गधे पर कई बार लाठियाँ भी टूटीं, पर गधा गधा ही रहा, मालिक लापता बना रहा। मेरा बेटा अब माली और दूसरे सरकारी भृत्य-वर्ग पर नाराज़ होने लगा। फाटक खुला क्यों रह जाता है? बँगले की सारी सुख-शान्ति छोटी-छोटी चिड़ियों की तरह इस प्रश्नरूपी अजगर के चारों ओर चूँ-चूँ करने लगी।

अचानक एक दिन माली की दहाड़ सुनकर मेरा बेटा बाहर बरामदे में उछलकर आया। लाठियों की तड़ातड़ के बावजूद गधा ब्राज़ीलवाले पौधों को अपने मज़बूत जबड़ों में जकड़कर झटके दे रहा था। पर लैटिन अमरीका के देश ऐसे गुरिल्ला हमलों के आगे आसानी से नहीं टूटते। यह वह दिन था जब जेनरलिस्ट बनाम स्पेशलिस्ट की बहस अपनी चरम सीमा पर थी, मेरा बेटा एक शिष्टमंडल लेकर शाम को मुख्यमंत्री से मिलने जा रहा था। तनाव का जो भी कारण हो, वह घर के अन्दर गया, बन्दूक लेकर बाहर आया और लाठियों की चोट से फाटक की ओर दुलकी चाल में भागते हुए गधे पर उसने बन्दूक चला दी। गधा वहीं फाटक पर ढेर हो गया। सड़क के गधापन और बँगले की नफासत के बीच वह एक पुल बनकर पड़ा रहा।

10

गधे के मरते ही उसके मालिक का पता चल गया। वह दो-चार लोगों के साथ आया, उसके साथवाले मेरे बेटे से गरम होने लगे। गधे का मालिक एक पुराने ज़माने का धोबी था उसने अंग्रेज़ों के ज़माने के एक अंग्रेज़ कमिश्नर के बँगले में पचीस साल गुज़ारे थे। अब वृद्ध होकर वह रडयार्ड किप्लिंग का एक पात्र भर रह गया था जिसकी पूँजी थी सिर्फ़ सौ-पचास अंग्रेज़ी के शब्द, उसकी विनम्रता और यह गधा। इसलिए जब उसके साथी गरम हो रहे थे और मेरा बेटा न नरम-न गरम, तब धोबी का रुख़ बहुत नरम था। उसकी बातचीत में ग़रीबी, और उसके गधाहीन जीवन के डरावनेपन का बार-बार ज़िक्र आने लगा। आख़िर में हमारे बेटे धोबी को गधे का मुआवज़ा देने को तैयार हो गए, जो रक़म तय हुई वह गरम-दल को भी नाकाफ़ी नहीं लगी।

तभी हमारे बेटे की क़िस्मत ने पलटा खाया।

बँगले पर अचानक डेढ़-दो सौ जनता आकर जमा हो गई। उनका नेता एक खादी की बुश्शर्ट और पतलूनवाला नौजवान था जो 'अफ़सरशाही नहीं चलेगी, नहीं चलेगी' का नारा लगा रहा था। जनता भी उसी के साथ चीख़ रही थी, लोगों के मुँह से फिचकुर निकल रहा था, जोश और गुस्सा और विरोध और विद्रोह और क्रान्ति—सभी कुछ था। शोरगुल, पुलिस के निकम्मेपन पर गालियाँ—यह सब एक घंटे तक चलता रहा। बड़ी मुश्किल से धोबी के साथ का नरमदलवाला आदमी उन्हें समझा सका, "साहब गधे की क़ीमत देने को तैयार है।"

"कौन साला साहब और कैसी साली क़ीमत!"

"यह भी कोई बस का मुसाफ़िर है कि टक्कर लगी, मर गया और घरवाले तीन हज़ार का मुआवज़ा लेकर बैठ गए?"

धीरे-धीरे पुलिस आई, उनके हथियारबन्द दस्ते भी, फिर कुछ और जनता, फिर कुछ और। फिर ख़बर आई कि हज़ार-दो हज़ार लोगों ने थाने का घेराव कर रखा है। अगर इस साहब के बच्चे को मुअत्तल नहीं किया गया, उसे गिरफ़्तार नहीं किया, उस पर मुक़दमा नहीं चला तो गधे की लाश वहीं पड़ी रहेगी, किसी को उठाने न दिया जाएगा, बँगले में आग लगा दी जाएगी, थाना फूँक दिया जाएगा। थोड़ी देर में पुलिस कप्तान और कलेक्टर थाने से बँगले तक और बँगले से थाने तक का चक्कर काटते हुए मामले का हल खोजने लगे। उन्होंने धोबी से बात करनी चाही, पर नेता ने गरजकर कहा कि बात मैं करूँगा। धोबी के दूसरे साथी पहले ही कहीं जनता में खो गए थे। धोबी ने कहा कि जैसा नेताजी कहें वही ठीक है।

11

अफ़सरशाही का विरोधी, खादी की बुश्शर्ट और कमीज़वाला यह नेता किस पार्टी का था, यह तो पता नहीं क्योंकि वह पार्टी हर चौथे महीने बदल देता था, पर इन दिनों वह सत्तारूढ़ पार्टी के नज़दीक आनेवाला था और यही उसकी सत्ता का स्रोत था।

पर उसकी सत्ता का असली स्रोत था ऐसे नेताओं का एक बड़ा ही लोकप्रिय व्यवसाय—ज़मीन की हेराफेरी। इसमें वह इतना बड़ा नेता तो नहीं था कि पटना स्टेशन पर रेलवे प्लेटफॉर्म या वहाँ के विश्वविद्यालय की इमारत किसी को बेच देता, पर इतना ज़रूर था कि एक नई सरकारी कॉलोनी के लिए जो ज़मीन ली जानेवाली थी उसे उसने पहले ही एक की तरफ़ से दूसरों को हाथ बेचकर बड़े-बड़े मोहल्ले बसा डाले थे। कभी-कभी तो यह भी हुआ था कि ज़मीन के मालिक ने सरकारी कॉलोनी के लिए ज़मीन का मुआवज़ा सरकार से पाकर सरकार को क़ब्ज़ा दे दिया, और उसी के साथ, नेता की मदद से वह ज़मीन दूसरे को भी बेच दी। इस तरह, ज़मीन का मुआवज़ा देकर सरकारी लोग जब वहाँ मकान बनवाने को पहुँचते तो देखते, वहाँ पहले ही से सुभाषनगर बसा हुआ है।

सरकारी आदमी कुछ दिनों बाद जिस दूसरी ज़मीन पर पहुँचे वहाँ भी एक मोहल्ला बस गया था : गांधीनगर। नेता इसी तरह अम्बेडकरनगर, पटेलनगर, लोहियानगर, जवाहरनगर और कमलानगर बनवा चुका था। अब वह नगर से विहार पर उतर आया था। सड़क के किनारे-किनारे ख़ाली ज़मीन पर अब जो मोहल्ले बसे थे उनके नाम थे इन्दिरा-विहार, संजय-विहार, राजीव-विहार। ख़ुद नेता अब जहाँ सड़क की पटरी पर छः फुट बढ़कर दूकानों, ढाबों और ऊपर की मंज़िलों में एक होटल से लैस कोठी बनवा रहा था, उस मोहल्ले का नाम था वरुण-विहार। उसका नाम बदलकर अब सोनिया-विहार रख दिया गया था। इसमें सिर्फ़ साइनबोर्ड का ख़र्चा था।

ये सब मोहल्ले उस क़ानून के अन्तर्गत बने थे जिसकी पोथी सिर्फ़ नेताओं के पास होती है। सभी पूछते थे कि सुभाषनगर के वरुण-विहार (उर्फ़ सोनिया-विहार) तक इतने मोहल्ले, बिना नगर-निगम की इज़ाज़त के, बिना विकास प्राधिकरण से पूछे सरकारी आवास परिषद् की ज़मीन पर पहले ही से कैसे बन गए, पर इसका जवाब सिर्फ़ उस पोथी में था जो नेता के पास थी। बिना पोथी के भी उसका जवाब था—जनता है। कहाँ जाए? ग़ैरक़ानूनी बात हो रही है? तो गिरवा दो इन्दिरा-विहार को, गिरवा दो लोहिया-नगर को।

इन ग़ैरकानूनी मोहल्लों में जहाँ-जहाँ चुराकर बिजली लगाई गई थी, वहाँ हमारे बेटे ने कुछ छेड़छाड़ की थी। दो-ढाई सौ मकानों को बिजली के कनेक्शन देने के मामले में उसने माँग की थी—नगर विकास प्राधिकरण से सनद आनी चाहिए कि वहाँ उनका नक्शा पास हो चुका है या नहीं। घपले में फँसे इन मकानों में पूरा-का-पूरा वरुण-विहार उर्फ़ सोनिया-विहार भी आ गया था। मेरे बेटे ने नेता के पेट पर लात मारना चाहा था, इसीलिए यह मुर्दा गधा अब ख़ुद उसकी कमर पर दुलत्ती झाड़ रहा था।

गधे की लाश पर अफ़सरशाही की चिता जलनी चाहिए। जिसकी चिनगारी से पुलिस थाने को भस्म होना चाहिए—इस मुद्दे पर पूरे दिन ऊपर-ही-ऊपर जो भी बहसें हुई हों, नतीजा यह हुआ : हमारा गधा, यानी बेटा मुअत्तल। उस पर थाने में रिपोर्ट दर्ज। वह गिरफ़्तार। पुलिस से उसकी ज़मानत नहीं। शाम को कोई भी मजिस्ट्रेट ज़मानत की दरख़ास्त के लिए न घर में, न बाज़ार में, न क्लब में, न पब में—कहीं भी मौजूद नहीं। उसकी बन्दूक पुलिस की मालख़ाने में। उसका लाइसेंस मन्सूख़। थाने का घेराव समाप्त। बँगले से गधे की अरथी का एक ट्रक पर गाजे-बाजे के साथ श्मशान की ओर पदार्पण। जिसका गधा मर गया था, वह अब न घर का, न घाट का।

12

दूसरे दिन सवेरे अख़बारों में मोटी सुर्ख़ियाँ थीं : जेनरलिस्ट बनाम स्पेशलिस्ट झगड़े का नया मोड़। बिजली अभियन्ता संघ का संयुक्त सचिव गिरफ़्तार : प्रशासकों के षड्यंत्र का शिकार। मैंने सोचा, अब पत्रकारों के आचरण पर प्रधानमंत्री की राय से सहमत

होने की बारी प्रशासकों की है। हमारे बेटे ग्यारह बजे दिन तक ज़मानत पर छूटकर जब घर आए तो मुझे मालूम हुआ कि उन्हें रात को ही, किसी मिनिस्टर के फ़ोन करने पर, हवालात से छोड़ा जा रहा था पर उन्होंने इनकार कर दिया था; वे पुलिस की हमदर्दी नहीं चाहते थे, वे बाक़ायदा कोर्ट में ज़मानत देकर आए हैं।

तब तक, सवेरे से ही, प्रदेश का क़हर टूट चुका था। प्रादेशिक बिजली अभियन्ता संघ और बिजली कर्मचारी संघ ने प्रदेशव्यापी हड़ताल का ऐलान ही नहीं किया था, शुरू भी कर दी थी। सवाल सिर्फ़ गधे की मौत का, या उसके बारे में मेरे बेटे की गिरफ़्तारी का न था, यह जेनरलिस्टों द्वारा एक विशेषज्ञ के ख़िलाफ़ षड्यंत्र का, उसकी बेइज़्ज़ती का, उस पर की गई ज़्यादती का था। एक रात हवालात में बिताते ही हमारा बेटा एक साथ शहीद, हीरो, बड़ा नेता और सारे तकनीकी वर्ग की एकता का प्रतीक बन गया। दोपहर होते-होते डॉक्टरों ने भी हड़ताल कर दी। उसके घंटे-भर बाद ही परिवहन-सेवाओं ने। बस-ड्राइवरों और क्लीनरों का बिजलीवालों से क्या वास्ता? यह न पूछिए। वास्ता तो वकीलों का भी न था, पर जब सबके साथ वन-विभागवालों ने हड़ताल की तो कचहरी में वकीलों ने भी हड़ताल कर दी। और विश्वविद्यालयों के सारे अध्यापक तो पहले से ही हड़ताल पर थे। शाम तक ख़बर फैली कि सफ़ाई मज़दूर भी हड़ताल करेंगे, और उनके साथ पूरे प्रदेश के दवाफ़रोश भी। फिर तो चारों ओर आतंक छा गया। आसपास के गाँवों से दूध बेचने आनेवाले रात को शहर ही में रुक गए, उन्हें भय था कि विद्यार्थी लोग रास्ते में उन्हें साइकिलों समेत सड़क पर लूट लेंगे और रिक्शेवाले अपने-अपने घरों में दुबक रहे ताकि शहरी गुंडे उन्हें हड़काकर रात-भर मुफ़्त में सैर न करते रहे। हवाई अड्डे पर एक हवाई जहाज़ में बम होने की अफ़वाह उड़ी, पर यह बात झूठ निकली। सच पूछिए तो दो-चार दिन सारे प्रदेश में 'भेड़िया आया' 'भेड़िया आया' वाला माहौल बना रहा।

13

बस, गधे की कहानी यहीं ख़त्म हुई।

दो-एक बातें जो बची हैं, वह यह हैं। इस प्रदेश-व्यापी महाक्रान्ति के बाद हमारा बेटा अपने संघ का अध्यक्ष और अख़िल भारतीय संघ का महामंत्री बन गया है। वह अब जेनरलिस्टों को, अपने पद की मर्यादा के अनुकूल, और भी ज़्यादा नापसन्द करता है।

फिर भी, इस पूरी महाक्रान्ति के बावजूद, सामान्य प्रशासक पूरे झगड़े से अछूते रहे। उन्होंने कुछ ऐसा किया कि यह बिजली अभियन्ता संघ और मुख्यमंत्री समेत उनकी सरकार के बीच का ही मामला बना रहा, और वे यानी सामान्य प्रशासक दोनों पक्षों के झगड़े के दर्शक और उनके मित्र, दार्शनिक, मार्गप्रदर्शक-भर बने रहे। बाद में जो समझौता हुआ, वह भी बिजलीमंत्री और बिजली अभियन्ता संघ के बीच हुआ, और सामान्य प्रशासकों का काम था सिर्फ़ दोनों पक्षों का हौसला बढ़ाना, मेरे बेटे के बुद्धिमत्तापूर्ण आवेश और आवेशपूर्ण बुद्धिमत्ता की प्रशंसा करना और बिजलीमंत्री

की सूझबूझ धैर्य और घोर अपमानजनक वातावरण में समभाव से सब कुछ झेलने की उनकी ऊर्जा का गुणानुवाद गाना। वैसे, दोनों पक्षों में जो समझौता हुआ, उसका विवरण दोनों पक्षों से पूछकर तैयार करना और उस पर दोनों पक्षों के दस्तख़त कराना भी सामान्य प्रशासकों का ही काम था।

पर पूरे झमेले में जो सबसे ज़्यादा उभरा वह हमारा गधा बेटा था। मेरे बेटे का अब बड़ा रुतबा है। वह अपने इशारे से सारे चक्के जाम करा सकता है, बड़े-बड़े सरकारी तीसमारख़ाँ उसके नाम से दहलते हैं, सड़क का आदमी अख़बार में सबसे पहले यही टटोलता है कि आज उसने कहा क्या है। आज दिल्ली के दस सांसदों ने मिलकर उससे राज्यसभा में आने का, और अपनी पार्टी के हाईकमांड से उसे राज्यसभा में बुलाने का अनुरोध किया है। पर हमारा बेटा अभी नौकरी करेगा क्योंकि यहाँ भी अब उसे बिना कोई काम किए पूरी तनख़्वाह मिलती है। प्रसंगत:; सुभाषनगर-सोनिया-विहार क्षेत्र का वह नेता इन दस सांसदों में से एक के उपनेता के उपनेता का उपनेता है। अत: वह अब मेरे बेटे को अपना वृद्धप्रपितानेता मानने लगा है।

14

पर हमारे धोबी की राय कुछ और है। उसका कहना है कि छोटे बाबू ने एक गधे पर भले ही बन्दूक़ चला दी हो, शहर के सारे गधे आज भी उन्हीं के रहमोकरम पर ज़िन्दा है।

धोबी ने कहा, "देखिए न, छोटे बाबू छ: महीने में अब तक छ: बार बिजली की हड़तालें करा चुके हैं। लम्बी-लम्बी हड़तालें। अब, टेरिलीन-टेरीकॉट के ज़माने में हम धोबी लोग तो ऐसे ही तबाह हैं, इस्तरी करके कुछ काम चल जाता है। बिल्कुल नाइयों की-सी हालत है। लोग लम्बे-लम्बे बाल रखने लगे हैं। हजामत कम बनती है। पर बालों की रँगाई बढ़ गई है। उसी से वे ज़िन्दा हैं। वही हालत हमारी इस्तरी की है।

"तो छोटे बाबू जैसे ही बिजली की हड़ताल कराते हैं, सारी लांडरियाँ बेकार हो जाती हैं। घरों में बिजली की इस्तरी ठंडी पड़ जाती है।"

"तब क्या होता है?"

"यह होता है कि हमारे यहाँ आपके कपड़ों का अम्बार लगने लगता है। पुराने दिनों की तरह गधे पर लादी लादकर हम घाट पर जाते हैं, लौटकर कोयले की इस्तरी दहकाकर 'आयरनिंग' करते हैं। छोटे बाबू के करम से जब हमारा कारोबार फूलता—फलता है तो हमारे गधे की क़िस्मत भी उसी के साथ चमक उठती है। हमारे गधे जानते हैं कि वे छोटे बाबू की मेहरबानी पर ही जी रहे हैं।"

गरज़ यह कि हमारे बेटे के शेर की चाहे जितनी चमकीली खाल पहन रखी हो, हमारे धोबी की निगाह में रहे वे गधे के गधे ही।

15

राज्यसभा की मेम्बरी को अपने मुफ़्त-चार-चपरासी, मुफ़्त-कार, मुफ़्त-यात्रा, मुफ़्त-तनख़्वाहवाली नौकरी से छोटा समझकर उसे ठुकरा देने के बाद, एक दिन उसे प्रदेश के चीफ़ सिक्रेटरी ने शाम को खाने पर बुलाया और वहाँ उसने, व्हिस्की की जगह अपनी छवि बनाने के लिए सिर्फ़ अनन्नास का रस पिया। वहाँ से लौटकर मेरे बेटे ने अपनी मम्मी से कहा कि मम्मीजी, देखो, अब मैं तुम्हारा भी गधा नहीं रहा।

क्या यह दस सांसद जो अकेले में भी पहले चारों ओर बड़े ग़ौर से सूनी दिशाएँ देखते हैं; और तभी डरते-डरते छींकते हैं, अपनी तबीयत से ही मेरे बेटे को अपना सहयोगी बनने के लिए आमंत्रित करेंगे, और पार्टी हाई कमांड को सार्वजनिक रूप से ऐसा सुझाव देने की जुरअत दिखाएँगे? इसके पीछे कौन है?

इस विषय पर विचार करके मैंने कहा, "बेटा, यह सही है। यहाँ तक पहुँचकर तुम अपनी मम्मी के भी गधे नहीं रहे। पर वह कौन है जो इन दस सांसदों के मुँह से तुम्हें राजनीति के मैदान में दुलत्ती झाड़ने को बुला रहा है? मत भूलो, तुम्हें पता भी नहीं है और अनजाने ही तुम किसी दूसरे के गधे बन चुके हो। अब तुम ख़ुद पता लगाओ कि तुम्हें गधा बनाकर अपनानेवाले तुम्हारे नए पापा या नई मम्मी कौन हैं?"

नाकाम क्यों हुआ नियोजन?

स्वास्थ्य एवं परिवार कल्याण मंत्रालय। बरामदों, गलियारों, कमरों में मातमी माहौल, आतंक-भरा सन्नाटा। एक सभाकक्ष में कुछ लोग गुपचुप बातें करते हुए किसी बैठक के इन्तज़ाम में उलझे हैं।

(1991 की जनगणना के आँकड़े घोषित हो चुके हैं। पिछले दस वर्ष में देश की आबादी 23 प्रतिशत से कुछ ऊपर की दर से बढ़ी है, बढ़कर 84.43 करोड़ हो चुकी है। अकेले उत्तर प्रदेश में इस अवधि में लगभग 25.40 प्रतिशत वृद्धि; वहाँ की जनसंख्या लगभग चौदह करोड़, यानी हर छठा देशवासी इस भुखमरे प्रदेश का; एक-दूसरे भुखमरे प्रदेश—ओडीसा की आबादी 3.16 करोड़। भगभग 20 प्रतिशत की वृद्धि। यानी परिवार नियोजन की चुस्ती के लिए विश्व बैंक से देश को मिलनेवाली सनदें एक तरफ, और जनगणना के ये आँकड़े एक तरफ। ये आँकड़े एक भयानक जनसंख्या विस्फोट की ख़बर ही नहीं देते, वे अपने आप में एक विस्फोट हैं जिससे परिवार नियोजन की सफलता के सारे दावे एक साथ चकनाचूर हो जाते हैं।)

बैठक हड़बड़ी में आयोजित हुई है। लगभग पन्द्रह अफ़सर वातानुकूलित कक्ष में आते हैं। आशा के विपरीत वे ख़ुश नजर आ रहे हैं। सभी देखने में पूरी तौर से कामयाब लगते हैं, यही वे दिखाना भी चाहते हैं। अकेले अध्यक्ष का मुँह कुछ लटका-सा है, पर यह उसकी शरीर रचना की खामी भी हो सकती है। बैठक शुरू होती है। पानी का गिलास, कॉफी और बिस्कुट।

अध्यक्ष : ऐसा कैसे हो गया? हर मासिक रिपोर्ट में परिवार नियोजन के आँकड़े लक्ष्य के हिसाब से बढ़ रहे थे। जन्म दर घट रही थी। अचानक यह कैसा जनसंख्या विस्फोट?

एक खुर्राट सदस्य : जनगणना के आँकड़े बिल्कुल झूठे हैं। वे हमें बदनाम करने के लिए गढ़े गए हैं।

अध्यक्ष : हो सकता है, पर यह सफ़ाई कुछ ज़रूरत से ज़्यादा ही साफ़ है। लोग इसे मानेंगे नहीं। कोई दूसरा कारण?

(उसकी सवालिया निगाह एक-एक सदस्य के चेहरे को घूरती हुई प्रचार निदेशक पर जाकर टिक जाती है। प्रचार निदेशक बाक़ायदा खड़ा होकर बड़े ठसक और विश्वास के साथ बोलता है।)

प्रचार निदेशक : सभी जानते हैं कि हमारा प्रचार अभियान सौ फ़ीसदी सफल रहा

है। मस्ती, निरोध, कामसूत्र जैसे कंडोमों के बारे में आज कौन नहीं जानता? हमारे गीत और जिंगिल राष्ट्रगीत से भी ज़्यादा लोकप्रिय हैं। माला-डी जैसी गर्भनिरोधक गोलियों के बारे में 'मा लडी, ओ मा लडी, खुशियों से भर दे मा लडी' जिंगिल आपको भी याद होगा। यह आज देश के बच्चे-बच्चे की ज़बान पर है।

अध्यक्ष : इसे वयस्कों की ज़बान पर होना चाहिए था।

प्रचार निदेशक : धीरज रखें, सर। यही बच्चे दस-पन्द्रह साल में वयस्क हो जाएँगे।

दूसरा सदस्य : तब तक देश की आबादी डेढ़ अरब हो चुकी होगी।

प्रचार निदेशक : पर भला आप क्यों चिन्तित हो रहे हैं। तब तक तो आप रिटायर हो चुके होंगे।

तीसरा सदस्य : बात चूँकि प्रचार की चल रही है इसलिए कहना पड़ता है कि कंडोमवाले आपके दोनों विज्ञापन बकवास हैं। कामसूत्रवाला तो अश्लील...।

प्रचार निदेशक : मुझे माफ़ किया जाए, पर क्या कोई ऐसी तरकीब है जिससे अश्लीलता को छुए बिना आप बच्चे पैदा करने या न पैदा करने का कारोबार चला ले जाएँ? मैं तो एक विज्ञापन में दिखाने भी जा रहा हूँ कि जैसे कीचड़ से कमल पैदा होता है वैसे ही अश्लीलता से सृष्टि।

तीसरा सदस्य : रुकिए, रुकिए। मेरी बात पूरी नहीं हुई। आपका दूसरा विज्ञापन वह 'मस्ती' वाला, वह बिल्कुल ग़लत है। उसमें बार-बार एक घोड़ा दौड़ता रहता है...

अध्यक्ष (गम्भीरता से) : क्या यह कंडोम घोड़ों के लिए है?

प्रचार निदेशक : सवाल कंडोम या घोड़े का नहीं है सर, प्रचार का है। हमारा सर्वेक्षण बताता है कि सॉफ्टी आइसक्रीम और घोड़ा देखने के लिए छोटे-छोटे बच्चे टी.वी. के सामने घंटों बैठे हुए इस विज्ञापन की राह देखते रहते हैं।

अध्यक्ष : सब कुछ बच्चों के लिए। वयस्कों के लिए भी आप कुछ देते हैं?

प्रचार निदेशक : क्यों नहीं सर? औरतों को हम 'सहेली' देते हैं, मर्दों को 'मस्ती'।

एक सदस्य (दूसरे के कान के पास) : काश, यह मर्दों को सहेली देता, औरतों को 'मस्ती'। (दूसरा कान तक होंठ खींचकर मुस्कुराता है, जैसे उसे मर्द होने का इनाम मिलने ही वाला हो।)

अध्यक्ष : हम लोग प्रचार-तंत्र पर बहुत विचार कर चुके, अब कार्यक्रम के कार्यान्वयन पर आएँ। उसमें ऐसी गड़बड़ी कैसे हुई?

एक सदस्य : मगर मेरी समझ में पूरा कार्यक्रम ही प्रचार-तंत्र का है।

(अध्यक्ष उसे घूरकर देखता है। तब चौथा सदस्य बोलता है।)

चौथा सदस्य : सच पूछिए तो कहीं कोई गड़बड़ी नहीं हुई। जन्म दर लक्ष्य के हिसाब से घटती रही है। पर मृत्यु दर ने सन्तुलन बिगाड़ दिया। हुआ यह कि लोगों ने मरना लगभग बन्द कर दिया है। शिशुओं की मृत्यु दर लगभग ज़ीरो पर आ गई है।

अध्यक्ष : इसका सबूत?

चौथा सदस्य : आँकड़े हैं। वैसे आँख से भी देखा जा सकता है। कार से गुज़रते

हुए आपने ख़ुद ही देखा होगा कि सड़क पर चलनेवाले सभी बच्चे ज़िन्दा हैं। आपने ऐसा एक भी न देखा होगा जो चल रहा हो और मुर्दा हो।

(अध्यक्ष सोचते रह जाते हैं...ख़ामोशी...फिर कहते हैं।)

अध्यक्ष : मृत्यु दर के बारे में कोई सुझाव?

चौथा सदस्य : हम लोग श्रम मंत्रालय की एक स्कीम से प्रेरणा ले सकते हैं। गोल्डन हैंडशेकवाली स्कीम। फालतू श्रमिकों और अफ़सरों को वहाँ एक बड़ी रक़म एकमुश्त देकर वक्त के पहले रिटायर कर देते हैं। हम अपने बुज़ुर्गों को, सीनियर सिटिजंस को कुछ ऐसा ही प्रोत्साहन क्यों न दें कि ये जल्दी ही परलोक जाने को तैयार हो जाएँ? हम उनको एक आकर्षक मुआवज़ा दे देंगे और समझाएँगे। यह तो नहीं हो सकता कि वे जब तक चाहें, जीते जी चले जाएँ। जनसंख्या के नियंत्रण के लिए जन्म दर और मृत्यु दर में तालमेल तो रखना ही होगा।

अध्यक्ष : मैं समझ गया। आपका सुझाव है कि अब हमारी रणनीति जन्म दर घटाने के साथ-साथ उसके बदले मृत्यु-दर बढ़ाने की हो। इस पर सोचना पड़ेगा।

एक सदस्य : और फिर विश्व बैंक से भी पूछना पड़ेगा।

देवता—पुराने और नए

[कुछ ऐंग्लो-इंडियन लड़कियाँ सड़क पर खड़ी होकर हनुमानजी की मूर्ति को घूरने लगीं। जवाब में हनुमानजी के भक्त लड़कियों को घूरने लगे।

—श्रीलाल शुक्ल-लिखित 'लखनऊ' से]

शहर की भद्र लकीर, यानी अंग्रेज़ों की छोड़ी हुई सिविल लाइंस। वहाँ एक विलायती शराबख़ाने (आप शरीफ़ आदमी हैं तो ड्राई जिन पिएँ) और परिवार-नियोजन क्लीनिक (बहनजी, लूप का इस्तेमाल कीजिए) के बीच ख़ाली जगह पर भीड़ है। चीन या पाकिस्तान ने हमला नहीं किया है, फिर भी लोग वहाँ भेद-भाव भूलकर एक साथ खड़े हो गए हैं।

क्योंकि वहाँ एक मन्दिर है। मुख़्तसर-सा। महत्त्वपूर्ण आँकड़े : 60"×48"×66"। मन्दिर बहुत दिव्य है, पर उसकी दिव्यता उसकी बनावट में नहीं, हमारे दिमाग़ की बनावट में है।

मन्दिर के इतिहास के बारे में विद्वानों में मतभेद है। विद्वान् भी कोई ख़ास नहीं, यही हाईकोर्ट के दो वकील हैं। एक कहता है, "मेरे स्वामी (मिलार्ड), यह पाँच सौ साल पुराना मन्दिर है। यह ज़मीन एक धार्मिक स्थान है। लैंड एक्वीज़ीशन की कार्रवाई चेयरमैन की बदमासी से हुई है। वह ऐसे स्थान पर नहीं की जा सकती।"

दूसरा कहता है, "मेरे स्वामी, म्युनिसिपैलिटी को सिविल लाइंस में एक मूत्रालय बनवाना है। मूत्रालय के बारे में मेरे स्वामी स्वयं सब कुछ जानते हैं। सिविल लाइंस में उसका न होना हमारे नगर के लिए, राज्य के लिए—पूरे देश के लिए कलंक है। इसीलिए इस ज़मीन को क़ानून द्वारा लिया जा रहा है। पर प्रार्थी ने इसे धर्मस्थान बताने के लिए रातोरात मन्दिर बनवा दिया है।"

मुक़दमा चल रहा है, पर मन्दिर अचल हो गया है। सौ-दो सौ साल बाद—जब तक हाईकोर्ट फ़ैसला देगा—मन्दिर अपने-आप में पुरातत्त्व की चीज़ हो जाएगा।

भक्तों की अटूट श्रद्धा है। वह इस मन्दिर पर टूट पड़ी है। अपने हाकिम का पैर छूने के मौक़े को छोड़कर जो कभी झुके नहीं, वे भी कँकरीली ज़मीन पर मुँह के बल गिरे पड़े हैं। वे आँख मूँदे हुए अपने को विश्वास दिला रहे हैं कि रिश्वत पचाने का एक टॉनिक होता है जिसे प्रभु का ध्यान कहते हैं। उन्हीं की बग़ल में एक लँगोटबन्द नौजवान—सिर ज़मीन पर टेके हुए और जिस्म का पिछला हिस्सा आसमान को समर्पित

करते हुए—न खड़ा है, न बैठा है। कुछ घरेलू औरतें मिनमिनाती हुई आवाज़ में गा रही हैं और पीछे खड़ी हुई चार स्कूली लड़कियाँ हँस रही हैं, पाँचवीं लड़की सिर झुकाए दाँत बन्द किए हुए खड़ी है—इसलिए नहीं कि उसने किसी बहुविज्ञापित टूथ-पेस्ट का इस्तेमाल नहीं किया, बल्कि इसलिए कि प्रभु से उसका सरोकार अभी ख़त्म नहीं हुआ है। उसका हिसाब का पर्चा अभी बाक़ी है।

चारों तरफ़ मिठाई, प्रसाद, चाट, फूल-माला, आइसक्रीम, मूँगफली, फ़िल्मी गानों और कीर्तन की किताबों की भरमार है। धर्म अपने ऐश्वर्य पर है।

मन्दिर में शंकरजी हैं, जिनके पुत्र ने अनादि काल से चूहे पर चढ़कर सनातन धर्म को आगे बढ़ाया और जिन्होंने आधुनिक काल में चूहे को अपने सिर पर चढ़ाकर आर्यसमाज को आगे बढ़ाया। बाहर की ओर दीवार पर हनुमानजी हैं। सफ़ेद कालरवाले भक्त तो बड़ा-जैसा मुँह लटकाए खड़े हैं। गन्दी बनियानवाले भक्त गाते हैं :

सोने का मुकुट तुम्हारे माथे पै धरा है।
चाँदी का रुपैया तुम्हारी छाती माँ जड़ा है।

औरतों का गाना और लड़कियों का हँसना रुक-सा जाता है। पीछे फुटपाथ पर अमरीकी शान्ति-सेना के तीन नौजवान—ख़ूबसूरत बाल और गन्दे दाँत—एक लड़की के साथ, निर्दोष फ़ाख़्तों की अदा से खड़े हैं।

उनके भाईबन्द वियतनाम में शान्ति रखने के लिए बम बरसा रहे हैं। ये हमारे यहाँ शान्ति रखने के लिए अन्न उपजाने आए हैं। तभी वे गन्दे जूते और मोटी ज़ीन की चुस्त पतलूनें पहने हैं। लड़की साड़ी में है, जिसकी वजह से लगता है किसी लड़के का हाल ही में लिंग-परिवर्तन हुआ है।

वे हनुमानजी को आँखें फाड़कर देखते हैं और उनकी तारीफ़ करते हैं :

'वंडरफ़ुल!"

यह समझा-बूझा तरीक़ा है। इसी तरह मास्को हमारी तटस्थ राजनीति की, न्यूयार्क प्राइम मिनिस्टर की साड़ी की और लन्दन राष्ट्रपति की फ़िलॉसफ़ी की तारीफ़ करता है।

अमरीकी लड़की का मुँह मशीन की तरह धीरे-धीरे चल रहा है, पर वह चबाऊ गोंद नहीं चबा रही है। वह हनुमानजी को सिर्फ़ देखती ही जाती है, देखती ही जाती है। (जैसा कि बिस्कुटों के रेडियो-विज्ञापन में आता है—मन होता है कि खाते ही चले जाएँ, खाते ही चले जाएँ।)

ज़मीन पर पड़ा हुआ एक पतलूनधारी भक्त उठकर खड़ा हो जाता है। इस अकड़ से कि वह अपने धर्म पर अब भी क़ायम है। वह भीड़ को चीरता हुआ अमरीकी शान्ति-सेनानियों तक जाता है और अपनी ओर से ही अंग्रेज़ी में कहता है, "यह हमारा शक्ति का देवता है।"

"मंकी गॉड!" एक शान्ति-सेनानी संक्षिप्त-सा जवाब देता है।

"मंकी गॉड बुरा शब्द है। यह हमारा शक्ति का देवता है।"

"कैसी शक्ति?"

पतलूनधारी भक्त जवाब में अमरीकी लड़की की तरफ़ देखता है और चुप हो जाता है।

मन्दिर का इलाक़ा वीरान हो चला है और भीड़ अब अमरीकी शान्ति-सेनानियों के आसपास सिमट आई है। मूँगफली और चायवाले भी चुपचाप उन्हीं को देख रहे हैं। मौक़े से फ़ायदा उठाकर प्रसाद और फूल-मालाएँ बेचनेवाले आवाज़ें लगाते हैं, पर लोगों ने ख़रीदना बन्द कर दिया है।

"कैसी शक्ति?" एक शान्ति-सेनानी फिर पूछता है। भक्त हिम्मत के साथ एक शब्द मुँह से बाहर फेंकता है, "ब्रह्मचर्य!" भीड़ को गोली जैसी लगती है।

चरित्र! नरक का द्वार क्या है? नारी! विन्दु-पात से मरण होता है—आदि-आदि बातें पतलूनधारी व्यक्ति अमरीकी शान्ति-सेनानियों को समझाने लगता है, पर वे नहीं समझते। भीड़ में खड़ी हुई स्कूली लड़कियाँ इस बातचीत की बदतमीज़ी से नाराज़ होकर—ब्रह्मचर्य के ज़िक्र तक से सैद्धान्तिक विरोध प्रकट करती हुईं—सदन पर त्याग करती हैं। भक्त कहता है, "ब्रह्मचर्य परिवार-नियोजन का एक आज़मूदा नुस्ख़ा है। गांधीजी इसी का इस्तेमाल करते थे।"

उनकी दिलचस्पी बढ़ जाती है। अमरीकी लड़की कहती है, "हम नज़दीक से देखेंगे।"

"ज़रूर देखो। बल्कि देखो नहीं, दर्शन करो।"

गाँजा-चरस और फ़िल्मी गीतों का सताया हुआ एक आदमी, जो मन्दिर का एकमात्र अधिकारी एवं पुजारी है, भीड़ को हटाने लगता है। उसका मुँह दुःखी और लटका हुआ है। कारण, कुछ बरस पहले उसके हाज़मे की मृत्यु हो गई है।

शान्ति-सेनानी जूते उतारते हैं, हाथ धोते हैं, मूर्ति पर फूल चढ़ाते हैं, पुजारी के रोमांचित हाथों से लड़की माथे पर टीका लगवाती है, वे मुँह में बताशे डालते हैं और फ़ुटपाथ पर आकर दोबारा खड़े हो जाते हैं।

वही घरेलू औरतें मिनमिनाकर फिर गाने लगती हैं। कोई हनुमान-चालीसा पढ़ने लगता है। एक घुटे सिरवाला आदमी गमछा पहने, मुँह से 'बम् बम् बम् बबम्' जैसे कुछ बोल निकालने लगता है। साथ ही वह कुछ इस तरह उछलता है कि 'ट्विस्ट' और 'चा चा चा' का भारतीयकरण हुए बिना नहीं बचता।

अचानक शान्ति-सेनानी वहाँ से आगे चल देते हैं। तब पता चलता है कि भीड़ पर इस वक़्त शक्ति के देवता की पकड़ ढीली पड़ गई है। आधी से ज़्यादा भीड़ उनके पीछे-पीछे चल देती है, ताकि उसे अपने घर वापस जाकर मुदित-मन कहने का मौक़ा मिले, "मन्दिर की ओर गया था। वहाँ एक अमरीकी के दर्शन हो गए। मैंने उससे बात की।"

अहा! अमरीकी के दर्शन हो गए! वही अमरीकी, जो हमारे बच्चों को मिल्क पाउडर और हमको अन्न पहुँचाता है। वह हमारे अफ़सरों को जीप, हमारे नगर सेठों

को चमचमाती इम्पाला खिसकाता है, हमारे लड़कों को काकटेल पीने और कारोबार करने की तमीज़ सिखाता है और जिनके असर से हमारी मरियल लड़कियाँ चहककर बोलती हैं, 'हाइ!'

देखते-देखते भीड़ के देवता बदल गए हैं। 'शक्ति के देवता' को छोड़कर वह शान्ति के देवताओं के पीछे चलने लगती है। तब तक चलती रहती है जब तक कि वे विलायती शराबखाने पर जाकर अन्तर्धान नहीं हो जाते।

एक मुक़दमा

बअदालत जनाब तपेशनाथ साहब बहादुर, ऑनरेरी मजिस्ट्रेट, सिकंड किलास, तज़वीज मुक़दमा[1]

सरकार

बनाम

क़ातिल

(दफ़ा 456, ताजीरात हिन्द)

1. क़ातिल, उम्र 26 साल, साकिन मौज़ा बेज़ारनगर, थाना मंसूबाबाद, दफ़ा 456, ताजीरात हिन्द में मुल्ज़िम होकर इस इजलास में उपस्थित है। सबूत पक्ष की ओर से मुल्जिम के विरुद्ध निम्न आरोप हैं :

2. 27 और 28 मार्च, 1921 के बीच की रात को मौज़ा इल्तफ़ातगंज में, जो बेज़ार नगर से मील-भर की दूरी पर है, राधाकिसुन (गवाह सबूत नं. 1) अपने घर पर अकेला सो रहा था। लगभग दो बजे उसकी आँख खुली और उसने मुल्ज़िम क़ातिल को अपने आँगन में चलता हुआ पाया। राधाकिसुन ने झपटकर मुल्ज़िम को पकड़ा और शोर मचाया। शोर सुनकर पड़ोस के मकानों से जैकिशुन और रामकिशुन (क्रमशः गवाह सबूत नं. 2 और 3) आ गए। तब तक राधाकिशुन से गुत्थमगुत्थे में मुल्ज़िम का कुरता सामने से फट गया था। उसे कोई अन्दरूनी चोट भी आ गई थी, जिससे वह कराहने लगा था। इन तीनों आदमियों ने बाद में आए हुए लोगों और चौकीदार फुन्नर (गवाह सबूत नं. 4) की मदद से मुल्ज़िम को थाना मंसूबाबाद पहुँचाया और रिपोर्ट (ऐक्स.पी. 1) लिखा दी। बाद में थानेदार मंसूबाबाद (गवाह सबूत नं. 5) ने मुक़दमे की तफ़तीश की और मुल्ज़िम का चालान दफ़ा 456 ताजीरात हिन्द में किया।

3. मुल्ज़िम ने जुर्म से इनकार किया है; पर उसने यह माना है कि वह रात को लगभग दो बजे राधाकिशुन के मकान में पकड़ा गया। उसने यह भी माना है कि उसका कुरता सामने से फट गया था। चोट खाने और कराहने की बात से भी उसे इनकार नहीं है।

1. जिसका तर्जुमा तब उर्दू से अंग्रेजी में पेशकार-अदालत ने और अब अंग्रेज़ी से कामचलाऊ हिन्दी में मैंने पेश किया।

4. मुल्ज़िम ने अपने बयान में बताया है कि वह शायर है, और, हालाँकि उसका प्रारम्भिक नाम मेहरबान था, शायरी की वजह से अब उसका नाम 'क़ातिल' पड़ गया है। उसका कहना है कि 28 और 29 मार्च की दरम्यानी रात मौसमे-बहार की एक सुहावनी रात थी। उस रात आसमान में पूरा चाँद अपने पूरे निखार पर था। हवा भी बह रही थी। मुल्ज़िम का कहना है कि हवा महज़ बह ही नहीं रही थी, बल्कि बाक़ायदे कलियों और लतरों से छेड़छाड़ भी कर रही थी। उस वक़्त बक़ौल मुल्ज़िम :

"सारी दुनिया सो रही थी और मैं ख़ामोश था।"

ऐसे आलम में मुल्ज़िम के दिमाग़ में एक मिसरा उठा। उसे वह बहुत देर तक गुनगुनाता रहा। पर दूसरा मिसरा नहीं उठा। अधूरे शेर की चोट से तिलमिलाता हुआ वह अपने दरवाज़े पर टलहता रहा। बाद में चाँदनी, हवा, बहार वग़ैरह के इस असाधारण वातावरण ने उस पर ऐसा जादू किया, और दूसरे मिसरे की खोज में वह कुछ ऐसा खोया, कि उसके क़दम उसे किसी ओर बेसाख्ता खींचने लगे। और बक़ौल मुल्ज़िम,

"मुझे क्या पता, मैं कहाँ जा रहा था।"

कुछ देर बाद जब मुल्ज़िम को किसी ने झकझोरा तो उसने अपने-आपको राधाकिशुन के घर पर पाया। वह पकड़ा तो क्या गया था, बल्कि जैसा कि शायर के साथ प्रायः होता है, जमाने ने उस पर लानत भेजी थी। उसका कुरता नहीं फटा था, वह शायर का गरेबाँ चाक हुआ था। राधाकिशुन की चोट खाकर वह कराहा नहीं था, ग़मे-इश्क़ में उसने आह भरी थी।

5. इसके पहले कि मुल्ज़िम की इस सफ़ाई पर कोई राय क़ायम की जाए, मैं वकील-सफ़ाई की बहस के एक प्वाइंट को भी निबटा देना चाहता हूँ।

6. अपनी बहस के दौरान वकील-सफाई ने मुझे सूचना दी है कि इस इजलास की कुर्सी पर पहले भी बड़े-बड़े मजिस्ट्रेट शोभायमान हो चुके हैं—जनाब हार्डी साहब, टामस साहब, डिकिंसन साहब आदि—सब यहीं से तरक्क़ी पाकर ऊपर उठे थे। न्याय करने की यहाँ एक पुरानी परम्परा है, जिसे अब तक क़ाबिल-से-क़ाबिल वकील भी नहीं तुड़वा पाए हैं। वकील-सफ़ाई ने मुझे बताया है कि वे मेरे इंसाफ़ पर भी वैसा ही ऐतबार करते हैं जैसा कि पहले वे कभी हार्डी साहब या डिकिंसन साहब जैसे मजिस्ट्रेट में करते थे। बहस में उन्होंने मेरी शायराना तबीयत का भी इज़्ज़त के साथ जिक्र किया है।

7. वकील-सबूत ने इसके जवाब में यह कहा है कि यह बहस अनर्गल है और सिर्फ़ चापलूसी के ख़याल से की गई है।

8. पहले अनर्गल होने की बात पर विचार किया जाए। इसमें सन्देह नहीं कि वकील-सफ़ाई ने मेरी शायराना तबीयत का ज़िक्र अनर्गल और निरर्थक रूप से किया है। यह समझने के लिए किसी बड़ी अक्ल की ज़रूरत नहीं कि ऐसा कहकर वह मेरे मन में इस शायर मुल्ज़िम के लिए हमदर्दी उभारना चाहते हैं। हमें यह न भूलना चाहिए कि शायर के साथ हमदर्दी दिखाना किसी का पेशा नहीं है, बल्कि औरों से हमदर्दी दिखाना शायर ही का पेशा है। इसलिए इस बहस में मेरी शायराना तबीयत का ज़िक्र

अनर्गल और अनावश्यक है। और इसीलिए मैं इस सवाल में भी नहीं पड़ना चाहता कि मैं ख़ुद शायर या शायरे-तबीयत हूँ या नहीं, और हूँ भी, तो उसका इस मुक़दमे पर क्या असर होगा।

9. पर बहस में वकील-सफ़ाई ने इस इजलास की न्याय-परम्परा का ज़िक्र करके कोई अनर्गल बात नहीं की है। अदालतों में न्याय की याद दिलाने के लिए तराजू की तस्वीरें, गीता-क़ुरान से लेकर पुलिस और हथकड़ी तक सभी चीज़ें मौजूद रहती हैं। उन्हें कोई अनर्गल नहीं कह सकता। उसी तरह बहस में हमारी न्याय-परम्परा का ज़िक्र करना अनावश्यक भले ही हो, अनर्गल नहीं माना जा सकता।

10. दूसरी बात चापलूसी से सम्बन्ध रखती है यह सच है कि पूरी बहस सुनकर ऐसा लगता है कि वकील-सफ़ाई ने मेरी चापलूसी करने की कोशिश की है। पर इसी वजह से बहस के इस टुकड़े को अनुचित नहीं बताया जा सकता। अभी तक इस देश के क़ानून में अदालत का अपमान करना ही जुर्म माना गया है, अदालत की चापलूसी करना नहीं बल्कि जहाँ जुर्माना, जेल, मारपीट—इन पर ही घूम-फिरकर बात आती-जाती हो, वहाँ कुछ हद तक चापलूसी का प्रयोग भद्रता का वातावरण बनाए रखने में सहायक भी हो सकता है। ख़ैर, यह तो इस समस्या का एक व्यावहारिक पक्ष है। इस समय हमें देखना यह है कि वकील-सफ़ाई ने मेरी चापलूसी करने की जो कोशिश की है उससे सचमुच में मेरी चापलूसी हुई भी है या नहीं। सभी जानते हैं कि जनाब हार्डी और डिकिंसन साहब इस इलाक़े के बड़े ही बाइज़्ज़त मजिस्ट्रेट थे। इस बात को भी सभी जानते हैं कि मैं तपेशरनाथ भी मजिस्ट्रेट हूँ। साथ ही अभी तक ऐसा कुछ नहीं हुआ है जिससे मुझे बाइज़्ज़त न समझा जा सके। अत: जब वकील-सफ़ाई मेरी तुलना इन बाइज़्ज़त मजिस्ट्रेटों से करते हैं तो इस बात को तथ्य की दृष्टि से एकदम ग़लत नहीं कहा जा सकता, बल्कि अधिक सम्भव तो यही है कि मेरे बारे में उनकी राय बहुत हद तक सच है।

11. इससे सवाल उठता है कि क्या किसी के मुँह पर उसके बारे में सच बात कहना चापलूसी में शुमार किया जाएगा? इस सिलसिले में चापलूसी निकलती कहाँ है, इसे भी देखना होगा। चापलूसी की जड़ में मक्कारी होती है। सच बोलने को अभी तक हमारे समाज में मक्कारी नहीं माना जाता। अत: मक्कारी से पैदा होनेवाली चीज़ सच से पैदा होनेवाली नहीं हो सकती। अर्थात्, जब तक झूठ की तरह सच बोलना भी मक्कारी का एक अंग नहीं हो जाता, तब तक सच बात कहना चापलूसी की परिभाषा में नहीं आ सकता। इसलिए यह लगभग पूरे इत्मीनान से कहा जा सकता है कि उन्होंने मेरे बारे में चापलूसी नहीं की।

12. अब अगर बहस के लिए हम मान भी लें कि मेरी चापलूसी हुई है तो उसका मुक़दमे पर क्या असर पड़ेगा? इस सम्बन्ध में मैं पहले ही कह चुका हूँ कि क़ानून की निगाह में चापलूसी नाजायज़ चीज़ नहीं है, इसलिए उसका असर मुक़दमे पर उलटा नहीं पड़ सकता। नतीजा यह है कि अगर आज वकील-सफ़ाई ने इस इजलास

की चापलूसी की भी हो तो इसका उस पर कोई असर नहीं पड़ेगा और मैं मुल्ज़िम के मामले में उसी तरह फ़ैसला करूँगा, और उसे उसी तरह बरी करूँगा, जिस तरह मैं उसे चापलूसी न होने की हालत में बरी करता।

13. ऊपर मैंने अपने फ़ैसले का इशारा कर दिया है और उसके समर्थन में अब कुछ कारण भी दे देना आवश्यक समझता हूँ।

14. पहला कारण तो यही है कि मुल्ज़िम शायर है और किसी शायर के बारे में, जिसकी चोरी पुराने शायरों के शेर सफ़ाई से चुराने तक ही सीमित होती है, कोई यह नहीं कह सकता कि वह रात को एक किसान के घर में घुसकर फूहड़ ढंग से चोरी करना चाहेगा।

15. दूसरा मुख्य कारण शायरों के परम्परागत स्वभाव से सम्बन्ध रखता है। मुल्ज़िम ने कहा है कि घटना चाँदनी रात की है और यह बात दोनों पक्षों को स्वीकार है। सबूत को यह भी अस्वीकार नहीं है कि चाँदनी में शायराना जज़्बात हमेशा से भड़कते आए हैं और यह असम्भव नहीं कि मुल्ज़िम के भी जज़्बात भड़क उठे हों। यह भी लगभग सर्वमान्य है कि जज़्बात भड़कने पर शायर दीवानगी पर उतर सकता है और मारा-मारा फिर सकता है। इससे भी इनकार करना मुश्किल है कि भटकने में शायर के क़दम कूच-ए-यार पर चल पड़ते हैं और आख़िरी हालत में उसका गरेबाँ चाक होता है। ये सब स्थितियाँ पूरी तरह यथाक्रम तर्कसंगत हैं और सबूत इसे ग़लत नहीं साबित कर पाया है कि शायरों के साथ ऐसा ही हुआ करता है।

16. मैंने ऊपर एक ऐसी बात का ज़िक्र किया है जो दोनों पक्षों में से किसी ने भी नहीं कही है। मेरा मतलब 'कूच-ए-यार' से है। दोनों पक्षों ने सिर्फ़ मार खाने, आह भरने और कपड़ों के फटने-जैसी बातों का ज़िक्र किया है। इस इजलास का ऐसा अनुभव है कि उपर्युक्त बातों का जहाँ ज़िक्र होता है वहाँ 'कूच-ए-यार' का ज़िक्र अपने-आप पैदा हो जाता है। 'कूच-ए-यार' 'चाक गरेबाँ' वग़ैरह के पहले की एक अनिवार्य स्थिति है। इसलिए मैंने यह निष्कर्ष निकाला है कि कोई कहे या न कहे, पर सच बात तो यह है कि मुल्ज़िम के क़दम कूच-ए-यार पर थे, जिसके लिए हमारे दंड-विधान में, ख़ुदा का शुक्र है कि, अभी तक किसी भी सज़ा की व्यवस्था नहीं है।

17. परिणाम यह है कि मुल्ज़िम क़ातिल को धारा 456 ताजीरात हिन्द के आरोप से बरी किया जाता है।

1992 का साहित्य : कुछ आँसू, कुछ हिचकियाँ

1992 में हिन्दी साहित्य का जो लेखा-जोखा अख़बारों में छपा है, उसे पढ़कर मुझे भी श्री राजेन्द्र यादववाली चिन्ता सताने लगी है : कि लोग जमकर लिख क्यों नहीं रहे हैं। पर साधन, सक्रियता और अनर्गल उत्साह की कमी के कारण मैं उनकी तरह इस विषय पर सेमिनार नहीं करा रहा हूँ, सिर्फ़ यह टिप्पणी लिख रहा हूँ।

कुछ विधाओं के बारे में कोई झमेला नहीं है। जैसे कविता। वह जाती है, वापस आ जाती है। बारह साल पहले अशोक वाजपेयी ने उसे आते देखा था। फिर उसे जाते किसी ने नहीं देखा। दरअसल, कुछ ऋतुकालों को छोड़कर, वह गई नहीं है। वह लीलाधर जगूड़ी, लीलाधर मंडलोई, कुमार अम्बुज, विनोदकुमार शुक्ल आदि के पास पहुँचती रही है। नागार्जुन, त्रिलोचन आदि अब वयोवृद्ध हो गए हैं। वे शायद उसे बुलाते ही नहीं; प्रौढ़ता को लाँघ रहे केदारनाथ सिंह, कुँवर नारायण के पास वह खुलेआम जाते हिचकती है। अशोक वाजपेयी के साथ वह ज़रूर इतना टिकी रही है कि वे दो साल में एक संग्रह निकाल दें। बहरहाल, कविताजी मज़े में हैं।

दर्जनों लोग जो नई-नई ड्रेसें ला रहे हैं, उनसे कहानी की वार्डरोब पटी पड़ी है। लघु पत्रिकाओं की शक्ल में कई वार्डरोबें तो ऐसे-ऐसे क़स्बों में रखी हैं कि उनका नाम देखने को नक़्शे पर मैग्नीफाइंग ग्लास लगाना पड़ता है। एक से एक उकसानेवाला माल है : ये डिज़ाइन साड़ियाँ हैं, यह रहा 'एथनिक' माल। दो-चार थीमों की ऐसी रगड़ाई हुई है कि कहानीजी जवानी में ही बूढ़ी दिखती हैं। पर वे बहुत ख़ुश हैं; उनका चेहरा ज़्यादा ख़ूबसूरत नहीं है, वे इस बात पर भी ख़ुश हैं। अपने मामूली चेहरे को वे भारतीय सुन्दरता का नमूना मानती हैं और वे ख़ुश हैं। वे अपनी ख़ुशफ़हमी को समझती हैं, और ख़ुश हैं।

नाटक बहुत कम लिखे जा रहे हैं। अच्छा है। ज़्यादा लिखे जाने लगे तो हम यह वेदवाक्य कैसे कह पाएँगे कि "हिन्दी में मौलिक नाटकों का नितान्त अभाव है।"

यात्रा-वृत्तान्त? वह हिन्दी में कैसे लिखा जा सकता है? नई-नई जगहों पर यात्रा करने के लिए जिनके पास पैसा है, उनमें यात्रा-वृत्तान्त लिखने की तमीज़ नहीं है। जिनके पास तमीज़ है, उनके पास पैसा नहीं।

जीवन, आत्मकथा और संस्मरण—ये सब कहानी की ही शाखा-प्रशाखा हैं। अगर कहानी समृद्ध है तो इन्हें भी समृद्ध मान लीजिए और कहानी में जीवनी-संस्मरण और जीवनी-संस्मरण में कहानी खोजने की बराबर कोशिश करते रहिए। मिल जाएगी।

रही आलोचना। उसकी फ़िक्र छोड़िए। इसकी ज़रूरत सिर्फ़ विद्यार्थियों को इम्तहान पास कराने के लिए होती है। जितनी ज़रूरी होती हैं, उससे सौ गुना ज़्यादा आलोचना व्याख्याओं, कुंजियों आदि की राह से उनके पास पहुँचती रहती है। पर आप शायद ऐसी आलोचना के बारे में सोच रहे हैं जिसकी ज़रूरत कवियों, कथाकारों—यानी सर्जनात्मक रचनाकारों को है। पर हिन्दी में रचनाकार नहीं होते, साधक होते हैं, साहित्य-साधक। वे वाद-विवाद में नहीं फँसते।

अन्त में, उपन्यास। 'अन्त में' इसलिए कि मैं उसी के लिए चिन्तित हूँ।

1992 में उपन्यास दो-चार ही आए—रानू-शानू के करिश्मों को भूल जाइए। मेरा मतलब असली उपन्यासों से है। यहाँ सचमुच ही 'उपन्यास-साहित्य में सन्नाटा' पर एक ऐसे सेमिनार की ज़रूरत है जो पूरे साल-भर चले। उसका एजेंडा कुल इतना हो कि सहयोगी उपन्यासकार अपनी-अपनी कोठरियों में बन्द रहें, सिर्फ़ शाम को आधा घंटा कसरत करने के लिए आँगन में निकलें—कारागार में नेहरू-स्टाइल। सौ उपन्यासकारों का यह सेमिनार—जिसमें उपन्यासकार के दोनों वक़्त का खाना, एक कोठरी, कुछ सिगरेट, थोड़ी स्मगिल्ड शराब की गारंटी हो—साल-भर में कम-से-कम सौ उपन्यास आपके हाथ में पकड़ा देगा। यह दीगर बात है कि सब उपन्यासों का एक ही शीर्षक हो : 'जेल का एक वर्ष'।

लोग ज़्यादा उपन्यास क्यों नहीं लिखते? इसके जवाब में पूरा-का-पूरा उपन्यास लिखा जा सकता है। सच पूछिए तो लिखा गया है। यक़ीन न हो तो अमृतलाल नागर का लगभग छः सौ पृष्ठों का 'अमृत और विष' पढ़िए। इसीलिए इस प्रश्न पर यहाँ मैं और कुछ नहीं, सिर्फ़ दो बातें कहूँगा।

एक तो यह कि कविता या कहानी आप सवेरे की सैर में बना सकते हैं और फिर उसे, अपनी तन्दुरुस्ती के हिसाब से, नाश्ते के पहले या बाद में लिख सकते हैं। दो-तीन नाश्तों के आगे-पीछे वह पूरी हो जाएगी। उसके छपने पर आपकी क़िस्मत—यानी आलोचक मंडली—ठीक हुई तो आप उतनी ही ख्याति पा लेंगे जितनी कि एक उपन्यास लिखकर, बशर्ते कि वहाँ भी आपकी क़िस्मत वैसी ही ठीक हो। याद करें 'प्रेम पत्र' या 'ऐ लड़की'।

पर उपन्यास सवेरे की सैर में नहीं लिखा जा सकता। यह एक पूर्णकालिक धन्धा है। 'प्रेमचन्द, वृन्दावनलाल वर्मा (जो वस्तुतः वकालत का धन्धा छोड़ चुके थे), भगवतीचरण वर्मा (जिन्होंने वस्तुतः वकालत का धन्धा कभी शुरू ही नहीं किया), इलाचन्द्र जोशी, अमृतलाल नागर, यशपाल—सभी पूर्णकालिक उपन्यासकार थे। जयशंकर प्रसाद, सियारामशरण गुप्त, निराला—ये सब पूर्णकालिक कवि थे पर इनके पास इतना समय और बची-खुची कल्पना थी कि उपन्यास भी लिखें। इन सबके न रहने पर उपन्यास का बाज़ार ठंडा हो गया है। अब वह कारोबार दूसरे हाथों में चला गया है। वे, यानी कुछ सरकारी नौकर, अध्यापक, बूढ़े पेंशनर, पत्रकार, राजनीतिक धन्धेबाज़, व्यवसायी या व्यवसाय प्रबन्धक, जो उपन्यास-लेखन को स्विमिंग पूल में

रविवासरीय गोताख़ोरी या क्लब में सायंकालीन बिलियर्ड जैसा मानकर चलते हैं, उस युग को वापस नहीं ला सकते जो प्रेमचन्द आदि ने सृजित किया था।

दूसरी बात यह कि उपन्यास-लेखन घाटे का धन्धा है। मेरे मित्र स्व. ज्ञानस्वरूप भटनागर कानपुर में—लगभग बाईस साल पहले 'टाइम्स ऑफ़ इंडिया' के संवाददाता थे। साल में कुछ सामाजिक-आर्थिक अध्ययन छपा करके वह काफ़ी रुपया कमा लेते थे। बदक़िस्मती से मेरी देखा-देखी उन्होंने टेस्ट क्रिकेट की अन्दरूनी दुनिया पर 'और खेल अधूरा रह गया' नामक उपन्यास लिखना शुरू किया। डेढ़ साल लगे। फिर बड़ी कोशिशों के बाद जवाहर चौधरी की कृपा से उसे 'शब्दकार' ने छापा। उन डेढ़ सालों की निरर्थकता ने भटनागर को तीन साल ग़रीबी में डुबोए रखा। बार-बार वे मुझसे यही पूछते रहे, "उपन्यास से कुल इतना मिलता है? तब भी आप नया उपन्यास लिख रहे हैं?"

मैंने भी तीन साल मेहनत करके, लगभग बाईस सौ पन्ने रँगकर लगभग तीन सौ पृष्ठ का एक उपन्यास तैयार किया। एक व्यवसाय-प्रबन्धक मित्र के भड़काने पर पांडुलिपि प्रकाशक को देते समय मैंने, पचास हज़ार की हिम्मत न होने के कारण सिर्फ़ बीस हज़ार रुपए का अग्रिम माँगा। वह मुझे मिल भी गया। दो-तीन महीने बाद दूसरी पुस्तकों की रायल्टी का जो विवरण आया, उसमें यह रक़म काट ली गई थी। नए उपन्यास का अग्रिम, बस : ख़्वाब था जो कुछ था देखा, जो सुना अफ़साना था।

तभी अगर कोई समझदार आदमी नासमझी की झोंक में एक उपन्यास लिख भी डालता है तो वह उसका पहला और अन्तिम उपन्यास होता है। इस स्थिति का सर्वेक्षण कराके मित्र राजेन्द्र यादव चाहें तो एक नया सेमिनार करा सकते हैं।

3 जनवरी, 1993

साहित्योद्यानसुमनगुच्छा : एक समीक्षा

[साहित्योद्यानसुमनगुच्छा नाम की पुस्तक, कल्पना कीजिए, अपने साहित्य में समय-समय पर प्रकाशित हुई है और समय-समय पर उसकी समीक्षाएँ भी होती रही हैं। इस लेख में उन्हीं समीक्षाओं का संकलन किया गया है।]

सन् 1900

साहित्योद्यानसुमनगुच्छा जिसे आनन्दकन्द-सच्चिदानन्द-निर्द्वन्द्व चरणानुरागी कलिकलुषविरागी मुंशी दुर्गाप्रसाद कायस्थ के आत्मज मुंशी रामखेलावन मुहर्रिर डिस्ट्रिक्ट बोर्ड उन्नाव ने अति प्रयास करके भाषा में लिखा एवं जिसे

श्री गोपीबल्लभकृष्णचन्द्रचरणारविन्दमकरन्दमानसमलिन्द सेठ जदुचन्द पूरनचन्द मारवाड़ी ने उदार व्यवहार द्वारा भोजराज श्री रामदास के छापाखाना मुम्बई में मुद्रित कराया।

सम्वत् 1957 वि.

सम्वत् एक सहस्त्र पुनि नवम पंच अरु सात।
गुच्छा हौं अरपित करौं सिकुरि, सहमि, सकुचात॥

आलोचना

कोई आलोचना नहीं हुई।

सन् 1915

साहित्योद्यानसुमनगुच्छा (कविता-संग्रह)। कवि का नाम—मु. रामखेलावन।
प्रकाशक—भोजराज श्री रामदास, बम्बई।
पृष्ठ संख्या—172
काग़ज़—60×40, क्राउनपेजी; मूल्य 12 आना।

आलोचना

जब यह पुस्तक हमारे निकट आई तो हमारे मन में भाव उठा कि :

सूर सूर तुलसी ससी उडुगन केशवदास।
अबके कवि ख़द्योतसम जहँ-तहँ करत प्रकास॥

सो वही भगवती भारती, जिसके चरणों में व्यास-कालिदास प्रभृति कवीन्द्रों ने काव्योपहार चढ़ाए, तुलसी-सूर-केशवदास ने बहुमूल्य भंडार बढ़ाए, पद्माकर-सेनापति-दास ने जिसके झंडे फहराए, वही भगवती भारती काँजीहाउस के मुंशियों के हाथों पड़कर सींकचों में बन्द सिसक रही हैं। हिन्दी की चिन्दी उड़ रही है।

जब कवि महाराज ने कृपापूर्वक हमारे पास इसकी एक प्रति भेजी तो यह देखने का कष्ट न किया कि इसके पन्ने तक न कटे थे। अत: एक घड़ी निरन्तर चाकू द्वारा इसके पन्ने काटने पड़े तथा आलोचना का उत्साह जाता रहा।

पुस्तक की छपाई दो कौड़ी की है। मानो कोदों देकर छपाई गई है। 'साहित्य' का 'सहत' तथा 'वासी' का 'पासी' छपा है। टाइप बड़ा महीन है। पढ़ने के हेतु भगवान् सहस्राक्ष की उपासना करनी पड़ेगी। मूल्य बारह आना अत्यधिक है। हम पूछते हैं कि पं. रघुवरदयाल की साहित्य-निचय नामक पुस्तक इससे किस अर्थ में निम्न है जो उसका मूल्य छ: आना मात्र है।

हम लेखक से प्रार्थना करेंगे कि वह पहले साहित्य-दर्पण का अध्ययन करे, पिंगल पढ़े, कवि-समय विचारे, फिर साहित्य के मन्दिर में आकर अपने गुच्छे चढ़ाने का साहस करे। बिना यह किए कवि के लिए वे विचार सार्थक हैं, यथा :

यद्यपि बहुनाधीषे तथापि पठ पुत्र व्याकरणम्।

(इसके बाद पूरे कालम में संस्कृत के उद्धरण हैं।)

सन् 1930

साहित्योद्यानसुमनगुच्छा
रचयिता—श्री रामलोचन 'रमेश'।
मूल्य—प्रेम-मात्र।

आलोचना

साहित्योद्यानसुमनगुच्छा रमेशजी की कविताओं का प्रथम संग्रह है। इसमें प्राय: भक्ति-पक्ष की रचनाएँ हैं। कुछ राष्ट्रीयता के भाव से भी विभूषित हैं। भक्ति-पक्ष की रचनाओं का भाव-पक्ष उठा है पर कला-पक्ष गिरा है। राष्ट्रीय कविताओं का कला-पक्ष उठा है पर भाव-पक्ष गिरा है। दोनों मिलकर कला-पक्ष तथा भाव-पक्ष को समान पर देती हैं।

कविताओं से उपमा, रूपक, उत्प्रेक्षा, अपद्नुति आदि अर्थालंकारों तथा

अनुप्रास, श्लेष, यमकादि शब्दालंकारों का प्रयोग प्राचुर्य से हुआ है। यमक के लिए उदाहरणार्थ :

मैं नहीं जगायों मोंहि मैन ही जगायो है।

...उल्लेख्य है। राधिका कहती हैं कि हे प्यारे कृष्ण, तुमको मैंने नहीं जगाया, प्रत्युत् मुझे 'मैन' अर्थात् कामदेव ने जगाया है। 'मैन' का ऐसा उत्तम प्रयोग आज तक नहीं हुआ है। हम पंडित रामचरित उपाध्याय के विषय में तो नहीं कह सकते, पर आजकल के किसी छायावादी कवि नामधारी जन्तु में ऐसे प्रयोग दिखाने की क्षमता नहीं मिल सकती।

इस ग्रन्थ की भाषा खड़ी है पर यदा-कदा अवधी, ब्रजी आदि के भी प्रयोग मिलते हैं। मानो प्रयाग में त्रिवेणी का आनन्द है।

पुस्तक भक्तजनों के हित की है। राष्ट्रीय कविताओं के विषय में हम यह अवश्य कहेंगे कि प्रणेता राष्ट्रीय कविता लिखना नहीं जानता। उसमें मौलिकता का अभाव है। अर्थात् बहुत से भाव चोरी के हैं। नीचे हम इस ग्रन्थ के 125 उद्धरण देकर और इतर कवियों से उनका मिलान करके स्व-कथन की पुष्टि करेंगे।

[इसके नीचे 250 उद्धरण हैं।]

सन् 1945

साहित्योद्यानसुमनगुच्छा

प्रणेता—राम के लवाणी। प्रकाशक—भोजराज-निकेत, बाम्बे-4

आलोचना

इस पुस्तक का इतना पुरातनवादी नाम रखने का कारण भी थी लवाणी ने भूमिका में इस प्रकार दिया है :

"रूढ़ियों की कमजोरी दिखाने के लिए ज़रूरी है कि उन्हीं रूढ़ियों के सम्पर्क में आकर उनका खोखलापन दिखाया जाए...।"

पुस्तक में साहित्य की रूढ़ियों का खोखलापन दिखाया गया है। पर प्रश्न यह है :

साहित्य क्यों? रूढ़ियाँ क्यों? उनका खोखलापन क्यों?

इस प्रश्न का अध्ययन करने के लिए ज़रूरी है कि हम एक और प्रश्न लें :

साहित्य की स्थापना किसलिए?

मरणोन्मुखी संस्कृतियों के इस अन्धकारमय श्मशान में इन प्रश्नों का उत्तर खोजना पड़ेगा।

जीन पाल सार्त्र ने अपनी रचनाओं में इसी श्मशान के सम्पर्क से उत्तर ढूँढ़ने की चेष्टा की है। पर उसके सिद्धान्त जीवन के सामने एक प्रश्नचिह्न बनाकर उसे जैसे-का-तैसा छोड़ देते हैं।

पर उत्तर कहाँ है?

उत्तर हमारी और तुम्हारी आत्मा की प्रतिध्वनि में हैं।

इसीलिए जब इलिया एहर्नवर्ग ने अपने-आपको सम्बोधित करते हुए कहा, "मैं कला और जीवन के कोहरे पर सर्चलाइट डालूँगा और तुम्हारा पथ प्रशस्त करूँगा...।" तब से आज तक साहित्य अपनी गति से चलता आया है।

इसी विचार से श्री लवाणी के संग्रह पर विचार किया जाए।

ख्इसके बाद आलोचक केपटाउन से ग्रीनलैंड तक का चक्कर लगाने चला गया और फिर लौटकर कोरिया की ओर बढ़ने लगा। श्री लवाणी अपना संग्रह लिये शून्य की ओर देखते रहे और आलोचक ने आलोचना के आगे के दस पृष्ठों में उनकी ओर मुड़कर भी नहीं देखा।,

सन् 1955

साहित्योद्यानसुमनगुच्छा नं. 1
(नई कविता)
प्रस्तुतकर्ता—रामांग लवणायुध।
नई कविता की दूकान, बम्बई।
मूल्य—8 रुपया।

आलोचना

रामांग लवणायुध के इस वर्ष के प्रयोग उक्त पुस्तक में मिलते हैं। यह संग्रह बहुत सी दृष्टियों में साहित्यिकों को आकर्षित करेगा।

इसमें 12 कविताएँ हैं। प्रत्येक कविता कवि के मानसिक चिन्तन का प्रतीक है। जो कविताएँ चिन्ता-शृंखलाओं की महत्त्वपूर्ण कड़ियाँ हैं, उनके शीर्षक हैं, 'फुस्-फुस्, फेफड़ा और निशान्त गीत', 'राधेश्याम कथावाचक के नाटक', 'श्री डाइमेंशंस', 'अभी बहियाँ न पकड़ो' और 'तन्मे मनः शिव-संकल्पमस्तु।'

आवेश, कल्पना तथा अधिष्ठित के आयामों पर लवणायुध का कवि अपने प्रयोग करता है। उसका आवेश युद्धोत्तर कवि का आवेश है। पूर्ववर्ती कवियों के आवेग तथा उसके आवेश में अन्तर है। आवेग कल्पना को स्वत:तंत्र उपादान नहीं मानता है। इसी अमान्यता का परिणाम है कि तत्कालीन काव्य में अनुभूति के अतिरिक्त और कुछ मिलना दुस्साध्य है। लवणायुध का आवेश कल्पनेतर है। वह अपने-आपमें सम्पूर्ण है। 'राधेश्याम कथावाचक के नाटक' में यह प्रवृत्ति स्पष्टतः देखी जा सकती है :

राधेश्याम!
राधेश्याम!!
राधेश्याम!!!

गोकुल की रातें रँगीली
रास, रस, उल्लास, विलास
(बरेली की परिधि मैंने छू ली।)

कविता के क्षेत्र में नए मानों की प्रतिष्ठा करने का प्रयास उक्त पंक्तियों में देखा जा सकता है।

अधिष्ठित का प्रयोग केवल टेकनीक की दृष्टि से है, किन्तु...।

[यह लेख अधूरा है। छः महीने बाद साहित्योद्यानसुमनगुच्छा (नं. 2) प्रकाशित होने को है। उसकी आलोचना के साथ इस निबन्ध का शेष भाग भी देखा जा सकता है।]

शीर्षकों का शीर्षासन

मेरे पड़ोसी बाबू रामजीवन को पुस्तकों से बड़ा प्रेम है। उसी प्रेम के वशीभूत होकर उन्होंने एक पुस्तकालय बनवाया है। उसमें ख़रीदकर पुस्तकें रखी हैं। उन पुस्तकों को पढ़ने के लिए एक पढ़ा-लिखा आदमी रखा है जो लाइब्रेरियन कहलाता है। पुस्तकालय एक दर्शनीय स्थान है। बड़ा कमरा है। दीवारों से सटी हुई, ख़ूबसूरत अलमारियाँ हैं। उनमें पुस्तकें हैं। फ़र्श पर क़ीमती कालीन है। चारों कोनों में छोटी-छोटी गोल मेज़ों और गद्देदार कुर्सियों की व्यवस्था है। बीच में एक बड़ी मेज़ है। उस पर ताज़े फूलों का एक गुलदस्ता है। पुस्तकालय में प्रवेश करते ही कोई प्रेम-गीत गाने की, कॉफ़ी पीने की, ब्रिज खेलने की या सो जाने की इच्छा भी मन में प्रवेश करती है।

बाबू रामजीवन प्रति मास पुस्तकें मँगाते हैं। इस बार उन्होंने सूची-पत्र के सहारे 'नागपाश', 'श्मशान और प्रेत', 'रात की रानी' और आराधना' नामक पुस्तकें मँगाई हैं।

आज मुझे देखते ही उन्होंने दुखी स्वरों में हिन्दी लेखकों की शिकायत की। बोले कि मुझे शीर्षकों ने ठगा है। कहने लगे, "मैं 'नागपाश' को उपन्यास समझता था। वह साँपों के जीवन का एक वैज्ञानिक अध्ययन है। 'श्मशान और प्रेत' को मैं पुनर्जन्मवाद या तांत्रिक साहित्य की पुस्तक समझता था। उसमें प्रेमपरक एकांकी नाटक हैं। 'रात की रानी' उपन्यास नहीं है : यह चुड़ैलों पर लिखी गई पुनर्जन्मवाद की एक पुस्तिका है। 'आराधना' कविता-संग्रह नहीं है। यजुर्वेदीय सन्ध्योपासना पर लिखा हुआ एक ग्रन्थ है। पता नहीं, ये भ्रामक शीर्षक किस कारण अपने यहाँ पनप रहे हैं?"

मैंने समझाया, "प्रियवर, इन्हें भ्रामक बताकर तुम अपनी अल्पज्ञता प्रचारित करते हो। एक समय था जब मैं भी यही कहता था। मैंने 'शेखर : एक जीवनी' पढ़ी है। वह उपन्यास है। खेती सीखने के लिए मैंने अज्ञेय-रचित 'हरी घास पर क्षण-भर' पढ़ा। उसमें कविताएँ हैं। बागवानी सीखने के लिए लक्ष्मीनारायण लाल का 'काले फूल का पौधा' पढ़ा। वह उपन्यास है। पुनर्जन्मवाद की मीमांसा में मैंने इलाचन्द्र जोशी का 'प्रेत और छाया' पढ़ा। वह भी उपन्यास है। बच्चों के पढ़ने के लिए प्रसाद की 'तितली' और लक्ष्मीनारायण लाल का 'बया का घोंसला और साँप' मँगाई। पर उन्हें बच्चों ने नहीं, नर-नारी के सम्बन्धों के ज्ञाता बुज़ुर्गों ने ही पढ़ा। इसी से मुझे अब धोखा नहीं हो सकता। मैं अब समझ गया हूँ।"

वे बोले, "बन्धुवर, क्या समझ गए हो? मुझे भी समझाओ?"

मैंने कहा, "शीर्षक देने के लिए लेखक पहले आसन सँभालता था : शीर्षक उसे स्वयं सूझ जाता था। अब उसी काम के लिए उसे शीर्षासन करना होता है।"

श्वेतकेतु की-सी जिज्ञासा से वे बोले, "इसे उदाहरण देकर समझाइए।"

तब मैंने उदाहरण देकर समझाया। औरों के लाभार्थ उसी का वर्णन करता हूँ।

उर्दू काव्य में पिंगल को समझने के लिए 'फ़ायलुन मफ़ाईलुन', 'फ़ायलुन मफ़ाइलुन' आदि का सहारा लिया जाता है। जैसे : फ़ायलुन फ़ायलुन फ़ायलुन फ़ायलुन। (खिदमते हिन्द में जो कि मर जाएँगे।) या 'मफ़ाईलुन मफाईलुन मफ़ाईलुन मफ़ाईलुन।' (उरूजे कामयाबी पर कभी हिन्दोस्ताँ होगा।)

उसी प्रकार शीर्षक का शीर्षासन समझने के लिए एक पंक्ति ले लीजिए :

बन्दर क्या जाने अदरख का स्वाद?

इसी के आधार पर शीर्षकों की सब तरकीबें इस प्रकार देखी जा सकती हैं।

पहली तरकीब

दो-टूक या बेलौस शैली में शीर्षक दे देना है। इसका उद्देश्य पुस्तक के विषय को बड़ी ईमानदारी से समझा देना था। खरा सौदा था। शीर्षक इस प्रकार होते थे :

1. बन्दर तथैव च अदरखजन्यस्वादोपाख्यान।
2. बन्दर के अदरखस्वाद के अज्ञान की कहानी।

इस प्रकार के ग्रन्थ हैं :

1. नासिकेतोपाख्यान
2. रानी केतकी की (या गोरा-बादल की) कहानी।

आगे चलकर इस शैली पर बाणभट्ट का प्रभाव-सा पड़ा। नतीजा यह हुआ कि लेखकगण शीर्षक से ही अपने संस्कृत-प्रेम का आल्हा सुनाने लगे। तभी इस प्रकार के शीर्षक देखने में आए :

1. बन्दरादरख
2. अदरखस्वाद क्या जान।

इस प्रकार के ग्रन्थ हैं :

1. बघेलवंशागमनिर्देश।
2. धाराधर-धावन।
3. शरद-समागत-स्वागत।

कभी-कभी यह भी सिद्ध कर दिया जाता था कि लेखक अनुप्रास को घसीटने का तरीक़ा जानता है। तब शब्दों की मरोड़ यों चली :

1. बन्दर की बदरख
2. अदरख का आद।

ऐसे ग्रन्थ हैं :

1. नाव के पाँव
2. रंग में भंग
3. विकट-भट
4. प्रणवीर प्रताप

दूसरी तरकीब

कालान्तर में अनुभव हुआ कि बेलौस या दो-टूक शीर्षक प्रायः दूकान का हालचाल बरामदे से ही बता देते हैं, इसलिए शीर्षक रहे तो सच्चा और खरा, पर उसकी लम्बाई छाँट दी जाए। साथ ही पाठक यह न जान पाएँ कि पुस्तक उपन्यास है या कविता या नाटक।

फिर तो एकनामी शीर्षकों की बाढ़-सी आ गई :

1. बन्दर
2. अदरक
3. स्वाद

इस आधार के शीर्षक हैं :

1. कंकाल
2. साकेत
3. दिव्या
4. परिमल, आदि।

तीसरी तरकीब

इसका उद्‌देश्य लोगों को चौंका देना था ताकि पाठक घबराकर जल्दी से किताब ख़रीद बैठे। तभी कुछ शीर्षक बदतमीजी के सवालों पर लिखे गए :

1. क्या जाने अदरख?
2. बन्दर क्या जाने?

ऐसे ग्रन्थ हैं :

1. ?
2. दोषी कौन है?
3. हम क्या करें? आदि।

चौथी तरकीब

यह तरकीब विशेष रूप से प्रगतिवाद के हल्ले में अपनाई गई। इसमें शब्दों का प्रयोग गुटबन्दी के साथ करते हैं। दो से लेकर तीन शब्दों तक के गुट बन सकते हैं।

इससे व्यक्तिवाद की पराजय और समूहवाद या जनवाद की विजय सिद्ध होती है। यथा :

1. बन्दर और अदरख
2. बन्दर और अदरख-जन्य स्वाद।

इसके वज़न पर पढ़िए :

1. नाश और निर्माण
2. फूल और काँटे
3. चाँद और टूटे हुए लोग, आदि।

तीन शब्दों के गुट इस प्रकार हैं :

1. बन्दर, अदरख और स्वाद

इस आधार के ग्रन्थ हैं :

1. सागर, लहरें और मनुष्य
2. मुहब्बत, मनोविज्ञान और मूँछ-दाढ़ी।

पाँचवीं तरकीब

लोकवादी परम्परा में हम बिना अनुप्रास या किसी अन्य अलंकार के साफ़-साफ़ भाषा में शीर्षक रख देते हैं। पहली तरकीब से इसमें यही अन्तर है कि देखने में साफ़-सुथरा, भोला-भाला, लोक-भाषाभाषी शीर्षक भी हमें आज जी खोलकर धोखा दे सकता है। यथा :

1. बन्दर का अदरखी स्वाद
2. बन्दर की अदरख और उसका स्वाद।

इसके साथ पढ़िए :

1. काले फूल का पौधा।
2. सूरज का सातवाँ घोड़ा, आदि।

ख्ये किताबें, जैसा नाम से स्पष्ट है, वैसी नहीं हैं। न ये शिशु-कार्यालय में बिकती हैं, न प्राइमरी स्कूलों में चलती हैं।,

छठी तरकीब

इसके सहारे लेखक विभक्तियों का प्रयोग छोड़कर दो अप्रासंगिक बातों को एक में मिला देता है और विरामों के सहारे अर्थ डालने की कोशिश करता है। डाकघरवाले इसे तार की भाषा कहते हैं, जैसे :

1. बन्दर : एक स्वाद।
2. अदरख : एक बन्दर।

पठनीय है :

1. प्रगतिवाद : एक समीक्षा।
2. शेखर : एक जीवनी।
3. कामायनी : एक अध्ययन, आदि।

सातवीं तरकीब

पूरी कहावत या किसी काव्य-उद्धरण को शीर्षक में लुटा देना :

1. बन्दर क्या जाने अदरख का स्वाद?

ऐसे ग्रन्थ हैं :

1. अन्धेर नगरी चौपट राजा।
2. सूने आँगन रस बरसै।

इन तरकीबों तथा ऐसी कई और तरकीबों के सहारे जो शीर्षक हिन्दी में आ रहे हैं उनमें कई आलंकारिक प्रवृत्तियाँ भी पनप रही हैं। उनमें मुख्य ये हैं :

1. कुछ लेखक भूत-प्रेतों से सहज सम्पर्क स्थापित करके अपने ग्रन्थों को शीर्षक मात्र से भयावह और रोमांचकारी बना देते हैं। 'पंचभूत', 'कंकाल', 'मुर्दों का देश', 'मुर्दों का टीला', 'प्रेत और छाया' आदि पुस्तकें दिन में ही हाथ में ली जा सकती हैं।
2. कुछ लेखक प्रतीकों का प्रयोग इस चतुरता से करते हैं कि उनका रहस्य समझने के लिए कभी-कभी भले पाठकों को पूरी किताब पढ़नी पड़ती है। 'गुनाहों का देवता', 'नागफनी का देश', 'अन्धा कुआँ' इसी कोटि के ग्रन्थ हैं।
3. चमकदार नाम रखकर ग्रन्थों को चमकाने का भी एक रिवाज है क्योंकि यह सब नहीं जानते कि सब चमकदार वस्तुएँ सोना नहीं होतीं। 'स्वर्णकिरण', 'स्वर्ण धूलि', 'सप्त-किरण', 'सबेरा' कुछ ऐसे ही नाम हैं।

पर यह सब ऊँचे-ऐंठदार साहित्य में ही देख को मिलता है। सड़कों के किनारे बिकनेवाले सच्चे साहित्य में ये सब दोष अभी नहीं घुस पाए हैं। यहाँ आपको 'चंगुल चिड़िया' में उसी चिड़िया का वर्णन मिलेगा जो आपको चंगुल में लेकर उड़ सकती है। 'कलंकी अवतार' में कलंकी अवतार, जो कहीं हो चुका है, उसका हाल मिलेगा। 'क़िस्सा साढ़े तीन यार' में जितने यार बताए गए हैं उससे कम निकलें तो दाम वापस। 'गोपालगारी' में जातिविशेष में प्रचलित गालियों का संकलन होगा। चाहे बेला का गौना हो चाहे बारहमासा, आप जो माल ख़रीदिएगा उसमें धोखा न होगा।

यह दूसरी बात है कि पहलवान छाप या दूसरे प्रकार की नौटंकी में दो शीर्षक मिलें पर उनमें भी एक शीर्षक उच्चकोटि की प्रतीकात्मक शैली पर होगा और एक जनभाषा में। 'सांगीत-ध्रुव, उर्फ़ छलावा परी', 'सांगीत हरिश्चन्द्र उर्फ़ सच्चाई का नतीजा' जैसे शीर्षक आपको कभी भुलावे में नहीं डाल सकते। हमारे साहित्यिकों को इस स्वस्थ और सच्ची परम्परा का अनुसरण करना चाहिए। जहाँ वे कोई आलंकारिक

शीर्षक दें वहीं 'उर्फ़' का प्रयोग पाठकों के लिए बड़ा हितकर सिद्ध होगा। तब ऐसे नाम आ सकते हैं :

1. चित्रलेखा उर्फ़ पाप-पुण्य का पचड़ा।
2. मैला आँचल उर्फ़ पूर्णियाँ का प्रलाप।

पाठकों को भी चाहिए कि धोखे से बचने के लिए अभिधा के साथ-ही-साथ कुछ व्यंजना और लक्षणा का बोध प्राप्त कर लें। नहीं तो, बिना समझे, बाबू रामजीवन की भाँति यदि उन्होंने कोई कहानी-संग्रह बागवानी सीखने के लिए ख़रीद लिया और बाद में वे इस संग्रह की शिकायत करते फिरे तो हो सकता है कि उत्तर में लेखक इसी 'मफ़ाइलुन' का प्रयोग करे :

बन्दर क्या जाने अदरख का स्वाद?

शहर में कर्फ़्यू

जो कर्फ़्यू ज़िला मजिस्ट्रेट दंगे की भनक पाते ही शहर में लागू कर देते हैं, उसका ज़िक्र फ़ौजदारी क़ानून की किसी भी किताब में नहीं है। वैसे ही जैसे बमपुलिस का ज़िक्र किसी हेल्थ मैनुअल में नहीं है। कर्फ़्यू लफ़्ज़ नहीं। वास्तव में भारतीय दंड प्रक्रिया संग्रह की धारा 144 के भीतर जारी की गई यह निषेधाज्ञा-भर है। पर, ज़िक्र हो या न हो, बमपुलिस के पास से निकलें तो बदबू झेलनी ही पड़ती है, और कर्फ़्यू लग जाने पर लोगों को—ख़ासतौर से ग़रीबों को—भाँति-भाँति की यातनाओं से गुजरना ही पड़ता है। उसी का नाम आतंक है जिसका अर्थ आजकल कुत्ते-बिल्ली भी जानते हैं।

कर्फ़्यू मध्यकालीन विपत्तियों और बर्बरताओं से जुड़ा है, तभी आज भी बर्बरता को उकसाता है। उसका भारत में आयात ब्रिटेन से और ब्रिटेन में उसका आयात यूरोप से हुआ है। इसमें सम्भावित विपत्ति के अवसर पर घंटी की आवाज़ सुनते ही घर में आग को मूँद दिया जाता था। उससे लकड़ी के घरों के जलने का ख़तरा टल जाता था, बाहर से रोशनी न देखकर हमलावर अन्दर नहीं घुसते थे। मध्यकालीन यूरोप का यह आम रिवाज था। रोशनी न बुझाने की इज़ाज़त सिर्फ़ वेनिस में नाइयों को दी गई थी। अपने मध्यकालीन भारतीय नाइयों की तरह वे जर्राह भी थे। संकट-काल में उनकी सेवाओं की किसी भी वक़्त ज़रूरत पड़ सकती थी। ब्रिटेन में यह प्रथा ऐल्फ्रेड महान् के समय में आई, महाविजेता विलियम ने इसे व्यापक बनाया। हर रात घंटियाँ बजने लगीं, बीच में इस प्रथा को तोड़ा भी गया। पर अन्ततः घंटीवाद विजयी बना। 1848 में सुसेक्स, हैस्ंटिग्स आदि इलाक़ों में घंटियाँ बज रही थीं। 1918 में ब्रिटिश बोर्ड ऑफ ट्रेड ने, पहले महायुद्ध के दौरान, कोयले की बचत के लिए घंटी बजाने और रोशनी बुझाने का नियम लागू कराया। बहुत दिन बाद यह ख़त्म हो गया। पर फ़ौजी प्रशासकों ने इसकी ख़ूबियाँ समझीं, 1920 में इसे आयरलैंड में लागू किया, 1950 में साइप्रेस में; जर्मनी ने विजित क्षेत्रों में द्वितीय महायुद्ध के दौरान।

अब भारत में हमने इसे बिना घंटी बजाए—दंगे के शर्तिया इलाज की तरह—सीने से चिपका लिया है। भारत की प्रशासन-क्षमता संकटकाल में कर्फ़्यू के सिवाय कुछ सोच ही नहीं पाती और शान्तिकाल से शान्ति में रहती है, कुछ भी नहीं सोचती।

उधर कर्फ़्यू में नागरिकों की दुर्दशा के नए-नए पहलू खुलते रहते हैं। 'टाइम्स ऑफ इंडिया' के स्थानीय संस्करण में कभी-कभी प्रयागराज, दैट इज इलाहाबाद के बारे में 'त्रिवेणी टॉक' नामक स्तम्भ आता है जिसका सम्बन्ध अक्षयवट या भरद्वाज से

नहीं, इलाहाबादी लफड़े से है। पिछले दिनों उसमें इलाहाबाद में कर्फ़्यू की एक घटना छपी है। ऐसा नख़्ख़ास कोना मोहल्ले में हुआ। एक महिला घर से बाहर निकली। उसे अचानक सी.आर.पी.एफ. के कुछ जवानों ने दबोच लिया। उसे घसीटते हुए वे पास में एक कॉलेज की इमारत में ले गए। पास ही पुलिस के कुछ जवान मौजूद थे। मोहल्लेवाले आगे नहीं आए, पर उन्होंने पुलिस को पुकारा। पुलिस ने पुकार सुनने से इनकार कर दिया। शायद समझा कि वे महिला को प्रौढ़ शिक्षा देने के लिए खींच रहे हैं। तभी एक छोटा पुलिस अफ़सर आ गया। उसने महिला को बचाया, सी.आर.पी.एफ. वालों को कड़ी सज़ा दी, यानी उन्हें कर्फ़्यू ड्यूटी से हटाकर बैरकों में वापस भेज दिया।

चार साल पहले विभूतिनारायण राय का 'शहर में कर्फ़्यू' नामक उपन्यास छपा था। उसमें भी ऐसा ही क़िस्सा है, पर वह दुःखान्त है। उपन्यास की कथा—जैसा कि मोहल्लों के नाम से लगता है—इलाहाबाद ही की है। कर्फ़्यू की वहाँ कई वहशियाना कथाएँ हैं; उन्हें छोड़िए, उसमें एक लड़की की भी कहानी है। कर्फ़्यू लगते ही वह स्कूल से भागकर अपने घर आ रही है, गली में दो बलिष्ठ हाथ न जाने कहाँ से निकलकर उसे दबोच लेते हैं, एक अधखुले शटर से खींचकर उसे एक दूकान के अन्दर बन्द कर लेते हैं। वहाँ वैसे ही और लोग भी हैं। मोहल्लेवाले दरवाज़े-खिड़कियों से चुपचाप यह देखते रहते हैं, फिर दरारें मूँद लेते हैं।

भले ही 'शहर में कर्फ़्यू' के लेखक एक वरिष्ठ पुलिस अफ़सर हों, यह मुझे एक मेलोड्रामा जैसा लगा था। यह भी क्या हुआ—साहित्य हो या सिनेमा—दंगा हुआ नहीं कि कर्फ़्यू आया, कर्फ़्यू आया नहीं कि किसी गली में बलात्कार हुआ! इस कथानक को एक घटिया साहित्यिक रूढ़ि मानकर मैं ख़ारिज कर चुका था, पर पिछले कर्फ़्यू में सी.आर.पी.एफ. के जवानों ने इलाहाबाद ही में साबित कर दिया कि मैं ग़लती पर था। या ऐसा तो नहीं कि वहाँ ज़िन्दगी कला की नक़ल कर रही थी?

'टाइम्स ऑफ इंडिया' स्तम्भकार का कहना है : "इलाहाबाद पुलिस क़ानून की निगाह में सबकी बराबरी के सिद्धान्त को नहीं मानती। वह ख़ाकी वर्दीवालों को मामूली नागरिकों से श्रेष्ठ समझती हैं।" स्तम्भकार महोदय को चर्चिल के एक वक्तव्य का शायद पता नहीं है। दूसरे महायुद्ध में मित्रराष्ट्रों के सैनिकों को ब्रिटिश सैनिकों से शिकायत रहती थी कि वे अपने को कुछ ऊँचा समझते हैं। चर्चिल ने कहा था, "ऐंग्लो-सैक्शन होने के आधार पर अपनी श्रेष्ठता के लिए माफ़ी जैसी माँगने की क्या ज़रूरत? हम सचमुच ही श्रेष्ठ हैं।"

3 जनवरी, 1993

ऐसा होता तो कैसा होता?

दो पड़ोसियों में मुक़दमेबाज़ी हो रही है। पहला पक्ष कहता है कि दूसरे पक्ष को मेरे घर के पास परनाला गिराने का हक़ नहीं है। दूसरा कहता है परनाला वहीं गिराऊँगा। कोर्ट दूसरे पक्ष को मुक़दमे का फ़ैसला होने तक परनाला गिराने से रोक देता है। मुक़दमा चलता रहता है। अचानक दूसरा पक्ष ऐलान करता है कि जज साहब का हुक्म सर-माथे, मगर परनाला मैं यहीं गिराऊँगा। यही नहीं, परनाला मैं छः दिसम्बर को गिराऊँगा। सवाल यह है : ऐसी हालत में जज साहब को क्या करना चाहिए?

राम जन्मभूमि क्षेत्र, अयोध्या में राज्य सरकार ने पर्यटन-विकास के बहाने 2.77 एकड़ ज़मीन अधिगृहीत की थी। उसकी वैधता को लेकर इलाहाबाद हाईकोर्ट में मुक़दमा चल रहा था। कुछ लोग सोचते हैं कि हाईकोर्ट ने अगर इस मामले में पिछले 11 दिसम्बर के बजाय एक सप्ताह या उससे पहले फ़ैसला दे दिया होता तो छः दिसम्बर को बाबरी मस्जिद (या विहिप की भाषा में उसका ढाँचा) न ढहता। जिन लोगों का यह ख़याल है, वे परनालेवाले मसले में उठाए गए सवाल का जवाब इस प्रकार देंगे : "जैसे ही दूसरे पक्ष ने फ़ैसले का इन्तज़ार किए बिना छः दिसम्बर को परनाला गिराने की घोषणा की, वैसे ही जज को अपनी कुर्सी छोड़ उसके पास भागकर आना चाहिए, उसकी ठुड्डी पर हाथ फेरकर कहना चाहिए, 'भैया, मुन्ना, इस तरह नाराज़ होकर न जाओ। उधर आरामकुर्सी पर बैठकर कुछ मिनट सुस्ता लो। तब तक मैं तुम्हारे मुक़दमे का फ़ैसला लिखे डालता हूँ। रुको, रुको, भाई। लो, फ़ैसला तैयार है। बस एक मिनट, उसे सुन भी लो। माफ़ करना भाई, तुम हार गए हो। तुम्हें वहाँ परनाला गिराने का हक़ नहीं है। देखो न, दो मिनट रुककर मेरा फ़ैसला सुनने से तुम्हारा कितना फ़ायदा हुआ। अब छः दिसम्बर को वहाँ परनाला गिराने से तुम पर गुंडागर्दी का मुक़दमा भले ही चल जाए, कम-से-कम इतना तो हुआ कि मुक़दमे के दौरान न्यायालय की अवमानना से तुम बच गए। शाबास, अब जाओ। तुम्हें तुम्हारी अक्ल और तुम्हारा परनाला मुबारक'।"

अफ़सोस, इलाहाबाद हाईकोर्ट ने ऐसा नहीं किया और गर्व से बोलनेवालों को यह कहने का मौक़ा मिल गया कि छः दिसम्बर को अयोध्या में जो कुछ हुआ उसकी ज़िम्मेदारी प्रधानमंत्री की निष्क्रियता पर ही नहीं, न्यायालय की सुस्ती पर भी है। वे भूल गए कि एक ज़माना ऐसा भी था जब न्यायालयों में होनेवाली देरी उनको बरसों आनन्दित करती रही थी। जनवरी, 1950 से—जब कि बाबरी मस्जिद में प्रकट की गई मूर्तियों को हटाने के ख़िलाफ़ अस्थायी स्थगनादेश जारी हुआ—मई

1986 तक न्यायालयों की देरी का ही यह करिश्मा था कि 'बाबरी मस्जिद के ढाँचे' पर ताला लटका रहा, इसी बीच विहिप ने ख़ुद अपना आविष्कार किया, और इस थ्योरी का भी कि "यहाँ मस्जिद कहाँ है? यह तो मन्दिर है; देखते नहीं हो, अन्दर रामलला विराजमान हैं?"

फिर एक न्यायालय ने निर्णय देने की कृपा की, ताला खोलने का फ़ैसला हो गया; उसी के साथ पण्डोरा देवी का बाक्स भी खुल गया। उसके बाद ही भाजपा, विहिप, संघ परिवार—सभी को लगा कि न्यायालय फ़ैसला देने में बहुत देर करते हैं, उन्होंने फ़ैसला किया कि अब सारे फ़ैसले वे ख़ुद करेंगे।

तदनुसार : मई, 1989 में विहिप का पचीस करोड़ रुपए की लागत से मन्दिर-निर्माण फ़ैसला, फिर उसी साल नवम्बर में शिलान्यास का फ़ैसला, फिर सितम्बर, 1990 में मन्दिर के लिए आडवाणीजी की रथ-यात्रा का फ़ैसला, अक्टूबर, 1990 में केन्द्र में प्रधानमंत्री विश्वनाथप्रताप सिंह की सरकार गिराने का फ़ैसला, अक्टूबर-नवम्बर में ही कारसेवकों की बाबरी मस्जिद के गुम्बदों पर पहली चढ़ाई, फिर...फिर जो हुआ वह विश्वविख्यात इतिहास है।

सभी मुक़दमेबाज़ जानते हैं कि न्यायालयों में बरसों चलनेवाले मुक़दमों में देरी से लगभग पचास फ़ीसदी मुक़दमेबाज़ों की आत्मा प्रफुल्लित रहती है। यानी, वह देरी इस नहीं, तो उस पक्ष के मुआफ़िक बैठती है। इस प्रकार, "आधा ख़ाली गिलास दूसरे की नज़र में आधा भरा हुआ है" के आशावाद में यदि आपकी आस्था है तो न्यायालयों के फ़ैसलों में होनेवाली असाधारण देरी से आपको कम-से-कम पचास प्रतिशत सन्तोष मिलना चाहिए।

मेरे एक मित्र के पिता पुराने ज़मींदार थे। मुंसिफ़ी में एक मुक़दमा हार जाने पर वकील ने उनके पक्ष को निहायत लचर कहकर उन्हें अपील न करने की सलाह दी। उन्होंने पूछा, "जजी और हाईकोर्ट की दो अपीलों में कितना टाइम लगेगा?" वकील ने कहा, "कम-से-कम पन्द्रह साल।" उन्होंने अपील दायर करा दी, कहा, "पन्द्रह साल में मेरा तो आठ-दस हज़ार ही ख़र्च होगा, पर जानते हो उस साले का क्या हाल होगा? उसके घर में छत से अगर कोई चूहा टपककर फ़र्श पर गिरा तो वह तक भूखा मर जाएगा। पूरे घर में उसे एक दाना तक नहीं दिखाई देगा।" कौन कहता है कि फ़ैसलों की देरी सबके लिए दुखदायी है?

तभी एक पक्ष फ़ैसले के पहले ही हार जाता है, दूसरा उसके पहले ही जीत का आनन्द पाने लगता है और, जैसा कि अयोध्यावाले मामले में हुआ, कभी-कभी एक पक्ष बिना फ़ैसला पाए बरसों प्रफुल्लित रहता है और, कुछ साल बाद, जब ज़रूरत समझी, न्यायालयों की सुस्ती पर चुस्ती से व्याख्यान देने लगता है। जहाँ तक न्यायालयों की बात है, उन्हें शार्दूलविक्रीड़ित छन्द पसन्द नहीं, कुत्ते चाहे जितना भूँकें, वे गजराज की भाँति अपनी मत्तगयन्दवाली मन्थर चाल से चलते हैं। वैसे, ये गजराज भी बीसियों साल पुरानी ज़ंग खाई जंजीरों से, जिन्हें न्यायिक प्रक्रिया कहा जाता है, जकड़े हुए हैं।

हम, जो समूचा हाथी तक नहीं देख पाते, इन जंज़ीरों की ओर ताकते भी नहीं हैं; उन्हें ढीला करने या तोड़ने की कोई बात सोचना बहुत आगे का काम है।

चलते-चलते, क्या आप सचमुच जानना चाहते हैं कि फ़ैसलों में देरी क्यों होती है? इसके अनेक कारण हैं जिनकी व्याख्या मेरे बूते की नहीं। पर एक कारण का संकेत दे दिया जाए। पिछले महीने इलाहाबाद हाईकोर्ट के एक न्यायमूर्ति ने मुझे बताया कि उत्तर प्रदेश के एक ज़िले में एक वर्ष के भीतर न्यायालयों में सिर्फ़ छियालीस दिन काम हुआ बाक़ी तीन सौ उन्नीस दिन छुट्टियों और वकीलों की हड़ताल को समर्पित हो गए।

20 दिसम्बर, 1992

औरत बनाम नारी

राजपाल ऐंड सन्स की भेजी हुई 'औरत' जब मेरे पास आई तो एक 'पुरुषवादी सूअर पुरुष' (मेल शावनिस्टिक पिम) की हैसियत से मैंने सोचा कि वह बाज़ारू होगी। मेरा ख़याल ग़लत था। यह 'औरत' उपन्यासकार शिवप्रसाद सिंह की है। उनका नवीनतम उपन्यास है।

अब इस बात पर झगड़ने से क्या फ़ायदा कि इसका नाम 'नारी' क्यों नहीं है? सियारामशरण गुप्त ने अपने उपन्यास का नाम 'नारी' रखा था। उसी से हिन्दी जगत् ने उन्हें क्या दिया? केवल संस्कृतनिष्ठ होने से कोई शब्द तीसमारखाँ तो नहीं बन जाता। 'प्रतिष्ठा' और 'निष्ठा' के साथ तुक भिड़ानेवाली 'विष्ठा' को आप लाख चन्दन-चर्चित करें, वह जो है, रहेगी वही। तब मेरे मन में इस शुद्ध अरबी 'औरत' को संस्कृत की 'नारी' बनाने का विचार क्यों आया?

क्योंकि मैं वह घृणित वस्तु हूँ जिसे 'एलीट' कहते हैं? पर वह तो मैं हूँ नहीं। तब क्या जनभाषाओं से मुझे कोई लगाव नहीं है? एकदम ऐसा भी नहीं। मैं जानता हूँ कि भोजपुरी क्षेत्र में 'औरत' के साथ कोई अवज्ञा का भाव नहीं जुड़ता। मेरे एक पड़ोसी के पास उनके बड़े भाई का तार आया था, "औरत बीमार है, औरत को भेज दो।" तार की भाषा थी, पर वे समझ गए कि उनकी भाभी बीमार हैं और उन्हें अपनी पत्नी को वहाँ घर की देखरेख के लिए भेजना है। उन्होंने औरत को भेज दिया पर लखनऊ की फ़िज़ाँ में उन्हें यह प्रयोग खटका, मुझे भी।

संस्कृत में सम्मान दिखाने के लिए बहुवचन का प्रयोग करते हैं। 'औरत' के लिए संस्कृत का 'दारा' बहुवचन में चलता है—और लगभग पुलुंलिग की अकड़ से। औरत के साथ गड़बड़ यह है कि वह अकेली दीखती है, दूसरे यह कि उसका विपर्यय 'मर्द' है, और मर्द के साथ मर्दानगी जुड़ी है। (और मर्दानगी के साथ वैद्यक और हिकमत जुड़ी है—पर यह विषयान्तर होगा।) तभी जब औरत को ऊँचा उठाना हो तो "ख़ूब लड़ी मर्दानी वह तो" जैसे विशेषणों की दरकार होती है। संस्कृत शब्दों में बहुत कुछ ढका रहता है। 'रमणी' जैसे घोर रतिसूचक शब्द के साथ 'वीर' जोड़कर लाला भगवानदीन ने 'वीर रमणी' कर दिया और हमें झटका नहीं लगा। औरत को बहादुर बनाना हो, बाज़ारूपन से उसे उबारना हो तो कहिए 'मर्दानी औरत'।

शिवप्रसादसिंहजी पंडित आदमी हैं और इन लटकों-झटकों से भली-भाँति परिचित हैं। तभी इस उपन्यास में जहाँ उन्होंने नारी-जीवन की विवशता की ऐसी कथाएँ लिखी

हैं कि शरतचन्द्र चटर्जी तक चीत्कार कर उठें, वहीं उन्होंने एक मर्दानी औरत का भी सृजन किया है। वह आई.पी.एस. में है, उसका नाम प्रतिभा बंसल है वह जूडो, कराटे, ताकवेंडो आदि युद्धकलाओं में निपुण है और क़ायदा-क़ानून ताक़ पर रखकर बार-बार छलाँग लगाती है और दुष्टों की खोपड़ी पर अपने बूट-सज्जित पाँव का प्रहार करती है। उसकी बात ही ठोकर है और ठोकर ही बात है। औरत क्या है, साक्षात् कलंकी अवतार है। अगर उत्तम साहित्य का अनुशीलन करना हो और साथ ही ब्रूस ली टाइप की मारधाड़वाली कोई ज़नाना फ़िल्म देखनी हो तो इस 'औरत' को हाथ से न जाने दें।

प्रो. इन्दुप्रकाश पांडेय विश्व के अनेक विश्वविद्यालयों में प्रोफ़ेसरी करने के बाद अब फ्रैंकफुर्ट में हिन्दी और भारतीय संस्कृति का झंडा ऊँचा किए हैं। हिन्दी की महिला लेखिकाओं (लेखिका औरतों) के कई उपन्यासों का उन्होंने अध्ययन किया है और उसे हाल में 'रोमांटिक फ़ेमिनिज़्म' नाम से अंग्रेज़ी में प्रकाशित कराया है। हिन्दी उपन्यासों के इस लगभग अनदेखे पक्ष पर पांडेयजी ने बड़ी योग्यता और श्रम का निवेश किया है। इस कृति में वर्णित कई सुबुक-सुबुकवादी नारी पात्रों के बीच प्रतिभा बंसल, आई.पी.एस., के करिश्मे देखने को मेरा मन लालायित है। इन उपन्यासों की दुनिया में अगर वह छलाँग लगाकर पहुँच जाए तो मुझे पूरा भरोसा है कि देखते-देखते वह 'रोमांटिक फ़ैमिनिज़्म' की भी ऐसी-तैसी कर देगी।

20 दिसम्बर, 1994

महिला बनाम स्त्री

उत्तर प्रदेश के महानगरों में 'महिलाओं के महिलाओं द्वारा महिलाओं के लिए थाने' स्थापित किए जा रहे हैं। लखनऊ में ऐसा थाना खुल भी गया है। इस ख़बर में कोई ख़ास बात नहीं है।

ख़ास बात इस ख़बर में है कि उत्तर प्रदेश हिन्दी संस्थान के भूतपूर्व उपाध्यक्ष श्री परिपूर्णानन्द वर्म्मा ने ('वर्म्मा' वाली वर्तनी उन्हीं की है) उन्हें 'महिला थाना' कहे जाने पर ऐतराज़ किया है। उनकी राय है कि उन्हें 'स्त्री थाना' कहा जाना चाहिए। वर्म्माजी वित्तीय मामलों के साथ ही अपराधों के—यानी अपराधशास्त्र के विशेषज्ञ हैं। अपने विशाल अनुभव से महिला और स्त्री का भेद भी वे बख़ूबी समझते होंगे। इसलिए उनका सुझाव तुरन्त माना जा सकता है।

वैसे, सीधा रास्ता तो यह था कि इसका नाम 'इन्दिरा थाना' रख दिया जाता; या 'चंडिका थाना', 'चामुंडा थाना' या 'अष्टभुजा थाना'। पर आज के चुनावी माहौल में पहला नाम सुनते ही मुख्य चुनाव आयुक्त कूदने लगते और दूसरे नामों को सुनकर धर्म और राजनीति के अलगाववाले विधेयक के विधाताओं को दौरा पड़ जाता।

इसलिए वर्म्माजी के सुझाव पर कुछ निरर्थक चिन्तन कर लिया जाए। इसलिए भी कि जहाँ महिला और स्त्री का ज़िक्र उठा हो वहाँ भद्रपुरुषों में बात इतनी जल्दी नहीं ख़त्म होनी चाहिए।

वर्म्माजी ने ब्रिटेन के स्त्री-थानों का ज़िक्र किया जो पहले-पहल लगभग सत्तर साल पहले खोले गए थे। उनके लिए, 'वूमन' का प्रयोग हुआ था, 'लेडीज़' का नहीं। उनका सुझाव इसी नज़ीर के बूते पर है। दूसरा कारण—जो साफ़ नहीं कहा गया—शायद यह है कि 'स्त्री' एक व्यापक शब्द है जबकि 'महिला' स्त्रियों के एक ख़ास वर्ग का द्योतक है। यानी, मनुष्यों में जो नर की मादा है वह मूल रूप से नारी या स्त्री है, महिला नहीं। इसलिए इस थाने से 'स्त्री' को जोड़कर आप उसे एक चौड़े पेंदेवाली (ब्रॉड-बेस्ड) संस्था बना देंगे; 'महिला' जोड़ने से आभिजात्य की बू आने लगेगी।

एक हिसाब से यह ठीक है और एक हिसाब से ग़लत भी। जनतंत्र का तक़ाज़ा है कि 'स्त्री' शब्द जोड़कर इस थाने को नारी-मात्र की संस्था बना दिया जाए। और शालीनता का तक़ाज़ा है कि हर स्त्री को महिला समझ लिया जाए। यह हमारे लिए बहुत आसान है। सार्वजनिक सभाओं में हम एक और क़दम आगे हैं। 'देवियो और सज्जनो' के सम्बोधन में सारी स्त्रियाँ एक साथ दुर्गा सप्तशती बन जाती हैं। इसलिए

नारियों को 'महिला' और 'स्त्री' जैसे वर्गों में बाँटने के बजाय हम हर स्त्री को महिला ही क्यों न कहें?

दिक़्क़त अंग्रेज़ी के कारण है। ब्रिटेन ने दो-ढाई सौ साल के लम्बे दौर में 'जेंटिलमैन' और 'लेडी' की अवधारणा विकसित की है। इसकी फुनगी यहाँ के अंग्रेज़ीदाँ लोगों के दिमाग़ में और जड़ ब्रिटेन के वर्ग-भेद में है। अंग्रेज़ी साहित्य भी इससे अछूता नहीं। चार्ल्स डिकेंस के पात्रों में दोनों वर्ग बख़ूबी देखे जा सकते हैं। एक वर्ग 'लेडीज़ ऐंड जेंटिलमेन' का, एक 'कॉमनर' या 'प्लीबियन' पुरुषों और स्त्रियों का। पहले वर्ग के तौर-तरीक़े साफ़-सुथरे, सुसंस्कृत; वे सनकी हो सकते हैं, पर हास्यास्पद नहीं। दूसरे वर्गवाले जाहिल, हास्यास्पद। हास्य की सृष्टि करानी हो तो कोचवान, नौकरानी या 'प्लीबियन' वर्ग के किसी भी व्यक्ति को पकड़ लीजिए। इसीलिए वहाँ की 'लेडी' 'वोमन' से दूर रहेगी। और लार्डों, बैरनों से लेकर 'नाइट' या 'सर' उपाधिधारी महापुरुषों की बीवियाँ तो 'लेडी' हैं ही, दूसरी औरतें 'मिस' या 'मिसेज़' हैं।

इधर हमारे यहाँ—वर्ण या जाति के झमेले के बावजूद—नारी शब्द सभी के लिए चलता है : चाहे वह मनु की नारी हो जिसकी पूजा होने पर वहाँ देवता वास करने लगते हैं, चाहे शंकराचार्य की नारी हो जो नरक का द्वार है। यानी नारी की तासीर अपने गुण-कर्म के अनुसार भले ही बदलती रहे, रहेगी वह नारी ही। इसलिए, 'महिला' और 'स्त्री' की जगह इस नए थाने को 'नारी थाना' क्यों न कहें?

पर 'महिला' की बात ही कुछ और है। शब्दकोश के अनुसार उसके कई अर्थ हैं, पर इस प्रसंग में उसके दो अर्थों का ज़िक्र ज़रूरी है। एक अर्थ है : सम्माननीय स्त्री और दूसरा, नशे में मस्त औरत। इसे देखते हुए थाने का नाम 'महिला थाना' ही रखना चाहिए। उसकी दुतरफ़ी सार्थकता होगी। थानाध्यक्ष और कांस्टेबलों के लिए 'महिला' को पहले अर्थ में ले सकते हैं और हवालात में बन्द झगड़ालू औरत के लिए दूसरे अर्थ में। और अगर कभी आप किसी प्रदर्शन में पुलिस को गाली देना चाहें तो मदमस्त औरतवाला अर्थ आप महिला पुलिसकर्मियों पर थोप सकते हैं और 'आदरणीय नारी' वाला अर्थ हवालात में पड़ी हुई दुखियारी, अत्याचार की मारी औरत पर।

इसलिए 'लेडीज़' और 'वीमन' के ख़ुमार से छुटकारा पाइए, संस्कृत की शब्द-शक्ति पहचानिए और 'महिला थाना' को स्वीकार करके उसके दूधो नहाने और पूतों फलने की कामना कीजिए।

26 सितम्बर, 1993

सिनेमा! सिनेमा!

जब वी.सी.आर. और केबिल टी.वी. के दिन नहीं आए थे, मेरे एक मित्र के लड़के और भतीजे के बीच निम्नलिखित संवाद हुआ। दोनों की उम्र सात-आठ साल थी और उनमें से एक का तुतलाना अभी बन्द नहीं हुआ था।

"कल मैंने यह फ़िलिम देखी।"

"कैसी रही?"

"बेकार थी।"

"इश्टोरी क्या थी?"

"एक पेल था। सामने नद्दी थी।"

"फिर?"

"बड़े ज़ोर से तबला-सारंगी बज रहा था।"

"कौन बजा रहा था?"

"क्या पता? कोई दिखाई थोड़े ही दे रहा था। बाजा बजता रहा, बजता रहा। तभी एक लल्की आई और पेल के तने से सटकर बैठ गई।"

"फिर?"

"फिर एक लल्का आया और लल्की से सटकर बैठ गया।"

"फिर?"

"फिर क्या? शुरू हो गई बट्टमीजी।"

यह बाईस साल पहले की बात है। आज घर पर दिन-रात फ़िल्म देखनेवाले सात-आठ साल के बच्चे ज़्यादा समझदार हैं, वे ज़्यादा संवेदनशील हो गए हैं। पेड़ों और क्यारियों के इर्दगिर्द चलनेवाला राजेन्द्रकुमार-आशा पारेख टाइप का रोमांस अपनी उत्तेजनहीनता और धीमी रफ़्तार के कारण अब उनको 'बट्टमीजी' नहीं जान पड़ता, सिर्फ़ उबाऊ लगता है। वास्तव में, आज के हिन्दी सिनेमा की शिक्षाप्रद दृश्यावली को धन्यवाद दीजिए, उनके दिमाग़ से 'बट्टमीजी' की धारणा ही ख़त्म हो गई है। वे फावड़े को फावड़ा कहने लगे हैं, यही नहीं, उसे हवाई जहाज़ बनाकर उस पर उड़ने भी लगे हैं। वे तेज़ रफ़्तारवाले ऐसे नाच को, जो हर तीसरी हिन्दी फ़िल्म में देखने को मिलता है और जिसमें योनि और स्तनों को ढकनेवाली झिलमिल चिन्दियों को छोड़कर जिस्म पर सारे कपड़ों का बहिष्कार रहता है, 'कैबरे' कहकर आसानी से पहचान लेते हैं। चूमाचाटी के दृश्य को वे 'किसिंग' कहते हैं। जब घास पर चित गिरी हुई चुलबुल

नायिका के ऊपर नायक मैथुनी मुद्रा में डंड पेलनेवाला नाच दिखाता है तो कोई भी बच्चा बता सकता है कि उन दोनों में 'लौ' हो गया है। वह बलात्कार की बारीकियाँ भी शायद समझने लगा है।

सबसे ख़ास बात यह है कि शालीन भाषा को भूलकर उसे बाज़ारू गुंडों और लफंगों की ज़बान में प्रशिक्षित किया जा रहा है। कई फ़िल्मों के नाम ही अशिक्षित पियक्कड़ों, जेबकतरों और छुरीबाज़ों की बोली के हैं : दिल है बेताब, आ जा मेरी जान, अंजाम हवस का, क़िस्सा कच्ची जवानी का।

कई फ़िल्मों के युगल या सामूहिक नाच सिर्फ़ एक मुद्रा के अलग-अलग रूप हैं : मैथुन की मुद्रा। दूरदर्शन के 'चित्रहार' और 'जी. टी.वी.' पर इसके समकक्ष कार्यक्रमों में इसे बख़ूबी देखा जा सकता है। लगभग बीस जवान लड़कियाँ और उतने ही लड़के समन्ता फ़ाक्स को दो शताब्दी पीछे छोड़कर जब समूह में अपनी जाँघों और उसके ऊपर के हिस्से को आगे-पीछे झटका देते हैं तो आज उनके इशारे को लेकर बच्चों तक के दिमाग़ में कोई शक नहीं रहता।

इधर निठल्लेपन में मैंने इस तरह की दर्जनों फ़िल्में देखी हैं। अगर उन फ़िल्मों के नाम लेकर उनके नाच-गानों का मैं यहाँ पूरा ब्यौरा नहीं दे रहा हूँ तो सिर्फ़ इसलिए कि मैं इस टिप्पणी को, जो वैसे ही फूहड़ हो चुकी है, और ज़्यादा फूहड़ नहीं बनाना चाहता।

आश्चर्य यह है कि इन फ़िल्मों का हमला एक पारम्परिक समाज में हो रहा है। हिन्दी कविता और कथा-साहित्य सेक्स के मामले में बड़ा ही सतर्क, लगभग शाकाहारी है। चित्रकला में भी वैसा ही संयम है। नाटक में और भी। श्रृंगार से सराबोर कथक नृत्य तक अश्लीलता से किनारा कसे रहता है। तब पता नहीं कि हिन्दी सिनेमा की यह अश्लीलता हमारी खोपड़ी पर अचानक कैसे फट पड़ी है। क्या सेंसर बोर्डवाले फ़िल्म निर्माताओं के मौसेरे भाई बन गए हैं?

हैरत है कि सिनेमा के पर्दे पर लड़के-लड़कियों के ये अश्लील खेल उस दक़ियानूस समाज में दिखाए जा रहे हैं, और बर्दाश्त किए जा रहे हैं, जिसमें स्वच्छन्द प्रेम पर लगभग पाबन्दी लगी हुई है, जहाँ मुज़फ़्फ़रनगर में केवल प्रेम-विवाह करने के अपराध में गाँववाले सर्वसम्मति से एक प्रेमी-युगल की हत्या कर देते हैं। दूसरी हैरत की बात यह है कि अपना अधनंगा और निर्लज्ज रूप दिखाने के लिए इतनी बड़ी संख्या में सुशिक्षित और सुसंस्कृत लड़कियाँ फ़िल्मों की हीरोइन बनने को व्याकुल हो रही हैं। श्री भगवतीचरण वर्मा कहा करते थे कि सिनेमा के शुरुआती दौर में वेश्याएँ जब इज़्ज़तदार महिला बनना चाहती थीं तो फ़िल्मों में आती थीं और आज बहुत सी वे इज़्ज़तदार महिलाएँ फ़िल्मों में आना चाहती हैं जिन्हें वेश्या जैसा गिने जाने में कोई एतराज़ नहीं। ठेठ और दक़ियानूसी बात होने के बावजूद इसमें शायद कुछ सच्चाई है।

3 अक्टूबर, 1993

फ़िल्मी हिंसा में भारतीय संस्कृति

जब किसी फ़िल्म में नायक संजय दत्त खलनायक अमरीश पुरी की कुटम्मस करते हैं या 'खलनायक' में जैकी श्राफ़ जैसे नायक ख़ुद संजय दत्त का कचूमर निकालते हैं, तो हमें यह न सोचना चाहिए कि यह हालीवुड का असर है। जिन्होंने हमारे प्राचीन साहित्य का, विशेषत: पुराणों का अध्ययन किया है, वे यह जानते हैं कि उनमें वर्णित मारधाड़ के मुक़ाबले आज की हिन्दी फ़िल्मों में दिखनेवाली 'ढुशुम ढुशुम' पालतू बकरियों की मुठभेड़ जैसी है, यानी अजायुद्ध। (अजायुद्ध की यह ख़ूबी है कि बकरियों के तेवर भले ही खूँख़ार दिखें, उनकी खोपड़ी की टक्कर दो में से किसी को भी चोट नहीं पहुँचाती।)

फ़िल्मी मारधाड़ और पौराणिक युद्धों में काफ़ी समानता है। दोनों में मारपीट—चाहे वह मल्ल युद्ध हो या द्वन्द्व युद्ध या अकेले की सौ से भिड़न्त—बड़े विशद रूप से प्रस्तुत की जाती है। फ़र्क इतना है कि एक में यह दृश्य है और दूसरे में श्रव्य। हीरो के कमाल को लेकर भी दोनों में काफ़ी समानता है। आपने फ़िल्मों में दो तरह के खेल देखे होंगे। एक में हीरो का हाथ लगते ही दुश्मन का चमचा पके पत्ते जैसा ज़मीन पर चू पड़ता है, दूसरे में दुश्मन हीरो की भयानक मुक्केबाज़ी, स्टेनगन से गोलियों की बौछार और ग्रिनेड के विस्फोटक को झेलकर अछूता निकल आता है, मौत के सारे सरंजाम के बावजूद वह मरने नहीं आता। पहला खेल प्राय: हम तब देखते हैं जब हीरो अकेला—और निहत्था—परेश रावल, प्रेम चोपड़ा या गुलशन ग्रोवर के गढ़ में प्रवेश करता है। वहाँ क़दम-क़दम पर दुश्मन के हथियारबन्द चमचे पहरा दे रहे हैं। हमारा हीरो एक पहरेदार को पीछे से दबोच लेता है, उसके मुँह पर हाथ रखकर दबाता है और वह बिना चूँ तक किए, बेहोशी की हालत में या मुर्दा ज़मीन पर गिर जाता है। दूसरे खेल में, जब अनिल कपूर या संजय दत्त ख़ुद इन्हीं परेश रावल, सदाशिव अमरापुरकर आदि पर दस-दस टन के वज़नवाले मुक्के बरसाते हैं, तब वे भी लात का जवाब घूँसे और घूँसे का लात से देते हैं। विलेन मरता तो है ही पर बड़े जीवट से और ख़ूनख़राबे के बाद।

यही पुराणों में भी है। शारदीय नवरात्र अभी कल समाप्त हुई है। इसलिए मार्कंडेय पुराण में भगवती दुर्गा की कथा से ही ऐसे दो उदाहरण क्यों न लिए जाएँ? पहली क़िस्म के माडल को धूम्रलोचन में पाया जा सकता है। वह शुम्भ-निशुम्भ का एक सेनापति, यानी—फ़िल्मी भाषा में—चमचा था। धूम्रलोचन बदतमीज़ी का एक डायलाग बोलकर देवी की ओर दौड़ा। जवाब में देवी ने सिर्फ़ हुँकार किया और वह उसकी

गर्मी से झुलसकर वहाँ राख हो गया। बाद में उसके फ़ौज-फाटे के ख़ात्मे का काम देवी के वाहन सिंह ने किया।

दूसरा माडल शुम्भ-वध का है। देवी के छोड़े हुए अस्त्र शुम्भ ने काटे और उसके जवाबी अस्त्र देवी ने हुँकार से नष्ट किए। फिर शुम्भ ने सैकड़ों बाणों से देवी को ढक दिया। देवी ने एक बाण से उसका धनुष काट दिया। फिर दोनों के बीच जमकर शक्ति, चक्र, ढाल, तलवार, मुग्दर आदि का प्रयोग और अन्त में मुक्केबाज़ी, जिसकी नक़ल फ़िल्मों में होती है। यानी, दैत्य ने देवी की छाती में मुक्का मारा, तब देवी ने उसे जवाबी थप्पड़ रसीद किया। उसके झन्नाटे से वह ज़मीन पर गिरा, फिर उछला और आकाश में बहुत देर देवी से लड़ता रहा। तब देवी अम्बिका ने उसे उठाकर घुमाया और ज़मीन पर पटक दिया। वह तब भी नहीं मरा, दोबारा उनकी ओर दौड़ा पर तभी देवी ने त्रिशूल से उसकी छाती छेदकर रख दी। इस प्रकार शुम्भ का अन्त हुआ।

फ़िल्मों के मारधाड़-निर्देशक इस माडल से एक नया सबक़ ले सकते हैं। उनका हीरो बीस फुट ऊँचा उछल सकता है, लगभग उड़ता है, वह साठ फुट नीचे कूदता है, विलेन भी ऐसा कर लेता है। पर अभी तक वे आसमान में उड़ते हैलिकाप्टर से लटककर भले ही लड़े हों, बिना सहारे के आसमान में कभी नहीं लड़े। अब फ़िल्मों में शुम्भ-वधवाली आसमानी लड़ाई भी आनी चाहिए।

वैसे ही ख़ून की क़ै और मलमूत्र की बात है। पुराणों में छाती पर मुक्का लगने के बाद कई बार खलनायकों ने ख़ून की क़ै की है। विष्णुपुराण में श्रीकृष्ण ने जब केशी के मुँह के भीतर हाथ खोंसकर उसे फुलाना शुरू किया तो न सिर्फ़ उसके मुँह से ख़ून निकला, उसने मल-मूत्र भी कर दिया। मैंने सैकड़ों देसी और विलायती फ़िल्मों में मारधाड़ देखी है पर पेट में मुक्का खाते ही किसी को ऐसा करते नहीं देखा। ऐसा दृश्य फ़िल्मों में दिखाया जाए तो बड़ा मनोरंजक होगा।

वास्तव में मेरा विचार है कि 'फ़ाइट डायरेक्टरों' को सबसे पहले महाभारत, पुराण आदि ही नहीं, प्राचीन युद्ध-साहित्य, आल्हा खंड आदि से लेकर श्यामनारायण पांडेय की 'हल्दी घाटी' तक का गहरा अध्ययन करना चाहिए। उसकी मदद से फ़िल्मी मारधाड़ में ऐसे-ऐसे नए उन्मेष जोड़े जा सकते हैं कि हालीवुडवाले हाथ मलते रह जाएँ।

हाल ही में दो फ़िल्मों में दुश्मन को पानी में पटककर मारने के दृश्य दिखाए गए—'गर्दिश' और 'गुमराह' में। काफ़ी दिलचस्प थे। पर फाइट डाइरेक्टर ने श्रीमद्भागवत में पानी के भीतर श्रीकृष्ण के द्वारा कालिय नाग की दुर्गति पढ़ी होती, तो इन दृश्यों का रंग ही कुछ और होता।

मारधाड़ में नए उन्मेषों के यहाँ एकाध उदाहरण-भर लिये जा सकते हैं। फ़िल्मों में इंसान और जानवर की (शेर तक की) लड़ाई तो बख़ूबी आई है। अब भिन्न-भिन्न जानवरों के बीच की सोद्देश्य लड़ाइयों का भी तजुर्बा किया जाना चाहिए—सोद्देश्य, यानी वह लड़ाई जो कथानक को नया आयाम दे। इसका माडल हरिवंशपुराण से गरुड़ और ऐरावत हाथी की लड़ाई में खोजा जा सकता है जो पारिजात-हरण के मौक़े पर हुई

थी। और ऐसा तो आज रोज़ ही फ़िल्मों में देखते हैं कि छटाँक-भर का हीरो मन-भर के विलेन को मुक्केबाज़ी में ध्वस्त कर रहा है। इसका माडल भी आप हरिवंशपुराण में पा सकते हैं। वहाँ मथुरा में गोकुल के श्रीकृष्ण यादव नामक किशोर ने मल्लयुद्ध में पैंतरेबाज़ी दिखाकर, दाँवपेंच और मुक्केबाज़ी के ज़ोर से आन्ध्र के चाणूर नामक पहलवान का ख़ात्मा कर दिया था।

हिंसा के दबाव में इंसान किस तरह अपनी हद के कगार तक पहुँच जाता है, इसकी तफ़सील हमारे फ़िल्मी स्टंटबाज़ आज भी अपने प्राचीन साहित्य में खोज सकते हैं।

24 अक्तूबर, 1993

लड़खड़ाने की कला

लड़खड़ाना एक कला-भर नहीं है, वह एक विद्या है जो किसी-किसी को ही मिलती है। और बार-बार लड़खड़ाते रहना महाविद्या है। यह पूरी तौर से एक व्यक्तिगत उपलब्धि है; इसे उत्तराधिकार से नहीं पाया जा सकता। मुग़ल बादशाह हुमायूँ का उदाहरण हमारे सामने है। कोई सोच सकता था कि बाबर जैसे मज़बूत घुड़सवार का यह बेटा लड़खड़ाने की कला में इतना प्रवीण निकलेगा? पर वह निकला।

सभी जानते हैं कि अपने पुस्तकालय की सीढ़ियों से उतरते हुए वह लड़खड़ाया और उसी में उसकी जान गई। पर उसके पहले वह लड़खड़ाने के दो पूर्वाभ्यास कर चुका था। शेरख़ाँ से हारकर वह गंगा पार करने के लिए नदी में कूदा। पर घोड़े को देखिए, वह उसकी रानों के बीच से खिसक गया और हुमायूँ और लहरों के बीच कुछ नहीं बचा। क़िस्मत अच्छी थी; एक भिश्ती ने अपनी मशक के सहारे उसे बाहर निकाला। यह पहला पूर्वाभ्यास था।

दोबारा फिर ऐसी ही घटना हुई। शेरख़ाँ के साथ दूसरी भिड़न्त में उसके अधिकांश संगी-साथी, यानी निठल्ले ख़िदमतगार, मसख़रे, हिजड़े बगटुट भाग निकले। किसी ने बादशाह को मौत के मुँह में जाने से रोकना चाहा, उसके घोड़े की बाग रणभूमि की ओर से नदी की ओर घुमा दी ताकि उसके लिए भागना आसान हो जाए। घोड़े को छोड़कर बादशाह सलामत ने एक हाथी के हौदे का सहारा लिया। हाथी ने नदी तो पार करा दी पर उन्हें किनारे पानी में छोड़ दिया। किनारा ऊँचा था, बादशाह कई बार उभरे पर लड़खड़ाकर पानी में गिरे। इस बार एक गुलाम ने उनकी बाँह पकड़ी, उन्हें ऊपर खींचकर उनकी जान बचाई। गुलाम का नाम शम्सुद्दीन ख़ाँ अतका था।

इन दोनों मौक़ों पर हुमायूँ जितना ख़ुशक़िस्मत साबित हुआ, दूसरे लोग वैसे कम ही होते हैं। कम-से-कम हमारी भारतीय पुलिस तो नहीं ही है। और मुसीबत यह है कि उसकी मदद के लिए कोई भिश्ती नहीं, कोई गुलाम नहीं। पुलिस ने हर अहम मौक़े पर लड़खड़ाने की विद्या तो सिद्ध कर ली है, पर लड़खड़ानेवाली, लड़खड़ाकर गिरनेवाली और फिर उसे उठानेवाली वह ख़ुद ही है।

सबसे ताज़ा उदाहरण कुछ दिन पहले अमृतसर का है। वहाँ पर सीमा सुरक्षा बल का त्रि-दिवसीय खेलकूद-समारोह। उसके अन्तिम दिन पचास मीटर की दौड़, जिसमें लगभग तीस वरिष्ठ पुलिस अफ़सर शामिल हुए। पर जो हुई, वह दौड़ नहीं थी, भगदड़

थी। उसमें कई लड़खड़ाए, कई गिरे, कई गिरकर घायल हुए तस्कर-विरोधी अभियान के एक पुलिस कप्तान हैं; वे दूसरों के पाँवों के नीचे कुचलकर बेहोश हो गए। कई अफ़सर एक-दूसरे पर ढेर की शक्ल में आलू के बोरों की तरह पड़े हुए थे। उनमें बटाला के पुलिस कप्तान और पंजाब सशस्त्र पुलिस के एक सेनानायक थे। दोनों घायल थे।

इस भगदड़ का कारण यह नहीं कि धावकों का उत्साह अदम्य था। सबसे बड़ा कारण था ट्रैक का सँकरा होना। पुलिस की असली लड़खड़ाहट का नमूना यही है।

और ग़ौर कीजिए कि यही पुलिस लाखों की भीड़वाले कुम्भ जैसे बड़े-बड़े मेलों को और भाड़े की भीड़वाली राजनीतिक रैलियों को नियंत्रित करती है। ख़बर है कि भीड़ का प्रबन्ध उसकी विशेषता है। पर यहाँ यह ख़बर अफ़वाह साबित हुई। यहाँ वह अपने ही तीस अफ़सरों लायक चौड़ी लीक निकालने में लड़खड़ा गई। दौड़ का ट्रैक न हुआ, बाइबिलवाली सुई का सूराख़ हो गया जिससे ऊँट भले ही निकल जाए, अमीर आदमी नहीं निकल सकता। पर पुलिस अफ़सर तो अमीर होते नहीं हैं। तब वे सब क्या इतने मोटे थे कि अच्छा-ख़ासा रेस ट्रैक उनके लिए सँकरा पड़ गया? ऐसा भी नहीं है। जिन्होंने हिन्दी फ़िल्में देखी हैं वे इंस्पेक्टर जनरल की वर्दी पहने हुए शम्मी कपूर को छोड़कर आसानी से किसी भी पुलिस अफ़सर में चर्बी नहीं देख सकते। वास्तव में यह और कुछ नहीं, पूरी घटना उस दक्षता का प्रमाण है जो पुलिस ने ऐन मौक़े पर लड़खड़ाने की कला में हासिल की है।

पर यहाँ अकेले पुलिस की ही तारीफ़ के पुल बाँधना, उतने ही समर्थ दूसरे कलाकारों के साथ अन्याय होगा। ऐसे और भी वर्ग हैं जो इशारा मिलते ही शुरू में बगटुट छूटते हैं पर दौड़ के सीमान्त पर आते-आते मुँह के बल गिर पड़ते हैं, ख़ुद हमारी संसद क्या इसमें किसी से कम है? वही तो है, जो कभी मुख्य चुनाव आयुक्त पर महाभियोग लाने के लिए व्याकुल हो रही थी। पर देखते-देखते वह लड़खड़ा गई और चुनाव आयोग का यह मर्ज़ एक ऐसे चिकित्सक के हाथ में चला गया जिसका इलाज मर्ज़ से भी बदतर साबित हो रहा है। यही हाल शेयर घोटाले की जाँच करनेवाली संयुक्त संसदीय समिति का है। शुरू में वह जाँच डाकगाड़ी की रफ़्तार से चली; अब उसकी जगह हमें सिर्फ़ छोटी लाइनवाली मालगाड़ी दीख पड़ती है। वह भी कभी दीख पड़ती है, कभी उस घने जंगल में छिप जाती है जिसे 'गहरी छानबीन' कहते हैं।

और अगर आप अमृतसर की पुलिसवाली दौड़ को एक रूपक, एक प्रतीक-कथा के रूप में लेना चाहें तो उससे भी मुझे कोई ऐतराज़ नहीं। तब आप उसका उपमेय ग्राम सुधार और ग्रामीण रोज़गार के कार्यक्रमों में पा सकते हैं। पिछले बीस सालों में ग्रामीण रोज़गार योजना (आर.ई.एस.) आई.आर.डी. पी., ट्राइसेम, ज़. रो.यो. आदि स्कीमों को इन्हीं तीस पुलिस अफ़सरों की तरह धावक बनाकर दौड़ के लिए छोड़ा गया। पर हम भूल गए कि ये सभी धावक खूब मोटे-तगड़े हैं और दौड़ का ट्रैक उनके लिए सँकरा पड़ गया है। नतीजा हमारे सामने है। हमारे

देखते-देखते ये सभी तेज़ रफ़्तारवाली योजनाएँ लड़खड़ाकर—वही आलू के बोरों की तरह—एक ढेर में गिर गई है। और इस दौड़ का आयोजन एक ऐसे खेल में बदल गया है जिसमें अगर राष्ट्रीय ट्रैजेडी के तत्त्व न होते तो वह एक उम्दा प्रहसन हो सकता था।

31 अक्तूबर, 1993

बयासी करोड़ सभ्यताओं का देश

वे अपने मोहल्ले के पास एक मैदान में लम्बी-चौड़ी इमारत बनवा रहे थे। चारों ओर ऊँची-ऊँची दीवारें थीं, एक बहुत बड़ा फाटक, भीतर कुछ बैरकें, कुछ कोठरियाँ। पुराने सहपाठी के रिश्ते से मैंने पूछा, "यह कैसी इमारत है?" उन्होंने बताया, "बिरादरी का सभागार है।"

"मुझे तो यह बिल्कुल जेल जैसी लगती है," मैंने कहा।

बोले, "मुझे भी। दरअसल यह जेल ही है। उधर वह कोनेवाली इमारत देखते हो न? वह सभागार है, बाकी जेल है।"

गाँव के लोग उन्हें गजोधर कहते हैं, असली नाम श्री गदाधरप्रसाद, बी.ए; वे अपनी बिरादरी के प्रमुख नेता हैं। बिरादरी के हित में मंडल आयोग की सिफ़ारिशों के हामी, पर उनमें उनकी कोई निजी दिलचस्पी नहीं। उन्हें कोई नौकरी करनी नहीं है।

उन्होंने समझाना शुरू किया, "हमारा पथप्रदर्शक आल इंडिया मुस्लिम पर्सनल लॉ बोर्ड है। यह सब हमने उन्हीं से सीखा है। आप बाँभनों को भी सीखना चाहिए।"

कहते रहे, "अभी जयपुर में उनका अधिवेशन हुआ था न? उन्होंने वहाँ तय किया मुस्लिम परिवारों के लिए अपनी इस्लामी अदालतें बनाएँगे। बड़ा अच्छा विचार है। हम सबको, हर बिरादरी को यही करना चाहिए। वे कहते हैं कि हाईकोर्ट, सुप्रीम कोर्ट के फ़ैसलों में देरी होती है, बड़ा खर्च होता है और फ़ैसले कभी-कभी हमारे धर्म के ख़िलाफ़ पड़ते हैं। वे बहुत सही कहते हैं। वे तो सचल अदालतें भी बना रहे हैं। गाँव-गाँव जाकर वे मुस्लिम महिलाओं को न्याय देंगे, उन्हीं की देहरी पर, बिना किसी कोर्ट फ़ीस के।"

मैंने कहा, "उन बेचारी पर्देवालियों के लिए न्याय से ज़्यादा तपेदिक की गोलियों की ज़रूरत है। उसके लिए सचल औषधालय क्यों नहीं बनाते?"

"वह काम सरकार का है," उन्होंने कहा, "हमारी बिरादरी में तो पहले ही से पंचायतें चली आ रही हैं—जो बिरादरी का चलन तोड़ते हैं, उन्हें देखने के लिए। हम सज़ा भी देते हैं। यानी हुक्का-पानी बन्द कर देते हैं, कभी-कभी जुर्माने में बिरादरी के भोज का हुक्म दे देते हैं। अब हमने सोचा है कि मुस्लिम बोर्डवालों की तरह हम भी अपनी अदालतें बना लें। क्या हम उनसे पतला मूतते हैं?"

"क़ानून में यह बात कहाँ से घुस आई?" इस बीहड़ गँवई मुहाविरे पर चौंककर मैंने पूछा।

उन्होंने समझाया, "यानी कि, क्या हम उनसे कुछ कम हैं? अगर सरकारी अदालतों के मुक़ाबले वे अपनी अदालतें बनाते हैं तो हम भी क्यों न बनावें?"

"तब तो दूसरी बिरादरीवाले भी...।"

"वे तो बनाएँगे ही। क्यों न बनाएँ?"

मैंने कहा, "मगर भाई, तुम तो अदालतें नहीं, जेल बनवा रहे हो।"

"वह इसलिए कि हम मुस्लिम लॉ बोर्डवालों जैसा अधकचरा काम नहीं करते। अदालत होगी तो जेल भी होगी। फाँसी तक का इन्तज़ाम करना होगा। कुछ साल पहले मथुरा में एक बिरादरी की पंचायत में एक लड़के को फाँसी की सज़ा हुई। बेचारे को पेड़ से लटकाना पड़ा। मुज़फ़्फ़नगर में अभी कोई लड़का किसी लड़की के साथ भाग गया था। शादी करके लौटा। बिरादरी उन्हें फाँसी देना चाहती थी। मजबूरी में क्या करते? वहीं दोनों की गर्दन काटनी पड़ी। हम कोई कच्चा काम नहीं करना चाहते। अपनी अदालत होगी तो अपना जेल होगा, अपना फाँसीघर भी।"

"और पुलिस?"

"वह तो होगी ही। नहीं तो अभियुक्त को अदालत में पेश कौन करेगा?" अचानक वे जोश में आ गए, बोले, "पंडित, हम तो अपनी विधानसभा तक बनाने जा रहे हैं। सरकारी क़ानून कभी-कभी हमारी परम्पराओं और रीति-रिवाओं को अनदेखा कर देते हैं। उससे हमारी उसको...क्या कहते हैं...पहचान को, आइडेंटिटी को चोट पहुँचती है। हमारी विधानसभा को क़ानून बनाएगी, वे हमारी आइडेंटिटी को बचाकर रखेंगे।"

कहते रहे, "जैसे कि पंडित, आप बाँभन हैं। आपकी भी आइडेंटिटी बचनी चाहिए कि नहीं? आप मुझे नहीं छूना चाहते, मेरे हाथ का छुआ पानी नहीं पीना चाहते। तो मत छुइए, मत पीजिए, मैं भी आपको नहीं छुऊँगा, आपका पानी नहीं पियूँगा। यह कैसा क़ानून है कि आपको दबाकर मेरा पानी पिला दे? यह छुआछूत, सती प्रथा, विधवा-विवाह की ख़िलाफ़त, यह सब आपकी आइडेंटिटी है। इसे बचा के रखो पंडित। मुस्लिम पर्सनल लॉ बोर्ड की तरह तुम भी अपने क़ानून चलाओ, अपनी अदालतें बनाओ।"

"पर देश के संविधान का क्या होगा?"

"उसकी क्या फ़िक्र। स्वतंत्र अदालतें बनाकर मुस्लिम लॉ बोर्ड जिस तरह संविधान से निबटेगा, वैसे ही हम-तुम भी निबट लेंगे।"

"तब तो हम सैकड़ों क़िस्म की कबीलाई सभ्यताओं में लौट आएँगे। हमारी राष्ट्रीय सभ्यता का, हमारे देश का क्या होगा?"

"कुछ नहीं होगा। बस, अगर हम बयासी करोड़ हैं तो यह बयासी करोड़ सभ्यताओं का देश होगा। 'अनेकता में एकता और एकता में अनेकता'—यह नारा तो सरकार ही का है। अब बताइए, हमारी स्कीम एकता में अनेकता का जो नमूना पेश करेगी, उसका मुक़ाबला सरकार की क्या कोई स्कीम कर सकेगी?"

17 अक्तूबर, 1993

राजकीय सेवकों द्वारा काव्य पाठ

सारे जहाँ से अच्छा हमारा हिन्दुस्तान है; वैसे ही सारे हिन्दोस्ताँ से अच्छा हमारा उत्तर प्रदेश है। उसी उत्तर प्रदेश में सारे संस्थानों से अच्छा उ.प्र. हिन्दी संस्थान है। जब-जब इसका नाम कान में पड़ा है, इसकी प्रशस्ति में अपनी 'अल्पविषया मति' के बावजूद एक महाकाव्य लिखने की इच्छा हुई है, महाकाव्य इसलिए कि हिन्दी संस्थान ख़ुद एक महाकाव्य है। महादेवी वर्मा, नागार्जुन, डॉ. रामविलास शर्मा आदि की श्रृंखला में जिन कुँवर चन्द्रप्रकाश सिंह को इस संस्थान ने भारत-भारती पुरस्कार दिया है उनका सबसे बड़ा कृतित्व श्रीराम-विषयक महाकाव्य ही है। अभी हाल ही में संस्थान के निदेशक कविवर विनोदजी के महाकाव्य 'अशोक महान' की भी चर्चा हुई है।

तो महाकाव्य की जगह यह छोटी सी टिप्पणी ही सही। इसका सम्बन्ध एक अभूतपूर्व काव्य गोष्ठी से है। इधर दो साल से यह संस्थान काव्य गोष्ठियों पर और काव्य गोष्ठियाँ संस्थान पर हावी रही हैं। उनमें भी पिछले सप्ताह 30 अप्रैल की काव्य गोष्ठी अपनी अवधारणा में सौ फ़ीसदी मौलिक थी और कई अर्थों में देश के दूसरे साहित्यिक संस्थानों के लिए अनुकरणीय भी। इस गोष्ठी का नाम था 'राजकीय सेवकों द्वारा काव्य पाठ'। यानी उन नौकरों की काव्यगोष्ठी जो सरकार से तनख़्वाह पाते हैं। तभी उसमें लीलाधर जगूड़ी बुलाए गए (वे गए नहीं), पर नरेश सक्सेना नहीं बुलाए गए जो एक सरकारी निगम के सेवक होकर भी सौ फ़ीसदी सरकारी सेवक होने के गौरव से वंचित हैं। पता नहीं कि सीताकान्त महापात्र और अशोक वाजपेयी भी बुलाए गए या नहीं, पर यह तय है कि वे अनुपस्थित थे। यह भी तय है कि उनकी अनुपस्थिति का किसी को भी अहसास नहीं हुआ।

एक आई.ए.एस. अफ़सर कवि ने अध्यक्षता की, दूसरे आई.ए.एस. कवि ने इसका संचालन किया, दूसरे कवियों में एक ज़िला मजिस्ट्रेट, एक सिटी मजिस्ट्रेट, बिजली बोर्ड के एक वरिष्ठ इंजीनियर, भारतीय डाक सेवा की एक अफ़सर, भारतीय रेल की भी एक अफ़सर, आकाशवाणी के एक प्रोड्यूसर, चिकित्सा विभाग के जनसम्पर्क अधिकारी आदि के नाम अख़बारों में छपे हैं। कुछ और भी नाम हैं जिनका ओहदा नहीं दिया गया है। शक होता है कि वे कहीं हंसों की जमात में पंखों पर खड़िया पोतकर आनेवाले कौवे न हों—तृतीय श्रेणीवाले सेवक।

बहरहाल, इस अभूतपूर्व आयोजन से हिन्दी साहित्य में एक उम्दा शुरुआत हुई है। साहित्य का पंडिताऊ अर्थ भले ही सहित या समग्रता से जुड़ा हो, कोई भी काम, जो

किसी वर्ग की अलग से पहचान बनाता हो, स्वागत योग्य है। तभी एकता में अनेकता की स्थापना होगी और अनेकता में एकता स्थापित करनेवालों को सबक मिलेगा। इस वक़्त, जब प्रतिष्ठान का विरोध कुछ नए लेखकों में एक मुस्तक़िल तेवर बनता जा रहा है, सरकारी सेवकों का कर्तव्य है कि वे एकजुट होकर अपनी कविता और साहित्य की अलग से पहचान बनाएँ। महाराष्ट्र में दलित साहित्य के आन्दोलन में जो हो रहा है, एक तरह से यह उसका विलोम संस्करण होगा। पुराने मार्क्सवादी और साम्यवादी संघ साहित्य को सामाजिक बदलाव का हथियार बनाकर बहुत दिन तक भाँज चुके, अब संघबद्ध सरकारी सेवक भी अपना हथियार लेकर मैदान में आएँ तो इसमें क्या ऐतराज़? उस हथियार को लेकर चाहे सत्तातंत्र अपने विरोधियों को बदले, चाहे सरकारी सेवकों की यूनियनें सरकार को बदलें—हर हालत में साहित्य की महत्ता ही सिद्ध होगी।

अब चूँकि व्यवसाय के आधार पर कवियों के वर्गीकरण की शुरुआत हो चुकी है इसलिए इसे दूसरे पेशों पर भी धीरे-धीरे लागू करना चाहिए। हिन्दी संस्थान ऐसे कई नए काव्य-मंच तैयार करा सकता है; वैसे व्यापारियों का, वकीलों का काव्य-मंच, डॉक्टरों, इंजीनियरों, ठेकेदारों का काव्य-मंच। तब उनके जवाब में मुवक्किलों, मरीज़ों, मज़दूरों, बेकारों और फ़ाकामस्तों के भी काव्य-मंच बनेंगे और साहित्य की सहस्रधारा बहेगी। इस तरह आशा है, आज जो ट्रेड यूनियन आन्दोलन में हो रहा है वही कल साहित्य में फलने-फूलने लगेगा। अगर ऐसा हो सके तो उसे आप निश्चय ही उपलब्धि के रूप में हिन्दी संस्थान के खाते में दर्ज कराना चाहेंगे।

अन्त में : सरकारी सेवकों के इस काव्य-मंच को 'माइक्रो प्लानिंग' के नाम पर उनकी चार श्रेणियों के अनुसार चार उपमंचों में बाँटा जा सकता है। आज कलेक्टर के काव्यपाठ में उसके अर्दली कवि को अध्यक्षता का मौक़ा मिलना मुश्किल है, परम्परा आड़े आ जाती है। हर श्रेणी का उपमंच बन जाने पर कम-से-कम चतुर्थ श्रेणीवालों के उपमंच पर उसकी अध्यक्षता पक्की हो जाएगी क्योंकि मुझे यक़ीन है कि डिप्टी कलेक्टर का कवि अर्दली कलेक्टर के कवि अर्दली के मुक़ाबले कवि गोष्ठी में अध्यक्षता का दावा नहीं पेश करेगा।

9 मई, 1993

भगोड़े : पत्नीवादी साहित्य का एक नौसिखिया प्रयास

दृश्य 1

दिन के ग्यारह बज रहे होंगे। मैं सो रहा था। मेरे दोस्त ने घंटी बजाकर मेरी नींद और मुहल्ले की ख़ामोशी तोड़ी। मैंने पूछा, "कौन है स्साला?"

दोस्त ने बाहर से कहा, "मैं हूँ।"

दरवाज़ा खोलकर मैंने कहा, "आइए, आइए!"

मुहल्ला वीरान हो चला था। मर्द दफ़्तरों, दुकानों और कारख़ानों में जौहर दिखा रहे थे, लड़के स्कूलों में, औरतें गुसलखानों में। नौकर ग़ुसलखानों के दरवाज़ों पर—किसी दराज़ या चाबी की सूराख की रिसर्च करते हुए।

दोस्त ने मेरी नींद तोड़ने के लिए माफ़ी माँगी। मैंने कहा, "अब माफ़ी माँगकर मेरा दिल न तोड़ो।"

अपने होंठों में एक मोटा सा खयाली सिगार लगाकर मैंने तिरछी आवाज में पूछा, "और तुम्हारे लिए मैं क्या कर सकता हूँ?"

इस पर दोस्त ने हमेशा की तरह मुझसे पचास रुपए नहीं माँगे—वही रुपए, जो वह मुझसे कभी-कभी यह समझकर माँग बैठता था कि उसका मेरे ऊपर उधार आता है। उसने कहा, "एक परेशानी पैदा हो गई है। मेजर दो दिन से ग़ायब है। उसका पता नहीं चल रहा है।"

मेरी नींद अभी साफ़ नहीं हुई थी। मैंने पूछा, "तुम्हें कैसे मालूम?"

"और किसको मालूम होगा? " दोस्त ने कुछ चिढ़कर कहा, "मैं ही तो उसे खोज रहा हूँ।"

अपने सवाल की बेवकूफ़ी मुझ पर साफ़ ज़ाहिर हो गई। मैंने उसे ग़ौर से देखा। दोस्त के होंठों पर थूक जम गया था, पतलून पर शिकन नहीं थी, वहाँ से तब्दील होकर वह चेहरे पर आ गई थी। हजामत नहीं बनी थी और तस्वीर अधूरी न रह जाए, इसलिए बाल रूखे थे।

आइंस्टीन भी अगर इस हुलिया में आकर खड़ा हो जाता तो यूनियन पब्लिक सर्विस कमीशन उसे नौकरी देने से इनकार कर देता—जूनियर साइंटिफिक असिस्टेंट तक न बनाता।

मैंने सोचा, यह शायरी की शुरुआत है। इसी को जुस्तजू कहते होंगे। मेजर खो गया है और यह खोज रहा है। मुझको है तेरी जुस्तजू, मुझको तेरी तलाश है। जुस्तजू! मैंने लालच से अपने होंठों पर जीभ फेरी। सवेरे-सवेरे खाली-पेट ऐसे साहित्यिक टुकड़े की खूराक मिल जाए तो तबीयत ख़ुश रहती है, हाज़मा ठीक हो जाता है। मुझे गर्म चाय की याद आई।

दोस्त ने कहा, "तुम सुन नहीं रहे हो!"

मेजर ने एक सप्ताह की छुट्टी ली थी। पहले तीन दिन वह अपने बच्चों के साथ खेलता रहा, बाद में एक दिन अपने साथियों के साथ खेला। फिर अचानक वह ग़ायब हो गया। परसों रात से घर वापस नहीं लौटा। कल कमला ने, जो मेजर की बीवी है और जैसा कि नाम से ज़ाहिर है, हर दूसरी बीवी की तरह है, दोस्त को उसकी सूचना दी। और तब से उसको है उसकी जुस्तजू। सभी दोस्त-रिश्तेदार, वे महिलाएँ जिन पर प्रेमिका होने का शुबहा था, टटोले जा चुके हैं। टैक्सी, टेलीफ़ोन, तार। मुझको है तेरी जुस्तजू।

दोस्त की दाढ़ी तीस घंटे पुरानी हो गई है।

मैंने कहा, "पुलिस। पुलिस को क्यों नहीं इत्तिला देते? एक बार मेरा कुत्ता खो गया था। मैंने पुलिस में रिपोर्ट लिखा दी। उसके बाद क्या हुआ कि..."

दोस्त ने मेरी बात काटकर कहा, "वह कैसे हो सकता है? फ़ौजी अफ़सर है। फ़ौजी कार्रवाई हो जाएगी।"

मैंने चारपाई से उठकर दोस्त के सामने हजामत का सामान रख दिया और कहा, "दाढ़ी बना लो। मैं दस मिनट में तैयार होता हूँ।"

दोस्त के चेहरे से लगा, जैसे कोई उसकी वर्दी उतरवाए ले रहा हो।

दृश्य 2

हम खुफिया पुलिस के एक इंस्पेक्टर के सामने बैठे थे। इंस्पेक्टर भी मेरा दोस्त था। उसकी निजी राय लेने के लिए हम उसके घर गए थे।

चारों ओर देखकर उसने कहा, "आज मौसम बहुत अच्छा है।"

उसने यह बात बहुत धीरे से कही। मैंने चारों ओर देखा और धीरे से अपना सिर हिलाया। मेरा दोस्त आतंकित हो गया। उसने मेजर के ग़ायब होने का क़िस्सा उसी तरह धीरे-धीरे इंस्पेक्टर को सुना डाला।

इंस्पेक्टर थोड़ी देर खिड़की के बाहर देखता रहा, मौसम में खोया हुआ। वर्दी में एक वड्‌र्सवर्थ। अचानक उसने मेरे दोस्त की ओर देखकर पूछा, "आप शराब पीते हैं?"

मेरा दोस्त लड़खड़ा गया। मैंने जवाब दिया, "कभी-कभी।"

उसने कहा, "मैं आपके लिए नहीं, इनके लिए पूछ रहा हूँ।"

"मैं भी इन्हीं के लिए कह रहा हूँ," मैंने समझाया, "मेरे साथ तो बात ही दूसरी है। शराब मैं कभी-कभी नहीं, रोज पीता हूँ।"

दोस्ती के बावजूद उसने मुझे घूरकर देखा। दोस्त से उसने दूसरा सवाल किया, "मेजर को आप कितना जानते हैं?"

"बहुत अच्छी तरह।"

"कब से जानते हैं?"

"बहुत बचपन से।"

"कमला—उसकी बीवी का यही नाम है न? उसे कब से जानते हैं?"

"बहुत पहले से।"

"कब से? क्या उसकी शादी के भी पहले से?"

"हाँ।"

"कमला को आपने शादी से पहले देखा था?"

"देखा था।"

"कितनी बार?"

"सैकड़ों बार।"

"उसे देखने का मौक़ा कैसे मिलता था?"

"वह मेरे पड़ोस में रहती थी।"

"और फिर मेजर से शादी हो गई?"

"हाँ, पर वह तब मेजर न था।"

इंस्पेक्टर थोड़ी देर चुप रहा। उसने फिर पूछा, "मेजर की आप से मुलाक़ात कैसे हुई?"

"हम एक ही घर में रहते थे।"

"क्या वह आपका रिश्तेदार है?"

मेरे दोस्त ने हँसकर कहा, "आपको यह नहीं मालूम? वह मेरा भाई है।"

"भाई?"

"हाँ, भाई। एक ही माँ, एक ही बाप।"

गुब्बारा फूट गया। इंस्पेक्टर ने अब मेरी ओर देखकर पूछा, "आपने कमला को देखा है?"

"हाँ।"

"कैसी है?"

"कमला नाम की लड़कियाँ जैसी होती हैं, वैसी ही।"

"मेजर से उसकी कैसी पटती थी?"

"दोनों बाज़ार में चलते हुए एक-दूसरे का हाथ पकड़ लेते हैं, नाव खेते हुए गाना गाते हैं, बच्चों के सामने एक-दूसरे को डार्लिंग कहते हैं।"

"उसके चाल-चलन के बारे में आपका क्या ख़याल है?"

"वह कभी-कभी झूठ बोलती है और माँगी हुई किताबें वापस नहीं करती।"

"मैं यह सब नहीं, उसके चाल-चलन के बारे में जानना चाहता हूँ।"

"मैं भी वही बता रहा हूँ।"

"मेरा मतलब यह है कि वह मेजर के अलावा किसी से..." कहते-कहते इंस्पेक्टर ने मेजर के भाई का चेहरा देखा और चुप हो गया। अचानक उसने मुझसे फिर पूछा, "मेजर शराब पीता है?"

"नहीं।"

"सिगरेट?"

"नहीं।"

"जुआ खेलता है?"

"नहीं।"

"बीवी से झगड़ा करता है?"

"नहीं।"

वह चुप हो गया। फिर कुछ रुककर बोला, "वह किसी प्रेमिका के पास गया है।"

"पर उसकी कोई प्रेमिका नहीं है," मेरे दोस्त ने कहा।

"तब तो वह शायद ही ज़िन्दा हो। ऐसा आदमी बिना किसी प्रेमिका के ज़िन्दा नहीं रह सकता।"

मेरे दोस्त का चेहरा उतर गया। इंस्पेक्टर ने सलाह दी, "आपको अब पुलिस में रिपोर्ट कर देनी चाहिए।"

दृश्य 3

पार्क में बिना सिर की लाश। रेल के डिब्बे में पड़ा हुआ एक बक्स, तोड़ने पर एक मुर्दा निकला। कुछ ऐसी ही ख़बरों से घिरे हुए हम मेजर के घर पहुँचे। कमला की राय लेकर ही रिपोर्ट लिखानी थी। वहाँ मेजर बरामदे में बैठा हुआ चाय पी रहा था। पहले भाई से भाई मिला, हिन्दुस्तानी कविता और सिनेमा के भाइयों की तरह नहीं, बल्कि इस तरह : "तुम कहाँ घूम रहे थे?"

"तुम्हें खोजने गया था।"

"मुझे खोजने? तुम्हारा दिमाग़ खराब है क्या?"

"पर तुम ग़ायब कहाँ हो गए थे?"

"ग़ायब? यू आर ए ब्लडी फूल।"

कमला ने हमारे लिए चाय बनाते हुए पूरी बात समझाई : परसों रात इनके एक फ़ौजी साथी ने बताया कि एक शेरनी पड़ोस के ज़िले में ख़तरनाक हो गई है। वह उसके शिकार पर जा रहा था। उसने इन्हें भी साथ बिठा लिया। घर पर फोन नहीं है, इसलिए उन्होंने यह पर्ची लिखकर एक आदमी के हाथ मेरे पास भेज दी थी।

तभी मेजर ने अंग्रेज़ी में एक जुमला कहा जिसका अनुवाद यूँ होगा, "उस हरामी का ख़ूनी गाल तो देखो, वह कुतिया का बच्चा उस चीथड़े को अभी-अभी मेरे ही हाथ में पकड़ा गया है।"

मैंने मेजर की ओर देखकर पूछा, "शेरनी का क्या हुआ?"

"जहन्नुम में गई शेरनी," उसने सलाह दी, "चाय पियो।"

मैंने सलाह दी, "कहीं जाने के पहले घर पर ठीक से ख़बर कर देनी चाहिए।"

इसका विरोध कमला ने किया, "ये क्या करते? इन्होंने पर्ची तो भिजवाई थी।"

दृश्य 4

मेजर ने मुझे एक ओर ले जाकर पूछा, "और तुम? घर पर बिना बताए हुए तुम फिर यहाँ भाग आए हो?"

नाराज़गी के साथ मैंने इस इल्ज़ाम से इनकार किया। बोला, "अपने जैसा तुम सभी को समझते हो। उस पर्चेवाली तरकीब के लिए तुम्हें शर्म आनी चाहिए।"

मेजर ने मेरे हाथ में एक तार रख दिया, जो मेरी पत्नी ने उसके पास भेजा था। पूछा गया था, "वे तुम्हारे यहाँ तो नहीं हैं। वे यहाँ से तीन दिन से ग़ायब हैं।"

ऐसा तार पढ़कर एक पति पर जो प्रतिक्रिया होनी चाहिए थी, वही हुई। मैं मुस्कुराया। मेजर फिर बिगड़कर बोला, "अपनी बीवी को इस तरह परेशान न करना चाहिए।"

"मेरी भी यही राय है," मैंने पूछा, "पर उस शेरनी का क्या हुआ?"

फिर जो ऐसे ही मौक़ों के लिए बनाई गई हैं, उन गज़लों का खुमार, "धुत् बेवफ़ा।"

"धुत्त्, संगदिल।"

हम दोनों एक-दूसरे की बीवी के लिए द्रवित हुए। एक-दूसरे को इसलिए धिक्कारा कि हमने घर से दूर, दूसरे शहरों में, अपने रहने के लिए एक-एक कमरा ले रखा है।

मेजर ने कहा, "अच्छा होगा कि हम अब साफ़-साफ़ बात कर लें।"

"इसमें मुझे कोई सैद्धान्तिक ऐतराज़ नहीं है।"

"तो बताओ, तुम्हारा अपने घर से भागने का कब मन होता है?"

मुझे सोचना पड़ा। सोचकर बोला, "मेरी बीवी आजकल मुझसे कहा करती है,

'मैं तुम्हें बहुत चाहती हूँ, पर तुम मुझे पहले-जैसा नहीं चाहते।' जिस दिन वह इस बात को तीन बार दोहरा देती है, मैं भागकर यहाँ चला आता हूँ।"

कहकर मैंने पूछा, "और तुम?"

"मैं?" मेजर बोला, "कमला मुझसे कहा करती है, '—डार्लिंग, तुम मुझे इतना क्यों चाहते हो?' जब वह इस बात को बार-बार कहने लगती है, तब घर से भाग जाने के सिवा रास्ता ही क्या रह जाता है?"

हम वहशी नहीं हैं : एक परिसंवाद

एक समय की बात है—आस्ट्रेलिया में विभिन्न देशों के मुख्य न्यायाधीशों की एक सभा हुई। उसमें पाकिस्तान के मुख्य न्यायाधीश ने राय दी कि अपराधियों के जिस्म के हिस्सों को काटकर उन्हें सर्जरी की पद्धति से सज़ा दी जानी चाहिए। ख़बर है कि इससे उपस्थित सज्जन-वृन्द के दिलों को धक्का लगा। उन्हें खेद हुआ कि बीसवीं सदी में भी वे दंड-नीति के मामले में खलीफाशाही चलाना चाहते हैं। इस विषय पर बाद में मेरी और मेरे एक वकील मित्र की बातचीत निम्नलिखित रूप में हुई और भारतीय इंटेलेक्चुअलों की प्रत्येक बहस की तरह किसी नतीजे पर आए बिना ही ख़त्म हो गई :

मैं : यह सच है कि इस लड़ाई के दौरान हमें अपनी बहुत-सी विशेषताओं का अहसास हुआ है। स्वतंत्र प्रेस, धर्मनिरपेक्षता वग़ैरह। पर न्याय के क्षेत्र में हमें पाकिस्तान के मुक़ाबले ज़्यादा ऐंठने की ज़रूरत नहीं है। यह सच है, दंडनीति के क्षेत्र में हिन्दुस्तान और पाकिस्तान—दोनों राष्ट्र एक-से हैं। यही वह इलाक़ा है जिसमें हम दोनों सगे नहीं तो कम-से-कम मौसेरे भाई हैं।

मेरा दोस्त : कैसे?

मैं : इस तरह से कि 1947 में देश छोड़ने के पहले अंग्रेज़ हिन्दुस्तान और पाकिस्तान—दोनों के हाथ में दंडनीति की एक-एक घुनी हुई लकड़ी पकड़ा गया था और तब से हम दोनों ही अपने उसी पोज में, बिल्कुल फ़ोटो खिंचाने की-सी ललक के साथ, लकड़ी पकड़े हुए चुपचाप बैठे हैं।

मेरा दोस्त : शायद तुम्हारा मतलब यह है कि इन दोनों देशों के पारस्परिक मेल की शुरुआत उनकी न्याय-पद्धति के पिछड़ेपन की समानता से होगी। मैं यह बात नहीं मानता और बताना चाहता हूँ कि पाकिस्तानी मुख्य न्यायाधीश के विचार वहशियाना हैं, जबकि हमारी दंडनीति सुगमता, न्याय और दयालुता के सिद्धान्त पर क़ायम है।

मैं : यानी 'मर्चेंट ऑफ वेनिस' में पोर्शिया के 'मर्सी' वाले लेक्चर को पढ़कर तय की गई है।

मेरा दोस्त : जी हाँ! मेरा यह मतलब तो है ही कि अंग्रेज़ न्यायप्रिय हैं। आज जबकि हम अंग्रेज़ी ज़माने से प्रेरणा लेते हैं तो खेद है कि पाकिस्तानी जज पुराने वहशियाना ज़माने की बातें सोचते हैं।

मैं : अंग्रेज़ों के यहाँ तो एक सदी पहले एक भेड़ चुराने के जुर्म में फाँसी तक हो सकती थी। शायद इसमें कोई वहशीपन नहीं है।

मेरा दोस्त : यह तो पुरानी बात है, हालाँकि इससे यही साबित होता है कि सम्पत्ति हो सर्वोपरि है। रूस में आज भी मुद्रा-नियामक क़ानूनों को तोड़ने पर या काले बाज़ार के जुर्म में गोली से उड़ाया जा सकता है। उससे भी यही साबित होता है। जो भी हो, फाँसी-वाँसी देना एक बात है, हाथ-पैर काटना दूसरी।

मैं : ऐसा नहीं है। किसी को चौदह साल जेल में रखकर उसे चाहे सामाजिक या नैतिक अपंग बना दो, चाहे हाथ-पैर काटकर शारीरिक अपंग—बात एक ही है।

मेरा दोस्त : नहीं, ये अलग-अलग दो बातें हैं। वे बहशी हैं, पर हम न्यायप्रिय और दयालु हैं। हमारा पूरा क़ानूनी तरीक़ा ही दयालुता का है। यह हमारी दयालुता ही है कि हमारे यहाँ वादी-प्रतिवादी या अभियुक्त—किसी को बोलने की ज़रूरत नहीं है। उनकी ओर से बोलने के लिए वकीलों के जत्थे हैं। हम यह भी चाहते हैं कि हमारे मुक़दमेबाज़ों के दिमाग़ पर ज़ोर न पड़े, उन्हें कुछ समझना न पड़े। इसीलिए असली कार्रवाई अंग्रेज़ी में करते हैं। अंग्रेज़ी के प्रयोग से मुक़दमे की सारी पेचीदगी जज और वकील को ही झेलनी पड़ती है। मुक़दमेबाज़ बिना कुछ समझे-बूझे—सिर्फ़ कुछ पेशियों में इजलास में हाज़िर होकर और चन्द रुपए खर्च करके—ठाठ से इंसाफ़ पा जाता है। यह हमारी दयालुता है कि हम अपने मुक़दमे बरसों तक खिंचवाते हैं ताकि उसका फ़ैसला होते-होते लोग उसके आदी हो जाएँ और झगड़े की जड़ को ही भूल जाएँ। हम मुक़दमेबाज़ को 'बेचारी भेड़' की शक्ल में देखते हैं। अंग्रेज़ भी गार्जियन होने के नाते हमें ऐसा ही समझता था और विरासत का तकाज़ा है कि रिआया यानी जनता को हम भी बेचारी भेड़ ही मानकर चलें। एक बार एक मुल्ज़िम ने मुझसे पूछा कि जज ने इतने बड़े फ़ैसले में क्या लिखा है। हमने कहा, भाई भेड़, बात अंग्रेज़ी में कही गई है, ज़्यादा समझने के चक्कर में न पड़ो। मुख्तसर यह है कि तुमने ख़ून किया है और फाँसी पाई है और तुम यह पहले ही जान गए हो।

तो अंग्रेज़ी ज़बान, वकील और अंग्रेज़ का बनाया हुआ ढर्रा—इनके सहारे हम जनता को सभी तकलीफ़ों से बचाते हैं। फिर इस ढर्रे में परिवर्तन करने के लिए भी कल्पना-शक्ति चाहिए। कल्पना-शक्ति कुछ हद तक हमारे पास है भी, और यह एक बहुत अच्छी चीज़ है। पर उसका एक बहुत बड़ा हिस्सा गुटबन्दी, आपसी दाँव-पेंच और एक से चार बनाने के लिए रिज़र्व रखना पड़ता है। इसलिए कल्पना-शक्ति को इस इलाक़े में ज़ाया करना अनुचित होगा। मतलब यह है कि 'जो है वही रहे' की नीति हमारी कल्पना-शक्ति के लिए अच्छी है और बेचारी भेड़ों के लिए भी। तभी हमारा इजलासों का आलम आज भी सब तरह के परिवर्तनों से अछूता है। वहाँ आज भी वही गिटगिट है, वही कठघरा है। मूँगफली और केले की पहुँच से दूर, कठघरों के पीछे आज भी वही काले चोगेवाला प्राणी है। आज भी बरामदे में, धूल-धक्कड़ के बीच, बेचारी भेड़ें वैसे ही पड़ी हुई हैं; आज भी वही मोटी-मोटी किताबें और लम्बी नज़ीरें हैं, दशाब्दियों तक खिंचते हुए मामले

हैं। आज भी वही जेल है, फाँसी का वही तरीक़ा है, सज़ायाब आदमी का वही सुनहला भविष्य है।

मैं अपने देशी तरीक़े की मानवीयता का क़ायल हूँ और उसके सहारे समझता हूँ कि हमें जस्टिस कार्नेलियस के वहशियाना सुझाव की निन्दा करने का हक़ है। इसलिए मैं उसकी निन्दा करता हूँ।

नसीहतें

काफ़ी मोल-तोल के बाद दो रुपए दो आने में सेर-भर अंगूर का भाव तय हुआ। वैसे बात उधर से चार रुपए और इधर से आठ आने सेर से शुरू हुई थी। सौदा दो रुपए सेर पर टूटता। पर फलवाले ने एक ऐसी बात कह दी कि मुझे दो आने और देने पड़ गए। उसने कहा कि मेरे हाथ दो रुपए सेर के भाव बेचने के बजाय वह इन अंगूरों को नाली में फेंक देना पसन्द करेगा। बस, इसी पर फ़ैसला हो गया। इस तंगी के ज़माने में अंगूर नाली में फेंके जाएँ, मैं इसी बात पर बोली में दो आने बढ़ा बैठा।

फलवाला अंगूर तौल ही रहा था कि मेरे पीछे से किसी ने कहा, "आप भी कहाँ चिपक गए जनाब! उधर के नुक्कड़ पर यही अंगूर डेढ़ रुपए सेर बिक रहा है।"

मैंने घूमकर देखा, वे सुर्मेदार मोहब्बत की निगाहों से मुझे देख रहे थे। उन्हें देखते ही मैंने अदब से नज़र नीची कर ली। सच तो यह है कि वे मुझसे लगभग दो बालिश्त छोटे थे, इसलिए उन्हें अच्छी तरह देखने के लिए निगाह अपने-आप नीची हो जाती थी।

वे एक संक्षिप्त-से महापुरुष थे। खानसामों की-सी पतलून, टेनिस कॉलर की कमीज़, जवाहरकट जैकेट, चन्द्रशेखर आज़ाद की डंक-मार्का मूँछें, अबुलकलाम आज़ाद की दाढ़ी, शेख़ अब्दुल्ला वाली टोपी। बातचीत में चुस्त और रंग-ढंग में बारीकी-पसन्द नज़र आए।

फलवाले ने तौलने का काम रोक दिया। इसके पहले कि मैं कुछ सोचूँ या वह कुछ बोल सके, वे मुझे दूकान के सामने के चार-छः हाथ दूर खींच लाए। बड़ी आत्मीयता से बोले, "क्या भोली तबीयत पाई है आपने भी!" फिर आवाज बदलकर बोले, "ओह, वह लुटेरा आप-जैसों को भी ठगने की कोशिश करता है। लानत है!"

उन्होंने मुझे इत्मीनान दिलाया, "अभी-अभी ख़रीदे देता हूँ। डेढ़ रुपए सेर के अंगूरों से तो ज़माना पटा पड़ा है। लगता है, आप पहली बार अंगूर ख़रीदने आए हैं।"

उन्होंने मेरी निगाह ताड़कर कहा, "रईसों का मामला। यही नौकर-चाकर ले आते होंगे और ढाई-तीन रुपए सेर का भाव सुनाते होंगे।"

लखनऊ में एक मोहल्ला अमीनाबाद है, जिसमें अमीनाबाद-पार्क है। पार्क के किनारे-किनारे चारों ओर सड़कें हैं। पार्क के भीतर दुकानें हैं, पार्क के बाहर दुकानें हैं और फिर सड़कों के दूसरी ओर दुकानें हैं। आप उमर-भर इन सड़कों के चक्कर काटते रहिए, कहीं कोई रुकावट नहीं है। चक्कर काटने के ही लिए अमीनाबाद की ईजाद हुई है, और चक्कर के साथ-साथ घनचक्कर बना देने के लिए ये दुकानें जोड़ दी गई हैं।

हम लोग एक ऐसी दुकान पर पहुँचे, जिसके सामने से मैं बीस बार निकल चुका था। पर वे ठिठक गए। दुकानदार से बड़े अपनेपन के साथ बोले, "क्यों मियाँ, डेढ़ रुपए सेर अंगूर दे रहे हो?"

दुकानदार ने बताया कि अंगूर पौने दो रुपए सेर हैं। एक दाम!

वे दिलचस्पी के साथ दुकान के पास सिमट आए। मूँछों-ही-मूँछों में मुस्कुराते हुए, अचम्भे के साथ भौंहों को ऊपर उठाकर बोले, "गजब है! यानी फलवाले भी एक दाम पर उतर आए। लो भई, हज़रतगंज तो था ही, अब यह अमीनाबाद भी हाथ से गया।"

बड़े बुज़ुर्गाने लहज़े में समझाते हुए कहने लगे, "सुनो मियाँ फलवाले, यह अंग्रेज़ों की नकल छोड़ो। एक तो ये बाबू साहब हैं जो दस मील चलकर तुम्हारी दुकान पर आए हैं, और एक तुम हो कि सोंठ-जैसा मुँह बनाकर कहते हो, एक दाम। अमाँ, एक दाम क्या होता है! यह शरीफ़ों का बाज़ार है या कोई ऐरा-ग़ैरा कोठा! बेमुरव्वती तो वहाँ चलती है। यहाँ तो गाहक का मुँह देखना चाहिए, जरा आपुसदारी की बात करनी चाहिए, फिर दुअन्नी इस तरफ़ या उस तरफ़! अमाँ, कोई इससे ग़रीब थोड़े ही हो जाता है।"

वे देशभक्ति में बहने लगे। बोले, "अमाँ मियाँ फलवाले, अपने मुल्क का चलन यों न छोड़ना चाहिए। लो भाई, तोलो तो सेर-भर डेढ़ रुपए में।"

दुकानदार ने यह सब सुनना बन्द कर दिया था। वह एक-दूसरे गाहक से बात करने लगा था। वे कहने लगे, "चलिए बाबू साहब, फिर भतीजे की ही पुरानी दुकान देखी जाए।"

इस पुरानी दुकान पर उन्होंने डेढ़ रुपए में सेर भर अंगूर मुझे तौलवा दिए। शायद अंगूर भी कुछ पुराने हो गए थे। उसके बाद जब अंगूर काग़ज़ में लपेटे जा रहे थे, उन्होंने एक छोटा-सा गुच्छा बाहर निकाल लिया। बोले, "ज़रा खाकर देखिए, उस दो रुपए दो आनेवाले से बढ़िया है या घटिया।"

यह कहकर उन्होंने मेरी ओर से उन अंगूरों को ख़ुद ही खा डाला फिर मेरी ही ओर से बोले, "बहुत बढ़िया चीज़ है।"

हम आगे बढ़े, पर उन्होंने हाथ पकड़कर रोक लिया। कहा, "वो देखिए, किसी ने केले का छिलका फेंक दिया है, कोई भी गिर सकता है।"

एक लड़का अब भी केला खा रहा था। उसे उन्होंने अपने पास बुलाया। कहा, "साहबज़ादे, इस छिलके को उठाकर नाली में फेंक आओ, नहीं तो मुझको इस उम्र में यह ख़िदमत करनी पड़ेगी।"

लड़के को छिलका उठाते देखकर बोले, "अच्छे ख़ानदान की बात ही दूसरी होती है। ग़लती की भी, तो इशारा पाते ही मान लिया।"

मुझे इधर-उधर ताकते देखकर बोले, "अब कहाँ तशरीफ़ ले जाइएगा?"

मैं रबड़ी ख़रीदना चाहता था। उन्होंने कहा, "यहाँ तो ब्लाटिंग पेपर डालकर रबड़ी बनाते हैं। असली रबड़ी तो चौक में मिलेगी। वहीं चलिए। रबड़ी की ख़ास-ख़ास दुकानें तो वहीं पर हैं। ख़ादिम का ग़रीबख़ाना भी वहीं है।"

मैंने लखनऊ के भूगोल को टटोला। कहाँ अमीनाबाद और कहाँ चौक और मुझे हज़रतगंज जाना था। लखनऊ में अलग-अलग दिशाओं के यही नाम हैं।

वे बोले, "चलिए, मैं भी हज़रतगंज चला चलूँगा। वहीं से बस ले लूँगा। और रबड़ी तो क़ाबिज़ होती है। बालाई खाया कीजिए।"

जाड़ा शुरू हो गया था, रिक्शावाला धीरे-धीरे चल रहा था। उन्होंने पूछा, "भई रिक्शावाले, सुदर्शन टाकीज़ में कौन सा पिक्चर चल रहा है?"

रिक्शावाला देहात से नया-नया आया था। दूध पीता था। सिनेमा में पैसे नहीं लगाता था। वे कहने लगे, "अमाँ, तुमसे कौन सा भकुआ सनीमा में पैसे लगाने को कहता है? मैं तो एक बात कह रहा हूँ कि तुम्हें हर सिनेमा में चलनेवाली फ़िल्म का नाम याद रखना चाहिए, नहीं तो सवारी को तुम्हारी जात से सुभीता क्या मिलेगा!"

वे समझाते रहे, "पुराने इक्के-ताँगेवाले तो अच्छे-अच्छे होटलों से लेकर सभी मशहूर तवाइफ़ों तक के ठिकाने जानते थे। तभी उनकी कद्र होती थी। लोग रात को बेखटके अजनबी स्टेशनों पर उतरे थे और इक्केवालों के सहारे मनचाही जगह पहुँच जाते थे। तभी तो इल्म की वक़्त होती है। अपने पास इल्म होता है तो कभी-न-कभी काम आता है।"

वे मिसाल देकर कहते रहे, "मान लो भई कि बाबू साहब कहें कि हम वह फ़िल्म देखेंगे जिसमें 'जो भी हो तुम ख़ुदा की क़सम' वाला गाना है। अब तुम गँवारों की तरह इनका मुँह ताकते रह जाओगे। तुमको सनीमा हाउस का ही नाम नहीं आता, फिर गाना सुनकर फ़िल्म के नाम का तुम्हें कहाँ से पता चलेगा?"

वे हँसकर बोले, "अमाँ, रिक्शे पर आदमी ढोते हो तो क्या हुआ, हो तो आदमी ही; घोड़ा तो नहीं हो गए? भई, दिमाग़ से काम लो। तभी तरक़्क़ी करोगे।"

यह कहकर वे मुझे देखते हुए आपसदारीवाले लहज़े में हँसने लगे। अचानक ठंडी हवा चली, रिक्शावाला सी-सी करने लगा। तब वे भी आहें भरने लगे। मुझसे बोले, "दो फूल साथ फूले, क़िस्मत जुदा-जुदा है।"

रिक्शावाले से बोले, "भई रिक्शावाले, दिहात से आए हो। रात को काम करना पड़ेगा। इन कपड़ों में ठंडक नहीं पार होगी। ऐसे ही रहे तो किसी दिन अकड़कर टें हो जाओगे। लगता है, तुम्हारे लिए कुछ करना पड़ेगा।"

बड़ी देर तक वे रिक्शेवाले को हमदर्दी के साथ चुपचाप देखते रहे, शायद उसकी भलाई करने के ख़याल में डूबे रहे। फिर अचानक बोले, "नख्खास में इतवार को चले आना। नबीबख्श की दुकान पूछ लेना। डेढ़ रुपए में कोई पुरानी ऊनी जरसी मिल जाएगी। फ़ौजी जरसी, वैसी नई तीस रुपए की भी न मिलेगी। फिर मियाँ, ठाठ से उसे पहनकर निकलो और मौज से रिक्शा चलाओ।"

मुझे देखकर उन्होंने दोहराया, "नबीबख्श की दुकान।"

हज़रतगंज आ रहा था। मुझसे उन्होंने फिर कहा, "आपको दिमाग़ी काम पड़ता है। चश्मा भी लगने लगा है। मलाई ही खाया कीजिए। तन्दुरुस्ती हज़ार न्यामत। जान है तो जहान है।"

हम दोनों रिक्शे से उतरे। मैंने रिक्शेवाले को पैसे दिए। उन्होंने नसीहत दी, "अमाँ, ऐसे ही क्यों जेब में डाल लेते हो? सिक्के को परख लिया करो। यों हम लोग तुमसे दग़ा नहीं करेंगे, फिर भी, बिना परखे...।"

मैं चलने को हुआ। वे बोले, "आदाबअर्ज़! आपके साथ घूम-फिर कर बड़ी ख़ुशी हासिल हुई।"

उन्होंने मेरे हाथ में एक पर्चा पकड़ा दिया। बोले, "इसमें ग़रीबख़ाने का पता लिखा है। वैसे चौक में नबीबख्श के दवाख़ाने को सभी जानते हैं।"

मैं चल पड़ा। वे बोले, "कभी तशरीफ़ लाइएगा।"

पर्चे में लिखी नसीहतों के अनुसार मैं अगर चलता तो आज शेर के मानिन्द ताक़तवर होता, स्पेन के साँडों को एक चपेट में ज़मीन दिखाता, गामा, जेबिस्को, किंगकांग आदि की सूची के ऊपर अपना नाम लिखाता, कृष्ण भगवान् की तरह हज़ारों पत्नियों का पति होता, महाराज सगर की तरह लाखों पुत्रों का पिता बनता।

निस्तेज चेहरे पर चश्मा लगाकर बैठा-बैठा इस तरह कहानियाँ न लिखता।

हमारे विचित्र पशु-पक्षी

नालियों की बदबू दबाने के लिए फिनायल का छिड़काव किया जाता है। उसी हिसाब से अपने खुले गले और बाँहों पर पाउडर छिड़के हुए एक महिला चीते के पास से निकलती है। चीते पर इसका कोई असर नहीं होता। वह अपने कठघरे में गुमसुम पड़ा रहता है। पर कुछ दूरी पर चिम्पैंज़ी बन्दर चीख़ने लगते हैं।

चीते की गहरी सुनहरी खाल पर काले-सफेद धब्बे हैं। महिला की साड़ी का रंग भूरा मटमैला है। चीते की रँगीनी से उसका कोई मुक़ाबला नहीं। पर बहुत से लोग, जो लोहे के सींकचों की दूसरी ओर से अब तक चीते को देख रहे थे, महिला को देखने लगते हैं। कारण—जातिवाद, मानव का मानव के प्रति पक्षपात!

यह ज़िन्दा अजायबघर है। चीते से कुछ दूर शेर की नकली माँद है। उनके सामने एक पेड़ है जिसकी छाया में शेर लेटा है। फिर एक नक़ली झील, फिर सींकचे। फिर एक मुलायम घासवाली लॉन, जिस पर एक दूसरा अजायबघर है।

बड़ी-बड़ी दाढ़ी-मूँछों और जटाओंवाले लम्बे-लम्बे आदमी, कृपाणें और ट्रांज़िस्टर लटकाए हुए। काले-काले आदमक़द झोलों में ठूँसी हुई औरतें, जिन्होंने अभी मर्दों की अक्ल पर पर्दा नहीं फेंका है। सफ़ेद कमीज़ और काली टेरिलीन की पतलूनों में लपलपाते हुए नरकुल। गोलों, अर्धवृत्तों आदि से लैस ज्योमेट्री की चन्द सेकंड-हैंड किताबें, जो निश्चय ही लड़कियाँ हैं। आते ही महिला इस अजायबघर में शामिल हो जाती हैं।

वह शेर की माँद की ओर हाथी की चाल से जाती हैं। लोगों की निगाहें गोलियाँ नहीं हैं, नहीं तो अब तक उसकी हज़ार मौतें हो चुकी होतीं। जहाँ उसकी पीठ है, वहाँ कई सूराख़ों का बना हुआ एक भारी सूराख़ नज़र आता। पर निगाहों का असर पीठ पर नहीं, उसकी चाल पर पड़ता है। वह धीमे चलने लगती है।

एक आदमी ख़ाकी हाफ़पैंट और कमीज़ में वहीं खड़ा है। महिला उससे पूछती है, "क्या शेर बोलेगा नहीं?"

वह आदमी क्षितिज की ओर देखता रहता है, यानी रोमांटिक कवियों की तरह सब कुछ देखकर भी कुछ नहीं देखता है। अपनी निगाहों को किसी अड़चन पर न डालकर वह सिर्फ़ कहता है, "दस पैसे।"

महिला इस बात पर काफी देर तक ग़ौर करती है। फिर उसके हाथ में दस पैसे का एक सिक्का पकड़ा देती है, जिसके कारण उसमें कई शारीरिक परिवर्तन हो जाते

हैं। वह उछलकर सीधा खड़ा हो जाता है, उसकी निगाह शेर की ओर घूम जाती है, उसका मुँह फैल जाता है और उससे एक ऐसी आवाज निकलने लगती है, जो अफ़सराना होते हुए भी अंग्रेज़ी नहीं है, और पिटी हुई होते हुए भी संविधान में वर्णित कोई भी भारतीय भाषा नहीं है।

देखते-देखते शेर भी अपना मुँह फैलाता है और बेवक़ूफ़ की तरह बोलना शुरू कर देता है।

शेर की आवाज भूखे आदमी की हँसी की तरह पेट की गहराई से निकलती है। उसका पेट धौंकनी की तरह फूलने-पिचकने लगता है, अपने सिर को चक्के की तरह घुमा-घुमाकर वह दहाड़ निकालता है, फिर सम पर उसे एक ओर गिरा देता है।

उसका कार्यक्रम समाप्त होते ही महिला पूछती है, "और नहीं बोलेगा?"

"दस पैसे में इतना ही बोलता है मेम साहब," किसी अन्तरंग जगह पर सिक्का छिपाते हुए वह जवाब देता है।

जैसे जनता उसकी साड़ी छीनने पर आमादा हो, इस अदा से अपनी साड़ी को मज़बूती से सिकोड़कर वह भीड़ से बाहर आती है। पक्के रास्ते को छोड़कर झाड़ियों के पास से निकलती हुई एक गुप्त मार्ग से वह चिड़ियाघर के पास पहुँच जाती है। जहाँ उसका चेहरा मुलायम हो जाता है और आँखों में एक कविता छलक आती है, जिसकी प्रत्येक पंक्ति है—काश, मैं चिड़िया होती!

लम्बे-लम्बे पेड़ों के बीच तारों की जाली फैली है—जाली की चहारदीवारी, उसी की छत। उसमें सैकड़ों चिड़ियाँ चहक रही हैं और आहार, निद्रा, भय आदि में मग्न हैं। महिला रंग-बिरंगे तोतों, कबूतरों और बुलबुलों में खो जाती है। हवा भी बहने लगती है, मौसम भी बहार का हो जाता है, हर शाख़ के साथ एक चिड़िया और हर चिड़िया के साथ एक शाख़ झूम उठती है। संक्षेप में, आजकल जो कविता पैसा देने पर भी नहीं छप सकती, उस कविता का समाँ बँध जाता है।

एक आदमी धीरे से आकर उस महिला के पीछे खड़ा हो जाता है। पूरे वातावरण को अपनी निगाह से बर्बाद करके वह महिला का कन्धा छूता है। महिला एकदम से घूमती है, अभ्यास के अनुसार चीख़ना चाहती है, पर उसे देखकर मुस्कुरा देती है। वातावरण ऐसा है कि वहाँ प्रेम की ही बात हो सकती है और वह ऐसी ही एक घनिष्ठ बात शुरू करती है। पूछती है, "तुम्हारा पेट अब कैसा है?"

वह आदमी कहता है, "पेट जाए जहन्नुम में। दफ़्तर से लौटकर एक घंटे से इसी तरह घूम रहा हूँ। चाभी कहाँ है?"

एक कबूतर मीठे स्वर से गुटरगूँ निकालता है। पर महिला के गले से कुछ 'क्रौंच्-क्रौंच्' जैसा निकलता है।

"चाभी तो मैं वहीं पड़ोस में मुन्नी के यहाँ रख आई थी! तुमने ले क्यों नहीं ली?"

"मुझे क्या पता था।" वह एक बुलबुल को अपनी जादू-भरी नज़र से मिट्टी के ढेले की शक्ल देकर, बिगड़ैल शैली में कहता है, "चाभी के मामले में तुम हमेशा गड़बड़ करती हो। अभी कल भी यही हुआ था।"

हवा ख़ासतौर से एक फ़रमाइशी अन्दाज़ में बह रही है। बुलबुलों में बहस शुरू होती है कि उर्दू-व्याकरण के हिसाब से वे स्त्रीलिंग हैं या पुल्लिंग। महिला कह रही है, "तुम हर जगह फैल मचाने लगते हो। तुम्हें मालूम कैसे हुआ कि मैं यहाँ आई हूँ?"

"पड़ोस की मुन्नी ने बताया था।"

"तो उसी से चाभी भी क्यों नहीं माँग ली?"

आदमी, जैसा कि इसके बाद हो जाना चाहिए, लाजवाब हो जाता है।

"दो मिनट को चैन नहीं। तुम्हारे चाभी के मारे जान आफ़त में है!" वह साँस लेती है, "दूसरी चाभी क्यों नहीं बनवा लेते? इसमें दूसरी चाभी नहीं लगती, तो दूसरा ताला ही क्यों नहीं ख़रीद लेते?" यह सुझाव देती है, चाभी! चाभी! चाभी! जब देखो तब चाभी!" सारी वसुधा ही कुटुम्ब है—इस बेतकल्लुफ़ी से बिना हिचके हुए वह खुलकर चीख़ने लगती है।

हालत बुलबुल और मोर के क़ाबू के बाहर जा चुकी है। वे अब भी बोल रहे हैं, पर लगता है, पिट चुके हैं। आदमी भी चुप है। उसकी गर्दन एक ओर झुक गई है। लगता है, वह दस पैसे की क़ीमत के बराबर बोल चुका है, आगे बोलने की गुंजाइश नहीं है। बड़ी कोशिश के साथ वह इतना ही कह पाता है, "मेरा पेट अब भी ठीक नहीं है।"

उसकी निगाह एक मुर्गी पर है जिसके पंख रंग-बिरंगे और चिकने हैं। वह ऊँची आवाज में कुकड़ूँ-कूँ कर सकती है। उसे गोद में लेकर सहलाया जा सकता है। प्यार लगने पर उसे प्यार किया जा सकता है। भूख लगने पर उसे खाया जा सकता है। प्रेम के ये विभिन्न पहलू हैं, जिन्हें समझदारी के साथ हज़म करने के लिए वह आदमी शायद तैयार नहीं है। वह ठीक कहता है, उसका हाज़मा खराब है।

शॉ का भूमिका-भाष्य

जॉर्ज बर्नार्ड शॉ अब मर चुके हैं। वे एक बहुत बड़े विचारक और नाटककार थे। वे आयरिश थे। आयरिश आयरलैंड के निवासी को कहते हैं। आयरलैंड इंग्लैंड के पश्चिम है। पश्चिम उस दिशा का नाम है...।

पर बात से बात निकालने से क्या फायदा? अब बर्नार्ड शॉ ज़िन्दा नहीं हैं, अतः बिना किसी खंडन की आशंका के मैं साफ़-साफ़ कहना चाहता हूँ कि मैं भी उनसे मिल चुका हूँ। मेरी उनकी काफी देर बातचीत हुई और मैं उनको कुछ ज्ञानपूर्ण बातें भी बता चुका हूँ।

विश्वास न मानते हों तो यों समझ लें कि मैंने उन्हें सपने में देखा और पूरी बात वहीं हुई।

हुआ यह कि मैंने एक नाटक लिखा। एक क्या, नाटक तो कई लिखे, पर मैंने यह नाटक लिखकर इस पर शॉ से भूमिका लिखानी चाही। तभी मैं उनसे मिला। सपने का मामला ठहरा, इसलिए बातचीत रात में ही हुई।

भारतीय रीति-रिवाज के अनुसार मैंने शॉ को बताया कि मैं उन्हीं की बिरादरी का हूँ। ख़ुद भी नाटक लिखता हूँ, निरामिष-भोजी हूँ। मदिरा नहीं पीता, कभी-कभी टेढ़ी-मेढ़ी बातें भी कर लेता हूँ। इसलिए अपना ही आदमी समझकर शॉ मेरे नाटक की भूमिका लिखें।

शॉ ने मेरी ओर पैनी निगाहों से देखा और मुस्कुराए। मैंने कुछ परेशानी से कहा, "मुझे आप अपना ही आदमी समझें। दाढ़ी की कोई बात नहीं, मैं बढ़ा लूँगा।"

वे ज़ोर से हँसे। मैं देखता रहा। वे बोले, "मैं तुम पर ख़ुश हूँ। तुम पहले हिन्दुस्तानी हो जो मतलब के लिए आए और आते ही मतलब की बात कह बैठे। वरना हिन्दुस्तानी जब किसी मतलब से आता है तो घंटा-दो घंटा निरर्थक बातें करता है, और जब जाने लगता है तो दरवाज़े के पास ठहरकर धीमे सुर में कहता है, "अब एक छोटी सी बात यह है...।"

हिन्दुस्तानी होने के नाते संस्कारवशात्, हिन्दुस्तानियों की निन्दा करने का अवसर मैं क्यों चूकता? बोला, "ये सब जाहिलों की बातें हैं। मैं तो आपको बिरादरी का आदमी मानकर साफ़-साफ़ बातें कर रहा हूँ। इस नाटक पर आपकी भूमिका चाहिए।"

वे बिना किसी दिलचस्पी के बोले, "नाटक का हीरो क्या करता है?"

मैंने कहा, "डॉक्टर है।"

शॉ ने कहा, "डॉक्टरी पर जो कहना था वह मैंने 'डाक्टर्स डाइलेमा' में कह दिया है। अब मुझे कुछ भी नहीं कहना है।"

मैं बोला, "उसमें एक ऐग्रेसिव टाइप नायिका भी है।" उन्होंने धीरे से सिर हिलाया, फिर बोले, "'मैन एंड सुपरमैन' पढ़िए।" मैंने कहा, "नाटक में कुछ ग्रामीणता भी है।" वे बोले, "'पिगमैलियन' में सब मिल जाएगा।" मैंने नाटकीयता से कहा, "बिरादर शॉप, फिर भी मेरा नाटक मौलिक है। इस पर आपको एक मौलिक भूमिका लिखनी ही होगी।"

सुनते ही शॉ सचेत होकर बैठ गए और ख़लील जिब्रान के किसी अतिमाननीय पात्र की भाँति कड़ककर तीव्रता से कहने लगे, "ओ भूमिका-प्रेमी हिन्दुस्तानी, सुनो। मैंने नाटक लिखे हैं और नाटकों की भूमिकाएँ भी लिखी हैं। मैं भूमिकाओं का रहस्य जानता हूँ। इसलिए वह रहस्य तुम भी जान लो।

"भूमिका इसलिए होती है कि पाठक समझ लें कि लेखक की एक अपनी भूमि भी है। भूमिहीन लेखकों के लिए भूमिका का इसलिए और भी महत्त्व है। इसलिए नाटक के कई अंक काटकर एक भूमिका लिखना नाटककार की बुद्धिमत्ता में शामिल है।

"जो दूसरों से भूमिका लिखाकर अपनी कृति की प्रशंसा कराते हैं वे वैसे ही हैं जैसे किसी पावरहाउस के निर्माता इंजीनियर जो किसी नेता द्वारा स्विच दबवाकर प्रकाश का उद्घाटन कराते हैं और भूल जाते हैं कि प्रकाश को वे ही लाए हैं।

"जो अपने प्रकाशक से प्रस्तावना लिखाते हैं वे अपनी पुस्तक के लिए विज्ञापन लिखाने के पैसे तो बचा लेते हैं पर अपनी पुस्तक को रजिस्टर्ड दवाओं के स्तर पर उतार देते हैं।

"जो पाठक भूमिका पढ़ते हैं वे प्रमाणित करते हैं कि पुस्तक उतनी पठनीय नहीं और जो पाठक भूमिका नहीं पढ़ते वे प्रमाणित करते हैं कि वे लेखक में दिलचस्पी नहीं रखते, उसकी कृति में ही उनकी दिलचस्पी है।

"जो लेखक भूमिका में अल्पज्ञ होते हुए भी पुस्तक लिखने की क्षमा माँगता है उसे कभी क्षमा न करो। जो अपनी कृति पर इतना लज्जित हो कि उसे दिखाने में भी क्षमा माँगे उसे लज्जा के गढ़े में इतना नीचे ढकेल दो कि वह दूसरी पुस्तक न लिख सके।

"जो भूमिका में अपनी पहली कृति होने के कारण क्षमा माँगता है, वह मूढ़ है। उसे समझाओ कि उसने पहली बार जब प्रेम किया था तो अपनी प्रेयसी से उसने इस बात की क्षमा न माँगी होगी कि वह उसकी पहली प्रेयसी है।

"जो भूमिका में यह कहता है कि सावधानी से पढ़ने पर ही उनकी पुस्तक के गूढ़ तत्त्व पाठकों पर प्रकट होंगे, वह काइयाँ है। उससे होशियार रहो। वह उन ज्योतिषियों जैसा है जो भविष्यवाणी गलत होने पर भी अपनी गलती नहीं मानते और कुंडली को ही गलत बताकर उसे दोष देते हैं।

"जो लेखक भूमिका में बहुत अकड़कर बात करता है और अपनी पुस्तक द्वारा जनसाधारण के विचारों को मोड़ देने का दावा करता है, वह चालबाज है। उसकी बात

समझ-बूझकर पढ़ो। वह सड़क पर जादू के खेल दिखानेवाले उन ठगों-सा है जिनको ठग समझकर भी तुम उनका खेल देखने को रुक जाते हो और ज़्यादातर ठगे जाते हो।

"जो भूमिका में विद्वत्तापूर्ण तथ्य रखने की कोशिश करता है और पुस्तक में ढीली-ढाली बातें कहता है, वह उन चलताऊ गवइयों-सा है जो दो-चार रटी हुई तानें सुनाकर, अपनी संगीतज्ञता की धाक जमाकर, बाद में आँखें मटकाते हुए सिनेमा के सस्ते गाने गाने लगते हैं।

"जो भूमिका में हल्की-फुल्की बातें लिखकर पुस्तक में गम्भीर बातें कहते हैं वे उन घटिया मेल के अध्यापकों की भाँति हैं जो जुलाई में लड़कों को टॉफियाँ बाँटते हैं और अप्रैल में बेंत चलाते हैं।

"जो किसी उद्देश्य से भूमिका लिखते हैं, वे पुस्तक के उद्देश्य को नगण्य बना देते हैं।

"जो बिना उद्देश्य के भूमिका लिखते हैं, वे पुस्तक भी बिना उद्देश्य के ही लिख सकते हैं।

"जो विद्वान कहलाते हैं और स्वयं कोई कृति ने देकर दूसरों की कृतियों पर भूमिका मात्र लिखते हैं, वे उन बधिया बैलों के समान हैं जो हरियाली देखते ही डँकारने लगते हैं।

"जो दूसरों की पुस्तक में भूमिका लिखते समय पहले तो पुस्तकीय विषय पर लम्बी-चौड़ी स्वतंत्र चर्चा करते हैं और बाद में एक ही पंक्ति में पुस्तक और पुस्तकाकार के भविष्य पर राय देकर अपने नाम की छाप छोड़ देते हैं, वे प्राय: पुस्तक और पुस्तकाकार दोनों ही को नहीं जानते हैं।

"जो दूसरे की पुस्तक में भूमिका लिखते समय, लेखक से अपना स्नेह-सम्बन्ध जताकर, उस पर वस्तुपरक विचार नहीं देते और यह कहकर रह जाते हैं कि वे लेखक की प्रत्येक कृति को केवल स्नेह की दृष्टि से देखते हैं, वे लेखक के प्रच्छन्न निन्दक हैं और उसकी कृति को आलोचना की दृष्टि से हेय समझते हैं।

"दूसरे की पुस्तक पर भूमिका लिखते समय यदि किसी ने प्रशंसा की तो वह ख़रीदा हुआ चारण-सा दीखने लगता है, निन्दा की तो विश्वासघाती सा प्रकट होता है, तटस्थता दिखाई तो कोर्ट में पुकार लगने पर पेट के दर्द का बहाना करके बाहर ही रुक जानेवाले धोखेबाज गवाह सा जान पड़ता है और अतिशय प्रेम दिखाया तो अपने काने लड़के को नयनसुख बतानेवाला जान पड़ता है।

"अत: विद्वानों और समझदारों के लिए दूसरे की पुस्तक पर भूमिका लिखने का काम बहुत ही अप्रिय काम है। मैं विद्वान् हूँ और समझदार भी हूँ अत: मैं भूमिका नहीं लिखूँगा। मैं केवल अपने नाटकों पर भूमिकाएँ लिखता रहा हूँ और उनको इतना लम्बा करके लिखा है कि वे स्वतंत्र पुस्तकें बन गई हैं और भूमिका होने की गन्दी छाप उन पर से उठ गई है।

"तुम बिरादरीवादी भारतीय हो। अपनी बिरादरी में ही जाकर घूमो। तुम्हें बहुत से भूमिका-लेखक मिल जाएँगे।

"जिस ओछेपन से तुमने बात की है, वह तुम्हें यहाँ रुकने का हक़ नहीं देता। तुम बाहर निकल जाओ। "

शॉ ने ये अन्तिम बातें चीख़ते हुए कही। मुझे सहसा बोध हुआ कि इन्हें गांधीवादी की आवश्यकता है। अत: शान्त, अहिंसावादी, शाकाहारी भाव से मैंने कहा, "बिरादरी जार्ज, तुम्हारी बातें असंगत हैं। मैं तत्त्व-प्रधान देश का रहनेवाला हूँ और तुम्हें तत्त्व की बात सुनाता हूँ। सो सुनो।

"तुमने दूसरों से भूमिका लिखाने की निन्दा की है। पर मैं यदि स्वयं भूमिका लिखता हूँ तो उसमें भी कई विपत्तियाँ हैं। भूमिका लिखूँ तो भूमिहीन समझे जाने का भय है। न लिखूँ तो सस्ते जासूसी उपन्यास लिखनेवाले उन घटिया लेखकों की समकक्षता पाने की सम्भावना है जिनकी किताबें पिस्तौल छूटने की धायँ-धायँ से शुरू होती हैं। भूमिका में नम्रतावश यदि अपनी अल्पज्ञता और अनुभवहीनता की बात कहूँ तो क्रूर आलोचक मेरी ही बातों को मेरे ख़िलाफ़ उद्धृत करेंगे और यदि अपनी प्रशंसा करूँ तो जानते हो लोग क्या कहेंगे?

"यदि लोग मेरे मुँह से मेरी ही दम्भभरी प्रशंसा सुनकर मुझे दम्भी कहते तो मैं झेल ले जाता। पर अब लोग मुझे तुम्हारा नकलची कहते हैं। शेवियन कहकर मेरी सम्पूर्णत: मौलिक आत्मप्रशंसा को विदेशी और अमौलिक बना देते हैं। बिरादर जार्ज, तुमने अपने हाथों अपनी इतनी ढोल पीटी है कि आज के लेखक अपनी ढोल पीटने के अधिकार से हाथ धो बैठे हैं। वे प्रशंसा अपनी करते हैं पर वह तुम्हारी प्रशंसा मान ली जाती है।

"इसलिए मैंने तुम्हें मौका देना चाहा था कि जहाँ तुमने अपनी इतनी भूमिकाएँ लिखी हैं और इतना आत्म-प्रचार किया है, वहीं तुम एक बार और सामने आकर अपनी ताक़त दिखा लो।

"मैं तुम्हें विनम्रता का प्रत्यक्ष पाठ पढ़ाना चाहता था। यदि तुम मेरी इस पुस्तक पर एक भूमिका लिख देते तो छ: महीने बाद ही तुम्हें पता लग जाता कि तुम कहाँ हो। हमारी साहित्यिक शैली इतनी उन्नत हो चुकी है कि तुम्हारी भूमिका देखते ही पत्र-पत्रिकाओं के आलोचक तुम पर धावा बोल देते और पहले तुम्हारी भूमिका की लम्बाई पर छींटे कसते, फिर तुम्हारी दक़ियानूसी व्यंग्यप्रवृत्ति पर। बाद में तुम्हारे आदर्शों की पोल खोलने का श्रेय पाने के लिए प्रत्येक आलोचक तुम पर कुछ-न-कुछ ज़रूर कह डालता। इससे तुम घबराते और विनम्र बनते। वैसे, तुम्हारा प्रचार भी होता।

"मैं तुम्हें बताना चाहता हूँ कि हमारी साहित्यिक चेतना इतनी विकसित हो चुकी है कि आलोचक आत्मप्रचारवादियों का ढूँढ़-ढूँढ़कर हनन कर रहे हैं और उन्हें कोई स्वयं आत्मप्रचारवादी न बता दे इसलिए उन्होंने अपने छद्मनाम रख छोड़े हैं। ज़रा सा सन्देह हो जाने-भर से वे आत्मप्रचारकों को चारों ओर से घेर लेते हैं।

"बिरादर जार्ज, अच्छा ही किया कि तुमने भूमिका लिखने से इनकार कर दिया। नहीं तो इस देश की सनातन विनम्रता तुम्हारी भूमिका-शैली को हजम करके फिर पूर्ववत् नीची निगाह लेकर बैठ जाती।

"मैं जानता हूँ। मुझे सचमुच ही बहुत से भूमिका-लेखक मिल जाएँगे। तुम चाहे जो कुछ कहो, तुम पुराने पड़ गए हो। अमेरिका की अर्वाचीन व्यापार-पद्धति में विज्ञापन-लेखन अपने-आपमें एक महान् कला है। उसी कला की सेवा करनेवाले हमारे बहुत से विद्वानों को तुम एक साँस में नहीं गिरा सकते। मैं उनमें से किसी एक को अपना लूँगा। उसकी लिखी हुई भूमिका को पढ़ना और देखना कि उसने तुम पर कितने उदार विचार प्रकट किए हैं।

"उससे मैं तुम्हारी प्रशंसा लिखवाऊँगा ताकि तुम लज्जित हो सको।"

चूँकि बात सपने ही की है इसलिए मुझे यहीं रुकना पड़ता है। शॉ मुझे पैनी निगाह से देखकर मुस्कुराने लगे। और हालाँकि सपने की टेकनीक पर लिखी गई कहानियों का नायक अन्त में चारपाई से नीचे गिर जाता है या बीवी द्वारा जगा दिया जाता है, पर मेरे साथ ऐसा कुछ नहीं हुआ। मैं सोता रहा।

जहाँ तक शॉ को समझाने का सवाल है, अपने बहुत से साथियों के साथ मैं अब भी सो रहा हूँ।

सुकवि सदानन्द के संस्मरण

कवि न होहुँ नहिं चतुर प्रबीना।
सकल कला सब विद्या हीना॥

—गोस्वामी तुलसीदास

(तबहुँ कबिन कर आसन छीना)

—सदानन्द

हौं पंडित केर पछिलगा।

—जायसी

(यदि विधि सकल जगत का ठगा)

—सदानन्द

विफल जीवन व्यर्थ बहा बहा,
सरस दो पद भी न हुए अहा,
सफल है कविते तव भूमि भी,
पर यहाँ श्रम भी सुख-सा रहा।

—मैथिलीशरण गुप्त

(सुकवि तो मुझको सबने कहा)

—सदानन्द

संस्मरण की परिपाटी पुरानी है। बाणभट्ट जैसे कवि ने 'हर्ष-चरित' के सहारे आत्म चरित लिखा है। अर्वाचीन परिपाटी और भी अलंकारमय है। सुलेखक, विमल बी.ए. पास, बाबू श्यामसुन्दर दास तक ने अपनी जीवनी अपने हाथों लिखी है। बाणभट्ट ने 'हर्षचरित' में अपने आवारा होने से उच्च कोटि के कवि होने तक का वर्णन किया है। अर्वाचीन परिपाटी में कवि होने से आवारा होने तक का वर्णन हो तो वह आदर्श जीवनी हो जाएगी। अपने विषय में वही करता हूँ।

अर्वाचीन शैली में शरीर-सज्जा के वर्णन से ही संस्मरण प्रारम्भ करने का चलन है।

यथा :

शरीर से दुर्बल, देखने में दरिद्र, एक आँख चमकती हुई, एक आँख मुँदी हुई, मूँछें छोटी-छोटी और अकिंचन—ऐसे हैं बाबू...।

उसी प्रकार अपनी अनेक स्थितियों के छः चित्र पाठकों की भेंट करता हूँ :

लँगोटी लगाए हुए, तन पर भस्म मले हुए, रूखे बाल, फलाहारी (अर्थात् आम का रस हाथ में और जामुन का रस मुँह पर पोते हुए), कृष्णानुरागी (अर्थात् काले-कलूटे), गोरक्षक (अर्थात् गाय-बैलों की चरवाही करते हुए), शुकदेव समान (अर्थात् दस वर्ष की आयु में ही जंगल में घूमनेवाले), परम प्राकृत रूप—यह मेरी बाल्यावस्था थी।

लुंगी बाँधे हुए, भुजाओं में काला ताबीज और गले में काला डोरा डाले, शरीर पर कड़वे तेल की मालिश किए, भंग पिए, भंग पीनेवालों से घिरे, भंग घोटते हुए, कड़कती आवाज में कवित्त-सवैयों का पारायण करते हुए, गुरु-सेवा में तल्लीन—यह किशोरावस्था थी।

बढ़िया तावदार, पेंचदार मूँछों से शोभित मुखमंडल, रंगीन साफा, जोधपुरी कोट, चूड़ीदार पाजामा, ताम्बूल-चर्वण-सिद्ध कंठ से नायिका-सेवी सवैयों का गान, छन्द को अयाचित रूप से दो बार सुनाने का नियम—यह पूर्व-युवावस्था थी।

गांधी-टोपी, कुर्ता, धोती, चप्पल, छड़ी, झोला। जो सच है उसे सच बताते हुए। 'सत्य से लाभ', 'पुरुषार्थ की महिमा', 'आशा और निराशा' आदि विषयों पर कविता लिखते हुए—यह मेरी उत्तर-युवावस्था थी।

फिर, समय की शिला पर मधुर चित्र बनाते हुए, नीर भरी दुःख की बदरी बरसाते, मन को मधुर-मधुर तपने का उपदेश देते, हृत्तंत्री के तारों से क्षितिज के उस पार को भी झंकार कर, क्षीणकाय, क्षीणकटि, जटिली, कुंचित-केशी, मधुवेशी रूप में काव्य-सर्जना करते हुए—यह प्रौढ़ावस्था थी।

और अब वेश से काव्य-निर्देश होना सम्भव नहीं। प्रगति, प्रयोग, नवकाव्य (नई कविता)—सब गड़बड़ हो गया है। फिर भी :

रूखे-बाल, टूटे-चप्पल, फटा-कुरता, बिना स्याही की फाउंटेन-पेन, मोटे-फ्रेम का चश्मा।

अथवा, बिल्कुल नया-सूट, दोषहीन अंग्रेजी भाषा, चमकते-जूते, वकीलों-सी तार्किकता, डॉक्टरों की-सी सहानुभूति, बीमा एजेन्टों की-सी चतुरता, बातचीत में कथा-वाचकों की-सी असम्बद्धता—यह सब वृद्धावस्था में झेल रहा हूँ।

मैं सदानन्द था, सदानन्द हूँ। इसका रहस्य नए कवियों के लाभार्थ बता रहा हूँ।

प्रारम्भ से गुरुदेव ने सवैया-घनाक्षरी का सुख दिया। तब कवित्त लिखने के विषय खोजने न पड़ते थे। वे बोले, "मुग्धा पर लिखो। सवैया छन्द हो। सिंहावलोकन का सत्कार हो। छेकानुप्रास की छटा हो। रूपक का रमण और उत्प्रेक्षा का उलल्ेख हो।" दिन-भर भगण के लघु-गुरु का नक्शा बनाकर क्रॉसवर्ड पहेली सी भरते रहे। शाम को गुरुदेव ने वह नक्शा फाड़कर फेंक दिया और एक सवैया लिख दिया। मेरी काव्य-साधना सफल हुई।

समस्या-पूर्ति में और भी सुख था। किसी ने समस्या दी, मैंने उसकी पूर्ति दी। "पिपीलिका चुम्बत इन्दु की बिम्बैं" मिल गई तो 'किम्बैं' से लेकर 'झिम्बैं' तक खींच

ले गए। इस प्रकार चार तुक निकालकर पिपीलिका को इन्दु तक ले जाने का उपक्रम करने लगे। साधना कठिन थी, पर पिपीलिका की साधना सर्वविदित ही है। वह असली इन्दु तक न जा सके तो नायिका का मुख भी तो इन्दु ही है। नायिका के सो जाने पर पिपीलिका को वहीं पहुँचा दिया और इन्दु की बिम्बैं दिखा दी। आगे पिपीलिका की गति पिपीलिका जाने और नायिका की जाने नायिका।

एक रेलवे के बाबू थे। रायबरेली के रहनेवाले, जाति के दुबे। उन्होंने नौकरी से इस्तीफा दे दिया। उसके बाद कविता के स्टेशन पर आकर नायिका-भेद, सवैया-घनाक्षरी आदि की लाइन पर लाल झंडी लेकर बैठ गए। खड़ीबोली का लाइन-क्लियर देकर सीटी बजाने लगे। प्रयाग में सीटी बजाई तो चिरगाँव तक उसकी गूँज गई। मैंने गुरुदेव से कहा, "मैं भी इस नई लाइन पर जाऊँगा।"

वे बोले, "तरवारि की धार पर धावनो है।"

पर मैंने लाइन बदल दी। यहाँ और भी सुख था। जैसे कोई आकर कहे, "इस डिब्बे की चेन फिट कर दो।" वैसे ही एक पत्र ने आकर कहा, "वर्षा-अंक के लिए 'हरी घास पर' कविता लिखो। 'मानो' का प्रयोग हर तीसरे चरण में हो। इसे उत्प्रेक्षा समझो। द्रुतविलम्बित छन्द हो।"

यह काम बड़े आराम से चल रहा था कि एक दिन कहीं पढ़ा :

विजन निशा निरवधि नभ शीतल,
तुहिन, कुसुम, विभ्रम, साकार

न भाषा समझ में आई, न भाव। लगा कि मैं जिस लाइन पर जा रहा था वह छोटी लाइन है। उसी के पास से बड़ी लाइन पर एक गाड़ी बिना दुबेजी से लाइन-क्लियर माँगे निकल गई है।

मुझ सदानन्द को क्या चिन्ता? कवि कहाने की चाट लगी थी। (कवियशः प्रार्थी) सीधे प्रयाग गया। एक वयकिशोर, कोमलतनु, परम सुखद कवि मिले। गुरुदेव का पत्र आया के रहस्यवाद का जाल जटिल है। मैंने इन गुरु की जटाओं का उल्लेख करके लिखा कि कविता के उत्स कहाँ से फूटे हैं।

अब कालिदास-ग्रन्थावली लेकर शब्द खोजने बैठे। आवर्जित, संचारिणी, पल्लविनी, श्लथ, विश्लथ, नीहार—जो भी शब्द स्त्रैण जान पड़ा, उसे रट लिया। उपसर्ग का प्रयोग सीखा। शम का उपशम, क्रान्ति का संक्रान्ति, हार का प्रहार, आहार, संहार, विहार सब रटकर जो कविता लिखी तो पूरी लाइन पर डाकगाड़ी की गमक गूँजने लगी।

एक दिन समाचार सुना कि प्रगतिवाद के दफ़्तर में भर्ती का काम जारी है।

लड़ाई के दिन थे। देश के हज़ारों नौनिहाल खन्दकों में पड़े सड़ रहे थे। मैंने भी दफ़्तर में जाकर अपना कार्ड बनवाया। हवलदार ने नसीहत दी, "ये जनाना किसम की कविता नहीं चलेगी। जोश-खरोश की बात लिखनी होगी। मज़दूर भूखा है, किसान नंगा है, पूँजीपति पेटू है। तुम कुछ जानता भी है?"

हाथ जोड़कर मैंने कहा, "सोई जानै जेहि देहु जनाई।"

उसी दफ़्तर में बारह साल काम करते-करते एक दिन जान पड़ा कि मज़ूदरों और किसानों की समस्या हल हो गई क्योंकि उस दिन ये शब्द सुन पड़े :

"सुनो, कैरा सुनो
क्या मेरी आवाज...!"

उस दिन मैंने एक विस्तृत पत्र में अपने गुरुदेव को पूरी बात स्पष्ट रूप से लिखी :

सुनो, गुरुदेव, सुनो।

"क्या मेरी आवाज तुम तक पहुँचती है?"

"मैं अब प्रयोग करने लगा हूँ। आज मैंने एक कविता में अस्पताल का प्रयोग किया है। डिसइन्फेक्टेंट, ऐंटीबाइटिक्स, ऐनीस्थीशिया, क्लोरोमाइसिटीन आदि शब्द कल सीखे थे। इनका इस्तेमाल इस एक कविता में आज दिखाया है। अब एक कविता मुझे रात के झिलमिले तारों पर लिखनी है। उसमें इंजीनियरी का प्रयोग करना पड़ेगा। गुरुदेव, बचपन में सड़क कूटने के कारण, दरेसी, गैंग आदि शब्द तो मुझे आते हैं पर कोई लम्बा शब्द याद नहीं है। सुनते हैं ट्यूबवेल बनाने की मशीन में कई पुर्जों के अद्भुत नाम हैं। आप किसी मिस्त्री से पूछकर लिख भेजने की कृपा करें।

"साथ-ही-साथ, गुरुदेव, अब नई-कविता का नाम भी सुनने में आने लगा है। पर इस मोर्चे पर भाग्य, 'मारेसि मोंहि कुठाँउँ।' नई कविता लिखने के लिए, सुनते हैं, पढ़ना तो बहुत पड़ता है और फिर सब पढ़कर लिखना ऐसा पड़ता है कि कवि के पढ़े-लिखे होने का आभास तक न मिले। सो, गुरुदेव, पढ़ाई की बात सुनते ही, 'सीदन्ति मम गात्राणि, वेपथुश्चोपजायते।' मुँह सूख रहा है, राह नहीं दीख पड़ती। कुछ बताइए कि अब क्या करें और क्या लिखें?

"आप कहते हैं कि बार-बार अपने को बदलकर मैंने बुरा किया। गुरुदेव, इसी कारण मुझे आलोचक समन्वयवादी कहते हैं। आपने 'अवसरवादी' शब्द का प्रयोग अशुद्ध रूप से किया है। राजनीति का यह शब्द साहित्य में प्रयुक्त नहीं हो सकता। आपने ही सिखाया था, 'काव्यं यशसे'। सो जहाँ जैसा यश मिला वहाँ वैसी कविता की। 'अर्थकृते', अत: जहाँ दो पैसे का डौल लगा, वहाँ जाकर काव्य लिखा। यह शास्त्रोक्त कर्म था। इसमें कौन सा कुकर्म है, गुरुदेव?

"और सच तो यह है कि मेरी कविता बदली, पर मैं नहीं बदला। 'जग बदलेगा, किन्तु न जीवन।' सदानन्द था। सदानन्द रहा। सवैया लिखकर भी 'सदेश' नहीं बना। 'सरस्वती' में छन्द छपाकर भी सदानन्दशरण नहीं कहलाया। सरस्वती प्रेस तक जाकर भी मैं कामरेड सिद्धू नहीं हुआ। अब नई कविता लिखूँगा। पर सदानन्दायन नहीं बनूँगा। यश बढ़ता रहे, अर्थ बढ़ता रहे, राजसम्मान बढ़ता रहे, पर नाम वहीं पर वहीं रहेगा। इसी में आनन्द है। सदानन्द हूँ। सदानन्द रहूँगा।"

शेर का शिकार

शिकार का शौक़ मुझे बचपन से था। पर यह मुझे मालूम न था। यह बाद में विल्सन के बताने पर जान पाया। तब मैं नैनीताल में था। वहीं एक दिन अकस्मात् विल्सन से मुलाक़ात हो गई। वह जंगल-विभाग का एक सम्मानित अधिकारी था। फिर तो हम दोनों की घनी मित्रता हो गई, क्योंकि मैं भी जंगल-विभाग का एक सम्मानित अधिकारी था। एक दिन मुझे पता लगा कि विल्सन को शिकार का शौक है। उस दिन उसे भी पता लगा कि मुझे भी शिकार का शौक़ है। यह सब बड़ी आसानी से हो गया।

विल्सन को मैं प्राय: साफ़-सुथरे कपड़े व क़ीमती सूट पहने देखता था। वह भड़कीली अमरीकन टाइयाँ लगाता था, जिनमें प्राकृतिक दृश्यों से लेकर फ़िल्मी तारिकाओं तक की तस्वीरें बनी रहती हैं। एक दिन मैंने देखा कि वह एक गन्दा खाकी कोट पहने है। एक पुरानी ब्रीचेज़ को निर्दयता से चमड़े की पेटी के सहारे पेट पर बाँधे हुए है। मोटे और चौड़े जूते पैरों में हैं। चेहरे पर चार-पाँच दिन की बढ़ी दाढ़ी है। सर पर एक पुरानी हैट है जिसे फीते के सहारे ठुड्डी पर बाँध लिया गया है। टाँगें फैलाकर चल रहा है। आँखें लाल हैं। मुँह से सस्ती शराब की बदबू आ रही है। कन्धे पर राइफल लाठी की तरह रखे हुए है।

उसे इस रूप में देखकर मैं उत्साह से उछल पड़ा। बोला, "अरे, तुम तो पुराने शिकारी निकले। कहाँ से आ रहे हो?"

उसने कहा, "शिकारी! तुम यह भी नहीं जानते? मैंने अब तक पचासों टाइगर बैग किए होंगे? अभी-अभी तो मैं जंगल में आ रहा हूँ। और फिर जंगल को जा रहा हूँ। साथ क्यों नहीं चलते?"

उसी दिन शाम को लगभग चार बजे, हम अपनी-अपनी राइफलें लेकर जंगल में पहुँच गए। वह मेरा जाना-पहचाना जंगल था। हम लोग शेर मारने के लिए वहाँ घूम रहे थे। उस जंगल में चूँकि शेर न था इसलिए वहाँ घूमने में विशेष सुविधा थी।

इतने में एक झाड़ी बड़े ज़ोर से हिली और तेज़ी से छलाँग लगाता हुआ एक भयानक जानवर उससे बाहर निकला। घबराहट में विल्सन ने राइफल का कुन्दा उसकी ओर तान दिया; पर उसने एक और छलाँग लगाई और दूसरी ओर जंगल में जाकर अदृश्य हो गया।

मुझे राइफल के कुन्दे की ओर देखते हुए देखकर उसने फिर कहा, "कभी-कभी

नली के बजाय कुन्दा दिखाने से शेर पर इसका मनोवैज्ञानिक प्रभाव पड़ता है। वह कुन्दे को एक बहुत मोटी नली मानकर घबरा जाता है। इसीलिए मैंने उसे कुन्दा दिखाया था।"

मैंने उसकी बात नहीं काटी, तो उसने स्वयं रुककर कुछ देर बाद कहा, "हो न हो, था वह शेर का बच्चा ही।"

तब मैंने विश्वास के साथ कहा, "नहीं विल्सन, यह शेर का बच्चा नहीं है। यह रैबिट है। मैंने लगभग पचास रैबिट बैग किए होंगे। पहला रैबिट मैंने विन्ध्या रेंजेज़ में मारा था। तब मैं पन्द्रह साल का था।"

विल्सन ने कुछ याद-सा करते हुए कहा, "रैबिट? जिसे चौगड़ा या खरगोश कहते हैं? यह जानवर तो पूरे उत्तरी भारत में पाया जाता है।"

मैंने बताया, "जैसे भालू की कई क़िस्में होती हैं; काला भालू, सफ़ेद भालू, वैसे ही रैबिट भी काला होता है, सफ़ेद होता है, यहाँ तक कि भूरा भी होता है।"

सहसा उसने मेरे कन्धे पर हाथ मारकर कहा, "तो यह कहो पार्टनर, तुम तो पुराने शिकारी हो, पन्द्रह साल की उम्र से शिकार कर रहे हो।"

उस दिन मैंने अपने अतीत पर विचार किया तो ज्ञात हुआ कि लोग जैसे जन्म से मूर्ख हैं, जन्म से कवि होते हैं, वैसे ही मैं जन्म से शिकारी हूँ।

दूसरे दिन हम लोग दूसरे जंगल में शिकार खेलने गए क्योंकि पहले दिन जिस जंगल में शेर नहीं मिल पाया वहाँ दूसरे दिन भी उसके न होने का निश्चय न था।

प्यारे पाठको, इस कहानी को समझने के लिए पहले आपको इस जंगल का भूगोल समझा दूँ। इसके उत्तर और पश्चिम पठारनुमा पहाड़ियाँ हैं, जिनकी ऊँचाई समुद्र-तट से सात सौ फीट है। दक्षिण के बाएँ भाग से उत्तर के दाहिने भाग तक यानी पूर्व की ओर लगभग सात सौ फीट ऊँची दूसरी पहाड़ियाँ हैं और उत्तर के बाएँ भाग से दक्षिण की ओर यानी पश्चिम में लगभग सात सौ फीट ऊँची कुछ और पहाड़ियाँ हैं। बीच के भाग में भी पहाड़ियाँ हैं जो सात सौ फीट ऊँची हैं और जो उत्तर, दक्षिण, पूरब, पच्छिम की पहाड़ियों की ओर बराबर ऊँचाई से फैली हैं। इन पहाड़ियों में कोई घाटी नहीं है और सब मिलाकर इस स्थान को एक भयानक जंगल का रूप दे देती हैं। इसमें आम, जामुन से लेकर बाँस, बबूल तक के पेड़ हैं और बीच-बीच में झरबेरी, करौंदे और मकोय की भयंकर किन्तु छोटी झाड़ियाँ हैं। इनकी ऊँचाई इतनी कम है कि शेर इनमें बैठ नहीं सकता, वह लेट ही सकता है। उसका पता लगाने के लिए शिकारी को हर झाड़ी के आगे लेटना पड़ता है। कभी-कभी शेर व शिकारी एक-दूसरे को लेटे-लेटे देख लेते हैं पर स्थान की तंगी के कारण एक-दूसरे तक पहुँच नहीं पाते।

आप कह सकते हैं कि यह जंगल न था बल्कि आम और जामुन का मामूली-सा बाग़ था। पर बाग़ और जंगल में बड़ा अन्तर है। बाग़ वह है जो किसी योजना के अन्तर्गत लगाया जाता है। चूँकि यहाँ पर जितने पेड़ थे वे बिना किसी योजना के उगे थे या उगाए गए थे। इसलिए आप चाहे जो कुछ कहें मैं तो इसे जंगल ही समझता था, समझता हूँ और समझता रहूँगा।

आज के दिन हम दोनों ने रबर के तल्लेवाले जूते पहन लिये थे। चलने में बिना कोई आवाज किए हम दोनों आगे बढ़ते गए। हमने पूरा जंगल छान डाला पर शेर का पता नहीं लगा। बात यह हुई कि स्वर के तल्ले होने के कारण हमारे जूतों से आवाज नहीं हुई, इसी से शेर झाड़ियों में सोते ही रह गए। हमें जंगल के दूसरे किनारे पर अपनी भूल का अनुभव हुआ। इसीलिए हम लोग उस दिन वापस लौट आए और दूसरे दिन चमड़े के तल्लेवाले जूते पहनने का निश्चय किया ताकि शेर उनकी आवाज से जागकर सामने आ सकें।

तीसरे दिन एक स्थानीय शिकारी ने बताया कि एक गाय मरी हुई पाई गई है। उसे शेर ने मारा है और वह उस पर उसी दिन शाम को बैठनेवाला है।

उस दिन जब हम चले तो हमारा दिल ज़ोर-ज़ोर से धड़क रहा था क्योंकि हमारे मन में उत्साह तरंगें ले रहा था। विल्सन का चेहरा पीला पड़ गया था क्योंकि उसने सारी रात मारे उत्सुकता के बिना सोये ही बिताई थी। मुझे पसीना आ रहा था। जी नहीं, डर के मारे नहीं, बल्कि इसलिए कि आनन्द के कारण नसों पर तनाव पड़ने से रक्तचाप बढ़ गया था। हमारे हाथ काँप रहे थे क्योंकि हममें उल्लास था और हमारे पैर लड़खड़ा रहे थे, क्योंकि हम जल्दी चलने की कोशिश में थे।

हम लोग आज दूसरे रास्ते से गए ताकि देर से पहुँचे। अर्थात् तब तक पहुँचें जब शेर 'किल' पर आ गया हो। यहाँ यह बता देना आवश्यक है कि मैं शिकारियों की इस थ्योरी से बिल्कुल सहमत नहीं हूँ कि पहले से जाकर 'किल' पर शेर की प्रतीक्षा की जाए। बात यह है कि शेर और शायर कभी भी टाइम के पाबन्द नहीं हो सकते। यदि आप पूर्व निश्चित समय के अनुसार 'किल' पर पहुँच भी गए और शेर न पहुँचा तो व्यर्थ की निराशा होगी। इसलिए यह आवश्यक है कि आप अपना समय नष्ट न करें और शेर को पहले 'किल' पर पहुँचने दें। मैं अपने अनुभव से कहता हूँ...

ख़ैर, यह तो कहानी के बाहर की बात है। उस दिन यही हुआ कि हम दूसरे रास्ते से 'किल' तक पहुँचने के लिए चले। रास्ते का नक्शा मेरे हाथ में था जिसमें लाल निशानों से उन जगहों को दिखाया गया था जहाँ शेर ने गायें मारी थीं और नीले निशान के आदमियों के मारे जाने का स्थान दिखाया गया था। वैसे नक्शे में लाल और नीली स्याही के निशान लगाने का अवसर अब तक न आया था। नक्शा न लाल था, न नीला। बल्कि यह सफ़ेद था और लाल और नीले निशान चिद्द समझानेवाली टिप्पणी ही में दिखाई पड़ते थे।

इस नक्शे में जंगल के बीच से काली लकीर द्वारा सीमेंट की सड़क और दोहरी काली लकीर में रेलवे लाइन भी दिखाई गई थी। सड़क के किनारे पार्क का चिद्द भी था। हालाँकि हमें इस नक्शे का ख़ास भरोसा न था क्योंकि पहले जब-जब हम इसके सहारे आगे चले तब-तब हम घूम-फिरकर शहर ही में आ गए थे। फिर भी चूँकि हम शिकारी थे इसलिए नक्शा हमारे पास था और हम उसके सहारे चल रहे थे।

चलते-चलते, जंगल में पहुँचने के पहले, हमको एक दलदल पार करना पड़ता था। उस पर काई जमी थी। वहाँ हमें पैरों के चार छोटे-छोटे निशान दिखाई पड़े। यद्यपि स्थानीय शिकारी बताता रहा कि वे बकरी के पैरों के निशान हैं, पर विल्सन ने ज़िद की कि वे शेर के पैरों के निशान हैं। उसने फीता निकालकर उनकी लम्बाई नापी और शेर के बारे में सब कुछ जान लिया। हिसाब लगाकर उसने बताया कि शेर नर है, मादा नहीं; उसकी उम्र पन्द्रह साल है, उसके अगले बाएँ पैर के घुटने में चोट है, दायाँ पैर लँगड़ाता है। उसकी लम्बाई दस फीट साढ़े ग्यारह इंच है, उसका रंग भूरा है, उसका रूप भयानक है, उसका गुण घातक है, आदि आदि...।

इतने में कुछ अबाबीलें चहकीं। विल्सन ने बताया कि पाँच मिनट पहले शेर वहाँ से निकलकर गया है क्योंकि अबाबीलें शेर के जाने के पाँच मिनट बाद ही बोलती हैं।

हम और आगे बढ़े ही थे कि विल्सन अकस्मात् मुँह के बल ज़मीन पर लेट गया और कनखियों से पास की झाड़ी की ओर देखने लगा। मैंने समझ लिया कि झाड़ी में कोई जानवर मुँह के बल लेटा हुआ है।

अबाबीलें अब भी मेरे सर पर मँडरा रही थीं। मैंने एक अबाबील को पकड़कर अपनी जेब में रख लिया ताकि उसके बोलने पर मैं समझ सकूँ कि शेर हमसे पाँच मिनट पहले निकल चुका है।

अब गाय के मरने की जगह लगभग सौ गज रह गई थी। मैं सावधानी से आसपास देखता हुआ बढ़ रहा था कि एक झाड़ी बड़े ज़ोर से हिली और जब तक मैं अपनी राइफल सँभालू-सँभालूँ तब तक शेर मेरे सामने आकर खड़ा हो गया।

प्यारे पाठको, इस दशा का विचार करो। मेरे चारों ओर कोई सहायक न था और सामने शेर मुँह फाड़े खड़ा था। मैंने फिर भी हिम्मत न हारी। सेफ्टीकैच को रिलीज़ करके मैंने राइफल की नली शेर के आगे कर दी और उसका घोड़ा दबा दिया। पर घोड़ा दबा ही नहीं। शायद कारतूस मैगज़ीन में फँस गया था।

शेर पहले चाहे डरा भी हो पर राइफल के बेकार होते ही उसके चेहरे पर ख़ुशी की लहर दौड़ गई। उसने मुझ पर हमला किया। राइफल मेरे हाथ से छूटकर दूर जा गिरी।

शेर ने मुझे एक पंजे से गिराना चाहा, पर मैं गिरा नहीं। इसलिए हममें कुश्ती होने लगी। शेर शेर था। पर मैं भी मैं था। पर मैं कब तक मैं रह सकता था? सच तो यह है कि थोड़ी देर में मैं थक गया। तब तक शेर ने मुझे नीचे गिरा दिया। नीचे गिराकर उसने मुझे मार डाला। मार चुकने पर वह मुझे खा गया।

यह बात अतिशयोक्ति में कही गई जान पड़ती है और अतिशयोक्ति है भी। सच बात तो यह है कि शेर ने मुझे मारा नहीं, न खाया ही। बल्कि जैसे ही वह मुझे मारने चला, मैंने उसका पाँव पकड़ लिया और चीख़कर कहा, "बाघ मामा, मुझे न मारो।"

शेर ने गरजकर कहा, "तू जब मेरा भानजा बन गया तो मैं सचमुच ही तुझे नहीं मार सकता। पर बोल, तू ज़िन्दा क्यों रहना चाहता है?"

मैंने कहा, "बाघ मामा, तुम्हारा यह फैला हुआ मुँह भला किस शिकारी को देखने

को मिलता है? सब शिकारी तुमसे मिलने की डींग ही हाँकते हैं। पर मैंने तो सचमुच तुमसे कुश्ती लड़ी है। तुम्हारा फैला हुआ मुँह देखा है। तुम मुझे नहीं जानते। मैं साहित्य का सेवक हूँ। साहित्य-सेवा की बात मरते दम तक न भूलूँगा। अपने यहाँ शिकार की कहानियों की कमी है। मैं ज़िन्दा रहकर इस घटना पर एक कहानी लिखना चाहता हूँ। उसके बाद, हे बाघ मामा, मैं यहाँ आकर फिर ऐसे ही लेट जाऊँगा।"

यह सुनकर शेर ने कहा, "मैं शेर हूँ तो तू दिलेर है। जा, जाकर कहानियाँ लिख।"

जब पाँच मिनट बाद अबाबील मेरी जेब में चहकी तब मैंने आँखें खोलीं। मैं ज़मीन पर विल्सन से चार गज आगे पड़ा हुआ था। बहुत कल्पना करने पर ही शेर से भिड़न्त की बात याद आ सकी।

प्यारे पाठको, कहा जा सकता है कि इसमें भी अतिशयोक्ति है, पर अन्त में कुछ भी अतिशयोक्ति न हो तो क्या शिकार की कहानी किसी को अच्छी लगेगी?

आधा तीतर

एक दिन विल्सन ने मेरे घर आकर कहा, "झील में चिड़ियाँ गिर रही हैं। उनका शिकार करने चल रहा हूँ। तुम भी चलो। जो मज़ा शेर के शिकार में आया था, उससे ज़्यादा चिड़ियों के शिकार में मिलेगा।"

मैंने बन्दूक़ कन्धे पर डाली, कारतूसें जेब में डालीं, सर हैट में डाला या यों कहिए, हैट सर पर डाली, जूते पाँव में डाले और बिना किसी बहस के विल्सन के साथ हो लिया।

विल्सन ने मुझे थोड़ी देर विश्वासरहित निगाहों से देखा। फिर कहा, "बन्दूक़? तुम बन्दूक़ क्यों लिये चल रहे हो? मैं तो तुम्हें साथ के ही लिए ले चल रहा था। क्या तुम भी चिड़ियाँ मारोगे?"

मैंने कहा, "हाँ विल्सन, मैं भी चिड़ियाँ मारता हूँ।"

उसने मुझ पर फिर सन्देह-भरी दृष्टि डालकर पूछा, "पर तुम उन्हें खाते तो नहीं? तुम तो वेजिटेरियन हो।"

मैंने ऊँची समझ दिखानेवाली एक मुस्कुराहट उस पर फेंकी और कहा, "विल्सन, उससे क्या होता है। मारना एक बात है, खाना दूसरी। जैसे तमाचा मारता कोई और है, खानेवाला कोई और होता है।"

विल्सन हो-हो करके हँस पड़ा। तभी सामने ताड़ के पेड़ पर किसी बड़ी चिड़िया ने पंख फटकारे। उसे देख विल्सन ने कहा, "तो ये पहाड़ों से नीचे आ गए?"

मैंने प्रश्नभरी निगाह विल्सन पर डाली। वह समझाने लगा, "कुछ चिड़ियाँ ऐसी होती हैं जो रहती तो पहाड़ों पर हैं पर जाड़ा शुरू होने के पहले मैदानों में आ जाती हैं। यह चिड़िया उन्हीं में से है।"

उसकी बात आगे बढ़ाते हुए मैंने कहा, "और इसका नाम गिद्ध है। यह एक मांसाहारी—नानवेजेटेरियन चिड़िया है। इसकी ख़ूबी यह है कि यह जानवर खा तो सकती है पर मार नहीं सकती, कुछ-कुछ तुम्हारी तरह...।"

विल्सन ने आश्चर्य से मेरी ओर देखा और कहने लगा, "तो पार्टनर, ये कहो। चिड़ियों की सभी बातें तुम जानते हो। चलो, आज तुम्हारा भी करिश्मा देख लिया जाए।"

मैं विल्सन की बात से प्रोत्साहित हो गया। यहाँ मैं आपको बता दूँ कि कोई ज़रा सा इशारा भी कर दे कि मैं शिकारी हूँ और मैं तत्काल प्रोत्साहित हो जाता हूँ। मैंने उसी वक़्त बन्दूक़ में एक कारतूस डाला और ताड़ की ओर बिना कोई ख़ास निशाना लगाए

फायर कर दिया। दो-एक चिड़ियाँ उड़ गईं। मैंने बन्दूक़ खोली, कारतूस बाहर निकाला, नली के अन्दर फूँककर उसका धुआँ दूर किया, फिर विल्सन से कहा, "देख लिया करिश्मा? चिड़ियाँ उड़ गईं। यह तो तब की हालत है जब मैंने सिर्फ़ फायर-भर किया है, निशाना नहीं साधा। निशाना भी साध दिया होता तो एकाध चिड़ियाँ ज़मीन पर आ जातीं।"

सवेरा था। सूरज अभी-अभी निकला था। कातिक का महीना। हल्के तौर से हवा बह रही थी। हम लोग चिड़ियों के शिकार पर निकले थे, इसलिए उमंग के मारे हमारा दिल लोटन कबूतर हुआ जा रहा था। तबीयत में हज़ारों गौरइयाँ फुदक रही थीं। दिमाग में बुलबुलें चहक रही थीं। मुझे गाने की सूझी। इसलिए समय को देखते हुए, चिड़ियों से सम्बन्ध रखनेवाला मैंने यह गाना गुनगुनाना शुरू किया :

कदर उल्लू की उल्लू जानता है, हाँ।
हुमा को कब चुग़द पहचानता है, हाँ॥

इस उत्कृष्ट कविता के साथ अपने फ़ौजी कंठ का संगीत जोड़ते-जोड़ते मैं सचमुच ही उत्साह से इतना फूल गया कि मुझे लगने लगा, मैं एक चिड़िया बन गया हूँ। मेरे पाँव तेजी से चलने लगे। कई बार उड़ते-उड़ते बचा।

पर विल्सन ने उसी समय मेरे पर कतर दिए। यानी मुझे रोक दिया। खुद भी वह चुपचाप खड़ा हो गया और कान पर हाथ रखकर दूर एक झाड़ी से आती हुई आवाज को सुनने लगा। कोई 'किट लौं' 'किट लौं' बोल रहा था। उसने धीरे से पूछा, "यह क्या है?"

अब आपको बता दूँ कि मैं आवाज सुनते ही जान सकता हूँ कि यह आदमी बोल रहा है, या कोई चिड़िया बोल रही है, या चौपाया बोल रहा है। आप इसे चाहे जितना कठिन समझें पर शिकार की दुनिया में रहते-रहते ध्यान देने पर आदमी यह तो जान ही जाता है। अतः मैंने विल्सन से कहा, "पार्टनर, घबराने की बात नहीं। न तो यह तेन्दुआ है, न भेड़िया ही है। यह एक चिड़िया है।"

विल्सन ने फिर धीरे से पूछा, "कौन सी चिड़िया?"

मैंने कहा, "ब्लैक पैर्टिज। काला तीतर। चाहे जाकर देख लो।"

मैंने यह बात इतने उल्लास से कही कि मेरी आवाज कुछ ऊपर खिंच आई। यानी मैं इतने ज़ोर से बोला कि मेरी आवाज उस झाड़ी तक पहुँच गई और काला तीतर बोलते-बोलते चुप हो गया।

विल्सन कहने लगा, "काला तीतर! काला तीतर! यह तो बड़ी लज्जतदार चिड़िया होती है। बुन्देलखंड या किसी भी ऊबड़-खाबड़ इलाके में पाई जाती है। जुते हुए खेतों में या छोटी-मोटी झाड़ियों के इर्द-गिर्द बैठती है। पैरों से चलती है और पंखों से उड़ती है...।"

मैंने कहा, "तुमने ख़ूब याद किया है। यह भी याद कर लो कि यह 'किट लौं', 'किट लौं' करती है। अब जाओ, झाड़ी के पास जाकर इसे ही मारने की कोशिश करो। झील का प्रोग्राम छोड़ दो।"

विल्सन धीरे-धीरे झाड़ी की ओर बढ़ा। चलते-चलते उसने पूछा, "और तुम?"

मैंने समझाया, "देखो विल्सन, मेरी आवाज-भर सुनकर चिड़िया इतना डर गई है कि उसने बोलना बन्द कर दिया है। अब अगर मैं उस पर फायर भी कर दूँ तो वह ज़रूर मर जाएगी। मैं शिकार में इतनी बुजदिली नहीं पसन्द करता। झाड़ी के पास तुम्हीं जाकर देखो, शायद तुम उसका शिकार कर सको। आज चिड़ियों का शिकार झील में न होगा। आज हम तीतर मारेंगे।"

विल्सन मेरी बात समझ गया, और झाड़ी की ओर चल पड़ा। झाड़ी तक जाने में उसने 'स्टॉकिंग' वाली तरकीब दिखाई। अर्थात् वह धीरे-धीरे चला। कभी पंजों के बल, कभी घुटनों पर चला, कभी दोनों हाथों और पैरों पर चला, कभी जूते उतारकर चला और कभी जूते पहने हुए चला। कभी जुते हुए खेत में उकड़ूँ होकर बैठा। कभी खेत की मेड़ पर छाती के बल लेटकर घिसटते हुए चला। इस दौरान में उसकी निगाह एक झाड़ी से दूसरी झाड़ी की ओर जाकर चारों ओर तैरती सी रही। इस तरह सौ गज का फ़ासला उसने आधे घंटे में तय कर डाला। उसके घुटने छिल गए। मुँह पर पसीना झलक आया, सामने क़मीज़ और ब्रीचेज़ मटमैली हो गई। हमने किताबों में पढ़ा था कि चलकर यानी 'स्टॉक' करके शिकार करने में इंसान ख़ुद शिकार हो जाता है। विल्सन ने इतनी मेहनत करके साबित कर दिया कि किताब की यह बात बिल्कुल सही है।

झाड़ी के सामने, बन्दूक़ को दोनों हाथों मजबूती से पकड़े हुए, शरीर के ऊपरी भाग को नीचे की ओर झुकाकर समकोण-सा बनाते हुए विल्सन धीरे-धीरे इधर-उधर टहलता रहा। तभी उस झाड़ी से फिर आवाज आई, "किट लौं, किट लौं।" साथ ही आसपास की कई और झाड़ियों से उसके जवाब में तीतरों ने कहा, "किट लौं", "किट लौं।"

देखते-देखते पूरब की झाड़ीवाले तीतरों और पच्छिम की झाड़ी के तीतरों में बाकायदे अन्त्याक्षरी-सी छिड़ गई। मैं साहित्यिक आदमी हूँ। इसलिए मेरी तबीयत फड़क उठी। क्या रियाज था! होता यह था कि एक तीतर के मुँह से "किट लौं", "किट लौं" की सम के ऊपर कविता ख़तम नहीं हुई कि दूसरे ने तड़ से जवाबी जड़ दी।

पर इसी बीच में विल्सन ने ज़ोर से फायर किया। वैसे तो जब बन्दूक़ से फायर होता है तो ज़ोर की आवाज निकलती ही है पर इस तीतर के शिकार के लिए मुझे लगा कि फायर कुछ ज़्यादा ज़ोर से हो गया। चिड़ियाँ बेतहाशा उड़कर भाग चलीं। कुछ तीतर मेरी ओर भी उड़कर भागे। विल्सन ने वहीं से पुकारकर कहा, "भागने न पाए। बन्दूक़ चलाओ।"

मैंने अचकचाकर चिड़ियों की ओर बन्दूक़ तान दी। ज़ाहिर है कि चिड़ियों पर बन्दूक़ का असर तभी होगा जब उसके अन्दर कारतूस भी हो। इसलिए मेरा बन्दूक़ दिखाना एक तरह से बेकार साबित हुआ। साथ ही उसी समय मुझे अपना एक सिद्धान्त भी याद आ गया। इसलिए तीतर उड़कर दूसरी झाड़ियों में छिप गए। सौदा बराबर का रहा। न कुछ मेरा नुकसान हुआ, न तीतरों का ही नुकसान हुआ।

विल्सन ने मुझे डाँटा कि मैंने बन्दूक़ नहीं चलाई, तब मैंने उसे अपना सिद्धान्त समझाते हुए कहा, "सुनो विल्सन, मैं सिद्धान्तप्रिय आदमी हूँ। क्या शिकार और क्या अख़बार, जहाँ-जहाँ मेरे करिश्मे दीख पड़ते हैं, वे सब किसी-न-किसी सिद्धान्त के अन्तर्गत होते हैं। मैं उड़ते हुए या भागते हुए जानवर पर वार नहीं करता।"

अब मैंने जब इस पैमाने की बात शुरू की तो विल्सन की आँखों में एक अजीब सी बेवकूफ़ी छलछला आई। मैं समझ गया कि उसे कुछ और समझाना पड़ेगा। इसलिए मैं कहता गया, "मैं इसे बुजदिली समझता हूँ। शिकार बहादुरी का काम है। जो चिड़िया ख़ुद उड़कर भाग रही हो उसे मारने के लिए फायर करने की क्या ज़रूरत है। और जब वह ख़ुद ही उड़ चली तो उसकी जान लेने से क्या फायदा। मैं बराबरी का शिकार करता हूँ।"

विल्सन ने पूछा, "बराबरी के शिकार का क्या मतलब?"

अब मेरी आवाज में बहादुरी की खनक आ गई। मैं अकड़कर कहने लगा, "बराबरी का शिकार उसे कहते हैं कि इस तरफ़ मैं दम साधकर चुपचाप, बन्दूक़ लेकर बैठ जाऊँ और थोड़ी दूर पर उस तरफ़ चिड़िया या जानवर, जो कोई भी शिकार के लिए आया हो, उसी तरह चुपचाप दम साधकर बैठ जाए। मैं उसे देखूँ और वह मुझे देखे। तब असली शिकार होता है। और भागते हुए जानवरों पर गोली चलाने में शिकार की तौहीन होती है। यह मत समझना कि मुझे भागते हुए जानवर पर अपने निशाने का भरोसा नहीं है। मैं शिकार की तौहीन नहीं कर सकता। बस यही बात है। समझ गए, पार्टनर। मैं तो असली शिकार करता हूँ।"

पर विल्सन मेरी बात का आख़िरी अंश नहीं सुन पाया। उसे सचमुच ही पास की एक झाड़ी में एक चिड़िया पत्तों की आड़ में छिपी-सी दीख पड़ गई थी। इसलिए वह ज़मीन पर बैठ गया। इत्मीनान से उसने उस चिड़िया पर निशाना लगाया। बहुत देर रुककर, हाथ साधकर, उसने बन्दूक़ दाग दी। यह असली शिकार था। चिड़िया मर गई।

हम लोगों ने झाड़ी घेर लिया और मरी हुई चिड़िया का पता लगाने लगे। पर पता लगने में देर न लगी। चिड़िया मर गई थी और इधर-उधर इस तरह से फैल गई थी कि पता लगाना कठिन था कि कितनी चिड़ियाँ एक साथ मर गई हैं। विल्सन ने साँस खींचकर कहा, "यह तो सिर्फ़ आधा तीतर है।"

मैंने उसे दिलासा देते हुए कहा, "पार्टनर, इसी तरह किसी एक बड़े शिकारी ने कभी एक तीतर मारा था और उसके साथ एक बटेर भी मर गई थी और तब से 'आधा तीतर आधा बटेर' की कहावत चालू हो गई है। पर यह पुराना रिकॉर्ड था। आज तुमने कमाल का काम किया है। तुम्हारे एक ही फायर में आधा तीतर और चार-पाँच आधे बटेर निकल आए हैं। यह नया रिकॉर्ड है। तुम्हारा निशाना गजब का है। तुम्हारे कारतूस को कमाल हासिल है। तुम्हारी बन्दूक़ में सुर्ख़ाब के पर लगे हैं।"

हुआ यह है कि जब से लोगों ने मेरी भाषण-कला की तारीफ कर दी है तब से किसी की तारीफ करने में मैं भाषण-कला का इस्तेमाल कर बैठता हूँ। इसलिए मेरी

बात से विल्सन बहुत ही प्रभावित हुआ। वह इतना प्रभावित हुआ कि बन्दूक़ से खाली कारतूस निकालकर मेरे हाथ में देते हुए कहने लगा, "यह गोलीवाला कारतूस है। मैंने इसी के सहारे आधे तीतर और पाँच आधे बटेरों का रिकॉर्ड कायम किया है। इसे अजायबघर में रखना चाहिए।"

मन में आया कि विल्सन को ही अजायबघर में भेज दूँ। उसने तीतर के ऊपर छर्रेदार कारतूस का इस्तेमाल नहीं किया था। उस पर गोली चलाकर उसने तीतर के साथ-ही-साथ एक पुरानी कहावत के भी टुकड़े-टुकड़े कर दिए थे। पूरा तीतर तो हाथ नहीं लगा पर नया रिकॉर्ड तो विल्सन के हाथ लग ही चुका था। इसलिए उसका उत्साह बढ़ाते हुए मैं कहने लगा, "सचमुच ही यह कारतूस कमाल का है। यह बन्दूक़ भी कमाल की है।"

तभी विल्सन को मेरी पहली बात याद आ गई। बोला, "पार्टनर, तुम कहते हो मेरी बन्दूक़ में सुर्खाब के पर लगे हैं। जहाँ तक मैंने पढ़ा है, सुर्खाब एक चिड़िया का नाम है। उसके पर बन्दूक़ में कैसे लग सकते हैं?"

मैंने रहस्य की हँसी हँसकर कहा, "पार्टनर, यह बात समझाने के लिए कभी सुर्खाब का शिकार करने चलना पड़ेगा। आज तुमने तीतर का शिकार कर लिया है। इतना बहुत है। अब चलो, लौट चलें।"

हम लौटे। लौटते समय लगता था, विल्सन के पाँवों में पंख लग गए हैं। अब उसकी आवाज में बुलबुलें चहकने लगी थीं, और तबीयत पर अबाबीलें फुदक रही थीं। हँसते हुए उसने कहा, "पार्टनर, तुम लाजवाब आदमी हो। जाननेवाले ही तुम्हारी कदर जान सकते हैं।"

और इस बार विल्सन तबीयत से गाता हुआ लौटा,

कदर उल्लू की उल्लू जानता है, हाँ।

हवाएँ फुरफुराती हुई बहती रहीं। दूर की झाड़ियों में तीतरों ने इस बार कवि-सम्मेलन-सा करना शुरू कर दिया। पर हम रुके नहीं और आधा तीतर लेकर वापस लौट आए।

बेचारे डाकू

निम्नलिखित पंक्तियों में मेरे गाँव, पुलिस और डाकुओं के बीच की एक त्रिकोणात्मक कहानी कही गई है, पर सबसे पहले देखिए, राष्ट्रकवि बाबू मैथिलीशरण गुप्त ने क्या कहा है :

दिन बारह बरसों में घूरे के भी सुने गए हैं फिरते।

(साकेत, नवम सर्ग)

इस रमणीक उक्ति के हिसाब से हमारे गाँव के पुराने चोर रामदयाल के दिन उपर्युक्त मियाद पूरी होने के पहले ही फिर गए हैं। आज से दस साल पहले वे चोरी के जुर्म में तीन महीने के लिए जेल गए थे। जेल से बाहर निकलते ही उनकी निगरानी होने लगी। हिस्ट्री-शीट खुल गई। लोग उन्हें बदमाश समझने लगे और दूसरों की देखादेखी वे ख़ुद अपने-आपको बदमाश मानने लगे। पर अब उनकी निगरानी नहीं होती। बल्कि, गाँव के रक्षा-दल के सरदार की हैसियत से वे अब दूसरों की निगरानी करते हैं। उनको एक बन्दूक मिली हुई है। चारों ओर उनकी बहादुरी का बोलबाला है। पिछले दस साल तक जो घूरा बना हुआ था, वहीं शामियाना तानकर जलसा किया जा रहा है।

लोग पूछते हैं : ऐसा कैसे हो गया?

तो सुनिए कि ऐसा कैसे हो गया।

कुछ दिन हुए, मेरे गाँव में एक ज़बर्दस्त डाका पड़ा। डाकू बिना कुछ समझे-बूझे हमारे पड़ोस के मकान में घुस आए और बड़े फूहड़ तरीक़े से डाका डालने लगे। (बाहर पुआल के ढेर में आग लगाकर लोगों को उधर भागने पर मजबूर करना, घर में औरतों को धमकाना, बच्चों को पीटना, ऊधम मचाना और गाली-गलौज करना, आदि-आदि।) पर हमारे गाँववाले उनके चकमे में नहीं आए। आग लगाना और आग बुझाना उनके लिए नया नहीं था। इसलिए उन्होंने आग की ओर देखा ही नहीं। वे सीधे डाकुओं के पास आए और उनका डटकर सामना करने लगे। गाँववालों ने डाकुओं से भी ज़्यादा शोर मचाया, उनसे भी बढ़कर ज़ोरदार और निरर्थक गालियाँ दीं, उन्हें घरवालों के मुकाबले में ज़्यादा पीटा, एक डाकू के टेंट में बँधे हुए दो सौ रुपए के नोट लूट लिये और दुखान्त नाटकों के घटिया लेखकों की तरह, जो नाटक ख़त्म करते-करते किसी पात्र को ज़बर्दस्ती मार डालते हैं, घबराहट में भागते डाकुओं में से एक को मार भी डाला।

इस घटना की ख़बर दूर-दूर तक फैली। अख़बारों के स्थानीय समाचारों में गाँव वालों की बहादुरी का नमूना बड़े-बड़े हरूफ़ों में छपा। पुलिसवाले दूसरे मरियल गाँवों में हमारे गाँव का दृष्टान्त देने लगे। मिडिल स्कूल में पढ़नेवाले लड़कों को 'एकता से लाभ' जैसे विषयों पर लेख लिखने का मसाला मिल गया। हमारे गाँव के आसपास डकैतियाँ ख़त्म हो गईं। डाकू हम लोगों के नाम से थर्राने लगे। बिल्कुल शेरशाहवाला ज़माना आ गया। लोग अपने मकानों में बिना ताला लगाए, दरवाज़े खुले छोड़कर, दूसरों के दरवाज़ों पर घूमने लगे।

यह सब तो बाद में हुआ, पर उस दिन एक डाकू को मार डालने के बाद लोग ख़ुद अधमरे होकर बैठ गए। उनकी समझ में न आया कि डाकू मारने की बात दबाई जाए कि उभारी जाए। चबूतरे पर लगभग तीस बहादुर लठैत एक-दूसरे का मुँह देखते हुए बैठे रहे। उनके सामने दो सवाल थे—एक तो यह कि डाकुओं से छीने हुए रुपयों का क्या किया जाए और दूसरा यह कि मुर्दा डाकू के साथ कैसा सलूक किया जाए।

डाकू-विरोधी अभियान के अगुआ थे राजपालसिंह। जहाँ लाठी चलाने की बात हो वहाँ वे शेर हो जाते थे, पर थाना-कचहरी या अपना घर, यानी जहाँ बाद में हाज़िर हो जाना पड़ता है, वहाँ वे मेमने की तरह बात करते थे। इस समय उनके सिर पर मेमना ही चढ़ा हुआ था। मिनमिनाते हुए बोले, "हम सब पर राहज़नी और ख़ून का मुक़दमा चलेगा। अरे भैया, डाकू आए थे तो उन्हें भगा देते, पर अपनी ओर से उनका रुपया क्यों छीन लिया? बताओ बिल्लेसुर, तुम्हीं बताओ। उनका दो सौ रुपया छीनकर तुम रईस हो जाओगे?" कहकर अपने हाथ में वे दो सौ रुपए के नोटों को मजबूरी से दबाने लगे।

बिल्लेसुर ने दहाड़कर कहा, "हम कहे देते हैं कि किसी ने हम पर इलज़ाम लगाया तो ठीक न रहेगा, हाँ। अरे, हमने तो एक डाकू को फड़ से लाठी मारी और ये नोट उसके टेंट से महुआ-जैसे चू पड़े। इसमें मेरा क्या क़सूर?"

राजपालसिंह ने मिमियाते हुए कहा, "बेटा बिल्लेसुर, क़सूर तुम्हारा नहीं है, न हरिहर का ही है। उसने भी जान-बूझकर किसी का ख़ून थोड़े ही किया है। टनटनाटन लाठी बज रही थी, और पड़ गई हरिहर पहलवान की लाठी डाकू भाई की खोपड़ी पर। डाकू भाई वहीं लोट गए। तो कोई यह थोड़े ही कहता है कि हरिहर ने जान-बूझकर मारा। पर बताओ भैया, पुलिस से क्या कहेंगे?"

हरिहर ने बिगड़कर कहा, "हम कहे देते हैं कि किसी ने हम पर इलज़ाम लगाया तो ठीक न होगा, हाँ। हम तो ख़ुद एक कोने में लाठी खाकर गिर पड़े थे। मुझे किसी डाकू-फाकू से क्या मतलब?"

डाकू भाग चुके थे, इसलिए मौक़े पर पुलिस आ गई और इत्मीनान से मामले की जाँच करने लगी। इसके पहले कि बात कुछ आगे बढ़ती, राजपालसिंह ने दारोग़ाजी से कहा, "सरकार, बहुत बचाया, बहुत बचाया, पर बचा न सका।"

दारोग़ाजी ने पूछा, "क्या हुआ?"

उन्होंने कहा, "क्या कहें सरकार, जो होना था सो हो गया, अब सब-कुछ सरकार ही के हाथ में है।"

राजपालसिंह के हाथ में डाकुओं से छूटे हुए दो सौ रुपयों के नोट मौजूद थे। घबराहट में उनके हाथ काँप रहे थे और नोट फड़फड़ा रहे थे। एक हेडकांस्टेबल उर्फ़ चीप साहब ने कहा, "सरकार के हाथ में क्या रखा है? जो कुछ असली माल है, वह तो तुम्हारे हाथ में है।"

सुनते ही वे नोट बेहोश होकर राजपालसिंह के हाथ से ज़मीन पर आ गिरे। उन्हें फिर से बटोरकर उन्होंने चीप साहब के हाथ में दे दिया और कहा, "अब जो है, वह सब-कुछ सरकार के हाथ में है।"

चीप साहब ने दारोग़ाजी की ओर देखा, पर वे दूसरी ओर किसी दूसरी ज़रूरी चीज़ को देखने लगे। चीप साहब ने अलिफ़-लैला के किसी जादूगर की-सी सफ़ाई से सौ रुपए का नोट हवा में गायब कर दिया। उसके बाद अलिफ़-लैला के किसी जिन की तरह चीख़ते हुए बोले, "तुम लोगों ने समझ क्या रखा है? एक-एक पैसे का हिसाब रखा जाएगा। ये रुपए मुक़दमे में पेश किए जाएँगे।"

देखते-देखते चीप साहब ने बचे हुए रुपयों की एक फे़हरिस्त बना डाली। उस पर दो-चार लोगों के दस्तख़त कराके दारोग़ाजी से पूछा, "यह कार्रवाई तो ख़त्म हो गई बन्दापरवर! आगे क्या हुक्म है?"

दारोग़ाजी सोचकर बोले, "डाकू लोग भागते में कुछ रुपया भी छोड़ गए थे। उसमें से सौ रुपया तो फे़हरिस्त में आ चुका है। बाक़ी रुपया कहाँ है?"

लोग देख रहे थे कि बात हाथ से फिसली जा रही है। दारोग़ाजी ने फिर कहा, "हो सकता है और लोगों के पास भी डाकुओं का छूटा हुआ रुपया हो।"

एक सिपाही, जिसे दस उँगलियाँ गिनाने के बाद ग्यारह की संख्या नहीं बतानी पड़ती थी, सैल्यूट करके बोला, "हुक्म हो तो गाँव की खानातालाशी ले ली जाए।"

लोग बिल्लेसुर की ओर देखने लगे। बिल्लेसुर ने रुआँसे होकर गाँव के बुज़ुर्ग की ओर देखा। इस पर उन बुज़ुर्ग ने दस रुपए का एक नोट निकालकर चीप साहब के हाथ में रख दिया और कहा, "यह नोट यहीं पड़ा था सरकार!"

यों शुरुआत हो जाने पर तरह-तरह के छोटे-बड़े नोट चीप साहब के हाथ में आने लगे। शायद सभी गाँववालों ने डाकुओं के शरीर से झरते हुए नोटों में से दो-दो, चार-चार नोट उठा लिये थे। देखते-देखते एक रक़म क़ानून के हवाले कर दी गई। ख़ानातलाशी की ज़रूरत नहीं पड़ी।

चीप साहब ने कहा, "इतने नोटों की फ़ेहरिस्त बनाने में तो घंटों लग जाएँगे।"

दारोग़ाजी बोले, "लिखा-पढ़ी होती रहेगी। अभी डाकुओं का पीछा भी तो करना है।"

उन लोगों को जाता हुआ देख राजपालसिंह फिर मिमियाने लगे। चीप साहब ने दयालुता से कहा, "क्या बात है, ठाकुर साहब? घबराना किस बात का? डाकू लोग आए थे, आप लोगों की मदद से पुलिस ने उन्हें बाहर खदेड़ दिया है। उनका छूटा

हुआ माल हमारे हवाले कर दिया गया है। अब क्या बात है?"

राजपालसिंह बेवकूफ़ की तरह हरिहर को देखने लगे। हरिहर का चेहरा तमतमा उठा। उसने रुकते-रुकते कहा, "मुठभेड़ में एक डाकू खेत हो चुका है।"

इस अठारहवीं सदी के मुहाविरे को सुनते ही पुलिसवाले चौंककर खड़े हो गए। फिर सब-कुछ जल्दी-जल्दी होने लगा। डाकू की लाश क़ब्ज़े में ली गई। ख़ून-भरी मिट्टी को हाँडी में बन्द किया गया, उस पर मुहर लगाई गई, जैसे डर था कि कोई रास्ता पाते ही मुर्दा डाकू हाँडी की मिट्टी से फड़फड़ाकर निकल पड़ेगा। डाकू कब आए, कैसे आए, उधर से कितने और इधर से कितने थे, यह सब पूछ-ताछ शुरू हो गई। रिपोर्ट में क्या लिखा जाए, इस पर बहस चल निकली।

चीप साहब ने हरिहर के कन्धे पर हाथ रखकर कहा, "क्यों उस्ताद, एक हाथ में ही सफ़ाया कर दिया?"

हरिहर की आँख के आगे गोल-गोल धब्बे तैरने लगे। उधर दारोग़ाजी ने कहा, "बताइए, यह किसकी लाठी से मरा है?"

उनकी आवाज़ में नरमी थी और वह 'बताओ' की जगह 'बताइए' कह रहे थे। हरिहर को फाँसी का फन्दा दीख पड़ने लगा। पूरी ताक़त लगाकर उसने किसी को सहारे के लिए ढूँढ़ना चाहा। हमेशा से संकट में फँसे लोगों को सहारा देनेवाले झूठ ने अचानक प्रकट होकर उसे सहारा दिया।

उसने कहे, "इस डकैत को रामदयाल ने मारा है!"

"कौन रामदयाल?"

गाँववालों की बाँछें खिल गईं। एक ने कहा, "चोट्टा रामदयाल! सरकार, अभी-अभी तो यहीं पर था।"

रामदयाल को बुलाया गया। वह नींद से आँखें मलता हुआ आया, और पूरी बात समझते ही वह दारोग़ाजी से जेल में सीखी हुई बोली बोलने लगा।

रामदयाल बोला, "यही तो हमने भी सोचा हुज़ूर कि हम लोगों के होते हुए किसी ने गाँव पर आँख उठाने की हिम्मत कैसे की? डाकुओं के आते ही मैं हरिहर, राजपालसिंह, बिल्लेसुर जैसे तीन जवानों को लेकर जाय वक़ुआ पर पहुँच गया। पहुँचते ही मैंने ललकारा, 'ख़बरदार!' उधर से डाकुओं ने भी कहा, 'ख़बरदार!' ठाकुर राजपालसिंह ने भी कहा कि गाँव की आन न जाने देंगे। डाकुओं को भगाकर दम लेंगे। क्यों ठाकुर साहब?" राजपालसिंह मरियल स्वर से बोले, "हाँ-हाँ, कहो न, जो कहना चाहो।"

"तो हुज़ूर, फिर क्या था, लाठी चलने लगी। एक डाकू ने तमंचा चलाया और गोली मेरी बाँह के नीचे से 'जूँऽऽऽ' करती हुई निकल गई। बदन को छू जाती तो वहीं ढेर हो जाता। बस हुज़ूर, तभी मैंने कहा कि या तो हम नहीं, या तुम नहीं। और क्या तारीफ़ करूँ अपने पट्ठों की—बेटा हरिहर, बोलते क्यों नहीं?"

हरिहर ने सिसकी-सी छोड़ी, "बोल तो रहा हूँ। तभी तुम्हारी लाठी उस डाकू पर पड़ी...।"

दहाड़कर रामदयाल ने कहा, "यही तो कहा हुज़ूर, कि यह इतना शातिर डाकू, रामदयाल की खपच्ची-सी लाठी का वार नहीं झेल पाया। पहले हाथ ही में ज़मीन पर आ रहा। फिर क्या था, पीट लिया बेटा को भाइयों ने। टें हो गया। डाकुओं के छक्के छूट गए। सरपट भागे...।

"मुझ ग़रीब में क्या दम थी हुज़ूर, पर इन सब भाइयों के सहयोग से इस गाँव की लाज बच गई। बोलो भाइयो, प्रेम से बजरंग बली की...।"

सहयोग का ज़िक्र होते ही दारोग़ाजी ने चौंककर रामदयाल को देखा। वे समझ गए कि बात उनके हाथ से निकल चुकी है। उन्हें भी सहयोग से ही चलना पड़ेगा।

उसके बाद क्या हुआ, यह जानने के लिए यह कहानी शुरू से पढ़ जाइए और वहाँ तक पढ़िए जहाँ लिखा है कि "यह सब तो बाद में हुआ।"

राष्ट्रकवि ने सिर्फ़ सुना था कि घूरे के भी दिन बारह बरसों में फिरते हैं, पर मेरे गाँववालों ने यह अपनी आँखों देखा है। सब गाँवों की तरह मेरे गाँव के भी चारों ओर घूरे-ही-घूरे हैं। कुछ को साफ़ करके शामियाना ताना गया था, नीचे दरियाँ बिछाई गई थीं। सभा हुई थी। गाँव के रक्षा-दल के अगुआ रामदयाल को एक बन्दूक़ इनाम में दी गई थी। सहयोग शब्द का भाषणों में काफ़ी इस्तेमाल हुआ था।

जैसी करनी वैसी भरनी : एक बोध-कथा

शहर। उसके तीन हिस्से : छावनी, भूरेशाहों की बस्ती और काले आदमियों का बाज़ार। भूरेशाहों की बस्ती नई है—कोटा-परमिट, योगक्षेमं वहाम्यहम्, इनकमटैक्स की चोरी, सिफ़ारिश, परद्रव्येषु लोष्ठवत्, भतीजावाद, वसुधैव कुटुम्बकम्, कॉल गर्ल्स, समाजवादी समाज के ढाँचे और हाउसिंग स्कीमों की उपज। वहाँ एक तिमंज़िली कोठी है। आसपास के एकमंज़िले फ़ैशनेबल बँगलों में वह ऊँची इमारत अपनी मज़बूती और बदसूरती के लिए मशहूर है। मकान-मालिक को अभिमान है कि अकेली उस इमारत की क़ीमत से आसपास के दस बँगले ख़रीदे जा सकते हैं। बात सही है, पर ग़लत भी है क्योंकि आसपास के बँगले बिकाऊ नहीं हैं।

मकान-मालिक बुज़ुर्ग हैं। पहले रेलवे में माल-बाबू थे। अब वे बाबू नहीं रहे, सिर्फ़ माल रह गया है। रिटायर होने पर अब उनके सिर्फ़ तीन काम हैं—सुबह उठकर अपने को इत्मीनान दिलाते हैं कि उनके सिवा ज़माने के सब लोग बेवकूफ़ हैं, दिन-भर मुहल्ले में किराये का मकान ढूँढ़नेवालों को ख़ाली मकानों का पता बताते हैं और शाम को ठर्रा पीकर अपने ग्यारह साल के लड़के को पढ़ाते हैं।

शाम हो गई है। वे अपनी बैठक में तीसरा काम कर रहे हैं। बेटा कमरे के दूसरे छोर पर फ़र्श पर बैठा है और उनकी बातों को शान्ति और आदर के साथ सुन रहा है—शान्ति इसलिए कि उनके न दिखाने से कनपटी पर झापड़ पड़ सकता है, और आदर इसलिए कि इतना ठर्रा पीते हुए भी माल-बाबू ने बेटे का अभी झापड़ नहीं मारा है, और इसके सिवा चारा भी क्या है!

बेटा कहता है, "बापू, 'जैसी करनी वैसी भरनी' का क्या मतलब? मुझे इस पर सात लाइन का लेख लिखना है।"

वे कहते हैं, "लिख दो, यह एक कहावत है।"

बेटा पूछता है, "कहावत किसे कहते हैं?"

"जिसे लोग यूँ ही खामखाह कह दिया करते हैं," इतना कहकर वे ठर्रे का गिलास एक साँस में गटक जाते हैं। बेटा चुप रहता है। अपना पैर ऊपर उठाकर और सिर नीचे झुकाकर वे पाजामे से मुँह पोंछते हैं, फिर साँस निकालकर बेटे से दोस्ताना अन्दाज़ में कहते हैं :

"इस कहावत के पीछे एक कहानी है। एक बुढ़िया शहर में दूध बेचने जाती थी। उसे रोज़ एक नदी पार करनी पड़ती थी। वह बहुत फ़र्स्ट क्लास दूध बेचती

थी और दिन-भर में एक रुपया कमा लेती थी...। तुम्हें यह कहानी क्लास में पढ़ाई गई होगी?"

बेटा कहता है, "जी नहीं। हमें नहीं पढ़ाई गई।"

वे बीड़ी सुलगा लेते हैं और शोक के साथ कहते हैं, "तुम छठे दर्जे में पढ़ रहे हो और तुम्हें यह भी नहीं पढ़ाया गया। मुझे तो चौथे दर्जे में ही इसे रटा दिया गया था।"

वे साँस खींचकर एक ऐसी बात कहते हैं जिसे आज घोड़े और गधे भी कहने को तैयार हैं, "अब स्कूलों में पढ़ाई नहीं होती।"

शिक्षा-मंत्री भी ऐसी बात सुनते तो चुप बैठे रहने के सिवाय क्या करते? बेटा भी चुप बैठा रहता है। अचानक वे सिर को झटक देते हैं :

"तो वह बुढ़िया शहर में दूध बेचकर दिन-भर में एक रुपया कमा लेती थी। एक दिन नदी पार करते समय बुढ़िया को अचानक क्या सूझा कि उसने दूध में तीन गुना पानी मिला लिया। उस दिन बुढ़िया जब दूध बेचकर लौटी तो उसके पास एक के बजाय तीन रुपए थे। बुढ़िया बहुत ख़ुश हुई। नदी के किनारे आकर वह थोड़ी देर सुस्ताने के लिए बालू पर बैठ गई। उसने तीनों रुपए एक रूमाल में बाँधकर अपने पास रख लिये।"

माल-बाबू बीड़ी जलाने को रुकते हैं। एक कश खींचकर वे फिर ऊँची आवाज में कहते हैं, "तभी एकाएक क्या हुआ कि एक चील ने नीचे झपट्टा मारा और रूमाल को अपने पंजों में दबोचकर आसमान में उड़ गई। उसका एक पंजा बुढ़िया के हाथ में भी लग गया, जिससे कि ख़ून निकल आया। बुढ़िया चीख़ने लगी, उसने दूध में पानी मिलाया था इसलिए उसके हाथ में चोट लग गई और उसकी उस दिन की कमाई चील उठा ले गई। तभी से मसल मशहूर है बेटे, कि 'जैसी करनी वैसी भरनी'।"

बेटा कुछ सोचने लगता है। वे हमदर्दी से कहते हैं, "क्या सोचते हो बेटे? ज़्यादा मत सोचा करो। सोचना काम चिड़ीमार का है।"

बेटा कहता है, "बापू, अगर यह सही है तो हमारे ग्वाले का पैसा चील क्यों नहीं उड़ा ले जाती? वह भी तो रोज़ दूध में पानी मिलाता है।"

वे ठर्रे का एक गिलास भर लेते हैं और जब बोलते हैं तो साथ में हँसते भी हैं। कहते हैं, "चीलें भी अब कहाँ तक झपट्टा मारें!"

लड़का इस बात को शायद समझ नहीं पाता। वह बात को दूसरी ओर मोड़ता है, "तो बापू, जब चील बुढ़िया का रुपया उड़ा ले गई, तो बुढ़िया ने क्या किया?"

वे प्यार की झोंक में हँसते हैं। कहते हैं, "अबे, बता तो दिया। वह बहुत रोई।"

उन्हें हँसता देख लड़के की हिम्मत बढ़ जाती है। पूछता है, "फिर क्या हुआ?"

"फिर बुढ़िया अपने घर जाकर रोते-रोते सो गई।"

"उसके बाद फिर क्या हुआ?"

"वह दूसरे दिन फिर शहर में दूध बेचने गई।"

"फिर क्या हुआ?"

लड़के की इस ज़िद पर वे ठठाकर हँसते हैं और खाँसने लगते हैं। कहते हैं, "तो बेटा, ज़िन्दगी-भर का पूरा क़िस्सा आज ही सीख लोगे?"

वे संयत होकर आगे बढ़ाते हैं, "अच्छा, सुनो।" वह बुढ़िया जब दूसरे दिन शहर की ओर दूध बेचने गई, तो उसने दूध में तिगुने पानी की जगह पंचगुना पानी मिला दिया। शाम को जब वह अपने घर लौटी तो उसके पास एक की जगह पाँच रुपए थे। वह नदी किनारे पर आकर थोड़ी देर सुस्ताती रही पर चीलें समझ गई थीं कि बुढ़िया होशियार हो गई है। इसलिए उस दिन किसी चील ने झपट्टा नहीं मारा।

"फिर क्या होना था बेटे! कहावत उलट गई। 'जैसी करनी वैसी भरनी' की जगह 'जैसी भरनी वैसी करनी' हो गई। बुढ़िया जितना ही दूध में पानी मिलाती थी, उतना ही पैसा पैदा करती थी।"

"फिर क्या हुआ बापू?"

"फिर बुढ़िया ने शहर में एक मकान बनवा लिया और किराए पर उठा दिया।"

इतना कहकर वे फिर हँसते हैं और न जाने क्यों इस बात पर लड़का भी हँसने लगता है।

अचानक वह पूछता है, "बापू, बुढ़िया का तो यह हाल हुआ, पर उस चील का क्या हुआ। जिसने उसके रुपयों पर झपट्टा मारा था?"

"चील उड़ गई।"

"उड़कर कहाँ गई बापू?"

वे अपना गिलास खाली करके खुले दरवाज़े से बाहर की तरफ देखने लगते हैं। उनका चेहरा ख़ुश, चिकना और मुलायम है, जैसे उस पर ताज़ा पॉलिश की गई हो। वे दरवाज़े के बाहर सड़क के दूसरी ओर बने फैशनेबल बँगलों की ओर ताकते रहते हैं।

लड़का फिर पूछता है, "चील उड़कर कहाँ गई बापू?"

वे हँसते हैं, "वह इसी मोहल्ले में उड़कर आ गई और सामनेवाले बँगले में रहने लगी।"

लड़का अपनी जगह से उठकर दरवाज़े पर आ जाता है। क़िस्से में उसे एक नई दिलचस्पी पैदा हो जाती है। वह कहता है, "किस बँगले में बापू?" उस सामनेवाले बँगले में।

वे चुपचाप ठर्रा पीते रहते हैं।

लड़का थोड़ी देर चुप रहता है, फिर अचानक ही किलकारी मारकर कहता है, "उसमें तो तुम्हारे बड़े साहब रहते हैं बापू! तुम उनको चील कहते हो!"

वे जोर से हँसते हुए कहते हैं, "रिटायर हो जाने पर अब कौन साहब और कौन मेम? पर तब वह बड़ी-बड़ी चीलों के कान काटता था। बहुत ऊँचा उड़ता था और फटाक से झपट्टा मारता था।

कहते-कहते वे कुछ ऐसी बातें करने लगते हैं जिसका सम्बन्ध पैसा कमाने और ख़र्च करने से है। जो हमारे लिए राजनीति, अर्थशास्त्र, दर्शन, धर्म और आचारसंहिता

का काम देती हैं। लड़के की समझ में कुछ नहीं आता। वह धीरे से बाहर के बरामदे में खिसक जाता है और आसपास लगभग एक जैसे बने हुए कई बँगलों को देखता रहता है।

अचानक वे ज़ोर से पुकारते हैं, "यहाँ आ जाओ बेटे, ग़लती हो गई है...।"

नरमी के साथ समझाते हुए कहते हैं, "मैंने गलत बताया।" बुढ़ियावाली कहानी तो एक दूसरी कहावत के साथ जुड़ी है। 'जैसी नियत वैसी बरकत।'

'जैसी करनी वैसी भरनी' के लिए तो एक दूसरी ही कहानी है। सुनो...।

गौतम, कपिल, पतंजलि मात खा चुके हैं। ज्ञान की धारा बह रही है। वे अपने आप से बहुत ख़ुश हैं और ठर्रे का तीसरा गिलास भरने लगते हैं।

एक शरीफ़ दोस्त के नाम पत्र-1

(विदेश भ्रमण पर)

लखनऊ
26 सितम्बर, 1965

मित्र,

मेरे सामने तुम्हारा पत्र है, जिस पर तुम्हारा पता है : ग्रेसलैंड, इंडियानापोलिस, इंडियाना। वहीं मेरा पता लिखा है : लखनऊ, उत्तर प्रदेश, इंडिया। लगता है मेरा पता तुमने मुझे पत्र पहुँचाने के लिए नहीं, शर्मिन्दा करने के लिए लिखा है।

मेरे साथ तो यह होना ही था। मैं वहाँ की किसी संस्था से अपने नाम निमंत्रण नहीं भिजवा पाया, यहाँ पर किसी शिष्टमंडल की मेम्बरी नहीं हथिया सका। प्राइवेट सेक्टर में मैं घुसा नहीं, पब्लिक सेक्टर ने मुझे उछाला नहीं। जब मुझे यह बताया गया कि फॉरेन एक्सचेंज की दिक्कत है, मैंने उसे क़िस्सा नहीं, सच्ची घटना समझकर स्वीकार कर लिया। फिर, वही हुआ। तुम वहाँ चले गए, मैं यहाँ रह गया और एक ज़रा सी भौगोलिक हरकत से हमारी-तुम्हारी हैसियत अलग-अलग हो गई।

अब तक तो हम दोनों ही लगभग बराबर थे। जो हमें आज़ाद छोड़कर विलायत चले गए, उनके चरित्र को ओछा समझकर भी हम दोनों उनके रहन-सहन को आदर्श मानते थे। हम दोनों ही पढ़े-लिखे आदमी थे (यानी अंग्रेज़ी बोलते थे), हमारे पास मोटरें थीं (जो देसी छाप खटारा नहीं, असली विलायत की बनी थीं), हमारे बच्चे कान्वेंट में पढ़ते थे (जहाँ की मास्टरनियाँ उन्हें इस तरह की बोली सिखाती थीं, "तुम्हारा मम्मी तुमको अगर बुक नहीं देंगा तो तुमको पनिश मिलेंगा") हमारे पीछे अच्छी आमदनी थी, दाएँ-बाएँ अफ़सरों और व्यापारियों की दोस्ती थी, दिमाग़ में इनकमटैक्स की चोरी थी, गर्दन पर सफ़ेद कॉलर था। हम दोनों ही असली थे और जिसे जनता कहते हैं, वह जाली दस्तावेज़ हमारी रद्दी की टोकरी में फटा पड़ा था। मेरे पास अब भी ये सब हैं और रहेंगे, पर अमरीका जाते ही तुम्हारी हैसियत बदल गई है। वहाँ जाने से तुमने अपने साथ एक नया 'स्टेटस' जोड़ लिया है और मुझे—जो इस हल्ले में भी अमरीका नहीं जा पाया—हीनता के खन्दक में ढकेल दिया है।

यह न सोचना कि मैं ईर्ष्या कर रहा हूँ। मैं तो सिर्फ़ आधुनिक समाज-विज्ञान का नुस्ख़ा दोहरा रहा हूँ। वैसे, मुझे तुम्हारे अमरीका जाने से बड़ी ख़ुशी है। यहाँ लौटते

ही जब तुम 'फ़्लैट' को 'अपार्टमेंट' और 'ट्रंककॉल' को 'लाँग डिस्टेंस कॉल' कहोगे तो यक़ीन मानो, सबसे पहले मैं ही उछलकर कहूँगा, "जानते नहीं, मेरा दोस्त है? अभी-अभी अमरीका से लौटा है।"

हिन्दुस्तान के बाहर बहुत से देश हैं। तुम शायद जानते ही हो कि उनमें पाकिस्तान है, लंका है, नेपाल है। इसी भूगोल में अल्जीरिया है, घाना है, नाइजीरिया है। अर्जेंटाइना है, ब्राज़ील है। अपनी मुसीबतों में ये शायद हमसे कुछ नज़दीक हैं। पर तुम्हारा रवैया भी ठीक ही है। हम बाहर जाते हैं तो मुसीबतें देखने के लिए जाते हैं या मुसीबतें भूलने के लिए? मुसीबतें ही देखनी हों तो यहीं क्या कम हैं? इसलिए पर्यटक भारतीयों के लिए सिर्फ़ दो जगहें हैं—यूरोप और उत्तरी अमरीका। हमारे यात्रा-वर्णनों में भी अगर इफ़रात है तो यूरोप की ओर यूनाइटेड स्टेट्स की। वे, जो कुछ समय पहले तिब्बत की ख़ाक छानते फिरे और किताबों के पन्ने रँगते रहे, सिरफिरे थे। वे विदेशी, जो दुर्गम वनों, पहाड़ों, ध्रुव प्रदेशों, महासागरों की जोखिम उठाते हैं, बिल्कुल नौसिखुए हैं। इस हिसाब से तुमने अनुभवी हिन्दुस्तानियों का तरीक़ा अपनाकर ठीक ही किया। तुम उसी मार्ग पर गए, जिस पर कई महाजन निकल चुके हैं, उसी रूट से तुमने सफ़र किया, जिसका विज्ञापन पैन अमेरिकन एयरवेज़ ने निकाला था।

तुमने अपने पत्र में अमरीका के बारे में जो कुछ लिखा है उससे मुझे और भी ख़ुशी है। तुमने बिल्कुल वही लिखा है जो अमरीका जानेवाले सभी लोग—ख़ासतौर से लेखक-पर्यटक—अपने दोस्तों को लिखते हैं। औरों की तरह तुमने भी नोट किया है कि अमरीका में लड़कियाँ होती हैं। वे समुद्र-तट पर तैराकी पोशाक में पड़ी रहती हैं या वे तेज़ मोटर चलाती हैं। तुमने भी न्यूयार्क के थिएटरों का, एरिजोना के रेगिस्तान की, ग्रीनविच विलेज की, बीटनिकों की और लौंडे-लफाड़ियों के साथ कार्ल यास्पर्स और नीत्शे की चर्चा की है। वहाँ रुपया बहुत है, मोटरों की इफ़रात है, शराब पीने का सुभीता है—इन तथ्यों का अनुसन्धान तुमने भी बड़ी ख़ूबी और ख़ुर्दबीन से किया है। वहाँ की सामाजिक-राजनीतिक गुत्थियों और वैज्ञानिक और तांत्रिक गहनताओं के बारे में तुम भी वैसे ही गुम-सुम रहे हो जैसे कि हमारे सभी लेखक-पर्यटक रहते हैं। और, हालाँकि अमरीका जाने से पहले तुम लेखन से उतनी ही दूर थे जितना कि अमरीका से, फिर भी अपने सभी पूर्वगामी लेखकों की तरह तुम भी 'मेरी अमरीका-यात्रा के संस्मरण' देसी साप्ताहिकों में छपाने की सोच रहे हो।

मैं इस तरह की बहुत सी चीज़ें पढ़ चुका हूँ और जानता हूँ कि तुम क्या लिखोगे। किस ऐतिहासिक स्थान पर किस लड़की के साथ किस वक़्त तुम क्या कहने के लिए पहुँचे—और कैसी हालत में वह किस तरह अचानक गम्भीर हो गई—ये क़िस्से तुम निश्चय ही शरच्चन्द्र के उपन्यासों की भावुकता बटोरकर शुद्ध पूर्वी शैली में बखानोगे। तुम सब कुछ कहोगे, पर यह बताने की हिम्मत न करोगे कि उस ऐतिहासिक स्थान

का इतिहास क्या है। यह तुम्हारी 'अमरीका-यात्रा के संस्मरण' होंगे। इसी के सहारे तुम उन लेखकों की कोटि में आओगे जो यूरोप और अमरीका से लौटकर हिन्दुस्तान के चिरन्तन देहाती मस्तिष्क के लिए अमर-कथा एवं यात्रा-साहित्य पैदा कर रहे हैं। इसके सहारे तुम इस मधुर धारणा को मज़बूत करने में मदद दोगे हिन्दुस्तान के लिए अफ़्रीका के संघर्षशील हब्शी महत्त्वपूर्ण नहीं हैं, महत्त्वपूर्ण सिर्फ़ मियामी बीच पर पड़ी हुई गोरी लड़कियाँ हैं।

तुमने लिखा है कि अपने यात्रा-विवरण की पहली किस्त तुम वहीं से एक साप्ताहिक के लिए भेजनेवाले हो। इस पर तुमने मेरे सुझाव माँगे हैं। सुझाव के नाम पर मैं एक अपना यात्रा-विवरण भेज रहा हूँ, जिसे तुम नमूने के तौर पर इस्तेमाल कर सकते हो। तुम्हारा पुश्तैनी मकान शहर के छोर पर बँगला बनने के पहले, कहाँ था? मारवाड़ी गली ही में न? मैंने वहाँ तक की यात्रा की थी। उस यात्रा का विवरण मैं नीचे दे रहा हूँ।

"...सड़क पर कुछ तीन पहिएवाली गाड़ियाँ थीं, जिन्हें रिक्शा कहते हैं। उन्हें मैले-कुचैले, दुबले-पतले जन्तु खींच रहे थे, जो एक तरह के आदमी थे। उन पर सफ़ेद कॉलरवाले लोग बैठे थे, जो दूसरी तरह के आदमी थे। रिक्शों की बेशुमार भीड़ थी। मेरा दम घुट रहा था। तभी मारवाड़ी गली का मोड़ आ गया और उसमें घुसकर मैं आश्चर्य करने लगा कि इतने रिक्शे, मोटरें, इक्के—यहाँ तक कि कुछ ट्रक लगभग मेरे ऊपर से निकल गए और मैं तब भी ज़िन्दा हूँ।

"गली के नुक्कड़ से मेरे दोस्त का मकान पचास गज़ दूर था। गली लगभग सात फ़ीट चौड़ी थी। मैं अन्दर घुसा ही था कि किसी जानवर ने मेरे पैर पर पंजा मारा। देखते-देखते मेरा सैंडिल उसके हाथ में था। बहुत ग़ौर से देखने पर पता चला कि वह लगभग ग्यारह साल का एक लड़का है। वह रिरिया रहा था। मेरे कुछ कहने से पहले ही वह सैंडिल साफ़ करने लगा था। उसके मुँह पर फुंसियाँ थीं, उसकी आवाज साफ़ नहीं थी और ज़ाहिर है कि वह बाल-सदनों या अनिवार्य शिक्षा के धोखे में नहीं आया था। मैंने उसे अपना दूसरा सैंडिल भी दे दिया। जब तक वह उन पर पॉलिशनुमा कालिख पोतता रहा, मैंने खड़े-खड़े गली का निरीक्षण कर डाला।

"गली के दोनों ओर गन्दे पानी की खुली नालियाँ थीं। दो-तीन टूटे पाइपों से ऊपर का पानी खड़खड़ाकर गिरता था। छींटे उड़कर एक छोटे-मोटे नियागरा फ़ॉल का मज़ा पैदा कर रहे थे। नाली के एक किनारे तीन नंग-धड़ंग बच्चे क़तार बाँधकर बैठे थे और अपने चन्दरोज़ा बचपन का गन्दा फ़ायदा उठा रहे थे।

"पानी के छींटे एक आदमी पर भी पड़ रहे थे। उसके हाथ-पाँव कटे थे। वह ज़मीन पर पड़ा 'हे-हे' कर रहा था और प्रत्येक 'हे' पर तीन इंच खिसक जाता था। साथ ही अपने कन्धे से टीन का डिब्बा खिसका देता था, जिसमें कुछ सिक्के थे। लोग उसे नाली की तरह किनारे छोड़ या लाँघकर निकल जाते थे। सामने एक हलवाई,

सोलह वर्गफीट रक़बे में मिठाइयाँ सजाए बैठा था। मिठाइयों की रक्षा मक्खियाँ कर रही थीं, मक्खियों की रक्षा अहिंसा कर रही थी। इस वक़्त हलवाई एकनिष्ठ भाव से उस अपाहिज को वहाँ होने के कारण गालियाँ दे रहा था।

"उसी के पास, जो कहीं भी हो सकती है—यानी पान की दूकान—वह थी। पान की पीक एक नाली से दूसरी नाली तक सेतु के रूप में फैल रही थी। ऊपर दीवार पर एक पोस्टर चिपका था। दीवार नई थी, सीमेंट की थी, मज़बूत थी और लगता था, ठेकेदार ने सरकार के लिए नहीं, अपने लिए मनवाई है। पोस्टर फटकर फड़फड़ा रहा था, पर उस पर अब भी पढ़ा जा सकता था, 'बाबू बंसगोपाल को वोट दो।'

"गली में ज़्यादातर पुराने रईस और साहूकार रहते थे।

"मैं अपने सैंडिल वापस लेकर किसी तरह मिठाई की दुकान पर पहुँचा और आगे बढ़ने की योजना बनाने लगा। मेरे मित्र का मकान अब भी चालीस गज़ दूर था...।"

मित्र, यह तुम्हारे पुराने मकान के रास्ते का यात्रा-विवरण है, जिसे तुम अपने लिए नमूना मानकर चल सकते हो। मैं इस इन्तज़ार में रहूँगा कि मेरा प्यारा दोस्त, जिसका पुश्तैनी मकान मारवाड़ी गली में है, अपनी अमरीका-यात्रा के वर्णनों में हमारी स्वर्ग की कल्पना को किस तरह साकार बनाता है।

तुम्हारा

श्रीलाल शुक्ल

एक शरीफ़ दोस्त के नाम पत्र-2

(अपने आदमियों पर)

लखनऊ,
26 सितम्बर, 1965

दोस्त,

तुम्हारे पत्र से लगता है कि तुम्हारा दिल्लीवाला कारोबार ठप होनेवाला है। तुमने लिखा है कि जिस दफ़्तर से तुम्हारा सरोकार था वहाँ के तुम्हारे 'अपने आदमी' किसी दूसरी फ़र्म के 'अपने आदमी' हो गए हैं। मामला नाज़ुक है। इस मसले पर सलाह देने के पहले, आओ, तुम्हें 'अपना-आदमीवाद' के बारे में कुछ बता दूँ।

जनतंत्र क्या है? हमारे मुल्क का बच्चा-बच्चा जानता है : अपने आदमियों की हुकूमत, जो अपने आदमियों द्वारा अपने आदमियों के लिए चलाई जाए। 'अपना-आदमीवाद' के क्षेत्र में हमारी महान् सांस्कृतिक परम्पराएँ हैं। इतिहास गवाह है कि... ख़ैर जाने दो, वह जोश की बात हो जाएगी।

अपने आदमी के बिना कुछ नहीं हो सकता। दाने-दाने पर अपने आदमी की मुहर है। अपने आदमी के बिना पत्ता तक नहीं हिल सकता, व्यापार तो फिर भी बड़ी चीज़ है, क्योंकि उसका सम्बन्ध आयकरवालों को बुत्ता देने से है, मैं तुम्हें एक मामूली सी घटना सुनाता हूँ, जिसका सम्बन्ध ज़्यादा-से-ज़्यादा बिक्री-कर से होगा।

कुछ दिन पहले की बात है, मुझे जूता ख़रीदना था। अब ऐसा तो है नहीं कि अजनबी की तरह बाज़ार चले गए और जूता ख़रीद लाए। वैसा किया जाए, तो यही होगा कि हम काफी रुपया देकर कोई ऐसी चीज़ ख़रीद लाएँगे जिसकी सूरत जूते से मिलती-जुलती होगी, पर लाज़मी नहीं कि वह जूता ही हो।

समस्या विकट थी। मैंने सोचा, जूता ख़रीदना है तो इन दो मशहूर उपायों में से एक को अपनाना पड़ेगा, या तो पहले पचीस साल एक मोची का काम किया जाए और इस तरह जूते के बारे में एक्सपर्ट जानकारी हासिल कर ली जाए, या अपने आदमियों का गिरोह तैयार करके उनकी मदद से जूता ख़रीदा जाए।

ज़ाहिर है कि दूसरा उपाय ही अपनाया गया। मैंने एक अपने आदमी को फ़ोन किया। वे विधान-सभा के सदस्य रह चुके थे। जहाँ अपने आदमियों की फ़ौज जुटानी होती, मैं उन्हीं को फ़ोन करता था। उन्होंने जूता-व्यवसायियों की यूनियन के एक भूतपूर्व सेक्रेटरी (अवैतनिक) को फ़ोन किया। भू.पू. सेक्रेटरी ने मुझे फ़ोन करके समझाया, "फ़िक्र मत करो। ब्राइट शू कम्पनीवाले आदमी हैं। शाम को चलेंगे। तुम्हें

फर्स्ट क्लास जूता मिलेगा।"

उसके बाद रोमांटिक फ़िल्मों का मशहूर आशावादी जुमला : "घबराओ नहीं, सब ठीक हो जाएगा।।"

मैंने दबी ज़बान से कहा, "मेरे एक अपने आदमी उधर पाटे-नाले पर रहते हैं। उन्हें जूते की अच्छी पहचान है। हमेशा जूता ही चलाते रहे हैं। अच्छा काम दिखाते हैं। उन्हें भी ले लूँ?"

इसकी भी इजाज़त मिल गई। मैंने अपना एक और आदमी साथ लेना चाहा। वे एक मशहूर पत्रकार थे। पर वे मिले नहीं। वे स्टेशन गए थे। पता लगा कि उनके एक अपने आदमी को रात की गाड़ी से दिल्ली जाना था, पर उसे रिज़र्वेशन नहीं मिल रहा था। पत्रकार का एक अपना आदमी बुकिंग ऑफ़िस में था, जिसका कि एक अपना आदमी रिज़र्वेशन ऑफ़िस में था...।

हम तीनों दूकान पर पहुँचे; पर भू.पू. सेक्रेटरी (अवैतनिक) का अपना आदमी, जो दूकान का असली मालिक था, वहाँ मौजूद न था। पता चला कि उसके किसी एक अपने आदमी को कुछ साड़ियाँ ख़रीदनी थीं और उन्हें ख़रीदने के लिए वह उसे किसी अपने आदमी की दूकान पर ले गया था। दूकान इस समय उसके मुनीम के चार्ज में थी, जो एक वकील से बात कर रहा था। मुनीम ने हमारी बड़ी इज़्ज़त की, पर कहा, "अभी एक मिनट में...। ज़रा पहले वकील साहब को...। वे जल्दी में हैं।"

हम उनकी बातें सुनते रहे। उनसे 'अपना आदमीवाद' का एक नया पहलू हमारे सामने उभरा। अब तक मैं जानता था कि कुछ पाने के लिए ही हर जगह अपने आदमी की ज़रूरत होती है, पर यहाँ...।

हुआ यह था कि दुकानदार के घर पर पानी का मीटर कभी ख़राब हो गया था। अपने आदमियों की मदद से वह ठीक हो गया। पर दुकानदार को पता नहीं था कि नगरपालिका उसके नाम अब भी हर महीने कितना ख़र्च लिखती जाती है। बहुत कोशिश करने पर भी नगरपालिका से वह अब तक पानी का बिल नहीं निकलवा पाया था। वह रुपया देने को तैयार था, पर नगरपालिका लेने को तैयार न थी।

मुनीम ने कहा, "मैं वकील के ज़रिए नगरपालिका पर मुक़दमे का नोटिस भेज रहा हूँ। वे लोग जान-बूझकर कतरा रहे हैं। कुछ साल बिताकर वे हम पर एक साथ कई हज़ार रुपए का मनमाना क्लेम ठोंकना चाहते हैं।"

मुनीम ने जोश में आकर कहा, "पर मैं ऐसा न होने दूँगा। मैं वक़्त से रुपया देकर ही रहूँगा।"

मेरे साथी ने धीरे से कहा, "वाटर-टैक्स सेक्शन में मेरा एक अपना आदमी है। बाबूराम उसका नाम है। मैं उससे...।"

मुनीम बोला, "उस साले का नाम न लो, सेक्रेटरी साहब! वह सनशाइन शू

स्टोरवालों का आदमी है। वही तो इस शरारत के पीछे है।"

"तो मुक़दमा ठोंक दो," मेरे साथी ने सलाह दी।

"वह तो होगा ही," वकील ने कहा, "पर इस वक़्त तो हाकिम है, वह चेयरमैन का अपना आदमी है। उसका तबादला हो गया है। उसकी जगह जिसको आना है, वह मेरे साले का अपना आदमी है। इसीलिए रुका हूँ।"

दोस्त, इस तरह अपने आदमियों के बीच आधा घंटा रुककर मैंने एक जोड़ा जूता ख़रीदा। अपने आदमियों ने मुझे इस उपलब्धि पर बधाई दी कि अपने आदमियों की मदद से मैं बिक्री-कर और दुकानदार का मुनाफ़ा देने से छूट गया।

पर यह न पूछो, उस जूते का भविष्य क्या हुआ? उस पर तो यही कहना काफी है कि दस दिन पहन चुकने पर मैंने उसे एक कोने में डाल दिया है, जहाँ उसकी हैसियत जूते की नहीं है। यह दूसरी बात है कि अब वह हमले और बचाव का एक परम्परागत हथियार बन गया है।

अब सोचो, जब अपने आदमियों के बावजूद एक छोटी सी ख़रीदारी में ऐसा हो सकता है, तो जहाँ अपने आदमी न हों और व्यापार लम्बा-चौड़ा हो, वहाँ क्या होगा? इसलिए, मेरी राय है कि दिल्ली का कारोबार इसी वक़्त बन्द कर दो।

दोस्त, अपने आदमी! इन दो शब्दों को दस बार दोहराओ और बार-बार होंठों पर ज़बान फेरो। अपनी आत्मा में इनके संगीत का, इनके मृत्यु-हीन काव्य का अनुभव करो और कल सवेरे ही अपने शहर ही में एक नई दूकान खोल दो।

तुम्हारा

श्रीलाल शुक्ल

एक शरीफ़ दोस्त के नाम पत्र-3
(एक शोक-प्रस्ताव पर)

लखनऊ
27 फरवरी, 1966

मित्र,

कल ही मैंने एक मासिक पत्रिका में तुम्हारे शहर की एक शोक-सभा का वर्णन पढ़ा है, सचित्र और काव्यपूर्ण। यह जानकर सन्तोष हुआ कि दिवंगत प्रधानमंत्री के शोक में की गई इस सभा की अध्यक्षता तुमने की, और बाबू रामाधार टापते रह गए। तुम्हारे व्याख्यान में दिवंगत नेता के लिए दी गई उपमाएँ पुरानी होते हुए भी काफी चुस्त थीं, ख़ासतौर से वह सूरज और कोहरेवाली उपमा। उस मौक़े पर पढ़ी गई कविताओं में कुछ बहुत उम्दा थीं, एक तो बिल्कुल वैसी थी, जैसी कि अभी हाल में आकाशवाणी के एक शोकपूर्ण कवि-सम्मेलन में एक कवि ने प्लेबैक सिंगर मुहम्मद रफ़ी को पछाड़कर—गायी थी।

तुम्हें इस तरह की लगभग डेढ़ सौ सभाओं में जाना पड़ा और कहीं बाबू रामाधार अध्यक्ष न बन जाएँ, इसलिए ख़ुद उनकी अध्यक्षता करनी पड़ी। मैं तुम्हारा शोक समझता हूँ। इधर अपने शहर में उन्हीं दिनों मुझे भी एक शोक-सभा में शामिल होना पड़ा था। उसकी रिपोर्ट मैं दे रहा हूँ। इसे पढ़कर बताना; क्या तुम भी मेरा शोक समझ सकते हो?

पिछले साल तुमने करुणाशंकर दफेदार की एक पेंटिंग ख़रीदी थी। वह दफेदार अब नहीं है; जिन दिनों तुम शोक-सभाओं के कार्यक्रम में जुटे थे, वह यहाँ एक कार-दुर्घटना में मर गया। हम बुद्धिजीवियों को इस पर बड़ा अफ़सोस हुआ और हमने तय किया कि इस महान् कलाकार की मौत पर हम एक शोक-सभा करेंगे।

दिन का तीसरा पहर! हम लोग कॉफ़ी-हाउस के सामने एक पार्क में मिले, जो कुछ बदनाम सा था। उसमें ज़्यादातर लोग छिपकर प्रेम और लघुशंका करने को जाते थे। हमारे एक दोस्त ने वहाँ शोक-सभा करने पर ऐतराज़ भी किया, पर मैंने समझाया कि भावना सच्ची हो, तो कोई भी जगह किसी भी काम के लिए अच्छी है। देखो, पब्लिक लाइब्रेरी में अब सिर्फ़ लड़के-लड़कियाँ 'डेटिंग' के लिए जाते हैं, दफ़्तरों में लोग कॉफ़ी-हाउस चलाते हैं, कॉफ़ी-हाउस में लोग...।

हम कई अदद चित्रकार, साहित्यकार, पत्रकार और यूनिवर्सिटीवाले थे। वैरायटी के लिए दो अफ़सर, तीन नेता, एक दूकानदार (कॉफ़ी-हाउस का मैनेजर) और दो श्रमिक (वहीं के दो बैरे) भी थे। जाड़े की धूप, दिन का तीसरा पहर और लहलहाते अंग्रेज़ी फूल, जिनका नाम भर गिना दो, तो देशी भाषाओं की एक कहानी बन जाए। शोक-सभा शुरू हुई। हम भरे हृदय और पेट के साथ दरी पर बैठे।

"भाइयो और बहनो!" अध्यक्ष ने कहा।

'बहनो' में अतिशयोक्ति थी, क्योंकि वहाँ सिर्फ़ एक औरत थी।

"भाइयो और बहनो, आज हम एक महान् शोक की छाया में इकट्ठे हुए हैं। हमारे प्रिय नेता स्व. प्रधानमंत्री...।"

अध्यक्ष के बारे में अफ़वाह थी कि उसने किसानों के लिए एक सस्ती सीड-ड्रिल ईजाद की है। वह खेती के उन्नतिशील औज़ार सरकारी अफ़सरों की मार्फ़त किसानों में बेचता था। पर उसका यह पेशा सिर्फ़ बहाना था, वास्तव में वह एम.एल.सी. था; पर उसका वह पेशा भी सिर्फ़ बहाना था, क्योंकि वह राज्य की ललित कला अकादमी का सदस्य और उसकी चित्र-ख़रीद-कमेटी का कन्वीनर था। कुल मिलाकर दो ठिंगने पाँवों पर खड़ी हुई एक बहुधन्धी योजना।

व्यापार के वक़्त वह खादी का कुर्ता-पाजामा पहनता। विधान-परिषद में टेरिलीन का सूट। इस वक़्त वह शेरवानी पहने था, और छाती पर लाल गुलाब की एक कली लगाए था।

"...उनके आकस्मिक देहावसान से आज सारा देश शोकमय है। वे हमारे महान् राष्ट्रनायक थे...।"

मैंने उसके कान में धीरे से कहा, "करुणाशंकर दफेदार मर गया है। यह उसकी शोक-सभा है, प्रधानमंत्री की नहीं।"

उसने सिर हिलाकर मुझे यक़ीन दिलाया कि घबराने की ज़रूरत नहीं।

चूँकि वहाँ पान नहीं बँटना था, इसलिए पहले से ही इन्तज़ाम के साथ मुँह में डाला हुआ पान लोग धीरे-धीरे चबाने लगे।

"ऐसे शोक के समय हम पर एक और चोट हुई है। आप लोग देश के महान् कलाकार श्री करुणाशंकर मनसबदार को जानते ही हैं...।"

मैंने धीरे से दुरुस्ती की, "दफेदार।"

अध्यक्ष की आवाज अब तक हम सबको एक शोक-सभा बना देने की हालत में आ गई थी। उसने मेरी बात अनसुनी कर दी।

"मनसबदारयी न पीढ़ी के कलाकारों में...।"

मैंने उसके कान में दोबारा कहा, "मनसबदार नहीं, दफेदार।"

अध्यक्ष के चेहरे पर मेरी बात का कोई विकार नहीं हुआ। पर उसकी अगली बात से लगा कि उसने मेरी बात सुन ली है।

"...तो दफेदार को पहली बार मैंने ललित कला अकादमी के सालाना जलसे में

देखा था। तभी मैं जान गया था कि वह एक ऊँचे दर्जे का चित्रकार है, क्योंकि...।"

"क्योंकि वह दाढ़ी बढ़ाए हुए था," मैंने अपने-आपसे कहा।

वह कहता रहा, "...क्योंकि उसके हाथ में एक ऊँचे दर्जे का चित्र था...।"

प्रस्तावना ख़त्म। दूसरे वक्ता को बोलने का मौक़ा मिला। दूसरा वक्ता कॉफ़ी-हाउस का मैनेजर था। कॉफी-हाउस में दफेदार के साथ एक छत के नीचे वह जितना समय गुज़ार चुका था, उतना हममें से बहुतों ने अपनी बीवियों के साथ एक विस्तर पर नहीं गुज़ारा होगा। पर मैनेजर ने दफेदार के बारे में बहुत कम बात की, वह चित्रकला की नई प्रवृत्ति के बारे में बोलता रहा। तीर्थों के पंडे जिस इत्मीनान से धर्म की बात करते हैं, कॉफ़ी-हाउस का मैनेजर उसी तरह चित्रकला की बात करता रहा।

धूप और फूल और धीमी हवा। किसी ने ठीक मेरे पीछे बीड़ी पीनी शुरू कर दी और उसका धुआँ मेरे सिर के आसपास चक्कर काटने लगा। तुम जानते ही हो, बीड़ी को मैं तभी तक बर्दाश्त कर सकता हूँ जब तक कि वह जलाई नहीं जाती। मैंने गुस्से में बीड़ी पीनेवाले को देखा, पर वह सभा में बैठी अकेली औरत को देख रहा था। अचानक मैंने महसूस किया कि ज़्यादातर लोग उसी को देख रहे हैं। तीसरा व्याख्यान चलने लगा।

पार्क के पास सड़क पर एक कार आकर रुकी। उसका हॉर्न बिना रुके काफी देर बजता रहा। मैं पहचान गया। गाड़ी में बैठा हुआ गोल-मटोल आदमी, यूनिवर्सिटी में अर्थशास्त्र का लेक्चरर था। 'विदेशी सहायता का देश पर कुप्रभाव'—इस विषय पर वह लेख लिखने में माहिर हो गया था। अभी हाल ही में वह एक विदेशी वजीफ़े पर यूरोप का चक्कर काटकर लौटा था। वह मेरा एक प्यारा अल्पकालीन दोस्त था और हॉर्न बजाकर वह शायद मुझे ही अपने पास बुला रहा था।

हॉर्न की आवाज ने शोक-सभा में अड़चन डाली; पर ज़्यादा नहीं, क्योंकि इस समय बोलनेवाला सोहराब मोदी और रामधारी सिंह 'दिनकर' की शैली में अपनी कड़ियल आवाज से दफेदार की कार-दुर्घटना की तफ़सील दे रहा था। हॉर्न हार गया। थोड़ी देर में ही मेरा लेक्चरर दोस्त झुंझलाया हुआ चेहरा लेकर मेरे पास आया और उसने भी अकेली औरत को घूरना शुरू कर दिया।

इस पर अध्यक्ष ने घोषणा कर दी कि अब उसी का भाषण होगा। एक प्रोफ़ेसर, विचारक, विद्वान्! वह तेज़ी से जाकर अध्यक्ष के पास बैठ गया और शायद सोचता रहा कि यह माजरा क्या है। फिर कुछ सोचकर बोला, "आप सब जानते ही हैं, साहित्य समाज का दर्पण है, पर एक तरह से देखा जाए तो ख़ुद समाज साहित्य का दर्पण है..."

उसके मुँह से बेमौसम 'समाज' और 'साहित्य' की बात सुनकर मेरा दिल दहल गया। मैं समझ गया कि वह शराब के नशे में धुत है। मैंने जाकर अध्यक्ष के कान में कुछ कहा, पर तब तक मेरा दोस्त साहित्य और समाज के बारे में कुछ और बोल गया।

अध्यक्ष ने मेरे दोस्त की बात काटकर लोगों को शान्त रहने का इशारा किया और

एक काग़ज़ को रुक-रुककर पढ़ते हुए, नई पीढ़ी के महान् चित्रकार श्री करुणाशंकर मनसबदार—'आई एम सॉरी'—दफेदार के आकस्मिक निधन पर शोक-प्रस्ताव पेश किया।

थोड़ी देर में ही हम फिर पहले जैसे थे। हम लॉन पर लेटे हुए मज़दूरों को कुचलते, मूँगफली के फैले छिलकों पर जूते चरमराते, गुलाबों पर थूकते, हवा में हाथ हिलाते पार्क से बाहर की ओर लपके।

अचानक मेरा लेक्चरार दोस्त खड़ा हो गया और बोला, "यह फ़रेब है! फ्रॉड!"

"तुम नशे में हो," अध्यक्ष ने तीखेपन से कहा।

मेरे दोस्त के माथे पर घाव का निशान था। शराब पीकर, घूँसा खाकर, टूटे शीशे पर टूट पड़ने का अमर चिह्न। धूप में वह निशान ख़ासतौर से तमतमा रहा था। वह बोला, "प्रस्ताव में तुमने दो मिनट तक चुप रहने के लिए कहा था। पर तुम लोग सिर्फ़ पैंतीस सेकंड तक चुप रहे। तुमने दफेदार के साथ फ्रॉड किया है।"

"तुम जंगली हो," अध्यक्ष ने भी उसी तरह कहा।

"हो सकता है। पर मैं घड़ी देख रहा था। तुमने लगभग डेढ़ मिनट का फ्रॉड किया है।"

जैसे कोई बाज़ी जीती हो, इस तरह उसने मेरी ओर देखा और अपनी बात की दाद चाही। अध्यक्ष ने मेरी ओर देखा।

मैंने कहा, "ऐसा नहीं है। ज़माना बदल गया है। पहले दुःख की घड़ी काटे नहीं कटती थी। अब दुःख के दो मिनट भी पैंतीस सेकंड जैसे जान पड़ते हैं।"

दोस्त, सारांश यह है, दफेदार अब नहीं रहा। उसके चित्र को सँभालकर रखना। कुछ दिनों में ही ललित कला अकादमी उसे अमर बनाना चाहेगी और उसके चित्रों के बारे में पूछताछ शुरू करेगी।

पत्र की प्रतीक्षा करूँगा।

तुम्हारा

श्रीलाल शुक्ल

निराला के बहाने कुछ साहित्य-चर्चा

आज जिस बेतक़ल्लुफ़ी से हम नामवर सिंह, निर्मल वर्मा या अज्ञेय का नाम लेते हैं, वैसा कोई पचास साल पहले करता तो उसे बदअख़लाक़ या फूहड़ कहा जाता। उन दिनों के चलन के हिसाब से हमें समालोचना-सम्राट् नामवर सिंह, उपन्यास-सम्राट् निर्मल वर्मा या कवि-सम्राट् अज्ञेय कहना चाहिए था। नागार्जुन और त्रिलोचन को छोड़कर, जिनको बहुत विलम्ब से अब क्रमश: बाबा और जनकवि कहा जाने लगा है, आज शायद सभी वरिष्ठ साहित्यकारों का नामोल्लेख हम बनियान-कच्छेवाले घरेलूपन से ही करते हैं।

इसके विपरीत उन दिनों की याद कीजिए। वज़नी विशेषण सिर्फ़ राष्ट्रनेताओं के ही लिए नहीं थे (जैसे महात्मा गांधी, महामना मालवीय, क़ायदे-आज़म जिन्ना आदि), साहित्यकारों के लिए वे कुछ और भारी-भरकम थे। कुछ तो अपने-आप में साहित्य थे—जैसे हास्यरसावतार पं. जगन्नाथप्रसाद चतुर्वेदी, उपन्यास-सम्राट् प्रेमचन्द, या महापंडित राहुल सांकृत्यायन। महाकवि जयशंकर प्रसाद, महाप्राण निराला और महीयसी महादेवी भी काफ़ी प्रचलित रहे हैं। सुमित्रानन्दन पन्त के साथ 'महाकवि' नहीं लग पाया, वे ज़्यादातर कवि या सुकवि रहे। पर यह भी कुछ कम वज़नी नहीं था। पन्त के आदर्श रवीन्द्रनाथ ठाकुर भी 'द पोयट' भर थे।

निराला और महादेवी के साथ जो विशेषण जुड़े थे, वे उनके साहित्य के नहीं, व्यक्तित्व के बारे में थे। और महादेवीजीवाला 'महीयसी' उतना पुराना भी नहीं है, बहुत बाद में श्रद्धालुओं और अनुप्रासप्रियता से फूटकर निकला है। पर निरालावाला 'महाप्राण' पुराना है और इसमें शक नहीं कि वह उनके जीवट को, उसकी प्रखर प्राणवत्ता को प्रकट करता है।

अभी वसन्त पंचमी को बहुत से साहित्य-प्रेमियों ने उनकी जयन्ती मनाई होगी, क्योंकि निराला के साथ जुड़ी हुई अनेक किंवदन्तियों में एक यह भी है कि वे वसन्त पंचमी को पैदा हुए थे। निराला की 'साहित्य-साधना' (प्रथम भाग) में डॉ. रामविलास शर्मा ने इस मुद्दे पर जो सामग्री दी है उससे स्पष्ट है कि निरालाजी का जन्म सं. 1955 वि. की माघ सुदी एकादशी को हुआ था। इस साल यह तिथि तीन फरवरी को पड़ रही है और उत्साही साहित्यकर्मियों द्वारा उस दिन किए जानेवाले किसी आयोजन के लिए अभी काफ़ी समय है।

महाप्राण निराला की जन्मतिथि पर मैं कैसा आयोजन चाहूँगा? उनके लिए कोई

स्मारक बनाकर, उनके नाम पर किसी अध्ययन-संस्थान की स्थापना करके, उसके गाँव गढ़ाकोला को भारत का आदर्श ग्राम घोषित कराके या उनके साहित्य का इतना प्रचार-प्रसार कराके कि उनके ग़रीब उत्तराधिकारी एकदम उच्च मध्यम वर्ग बन जाएँ? गोष्ठियाँ, सेमिनार, भाषण-माला, पुरस्कार-योजना या ऐसा ही कोई हम्बग, कोई ढकोसला खड़ा करके जो हर दिवंगत प्रधानमंत्री या राष्ट्रनेता के नाम पर फाउंडेशन, फंड, प्रतिष्ठान आदि का रंग पोतकर बड़ी संजीदगी से जम जाता है? ऐसा कुछ अपने-आप हो जाए तो मुझे कोई प्राणान्तक ऐतराज़ नहीं होगा। पर मेरे आयोजन का स्वरूप कुछ और है।

निराला के महाप्राण होने की अर्थवत्ता उनके अनेक भौतिक और मानसिक संघर्षों के प्रसंग ही में नहीं है, वह उनकी उस क्षमता में भी अन्तर्निहित है जिसके सहारे वे सब प्रकार के हम्बग को, मक्कारी और ढकोसलेबाज़ी को दूर से ही सूँघ लेते हैं और उसे बेमुरव्वती से एक किनारे छोड़ अपनी राह निकल जाते हैं। वह राह अँधेरी और काँटों भरी है, पर हम्बग के साथ जीने के बजाय वे उसे ही बेहतर समझते हैं। प्रसिद्ध कलाकार और साहित्यकार के लिए ऐसे 'हम्बग' से कई तरह का ख़तरा है, सबसे बड़ा ख़तरा यह है कि निरन्तर आत्मान्वेषण करने के बजाय कहीं वह अपने प्रशंसकों, चापलूसों, सेमिनार-उत्सव-गोष्ठी आदि के दलालों की मानसिकता को अनजाने ही न ढोने लगे।

निराला का शोषण करनेवालों की लम्बी सूची है, पर उनके समकालीन प्रशंसकों की सूची और भी लम्बी है। मिश्रबन्धुओं में रावराजा श्यामबिहारी मिश्र, दुलारेलाल भार्गव, श्रीनारायण चतुर्वेदी, नन्ददुलारे वाजपेयी, वाचस्पति पाठक, गंगाप्रसाद पांडेय और ऐसे ही कई और जाने-बूझे नाम हैं। उनका सबसे स्नेह-सम्पर्क बनता है। पर वे उन पर निर्भर होना पसन्द नहीं करते, उनकी मानसिकता को ढोने को तैयार नहीं होते, घायल होते हुए भी अकेले चल देते हैं। उन्हें साहित्यकार संसद नहीं रोक पाती, महीयसी महादेवी भी उन्हें वहाँ नहीं रोक पातीं, वे जानबूझकर इलाहाबाद में दारागंज की एक गली में अपनी सुपरिचित विपन्नता का वरण करते हैं।

निराला ने जो झेला, वह इतिहास है। पर मैं सोचता हूँ, उनके नाम से क्या कोई ऐसा आयोजन नहीं हो सकता जो आगे आनेवाले संघर्षरत निरालाओं को उस नियति का शिकार न बनने दे जो निराला के हिस्से पड़ी थी? इसका जवाब होगा : बिल्कुल हो सकता है, निराला के नाम से साहित्यकारों के हितार्थ एक ऐसे ट्रस्ट का गठन आदि-आदि। पर मैं एक शर्त भी रखना चाहूँगा कि उस ट्रस्ट से जुड़कर भी साहित्यकार सब तरह से 'हम्बग' से वैसे ही स्वतंत्र रहे जैसे कि निराला ने रहना चाहा था। तब शायद आपको लगे कि मैं जो चाहता हूँ वह असम्भव है क्योंकि अगर कोई साहित्यकार बराबर निराला के-से सदमे झेलेगा, तो निराला ही की तरह उसके बिखरने का ख़तरा है, और अगर वह उस ख़तरे से बचने के लिए किसी तथाकथित साहित्यसेवी ट्रस्ट का लाभार्थी बन जाए तो 'हम्बग' से जुड़कर शायद वह ख़ुद भी हम्बग बन जाएगा। निराला की 'कुकुरमुत्ता' की अन्तिम पंक्तियाँ हैं :

गुस्सा आया, काँपने लगे नव्वाब।

बोले, "चल गुलाब जहाँ से उगा
सबके साथ हम भी चाहते हैं अब कुकुरमुत्ता।"
बोला माली, "फ़रमाएँ मुआफ़ ख़ता
कुकुरमुत्ता अब उगाए नहीं उगता।"

निराला ने कुकुरमुत्ता को जिस किसी का भी प्रतीक माना हो, वे सोच नहीं सके कि कुछ ही सालों बाद कुकुरमुत्ते यानी मशरूम की खेती भारत में एक बड़ा लाभकारी व्यवसाय बन जाएगी। उसके व्यवसायी आज साहित्य में संस्थान, प्रतिष्ठान, फंड, ट्रस्ट, अकादमी आदि का भेस बनाकर साहित्यकार को अपने हम्बग में लपेट सकते हैं। और साहित्यकार की तारीफ़ इसमें है कि उनके बीच से बख़ुशी गुज़रकर वह बिना किसी खरोंच के बाहर निकल आए।

31 जनवरी, 1993

अ.भा.आ.ह.नि.स. का इतिहास

उस दिन मुझे एक कवि मिले। मुझे भोला-भाला समझकर बोले, "जीवन निस्सार है।" मैंने मान लिया। वे फिर एक लम्बी साँस खींचकर बोले, "संसार छलना है, मरीचिका है।" मैंने इसे भी मान लिया। इस पर उन्होंने बड़े गोपनीय भाव से कहा, "मैं तो इस जीवन से हताश हूँ पर इसे किसी की धरोहर मानकर चला रहा हूँ। नहीं तो, यह संसार मेरे लिए उजाड़ है, वीरान है।"

मैंने कहा, "इस धरोहर को हड़प लीजिए। गबन करते ही यह संसार आपको लहलहाता हुआ नज़र आएगा।"

वे शान्त, किन्तु करुण भाव से बोले, "नहीं, ऐसा नहीं होगा! यह किसी की थाती है। जानते हैं आप? कल्लोलिनी की चंचल वीचियाँ मुझे मूक निमंत्रण देती हैं, सागर की उद्धत ऊर्मियों में मैं किसी का आवाहन सुनता हूँ। पावस के तरंगायित तड़ाग मुझे पुकार-पुकारकर कहते हैं, 'अरे ओ! अरे ओ! तू, तू, तू, तू' पर नहीं, नहीं, कदापि नहीं! यह शरीर किसी की थाती है उसी के लिए सँजो रहा हूँ। ओ तड़ाग, ओ सरिता, सागर ओ! मैं तुम्हारा नहीं। तुम्हारा नहीं!"

मैंने देखा कि कवि की जान जोखिम में है। बस इसी से मेरे मन में समाज-सुधार की भावना जागी : इस कवि की भाँति न जाने कितने साहित्यिक आत्महत्या करके काल के गाल में समा गए, आत्महत्या ही के कारण कितनी माताओं की गोद सूनी हो गई, कितनी नारियों के सुहाग लुट गए, इत्यादि-इत्यादि, न जाने क्या-क्या हो गया। इसलिए आत्महत्या से समाज को बचाना ही चाहिए...।

यही सब सोचते-सोचते मैंने एक आत्महत्या-निवारण-समिति बना डाली। विनम्रतावश मैं सभापति नहीं बना। सभापति एक ऐसे वकील को बनाया जो वकालत न चलने के कारण आत्महत्या करनेवाले थे, पर यह सोचकर रुक गए थे कि आत्महत्या करने से आदमी मर जाता है। उपसभापति मैंने इसी कवि को बनाया जो अपने शरीर को दूसरे की थाती मानकर उसे बड़े आदर और प्रेम से सँभाले हुए था। मंत्री मैं स्वयं बना क्योंकि मैं भी कभी आत्महत्या करना चाहता था, पर यह सोचकर कि आत्महत्या में कायरता है और आत्महत्या न करने में वीरता है, ऐसा करने से बच गया था।

चूँकि प्रत्येक समिति अखिल भारतवर्षीय हो ही जाती है इसलिए इसका नाम रखा गया, 'अखिल भारतवर्षीय आत्महत्या निवारण समिति।' फिर क्या था? चन्दा इकट्ठा हुआ, विज्ञापन छपे, पर्चे बँटे और समिति का वार्षिक अधिवेशन प्रारम्भ हो गया।

अधिवेशन के दिन लाखों की संख्या में जनता उपस्थित हुई। वे सभी आए जो आत्महत्या की बात सोच चुके थे। जीवन से हताश वे नवयुवक आए जिन्हें बम्बई जाने पर भी सिनेमा में काम नहीं मिला था। पढ़ी-लिखी नवयुवतियाँ आईं जिनके लिए जगत् में प्रेम ही एक सार था और कुछ सार नहीं था। कई ऐसे आए जो भर्तृहरि की तरह अपनी बीवी के हाथों चोट खा चुके थे और 'धिक् ताँ च तँ च' का पहाड़ा पढ़ रहे थे। कई ऐसे थे जो विश्वामित्र की भाँति उमर-भर की कमाई किसी अप्सरा के चरणों में लुटा चुके थे। फिर तो बहुत से जनता-जनार्दन आए, न जाने कितने दरिद्रनारायण आए। ऐसे कवि आए जिन्होंने नोबेल पुरस्कार पाने की आशा से पुस्तकें लिखी थीं परन्तु वे पुस्तकें अश्लीलता के आरोप पर जब्त हो चुकी थीं। ऐसे-ऐसे राजनीतिज्ञ आए जो समाज की व्यवस्था में नूतन क्रान्ति लाने की आशा करते थे पर पाकेटमार कहे जाकर क़स्बे के बाहर निकाल दिए गए थे। बहुत से ऐसे भी थे जो अन्तर्जातीय और अन्तर्राष्ट्रीय विवाह के माध्यम से विश्व-बन्धुत्व का प्रसार करना चाहते थे, पर लोगों ने उन्हें बदचलन और आवारा समझ लिया था। सब ज़माने की गर्दिश में थे, सभी को बेदर्दी दुनिया ने सताया था, सभी समाज की बलिवेदी पर चढ़ चुके थे।

सम्मेलन का आरम्भ मेरे कवि मित्र की कविता और व्याख्यान से हुआ। अपनी कविता में उन्होंने फिर बताया कि जीवन निस्सार है और इसे कायम रखना बेकार है। पर यह किसी की थाती है, इसलिए इसे सँवार, सिंगारकर रखना चाहिए। तात्पर्य यह था कि इस शरीर को कष्ट न देना चाहिए। अच्छा खाना खिलाना चाहिए, बढ़िया कपड़े पहनाने चाहिए और यदि पैर में काँटा लग गया तो समझना चाहिए कि किसी ने पेट में भाला भोंक दिया है।

अपने व्याख्यान में उन्होंने समझाया "चहुँ ओर मरीचिकाओं की छलना है। प्रकृति के प्रत्येक सुरम्य, सुमधुर स्पन्दन में एक मूक इंगित है। कोई कहता है, 'चलो चलें, इस उत्पीड़न और उत्क्रन्दन के लोक के उस पार। दिवा स्वप्नों के इस मोहक आवेष्टन को तोड़कर, जीवन की जटिल विडम्बना को फोड़कर।' गहन तरुराजियों का स्वप्निल अन्धकार, दुर्गम गिरि-गह्नरों की अस्पष्ट गहनता, सागर का मर्मर, सरिता की उत्ताल तरंगें—प्रकृति के ये सभी उपादान अस्फुट स्वरों में मुझसे कहते हैं, आओ, आओ, आओ!" मैं जगत् की जड़ता से जर्जर, प्रलुब्ध-सा, मंत्रमुग्ध-सा, स्वप्नाविष्ट-सा, आगे बढ़ता हूँ। पर सुदूर क्षितिज के अन्तराल से किसी का मौन सन्देश समीरण के स्पन्दन पर चढ़कर आता है और मुझसे कह जाता है, 'नहीं, नहीं, तू अपना नहीं। किसी और का है। इस आवाहन को न सुन। इसका प्रत्याख्यान कर। अरे! ओ तू, ओ तू, ओ तू!"

कवि की आवाज भर्राने लगी। आँखें छलछला उठीं। शब्द लड़खड़ाने लगे। पैर डगमगाने लगे। वे बैठ गए। सब अवसाद में डूब गए। तालियाँ तक नहीं बजीं।

ऐसे ही कई व्याख्यानों के द्वारा हमने श्रोताओं को समझा दिया कि हमें ज़िन्दा रहना है, "तू जीता जा, तू जीता जा, विष को अमृत कर पीता जा।" "अकेलेपन का बल पहचान।" "न हिम्मत हार, न हिम्मत हार।" "अब भी चेत ले तू नीच।" आदि-आदि।

मैंने यह भी समझाया कि आत्महत्या कायरता की निशानी है, वीरता तो ज़िन्दा रहने में है। यह बात सभी को पसन्द आई। सर्वसम्मति से हम लोगों ने यह प्रस्ताव पास किया :

आत्महत्या-निवारक समिति के सदस्य सर्वसम्मति से यह प्रस्ताव करते हैं कि जनता जीवन के महत्त्व को समझे और यह जान ले कि आत्महत्या कायरता का नाम है और जीवित रहने में ही वीरता है। यह समिति जनता से अनुरोध करती है कि यह जीवित रहकर पृथ्वी को वीर-विहीन होने से बचा ले।

दूसरा प्रस्ताव स्वयं सभापति की ओर से आया। वकील साहब ने अपने उत्साहपूर्ण व्याख्यान में कहा, सज्जनो, यह तो आप जानते ही हैं कि आत्महत्या एक निहायत ख़तरनाक काम है। इसमें इंसान मर तक सकता है। आपको यह भी मालूम है कि ताजीरात हिन्द की दफा 309 के मुताबिक यह एक जुर्म भी है। मगर वह जुर्म कब है? जब कि मुलजिम आत्महत्या न कर पावे। यानी आत्महत्या जुर्म नहीं है बल्कि आत्महत्या की कोशिश करना ही जुर्म है। इसकी सजा भी बहुत मामूली है। मुजरिम को सिर्फ़ जेल या ज़ुर्माना भुगतना होता है। इस सिलसिले में मेरे दो प्रस्ताव हैं :

पहला तो यह कि आत्महत्या जैसे ख़तरनाक जुर्म की कोशिश करना भी बड़ा भारी जुर्म है, इसलिए जो शख्स आत्महत्या करने की कोशिश करता है उसे कम-से-कम फाँसी की सजा देनी चाहिए और इस ख़याल से दफा 309 की तरमीम की जानी चाहिए। दूसरा प्रस्ताव यह है कि जो आत्महत्या का जुर्म कर चुका हो उसे भी सख्त सजा देनी चाहिए। यानी, उसे भी जेल, कालापानी या फ़ाँसी तक की सजा होनी चाहिए।

लोगों ने तालियाँ पीटकर इन प्रस्तावों का स्वागत किया और उन्हें सर्वसम्मति से मान लिया।

धन्यवाद देते हुए मैंने भी लगे हाथ कुछ प्रस्ताव पास करा लिये जिनका आशय यह था कि रोग का इलाज करने के बजाय उसकी रोक-थाम अधिक आवश्यक है। इसलिए सर्वसम्मति से ये सुझाव दिए गए कि कवियों को तैरने की और घुड़सवारी की शिक्षा दी जाए ताकि उन्हें समुद्र और पहाड़ में आत्महत्या का आवाहन न मिले। लोगों को खुलेआम प्रेम करने और प्रेम विवाह करने की छूट दी जाए, उसमें बाधा डालनेवाले को आत्महत्या का सहायक समझकर उसका चालान किया जाए। मैंने यह भी प्रस्ताव रखा कि गरीबों और भुखमरों के लिए खाने-कपड़े की व्यवस्था की जाए, पर यह कहकर कि यह प्रश्न राजनीति का है और जीवन के शाश्वत सत्यों से गिरा हुआ है, कवि ने इस प्रस्ताव का विरोध किया। चूँकि हमारी समिति राजनीति और विरोध से दूर रहना चाहती थी इसलिए हमने इस प्रस्ताव को वापस ले लिया।

वह सभा ही क्या जहाँ चन्दा न हो! इसलिए मैंने अधिवेशन में दो रुपया फी नफर के रेट से चन्दे की माँग की। जिन्हें अपना जीवन दे देने में झिझक नहीं थी, उन्हें दो रुपया देने में क्या संकोच होता। देखते-देखते लगभग बीस हज़ार रुपए की पूँजी सभापति के सामने इकट्ठा हो गई।

अब आपको बता दूँ कि ऐसी महत्त्वपूर्ण समिति का अन्त किस प्रकार हुआ।

सम्पत्ति ही सब झगड़ों की जड़ है। महाभारत इसी कारण हुआ था। मैं तो उस दिन के बाद से व्यक्तिगत सम्पत्ति का शत्रु बन गया हूँ और राजनीति को अपना अन्तिम सहारा मानकर उसी में आ गया हूँ।

हुआ यह कि अधिवेशन समाप्त होते ही मैंने देखा कि सभापति और उपसभापति दोनों ही अपने सीने पर एक-एक छुरा ताने खड़े हुए हैं। सभापति कह रहे थे, "नहीं, ऐसा नहीं हो सकता। मुझे रुपया न मिला तो मैं आत्महत्या कर लूँगा।"

कवि ने कहा, "नहीं, यह रुपया भी किसी की धरोहर है। यह मेरे शरीर के ही साथ रहेगा, वैसे ही, जैसे शरीर में मन और प्राण रहते हैं। तुम बाधा डालोगी तो मैं स्वयं आत्महत्या कर लूँगा।"

अब आप समझ सकते हैं कि क्या हुआ होगा। मेरे बीच में पड़ जाने से केवल समिति की ही हत्या हुई। उन्होंने आत्महत्या नहीं की और न आगे कभी करेंगे।

शिक्षक दिवस

अभी-अभी पाँच सितम्बर को हम शिक्षक दिवस से उबरे हैं। उस दिन जब राष्ट्रपति अपने भवन में शिक्षकों को इनाम बाँट रहे थे, उत्तर प्रदेश की राजधानी में उ.प्र. माध्यमिक शिक्षक संघ के सदस्य इस दिवस का बायकाट करते हुए राज्यपाल के आगे अपनी माँगें पेश कर रहे थे।

उन्हीं में मुझे बड़ी-बड़ी मूँछों, सफ़ारी सूट और काला चश्मावाले एक परिचित शिक्षक मिले जो अगर मोटरसाइकिल पर होते तो—तस्वीर मुकम्मल करने के लिए—उनके पीछे एक रायफलधारी चमचे का बैठा होना लाज़मी होता। मैंने कहा, "आज शिक्षक दिवस पर आप लोगों को यह सब न करना चाहिए था।"

वे बोले, "कैसा शिक्षक? कैसा दिवस? क्या ख़ास बात है आज के दिवस में? यही न कि सर सर्वपल्ली राधाकृष्णन् आज पैदा हुए थे? तो उससे हम शिक्षकों का क्या लेना-देना? आक्सफ़ोर्ड में पढ़ाया था न? वहाँ तो सैकड़ों लोग पढ़ा चुके हैं। उम्दा अंग्रेज़ी बोलते थे न? तो और कोई उम्दा अंग्रेज़ी नहीं बोलता है क्या? वाइस चांसलर थे? तो अकेले एक वही रहे हैं क्या? अंग्रेज़ी के ज़माने के सर थे न वे? वैसे ही सर सी.वी. रमन भी तो थे।"

उन्होंने मुझे समझाया, "सवाल यह है कि तुमने हम शिक्षकों के लिए किया क्या? तुमसे तो कहीं ज़्यादा हमारे नेता मान्धातासिंहजी कर चुके हैं।"

मैंने जवाब नहीं दिया क्योंकि इसका जवाब सर सर्वपल्ली को देना था। पर उन्हें पटरी पर लाने के लिए मैंने शिक्षकों की सुधरी हुई स्थिति का हवाला दिया। वे बोले, "तो इसमें इस निकम्मी सरकार का क्या अहसान? ये वेतनमान, पेंशन, ये सुविधाएँ—ये सब हमने उसकी छाती पर लात रखकर हासिल की हैं। हम प्राइवेट स्कूल के अध्यापकों का चालीस साल पहले क्या हाल था? आप तो सब देखे हुए हैं। हमारे संघर्ष किए बिना सरकार ने हमें कभी कुछ दिया? हमारी तीन-तीन पीढ़ियाँ इसी में खप गईं।"

"फिर भी...," कहकर मैंने वह उपदेश देना चाहा जो उन्हें अपराधी, उचक्के, आवारा और पाग़ल तक देते रहते हैं, यानी कहना चाहा कि वे भावी पीढ़ी के और राष्ट्र के भविष्य के निर्माता हैं। पर उन्होंने टोक दिया, बोले, "यही सब कहकर सारी सरकारें हमें भूखा मारने का इन्तज़ाम करती रहती हैं। यहीं यू.पी. में देखिए, छात्रों पर बिला वजह नक़ल-विरोधी क़ानून लगा दिया। पर गाज गिरी हम पर। दस-पाँच बच्चों को नक़ल कराके शिक्षक साल में कुछ ख़र्चा-पानी निकाल लेता था। वही उन्हें खल

गया। बड़ी नैतिकता है तो क्यों नहीं बन्द करते इंजीनियरों की कमिशनख़ोरी, या सीधे-सीधे सारे अमला की घूसख़ोरी।"

वे भड़क उठे, "हाई स्कूल और इंटर की कॉपियाँ तक हम घर पर नहीं जाँच सकते। उन्हें केन्द्रों में बैठाकर जँचवाते हैं। उनको डर है कि शिक्षक घूस ले लेगा। सारी दुनिया घूस ले तो कुछ नहीं, शिक्षक के ही घूस लेते धरती पाताल में घुस जाएगी। यही न?" वे थमे, फिर बोले : "एक मुख्यमंत्री ऐसा था जो शिक्षकों के ट्यूशन पर रोक लगा रहा था। डॉक्टरों की प्राइवेट प्रैक्टिस बन्द करते नानी मरती है।"

"तभी हमने पकड़ा दिया है गवर्नर को अपना इकतीस-सूत्री चिट्ठा। अब भुगतो इसे।"

मैंने कहा, "यानी नाराज़गी किसी और बात से है, माँग किसी और चीज़ की।"

"हो सकता है," अचानक वे शिक्षित आवाज़ में बोले, "पर मेरिट्स पर हमारी एक भी माँग नाजायज़ नहीं है।"

मुझे समझाते रहे, "मान लीजिए आप किसी बालिका से प्रेम करते हैं। उसका पिता आपको टोकता है, गाली दे बैठता है। संयोग से वह आपका क़र्ज़दार भी है। आप उस पर क़र्ज़ की डिग्री का मुक़दमा ठोंक देते हैं। माना कि आपने यह एक-दूसरे मामले में नाराज़गी से किया। पर कोई कह सकता है कि आपका मुक़दमा जायज़ नहीं है? इसमें ग़लत क्या है?"

"कुछ भी नहीं," मैंने कहा। वे घरेलू ढंग से बोले, "देखिए, लोग शिक्षकों को भिखमंगा जैसा देखने के आदी रहे हैं। तभी उनके मौजूदा वेतन, पेंशन आदि को देखकर वे जलते हैं। फिर भी दूसरे सरकारी नौकरों के मुक़ाबले हम प्राइवेट कॉलेजवालों की हैसियत क्या है? आल्हा जैसा दस मिनट उल्टा-सीधा भजन गाकर अनूप जलोटा या दो मिनट के लिए कूल्हे हिलाकर माधुरी दीक्षित एक बार में जितना कमा लेती हैं उतना हम ज़िन्दगी-भर में नहीं कमा पाते।"

अब मैं पूरे तौर से प्रभावित हो गया। कौन कहता है कि आज एक औसत शिक्षक को आधुनिक संगीत, नृत्य तथा दूसरी कलाओं की पूरी जानकारी नहीं है?

12 सितम्बर, 1993

पान बनाम न्यायालय

आज से लगभग चवालीस साल पहले मुझे मजिस्ट्रेट (थर्ड क्लास) का ओहदा मिला और एक मजिस्ट्रेट (फर्स्ट क्लास) के साथ ट्रेनिंग के लिए जोड़ दिया गया। मुझे उनके साथ न्यायालय में बैठकर मुक़दमों की प्रक्रिया देखनी और समझनी थी। मैंने सबसे पहले जो प्रक्रिया देखी, पर जिसे समझा नहीं, वह कुछ इस प्रकार की थी : एक गवाह जैसे ही बयान देने के लिए कठघरे में खड़ा किया गया, मेरे प्रशिक्षक मजिस्ट्रेट ने अर्दली से कहा, "इसका मुँह साफ़ कराओ।" मुझे उसके चेहरे पर कोई ऐसी गन्दगी नहीं दिखी जिसकी सफ़ाई ज़रूरी होती। पर अर्दली गवाह की गर्दन पर हाथ रखकर उसे बाहर ले गया और उसके तुरन्त बाद गवाह अँगौछे से मुँह पोंछता हुआ कठघरे में दोबारा आकर खड़ा हो गया। तब पता चला कि सारा मामला पान को लेकर है। गवाह अदालत में पान खाकर आया था और ज़रूरी था कि गवाही देने के पहले उसका मुँह साफ़ करा लिया जाए।

उधर गवाह का बयान करानेवाले वकील साहब मज़े से पान चबाते रहे। उनके मुंशी ने एक बार बड़ी शाइस्तगी से पोशीदगी का अभिनय करते हुए उन्हें तम्बाकू या डली भी पेश की। उन्होंने कुछ तिरछे होकर, मजिस्ट्रेट को इत्मीनान दिलाते हुए कि वे उसकी नज़र के नीचे ऐसा नहीं कर रहे हैं, धीरे से उसे मुँह में रख लिया। मुक़दमे की कार्रवाई बदस्तूर चलती रही।

सवाल उठ सकता था कि जो आचरण गवाह के लिए जायज़ नहीं है, वह वकील के लिए कैसे जायज़ हो गया? पर तब संविधान को लागू हुए कुछ ही दिन हुए थे। और गवाह को पता नहीं था कि इस विषय पर वह मजिस्ट्रेट के ख़िलाफ़ सुप्रीम कोर्ट में याचिका दायर कर सकता है। जो भी हो, आज गवाहों को इस मामले में अपने संवैधानिक हक़ का पूरा-पूरा पता है। जिस बात का पता नहीं है वह यह है कि संविधान के ऊपर भी एक विधान है जिसका शुभ नाम है, 'पुलिस का डंडा।'

ख़बर है कि हाल में एक भारतीय वायुसेना का कारपोरल, जो उत्तर प्रदेश में देवरिया ज़िले का रहनेवाला था, छुट्टी लेकर सलेमपुर तहसील में अपने गाँव आया। अपने एक मुक़दमे के सिलसिले में यह परगना मजिस्ट्रेट, सलेमपुर के सामने पहुँचा और उसने छुट्टी की अवधि में ही मुक़दमा निबटाए जाने की फ़रियाद की। मजिस्ट्रेट इस बेअदबी पर उखड़ गया और उसका सारा गुस्सा उस पान पर टूटा जो कि जवान के मुँह में था। जवान ने बाहर जाकर मुँह की सफ़ाई करने के बजाय अपने बारे में

वहीं सफ़ाई देना शुरू कर दिया। इस पर मजिस्ट्रेट ने एक पुलिस के सिपाही और कोर्ट स्टाफ़ को हुक्म दिया कि जवान को बाहर ले जाकर उसे बीस डंडे लगाए जाएँ। कहा जाता है कि हुक्म की तामील हुई। अब मामले की जाँच हो रही है।

ऐसा ही पान-विरोधी रुख़ प्रशासन में भी बहुतों का है। सूचना एवं प्रसारण राज्यमंत्री का हाल का क़िस्सा हम सबने पढ़ा है। एक बैठक में किसी अफ़सर के पान की लाली देखकर वे वहीं उसके होंठों की तुलना एक महिला अधिकारी के लिपस्टिक-रंजित होंठों से करने लगे थे।

बहरहाल, ऐसे झमेलों से निबटने के दो ही विकल्प हैं। एक तो यह कि राष्ट्रपति सुप्रीम कोर्ट से इस विषय पर आधिकारिक राय ले लें कि न्यायालय में पान चबाना हमारा मौलिक अधिकार है या नहीं और पूरा मसला क़ानूनी तौर पर सुलझा दिया जाए।

दूसरा तरीक़ा जिसे मैं पसन्द करता हूँ, सांस्कृतिक स्तर का है। न भूलें कि पान हमारी संस्कृति का प्रतीक है। बड़े-बड़े राजदरबारों में, यहाँ जनता की फ़रियाद पर बड़े-बड़े मुक़दमे भी निबटाए जाते थे, पान चबाने का एक ख़ास माहौल था। किसी को इज़्ज़त बख़्शनी हो तो आसन के साथ ही उसे ताम्बूलद्वय भी दिए जाते थे। भारतीय संस्कृति का तकाजा है कि हमारे न्यायालयों में भी, जो वस्तुतः छोटे-मोटे राजदरबार ही हैं, कुछ ऐसा ही होना चाहिए।

कितना अच्छा हो कि न्यायालयों के ऊँचे डायस, कठघरे और नीचे पड़ी कुर्सियों-बेंचों की जगह पूरे कमरे में गद्दे पड़े हों, सफ़ेद चादरें बिछी हों, धूपबत्तियाँ सुगन्ध फैला रही हों, गावतकिए हों, पानदान हों, उगालदान हों और चाँदी की तश्तरी में जब चारों ओर पान घुमाए जा चुकें, तब न्यायाधीश सामने बैठे हुए रईसनुमा आदमी से कहे कि प्राजीक्यूटर साहब, अब बताइए कि इस मुक़दमे के फ़ैक्ट्स क्या हैं?

मुझे पूरा यक़ीन है कि कुछ ही देर बाद अस्सी फ़ीसदी मुक़दमों में दोनों पक्ष पान चबाते हुए और एक-दूसरे के साथ तम्बाकू और डली का आदान-प्रदान करते हुए कमरे से बाहर आते दिखेंगे।

25 जुलाई, 1993

एक राजनयिक प्रसंग

दिल्ली में ब्रिटिश हाई कमीशन की इमारत का एक बड़ा कमरा। ब्रिटेन जाने के लिए प्रवेशपत्र के भिखारियों की भीड़। मेरा एक सौ उन्नीसवाँ नम्बर था। सात घंटे बाद मुझे एक अफ़सर के सामने इंटरव्यू के लिए बुलाया गया। जैसे ही मैंने अपनी लन्दन-यात्रा का कारण बताया उसकी भौंहें उछलकर खोपड़ी पर आ गईं। उसने कहा, "आप उधर के कमरे में इन्तज़ार करें।" ज़ाहिर था कि मुझे विशेष साक्षात्कार के लिए चुना गया है।

थोड़ी ही देर में मैं एक-दूसरे अफ़सर के सामने था। उसने कहा, "क्या आप कृपया एक बार फिर बताएँगे कि आप लन्दन क्यों जाना चाहते हैं?"

"जॉन से—मेरा मतलब है मि. जॉन मेजर से मिलने के लिए।"

"यानी हमारे प्राइम मिनिस्टर से...।"

"जी हाँ, बिल्कुल उन्हीं से।"

"क्यों?"

"मैं उनका इंटरव्यू लेकर उनके बारे में एक सच्चाई साबित करना चाहूँगा।"

"कौन सी सच्चाई?"

"वही सेक्स स्कैंडलवाली।"

अफ़सर मुझे प्रश्नातुर निगाह से देखता रहा। मैंने समझाया, "कुछ दिन पहले अख़बारों में कुछ छपा था न? किसी महिला कर्मचारी से उनके तअल्लुक़ात की बात उठी थी। मुझमें एक ऐसी आध्यात्मिक शक्ति है कि कोई भी शख़्स मुझसे बात करते वक़्त सच्चाई नहीं छिपा सकता। उसकी खाल के रंग का बदलाव, आवाज का उतार-चढ़ाव, पसीना छूटना आदि-आदि—इन और ऐसे लक्षणों से मैं उसका झूठ दस सेकंड में पकड़ सकता हूँ। इसे आप यूँ समझें कि मेरे भीतर एक तरह का आध्यात्मिक 'लाई-डिटेक्टर' है। मुझे यक़ीन है कि जॉन मुझसे सच्चाई नहीं छिपा पाएँगे और ब्रिटिश नागरिकों को असली और सही सूचना पहुँचाने में मैं एक असली और सही माध्यम सिद्ध होऊँगा। दरअसल, यह ऐसा काम है कि ख़ुद आपके हाई कमीशन को अपने ख़र्च से मुझे विलायत भेजना चाहिए था।"

वह मुझे ख़ामोशी से देखता रहा, बोला, "क्या मैं आपको पाग़ल दिखता हूँ?"

"जी नहीं, और न शायद आपको मैं।"

उसने कहा, "उसके बारे में मुझे उतना भरोसा नहीं। पर एक बात तय है—जब तक हम सभी बिल्कुल पागल न हों आपको वीसा पाने की उम्मीद न करनी चाहिए।"

"इसका मतलब यह कि आपका प्राइम मिनिस्टर पालीग्राफ़ टेस्ट लेने से घबरा रहा है।"

उसने खड़े होकर मेरी ओर हाथ बढ़ाया, "धन्यवाद मिस्टर...शुक्ला, आपसे मिलना एक दुर्लभ अनुभव रहा है।"

पर मैं कुर्सी पर बैठा रहा। मैं इतनी जल्दी हार मानने को तैयार न था, बोला, "वह दुर्लभ अनुभव अपने लिए थोड़ी देर और खिंचने दीजिए और मेरी बात समझने की कोशिश कीजिए।"

उसने अपना बढ़ा हुआ हाथ नीचे कर लिया पर वैसे ही खड़ा रहा। मैंने कहा, "आप पागल नहीं हैं, पर अच्छे राजनयिक हरगिज़ नहीं हैं। अच्छे राजनयिक आचरण के लिए आपको भारत से शिक्षा लेनी चाहिए। हमें देखिए, किसी जालसाज़ ने, जिस पर अरबों के घोटाले के मुक़दमे क़ायम हैं, एक ख़बर उछाल दी कि हमारे प्राइम मिनिस्टर को उसने एक करोड़ रुपिया दिया है। उस पर आपके देश से कोई जरमी बैरेट नाम का गुमनाम शख़्स एक पालीग्राफ़ मशीन लिये हुए हिन्दुस्तान पहुँच गया। ग़ौर कीजिए, उसके वीसा को लेकर लन्दन में हमारे हाई कमीशन ने आप लोगों की तरह कोई अड़चन नहीं डाली। यहाँ आकर उसने बाक़ायदा हमारे पी.एम. के ख़िलाफ़ प्रेस कान्फ्रेंस करके पत्रकारों को बताया कि मशीन की नज़र में वह जालसाज़ सच्चा है यानी कि हमारा प्राइम मिनिस्टर झूठा है। और जरमी बैरेट की नौटंकी तब चल रही थी जब कि हमारा पी.एम. संसद-भवन में अविश्वास प्रस्ताव के ख़िलाफ़ अपने वजूद की लड़ाई लड़ रहा था। आपके हाई कमीशन का यह कर्तव्य है कि जरमी बैरेट को हमने जो इज़्ज़त दी है, बदले में वह उसका कुछ अंश मुझे दे।"

अफ़सर बोला, "आप ग़लत न समझें तो मैं एक बात साफ़ कर दूँ। आप अगर अपने महान् देश को एक चकलाघर बनाकर रखते हैं और किसी भी विरोधी लफंगे को इस बात की छूट देते हैं कि वह किसी भी वक़्त यहाँ घुसकर किसी के भी जिस्म पर हाथ फेरने लगे तो ऐसी दरियादिली आपको ही मुबारक। पर भगवान् के लिए इसे राजनयिक आचरण का आदर्श बनाकर मेरे गले में मत ठूँसिए।"

फिर उसने निहायत बर्फ़ीली आवाज़ में कहा, "और मुझे डर है कि यह दिलचस्प संवाद हमें यहीं ख़त्म करना पड़ेगा।" ज़ाहिर है, अब मुझे धक्के देकर बाहर निकालने की ज़रूरत न थी।

1 अगस्त, 1993

मैं लिखता हूँ इसलिए कि...

नदी के किनारे जो मल्लाह रहते हैं उनके बच्चे होश सँभालने के पहले ही नदी में तैरना शुरू कर देते हैं। अपने परिवार के कुछ बुज़ुर्ग लेखकों की नक़ल में मैंने भी बचपन से ही लिखना शुरू कर दिया। चौदह-पन्द्रह साल की उम्र तक मैं एक महाकाव्य (अधूरा), दो लघु उपन्यास (पूरे), कुछ नाटक और कई कहानियाँ लिख चुका था। नए लेखकों को सिखाने के लिए उपन्यास-लेखन की कला पर एक ग्रन्थ भी शुरू किया था, पर वह दो अध्यायों के बाद ही बैठ गया।

वह साहित्य जितनी आसानी से लिखा गया, उतनी ही आसानी से गायब भी हुआ। गाँव के जिस घर में मेरी किताबें और काग़ज़-पत्तर रहते थे, उसमें पड़ोस का एक लड़का मेरे चाचाजी की सेवा के बहाने आया करता था। उसे किताबें पढ़ने और चुराने का शौक था। इसलिए धीरे-धीरे मेरी किताबों के साथ मेरी पांडुलिपियाँ भी लखनऊ के कबाड़ियों के हाथ में पहुँच गईं। बी.ए. तक आते-आते मैंने दो और उपन्यास लिखे, तीन कविता-संग्रह दो साल पहले ही तैयार हो चुके थे। वे भी लखनऊ के कबाड़ियों के हाथ पड़कर पड़ोसी लड़के के लिए दूध-जलेबी के रूप में बदल गए। एक तरह से यह अच्छा ही हुआ, क्योंकि पूर्ण वयस्क होकर जब मैंने नए सिरे से लिखना शुरू किया तो मेरी स्लेट बिल्कुल साफ़ थी। मैं अतीत का ख़ुमार ढोनेवाला कोई ऐरा-गैरा लेखक न था; मैं एक पुख़्ता उम्र की ताज़ा प्रतिभा के विस्फोट की तरह साहित्य के चौराहों पर प्रकट हुआ, यह और बात है कि यह सोचने में काफ़ी वक़्त लगा कि कहाँ से किधर की सड़क पकड़ी जाए।

बहरहाल, सवाल फिर भी अपनी जगह बना हुआ है : मैं क्यों लिखता हूँ? सच तो यह है कि इस पर मैंने कभी ज़्यादा सोचा नहीं, क्योंकि जब-जब सोचा तो लिखना बन्द हो गया। अब इसका जवाब कुछ अनुमानों से ही दे सकता हूँ, पहला तो यह कि लेखन-कर्म महापुरुषों की क़तार में शामिल होने का सबसे आसान तरीक़ा है। चार लाइनें लिख देने-भर से मैं कह सकता हूँ कि मैं व्यास, कालिदास, शेक्सपीयर, तोल्स्तोय, रवीन्द्रनाथ ठाकुर और प्रेमचन्द की बिरादरी का हूँ। इसके लिए सिर्फ़ थोड़े काग़ज़ और एक पेंसिल की ज़रूरत है। प्रतिभा न हो तब भी चलेगा, अहंकार से भी चल जाएगा—पर इसे अहंकार नहीं, लेखकीय स्वाभिमान कहिए। लेखकों के बजाय आप किसी दूसरी जमात में जाना चाहें तो वहाँ काफी मशक्कत करनी पड़ेगी; घटिया गायक या वादक बनने के लिए भी दो-तीन साल का रियाज़ तो चाहिए ही। लेखन

ही में यह मौज़ है कि जो लिख दिया वही लेखन है, अपने लेखन की प्रशंसा में भी कुछ लिख दूँ तो वह भी लेखन है। जैसे, निराला ने 'गीतिका' लिखी; वह कविता थी। उसकी प्रशंसा में 'मेरे गीत और कला' लिखी; यह आलोचना थी।

अब चाहे बचपन की आदत या बड़ों की देखादेखी या साहित्यकारों की क़तार में घुसने का शौक—जिस किसी भी कारण से आप जब लिखना शुरू करेंगे तो पाएँगे कि उससे कुछ बड़ी हसीन ख़ुशफहमियाँ फूट रही हैं। पहली तो यही कि 'मैं बिना लिखे नहीं रह सकता' या 'लिखना मेरे लिए आत्माभिव्यक्ति की मजबूरी है।' दूसरी यह कि 'पाँच दशक से मैं गहरी साहित्य-साधना में लीन हूँ।' यानी, एक ओर जब नई पीढ़ी शोर मचाकर हिन्दी के इस बहुप्रचलित मुहावरे का प्रयोग आप पर कर रही हो कि 'यह लेखक चुक गया है' तब अपनी रायल्टी, पारिश्रमिक आदि तो आप बोनस में लीजिए और 'दीर्घकालीन, संघर्षपूर्ण साहित्य-साधना' की डींग ऊपर से हाँकिए, मुग़ालता टूट रहा हो तो अपना एक अभिनन्दन कराके साहित्य-सम्मेलनी भाषा में अपने को 'माँ वाणी का अमर पुत्र' घोषित करा लीजिए।

लिखने का एक कारण मुरव्वत भी है। आपने गाँव की सुन्दरी की कहानी सुनी होगी। उसकी बदचलनी के क़िस्सों से आज़िज़ आकर उसकी सहेली ने जब उसे फटकार लगाई तो उसने धीरे से समझाया कि "क्या करूँ बहन, लोग जब इतनी ख़ुशामद करते हैं और हाथ पकड़ लेते हैं तो मारे मुरव्वत के मुझसे 'नहीं' नहीं कहते बनती?" तो, बहुत सा लेखन इसी मुरव्वत का नतीजा है—कम-से-कम, यह टिप्पणी तो है ही! उनके सहयोगी और सम्पादक जब रचना का आग्रह करने लगते हैं तो काग़ज़ पर अच्छी रचना भले ही न उतरे, वहाँ मुरव्वत की स्याही तो फैलती ही है।

इतनी देर से मैं लिखने के जो भी कारण बता रहा था, आपने देखा होगा कि घुमा-फिराकर मैं वही कह रहा हूँ जो साहित्य के पुराने आचार्य पहले ही कह गए हैं। जैसे, काव्यं यशसे (कविता यश प्राप्त करने के लिए लिखी जाती है), अर्थकृते (रुपए के लिए लिखी जाती है) आदि-आदि। मेरे बुज़ुर्ग भगवतीचरण वर्मा रुपएवाले कारण को ही साहित्य-रचना का प्रेरणा-स्रोत मानते थे, भले ही ख़ुद उन्हें ही उस पर पूरा यक़ीन न रहा हो। 1940 के आसपास गंगा पुस्तकमाला के संचालक दुलारेलाल भार्गव से उन्होंने कुछ आर्थिक सहायता माँगी। भार्गवजी ने कहा, "पहले कोई किताब दीजिए।" वर्माजी ने बाज़ार में जाकर एक मोटी कॉपी ख़रीदी, उसमें एक दिन के भीतर पचास-साठ कविताएँ और गद्यगीत आशुकवि के अन्दाज़ में लिखे और दूसरे दिन उसे भार्गवजी को देकर उनसे मनचाहा एडवांस ले आए। इस कविता-पुस्तक का नाम, जैसा कि होना चाहिए, 'एक दिन' है। पहली कविता की शुरुआत यूँ होती है :

एक दिन
चौबीस घंटे,
एक घंटे में मिनट हैं साठ!

ग़नीमत है कि वर्माजी की एक पुस्तक का नाम 'तीन वर्ष' भी है।

एक देहाती की नज़र में शहर के सौ मीटर

सौ मीटर लम्बी इस यात्रा का विवरण देने के पहले अपना परिचय दे दूँ : यह यात्रा जितनी लम्बी है, मैं उतना ही छोटा हूँ। यानी प्राइमरी स्कूल का एक मुअत्तल अध्यापक हूँ। कई साल से मुअत्तल हूँ और लगता है कई साल तक रहूँगा।

शुरू में मैं एक कॉजी-हाउस का मुंशी था। वहाँ मैं था और कुछ दूसरे जानवर थे। मेरी विपत्ति की शुरुआत एक भैंस से हुई। वह मेरे कॉजी-हाउस में थी। इस पर ज़िला बोर्ड के एक मेम्बर रीझ गए। अलाउद्दीन खिलजी पर्ग्निी को एक आईने में देखकर भले ही सन्तुष्ट हो गया हो पर मेम्बर साहब इतने ही पर रुकनेवाले न थे। उन्होंने भैंस को—एकान्त में—तीन रुपए पर नीलाम कर दिया और आख़िरी बोली अपने नाम तोड़ ली। इस पर मैंने उन्हें अलाउद्दीन खिलजी का ही इतिहास समझाया—कहा कि उसके ज़माने में, जब गेहूँ एक रुपए का दस मन था, यह भैंस ज़रूर तीन रुपए की ही रही होगी; पर अब कम-से-कम तीन सौ की है। इस पर हम दोनों के दो गुट बन गए; भैंस तटस्थ रही।

भैंस का तीन रुपए में बिकना और मेरा हटना मेम्बर साहब की प्रतिष्ठा का सवाल बन गया। आप जानते हैं कि नेताओं और अफ़सरों के सामने जो भी सवाल उठाया जाता है, वह उनकी ओर से प्रतिष्ठा का सवाल बन जाता है। हर जायज सवाल का जवाब उनकी प्रतिष्ठा के सवाल में है। यह हालत तो अब है; कहीं सचमुच ही उनकी कोई प्रतिष्ठा होती तब पता नहीं क्या होता!

बहरहाल, ज़िला बोर्ड के अध्यक्ष ने मध्यम-मार्ग अपनाया; यानी मेम्बर साहब को तीन रुपए में भैंस दे दी और मुझे ईमानदार कहकर अपने बेईमान साथियों में मेरी ख़ूब तारीफ की। फिर मुझसे कहा, तुम पढ़े-लिखे आदमी हो, अलाउद्दीन खिलजी का इतिहास जानते हो; आओ, तुम्हें मैं जानवरों के काम से हटाकर आदमियों का काम देता हूँ, तुम्हें आज से प्राइमरी स्कूल का अध्यापक बनाता हूँ। इस तरह से मैं कॉजी-हाउस से हट गया और मेम्बर की प्रतिष्ठा बच गई।

अध्यापक-पद पर मुझे नियुक्ति तो मिल गई पर स्कूल नहीं मिला। दो महीने मैं अध्यक्ष के घर पर बैठा-बैठा मतदाताओं की सूचियाँ तैयार करता रहा। फिर तीन महीने उनके फार्म पर 'अधिक अन्न उपजाओ' आन्दोलन करता रहा। आख़िरकार एक दिन चोरी-चोरी मैं उस गाँव पहुँचा जहाँ के प्राइमरी स्कूल का मैं अध्यापक था। वहाँ कोई स्कूल न था; सिर्फ़ एक कॉजी-हाउस खड़ा था।

तब मैंने विद्रोह किया और इस बार यह अध्यक्ष की प्रतिष्ठा का सवाल बन गया। उसने मुझे मुअत्तल कर दिया और मुझे भूल गया। कई बार याद दिलाने पर भी वह मुझे भूला ही रहा। तब उसके विरुद्ध एक शिकायती पत्र लिखकर मैं किसी को देने के लिए इस शहर में आया। बस, यहाँ से मेरी सौ मीटर लम्बी यात्रा शुरू हो जाती है।

यात्रा के आरम्भिक बिन्दु पर पहुँचने के पहले ही शाम हो गई थी। मैं थक गया था। किससे शिकायत की जाए, यह जानने में और वह कहाँ है, यह खोजने में पूरा दिन बीत गया था। पर दफ़्तरों में बड़ी खोज-बीन करने के बाद भी मुझे अपना मसीहा नहीं मिला; सिर्फ़ यह जानकारी मिली कि जो दफ़्तर जितना टुच्चा होता है, उसकी इमारत उतनी ही शानदार होती है।

सड़क के किनारे जहाँ मैं खड़ा था, वहाँ एक तिराहा था। मेरे दाईं ओर एक तिकोना पार्क था जिसके किनारे संगमरमर के एक सफ़ेद मंडप के नीचे गांधी की प्रतिमा थी। प्रतिमा कांसे की थी या पत्थर की—कहना मुश्किल है; पर काले रंग की थी और सफेद पत्थर की छत के नीचे गोरे-काले रंगों का भेद बख़ूबी प्रकट कर रही थी।

पार्क में बाबुओं की सभा हो रही थी। जो माँगने की हैसियत थी, वे वही माँग रहे थे—यानी महँगाई-भत्ते के चन्द रुपए! न उन्हें इससे कुछ ज़्यादा चाहिए था, न कुछ कम—चुंगी के टूटती छतोंवाले स्कूल, अस्पताल के बरामदों के बोरों की तरह पड़े मरीज, कर्ज़ का सूद चुकाने में ही ख़त्म होनेवाली तनख़्वाह, एक ऐसी व्यवस्था की चौबीसों घंटे सेवा जिसके बारे में वे कुछ नहीं समझते—इस सबके ख़िलाफ़ उन्हें कुछ नहीं कहना था। वे सिर्फ़ 'डी.ए.' चाहते थे, वही माँग रहे थे। सामने तम्बोली की दुकान पर, कोढ़ में खाज की तरह, रेडियो गा रहा था, "ना माँगूँ सोना-चाँदी, ना माँगूँ हीरा-मोती, मेरे ये किस काम के?" 'डी.ए.' की माँग के सामने यह गीत मुझे बहुत पसन्द आया। मैंने सोचा, इस महान गीत का सिद्धान्त अगर सारा देश अपना ले तो तस्करी बन्द हो जाए, गांधी का रामराज्य आ जाए। क्यों न इसे हम अपने राष्ट्रीय गीत का दर्जा दे दें!

मैं थके पाँव, सड़क के किनारे-किनारे चल रहा था और पार्क की ओर देख रहा था। अचानक मेरा पाँव एक गड्ढे में पड़ा। मेरा पाँव अच्छा-खासा देहाती है; इसलिए न झुका, न टूटा; गड्ढे में पड़ा और फिर बाहर निकल आया। मेरा चेहरा देखकर एक खोंमचेवाले ने कहा, 'साले अपने बाप के लिए सड़क पर फाटक बनाते हैं और उसे उखाड़ने के बाद गड्ढा तक नहीं पाटते।' मैंने सिर हिलाकर ताईद की, पर जान नहीं सका कि खोंमचेवाले के साले कौन हैं और उनके वे बाप कौन हैं जिनके लिए सड़क पर फाटक सजाए जाते हैं।

बाईं ओर सिनेमा हाउस था, जिसके आगे निठल्लों की भीड़ थी। अचानक उसकी बगल में बिजली की रोशनी जली और रोशनी के हरफ़ों में अंग्रेज़ी की एक इबारत चमकी। फिर वह बुझी और इस बार हिन्दी की इबारत चमक उठी, जिसने मुझे बताया, "यहाँ अंग्रेज़ी शराब बिकती है।" मैंने गांधी की प्रतिमा की ओर निगाह दौड़ाई। वह

अँधेरे में डूब रही थी। तब निडर होकर मैंने अंग्रेज़ी शराब की ओर दोबारा देखा और रोब खा गया। अंग्रेज़ भले ही चला गया हो, अंग्रेज़ी शराब छोड़ गया है। वैसे भी, मैं दिन में बहुत अंग्रेज़ी सुन चुका था, अंग्रेज़ी शराब के रोब में आकर गुनगुनाने लगा, 'ए, बी, सी, डी, ई, एफ, जी।'

सहसा, 'ना माँगूँ हीरा-मोती' वाला गाना बन्द हो गया। पार्क की सभा में 'इंकलाब ज़िन्दाबाद' के नारे गूँजे। लाउडस्पीकर पर कोई बात बड़े ज़ोर से कही गई। मैं सिर्फ़ इतना सुन पाया, 'अगर यह उनकी प्रतिष्ठा का सवाल है, तो हमारी प्रतिष्ठा का

भी...।' मेरे मन में आया, लपककर मैं उन्हें समझाऊँ कि भाई! खैरियत चाहते हो तो बात को उलझने से बचाओ, अगर कहीं यह उनकी प्रतिष्ठा के सवाल से जुड़ गई तो लाठी, गोली, जेल—सभी कुछ तुम्हारे लिए प्रस्तुत हो जाएगा। पर मन में बहुत सी बातें आती हैं और चली जाती हैं; मैंने मुँह नहीं खोला।

इस बार गड्ढा नहीं था, पर किसी दूसरी चीज़ ने मेरा पाँव जकड़ लिया। किसी जानवर के डर से मैं अपना पाँव झटकने ही जा रहा था कि मुझे दिखाई दिया, दो रिरियाते हुए बच्चे—आदमी के बच्चे मेरे पाँव से चिपके हुए हैं।

सुना था, दान देते ही आदमी महिमावान बन जाता है। जब उन दोनों को पाँच-पाँच पैसे देकर मैंने महिमा से अपना सिर ऊँचा करना चाहा तो लगा, आसमान का सारा बोझ मेरे सिर पर आ गया है।

पार्क के फाटक पर कई पोस्टर चिपके थे। उनमें सबसे बड़ा विज्ञापन था, 'सिनेमा में चुम्बन की समस्या पर विचार-गोष्ठी।' पढ़ने से पता चला, बम्बई में कई मनीषी और कलाकार इस शहर के मनीषियों और कलाकारों के साथ बैठकर सिनेमा में चुम्बन की समस्या का चुम्बन करनेवाले हैं।

मेरे पाँवों में दो रिरियाते बच्चों की उँगलियों की ठिठुरन थी, मेरे पीछे असंख्य कॉजी-हाउसों का गोबर और फर्जी प्राइमरी स्कूल की गर्द थी। मेरे पीछे अट्ठावन फीसदी हिन्दुस्तानियों की भीड़ थी जो सिनेमा में चुम्बन की भीषण समस्या के बारे में अनजान थे। इस विज्ञापन ने जैसे अकड़कर मुझसे कहा—'तुम अहमकों के लिए खाना-पीना, कपड़े, मकान—ये ही समस्याएँ हैं; तुम चुम्बन जैसी असली समस्या को कैसे जान सकते हो?' चिढ़कर मैंने फाटक से विज्ञापन फाड़कर नाली में फेंक दिया। फाटक की दीवार पर तब लिखा हुआ मिला—'यहाँ विज्ञापन चिपकाना मना है।'

पार्क में सभा होती रही। मैं धीरे-धीरे चलता रहा। तम्बोली की दुकान पीछे छूट गई थी, पर उससे एक नए गाने की आवाज आ रही थी। उस गाने को दो-तीन नौजवान फटे-पुराने कपड़े पहने, रिक्शा की सीट पर सिमटे हुए दोहरा रहे थे—'जहाँ तक महक है, मेरे गेसुओं की चले आइए...यह है रेशमी जुल्फों का अँधेरा, न घबराइए।'

घोड़ों की-सी आवाज में वे इस गाने को तल्लीन होकर गा रहे थे। सुनते ही मारे उत्साह के मेरे रोएँ फूल गए। क्या बात कही है! आशावाद इसको कहते हैं! यह गाना कोई घटिया प्रेम-गीत नहीं है। इसे भी हम राष्ट्रीय गीत समझकर गा सकते हैं,

क्योंकि इसमें हमारा नेता कहता है कि इस अँधेरे से घबराओ नहीं, यह तो प्यारा-प्यारा, जुल्फों का अँधेरा है। सिर्फ़ नाक से सूँघते हुए, महक के सहारे चले आओ—मंज़िल ख़ुद-ब-ख़ुद आ जाएगी।

फिर भी, सिनेमा के इस फटीचर गाने में आशा का जो सन्देश था, वह मुझे फुला नहीं सका। गांधी भी कभी इतनी बड़ी सान्त्वना का सन्देश नहीं दे सके थे। मेरे पाँवों की रफ़्तार तेज़ हो गई। मैं गांधी-प्रतिमा की ओर बढ़ा।

सिनेमा ख़त्म हो गया होगा। सड़क पर अचानक ही भीड़ बढ़ गई थी। रिक्शों और मोटरों के शोर के ऊपर 'महक है मेरे गेसुओं की' आवाज कई ट्रांजिस्टरों पर एक साथ ऊँची होकर हवा में थम गई। अचानक चाट, लइया-चना, भूने हुए आलू और शकरकन्द, मूँगफली, किसी जघन्य चिकनाई में तले हुए कूड़े-भरे खोमचों से उठनेवाली उस गन्ध में मेरी साँस रुँधने लगी। बीस-पचीस कदम आगे आते ही मैं पार्क के उस कोने तक आ गया जहाँ एक चबूतरा था, जिस पर सफ़ेद पत्थर का मंडप था, जिसके नीचे गांधी की काली प्रतिमा थी। प्रतिमा के नीचे, खुली हवा में, मैं एक सीढ़ी पर बैठ गया।

हवा बन्द थी। चारों ओर एक अजीब सी भीड़ थी जिससे तरह-तरह की गन्ध निकल रही थी। मज़दूरों, बाबुओं, मालिश करानेवालों, मालिश करनेवाले छोकरों, बुर्कों में आवारा-सी घूमनेवाली कुछ औरतों—इन सबकी भीड़ गांधी-मंडप के आसपास छितरी हुई थी और जानना मुश्किल था कि कौन क्या चाहता है या धुँधलके में कौन क्या कर रहा है? मैं शान्ति और सुरक्षा चाहता था पर एक अजीब, अस्वाभाविक, अश्लील माहौल मुझे घेरता उड़ रहा था।

अब लाउडस्पीकरों पर कोई फ़िल्मी गाना पार्क में भी बजने लगा। पर उससे कहीं ज़्यादा साफ़ आवाज में 'गेसुओं की महक' वाला गाना मेरे पास एक-दूसरी सीढ़ी पर होने लगा। आवाज साफ़ थी, पर उसकी रिरियाहट और भी साफ़ थी। मैंने चौंककर देखा, वे ही दोनों बच्चे—जो मुझसे सिक्के ले गए थे, मुझसे कुछ दूरी पर बीड़ी पीते हुए 'रेशमी जुल्फों के अँधेरे' में आगे बढ़ने का गाना गा रहे थे।

सब कुछ किसी-न-किसी की प्रतिष्ठा का सवाल है, पर ये रिरियाते बच्चे किसकी प्रतिष्ठा के सवाल से जुड़े होंगे—मैंने सोचना चाहा। पर तन-मन की थकान के आगे सोचना भी एक मेहनत थी। जो भी हो, इतना स्पष्ट हो चुका था कि सौ मीटर की वह लम्बी यात्रा अभी ख़त्म नहीं हुई है।

दो पुराने आदमी

कुछ दिन हुए, रामानन्दजी और राकेशजी अपने-अपने पेशे से रिटायर होकर सिविल लाइंस में बस गए थे। अपने यहाँ का चलन है कि रिटायर होने के बाद और इस लोक से ट्रांसफर होने के पहले बहुत से लोग सिविल लाइंस में बँगले बनवा लेते हैं। इन्होंने भी वहाँ अपने-अपने बँगले बनवा लिए।

रामानन्दजी किसी समय में चोरी किया करते थे। वे पुराने स्कूल के चोर थे, इस कारण उनका विश्वास तांत्रिक क्रियाओं में भी था। बाद में चोरी सिखलाने के लिए उन्होंने एक नाइट स्कूल भी खोला। कुछ समय बीतने पर चोरी के माल के क्रय-विक्रय की उन्होंने एक दुकान कर ली। इस सबसे अब वे रिटायर हो चुके थे और अपने को रिटायर कहा करते थे।

राकेशजी रिटायर तो हो चुके थे, पर चूँकि वे कवि थे इस कारण वे अपने को रिटायर मानने को तैयार न थे। कभी उन्होंने एम.ए. पास किया था; और फिर वे एक कॉलेज में प्रोफ़ेसर हो गए थे। उस पेशे में तो वे ज़्यादा नहीं चल पाए पर कवि की हैसियत से उन्हें ऊँचा स्थान मिल गया था। अर्थात् अब तक उनके पास अपनी कविताएँ थीं, अपने प्रकाशक थे, अपने ही आलोचक थे, अपने ही प्रशंसक और पुरस्कारदाता थे। इधर कुछ आलोचक उन्हें कविता के क्षेत्र में भी रिटायर कहने लगे थे।

दोनों पड़ोसी थे। दोनों को एक-दूसरे के पुराने व्यवसाय का ज्ञान था। उनमें मित्रता हो गई। दोनों प्राय: हर बात में एकमत रहते थे। दोनों यही समझते थे कि इस युग में योग्यता और कला का ह्रास हो रहा है और आज की पीढ़ी बिल्कुल जाहिल, निरर्थक और अयोग्य है।

इसीलिए एक दिन लॉन में टहलते-टहलते राकेशजी ने कहा, "आज की पढ़ाई में रखा ही क्या है? मैं आठवें दर्ज़े में हिन्दी कविता का अर्थ अंग्रेज़ी में लिखता था। अब बी.ए. में अंग्रेज़ी कविता का अर्थ हिन्दी में लिखाया जाता है।"

रामानन्दजी बोले, "आप ठीक कहते हैं। हमारे ज़माने में कुछ लोग फ़र्श पर डंडा ठोंककर ज़मीन में गड़े हुए धन का हाल जान लेते थे। आज के दिन सामने कपड़े से ढकी तिजोरी रखी रहती है और लोग उसे मेज़ समझकर बिना छुए ही निकल जाते हैं।"

राकेशजी ने कहा, "और जमकर साधना करने का तो समय ही चला गया है। आजकल...।"

बात काटकर रामानन्दजी बोले, "साधना अब कौन कर सकता है? हम लोगों ने

अमावश की रात में मसान जगाया था। मुर्दे की खोपड़ी में चावल पकाकर उसे जिस घर में डाल देते वहाँ का माल...।"

राकेशजी ने जल्दी में कहा, "नहीं-नहीं, वैसी साधना से मेरा मतलब नहीं है। मैं साहित्य-साधना की बात कर रहा हूँ। आजकल लोग व्याकरण, पिंगल, काव्यशास्त्र का नाम तक नहीं जानते और नई-नई बातों के आविष्कारक बन जाते हैं। कोई दो-दो पंक्तियों को लिये मुक्तक लिख रहा है, और अतुकान्त चला रहा है, कोई क्रियाओं के नए-नए प्रयोग भिड़ा रहा है : और पूछ बैठिए कि अकर्मक क्रिया और सकर्मक क्रिया में क्या भेद है तो अंग्रेज़ी बोलने लगेंगे।"

एक गहरी साँस खींचकर रामानन्दजी बोले, "आप सच कहते हैं, अपने यहाँ भी यही दशा है। दीवाल की कौन कहे, काग़ज़ पर कायदे की सेंध नहीं लगा सकते और बात करेंगे सिटकनी खोलने की, रोशनदान तोड़ने की, जेब काटने की। नई-नई तरकीबों की डींग हाँकेंगे। और पुरानी...।"

राकेशजी अपनी धुन में कहते गए, "और विनम्रता तो रही ही नहीं। कुछ सिखाओ तो सीखेंगे नहीं। कुछ बताओ तो बिना समझे-बूझे अकड़ने लगेंगे। आज के साहित्यिक, साहित्यिक नहीं—लठैत हैं, लठैत।"

रामानन्दजी समर्थन करते हुए बोले, "साहित्यिकों के क्या पूछने राकेशजी। यहाँ तो अबके चोर, चोर नहीं रहे। वे तो डकैत हैं, डकैत। अपना पुराना तरीक़ा तो यह था कि घर में घुसे और बच्चे ने खाँस दिया तो विनम्रतापूर्वक बाहर निकल आए। पर आजकल के ये लोग किसी को जागता हुआ पा जाएँ तो..." सहमकर उन्होंने वाक्य पूरा किया, "बाप रे बाप..."

अब राकेशजी उत्साहित हो गए और बोले, "ये सब जाहिल हैं, निरर्थक हैं। पहले तो लिखते-लिखते हाथ ऐसा मँज जाता था कि पाठक बिना पढ़े ही दूर से समझ जाते थे कि अमुक कवि की कविता है। उस पर उनका व्यक्तित्व झलकता था...।"

रामानन्दजी ने धीरे से कहा, "यही तो। सेंध की शक्ल देखकर लोग कह देते थे कि यह फलाँ ने लगाई है। अब तो सिटकनी खुली पड़ी है..."

उपमा राकेशजी को पसन्द आ गई। बोले, "हाँ, आजकल यही तो है ही। साहित्य के दरवाज़े की सिटकनी अन्दर से खोल-खोलकर न जाने कितने लोग घुस आए हैं।"

बिना समझे हुए रामानन्दजी ने कहा, "जी हाँ, पहले तो सेंध का ही चलन था।"

राकेशजी ने जल्दी से कहा, "जी, आप मेरा मतलब नहीं समझे। मैं कह रहा था कि...।"

अकस्मात् उन्होंने चौंककर कुरते की जेब पकड़ ली। रामानन्दजी का हाथ उनकी मुट्ठी में आ गया। नाराजगी से राकेशजी बोले, "यह क्या? आप मेरी जेब काट रहे थे।"

रामानन्दजी ने विनम्रता से हाथ छुड़ाकर कहा, "यही समझ लीजिए। बात यह है कि...बात यह है कि ये नौसिखिए कुछ काम तो बड़ी सफ़ाई से कर दिखाते हैं। मैं आपस में वही देख रहा था कि यह जेबवाला काम मुझसे भी चल पाता या नहीं।

राकेशजी नर्म पड़े। बोले, "देख लिया आपने।"

बिना उत्साह के, रामानन्दजी साँस खींचकर बोले, "देख लिया राकेशजी, यह सब अपने बस-बूते की बात नहीं। जो हमने कर लिया वह आजवाले नहीं कर पाते हैं। पर इनके भी कुछ ऐसे खेल हैं जो हम नहीं खेल पाते। अपना-अपना ज़माना है।"

सहसा राकेशजी बिगड़कर बोले, "यह सब आप ही के यहाँ चलता होगा। अपने यहाँ तो अब भी जो कहिए, करके दिखा दूँ। रामानन्दजी, यह तो करने की विद्या है। चाहे कवित्त हो, चाहे कविता हो, या हो नई कविता। लिखूँगा तो आजकलवालों से अच्छा ही लिखूँगा।"

रामानन्दजी राकेशजी की ओर देखते रहे। उनमें कभी मतभेद नहीं हुआ। पहली बार उन्हें लगा कि कुछ ऐसी भी बातें हैं जहाँ उनकी राय हमेशा एक नहीं होगी।

हाथी की याददाश्त

(एक होनहार बेटे का रोज़नामचा)

मैं मम्मी-पापा कल्चर के ख़िलाफ़ हूँ इसलिए पापा को पापा नहीं, पिताजी कहता हूँ। एक मस्ख़रे अंकल हैं, कहा करते हैं, "तेरा यह पापा जो है, वह पिता भी है, पीता भी है।"

मुझे इससे क्या, असली बात यह कि मुझे भावी मुख्यमंत्री बनाने की तैयारी में वह मुझको अपना हुनर सिखाने लगे हैं। मुख्यमंत्री निवास में काम करते वक़्त वे कभी-कभी मुझे अपने साथ बैठाते हैं। अब सचिवालय के दफ़्तर में भी उससे लगे छोटे कमरे में मुझे, बतौर मैनेजमेंट ट्रेनी बैठना होता है। वहाँ मैं उनके छोटे-मोटे काम भी निपटा देता हूँ। लोग मानने लगे हैं कि मैं भी उन्हीं जैसा हुनरमन्द हूँ। वे वर्तमान मुख्यमंत्री हैं, मैं भावी।

मस्खरे अंकल ने कहा, "अब साल-दो साल में ही तेरी ताज़पोशी होनेवाली है।"

कॉलेज के दिनों में जिसके सिर पर जूते लगवाने होते उसके लिए हम कहते थे, "इसकी ताजपोशी कर दो।" अंकल से मैंने कहा, "ताजपोशी का मतलब समझते हैं आप?"

"समझता हूँ," अंकल ने कहा, "वह वैसी नहीं। तुम्हारी ताजपोशी असली चीज़ होगी। तुम्हारे सिर पर सोने का मुकुट रखा जाएगा; एक हाथ में गदा पकड़ाई जाएगी, एक में तलवार...।"

समझ गया कि यह मेरे हाथों से रिवॉल्वर और ए.के. 47 छीनने की साजिश है। सोने के मुकुट और चाँदी की गदा तक तो ठीक, पर एक हाथ रिवॉल्वर के लिए तो ख़ाली रहना चाहिए। मैंने अंकल से यही कहा; यह भी कहा, "यह सब प्रजातंत्र का मख़ौल है।" अंकल ने कहा, "मेरी भी यही राय है।"

बहरहाल, आज के दिन तीन बड़े अनुभव हुए। भ्रष्टाचार-विरोधी अभियान के अन्तर्गत पिताजी ने आज अपने दो मिनिस्टरों का तलब किया था। पहले सिंचाई मंत्री आए। पिताजी ने कहा, "बहुत शिकायतें आ रही हैं। कहा जाता है कि नदी-परियोजनाओं में आपने करोड़ों का कमीशन खाया है।"

मैं उसी कमरे के कोने में ख़ामोश बैठा था—मैनेजमेंट ट्रेनी, गूँगा पर्यवेक्षक—एक पत्रिका के पन्ने उलट रहा था। उफ़! ये फ़िल्मी पत्रिकाएँ भी कितनी अश्लील होती हैं! दिल चाहता है कि देखते ही चले जाएँ, देखते ही चले जाएँ! पर उधर का संवाद

सुनना और भी ज़्यादा ज़रूरी था।

सिचाई मंत्री—पिताजी जैसे ही स्पष्टवादी—बोले, "सारी दुनिया जानती है कि मैं भ्रष्टाचार के कितना ख़िलाफ़ हूँ। भ्रष्टाचार का नाश होना ही चाहिए। यह समाज की देह का कैंसर है। इसके उन्मूलन के लिए...।"

पिताजी ने पंजा उठाकर उन्हें रोका। शायद सिचाई मंत्री को भी याद आया कि वे चौराहे पर नहीं बोल रहे हैं, रुक गए। अन्त में बोले, "मैं सिद्धान्ततः भ्रष्टाचार का घोर विरोधी हूँ।"

"सिद्धान्ततः का मतलब?"

"मतलब वही—सिद्धान्ततः। पर व्यवहार में मैं कमीशन लेना ग़लत नहीं समझता। मैं न लूँगा तो कोई और लेगा। देखिए, जब सारा समाज ही भ्रष्ट हो तो घर आई लक्ष्मी को ठुकराकर अकेला मैं क्या कर लूँगा? मैं समाज के साथ चलना चाहता हूँ। ऐंटी-सोशल नहीं होना चाहता। पर मैं आपसे वायदा करता हूँ कि जिस दिन समाज से भ्रष्टाचार मिट जाएगा, उस दिन मैं सबसे पहले आगे आकर कमीशनखोरी को ठोकर मारूँगा। तब तक सिद्धान्त रूप में भ्रष्टाचार के ख़िलाफ़ मेरी मुहिम चलती रहेगी।...ठीक है न?"

पिताजी ने गर्दन मोड़कर मेरी ओर देखा, शायद समझना चाहा कि मैं कुछ समझा या नहीं, कहा, "ठीक है।"

दूसरे मिनिस्टर—नगर विकास मंत्री—ख़ुशमिज़ाज आदमी थे। पिताजी ने कहा, "सरयूनगर निर्माण योजना में भ्रष्टाचार की बड़ी शिकायतें हैं।" (सरयूनगर सरयू नदी के नाम पर नहीं, सरयूप्रसाद के नाम पर बन रहा था। वे पिताजी के पिताजी थे।) कहा जाता है कि योजना की रक़म में से रुपए पर पन्द्रह पैसा भी योजना में नहीं लग पा रहा है।"

नगर विकास मंत्री ठठाकर हँसे—आदत की लाचारी—बोले, "वही पन्द्रह पैसा न, जो राजीव गांधी के ज़माने में जनता तक पहुँच जाता था?"

न.वि. मंत्री संजीदा हो गए, कहने लगे, "देखिए भाई साहब, एक बात आपको समझनी पड़ेगी। विकास का काम ही ऐसा है। विकास से भ्रष्टाचार बढ़ता है और भ्रष्टाचार से विकास बढ़ता है।

न.वि. मंत्री बोले, "मान लीजिए कि इस कॉलोनी में विकास की सारी रक़म, बमूजिब शेड्यूल, सड़क, पार्क, बिजली, पानी—और अमर्त्य सेन की पुरानी सनक—प्राइमरी शिक्षा और जन स्वास्थ्य पर ख़र्च हो जाती तो सड़कों के किनारे खड़ी हुई करोड़ों की ये कोठियाँ, शानदार होटल, लकदक रेस्तराँ और बार कहाँ से आते? ये सब हमारे छोटे-बड़े अफ़सरों ने ही विकास की रक़म से खींचकर अपने लिए बनवाए हैं। जिस फलते-फूलते मध्यवर्ग की बढ़त को आज हम अपनी तरक्की का प्रमाण मानते हैं, वह कहाँ से पैदा होता? ये न हो तो आपकी चौड़ी और चमकदार सड़कों के बावजूद उनके किनारे-किनारे वही भद्दे, वही भौंडे, एल.आई.जी., एम.आई.जी. टाइप के दरबे होते और सड़कों पर सुन्दरता और सम्पन्नता की जगह भैंस गोबर करती हुई टहल रही होती। ज़रा इन सड़कों पर दौड़नेवाली बेशक़ीमती मोटरों के अटूट सिलसिले और सड़क

के किनारे दौलतमन्दों की दुनिया पर नज़र डालिए और समझने की कोशिशें कीजिए, भाई साहब, कि भ्रष्टाचार की भी अपार सम्भावनाएँ हैं। इसे न भूलिए। सोचिए।"

पिताजी ने कहा, "सोचूँगा।" मैंने भी सोचा कि मैं भी सोचूँगा। पैरों पर गिरे, फूट-फूटकर रोने लगे। वे किसी मुहकमे के डाइरेक्टर जनरल रहे थे, तीन साल पहले रिटायर हुए थे। पिताजी ने इस बार मुख्यमंत्री बनते ही उनकी एक पुरानी फ़ाइल निकलवाई और करोड़ों रुपएवाले किसी घपले में उन पर मुक़दमा दर्ज़ करा दिया। महीना-भर हवालात में बिताकर वे अभी-अभी ज़मानत पर छूटे थे।

पिताजी को इतनी सख़्ती से बोलते हुए पहली बार सुना था। वे कह रहे थे, "भों-भों करके रोओ मत, और सीधी बात का सीधा जवाब दो।"

भों-भों चालू रहा।

पिताजी ने कहा, "तुम्हें कितनी रक़म अदा करनी थी?"

भों-भों ने कहा, "दो करोड़, सर। एक करोड़ पहले, एक करोड़ डी.जी. बन जाने पर।"

"तुमने कितनी अदा की?"

"एक करोड़। बादवाली क़िस्त का इन्तज़ाम वक़्त से नहीं हो पाया।"

"झूठ बोलते हो। तुम्हारे डी.जी. बनते ही हमारी सरकार गिर गई और तुम—निहायत करप्ट, बेईमान की औलाद—मेरे हटते ही शेर हो गए। तुमने वादाख़िलाफ़ी की! मुझसे। तुम समझते हो कि मैं भूल गया होऊँगा?"

"मैं कुछ नहीं भूलता। मेरी याददाश्त बहुत तेज़ है।"

उनकी कुर्सी के ठीक पीछे फ्रेम में हाथी की तस्वीरवाला एक पोस्टर टँगा था, इधर-उधर कुछ चिड़ियों और दूसरे जानवरों के भी चित्र थे। उसकी ओर इशारा करके पिताजी ने कहा, "उसे देख रहे हो? पहचानते हो यह क्या चीज़ है? हाथी! मेरी याददाश्त बिल्कुल हाथी जैसी है।"

उसके चले जाने पर मैंने पिताजी से कुछ पूछना चाहा, पर उसके पहले ही उन्होंने जवाब दिया, "बाक़ी रक़म तो अब वह अदा करेगा ही। पर उसे वादाख़िलाफ़ी की सज़ा भी तो मिलनी चाहिए।"

सही बात।

टी. एम. सिंह की कथा

किसी समय चम्बल नदी के तट पर बसे भद्रान्तक नामक गाँव में शमशेर सिंह नामक दस्युराज शासन करता था। डकैती के व्यवसाय के कारण उसे भी ऋषि-मुनियों की भाँति चम्बल के बीहड़ों में वनवास करना पड़ता था। वहाँ अनेक वर्ष निवास कर चुकने पर, पुलिस को छकाते और उसके हाथों से हमेशा दूर रहते हुए, अल्पकाल ही में उसने प्रचुर सम्पत्ति और ख्याति अर्जित कर ली। तदनन्तर, अनेक मंत्रियों, राजनेताओं, जौहरियों और स्वर्णकारों आदि का स्नेह और सौहार्द बाँध चुका है जिसे, वह शमशेर सिंह अपने चौवालीसवें वर्ष में घुटनों के दर्द और बबासीर से पीड़ित होकर और चम्बल के भरकों की खड़ी चढ़ाई-उतराई में उत्तरोत्तर अपने को असमर्थ पाकर अवकाश-ग्रहण के विषय में विचार करने लगा। उसने अपने गिरोह की बैठक आयोजित की और घोषणा की कि मैं सरकार के समक्ष शस्त्र-समर्पण करने जा रहा हूँ। यह सुनकर गिरोह के दस्यु विचलित हो उठे; उन्होंने विनती की कि "मालिक, हमें इस प्रकार अनाथ बनाकर न जाएँ। कहा भी है कि :

> जैसे एड्स से पीड़ित होकर भी वेश्या अपना गाहक नहीं छोड़ती, जबड़े के ख्शूनी हो जाने पर भी श्वान हड्डी चूसना नहीं छोड़ता, चोरी-घूसख़ोरी में सज़ा खाकर और तीनों लोक में अपनी थुड़ी-थुड़ी करवाकर भी कोई मुख्यमंत्री अपनी कुर्सी नहीं छोड़ता, वैसे ही बबासीर की कसक के कारण आपको अपना कार्य नहीं छोड़ना चाहिए।"

इस पर शमशेर सिंह ने कहा कि साथियो, चिन्ता न करो; मैं शस्त्र-समर्पण भले ही कर दूँ पर तुम्हारी और तुम्हारे द्वारा अर्जित द्रव्य की देखरेख करता रहूँगा, क्योंकि :

> साँप केंचुल छोड़ देता है पर ज़हर नहीं; प्रधानमंत्री अपना पद छोड़ देता है, पर ज़ेड कैटेगरी सुरक्षा, बयानबाज़ी और विदेश की चिकित्सा नहीं, वैसे ही मुझसे कर्म भले ही छूट जाए, कर्म की आसक्ति नहीं छूट पाएगी।

इस प्रकार अपने साथियों को सान्त्वना देकर शमशेर सिंह थाना-कचहरी और जेलों के फाटक का नाटक देखता हुआ यथासमय अपने गाँव में आकर रहने लगा। चेम्बर प्रैक्टिस करनेवाले अवकाशप्राप्त जज की भाँति वह अपने पुराने साथियों को समय-समय पर परामर्श देता, सायंकाल अपनी चौपाल में पुरानी यशोगाथाएँ सुनाता,

बन्दर-बाँट के सिद्धान्त पर लोगों के ज़मीन-जायदाद के झगड़े निबटाता; और इस प्रकार वह इहलोक के विभिन्न सुख भोगता रहा।

शमशेर सिंह के बन्दूक सिंह और तोप सिंह नामक दो युवा पुत्र थे। उनमें बड़ा बन्दूक सिंह पहले ही बीहड़ में कूद गया था। इस समय वह एक महान युवा शक्ति के रूप में उभरकर सामने आ चुका था—कुछ-कुछ वैसे ही जैसे कई वर्ष पहले अपने साहस, जाँबाज़ी, दूसरों को आदेश देने और उसका पालन कराने की क्षमता आदि महान गुणों के कारण राजनीति में एक ऐसी ही युवा शक्ति का आविर्भाव हुआ था। पर फ़र्क़ यह था कि वह राजनीतिक युवाशक्ति अल्पकालीन थी और बन्दूक सिंह का रुतबा आठ साल से ऊपर का हो चुका था और कई वर्ष आगे भी चलनेवाला था।

बन्दूक सिंह डाका नहीं डालता था, पैसेवालों को अगवा करके उनसे लम्बी रक़म घसीटता था। इसे पकड़ कहते हैं। उसका कहना था कि डकैती मज़दूरी है जिसमें रुपिया कमाने के लिए आपको दूसरों के घर जाना पड़ता है; अगवा करना अफ़सरी है जिसमें ज़रूरतमन्द पैसा लेकर खुद आपके घर तक आता है। पर इस कारोबार में बँट-चुटकर जो द्रव्य बन्दूक सिंह के हाथ लगता वह शमशेर सिंह जैसे परम्परावादी दस्यु के लिए सन्तोषप्रद नहीं था। अत: एक आज्ञाकारी और कमाऊ बेटे के रूप में अब उसकी आशाएँ तोप सिंह पर केन्द्रित थीं।

तोप सिंह में साहस, वीरता उद्यमिता जैसे गुण प्रचुर मात्रा में तो थे ही, हैरत यह कि इसी वर्ष उसने प्रथम श्रेणी में बी.ए. पास किया था। अत: जिस दिन शमशेर सिंह के हाथों तोप सिंह की दस्यु-कर्म में दीक्षा होनी थी, उसी दिन अचानक तोप सिंह के मामा कलेक्टर सिंह वहाँ आकर प्रकट हुए और उन्होंने शमशेर सिंह से कहा :

"तात, माना कि आपके वंश में सात पीढ़ियों से दस्यु कर्म होता आया है पर उसकी पद्धति और प्रक्रिया में अब परिवर्तन की आवश्यकता है। अब सभ्य समाज में हमेशा राइफ़ल के सहारे ही डाका नहीं डाला जाता। हथियार बदल गए हैं। कहा भी है :

> नहर इंजीनियर नहर-सफाई के नाम पर मिट्टी की खुरचन के हथियार से डाका डालता है, भवन-निर्माता सत-मंज़ली इमारत में नाममात्र की नींव से डाका डालता है और मंत्रियों और आला अफ़सरों का कोई-न-कोई स्नेही बन्धु चिट फंड खोलकर डाका डालता है।

इसलिए तोप सिंह जैसे विद्वान का बन्दूक लेकर निकलना उचित नहीं, उसके लिए क़लम काफ़ी है। उसे दीक्षा देने के लिए मैं उसे अपने साथ ले जाऊँगा।"

तदनन्तर शमशेर सिंह ने तोप सिंह को मामा कलेक्टर सिंह के हाथ में सौंप दिया। मामा उसे देश की राजधानी दिल्ली ले आया और बोला कि बेटा, तुम्हारे नाम तोप सिंह में असभ्यता और ग्रामीणता की गन्ध आती है। नाम का बड़ा महत्त्व है। उससे विनम्रता और जनपक्षधरता की सुगन्ध निकलनी चाहिए। देखो, घास कितनी पददलित और विनम्र होती है। पर मौक़ा मिलते ही वह ऊँची-ऊँची मीनारों की खोपड़ी पर अपनी

जड़ जमा लेती है। इसलिए मेरा सुझाव है कि तुम अपना नाम बदलकर तृणमूल सिंह अर्थात् टी.एम्. सिंह कर लो और फिर इसका करिश्मा देखो। आज ही तुम अपना नाम-परिवर्तन अख़बारों में विज्ञापित कर दो।"

तत्पश्चात् टी.एम्. सिंह में हो चुका है कायान्तरण जिसका, वह तोप सिंह दिल्ली के जगतप्रसिद्ध जवाहरलाल नेहरू विश्वविद्यालय में दाख़िल हुआ जिससे विद्यावान भले ही उतने न निकलें जितने बिहार-उड़ीसा आदि के न जाने कितने नौनिहाल उच्च अधिकारियों के रूप में 'गुणी अति चातुर' बनकर निकलते हैं। तभी दो साल बाद टी.एम्. सिंह भी आई.ए.एस. की नौकरी पाकर भावी कलेक्टर के रूप में कलेक्टर सिंह को आह्लादित करता हुआ उदयगिरि मंच पर उदित हुआ। कहा भी है :

> सम्पत्ति की महिमा दान या व्यय में नहीं, संचय में है। बुद्धि की महिमा विवेकशीलता में नहीं, मूर्ख मोहिनी होने में है। रूप की महिमा आनन्दवर्धन में नहीं, मूढ़-सम्मोहन में है और विद्या की महिमा आत्मज्ञान में नहीं, आई.ए.एस. के चयन में है।

धोती-कुर्ता-लाल अँगौछा और नवप्रसूत मूँछों के सूक्ष्म नुकीलेपन से पहचाना जाता था जो, उस तोप सिंह के स्थान पर जीन्स, टी-शर्ट और सुनहले फ्रेम के चश्मे से सुसज्जित टी.एम्. सिंह नामक युवक को देख पिता शमशेर सिंह का हृदय हाहाकार कर उठा। असली रिश्ते को गाली का रूप देकर उन्होंने कलेक्टर सिंह से पूछा, "साले, तूने यह क्या किया?"

साले ने उत्तर दिया, "धैर्य धरें जीजाजी, आपके आई.ए.एस. पुत्र की कर्मस्थली के रूप में हम दोनों ने पूर्वोत्तर के एक राज्य को जान-बूझकर छाँटा है। वहाँ पहुँचने में ही यहाँवालों को तीन दिन लग जाएँगे। इधर के हस्तक्षेप से निर्विघ्न होकर वहाँ वह अपना काम सुचारु रूप से पूरा करेगा।

"अहा! आपने वहाँ की गहन पर्वतमालाएँ और भीषण वनस्थली देखी नहीं है। उसके मुक़ाबले आपके चम्बल के बीहड़ घर के सपाट आँगन जैसे दीखेंगे और आप पछताएँगे कि हाय! अपने पैतृक व्यवसाय के लिए मैंने इसे अपनी कर्मस्थली क्यों नहीं बनाया।"

तदनन्तर कलेक्टर सिंह ने विवाह-बाज़ार में आई.ए.एस. की हैसियत पर एक प्रवचन दिया। उसने यह भी बताया कि कन्याओं के पुत्रहीन पिता आई.ए.एस. को किस प्रकार अपना सर्वस्व समर्पित करने को आकुल रहते हैं। उधर टी.एम्. सिंह प्रशिक्षण अकादमी की राह से गुज़रकर, अपने राज्य में पहुँचकर, कलेक्टर बनने की प्रत्याशा में एक दूसरे पद पर आसीन होकर कालक्षेप करने लगा। एक वर्ष बाद ही कलेक्टर सिंह ने उसके विवाह के निमित्त एक विज्ञापन निकलवाया जिसकी टेक यही थी कि कन्या के गुण ही विवाह के एकमात्र आधार होंगे।

यह विज्ञापन गंगा-यमुना क्षेत्र के एक ऐसे ठेकेदार ने पढ़ा जो अब भवन-निर्माता बनकर गुजरात के धनिकों के धन को ध्वस्त कर रहा था। उसके पास सैकड़ों एकड़

ज़मीन, बाग और अकूत सम्पत्ति थी। उसके पास सबकुछ था, केवल सामाजिक प्रतिष्ठा न थी। उसकी पूर्ति एक आई.ए.एस. जामाता द्वारा ही सम्भव थी जो उसके कुल से जुड़कर उसे अपने नाम की गरिमा दे और आगे चलकर कुछ ज़्यादा वरिष्ठ हो जाने पर श्वसुर के ख़िलाफ़ सरकारी अड़ंगों में विघ्न-विनाशक अर्थात् हैसियतदार दलाल बने।

भवन-निर्माता ने सोचा, "अहो! जो जैसा दीखता है वैसा नहीं होता। कहा भी है कि :

> मोटी खादी के पाजामे के नीचे रेशमी चड्ढी छिपी है, उगते सूर्य की सुनहरी आभा में आग छिपी है, मंत्री के घर में पलंग के नीचे टुटहे बक्से में एक करोड़ के नोट छिपे हैं और कन्या के वांछित गुणों के पीछे श्वसुर के स्वर्ण-बिस्कुटों की खनक छिपी है।

ऐसा विचारते हुए ठेकेदार ने दहेज में अगाध सम्पत्ति और सैकड़ों एकड़ ज़मीन-जायदाद देकर आई.ए.एस. की मर्यादा के अनुकूल टी.एम्. सिंह से अपनी कन्या का विवाह किया। पूर्वनिर्धारित प्रक्रिया के अनुसार टी.एम्. सिंह ने उसमें से सारी अचल सम्पत्ति और द्रव्य का अर्धभाग पिता को अर्पित कर दिया। उसके उपरान्त वह पत्नी सहित पूर्वोत्तर राज्य के अपने अल्पज्ञात ज़िले में चला गया।

तब कलेक्टर सिंह ने कहा, "जीजाजी, जो द्रव्य और सम्पदा आपको बेटे ने दी है, उसका मूल्य दो करोड़ रुपए से ऊपर है या नहीं?"

जीजाजी बोले, "है!"

कलेक्टर सिंह ने कहा, "बन्दूक सिंह डाका नहीं डालता, सिर्फ़ अगवा करके धन की वसूली करता है। अपने हिस्से में उसने अब तक कितना कमाया होगा?"

जीजाजी बोले, "आठ वर्ष में उन्नीस लाख, दो हज़ार, सात सौ बीस रुपए।"

कलेक्टर सिंह ने कहा, "तो आई.ए.एस. बनकर एक लड़की का अगवा करना ज़्यादा मुनाफ़े का काम रहा या बन्दूक सिंह की तरह...।"

जीजाजी ने उसकी बात काट दी, बोले, "पर इस तरह से टी.एम्. सिंह पकड़ का काम सिर्फ़ एक ही बार कर सकता है। बन्दूक सिंह के आगे पकड़ के लिए पूरी ज़िन्दगी पड़ी है।"

कलेक्टर सिंह ने कहा, "साठ तक पहुँचने के पहले ही आप सठिया रहे हैं। अगर कल के दिन किसी पहाड़ी पगडंडी पर बहू का पाँव लड़खड़ा जाए और वह पाँच सौ फ़ुट गहरे खुड्ड में गिर जाए तो उसकी गर्दन टूटेगी कि नहीं?"

जीजाजी बोले, "टूटेगी। बेचारी मर जाएगी।" कहकर वे कलेक्टर सिंह को उत्कंठापूर्वक देखने लगे।

कलेक्टर सिंह ने पूछा, "तब क्या होगा?"

जीजाजी ने पूछा, "क्या होगा!"

कलेक्टर सिंह ने कहा, "वह प्रदेश इतनी दूर है कि ठेकेदार साहब...क्या बताएँ, बेटी का मुँह भी न देख पाएँगे; उनके पहुँचने के पहले ही क्रिया-कर्म हो चुका होगा।"

जीजाजी चुप रहे। कलेक्टर सिंह ने कहा, "सात-आठ महीने बाद टी.एम्. सिंह

के लिए दूसरी पकड़ की तैयारी नहीं करेंगे?"

शमशेर सिंह सोचते रहे, अन्त में बोले, "करना ही पड़ेगा; बेचारा लड़का उम्रभर रँडुवा थोड़े ही रहेगा!"

अचानक उनका स्वर दुखी हो गया; कहने लगे, "पर अब वह इतना बड़ा अफ़सर है। उसका क्या भरोसा! सुना है कि इस नौकरीवाले प्रेम-विवाह बहुत करते हैं। वह भी बुरा नहीं। पर उसमें सबकुछ है, द्रव्य ही नहीं है।"

कलेक्टर सिंह ने कहा, "जो मूर्ख हैं वे प्रेम विवाह करते हैं। जो बुद्धिमान हैं वे पकड़ का कारोबार करते हैं। दो केसों तक तो कोई दिक़्क़त ही नहीं है। इतनी दूर के इलाक़े में वह चाहे तो तीसरा केस भी कर सकता है। आपको भले ही न हो, मुझे अपने तोप सिंह पर पूरा भरोसा है।"

यह सुनकर शमशेर सिंह आश्वस्त हुए और छोटे बेटे से कोई सुखद समाचार पाने की उत्कंठापूर्वक प्रतीक्षा करते हुए सानन्द कालयापन करने लगे।

कहा भी है (और यह शमशेर सिंह के ही लिए नहीं, सबके लिए शाश्वत सत्य है) :

> अकेले एक बुद्धिमान और समर्थ पुत्र के होते हुए उसका पिता पैर फैलाकर निश्चिन्त सोता है, जबकि दस छोटे-मोटे डकैत पुत्रों का पिता होते हुए भी उसका सारा जीवन टुटपुँजिया सुनारों के यहाँ हँसली, पायजेब, नथनी जैसे निकृष्ट ज़ेवरों को आधे-चौथाई दाम पर बेचते ही बीतता है।

निर्धन पड़ोसी की कथा

किसी समय कुचक्रपुर नामक नगर में विमलकीर्ति नाम का सत्पुरुष रहता था जिसके पिता का नाम प्रज्ञाकीर्ति था। प्रज्ञाकीर्ति का सारा जीवन कविता करने और निर्धनता से लड़ने में बीता था। अन्त में अपना अन्त आया जान उसने विमलकीर्ति को बुलाया और अपनी प्रज्ञा की मंजूषा खोलते हुए कहा :

> "वत्स, चोंच के बिना गिद्ध, अंग्रेज़ी के नामोल्लेखों के बिना हिन्दी लेखक, सरकारी गनर के बिना विधायक, गालीगलौज के बिना पुलिस अफ़सर या गोली के बिना रिवाल्वर जैसे होते हुए भी न होने के समान हैं, वैसी ही दशा समाज में सम्पत्ति के बिना गृहस्थ की है।"

प्राचीन काव्य में भी कहा है :

> "भूखा व्याकरण नहीं खाता और प्यासा काव्य रस नहीं पीता।
> विद्या से आज तक किसी ने अपने कुल का उद्धार नहीं किया।
> सिर्फ़ रुपिया कमाओ, बाक़ी सारी कलाएँ निष्फल हैं।"

विमलकीर्ति ने इसके बाद यही किया और दस वर्ष में उसकी गिनती नगर के धनियों में होने लगी। अब उसके निवासार्थ एक दिव्य भवन था जिसमें दुग्धोज्ज्वल पत्थर के फ़र्श की छटा थी; इन्द्रासन से भी ज़्यादा शोभावान कमोड थे, मणिचषकों के आकारवाले बहुमूल्य मूत्रपात्र थे। भार्या और किशोरपुत्र समेत उसके घर के तीन प्राणियों के लिए चार महार्ह मोटर वाहन थे। नगर में उसके ऐसे ही दो अन्य भवन और चार भूखंड थे और नगर के बाहर एक विस्तीर्ण कृषिक्षेत्र था जिसमें स्थित प्रासाद को फ़ार्म हाउस कहा जाता था। समग्र भारत की एकता और आर्थिक विश्वसनीयता में अपना विश्वास दिखाने के लिए सभी दिशाओं के सुदूर नगरों की बैंकों में उसके खुले खाते और बन्द लॉकर थे। फिर भी वह निरभिमान था, अपनी शिष्टता के लिए लक्षित था और दूसरों को उपकृत करने की आतुरता से उसका चेहरा हमेशा उद्दीप्त रहता था।

वैसे, विमलकीर्ति विद्युत् विभाग का एक अदना-सा कर्मचारी था। वह 'मीटर रीडर' के पद पर था, उसका काम एक फ़ैक्टरीवाले बड़े क्षेत्र के मीटरों का हिसाब रखने का था। तभी वह फ़ैक्टरी मालिकों को मनचाही मात्रा में बिजली लगभग निःशुल्क उपलब्ध कराता और विद्युत् परिषद् को सौ मीटर ऊँचा ठेंगा दिखाते हुए पारस्परिक समझौते के अनुसार द्रव्य ग्रहण करता। उसने प्रमाणित कर रखा था कि उत्कट इच्छा

हो तो अबाध धनार्जन के लिए कोई भी पद पर्याप्त है, उसका उच्चस्तरीय होना ज़रूरी नहीं। कहा भी है :

> "विद्वान को सफलता के लिए अध्ययन नहीं, अनर्गल वाक्शक्ति चाहिए; कुत्ते को सफलता के लिए आकार नहीं, प्रकार चाहिए; कवि को सफलता के लिए रचनाशीलता और आविष्कारक प्रतिभा नहीं, कोई साहित्यिक गिरोह चाहिए और धनार्जन में सफलता के लिए ऊँचा ओहदा नहीं, बस रचनाशीलता और आविष्कारक प्रतिभा चाहिए।"

2

विमलकीर्ति के पड़ोसी विद्युत् विभाग के ही एक अवकाशप्राप्त अधीक्षण अभियन्ता थे जिनका नाम सज्जन कुमार उर्फ़ सज्जनजी था। केवल वेतनभोगी बने रहने के कारण वे अब तत्त्वत: वित्तहीन और स्वभावत: दरिद्र प्रकृति के हो चले थे। कभी वे विमलकीर्ति के 'बड़े साहब' और 'बॉस' भी रह चुके थे। उनकी सारी भौतिक उपलब्धि केवल तीन बातों में सीमित थी : उनका यह इकमंज़िला मकान, जर्मनी में बसे डॉक्टर पुत्र की पूरी शिक्षा और बरसों बीमार रही दिवंगता पत्नी की ख़र्चीली चिकित्सा। इस समय वे एक नौकरानी के सहारे बड़ा ही संकुचित और अर्धविरक्त जीवन बिता रहे थे और फलत: समाज में सम्मानहीन हो चले थे।

एक दिन प्रात:काल उनकी नौकरानी ने उन्हें बताया कि चाय की केतली टूट गई है और अब क्या किया जाए? क्या आपको प्याले में बनी-बनाई चाय दे दी जाए?

विपन्न सज्जनजी चाय को लेकर बड़े सम्पन्नमति थे। उन्हें केतली में चाय और अलग-अलग पात्रों में दूध और चीनी की आदत थी। अत: नौकरानी से उन्होंने कहा कि मेमसाहब वाले साइडबोर्ड में एक स्टेनलेस स्टील की केतली होगी, उसे निकाल लो। तदनुसार उन्हें उस केतली में चाय दी गई जिसे उन्होंने न बरसों से देखा था, न छुआ था।

चाय उत्तम थी जिसका प्रमाण यह रहा कि उन्होंने नौकरानी से हँसकर वार्तालाप किया और ऐसी भाषा और शैली का प्रयोग किया जो उनके लिए पैंतीस साल पहले ज़्यादा वाजिब समझी जाती।

चाय-चर्या हो जाने पर उन्होंने केतली को फिर से देखा, फिर बार-बार देखा। उनके आदेश पर नौकरानी उसे माँज-धोकर एक बार फिर उनके पास ले आई। तब उन्होंने उसका समग्रत: निरीक्षण करके पाया कि केतली स्टेनलेस स्टील की नहीं, चाँदी की है। यही नहीं, उसके पेंदे में खुदे हुए अक्षरों से उन्हें पता चला कि केतली उनके कार्यालय की है। उन्हें याद पड़ा कि चाँदी का एक टी-सेट उनके कार्यालय में विशिष्ट महापुरुषों की आवभगत के लिए रहता था। उन्होंने समझ लिया कि उनकी सेवानिवृत्ति के समय यह केतली ग़लती से उनके निजी सामान में बँधकर चली आई होगी।

उनका मन जानबूझकर केतली को घर में रखने का न हुआ। उन्हें सेवानिवृत्त हुए दस साल हो चुके थे। नौकरानी ने इसका उल्लेख करते हुए समझाया कि अब तक दफ़्तरवाले केतली को भूल चुके होंगे। पर सज्जनजी, अपनी सज्जनता से नहीं डिगे। उन्होंने नौकरानी की यह संकेतगर्भित सलाह भी न मानी कि साहब ख़ुद नहीं रखना चाहते तो जो चाहें वह लेकर, केतली उसी को दे दें। एक पत्र द्वारा परिस्थितियों को समुचित, संक्षिप्त रूप से प्रकट करते हुए उन्होंने केतली अपने पुराने कार्यालय को वापस कर दी।

3

दुर्भाग्य और दुर्बुद्धि! कहा भी है :

> "गीदड़ की मौत आती है तो शहर की ओर भागता है, भले आदमी को गाली सुनने की तलब उठती है तो थाने का रास्ता पकड़ता है और जरा-जीर्ण व्यक्ति (यानी सीनियर सिटिज़न) को आत्मपीड़न का दौरा पड़नेवाला हो तो वह सरकारी दफ़्तरों को छेड़ बैठता है।"

सज्जनजी को अपने पत्र का जवाब तीन दिन में मिल गया। उनसे पूछा गया था : केतली के साथवाली दूधदानी, शकरदानी और चम्मच कहाँ हैं? उन्हें भी भेजिए और कारण बताइए कि चोरी के अलावा आप पर ग़बन का मुक़दमा क्यों न चलाया जाए?

सज्जनजी विकल हुए। इस बार उन्होंने लम्बा पत्र लिखा। अपनी असन्दिग्ध सत्यनिष्ठा का हवाला दिया जिसके लिए वे अपने पूरे सेवाकाल में मशहूर थे और जिसे ख़ुद अपनी ओर से केतली वापस करके उन्होंने फिर से सिद्ध किया था। सरकारी तंत्र के रुख़ पर उन्होंने पवित्र आक्रोश और आत्मदया का साथ-साथ प्रदर्शन किया और जब दस दिन तक उन्हें इस पत्र का उत्तर नहीं मिला तब उन्होंने चिन्ता और ऊहापोह की दशा में विमलकीर्ति को जाकर पूरा वृत्तान्त सुनाया। सलाह भी माँगी। विमलकीर्ति बोले, "आप भयानक ख़तरे में हैं। किसी अच्छे फ़ौजदारी वकील से बात कीजिए—तुरन्त!" उन्होंने कुछ अच्छे फ़ौजदारी वकीलों के नाम भी गिनाए; बोले, "सर, क्या बताऊँ! आपने अपने को ही नहीं, हम सबको ख़तरे में डाल दिया है।"

सज्जनजी ने कहा, "वह कैसे?"

विमलकीर्तिजी ने एक गाथा सुनाई :

> "जंगल में मधुमक्खी का छत्ता अगर छेड़ दिया जाए तो मक्खियाँ उड़कर पास के पेड़ों पर बैठे हुए बन्दरों को भी डंक मारने लगती हैं; खेत में आलू के पौधे में नीचे एक आलू सड़ जाए तो सड़ाँध गुच्छे के दूसरे आलुओं की ओर भी बढ़ती है; किसी होटल के एक कमरे में कालगर्ल के साथ कोई गाहक पकड़ा जाए तो पड़ोस के कमरों में भी दबिश पड़ जाती है।

क्या कहें, सर, आपकी अक़्ल को क्या कहें?"

4

दूसरे दिन सवेरे छः बजे ही सज्जनजी की विकलता अपने चरम पर पहुँच गई। केन्द्रीय जाँच ब्यूरो (उर्फ़ सी.बी.आई.) का उनके यहाँ छापा पड़ा। उन्हें अपनी ओर से तलाशी का एक गवाह भी मिलना कठिन हो गया। तब यह काम विमलकीर्तिजी ने किया। दोपहर तक सज्जनजी के घर का तिनका-तिनका पत्ता-पत्ता उलट-पुलटकर देख डाला गया। पर टी-सेट के दूसरे बर्तनों का पता नहीं चला। सी.बी.आई. के हाथ कुछ नहीं लगा, सिर्फ़ वह लगा जो उसके हाथ सब जगह लगता है : काग़ज़! कहा गया, उनमें जाँच का काफ़ी मसाला है, उनकी तफ़सील से जाँच होगी, आयकर विभाग को भी शामिल किया जाएगा।

अख़बारों ने एक भ्रष्ट अधीक्षण अभियन्ता के घर पर सी.बी.आई. छापे का ब्यौरा देते हुए बताया कि अभी उसके गुप्त धन की, बैंक खातों और सभी सम्भावित लॉकरों की जाँच होनी बाक़ी है।

विमलकीर्तिजी की शंका सही निकली। उनके भव्य भवन की जाँच-पड़ताल भी शुरू हो गई। वास्तव में सी.बी.आई. को अपने स्रोतों से ख़बर मिली थी कि जिस भवन में विमलकीर्ति रहते हैं वह वास्तव में उनका नहीं, सज्जनजी का है। सी.बी.आई. को यह बात कुछ जँची भी : इतनी बड़ी कोठी एक अदना मीटर रीडर की कैसे हो सकती है? उसने पूछताछ की शुरुआत विमलकीर्ति से ही की, पूछा, "यह मकान आप ही का है? काग़ज़ दिखाइए।"

विमलकीर्तिजी ने, 'ना घर मेरा न घर तेरा' वाली शैली में उन्हें एक काग़ज़ दिखाया; यह किरायानामा था; कहा, "मैं सिर्फ़ किराएदार हूँ। मकान जगदीशजी का है।"

"जगदीशजी कौन हैं? कहाँ हैं?"

"पहले दिल्ली में थे; अब कहाँ हैं, पता नहीं। मैं अपना किराया यहीं बैंक में उनके खाते में जमा करता रहता हूँ। उनके बारे में सज्जनजी को शायद कुछ पता हो। उन्होंने ही मुझे उनसे मिलवाया था।"

इस पर सी.बी.आई. के दफ़्तर में दो दिन तक सज्जनजी से भयानक पूछताछ होती रही। ग़नीमत है कि उनके लिए विमलकीर्तिजी ने एक अच्छे वकील का इन्तज़ाम कर दिया था। जो भी हो, शुरुआती तौर पर सी.बी.आई. इस नतीजे पर पहुँची कि जिस भवन में विमलकीर्ति रहते हैं, वह मकान विमलकीर्ति का नहीं है, वह इस समय हांग-कांग में रहनेवाले जगदीशजी का भी नहीं है, वह प्रत्यक्षतः सज्जनजी का मकान है। वह सज्जनजी का बेनामी मकान है।

सज्जनजी ने साहस करके पूछा, "बेनामी? यह क्या होता है?"

डिप्टी यस.पी. ने कहा, "तू इतना बूढ़ा न होता तो ठोकर से तेरा जबड़ा तोड़कर अभी बता देता कि बेनामी क्या होता है! बता, इस फ़ार्महाउस का असली मालिक कौन है? कौन है यह मंगलेश जिसके नाम से तूने इतनी बड़ी जायदाद ख़रीदी है?"

सज्जनजी लगभग रोने लगे, बोले, "किस फ़ार्महाउस की बात कर रहे हैं आप?"

"यह भी बताना होगा? घनश्याम रिसार्ट के पासवाला!"

"पर उसके मालिक तो विमलकीर्ति जी हैं!"

डिप्टी यस.पी. खड़ा हो गया। ठोकर मारने को उसने पैर उठाया, पर धीरे-धीरे उसे समेट लिया; कहा, "चोट्टे! भले आदमियों को फँसाकर बच निकलना चाहता है! कहाँ तक बचेगा? अभी तो शुरुआत है। देखता जा, दो-दो शानदार कोठियाँ, चार-चार भूखंड, दर्जनों बैंक खाते...इन्हें कहाँ तक छिपाएगा?"

5

आगे की कहानी में विस्तार से जाने की ज़रूरत नहीं क्योंकि वह सी.बी.आई. की जाँच की कहानी है जिसे आप रोज़ अख़बारों में पढ़ा ही करते हैं और जिसमें एक चार्जशीट तैयार होती है तो दूसरी का बीज कोढ़ के उभार की तरह उसी में से फूट निकलता है। यह बरसों का कारोबार है जिसमें विराट् कल्पना और परिश्रम बारी-बारी से सक्रिय होते रहते हैं।

अभी सज्जनजी के नाम पर आरोपित अनेक बेनामी सम्पत्तियों की छानबीन जारी है। विमलकीर्तिजी पड़ोसी का धर्म निभाते हुए उन्हें बराबर सलाह और सान्त्वना देते रहते हैं, उनके लिए अब एक की जगह दो बड़े वकील लगा चुके हैं। उनका बेटा भी जर्मनी से आ चुका है। सबके सम्मिलित प्रयास से सज्जन जी की कल सुप्रीम कोर्ट से ज़मानत भी हो चुकी है।

इस बीच उनके बेटे का एक पुराना मित्र सी.बी.आई. की स्थानीय शाखा में उप महानिरीक्षक, यानी डी.आई.जी. होकर आ गया है। उससे डॉक्टर ने, और सज्जनजी ने भी न्याय की अपील की है; शीघ्रता से जाँच ख़त्म कराने की अपील भी इसमें शामिल है। जाँच शुरू हुए दो वर्ष बीत चुके हैं।

डी.आई.जी. ने सज्जनजी से पूछा, "आपकी उम्र क्या है?"

"अड़सठ वर्ष। सिक्स्टीएट।"

वह सोचता रहा, सिर हिलाकर उसने संकेत दिया कि वह सब समझ रहा है। बाद में उसने डॉक्टर को बताया, "तुम्हारे पापा को ज़्यादा उम्मीद न करनी चाहिए। पर हताश भी नहीं होना चाहिए। बेनामी सम्पत्तियों की जाँच में बहुत वक़्त लगता है। यहाँ भी लगेगा। उनकी ज़मानत हो गई है। अब उन्हें शान्तिपूर्वक घर में बैठकर हरिभजन करना चाहिए। यानी इन्तज़ार! तुम भी जर्मनी वापस जा सकते हो। यह जाँच बीस साल तक चलती रह सकती है। तब तक वे अट्ठासी वर्ष के हो जाएँगे। ऐसी जाँचों के साथ जीते रहने की आदत डालनी चाहिए।..."

"और मरने की भी," डॉक्टर ने कहना चाहा पर कहा नहीं।

"...अभी चार साल तो मैं ख़ुद यहीं रहूँगा—यानी, आशा यही है। तब तक, और आगे भी, जाँच होती रहेगी, जाँच के सिवा कुछ न होगा। तुम देख नहीं रहे हो, बड़ी-

बड़ी हस्तियों के ख़िलाफ़ कितनी जाँचें हो रही हैं, जाँचें! सिर्फ़ जाँचें!..."

कहा भी है :

> "अच्छा पड़ोसी मिल जाए तो मान लेना चाहिए कि अपना पड़ोसी है, संसार में अपना सिर्फ़ यही पड़ोसी है और ज़िन्दगी में पड़ोसी के सिवा कुछ नहीं है; थाना-कचहरी में फँस जाए तो थाना-कचहरी है, सिर्फ़ थाना-कचहरी है और थाना-कचहरी के सिवा कुछ नहीं है। जाँचकर्ताओं में कोई सहानुभूतिपूर्ण सहृदय मिल जाए तो जाँच है, सिर्फ़ जाँच है और जीवन में (तथा मृत्यु में भी) जाँच के सिवा कुछ नहीं है।"

महाजनी सभ्यता और दाढ़ी-मूँछ की कथा

याद कीजिए पंडित जवाहरलाल नेहरू, लाला लाजपतराय, बाबू जगजीवन राम और चौधरी चरण सिंह जैसे महान नेताओं की, या मुंशी प्रेमचन्द, पंडित रामचन्द्र शुक्ल, लाला भगवानदीन या बाबू श्यामसुन्दर दास जैसे महान साहित्यकारों की—इन सबके साथ पंडित, ठाकुर, मुंशी, लाला बाबू आदि अपने आप नहीं जुड़ गया था, यह अंग्रेजी राज के दिनों की सभ्यता का तक़ाजा था। आजादी मिलने के बाद अब 'श्री' का इस्तेमाल सभी पुरुषों के लिए हो रहा है जबकि यह शब्द ख़ुद स्त्रीलिंग है।

जो भी हो, हमारे सहपाठी श्यामलाल के साथ ऐसा नहीं हुआ। आजादी मिलने के बाद वजूद में आने के बावजूद, उनको 'श्री' नहीं कहा जाता। पता नहीं क्यों और कैसे, उनके नाम के साथ बाबू की उपाधि जुड़ गई है। जब हम हाईस्कूल में थे, तब भी उन्हें बाबू श्यामलाल कहकर पुकारा जाता था।

शुरू से ही बाबू श्यामलाल का चेहरा बड़ा भरोसेमन्द था। वे मुझ जैसे तीन-चार दोस्तों के साथ हों, तब भी भटके हुए मुसाफिर औरों को छोड़कर अकेले उन्हीं से रास्ता पूछते थे। तब बाबू श्यामलाल रास्ते का सविस्तार विवरण पेश करते—कभी-कभी इतना सविस्तार कि उसमें खुद उलझते और मुसाफ़िर को पहले से भी ज़्यादा उलझा देते। जो भी हो, उनकी नीयत मदद करने की ही होती। वास्तव में उन्हें कोई उकसा दे तो वे रास्ता बताते ही नहीं, मुसाफ़िर के साथ चलकर उसे नुक्कड़ तक पहुँचा भी आते। रिक्शावालों को भी अगर किसी राह चलते से टाइम पूछना होता तो उनकी निगाह सिर्फ़ बाबू श्यामलाल पर पड़ती, हम पर नहीं। वे पूछते, "बाबू, टाइम क्या हुआ है?"

बाबू श्यामलाल घड़ी देखते, यह न कहते कि पौने नौ बजनेवाले हैं कहते, "आठ बजकर तैंतालीस मिनट।" कोई उकसा दे तो सेकंड तक बताने को तैयार हो जाते।

उनसे मेरा साथ कॉलेज के दिनों में ही छूट गया, पर उनके हालचाल मिलते रहते थे। वे एक कॉलेज में लेक्चरर हो गए थे। वहाँ भी अपने चिकने चेहरे, सीधे-सादे स्वभाव और दयालुता चुवाती हुई निगाह के कारण वे छात्रों में बड़े लोकप्रिय हो गए। वेतन के अलावा उनकी कुछ पारिवारिक सम्पत्ति भी थी। छात्र उनकी दयालुता को अनछुआ नहीं छोड़ रहे थे। 'इम्पार्टेंट' जानने के बहाने वे बाबू श्यामलाल से कभी-कभी द्रौपदी-चीर-हरण तक कर बैठते, यानी पर्चा आउट करा लेते, यह दीगर बात है कि द्रौपदी को अपने चीर-हरण का अहसास न होने पाता। यही नहीं, विपत्ति-कथाएँ सुनाकर कुछ छात्र बाबू श्यामलाल से फ़ीस के लिए कभी-कभी रुपए भी पा जाते।

यह दीगर बात है कि उसे वे चाट या बियर जैसी ज़्यादा तात्कालिक ज़रूरतों पर ख़र्च करने को स्वतंत्र थे।

साल में एकाध बार मेरी उनसे मुलाक़ात हो जाती। उनका चेहरा वैसा ही चिकना और दयालु बना रहा। पर इधर मैं देख रहा था कि उनकी आँखों में उदासी और कुछ हद तक ज़माने की बदहवासी झलकने लगी है। तब एक दिन मैंने उन्हें मजबूर करके एक रेस्त्राँ में चाय पीने के लिए बैठाया और सीधे-तिरछे, यानी सभी तरीक़ों से उनसे पूछताछ करता रहा जिसका असली मुद्दा था, दिले नादां तुझे हुआ क्या है?

बाबू श्यामलाल ने शुरू में कुछ नक़ली जवाब दिए, यानी अपनी बदहजमी और बीवी की खाँसी की शिकायत की, यह विनाशकारी ख़बर दी कि बड़ा लड़का चुराकर सिगरेट पीने लगा है, पर मुझे इत्मीनान नहीं हुआ। थककर अन्त में उन्होंने कहा, "मैं महाजनी सभ्यता का शिकार हो गया हूँ।"

मुझे झटका-सा लगा, पूछा, "मतलब?"

बाबू श्यामलाल बोले, "रुपिया माँगनेवाले इधर बहुत परेशान कर रहे हैं।"

मैं हैरान रह गया, कहा, "भाई, तुम्हारी माली हालत इतनी खराब तो कभी नहीं थी। फिर तुमने ऐसा क्यों किया? इतने लोगों से क़र्ज लेने की क्या ज़रूरत पड़ गई?"

बाबू श्यामलाल कुनमुनाने लगे, बोले, "नहीं-नहीं, वह सब नहीं...।"

"क्या नहीं?" मैंने पूछा।

उन्होंने कहा, "क़र्ज़! मैं किसी का क़र्ज़दार नहीं हूँ।"

"तब? रुपिया वसूलने वे कौन आते हैं?"

बाबू श्यामलाल ने झुँझलाकर कहा, "वसूलनेवाले नहीं माँगनेवाले।" वे हताश होकर नीचे चाय के प्याले को देखने लगे, उसी से बोले, "न जाने कितने रिश्तेदार, दोस्त, पुराने सहपाठी, कभी-कभी कोई अजनबी भी पुराना परिचय निकालकर आ टपकता है। सब उधार के नाम पर रुपिया लेने चले आते हैं। जानता हूँ कि कोई वापस नहीं करनेवाला। फिर भी कुछ न कुछ ले ही जाता है।"

वे रुक-रुककर बहुत देर तक अपनी विपत्ति सुनाते रहे। अन्त में बोले, "न जाने मेरी शक्ल में क्या है कि सारे जान-पहचानवाले मुझी से उधार माँगने चले आते हैं। मेरे भाइयों के पास कोई नहीं जाता। तंग आ गया हूँ।"

धीरे-धीरे पता लगा कि इस दलदल के केन्द्र में बाबू श्यामलाल की ही लिब-लिब दयालुता है, वे किसी को 'नहीं' नहीं कह पाते। तभी कोई न कोई उधार के नाम पर उनसे रुपिया खींचने को पहुँचा ही रहता है।

रुपया और मन की शान्ति उन्होंने चाहे जितनी गँवाई हो, पर उनके तजुर्बे में बड़ा इज़ाफा हुआ है। उन्होंने कहा, "कायदे की बात यह कि किसी ज़रूरतमन्द की मदद कर चुकने पर मुझे सन्तोष मिलना चाहिए कि मेरे हाथों एक अच्छा काम हुआ है—पुण्य का काम। पर हालत बिल्कुल उल्टी है। जैसे ही कोई रुपिया माँगनेवाला आया, मैं चौकन्ना हो जाता हूँ। भले ही वह बातचीत मौसम को लेकर शुरू करे या

अगले चुनावों को लेकर, मैं उधार माँगनेवाले की आँख पहचानने लगा हूँ। होता यह है कि वह चुनाव चर्चा कर रहा है, या अमरीकी राष्ट्रपति की नीतियों को लथाड़ रहा है और मैं मन ही मन संकल्प कर रहा हूँ कि इसे मैं एक कौड़ी भी नहीं दूँगा। पर कुछ ही देर में वह पाँच सौ रुपए का सवाल उठाकर मुझसे डेढ़-दो सौ रुपए झटक लेता है और चल देता है। उसके जाते ही मुझे एक भयानक पराजय का अहसास होता है, सन्तोष का नहीं। मुझे लगता है कि इतने तजुर्बे के बावजूद मैं एक बार फिर बेवकूफ बन गया।"

निश्चय ही इस दिशा में उनका अनुभव बड़ा विस्तीर्ण है। उधार माँगनेवालों को उन्होंने, उनकी टेकनीक के आधार पर, कई वर्गों में बाँट दिया है। पहला वर्ग उनका है जो देखने में सबसे भोले हैं पर वास्तव में यही सबसे ज़्यादा घातक हैं। वे आते ही अपने फूटे नसीब के क़िस्से या 'हार्ड लक स्टोरी' बेचना शुरू कर देते हैं। ये सभी उच्च कोटि के क़िस्सागो हैं और फंतासी को यथार्थ बनाकर परोसने में सिद्धहस्त हैं। उन्हें हर हालत में कुछ न कुछ देना ही पड़ता है क्योंकि भुखमरी, बीमारी और मौत तक की भीषण घटनाएँ उनके कथावाचन से पत्थर की तरह उछलकर आपकी खोपड़ी पर गिर सकती है।

दूसरा वर्ग, "अपटुडेट जेंटिलमैननुमाँ लोगों का है। इनका अन्दाज़ दोस्ताना है पर उससे भी ज़्यादा सरपरस्ताना है और दिखता है कि वे आपको इज्ज़त बख़्शने आए हैं। वे फ़र्माते हैं कि "उनका कमाऊ लड़का महीने भर के लिए अमेरिका चला गया है और अचानक कुछ हज़ार रुपए की...जानते ही हो श्यामलाल बाबू, रुपए की कोई वैल्यू तो रही नहीं, बहरहाल सिर्फ़ चार हज़ार रुपए के लिए 'एकामोडेट' करने की बात है। सुधीन्द्र तीन हफ़्ते में स्टेट्स से वापस आ ही जाएगा।" वे किस शान से 'एकामोडेट' बोल रहे हैं, जैसे बाबू श्यामलाल को किसी बैंक मैनेजर की हैसियत से सिर्फ़ इक्कीस दिन के लिए सिर्फ़ चार हज़ार का ओवरड्राफ्ट स्वीकार करना है। यानी उन्हें बाबू श्यामलाल चार हज़ार नहीं तो, क्षमायाचना के साथ, कम से कम डेढ़ हज़ार रुपए तो देंगे ही।

तीसरा वर्ग टुच्चे गिरहकटों का है। इसमें ज़्यादातर पुराने सहपाठी और नए सहकर्मी हैं। अचानक घर पर प्रकट होकर कोई कहता है, "भाई, जल्दी से पचास

का नोट निकालो। तुम्हारी भाभी के लिए दवाएँ लेने आया था। दो दिन में ही क़ीमतें बढ़ गई हैं। पैंतालीस कम पड़ रहे हैं। अब घर लौटकर कौन जाए, तुम्हारा घर सामने था...।"

भिखमंगों में सबसे ज़्यादा जानलेवा वर्ग बेटी के बापों का है। ये लगभग सभी रिश्तेदार हैं। इनमें से किसी की बेटी की जल्द ही वरीक्षा होनी है, किसी का तिलक चढ़ रहा है, किसी की शादी होनेवाली है। हर बेटी के हर बाप को कुछ न कुछ मिलना ही है। उनमें कुछ बड़े शालीन हैं, उन्हें तत्काल कुछ नहीं चाहिए, बस इतना कहते हैं, तीन माह बाद ब्याह है। दस हजार का इन्तज़ाम किए रहना। वैसे, ज़रूरत पड़ेगी

नहीं, पर शायद पड़ ही जाए। क्या पता?"

मंगतों की इस जमात के शहँशाह बाबू श्यामलाल के फूफाजी हैं। उन्हें देखते ही उनकी जान सूख जाती है। फूफाजी ने श्यामलालजी समेत तीन-चार लोग छेक रखे हैं और उनके सहारे ठाठ से भारत-भ्रमण करते रहते हैं। रुपिया खींचने की उन्हें दर्जनों तरक़ीबें आती हैं पर सबसे ज़्यादा उपयोगी तरकीब जेब कटने की है।

फूफाजी की जेब साल में चार-पाँच बार कटती है। हर बार कटी जेब से एक बटुआ ग़ायब होता है, हर बार बटुवे में पाँच से पन्द्रह सौ रुपए तक होते हैं।

कभी बारह बजे रात को अचानक फ़ोन की घंटी बजे तो बाबू श्यामलाल समझ जाते हैं कि कौन किसलिए क्या कहनेवाला है। श्यामलाल लखनऊ में है और फोन पर उधर फूफाजी हैं भोपाल। "भोपाल से बोल रहा हूँ। जेब कट गई है। बटुवा ग़ायब है। आज सवेरे स्टेशन पर, जी.आर.पी. में रिपोर्ट लिखा दी है। अब...पता नोट करो! मेरा। उस पर पाँच सौ रुपए तार से रवाना करो फौरन! नहीं भाई, कम से काम नहीं चलेगा। नहीं भाई, नहीं।"

फिर कभी दूसरी बार, "तुम्हें फ़ोन नहीं करना चाहता था। पर मजबूरी है। तुम्हारे सब भाई निकम्मे हैं। और बदतमीज़ भी। उनसे बात करना सबसे बड़ी ज़लालत है। पूरे ख़ानदान में एक तुम्हीं हो जो इंसान की मज़बूरी समझते हो।..."

"राजा साहब? उनसे बात हो पाती तो तुम्हें फोन करने की क्या ज़रूरत थी। वे बेचारे अस्पताल में भर्ती हैं। सख्त बीमार हैं।"

कभी-कभी वे तरकीब नम्बर दो का इस्तेमाल करते हैं। यानी, फैल मचाना और बाहरी लोगों के सामने बेइज़्ज़त करना। एक बार, जब उनकी जेब इसी शहर में कट गई थी, फूफाजी ने हर्जाने के तौर पर बाबू श्यामलाल से हजार रुपए की माँग की थी। लगभग चिरौरी करते हुए बाबू श्यामलाल ने कहा था कि घर में सिर्फ़ दो सौ रुपए हैं, उन्हें ले लीजिए और बाकी के लिए मुझे मुआफ़ कीजिए। यह सुनकर फूफाजी ने वहाँ पर मौजूद दो आदमियों को घूरकर देखा था जो बाबू श्यामलाल के साथ अध्यापक थे, और दहाड़कर वक्तव्य दिया था, "तुम क्या समझते हो? मैं भीख माँग रहा हूँ। इन्हीं हाथों लाखों के वारे-न्यारे कर दिए और तुम दो सौ रुपल्ली दिखा रहे हो? शर्म नहीं आती? लाखों रुपए तुम्हारे ख़ानदान पर फूँक दिए। तब तुम पैदा भी नहीं हुए थे! कोई बात नहीं। ज़माना ही एहसान फरामोशी का है...।"

जवाब में उनका गिड़गिड़ाना। इसके जवाब में चाँदी की मूठवाली अपनी पेटेंट छड़ी उठाकर फूफाजी का तैश के साथ चल देने का अभिनय, फिर शान्त होकर सदाशयतापूर्वक दो सौ रुपए ग्रहण करने की स्वीकृति।

पूरा हाल सुनाकर पहले जैसी ही हताशा में बाबू श्यामलाल ने चाय की मेज से कहा, "लगता है मुझे यह शहर छोड़कर कहीं दूर चला जाना पड़ेगा। सहारनपुर यहाँ से दूर है पर वहाँ के डिग्री कॉलेज में मुझे विभागाध्यक्ष की जगह मिल रही है। वहाँ चला जाऊँगा। यह शहर बदल दूँगा। इन लोगों से छुटकारा मिल जाएगा।"

मेज क्या कहती? जवाब मैंने ही दिया, "नहीं, शहर मत बदलो। इससे अच्छा है कि अपना चेहरा बदल लो। सारी मुसीबत तुम्हारे चेहरे को लेकर है। यह कुछ ज़्यादा ही भला दिखता है।"

इस घटना के लगभग सात महीने बाद मुझे श्यामलाल के घर पर खाने का निमंत्रण मिला। जिस लड़के पर चुराकर सिगरेट पीने का आरोप था, वह अब खुलेआम सिगरेट पीने का हक हासिल कर चुका था, यानी वह एक अफ़सर बन गया था और जल्द ही उसकी शादी होनेवाली थी। आज उसका तिलक था और उसी की दावत थी।

मैं जानता था कि बाबू श्यामलाल ने बेटे की शादी में दहेज़ नहीं लिया है। पर यक़ीनन उनके भिखमंगे दोस्त और रिश्तेदार वहाँ किसी लम्बी रक़म की काल्पनिक बू पा चुके होंगे और उनके घर पर पहले से ही गिद्धों की तरह बैठे मिलेंगे, मैंने सोचा और चिन्तित हुआ।

बाबू श्यामलाल के घर पहुँचते ही उनका चेहरा देखकर मुझे झटका लगा। एक पल मैं सन्नाटे में खड़ा रहा, फिर हम दोनों खुलकर हँसे। अचानक मुझे दिखा कि बाबू श्यामलाल की हँसी मेरे मुक़ाबले कुछ ज़्यादा बुलन्द और तेज है। पहले वह हँसते नहीं, सिर्फ़ मुस्कुराते थे और हँसने की मजबूरी ही हो तो बकरी की तरह मिमियाकर रह जाते थे। आज कुछ बात ही और थी।

उन्होंने सचमुच ही अपना चेहरा बदल लिया था। चिकने गाल, बुज़दिल ठुड्डी और दयालुता भरी आँखों की जगह दाढ़ी और मूँछ ने ले ली थी। दाढ़ी के बीच से माँग निकालकर उसे दोनों ओर राजपूत शैली में उमेठ लिया गया था, मूँछें नुकीली और ऊपर की ओर उठी हुई थीं। चेहरा रोबदार, लगभग भयानक था और मूँछों का करिश्मा देखिए, आँखों में अजीब-सी बेलौसी आ गई थी।

घर पर उत्सव का माहौल था। श्यामलाल के पास तीन-चार लोग खड़े थे पर वे सम्भवतः लड़कीवालों के घर के थे, इसलिए निरापद समझे जा सकते थे। फिर भी बाबू श्यामलाल को एक किनारे ले जाकर मैंने धीरे से पूछा, "तुम्हारे यहाँ आनेवाले मंगतों के क्या हाल हैं?"

बाबू श्यामलाल पहले ही की तरह कड़ककर हँसे, बोले, "इधर कई महीनों से मैदान ख़ाली है।"

मैंने पूछा, "फूफाजी?"

"कुछ ऐसा है कि जब से मेरा कायाकल्प हुआ," उन्होंने अपनी दाढ़ी-मूँछ की ओर इशारा किया, "तब से अब तक उनकी जेब नहीं फटी है। उनकी कोई ख़बर भी नहीं मिली। पर आज वे भी आमंत्रित हैं। आ रहे होंगे।"

आ रहे होंगे नहीं, वे आ ही गए। कलफ़दार कलकतिया धोती, सिल्क का कीमती कुर्ता, बालों में खिजाबी चमक, हाथ में चाँदी की मूठवाली छड़ी—पूरा व्यक्तित्व इस फार्मूला पर टिका हुआ :

बिगड़ा रईस + नेता

2

बाबू श्यामलाल ने बढ़कर उनके पाँव छुए, वे हिचककर पीछे हट गए, बोले, "श्यामलाल कहाँ हैं?"

तनी हुई मूँछोंवाले कड़क चेहरे से श्यामलाल ने उन्हें देखा, कहा, "मैं ही हूँ फूफाजी। हुक्म दीजिए।"

फूफाजी अचकचाकर उन्हें देखते रहे, कुछ कहने को हुए, तब तक श्यामलाल ने पूछा, "बहुत अरसे से आपकी जेब के हालचाल नहीं मिले। क्या हाल हैं उसके? कटी कि बची?" बाबू श्यामलाल का भयानक चेहरा इस समय मुस्कान के प्रभावृत्त में दमकने लगा था। मुझे अचानक लगा कि वे पहले से ऊँचे हो गए हैं। इसका रहस्य बाद में मालूम हुआ। उनके जूते की एड़ी पहले से डेढ़ इंच ज़्यादा ऊँची थी।

फूफाजी उन्हें नाराज़गी से देखते रहे, फिर अपने को सँभालकर बोले, "जेब तो मेरी सचमुच ही कल बस अड्डे पर कट गई थी। पर ज़ाहिर है, तुम बदतमीज़ी पर उतर आए हो। इसलिए तुमसे बात करना जहालत होगी।"

अचानक उनकी आवाज़ ऊँची हो गई। वे तरकीब नम्बर दो पर उतर रहे थे, यानी फैल मचाने जा रहे थे। मैं अजनबी था, फिर भी फूफाजी मुझी से मुख़ातिब हुए, चीखे, "पूरे ख़ानदान में यही एक सही आदमी था। पर वह भी बदतमीज़ हो गया है। क्या दाढ़ी है! क्या मूँछें हैं! जैसे चम्बल घाटी का डकैत हो।"

बाबू श्यामलाल ने इसे अनसुना कर दिया। बड़ी शिष्टता से उन्होंने फूफाजी के हाथ में काफ़ी का प्याला थमाया, कहा, "आपकी जेब कटने का मुझे सचमुच बड़ा अफ़सोस है। पर कोई बात नहीं। आप काफ़ी पीजिए। और आइए, इधर अपने हमउम्र बुजुर्गों में बैठिए। जेब की फिक्र छोड़िए। जहाँ जेब है वहाँ गिरहकट होंगे ही। यह आपका तजुर्बा है, और मेरा भी। उसकी कहाँ तक फ़िक्र करेंगे? ज़िन्दगी फ़ानी है। रुपए का आना-जाना लगा ही रहता है।"

यह कहकर चम्बल के डकैत ने मुझे घूरकर देखा, कहा, "क्यों? ठीक है न?"

अन्त में : यह कहानी नहीं, कथा है। इसका ख़ास कारण है, 'कथा' का अर्थ। कथा, यानी 'केन प्रकारेण' अर्थात् 'किस प्रकार से'। बाबू श्यामलाल एक तरह से महाजनी सभ्यता के विलोम-युग में रह रहे हैं, यानी उस युग में जिसमें कर्ज़ लेनेवाला कर्ज़ देनेवाले के कन्धे पर चढ़ा बैठा हो। उन्होंने 'किस प्रकार से' (केन प्रकारेण) आत्मरक्षा की, इस वृत्तान्त को कथा मानना ही ज़्यादा उपयुक्त होगा।

भविष्य-निर्माण का कारख़ाना

पात्र-परिचय

1. नेता : जिन्हें अपने आगे ठेलने के लिए अन्धे और पीछे चलने के लिए गूँगे मिल जाते हैं।

2. जनता : जो इतिहास द्वारा बार-बार निरुत्साहित होने के बावजूद अपने को समझदार मानने के लिए मजबूर है।

3. पुलिस : जिनका होना-भर अपने-आप में एक घटना है।

4. विद्यार्थी : जो संख्या में तीन या उससे अधिक होते ही भीड़ बन जाते हैं।

पर्दा सड़क के नुक्कड़ पर बने एक कमरे पर खुलता है। यह कमरा धुएँ-जैसा अँधेरा और दक़ियानूस धोबियों की भट्ठी-जैसा धुआँधार है। उसके ऊपर बड़े-बड़े हरुफ़ों में लिखा है, 'मूनलाइट कॉफ़े।' दरवाज़े पर धुँधला सा एक साइनबोर्ड लगा है, 'राइट ऑफ़ ऐडमिशन रिजर्व्ड।' इस पुरानी तरकीब के सहारे मालिक ने रेस्तराँ की हैसियत को उभारने का वैसा ही भोंडा प्रयास किया है जैसा इधर के हलवाई अपनी दुकानों पर पीतल का चमकदार घंटा लटकाकर या तम्बोली 'उधार प्रेम की कैंची है' की इबारत लिखकर करते हैं। तात्पर्य यह है कि अपनी हैसियत को उछालने की अन्धविश्वासी तरकीबें हर समाज में चलती हैं और रेस्तराँ के मालिक की सामाजिकता का यह सबूत है कि उसे भी अपने वर्ग की यह तरकीब मालूम है। इस तरह राइट ऑफ़ ऐडमिशन रिज़र्व्ड की असामाजिकता इससे कट जाती है।

रेस्तराँ के अन्दर की यह हालत है कि बड़ी-से-बड़ी हीन भावना का शिकार भी यहाँ आकर आश्वस्त हो जाता है। किसी भी घटिया रेस्तराँ की परम्परा के अनुरूप कुर्सियाँ और मेज़ें यहाँ बेतरतीबी से पड़ी हैं। कुर्सियों की पॉलिश बुझ गई है पर उनकी कामकाजी बदसूरती पर ट्रैडिशन की छाप पड़ी हुई है, और इस ख़ूबी के कारण लोग उन्हें, गृहस्थ महिलाओं की तरह, ज्यों-का-त्यों स्वीकार कर लेते हैं। मेज़ों की पत्थर की छत पर तश्तरियों की गिरी हुई जूठन के घिसने, मिटने और शहीद होने की कहानी शीशे की तरह झलक रही है। सँकरे से काउंटर के पीछे रेस्तराँ का मालिक आँखें फाड़े बैठा है। उसे देखते ही बिना किसी तर्क के यह निष्कर्ष निकाला जा सकता है कि वह बेवकूफ़ है। पर उसकी आँखों से बदतमीज़ी टपकती है और पता चल जाता

है कि बेवकूफ़ होने के बावजूद, वह दूसरों को बेवकूफ़ मानकर चलने का आदी हो गया है और इसलिए बदतमीज़ी दिखाने के लिए उसे किसी बहाने की ज़रूरत नहीं है। रेस्तराँ के वेटर आपस में ज़ोर-ज़ोर से और ग्राहकों से घनिष्ठतापूर्वक बात कर रहे हैं।

अब, रेस्तराँ में सड़क पर खुलनेवाले कितने दरवाज़े हैं, दीवारों पर कितनी भोंडी तस्वीरें लगी हैं, ट्वायलेट और किचन का रास्ता एक है या अलग-अलग, नायक किधर से आता है और खलनायक किधर से आता है—यह सब लिखना ज़रूरी नहीं है। ये बातें निर्देशक, यदि वह केवल कृषिप्रधान संस्कृति की महत्ता में दबा हुआ, भरत का नाट्यशास्त्री न हुआ तो, अपने-आप समझ लेगा।

बेतरतीब कुर्सियों पर कई लोग बेतरतीबी से बैठकर बातचीत कर रहे हैं।

पहले गुट के लोग क़हक़हे तो ज़ोर से लगाते हैं, पर बातचीत फुसफुसाहट में करते हैं। ये पाँच-छ: लोग अपने-अपने ढंग से कपड़े पहने हैं और उनकी विभिन्नता राष्ट्रीय एकता के ख़्वाब के चिथड़े-चिथड़े कर सकती है। यानी इनमें टूटी चप्पल, फटे कुर्ते, रूखे बाल और उधार की बीड़ीवाली चिरपरिचित तस्वीर से लेकर कोट-बूट-टाईदार ख़ाके तक एक मेज़ पर बैठे हुए हैं। देखने में इनमें आपस की हज़ारों विभिन्नताएँ हैं पर उन्हें एक में बाँधनेवाली दो समानताएँ भी हैं, एक तो यह कि वे हमेशा किसी सोची हुई बात को ही सोचते हैं, यानी रहनुमाई के ढकोसले के बावजूद ये किसी-न-किसी महान् विचारक के पिछलगुए हैं; और दूसरी यह कि मौक़े पर आगे ठेलने के लिए अन्धे और पीछे घिसटने के लिए गूँगे इन सबको मिल जाते हैं। इसीलिए एक-दूसरे की कड़ी आलोचना करते हुए भी ये एक-दूसरे को वास्तव में वैसा ख़तरनाक नहीं समझते जैसा कि किसी मौलिक विचारक को समझा जाता है और अपना आगा-पीछा देखते हुए ये सब एक-दूसरे से और अपने-आप से ख़ुश हैं।

इन्हीं में खादी का कुर्ता-पाजामा पहने, कम बोलनेवाले, ज़्यादा समझनेवाले और उससे भी ज़्यादा इधर-उधर निगाहें दौड़ानेवाले दो आदमी बैठे हैं जो चेहरे से मक्कार लगते हैं। पर अचम्भा यह है कि इनके साथवाले इनसे बातचीत करने में आदर दिखा रहे हैं। ये सी.आई.डी. के आदमी हो सकते हैं और पैसा लगाकर इंसानों का तमाशा देखनेवाले साहूकार भी हो सकते हैं। मतलब यह है कि ये दोनों लोग असली नहीं लगते और सच पूछिए तो इस मेज़ पर बैठा हुआ कोई भी आदमी असली नहीं लगता। भविष्य के नाम पर इन लोगों ने बहुत-कुछ लगाया या लगवाया है, इसीलिए ये लोग रोज़ की तरह आज भी यहाँ पर वर्तमान का विघटन देखने के लिए इकट्ठे हुए हैं और उसके बाद आनेवाले भविष्य के इन्तज़ार में कॉफ़ी पी रहे हैं।

दूसरी मेज़ पर पुलिस के कुछ सिपाही हैं। वे वहाँ पर न जाने क्या समझकर, या हो सकता है कि बिना कुछ समझे हुए ही, अकड़कर बैठे हुए हैं। खाने-पीने से उनका कोई मतलब नहीं है। वे वहाँ पर हैं और उनका होना भर अपने-आप में एक घटना है।

कॉफ़ीपरस्तों का गुट अचानक कमरे के अन्दर घुसते हुए एक जुलूस की ओर आँख उठाता है। यह पाँच विद्यार्थियों का एक छोटा सा गुट है पर उतने से ही वे

भीड़ की सूरत अख़्तियार कर चुके हैं। भीड़ में होने की अनिश्चित दशा उनकी समूची स्थिति से मेल खाती है क्योंकि अच्छा रहन-सहन, अच्छी पढ़ाई-लिखाई, सैर-सपाटा, लड़कियाँ, सामाजिक उठा-बैठी, भविष्य का व्यवसाय—जिस किसी में भी दिलचस्पी हो सकती है, उसे अनिश्चय से ही छोड़ दिया गया है। निश्चय के साथ उन्हें इतना बताया गया है कि बड़ों का आदर करना चाहिए, यानी भविष्य को फैलाने के लिए भूत के कुएँ में डुबकी लगानी चाहिए। लोग अपनी पाठ्यपुस्तकों का भी बड़ा आदर करते हैं और उन्हें अपने से ऊपर ही रखते हैं। इसलिए आदर के अन्य सभी पात्रों को भी ये पाठ्य-पुस्तकों के समान ही अनिवार्य और अनिष्ट समझते हैं। रेस्तराँ में ये इसी उम्मीद से आए हैं कि यहाँ इन्हें हर किसी चीज़ का आदर करने की ज़रूरत नहीं है, और न यहाँ इन्हें कोई ऐसा मिलेगा जो इनको समझाने की कोशिश किए बिना ही इन्हें इस पर मजबूर करे कि ये उसे समझें।

ये लोग जिन घरों से आए हैं, वहाँ से इन्हें तोड़ दिया गया है। इनका कोई घर नहीं है, न आगे कोई घर होने की स्पष्ट सम्भावना है, न कल के लिए इनका कोई कार्यक्रम है। अतः ये इस समय स्वच्छन्द हैं और जब तक मन चाहे तब तक रेस्तराँ में बैठने के लिए या जहाँ मन चाहे, उधर चल देने को तैयार बैठे हैं। इन्हें अपने साथ किसी की सहानुभूति और स्नेह को बाँधकर नहीं चलना पड़ रहा है, इसलिए इनकी बातचीत में खुलापन और आवारगी है, जो हर दूसरी मेज़ पर बैठे हुए व्यक्तियों को कष्टकर सिद्ध हो सकती है।

इनको रेस्तराँ में आता देख कॉफ़ीपरस्त राजनीतिज्ञों के दल में एक चेतना सी पैदा हो जाती है। कुछ मुस्कुराकर उनका स्वागत करते हैं। कुछ मुँह में कॉफ़ी भरकर गाल फुला लेते हैं, कुछ पोकर के खिलाड़ियों की तरह वज़नी चेहरा लटकाए उसी तरह बैठे रहते हैं।

विद्यार्थियों में कुछ उनकी मुस्कान का जवाब ठहाकेदार उल्लास से देते हैं, पर बाक़ी आपस में होनेवाली बातों के वाल्यूम को बढ़ा देते हैं। कुर्सियों को लड़खड़ाकर वे उन पर हुमसते हुए बैठ जाते हैं और वेटर की ओर पूर्वपरिचय का एक भद्दा सा इशारा फेंकते हैं।

इधर एक चौथी मेज़ पर भी कुछ लोग धीरे से आकर बैठने लगे हैं और जब तक वे पूरी तरह से बैठ नहीं गए, तब तक बताना कठिन था कि वे कौन हैं और कितने हैं। पर अब देखते ही उनके बारे में इतना साफ़ हो जाता है कि ये लोग जनता हैं। ये लोग कुछ इस तरह बैठे हैं कि इनके गिनने में हमेशा ग़लती हो जाती है। इनमें कुछ बुज़ुर्ग हैं और एक अधेड़ महिला है; बाक़ी की उम्र किसी भी संख्या पर आँकी जा सकती है। इनका काम वोट देना और बदले में नारे लेना है। ये महज़ कान और पेट के सहारे चलते हैं और आँख और दिमाग़ को फ़ोर-व्हील ड्राइववाली जीप के स्पेशल गियर की तरह तभी इस्तेमाल करते हैं जब कोई कीचड़ में फँसा हुआ ड्राइवर उसे ख़ुद बाहर निकालने के लिए लगा देता है। इन सबकी अन्य विशेषताओं का अधिक

वर्णन करना बेकार है, क्योंकि जनता होने के नाते ये वर्णनातीत हैं।

ये लोग रेस्तराँ को रेस्तराँ समझकर खाने-पीने के साफ़ इरादे से आए हैं और, जैसा कि जनता के लिए स्वाभाविक है, इस समय अपने आसपास की स्थिति में ऊपरी दिलचस्पी लेने लगे हैं। ये सभी मेज़ों की ओर देख-देखकर उनके आसपासवालों के बारे में अपनी राय क़ायम करने के पहले ही उसे प्रकट करने लगे हैं। अपनी हर बात को ये बड़े विश्वास और समझदारी से पेश करते हैं, हालाँकि इतिहास के हज़ारों निष्कर्ष हमेशा इनकी समझदारी के ख़िलाफ़ पड़ते हैं। परिणाम यह है कि ये बेधड़क बात कर रहे हैं, यह दूसरी बात है कि इनकी बातें एक-दूसरे से टकराकर दूसरों के कानों तक सिर्फ़ शोर बनकर पहुँचती हैं।

खाने के मामले में इनकी कोई ख़ास पसन्द नहीं है। ये भूखे हैं और वेटर जब इनके सामने भोज्य-पदार्थों की सूची गिनाने लगता है तो शुरू और आख़िर में बताई गई चीज़ों को वे अपनी तात्कालिक स्मृति के सहारे मँगाकर खाने लगते हैं। कॉफ़ी पीनेवाले गुट की ओर देख-देखकर ये लोग अपने चेहरों पर कड़वाहट की तस्वीर खींचते हैं। दूसरी मेज़ पर बैठे हुए पुलिस के आदमियों को देख-देखकर ये इस स्वीकृति में सिर हिलाते हैं कि पुलिस का वहाँ पर होना हमारे सामूहिक जीवन के एक ऐतिहासिक अभाव की पूर्ति करता है। वैसे ये लोग प्राय: उस मेज़ की ओर देख रहे हैं जिस पर कुछ नौजवान विद्यार्थी बैठे हुए हैं। जनता गुट की अधेड़ महिला विशेष रूप से उधर ही देखती हुई इन्तज़ार कर रही है कि कब विद्यार्थी लोग उसकी ओर घूरकर देखें और कब वह चीख़कर उनकी बदतमीज़ी पर सालों से रटा हुआ अपना व्याख्यान प्रसारित करने लगे। पर विद्यार्थियों का गुट भी स्त्री को फिसलते रजतपट और चलते जन-पथ पर देखता रहा है, स्त्रीलिंग के बारे में व्याकरण की किताबों और पाठ्य-पुस्तकों में भी पढ़ता रहा है। अत: अपने पूर्वजों को मिली हुई सुविधा के विपरीत, इस उम्र तक स्त्रियों के बारे में कुछ भी न जानकर, वे इतना तो जान ही गए हैं कि स्त्रियों को सीधे देखना और उनसे सीधे पेश आना वर्जित और अनैतिक है। इसी आधार पर वे इस महिला की ओर कनखियों से देखते हैं और नई और पुरानी मॉडल की कारों की चर्चा करते हुए इशारों से उसकी शक्ल-सूरत की व्याख्या करते हैं। एक लड़का धीरे से सीटी बजाता है। दूसरा उसकी पीठ पर प्यार से हाथ फेरता है, फिर वेटर को पास से निकलते देख, कोई ख़ास बात न होते हुए भी, अपनी नैसर्गिक झिझक से वह हाथ वापस ले लेता है। एक पुलिस का सिपाही भौंहें चढ़ाकर उन्हें यों देखता है जैसे वे लड़कियों के लिए बेशक ख़तरनाक हैं।

जनता में दो बुज़ुर्ग हैं जो निश्चय ही रिटायर्ड सरकारी नौकर हैं। इसका प्रमाण यह है कि उनका हर वाक्य 'हमारे ज़माने में' से शुरू होता है। ये लोग अंग्रेजों की पढ़ाई अंग्रेज़ी, पंडितों की पढ़ाई हिन्दी और मौलवियों की पढ़ाई हुई उर्दू में बात कर रहे हैं। उधर विद्यार्थियों का गुट 'एक ग्रैजुएट' द्वारा प्रचारित कुंजियों की अंग्रेज़ी, कुशवाहा कान्त और प्यारेलाल आवारा की हिन्दी और देशज व्यक्तित्व में काली चमड़ी की तरह

चिपकी स्थानीय ग्रामीण बोली का भावात्मक समन्वय पेश कर रहा है और ज़ोरदार भावनाओं को झेलने में असमर्थ भाषा की कमी को निम्नवर्गीय समाज में सम्मानित शारीरिक चेष्टाओं और इंगितों से पूरा कर रहा है। बुज़ुर्गों के चेहरों पर विद्यार्थियों की इस आभिजात्यहीनता के कारण नफ़रत की धूल सी चढ़ रही है और अधमुंदी आँखों से वे देख नहीं पा रहे हैं कि ये विद्यार्थी नहीं, बल्कि वैज्ञानिक प्रयोगों में आनेवाले ऐसे सूअर हैं जिन्हें शिक्षानीति की मेज़ पर लिटाकर पिछले कई सालों की चीर-फाड़ द्वारा उनकी वाचालता को मूक बनाने की कोशिश की गई है।

इस समय एक लड़का उन बुज़ुर्गों की ओर देखकर स्वतंत्रतापूर्वक दाँत निकाल रहा है। दूसरा पुलिसवालों को देखकर आँख मूँद लेता है और एक गाना छेड़ देता है, जिसके बोल हैं—"लेप् राइट, लेप् राइट, लेप् राइट।" एक अपने घुटने हिला-हिलाकर 'रॉक ऐन रोल' की नक़ल करता है। दो लड़के अपनी जाँघों पर हाथ पटक-पटककर किसी अज्ञात समस्या का जोशीला विश्लेषण पेश करते हैं। पर उनके कान सड़क की ओर उठे हैं।

इस वातावरण में भविष्य-निर्माण के सभी साधन—कच्चे माल, मशीनरी, पूँजीपति, मज़दूर आदि के साथ—मौजूद हैं और रेस्तराँ को कारख़ाने में बदलने के लिए ज़रा से इशारे की देर है। बाहर कुछ मशीनें ज़ोर-ज़ोर से चलती हैं। उनकी आवाज से प्रोत्साहित होकर एक लड़का एक ऐसी गाली का उच्चारण करता है जो निहायत साफ़-सुथरी, अलंकारहीन सुप्रचलित और उस लड़के के पक्ष में, मौरूसी है। बाहर चलनेवाली मशीनों की 'धक्-धक्' बढ़ जाती है और लोग अचानक तेज निगाहों से देखते हुए अपनी-अपनी जगहों पर खड़े होने लगते है। तभी पारस्परिक शंका और भय नफ़रत में बदल जाते हैं। रेस्तराँ के बाहर चलनेवाली कोई मशीन एकदम से बन्द हो जाती है; बन्द होते-होते भकभकाकर बोलती है, 'धत्'।

नेता : (फुसफुसाकर, पर आवाज़ में वज़न का एक टन बाँधकर) धुत्!

जनता : (अभ्यासतः उपर्युक्त पात्र की बात दोहराते हुए) धुत्! धुत्!

विद्यार्थी : (आवेश में तुतलाते और कुर्सियों को खड़काकर पीछे ठेलते हुए) धुत्! धुत्! धुत्!

सिपाही : (स्वाभाविकता से डंडे हिलाकर) धुऽऽत्! धुऽऽत्! धुऽऽत्! धुऽऽत्!

(इस प्रकार पूरे दृश्य से अन्तिम शब्द डंडे, क़ानून और उससे उत्पन्न प्रजातंत्र का है। थोड़ी देर में ही बाहर चलनेवाली अदृश्य मशीनों की 'धुत्-धुत्-धुत्' में यह शब्द एकाकार हो जाता है।)

उमरावनगर में कुछ दिन

बकरी, मुर्ग़ी और फटी क़मीज़ें

बस में जहाँ मैं बैठा था, वहाँ बकरी न थी; मेरे पास बैठे आदमी की गोद में सिर्फ़ मुर्ग़ी थी। बकरियाँ पीछे थीं उस भीड़-भक्कड़ में अगर कहीं कोई बकरी का बच्चा आदमी की गोद में था या कोई बकरी आदमी के घुटने पर थी तो कुछ ऐसे आदमी भी थे जिनके पाँव बकरी के पेट के नीचे या पीठ के ऊपर थे और पीठ बस की पिछली दीवार से चिपकी थी। उनके सिर कहाँ थे, कहना मुश्किल है क्योंकि उनके हाथ-दो हाथ ऊपर भी कई सिर दीख रहे थे।

बस के रुकने पर समझने में देर नहीं लगी कि यहाँ उतरने में, चढ़ने के मुक़ाबले ज़्यादा जीवट की ज़रूरत होगी। पर मेरा मुर्ग़ीवाला साथी मुझसे ज़्यादा उतावला था। अभिमन्यु की तरह भीड़ का चक्रव्यूह तोड़ता हुआ जब वह आगे बढ़ा तो मैं भी उसके कुर्ते से झूलता हुआ वहाँ तक पहुँच गया जहाँ दरवाज़ा होना चाहिए और उसके नीचे कूदते ही मैं भी उसी के साथ ज़मीन पर चू पड़ा। मेरे हाथ से झूलती अटैची किसी की टाँगों में फँसी होगी क्योंकि मेरे पीछे जो मुसाफ़िर कन्धे के बल ज़मीन पर आया, उसकी एक टाँग आसमान में थी और दूसरी की धोती मेरी अटैची के कुंडे से उलझी थी। मेरे मुर्ग़ीवाले साथी का कुर्ता पीछे से चीथड़ा बन चुका था पर वह इससे बिल्कुल बेख़बर था। उसे देखकर मुझे ख़बर हुई कि मैं भी अपनी क़मीज़ के मामले में बेख़बर हूँ, उसका कन्धा अपनी सिलन छोड़कर पीठ पर झूल गया था।

सड़क पर जहाँ बस रुकी थी उसके किनारे एक दवाख़ाना था जिस पर किन्हीं डॉ. अंसारी का नाम लिखा था। विज्ञापन-पट्टी पर ए.ए.यू.पी., पी.एम.पी., एम.डी. जैसी डिग्रियाँ लिखी थीं। एम.डी. से मेरा मन मुदित हो गया क्योंकि यह डॉक्टरों के ख़िलाफ़ इस इल्ज़ाम का जवाब था कि ऊँची डिग्री लेने के बाद वे शहर छोड़कर देहात नहीं जाना चाहते। पर पट्टी पर दोबारा निगाह पड़ते ही मैंने देखा, एम.डी. के नीचे कोष्ठकों के भीतर उर्दू, यानी फ़ारसी लिपि में लिखा है, 'मैनेजिंग डाइरेक्टर, अंसारी क्लिनिक'। यह तो हुआ एम.डी.। अब मैंने ए.ए.यू.पी. और पी.यम.पी. के तिलिस्म को तोड़ना चाहा। पी.एम.पी. का गुर आसान था : प्राइवेट मेडिकल प्रैक्टिशनर। ए.ए.यू.पी. का गुर दूसरे दिन पकड़ में आया।

दवाख़ाने में एक ऊँघता हुआ बुड्ढा, हज़ारों मक्खियाँ। उसके सामने, सड़क के किनारे दो तख़्तों पर छः-सात लोग भिन्न-भिन्न आसनों में बैठे बात करते हुए; पर एक भी आसन ऐसा नहीं जिससे जल्दी उठने का आभास हो रहा हो। जहाँ तक बात की बात है, बात सिर्फ़ एक आदमी कर रहा था, बाक़ी सिर्फ़ उसकी बात ज़ोर-ज़ोर से सुन रहे थे।

इक़बाल मियाँ

मुझे पता नहीं था कि मेरे अध्यापक मित्र कहाँ रहते हैं। उनका पता पूछने के लिए मुझे यहाँ रुकना पड़ा। पर यहाँ देश की दुर्दशा पर बहस चल रही थी। जैसा कि होना चाहिए, देश के सामने व्यक्ति और ख़ासतौर से मुझ-जैसे व्यक्ति पर किसी ने ध्यान नहीं दिया।

"...तुम कहते हो कि देश को नेताओं ने चौपट किया है। सरासर ग़लत। सारा देश तो बाबुओं के हाथ में है। पूरा बाबू-राज है। बाबू जैसा चाहता है, वैसा ही होता है।"

बात में कोई मौलिकता नहीं थी, फिर भी शायद मेरा सर अनजाने ही उसके अनुमोदन में हिल गया। जवाब में उन्होंने अपनी बड़ी-बड़ी आँखों से मुझे देखा, गोया मुझे सनद दी कि मैं भुनगा नहीं, उन जैसा नहीं तो कम-से-कम दूसरों ही जैसा इंसान हूँ। फ़र्माया, "देखिए न, इसी छब्बीस जनवरी की बात है। दिल्ली के किसी बाबू की करामात देखिए। छब्बीस जनवरी को छुट्टी होती है। मगर उस कमबख़्त ने छब्बीस जनवरी को उठाकर ऐन इतवार के दिन गिरा दिया। ग़रीबों की एक दिन की छुट्टी मारी गई।"

बात कुछ महीन क़िस्म की थी। लोग समझने की कोशिश करने लगे। उन्होंने फिर फ़र्माया "मिनिस्टर को पता भी न चला होगा।"

एक आदमी ने होंठ हिलाकर पहले कुछ कहने की कोशिश की, फिर कहा, "मगर इक़बाल साहब, कौन सी तारीख़ किस दिन पड़ेगी, यह बाबू या मिनिस्टर थोड़े ही तय करता है?"

"फिर कौन तय करता है?"

कहकर शायद अनुमोदन के लिए, उन्होंने फिर मेरी ओर अपनी नज़र उठाई। उनका श्रोता-समुदाय निरुत्तर हो चुका था। तब मैंने अपने मित्र के घर का पता पूछा।

वे लगभग साठ साल के होंगे। मोटे बदन का लम्बा कुर्ता और तहमद। सर पर चौकोर टोपी। नाक के कोने पर एक बड़ा सा काला मस्सा, जो बड़ी-बड़ी आँखों के नीचे बसकर पूरे चेहरे को समुद्री डाकुओं जैसा खूँख़्वार बनाता था। यही, जब वे आँखें मूँद लेते होंगे, उनके चेहरे की ध्यान-मुद्रा को और भी गहनता देता होगा; धार्मिक भाषणों को मार्मिक बनाने में सहायता करता होगा।

मित्र ने कहा

"अच्छा हुआ यहाँ आते ही तुम्हारी इक़बाल साहब से मुलाक़ात हो गई। यहाँ के सबसे रईस आदमी हैं। काफी समझदार भी। पिछले चुनाव में सत्ताधारी पार्टी का टिकट भी मिल गया था। जीतते-जीतते बचे।"

"समझदारी का सबूत तो पहली मुलाक़ात ही में उन्होंने दे दिया। कहते हैं कि कौन तारीख़ किस दिन पड़ेगी यह बात दिल्ली के किसी दफ़्तर का बाबू तय करता है।"

मित्र ने भौंहें सिकोड़कर कुछ सोचा, बोले, "तो तुम्हीं बताओ यह कौन तय करता है?"

झटका लगा, पर जल्दी ही सँभल गया। मैंने समझाया, "यह सब तो मिस्टर गणेशन् तय करते हैं।"

"कौन मिस्टर गणेशन्?"

"तुमने अख़बार में नहीं पढ़ा? वही जिन्होंने हाल ही में अपनी बेवा की बहन से शादी की है।"

वह हमेशा से ऐसे ही है। दोनों ज़ोर से हँसे, वैसे जोड़ बराबर पर नहीं छूटा था, प्वाइंट्स पर मैं ही जीत रहा था।

"दरअसल, इक़बाल मियाँ की हालत विशेषज्ञों-जैसी है। अपने विषय को छोड़कर उन्हें कई विषयों का क ख ग तक नहीं आता..."

मित्र का ठिकाना सड़क से लगे हुए इस मकान की दूसरी मंज़िल पर था। दो छोटे कमरे थे, छत के दूसरे किनारे एक छोटी कोठरी, जिसमें रसोईघर था। दूसरी तरफ खुले में दीवारें घेरकर नहाने का प्रबन्ध; उसी के दूसरे हिस्से में एक अचम्भा था—साफ़-सुथरा शौचालय, फ़्लश के लिए भले ही बाल्टी का प्रयोग होता हो। नहानेवाले हिस्से में हैंडपम्प लगा था। हैंडिल सँभालकर चलाना पड़ता था क्योंकि वह खुरदरी दीवार से रगड़ खाता था।

हैंडपम्प चलाते वक़्त मैं अपनी उँगलियों को दीवार से रगड़कर ज़ख़्मी बना चुका था। उन पर डिटॉल लगाकर, रसोईघर के दरवाज़े पर खड़े-खड़े जहाँ खाल छिल गई थी वहाँ की जलन का आनन्द ले रहा था। मित्र चाय के लिए स्टोव जला रहे थे, इक़बाल मियाँ की गौरव-गाथा सुना रहे थे :

"विशेषज्ञों के साथ अक्सर ऐसा होता है। अपने ही की लो। तुम ग्रामीण अर्थशास्त्र के माहिर हो। अब अगर तुमसे कोई भौतिक विज्ञान की किसी गुत्थी पर बात करने लगे तो तुम भी इक़बाल मियाँ-जैसी चूक कर सकते हो। है कि नहीं?"

"है। पर इक़बाल मियाँ विशेषज्ञ काहे के हैं?"

"उन्हें भी, क्या कहा जाए—एक तरह से ग्रामीण अर्थशास्त्र का ही विशेषज्ञ कह लो। ख़ासतौर से जंगलों की कटान और जंगली लकड़ी के उपयोग के बारे में उन-जैसा माहिर इधर कोई नहीं है।"

"तुम्हारा मतलब पर्यावरण-सुरक्षा और वानिकी से है?"

"मुझे पता नहीं ये क्या है," मित्र बोले, "पर इनका मतलब चोरी और उठाईगीरी हो तो तुम्हारी बात सही होनी चाहिए।"

यहाँ ऊपर की मंज़िल तक पहुँचने के लिए सड़क से ढाई फुट चौड़ी गली पार करके इमारत के पिछवाड़े से एक ज़ीना चढ़ना होता है। यह लम्बाकार सँकरा ज़ीना सरग की नसेनी-जैसा है, जिस पर दीवार से बँधी हुई एक चीकट रस्सी के सहारे झूल-झूलकर चढ़ा जाता है। चढ़ते वक़्त अगर किसी सीढ़ी पर पाँव चूक जाए तो यह सचमुच ही सरग की नसेनी बन सकता है।

मित्र की बात सुनकर मुझे लगा, किसी ने मेरी गर्दन पर धक्का देकर मुझे ज़ीने से नीचे ढकेल दिया है।

खैनी तम्बाकू और कम्प्यूटर-ट्रेनिंग

गाँव की विकास-गाथा बहुत कुछ एक दिन ही में समझ गया था। समझाया खंड विकास अधिकारी ने, जनभाषा में कहा जाए तो बी.डी.ओ. साहब ने। उन्होंने ही डॉ. अंसारी की उपाधि ए.ए.यू.पी. का तिलिस्म भी तोड़ा—ऐलोपैथिक, आयुर्वेदिक ऐंड यूनानी फ़िज़िशियन।

बी.डी.ओ. साहब मित्र के मित्र थे। शाम को मिलने आए। थके हुए थे पर चेहरे पर कोई बड़ा काम कर गुज़रने का सन्तोष था। चाय, कॉफ़ी, शराब—किसी भी पेय पदार्थ को लेने से उन्होंने इनकार किया, भोज्य पदार्थों से भी। आराम से खटिया पर लेटकर उन्होंने अपनी जेब से चोष्य पदार्थ, यानी तम्बाकू निकाली। उसमें एक डिबिया से चूना निकालकर मिलाया, बाएँ हाथ की हथेली पर दाएँ हाथ के अँगूठे से उसे मला, थपथपाया, साफ़ किया, फिर दाँतों और निचले मसूढ़े के बीच उसे दबा लिया। कहा, "कम्प्यूटर की ट्रेनिंग से आज तीसरे पहर फ़ुर्सत मिली है। किसी तरह यह प्रोग्राम भी ख़त्म हुआ। इज़्ज़त बच गई।"

तम्बाकू का ऐसा आदिम प्रयोग करते हुए किसी को बहुत दिन बाद देखा था। उसके साथ कम्प्यूटर का पुट तो और भी दुर्लभ था। मैंने पूछा, "इस कस्बे में...?"

उठकर उन्होंने तम्बाकू की पीक थूकी, अपनी ही कहते रहे, "कल प्रशिक्षण में आए अफ़सरों को आसपास का विकास-कार्य दिखाना है, जंगल में भी घुसाना है। पर वह सब तो जंगल के मुहकमेवाले देखेंगे। उनके आदमी डेढ़ सौ किलोमीटर दूर पेस्ट्री और तले काजू ख़रीदने गए हैं। कल आप भी चलिए न!"

"पर कम्प्यूटर-ट्रेनिंग? इस क़स्बे में?"

"यह क़स्बा नहीं, गाँव है जनाब। वैसे आबादी चार हज़ार के करीब हो गई है। एक बार टाउन एरिया बनाने की बात भी चली थी, पर गाँववालों ने उसका विरोध किया।..."

"क्यों?"

"तब लोगों पर कई तरह के टैक्स न लग जाते!"

"पर गाँव का विकास भी तो हो जाता।"

"वह तो अपने-आप हो रहा है।"

फिर बी.डी.ओ. साहब की बात तांत्रिकों, ज्योतिषियों, पुरातत्त्ववेत्ताओं, मौसम-विज्ञानियों, समाजशास्त्रियों, कथाकारों और कवियों की अर्धस्फुट वाणी में होने लगी। उन्होंने इस जंगली क्षेत्र के तीस-पैंतीस परिवारोंवाले पुरवे के विकास की कथा 'सेल्फ जनरेटिंग', 'सेल्फ प्रॉपलिंग', 'इन्फ्रास्ट्रक्चर', 'आर्केस्टेशन', 'टेक ऑफ़ स्टेज' जैसी योजना आयोग की भाषा में उद्घाटित करनी शुरू कर दी।

श्रोता और शिष्य था मैं, जाना-माना सनकी पत्रकार, और मित्र की मित्रतापूर्ण भाषा में, ग्रामीण अर्थशास्त्र का विशेषज्ञ।

सब आवाज़ों के ऊपर की आवाज़

पिछले बीस-पचीस साल में उमरावनगर नामक इस छोटे से जंगली गाँव का विकास अपने-आप हो चुका है। इसलिए अब इसे क्षेत्रीय स्तर पर सघन विकास के लिए चुना गया है। चुननेवाले यहाँ के क्षेत्रीय विधायक हैं।

आज से दो साल पहले वे राज्य मंत्री बनाए गए थे। जैसाकि इस कथा में कहीं आगे आएगा, कोशिश उन्हें परिवहन मंत्री बनाने की थी। यहाँ चलनेवाली बसों में से एक के मुनाफ़े में उनका आठ आने का हिस्सा था। उनके विधायक बन जाने पर हिस्से की जगह उन्हें पूरा मुनाफ़ा दिया जाने लगा। स्थानीय ट्रांसपोर्ट यूनियन के कर्ता-धर्ता वर्मा साहब, ठेकेदार साहब, ठाकुर साहब जैसे कार्यकर्ताओं ने शोर मचा दिया कि वे परिवहन के राज्य मंत्री बन रहे हैं। अख़बार तक में छप गया। इसलिए, मुख्यमंत्री के मन की बात कोई भी नहीं पकड़ सकता, यह प्रमाणित करते हुए उन्हें चीनी उद्योग का राज्य मंत्री बना दिया गया। जो भी हो, उमरावनगर में ट्रांसपोर्ट यूनियन की ओर से उनका ज़ोरदार स्वागत-समारोह हुआ जिसके लिए अख़बारों में 'भव्य' और जिसके व्याख्यानों के लिए 'भाव-भीने' जैसे ठेठ विशेषणों का प्रयोग हुआ। समारोह में उन्होंने घोषणा कर दी कि उमरावनगर में वे एक सहकारी चीनी मिल की स्थापना कराएँगे।

दो हज़ार मीट्रिक टन की क्षमतावाली चीनी मिल और आटाचक्की में कुछ फ़र्क है—मंत्रीजी के प्रतिक्रियावादी अफ़सरों ने उन्हें यह समझाने की कोशिश की। जहाँ कहीं भी बिजली का तार गया हो वहाँ आटाचक्की चल सकती है। पर चीनी मिल के लिए कुछ और भी चाहिए। गन्ना तो चाहिए ही। उमरावनगर के चारों ओर सरकारी जंगल हैं। मिल चलाने के लिए दूर-दूर से गन्ना लाया जाए, तब भी पूरा न पड़ेगा—आदि-आदि उन्हें समझाया गया। पर मंत्रीजी अकड़ गए। हर मंत्री की तरह उन्हें पहले से ही नौकरशाही के बारे में सब कुछ मालूम था, जिस कारण वे हमेशा सही सलाह को ग़लत और ग़लत सलाह को सही मान बैठते थे। अत: उन्होंने अपनी घोषणा को कई बार दोहराया। दोहरा ही रहे थे कि, जैसा कि आजकल किसी भी लम्हे में हो सकता है, प्रदेश के मुख्यमंत्री ने, अपनी अन्तरात्मा की आवाज सुनकर—जो पार्टी हाईकमांड के आदेश की पर्यायवाची है—अचानक इस्तीफ़ा दे दिया। हमारे क्षेत्रीय विधायकजी दूसरे

मंत्रिमंडल में, अपनी बिरादरी के अनूठे प्रतिनिधि होने के नाते, फिर से राज्य मंत्री तो बना दिए गए पर उनके मुहकमे का नाम आज तक ट्रांसपोर्ट यूनियनवालों की समझ में नहीं आया। वे प्रशासनिक सुधार और कार्मिक विभाग के राज्य मंत्री बनाए गए।

दूसरा समारोह भी 'भव्य' और 'भावभीना' तो बताया गया, पर रंग कुछ फीका रहा। दुकानदार दुकान सजाए बैठा हो, पर यह पता न चले कि यहाँ कौन सा माल बिकता है, मंत्रीजी की हालत कुछ वैसी ही थी। 'प्रशासनिक सुधार' और 'कार्मिक' लोगों के पल्ले नहीं पड़ रहे थे। पर मंत्रीजी का जीवट कुछ कम नहीं था। उन्होंने इस बार एक नई घोषणा की, "आदरणीय प्रधानमंत्री के नेतृत्व में हमें नई-नई तकनीकों और पद्धतियों की जानकारी करनी होगी। ख़ासतौर से कम्प्यूटर की जानकारी तो बच्चे-बच्चे को होनी चाहिए। इसकी शुरुआत हमने अपने आला अफ़सरों से की है। हम अपने वरिष्ठ अधिकारियों को कम्प्यूटर का प्रशिक्षण देने के लिए दो सप्ताह का एक सत्र आयोजित कर रहे हैं। यह प्रशिक्षण उमरावनगर में होगा।"

अब गले में टाई और हाथ में ब्रीफ़केस लटकाए हुए जो अफ़सर दिल्ली के किसी वातानुकूलित कमरे की हवा में अपनी हवा जोड़ते, वे उमरावनगर में कम्प्यूटर प्रशिक्षण के लिए कम्प्यूटर-समेत आ गए हैं।

बी.डी.ओ. साहब यह ब्यौरा मुझे सुना रहे थे, तब उनकी आवाज के पीछे, जैसा कि फ़िल्म डिविज़न के वृत्तचित्रों में होता है, कई तरह की आवाजें पृष्ठसंगीत का काम कर रही थीं। नीचे सड़क पर बिचरते और चरते हुए गधों की 'सीपों-सीपों', ट्रकों के प्राणबेधी हॉर्न, आटाचक्की की 'किट्-किट्-किट्' एक साथ कई दुकानों पर बजते हुए टांजिस्टर और एक दुकान पर ऐम्प्लीफ़ायर के सहारे गरजता हुआ एक लगभग अश्लील लोकगीत, आदि-आदि। इन आवाज़ों को कुछ देर पहले लाउडस्पीकर पर गूँजती हुई अज़ान ने पस्त किया था, पर अज़ान तो चन्द मिनटों का करिश्मा है। उसके ख़त्म होते ही स्वामी रघुवरदास के आश्रम का कीर्तन बाक़ी सब आवाज़ों पर हावी हो गया था।

कीर्तन में ज़नाना-मर्दाना, दोनों ही आवाज़ें थीं पर सबसे प्रबल आवाज़ एक नारी-कंठ की थी। बी.डी.ओ. साहब की बात ख़तम होते-होते वह नारी-कंठ तारसप्तक के मध्यम पर जाकर टिक गया और वहीं टिका रहा। फिर उससे भी एक स्वर ऊपर जाकर उसने आलाप लिया : की...ईं...ईं...ईं कीं...ईं...ईं...इं। लगा, कोई फेफड़ा फाड़कर चीख़ रहा है!

मेरे मत्थे पर उलझन की रेखाएँ उभर आई होंगी। बी.डी.ओ. साहब बोले, "लगता है सियादुलारीजी को फिर से दौरा पड़ा है!"

पर सियादुलारीजी की बात बाद में, पहले ये पाँच कोठियाँ। पर उसके भी पहले एक नज़र उस फ़िज़ा पर जो विकास के पहले की है।

इलाज के पहले

कुछ दूरी पर आम के ठूँठ की एक सूखी, पर मोटी डाल आसमान की ओर हाथ उठाकर

पनाह-जैसा माँग रही है। उसी के पास एक कोठी बनी है। उमरावनगर का यह पहला पक्का मकान है। आम के ठूँठ से आप सोच सकते हैं—और सही सोचेंगे—कि यहाँ पहले एक अमराई थी। उसके वे पेड़ जो सड़क के किनारे नहीं थे, पहले ही शहरवालों के चूल्हे-भाड़ में जा चुके हैं। सड़क के किनारेवाले पेड़ सरकारी हैं। इसलिए वे 'काटे-बिना ही काट-देने की पद्धति' से सिर्फ़ ठूँठ बनाकर छोड़ दिए गए हैं।

यह पद्धति कैसी है? वैसी ही, जैसे टैक्स-लगाए-बिना-टैक्स-लगाने की पद्धति। जैसे, कुछ महीने हुए, पेट्रोलियम पदार्थों के दाम हचककर बढ़ा दिए गए। लोगों ने चिल्ल-पों मचाई तो सरकारी अर्थशास्त्रियों ने समझाया : तुम लोग मान लो कि दाम नहीं बढ़ाए गए हैं, हमने तो इन पदार्थों पर सिर्फ़ एक टैक्स-जैसा लगाया है। टैक्स देनेवालों ने एक-दूसरे मौक़े पर चिल्ल-पों मचाई तो उन्होंने वहाँ समझाया : हम टैक्स की दर बढ़ाना नहीं चाहते, न नए टैक्स लगाना चाहते हैं। इसीलिए देखो, हमने पेट्रोल आदि की क़ीमत बढ़ा दी है!

तो, जनता ने भी सरकार के साथ वैसा ही किया है। ईंधन की कमी हुई तो बीवी को बताया, "सड़कवाला पेड़ काटकर ला रहा हूँ।" पेड़ की उन्होंने इधर-उधर की शाखाएँ छाँट दीं, बस फुनगी छोड़ दी। फिर सारा काम तने पर किया। उसकी पहले छाल छील दी, फिर कुछ गहरे पैठकर गूदे से कई दिन छोटी-छोटी चिप्पियाँ निकालीं। निकालते रहे। बाद में एक कटा-पिटा गावदुम तना और आसमान की ओर बाँह पसारे एक शाखा-भर रह गई। समय आने पर यानी असमय में यह अस्थिपंजर सूख गया, पत्तियाँ ग़ायब हो गईं। पेड़ की सूरत कूड़े पर पड़ी हुई बिना इंजिन और पहिए की मोटर-जैसी, और कुल मिलाकर उसकी शक्ल हिन्दुस्तान के लम्बोतरे नक्शे-जैसी निकल आई। इस तरह कट जाने पर भी पेड़ कटा नहीं। सड़क के हाकिमों ने पेड़ के तने पर तारकोल से जो नम्बर डाला था वह बाक़ायदा क़ायम रहा!

ये अस्थिपंजर सड़क के किनारे दूर-दूर तक खड़े हुए हैं। इनके पीछे जो अमराई थी, उसके पेड़ों को लेकर इस नुक़्ताए-नफ़ासत की ज़रूरत न थी। इसलिए उनकी जगह पहले वीराना हुआ। फिर वहाँ यह कोठी बन गई, जिसमें अब सरकारी दवाख़ाना है।

जब यह न बनी थी तब यह उमरावनगर एक छोटा सा निहायत गँवार गाँव था, वैसे कहने को राजा उमरावसिंह की तअल्लुक़ेदारी का एक ज़िला था। अर्थात्, वहाँ एक ज़िलेदार रहता था। उसके लिए और उसके अमला और कुछ वफ़ादार लठैतों के लिए राजा साहब ने सड़क के दोनों ओर कुछ इमारतें बनवा दी थीं। ये खपरैल के कच्चे घर थे। सिर्फ़ ज़िलेदार के घर की दीवारें पक्की थीं। हर इमारत में आगे का बरामदा और अन्दर दो कोठरियाँ थीं जिनको, अगर कोई रोशनदान हो तो, कमरा कहा जाता था। इनके भीतरी धुँधलके में मकड़ी, मच्छर, छिपकली, खनखजूरे या बिच्छू भले ही पनप लें—और साँप भी—सूरज की चौंध, पूस-माघ की हवा, लू, धूलधक्कड़ आदि हरगिज़ नहीं आ सकते थे। अन्दर सँकरा सा बरामदा, आँगन। हर इमारत के बीच ढाई फुट चौड़ा रास्ता छूटा था, यानी इस सभ्यता में वास्तुकला की कमी न थी।

यह ज़रूर है कि मोहनजोदड़ो की सभ्यता में नालियों को जो स्थान मिला था, वह यहाँ नहीं था। किसी भी इमारत में नाली न थी। राजा साहब जानते थे कि जो बात अपने देश के चरित्र के लिए सच है, वही पानी के लिए भी है। पानी हर हालत में अपना धरातल ढूँढ़ लेता है।

इससे इतना ज़रूर हुआ कि ज़मींदारी टूट जाने पर, और इन इमारतों के रखरखाव में कमी हो जाने से बहुतों को पानी ने ही मटियामेट कर दिया। उन्हीं पर नई कोठियाँ बनीं। कुछ का पानी अपनी राह अब भी निकाल लेता है। वे बच गई हैं। पर उनको लेकर दर्जनों लोगों में दीवानी के मुक़दमे चल रहे हैं। हर एक का दावा है कि उसने यह इमारत पक्के काग़ज़ पर ज़िलेदार साहब से ख़रीदी है।

पहली कोठी

ज़िलेदार आला अफ़सर था। बीस रुपया महीना पाता था। वह यहीं ज़िले पर रहता था। रहता भी क्या था, एक मल्लाह लड़की की सोहबत में कुछ दिन बिताने के लिए यहीं चला आता था।

खपरैल के ये घर, जिनमें दूकानें भी लग सकती थीं, सड़क के दोनों किनारों पर लगभग सौ गज़ तक चले गए थे। इनके पीछे आम और शीशम की बड़ी-बड़ी बाग़ें थीं। उनके पीछे खेत, नदी, जंगल। फिर जंगल ही जंगल।

वातावरण रमणीक था, सिर्फ़ रमण करनेवालों की कमी थी। खपरैल के घर और दूकानें ज़्यादातर ख़ाली रहतीं। लोगों को यहाँ लुट जाने का डर था। खपरैल के कुछ घर ज़िलेदार के पास थे जिनमें वह ख़ुद रहता था, एक में धीवर-कन्या और उसके माँ-बाप रहते थे, एक में उसके बहनोई-ननदोई। एक में उसके सास-ससुर रह सकते थे, पर रहते नहीं थे। उनका बेटा जवान होने के पहले ही चल बसा था। बहू, उनकी राय में, कुलच्छनी थी पर अपने माँ-बाप की राय में वह सोने की मछली थी। ज़िलेदार के बारे में भी उनकी राय बड़ी उदारतापूर्ण थी। वे उसे बड़ा नेक और रईस मानते थे। आम लोगों की राय भी यही थी।

बाक़ी इमारतों में से कुछ में रियासत के दो-चार कारिन्दे रहते थे। वे अकेले प्राणी थे। नदी के किनारे मल्लाहों के कुटीर-उद्योग से आनेवाले मुफ़्त के ठर्रे के सहारे और दूसरों की बहू-बेटियों के प्रेम-भाव में वे सुखमय जीवन बिता रहे थे। उन्हें लुटने का डर न था; लूटनेवाले उन्हीं के आदमी थे।

ज़मींदारी टूटने के कुछ साल पहले और बाद ज़मींदारों ने अपनी जायदाद बेचनी शुरू कीं। कुछ तो अपने ऊसर-बंजर और उनका एक-एक तिनका बेचकर शहरों की ओर भागे और वहाँ एम.एल.ए. ज़िला परिषद् के अध्यक्ष या, कुछ न हुआ तो किसी भी आँय-बाँय-शाँय पार्टी के नेता बनकर अपनी नई हैसियत बनाने लगे। राजा उमरावसिंह के वारिश किसी छोटे-मोटे देश में इस देश के राजदूत बन गए और उनके कारिन्दे उमरावनगर के खेत-पात, बाग़-बगीचे और ज़िले की इमारतें बेचने के लिए

माथापच्ची करने लगे। विक्री का अभियान चला। पर ख़रीदनेवाले न थे। तब उनकी मदद राजा साहब के एक फटीचर, पर नेतानुमा रिश्तेदार ने की।

वे ज़िला सहकारी संघ के अध्यक्ष थे। उन्होंने उमरावनगर बाज़ार के पाँच मकान, छः रुपया महीना फ़ी मकान की दर से, किराए पर ले लिए। उनमें सस्ते गल्ले, चीनी, कपड़े, मिट्टी के तेल और सीमेंट की दूकानें खुलीं। फलस्वरूप वहाँ के सहकारी सुपरवाइज़र ने छः महीने में ही तीन मकान अपने लिए ख़रीद लिये। पर उनकी बात छोड़िए। अभी हमें पहली कोठी ही में रहना है।

सहकारी दूकानों पर बिक्री अच्छी होती थी। सिर्फ़ सीमेंट की खपत नहीं थी। शायद उसी को बढ़ावा देने के लिए दो साल के भीतर ही पहली कोठी बनने लगी। कोठी संघ के अध्यक्ष की थी। जब वह बन चुकी तब उनके विरोधियों ने भ्रष्टाचार का नाम लेकर चिल्ल-पों मचाई। उन दिनों भ्रष्टाचार को थोड़ा बुरी चीज़ माना जाता था। इसलिए अध्यक्ष ने सार्वजनिक जीवन में स्वस्थ परम्पराओं की रक्षा के लिए अपने पद से इस्तीफ़ा दे दिया। ज़िला सहकारी संघ एक-दूसरे अध्यक्ष के पास चला गया। कोठी भूतपूर्व अध्यक्ष के पास रही।

राम-नाम है, लूट है

भगवान रजनीश, सत्य साईं बाबा, महर्षि योगी, स्वामी सदाचारी आदि विज्ञान और तकनीकी के युग की पौध हैं। स्वामी रघुबरदासजी भी इसी श्रृंखला की एक कड़ी हैं। अन्तर्राष्ट्रीय जगत् में अभी उनके जेट की गड़गड़ाहट नहीं गूँजी है, पर जिस तेज़ी से उमरावनगर के आकाश में उन्होंने छलाँग लगाई है, उससे लगता है कि वे मनुष्य से भगवान बन चुके हैं और अब भगवान से ऊँचे उड़नेवाले जेट विमान बननेवाले हैं।

ऐसा सुना जाता है कि भगवान बनने से पहले वे किसी बालिका-विद्यालय में हेड क्लर्क थे। अपने स्टाफ की सारी सुन्दरता परमात्मा ने उनके मन को सौंप दी थी, पर उनके तन, और ख़ासतौर से उनके चेहरे के लिए वह बिल्कुल नहीं बची थी। तन और मन की कशमकश में उन्हें वहाँ, यानी बालिका-विद्यालय में, बड़े-बड़े संकट झेलने पड़े; औसतन साल में एक बार पिटने से लेकर हर दूसरे-तीसरे साल मुअत्तल होने तक का अनुभव उन्हें दोहराना पड़ता था। अन्त में उन्हें ज्ञान प्राप्त हो गया, यह शायद उस देसी तमंचे की नली का असर हो जो एक बालिका के भाई के मजबूत हाथ से जुड़ी हुई सपनों तक में उनका पीछा करने लगी थी, या तुलसीदास या विल्वमंगल या ऐसे ही किसी अर्ज़ी-फ़र्ज़ी महात्मा की वैराग्य कथा का दोहराव हुआ हो जिसमें सुन्दरता की सारी पर्तें फाड़कर उन्हें सब जगह 'हाड़-चाम', 'हाड़-चाम' ही दीख पड़ने लगा। बहरहाल, इस बार कॉलेज प्रबन्धक को उन्हें मुअत्तल करने की ज़रूरत नहीं पड़ी, उन्होंने ख़ुद इस्तीफ़ा दे दिया। दो साल वे हिमालय की किसी गुफा में किसी गुरु से दीक्षा लिये हुए कोई तपस्या करते रहे, फिर जब वे उमरावनगर में पीताम्बर धारे दुख-मोचन तिलक भाल पर लगाए प्रकट हुए तो वे भगवान बन चुके थे। उनका

एक सम्प्रदाय बन चुका था। उसका अपना झंडा था, अपनी वर्दी (पीताम्बर का कुर्ता, वैसी ही लुंगी, चेलियों की पीताम्बरी साड़ी और कत्थई ब्लाउज़—किसी-किसी पर वह सचमुच ही फबता था।), अपनी पूजा-विधि, अपनी साधना-पद्धति, अपने भजन, अपने कीर्तन—सभी कुछ अपने थे। अपना आश्रम, अपने दानदाता, अपना भंडारा भी।

ख़ास बात यह है कि स्वामी रघुबरदास भगवान रामचन्द्र के अवतार थे। उनके साथ सिंहासन पर बैठने के लिए एक सियादुलारी भरती की गईं। उनका असली नाम फूलमती था। ज़िलेदार साहब और मल्लाह बेवा के पुष्पित प्रेम से वे उत्पन्न हुई थीं। ज़िलेदार साहब ने उसे हाई स्कूल तक पढ़ा भी दिया था। अब वे अचानक सियादुलारी बना ली गई थीं।

इधर कुछ दिनों से कीर्तन करते-करते वे चीख़ने लगी थीं। रामायण-कथा में ऐसी सियादुलारी की गुंजाइश न होने पर भी स्वामी रघुबरदास ने अभी तक उन्हें वनवास नहीं दिया था।

उमरावनगर की सभ्यता का यह कीर्तिमान था। शाम की अज़ान के तुरन्त बाद आश्रम में भजन-कीर्तन होने लगता था। इसे साम्प्रदायिक सद्‌भाव और विभिन्नता में एकता कहकर नेता लोग गाँव की छवि उभार रहे थे। साम्प्रदायिक दंगे किसी भी वक़्त हो सकते थे। पर अभी हुए नहीं थे क्योंकि सभी पक्ष अभी रुपया बटोरने में लगे थे, वे उसे सहर्ष गँवाने की हैसियत तक अभी नहीं पहुँचे थे।

दूसरी, तीसरी, चौथी और पाँचवीं कोठी

सभी जानते हैं कि अपना देश परम्पराओं का देश है। किसी विदेशी ने कहा है कि महापुरुष समय के बालू पर अपने पदचिद्द छोड़ जाते हैं। बालू पर ये चिद्द कितनी देर टिक सकते हैं? पर अपने देश का महापुरुष जिधर निकल जाता है वही चिरन्तन मार्ग बन जाता है। इसलिए यहाँ स्थायी परम्परा बनाने के लिए किसी महापुरुष को कुल इतना करना है कि जिधर चाहे उधर ऊँट की तरह गर्दन उठाकर निकल जाए।

ज़िला सहकारी संघ के भूतपूर्व अध्यक्ष ने यही किया। संघ से इस्तीफ़ा देकर उसे उन्होंने दूसरे अध्यक्ष के हाथ सौंप दिया, कोठी अपने पास रख ली। यह परम्परा बन गई सिलसिला क़ायम हो गया। फिर हर दो साल बाद संघ का अध्यक्ष बदलता और हर अध्यक्ष दो साल में यहाँ एक कोठी बनवाकर अपने पद से अलग हो जाता। दस साल में पाँच कोठियाँ बन गईं। ग़नीमत है कि पाँचवें अध्यक्ष को हटाकर सरकार ने संघ का निदेशक-मंडल तोड़ दिया और एक नौजवान अफ़सर को उसका प्रशासक बना दिया। नहीं तो अब तक उमरावनगर में तिमंज़िला कोठियाँ बाँसकोठियों की तरह उग रही होतीं। फिर भी, आशा है, नौजवान होते हुए भी अफ़सर ने परम्परा को एकदम नहीं तोड़ा है। सुनते हैं कि उसने कुछ शहरों में छोटे-छोटे बँगले बनवाए हैं। व्यक्ति और समय के अनुसार परम्परा में कुछ तब्दीली आ जाए तो बुरा न मानना चाहिए। यह सामाजिक गतिशीलता का लक्षण है। फिर, यदि उठाईगिरी के पैसे से गाँवों का ही

विकास होता रहे और शहर अछूते रह जाएँ तो विकास की प्रक्रिया में असन्तुलन आ जाएगा। इसलिए संघ के प्रशासक को हमें आधुनिकता और परम्परा का एक बेजोड़ समन्वय मानना चाहिए जो उठाईगीरी की परम्परा को निभाते हुए आधुनिक नगरों के निर्माण में अपनी हैसियत-भर योगदान दे रहा है।

बहरहाल, सहकारी संघ के भूतपूर्व अध्यक्षों ने जो कोठियाँ बनवाईं उनसे उमरावनगर गाँव होते हुए भी एकदम से नगर हो गया। कोठियाँ होंगी तो कारोबार भी होगा। पहले अध्यक्ष ने कोठी की निचली मंज़िल अपने स्वर्गीय पिता के नाम पर दवाख़ाना खुलवाने के लिए सरकार को पट्टे पर, बिना किराए के, दे दी। इससे जनता और सरकार—दोनों पर उनकी धाक जमी और एक दवाख़ाना खुल गया। इस दवाख़ाने की दवाइयाँ चुराकर बिकवाने के लिए सड़क के दूसरी ओर एक दवा की दुकान खुली। दूकान कम्पाउंडर के भानजे के नाम से है। भानजे का नाम डॉ. यम.जेड. अंसारी, ए.ए.पी., पी.यम. पी. आदि है। उनका डॉक्टरी पेशा दूकान के सहारे और दूकान सरकारी दवाख़ाने के सहारे चलती है।

डॉ. अंसारी और सरकारी डॉक्टर में कोई खटपट नहीं है। दरअसल, सरकारी डॉक्टर अंसारी साहब के सहारे इत्मीनान से शहर में रहते हुए अपनी क्लीनिक चलाते हैं। हर महीने की पहली तारीख़ को नियमित रूप से आकर वे अपनी तनख़्वाह, कम्पाउंडर की निजी प्रैक्टिस की आमदनी की चौथ और डॉ. अंसारी की दूकान से बिकी हुई सरकारी दवाओं की क़ीमत का आधा हिस्सा एक साथ उगाकर फिर शहर वापस चले जाते हैं।

दूसरे अध्यक्ष ने जो कोठी बनवाई, उस पर भ्रष्टाचार का कोई सवाल नहीं उठा। इसलिए उसे या उसकी किसी मंज़िल को सार्वजनिक हित के लिए मुफ़्त देने का सवाल भी नहीं उठा। वास्तव में, उसका ज़्यादा-से-ज़्यादा किराया वसूलकर उन्होंने प्रमाणित करना चाहा कि यह कोठी उनके ख़ून-पसीने से बनी है, भले ही उसके लिए अपने मुँह से उन्हें पान की पीक तक न ख़र्च करनी पड़ी हो। उनका एक भतीजा वन-विभाग में रेंजर था। न जाने उसका क्यों और कैसे और कितना प्रभाव था कि कुछ दिनों बाद ही इस कोठी में राज्य वन-निगम का एक प्रखंड खुल गया। यही नहीं, उसके पिछवाड़े की रियासतवाली बाग़ भी किराए पर उठ गई और उसमें इस प्रखंड की जंगली लकड़ी का देखते-देखते एक विशाल डिपो क़ायम हो गया। इसकी तफ़सील अभी कुछ रुककर।

तीसरे अध्यक्ष ने प्रतिज्ञा की कि उनकी कोठी में वन-प्रखंड से भी बड़ा दफ़्तर खुलेगा। शहर में भी उनके दो-तीन मकान थे जिन्हें डाकघरों के लिए किराए पर उठाने में उन्होंने विशेषज्ञता प्राप्त की थी। डाक-तार विभाग के साथ उनके दिल्ली तक बड़े गाढ़े सम्बन्ध थे। पर देहात की इस कोठी में अगर एक छोटा-मोटा डाकख़ाना जनता की ज़रूरत के नाम पर खुल भी जाता तब भी उसका किराया काजू और व्हिस्की पर होनेवाले उनके मासिक ख़र्चे के लिए भी काफ़ी न होता, जबकि इन दोनों पदार्थों से उनका बड़ा पुराना और गहरा लगाव था। इसलिए डाक-तार विभाग की जानी-बूझी राह छोड़कर उन्हें न जाने कितने उल्टे-सीधे मुहकमों की भूलभुलैयाँ में भटकना पड़ा।

अन्त में, ज़ोरदार सिफ़ारिश और भारी घूस ने रंग दिखाया। इस कोठी में ग्रामसवेकों और पंचायत के ग्राम-विकास अधिकारियों का एक प्रशिक्षण केन्द्र खुल गया। अच्छे शौचालयों और स्नानागारों के बावजूद, कोठी के बाहर बनियान-लुंगी पहने, हाथ में लोटा लटकाए नौजवानों के जो जत्थे आप शाम-सुबह सड़क पर देखते हैं, वे इन्हीं प्रशिक्षणार्थियों के हैं। इसी कोठी में ऊँचे अफ़सरों को आजकल कम्प्यूटर की ट्रेनिंग दी जा रही है।

चौथी कोठी का मालिक कुछ लटे-पटे क़िस्म का था। उसमें मछली-पालन का एक छोटा सा दफ़्तर खुलकर रह गया। उसके अदना-से हाकिम को लोग, दूरदर्शन के अधिकांश समाचार-वाचकों के बीभत्स उच्चारण की नक़ल में, 'मतस्स' विकास अधिकारी कहते हैं। एक ओर गाँववाले जब पोखरों और तालाबों को पाटकर वहाँ धान के खेत निकाल रहे हैं, 'मतस्स' अधिकारी खेतों को ख़ुदवाकर मछली-पालन के लिए तालाब बनवा रहा है।

पाँचवीं कोठी किराए पर नहीं उठी। तब उसके मालिक एक खटारा ट्रक पर शहर से सामान लादकर आए और यहीं बस गए। उन्होंने कहा, "अब मैं यहीं रहूँगा और गाँव में रचनात्मक काम करूँगा।" आज तक वे यही कर रहे हैं।

बुरी नज़रवाले तेरा मुँह काला

वह ट्रक पिछले साल बिका है और उसकी जगह तीन नए ट्रक आ गए हैं। इनके अलावा दो बसें और एक जीप भी कोठी के आगे खड़ी दीखती हैं। ट्रकों के पीछे भाँति-भाँति के सिद्धान्त-वाक्य, शेरो-शायरी, 'जय जवान, जय किसान' जैसे नारे लिखे हैं। इन इबारतों के हिसाब से हर ट्रक का व्यक्तित्व या सम्प्रदाय अलग-अलग दीखता है इनमें 'बुरी नज़रवाले तेरा मुँह काला'—सिर्फ़ यही सिद्धान्त-वाक्य ऐसा है जो तीनों में एक-से अक्षरों में लिखा है। हर ट्रक में इस इबारत के नीचे जूते की एक सी तस्वीर बनी है। इसी से प्रमाणित होता है कि इन तीनों ट्रकों का मालिक एक ही है। वही पाँचवीं कोठी के मालिक हैं उनकी बढ़ती हुई हैसियत के साथ लोग उनका पुराना नाम और कुल-गोत्र भूल गए हैं। उनका नाम अब सिर्फ़ ठाकुर साहब रह गया है। बसों आदि के भी वही मालिक हैं।

पुराना ट्रक देखने में भले ही खटारा रहा हो पर वह शीशम के बेशुमार कुन्दे लाद सकता था। इसलिए ठाकुर साहब ने, जो तब रमेसर भाई कहलाते थे, उस पर शीशम के बेशुमार कुन्दे लदवाने का काम शुरू किया। शहर को जानेवाली, और दूसरे छोर पर जंगल में गुम हो जानेवाली यह जो सड़क है, बड़ी पुरानी है। कहा जाता है, त्रेता युग में राम-लक्ष्मण-जानकी इसी से किसी तरफ गए थे। तब सोचिए, इसके किनारे लगे हुए शीशम के पेड़ कितने पुराने होंगे। उनकी लकड़ी, एक तरह से, अष्टधातु की-सी हो गई थी। ठाकुर साहब ने इन्हीं पेड़ों का अपनी खटारा ट्रक से सवार और सवारी का रिश्ता बना लिया। हर रात कोई-न-कोई पेड़ मशीन की तेज़ी से कटता, उसके कुन्दे

ट्रक पर शहर पहुँच जाते और उसके बाल, अन्तड़ियाँ और बचे-खुचे हिस्से पास-पड़ोस के गाँवों में पहुँच जाते। यह काम कई महीने बड़े सुभीते से चला क्योंकि उन दिनों सड़क का जूनियर इंजीनियर उनके साले का सहपाठी निकल आया। पर ठाकुर साहब इस कारोबार में ज़्यादा दिन नहीं टिके। शहर में इस बेशक़ीमती लकड़ी की बिक्री से उन्हें जो 'बीज-पूँजी' मिली, उसको राष्ट्रीयकृत बैंकों की विकासपरक नीति से जोड़-मिलाकर उन्होंने ट्रकों और बसों का एक बेड़ा धीरे-धीरे तैयार कर लिया। एक ट्रक का आधा मुनाफ़ा शुरू में जूनियर इंजीनियर साहब को और एक बस का एक विधायकजी को दिया जाने लगा। बाद में, विधायकजी के राज्यमंत्री बन जाने पर ठाकुर साहब ने वह बस पूरी तौर से विधायकजी की मार्फ़त राष्ट्र को अर्पित कर दी।

विकास एक चिरन्तन प्रक्रिया है। ऐसा योजना आयोग ने कहा है। ट्रक से भेजी जानेवाली शीशम की लकड़ी से शहर में कितना निर्माण-कार्य हुआ, कितने नए मोहल्ले और घरों का विकास हुआ, इस पर भी लिखा जा सकता है; पर, क्षमा करें, अभी मुझे उमरावनगर पर ही बहुत कुछ लिखना है।

ठाकुर साहब अब बड़े आदमी हैं। मधुमेह, रक्तचाप आदि से लैस। नपुंसकता भी आ जानी चाहिए। पर उनकी मूँछें दिन-पर-दिन उनके चेहरे की मोहक उग्रता बढ़ाती चली जाती हैं। वे रईसी के इस दर्जे तक पहुँचने में अपने आरम्भिक दिनों का ज़िक्र नहीं करते हैं, पर उनकी ट्रांसपोर्ट यूनियन इस इलाक़े में इतनी ताक़तवर कैसे बनी है, इसका ज़िक्र वे बिला लाग-लपेट करते रहते हैं।

"'बुरी नज़रवाले तेरा मुँह काला' यूँ ही नहीं लिखा है। ऐसा है मास्टर साहब, कि हमारी ओर जो भी बुरी नज़र फेंकेगा, उसके लिए वह फोटू पहले ही बना दी गई है।"

ठाकुर साहब यह मेरे अध्यापक मित्र को, मेरी जानकारी के लिए, सुना रहे थे।

"मैंने तो कुछ किया नहीं, मास्टर साहब। आप जानते ही हैं, मेरी मूँछें देखकर बाहरी लोग मेरे बारे में कुछ भी सोचें, मैं झगड़ा-फ़साद से हमेशा दूर रहता हूँ। किसी के लिए कभी कोई बात नहीं कही, खरा खेल फरुख़्ख़ाबादी! पर आप ख़ुद सोचिए, जब हमारी बसें चलीं, तो उसके पहले यहाँ क्या था? यही इक़बाल मियाँ की दो टुटही बसें, और इक्के। और इक्के भी क्या, यहाँ से पचीस किलोमीटर तक जाते थे। वहाँ क़स्बे से उमिरिया की ओर आनेवाली बसों पर लोग भेड़ियाधसान में बैठते थे। तब कहीं शहर पहुँचते थे। हमने लाखों रुपए फूँककर ये बसें चलाईं, फिर इक़बाल मियाँ की बसें भी बढ़ीं, फिर वर्मा की बसें आईं। अब मुसाफ़िर यहाँ से खटाखट ढाई घंटे में शहर पहुँचता है।

"तब उमिरियावालों ने चलाए टेम्पो। कब? जब हमारी यूनियन ने लाखों रुपए बसों पर फूँक दिए। तो तुम्हीं बताओ मास्टर साहब, टेम्पो कैसे चलेंगे? चले? नहीं चले। हमने कुछ नहीं किया। यही इक़बाल मियाँ ने घुड़क दिया। टेम्पोवाले दुम दबाकर अपने-अपने बिलों में घुस गए। "

अब मैंने पूछा, "सरकारी बसें भी तो चली थीं।"

"तो चलें। उन्हें कौन रोकता है? हुआ क्या कि स्कूली लड़कों ने एक बार दो बसें फूँक दीं। सुनते हैं कि कोई बदकलाम ड्राइवर था। कहीं पिट गया। तो वे बसें बन्द हो गईं। सरकार बस चलाए तो हम कैसे मना करेंगे? सरकारी ड्राइवर, ख़ुद इस रूट पर नहीं चलना चाहते। झूठ-मूठ हमारी यूनियन को बदनाम करते हैं?

"सोचता हूँ, ये मूँछें मुँड़ा लूँ। बेमतलब लोग बदनाम करते हैं।"

मैंने उन्हें मना किया, छतनार मूँछों का महत्त्व समझाया। वे आश्वस्त हुए।

अध्यापक मित्र शरारत और ख़ुशामद की मिली-जुली बोली में बोले, "पर ठाकुर साहब, दिनवाली रेल तो आप ही लोगों ने बन्द कराई है।"

इस पर वे हँसे, "यह तो हमें भी मालूम है। इक़बाल मियाँ का करिश्मा है। सवेरे शहर से आनेवाली गाड़ी यहाँ रुकती थी, वही गाड़ी शाम को शहर जाते वक़्त रुकती थी। अचानक वह गाड़ी कैंसल हो गई है। लोग उड़ाते हैं कि इक़बाल मियाँ रेलवे टाइमटेबल बनानेवालों को कुछ ले-दे आए हैं। शुबहा मुझे भी है। पर राम क़सम, हमारी यूनियन ने एक कौड़ी नहीं दी है। रेलवे को घाटा हो रहा था। उन्होंने बन्द कर दी। फ़क़त इतनी सी बात है।"

सवेरे मैं घूमता हुआ स्टेशन तक आया था। रमणीक स्थान था। चारों ओर घनी बाग़ें। चिड़ियाँ इफ़रात में थीं। आदमज़ाद दिखाई नहीं देता था। अब रात को शहर जानेवाली एक गाड़ी आती है, दो बजे रात को रुकती है। जो गाड़ी शहर से आती है वह तीन बजे रात को यहाँ पहुँचती है। रेलवेवाले अब नियमित स्टेशन तोड़कर उसे फ्लैग स्टेशन बनाने जा रहे हैं। बसों पर बकरी, मुर्ग़ी और इंसानों की मैत्री के लिए कोई ख़तरा रहा हो तो वह दूर हो चुका है।

धर्म से धर्म बढ़ता है

चार-पाँच घंटे में शीशम का बड़े-से-बड़ा पेड़ कटाकर मुँह अँधेरे उसकी जगह पर ऊसर निकाल देना मामूली मेहनत का काम न था। इसके लिए एक अच्छे संगठन की ज़रूरत थी जो सरकस के कार्यकर्ताओं की तरह शेरों की उछलकूद ख़त्म होते ही तोप की नली से ज़िन्दा आदमी निकालने के लिए पलक झपकते स्टेज तैयार कर दे। ऐसा संगठन ठाकुर साहब ने तैयार कर लिया था। वह बसों और ट्रकों के विस्तार के साथ और भी सुदृढ़ हो गया था। इस संगठन ने भी उमरावनगर के विकास में 'कैटालिटिक एजेन्ट' का काम किया।

इस संगठन के आठ प्रमुख सदस्य थे। उनमें से एक किसी दिन ज़्यादा दारू पीकर अपने ही ट्रक के नीचे कुचल गया। दूसरा बिहार में कोयले की खदानों में काम करनेवाले एक यूनियन लीडर का अंगरक्षक बन गया। बाकी छः के लिए जीविका का कोई दृश्य-श्रव्य साधन ज़रूरी था। उनके लिए सड़क के दूसरी ओर कुछ शानदार दूकानें बनवा दी गईं। खपरैल की पुरानी इमारतें तोड़कर शीशम से अर्जित थोड़ी सी पूँजी का निवेश करके इन दूकानों पर मदनानन्द मोदक से लेकर डीज़ल के पम्पिंगसेट

तक बेचने की व्यवस्था हुई। उधर बाग़ में राम-जानकी का जो मन्दिर बना, वह भी इसी पूँजी का फल है। उसके आगे बैंक की जो इमारत है, वह भी। घास चरते हुए खच्चर की पीठ तक पर जब आजकल बैंक की शाखा खुल जाती है तो उमरावनगर में बैंकों को तो आना ही था। ठाकुर साहब ने वैसे इस बैंक की इमारत के लिए बैंक से ही क़र्ज़ लिया था। पर सुनते हैं कि उस क़र्ज़ को उन्होंने दूसरों के बीच क़र्ज़ पर उठा दिया। उनके ब्याज की दर बैंक से तीन गुनी थी, पर वह क़र्ज़ उन कामों के लिए दिया गया जिसके लिए बैंक क़र्ज़ नहीं देते। इस तरह, जहाँ न जाय रवि, वहाँ गया कवि।

धर्म से धर्म बढ़ा। दरअसल, इक़बाल साहब ने जब एक बाग़ में मस्जिद बनवानी शुरू की तभी सामने की दूसरी बाग़ में मन्दिर की नींव पड़ी। मस्जिद अभी पूरी नहीं हुई है, मीनारों की धूलसनी लाल ईंटों पर जो क़ीमती टाइल लगने हैं वे अभी हैदराबाद से नहीं आए हैं। पर उनके ऊपर डमरू-जैसा लाउडस्पीकर एक ऐम्लीफ़ायर पहले से लग गया है। उधर दूसरी ओर मन्दिर से लगी हुई दो बीघा ज़मीन में स्वामी रघुबरदास का आश्रम फैला है। इसमें थोड़ी ज़मीन इक़बाल मियाँ की भी थी। साम्प्रदायिक सद्भाव कहिए, या अनेकता में एकता, या ठाकुर साहब के साथ की गरोहबन्दी, इक़बाल मियाँ ने यह ज़मीन आश्रम को सौंप दी है।

इस समय राम भगवान उर्फ़ स्वामी रघुबरदास सिंहासन पर विराजमान हैं। आजानुबाहु, वृषस्कन्ध, व्यूढोरस्क, कोटि-मनोज-लजावन-हारेवाले राम से उनका हुलिया बिल्कुल नहीं मिलता। देखने में वे गिरिस्ती की चट्टान के नीचे दबे, अधखाए, अधभूखे, थके-थकाए किसी देहाती कॉलेज के बड़े बाबू-जैसे लगते हैं जो कि वे कभी थे भी।

लाल मखमली चँदोवे के नीचे, जिसमें चाँदी के चमकदार तारों से बेलबूटे सजाकर रघुवंशियों के दरबारे-आम की रौनक पैदा की गई है, एक-दूसरे सिंहासन पर सियादुलारी बिराजी हुई हैं। राम भगवान् ने उन्हें कॉलेज ही में पहचान लिया था, जब वे ज़िलेदार साहब की मदद से वहाँ हाई स्कूल में पढ़ने जाती थीं। सियादुलारी मूर्ति की तरह निश्चल बैठी हैं, सिर्फ़ साँवले-सलोने चेहरे पर बड़ी-बड़ी मदभरी आँखें स्थिर नहीं हो पा रही हैं।

राम भगवान् एक श्लोक बोलते हैं, फिर एक स्वरचित भजन गाने लगते हैं। सामने बैठा भक्त समुदाय, जिसमें पीताम्बरा बालिकाओं का बहुमत है, उस भजन की कड़ी को उठा लेता है।

उधर लाउडस्पीकर पर अज़ान शुरू होती है।

बी.डी.ओ. साहब ने बताया :

"अभी तक सब ठीक है। ठाकुर साहब और इक़बाल मियाँ के रहते झगड़े का डर नहीं। पर इनके बाहर चले जाने पर दो-तीन बार झमेला होते-होते बचा है। अब सुनते हैं, इन दोनों ने ख़ुद पुलिस कप्तान से कहा है कि यहाँ सशस्त्र पुलिस की एक कम्पनी तैनात कर दी जाए। ठाकुर साहब की कोठी के ऊपरी तल्ले ख़ाली पड़े हैं। वे किसी छोटे घर में जाकर रहना चाहते हैं। कम्पनी के लिए वे कोठी किराए पर उठाने

को तैयार हो गए हैं। कम्पनी कमांडर के रहने का इन्तज़ाम इक़बाल मियाँ कर देंगे।"

मज़हर मियाँ की भरत-भक्ति

ठाकुर साहब और इक़बाल साहब के सद्भाव का मुख्य आधार पंचशील का वह शील रहा है जिसके अन्तर्गत पड़ोसी राज्यों को एक-दूसरे की सीमा का सम्मान करना चाहिए। उमरावनगर के आसपास फैले जंगलों में चोरी और सीनाज़ोरी के सहारे चलनेवाली पेड़ों की कटाई की परम्परा बहुत पुरानी है। जंगलों की नाजायज़ कटाई पर वहाँ इक़बाल मियाँ का एकाधिकार रहा है। पहले वे गाँव के पास एक उससे भी छोटे गाँव में रहते थे। बाद में, बिजली आ जाने पर, उन्होंने सड़क के किनारे लकड़ी चीरने के लिए आरा मशीनें लगवा लीं। उसे फ़ैक्टरी कहा जाने लगा और उसी से सटाकर उन्होंने अपना मकान भी बनवा लिया। सरकारी जंगल के एक छोर पर उनका एक छोटा सा निजी जंगल था। वहाँ कुटिया डालकर उनके छोटे भाई मज़हर मियाँ भाई की सेवा करने लगे।

ठाकुर साहब ने सरकारी जंगल की लकड़ी पर कभी कुदृष्टि नहीं डाली। वह इक़बाल मियाँ का काम था। ख़ुद वे सड़क के किनारेवाले शीशमों पर तत्पर रहे। इस तरह लकड़ी का कारोबार करते हुए भी दोनों में कभी खटपट नहीं हुई। बाद में ट्रांसपोर्ट यूनियन में उनकी दोस्ती और भी पक्की हो गई।

पहले भी मज़हर मियाँ सरकारी जंगल से श्रद्धापूर्वक पेड़ कटवाकर बड़े भाई की फैक्टरी में भिजवाया करते थे। पर दूसरी कोठी में वन-निगम का प्रभाग खुलने के बाद इस कारोबार को सही दिशा मिल गई। पहले ही साल डिपो की लकड़ी की नीलामी राज्य में सबसे ऊँची क़ीमत पर टूटी। आख़िरी बोली इक़बाल मियाँ की थी। देखते-देखते सारे प्रदेश में वन-निगम का यह प्रभाग इतनी आमदनी देने लगा कि उसे देखकर बड़े-बड़े वन अधिकारी-वन्य प्राणियों की तरह चिंघाड़ने लगे। वहाँ के मैनेजर का टिकना मुश्किल हो गया। जैसे ही कोई मैनेजर वहाँ तैनात होता, पहली नीलामी के बाद ही उसका दफ़्तर ऊँचे हाकिमों के बधाई-पत्रों से पट जाता, वनमंत्री 'योग्य अफ़सरों को प्रोत्साहन और निकम्मे अफ़सरों का सत्यानाश' की नई नीति के अन्तर्गत उसे पुरस्कार देने की घोषणा करते और कुछ ही दिनों में तरक़्क़ी के साथ उसका तबादला कर दिया जाता। उमरावनगर के मैनेजर का पद इस प्रकार एक से एक घिनौने और नाकारा अफ़सरों की तरक्की की गारंटी बन गया। पर यह सब इक़बाल मियाँ उर्फ़ ठेकेदार साहब की दरियादिली का फल था—यह और बात है कि दरिया में फल नहीं लगता।

सड़क के किनारे जहाँ ठाकुर साहब के बहादुरों की आधुनिक दूकानें ख़त्म होती थीं, लकड़ी की चिराई के लिए आरा मशीनें और दरवाज़ा, खिड़की, चौखट आदि के निर्माण के तीन-चार नए कारखाने खुल गए थे। यह ठेकेदार साहब के आदमियों के थे। इनका प्रमुख व्यवसाय कायाकल्प का था। जी नहीं, ये ब्यूटी पार्लर-जैसी चीज़ नहीं थे। ये सिर्फ़ जंगल में चोरी से काटी हुई लकड़ी का कायाकल्प करके उसे नीलाम

में ख़रीदी लकड़ी की हैसियत दे देते थे। कैसे? लकड़ी के बड़े-बड़े कुन्दों को यह कारख़ाने पटरों, चौखटों, दरवाज़ों, खिड़कियों आदि में बदल देते थे। फिर ट्रक पर जब यह सारा माल लद जाता तो, जैसे बज़ार में बिकनेवाले मसाले के पैकेट में पिसी धनिया के बीच घोड़े की सूखी लीद की पहचान नहीं हो सकती, यह जानना असम्भव होता कि कौन लकड़ी चोरी की है और कौन सरकारी नीलामी की। ट्रक पर जानेवाले लकड़ी के कुन्दों की तो रोक-टोक हो सकती थी, पर मसाले के इन पैकेटों पर कोई पाबन्दी मुमकिन न थी।

इसलिए ठेकेदार साहब वन-प्रभाग की नीलामी में सरकारी लकड़ी पर ऊँची-से-ऊँची बोली लगाते। वह लकड़ी उन्हें हर हालत में लेनी थी। उनके कारख़ाने में पहुँचकर उसकी हैसियत वही हो जाती जो उद्योगों के लिए क़र्ज़ लेने में 'मार्जिन मनी' की होती है। इस लकड़ी के सहारे वे उससे नौ गुना वजन और आयतन तक की लकड़ी को जंगल के चोर-बाज़ार से दो-मुश्त खाक-नुमा दरों पर खींचकर 'मेसर्स इक़बाल हुसैन ऐंड ब्रोज़, गवर्नमेंट कांट्रैक्टर ऐंड टिम्बर मर्चेंट' की फ़र्म चमका रहे थे। जब तक उनकी आख़िरी बोली के राकेट पर चढ़े हुए वन अधिकारी आपस में बधाइयाँ बाँटते, जंगल का दूसरा टुकड़ा कटकर सीधे इन कारख़ानों में पहुँच जाता। वन-प्रभाग की समृद्धि का ग्राफ़ ऊपर उठते हुए जितना ही चमकता, उसी अनुपात से प्रभाग के पेंदे का सूराख़ चौड़ा होता जाता। पर अच्छाई यह है कि गतिशील अर्थ-व्यवस्था में सिर्फ़ ग्राफ़ देखा जाता है, पलटकर पेंदा नहीं देखा जाता।

राष्ट्र-निर्माण के उठाईगीरी की भूमिका

मित्र के मकान तक पहुँचानेवाली गली इतनी सँकरी थी कि अगर कोई औरत-मर्द आमने-सामने से निकल जाते तो इतने पर ही एक का बलात्कार, या दोनों का व्यभिचार के जुर्म में चालान हो सकता था। इस वक़्त तो वहाँ कचरे और कीचड़ के पैबन्द भी छितरे हुए थे। जैसे वे बिजली के नंगे तार हों, इस तरह उनको बचाते हुए मेरे मित्र दीवार के सहारे फुदक-फुदककर सड़क तक आए, पीछे-पीछे मैं। हम लोग इक़बाल मियाँ उर्फ़ ठेकेदार साहब उर्फ़ सत्ता पार्टी के स्थानीय अध्यक्ष की दावत खाने जा रहे थे। हम लोग आमंत्रितों की पहली सूची में न थे, प्रदेश के वित्तमंत्री की सिफ़ारिश पर बाद में शामिल किए गए थे।

कम्प्यूटर प्रशिक्षण—आज ख़त्म हो गया था। वित्तमंत्री समापन-भाषण देने आए थे। जलसे के मुख्य अतिथि थे राज्य मंत्री, प्रशासनिक सुधार और कोई ऐसा-ही-वैसा विभाग। कर्ता-धर्ता : बी.डी.ओ. साहब। दावत का मैदान : कोठी नम्बर तीन का अहाता। दावत के प्रमुख आकर्षण : बकरा, मुर्ग़ा, मछली। फिर मनोरंजन कार्यक्रम में ग्राम-गीत, बिरहा : बिरहा का प्रमुख विषय : बीस-सूत्री कार्यक्रम की गौरव-गाथा, रा-ा-ा जी-ी-ी वा-ा-ा भइया का दीन-दुखियों से तीन पीढ़ी का लगाव।

इधर जंगल के किनारे कुछ आदिवासी बसे हैं। बकरियों और मुर्ग़ियों की आपूर्ति

उनके झोंपड़ियों से होती है। उस तरफ़, जहाँ बहुत दूर पेड़ों के झुरमुट के पास एक छुद्र नदी बहती है, धीवरों के घर हैं। वहाँ से मछली आती है। ये चीज़ें इस इलाक़े में इफ़रात से मिलती है। नदी के किनारे चुवाई हुई कच्ची दारू भी। मछली या मुर्ग़ा ख़रीदने पर दारू किफ़ायती दर से मिल जाती है। कुल मिलाकर, खाने-पीने की सुविधा है, बशर्ते कि दाम देने का बूता हो। वह ठेकेदार साहब में है ही।

वित्तमंत्री भारतीय पत्रकारिता को ग़ैरजिम्मेदार और ओछी मानने के लिए मशहूर हैं। पर 'पाप को घृणा करो, पापी को नहीं' का सिद्धान्त मानकर पत्रकारों को वे प्यार करते हैं। पत्रकारों में भी पत्रों के मुख्य सम्पादक और रिपोर्टर उनके प्यार और सत्कार के घड़े से छककर पी सकते हैं। उप-सम्पादकों और दूसरे डेस्क अफ़सरों के लिए सिर्फ़ तलछट बचती है।

वैसे तो मैं इसी तलछट सूँघनेवाली श्रेणी का था, पर वित्तमंत्री मुझे जानते थे। इसीलिए आमंत्रितों की पुनर्विचारित सूची में मुझे और मेरे मित्र को जगह मिल गई। पर दावत में मैंने पाया, पूरे मजमे में अकेला ग़ैरसरकारी पत्रकार होने के नाते मैं हाशिएवाला अतिथि नहीं हूँ, मंत्रीजी की मुस्कान की स्पाटलाइट बार-बार मुझी पर पड़ रही है।

दावत और ग्राम-वाम गीत-वीत के बाद और मंत्रीजी के वापस जाने के पहले थोड़ी देर हम लोग इधर-उधर की हाँकने के लिए रुके। पर इधर-उधर की हाँकने में भी मंत्री तो राष्ट्र-निर्माण, गरीबी की रेखा, ग्राम-विकास आदि की बात करेगा ही। उसी के दौरान वित्तमंत्री ने उमरावनगर के चमत्कारी विकास का ज़िक्र किया, उस पर मेरा अनुमोदन माँगा, यह भी बताया कि ज़मीन न मिल पाने के कारण जो सिंचाई-परियोजना यहाँ इतने साल से अधूरी पड़ी थी वह अब शीघ्र पूरी हो जाएगी।

"तब तो उधरवाला वह बाज़ार भी जल्दी ही बन जाएगा," मैंने कहा।

"वह तो बनेगा ही। यहाँ इतना स्टाफ़ आकर रहेगा कि एक बड़े आधुनिक बाज़ार के बिना काम नहीं चलेगा।"

'उधरवाला' बाज़ार मैं दो-तीन दिन पहले देख चुका था। अधूरी इमारतें पड़ी थीं, ईंट की दीवारों पर काई जमी थी। पता ही नहीं चलता था कि किसी पुरानी इमारत का खंडहर है, या नई की शुरुआत है, क्योंकि सिंचाई-परियोजना चार साल पहले ठप हो गई थी। उसकी सीमेंट, लोहे और दूसरी सामग्री से गुप्ताजी नामक भट्ठेवाले जितना बनवा सकते थे, बाज़ार का उतना भाग बनवा चुके थे। परियोजना के साथ बाज़ार का काम भी ठप हो गया था।

"आप तो यहाँ कई दिन से हैं। यहाँ की ज़ोरदार प्रगति और विकास को आपने ख़ुद देखा है। देखिए, अख़बारों में हत्या, बलात्कार और राहजनी आदि पर ख़ूब छपता है, क्या इस पर कुछ नहीं लिखा जाना चाहिए? ग्रामीण अर्थशास्त्र में मैं आपकी रुचि जानता हूँ। लिखेंगे न?"

वे और उनके लग्गू-भग्गू मुझे उत्साह से ताक रहे थे। मुझे कुछ सोचना नहीं था, पर सोचने का अभिनय करना ज़रूरी था। कुछ रुककर, यह देखते कि मेरे श्रोताओं में

इक़बाल मियाँ और ठाकुर साहब आदि भी मौजूद हैं, मैंने मंत्रीजी से अंग्रेज़ी में कहा, "लिखना तो मैं ज़रूर चाहूँगा पर एक सैद्धान्तिक गुत्थी का हल मैं नहीं निकाल पाया हूँ। केन्द्र में आपका वित्त मंत्रालय बार-बार दोहरी अर्थव्यवस्था, काला धन, कर-चोरी, ग़बन, धोखाधड़ी आदि के ख़िलाफ़ ज़िहाद बोलने की घोषणा करता है; पर छोटे पैमाने पर यहाँ का अध्ययन करके मुझे लगता है कि राष्ट्र-विकास के सरकारी प्रयासों के साथ अगर इन प्रवृत्तियों का खुले तौर से जोड़ मिल जाए तो विकास की प्रक्रिया बहुत तेज़ हो जाएगी। अगर सार्वजनिक कार्यक्रम में चोरी और उठाईगीरी न चलती होती तो मुझे पूरा यक़ीन है कि उमरावनगर में अब तक चार-छः सरकारी इदारे खुल जाने के बावजूद वह आज भी उन्हीं खपरैल की झोंपड़ियोंवाला गाँव बना होता और जो आज यहाँ मध्यवर्ग के अभिजात परिवार हैं, वे ग़रीबी की रेखा के नीचे घिसट रहे होते। ये कोठियाँ, ये कारख़ाने, ये समृद्ध दूकानें...।"

अचानक ठाकुर साहब कुछ बोले और मैं सन्न रह गया। उन्होंने अंग्रेज़ी में कहा, "आप हम सबको चोर और उठाईगीर बता रहे हैं?"

जितनी भी रही हो, मैंने अपनी सारी शिष्टता उन पर उँडेल दी; उन्हें ठंडा करने के लिए अर्थशास्त्र के कुछ बड़े फिकरों का प्रयोग किया, ताकि उन्हें यक़ीन हो जाए कि बात गाली-गलौज की नहीं, ऊँचे सैद्धान्तिक विश्लेषण की है। ग़लतफ़हमी के लिए उनसे मुआफ़ी माँगी, कहा, "जी नहीं, मैं दूसरी ही बात कर रहा हूँ। देश की राजधानी का उदाहरण लें। पिछले एशियाड में सैकड़ों करोड़ रुपए लगाकर राजधानी का आधुनिकीकरण किया गया। उसी प्रक्रिया में हज़ारों छुटभैए, ग़रीबी की रेखा और निम्नवित्तीय वर्ग का बाड़ा तोड़कर ऊपर उभर आए। उठाईगीरी से ही सही, अपनी कोठियों और बैंक लाकरों और नई मोटरों के बूते वे मध्यवर्ग में घुस चुके हैं। मैंने माना कि अगर चोरी और उठाईगीरी के तत्त्व सक्रिय न होते तो एक बड़ी सार्वजनिक धनराशि आपके हाथों उन्हीं के नियोजित कल्याण के काम आ सकती थी, पर उसमें वक़्त लगता। यह भी तय न हो पाता कि सरकार की निगाह में उनका जो नियोजित कल्याण है, वह ख़ुद उनकी निगाह में कल्याणकारी है या नहीं।"

वित्तमंत्री बोले, "मज़ाक़ आप अच्छा करते हैं, पर मज़ाक में भी यह न भूलिए कि आज भी देश के सैंतीस फ़ीसदी लोग ग़रीबी की रेखा के नीचे हैं। और उनका चोरी और उठाईगीरी में विश्वास नहीं है।"

मैंने कहा, "नहीं है तो हो जाएगा। उमरावनगर से नई दिल्ली तक, राष्ट्र-निर्माण के बाई-प्राडक्ट के रूप में, मध्यवर्ग का जो एक पूरा समुदाय शुद्ध चोट्टेपन के आधार पर उभर रहा है, उसका उदाहरण ग़रीबी की रेखावालों से छिपा नहीं है। क्या यहाँ नदी-किनारे बसनेवाले मल्लाह नहीं जानते कि उनके लिए मछली-पालन के क़र्ज़ की दलाली करके कोई भी ग्राम विकास अधिकारी साल-भर में लखपती बन सकता है?"

मैंने मंत्रीजी को लगभग पुचकारते हुए कहा, "अब मान भी जाइए। घूसख़ोरी, फ़रेब, काले धन्धे आदि के ख़िलाफ़ शोर न मचाकर अब इन धन्धेवालों के समन्वय

करके कुछ दिनों के लिए एक सचमुच की समन्वित ग्राम विकास परियोजना लागू हो जाने दीजिए। फिर देखिए, विकास कैसे तेज़ी से होता है।"

मंत्रीजी ज़ोर से हँसे, बोले, "आपका मसख़रापन कभी जाएगा नहीं। आप भ्रष्टाचार और चोरी के सिद्धान्त पर राष्ट्र का निर्माण करना चाहते हैं?"

इस बार मेरे मित्र ने पहली और अन्तिम बात कही, "जी नहीं, ऐसा नहीं है। आप लोगों की कृपा से राष्ट्र का निर्माण वास्तव में जिस तरह हो रहा है, हमारे दोस्त उसी प्रक्रिया को एक सैद्धान्तिक आधार देने की कोशिश कर रहे हैं।"

कुम्भीपाक के असिपत्र की ओर

लौटते में बकरियों और मुर्ग़ों की सोहबत से बचना चाहता था। इसलिए मुँह-अँधेरे हम दोनों किसी इक्के के इन्तज़ार में सड़क पर आकर खड़े हो गए। ट्रांसपोर्ट यूनियन ने रेल, सरकारी बस, टैम्पो, टैक्सी आदि का जहाँ चक्का जाम किया था, वहीं इक्केवालों को टिक्-टिक् करते रहने की छूट दे रखी थी। पुरानी चीज़ है, अपने-आप कभी-न-कभी सड़कर गिर जाएगी, ऐसी ही किसी धारणा के अनुसार जैसे लोग अपने पुराने छप्पर में आग नहीं लगाते, वैसे ही उन्होंने इक्केवालों के चौपट व्यवसाय में भी हस्तक्षेप नहीं किया था।

ज़्यादा देर रुकना नहीं पड़ा। धुँधलके में दूर से दीखा तो नहीं, पर इक्के का आना सुनाई ज़रूर पड़ा। पास आने पर मित्र ने उसे रुकने को कहा। जवाब में इक्केवाले ने घोड़े को कोड़ा लगाया, ललकारा और इक्का तेज़ी से सड़क पर भागा। मित्र ने 'रुको, रुको' की आवाज़ लगाई, हम दोनों पीछे दौड़े भी, पर तब भी नहीं रुका।

तब मित्र ने दहाड़कर इक्केवाले को एक बड़ी फूहड़ गाली दी। "रुक साले, नहीं तो...।" 'नहीं तो' का तत्काल असर हुआ। इक्का रुक गया।

मित्र ने जवाबतलब करना शुरू किया। इक्केवाले ने बताया कि इन लल्ली ने पूरा इक्का किराए पर ले रखा है, दूसरी सवारी नहीं बैठालनी है। तब बात इक्के पर बैठी लल्ली पर आ गई, जिसे संक्षिप्त करते हुए लल्ली ने इक्केवाले से कहा, "इन्हें बैठा लो और इक्का आगे बढ़ाओ।"

इस तरह के इक्के को इधर खड़खड़ा कहते हैं। वह बैलगाड़ी की तरह खड़खड़ाकर चलता है। अगर उसके पहिए ठोस लकड़ी के हों और एक घोड़े की जगह दो बैल जुते हों तो इसे बैलगाड़ी भी कहा जा सकता है। मतलब यह कि उसमें दो आदमियों के फैलकर बैठने की गुंजाइश थी, यह और बात है कि लल्ली नामक सवारी, जब तक हम परिचित नहीं हो गए, बराबर सिकुड़कर बैठी रही।

परिचित तब हुए जब कई किलोमीटर निकल जाने पर उन्होंने बुर्के का नक़ाब उलटा। 'इधर आसमान उलटा, उधर आफ़ताब उलटा' वाली बात तो नहीं हुई, पर मैं वह चेहरा देखते ही अचकचा उठा। पर्दानशीन लल्ली कोई मुस्लिम महिला न थी, छँटते धुँधलके में मैंने पहचाना, वे 'सियादुलारी' थीं।

"सियादुलारी? आप?"

सार्वजनिक सभाओं में सम्भाषण के अभ्यास से उन्होंने संक्षिप्त, सधे ढंग से कहा, "मेरा नाम फूलमती है।"

धीरे-धीरे, अंग-संचालन का कम-से-कम इस्तेमाल करते हुए, उन्होंने बुर्का उतारा। उसे क़ायदे से तह करके एक झोले में रख लिया। उनके जिस्म पर इस समय पीली साड़ी न थी, न कत्थई ब्लाउज़ था। वे नाइलान की छापेदार साड़ी पहने थीं। साँवले रंग पर एकदम तो नहीं जम रही थी, पर उनकी उम्र में बुरी भी नहीं लग रही थी।

मेरे दिमाग़ में कई सवाल थे, पर पूछने को एक भी न था। जवाब उन्होंने ही शुरू किया, "बड़ा घिनौना आदमी है।"

यह दिखाने को कि मैं समझ रहा हूँ, मैंने सर हिलाया। वे बोलीं, "आप बाहरी आदमी हैं, इसलिए आपसे कहने में कोई हर्ज़ नहीं। तीन किलोमीटर आगे जो चौराहा आएगा, वहाँ उमिरिया से शहर जानेवाली बसें मिलती हैं। हमें पहली बस मिल जाएगी।"

"मैं भी उसी से शहर जा रहा हूँ।"

"आप उससे मत जाइएगा। वहीं रुके रहिए। बादवाली बस से जाइए।"

इक्केवाले ने कहा, "तुम चौराहे के पहले ही उतर जाना बाबूजी! कोई तुम्हें इनके साथ देखे, उससे फ़ायदा क्या है?"

"नुक़सान ही क्या है।"

फूलमती ने कहा, "तब ठाकुर साहब और स्वामीजी महाराज के चेले मास्टर साहब को तंग करेंगे। समझेंगे, मैं आप दोनों के कहने पर वहाँ से भागी हूँ।"

"आप भाग रही हैं?"

इसका उन्होंने तुरन्त कोई जवाब नहीं दिया। इक्केवाला बोला, "इनके बापू शहर में बीमार पड़े हैं। उनका और कोई नहीं है। स्वामीजी महराज इन्हें वहाँ जाने नहीं देना चाहते।"

"ज़िलेदार साहब अभी ज़िन्दा हैं?"

यह बेवकूफ़ी-भरा सवाल था। पर मेरे लिए बड़ा स्वाभाविक था। उनकी पुरानी कथाएँ, एक मल्लाह बेवा से उनके नाते-रिश्ते सुनते-सुनते मैं उन्हें इतिहास-पुरुष मान बैठा था।

फूलमती ने तमककर कहा, "ज़िन्दा नहीं तो क्या मर गए? आप यही चाहते हैं?"

क्षमायाचना से मैंने सर नीचा कर लिया। उन्होंने सहज बनकर कहा, "बापू शहर में रहने लगे थे। मैं भी वहीं पढ़ती थी। अम्मा उमरावनगर में ही रहीं। साल-भर बहुत बीमार रहीं। पेट में शूल उठा करता था, संग्रहणी, बुख़ार—न जाने क्या-क्या। अब बापू को भी यही रोग लगा है।"

कुछ कहना था, इसलिए पूछा, "तो बापू की देखरेख के लिए जा रही हैं?"

इस बार इक्केवाला भड़का, बोला, "इन्हें जाना तो था ही। स्वामीजी महराज इनकी जगह एक दूसरी सियादुलारी ला रहे हैं। तुमने वहाँ देखा होगा बाबूजी, एक गोरी-गोरी

चमकुल सी जनाना आगे बैठी रहती है। स्वामीजी अब कहने लगे हैं कि सियादुलारी साँवले रंग की नहीं हो सकतीं।"

"तब स्वामीजी इन्हें जाने क्यों नहीं देना चाहते?"

"स्वामीजी हैं। अपनी लीला आप जानें।"

चौराहे के कुछ पहले ही मैं उतर गया। उतरते-उतरते पूछा, "यहाँ कोई स्वामीजी का चेला मिल गया तो?"

"यहाँ मुझे कोई डर नहीं है। राकेश भाई यहाँ पहले ही आ गए हैं।"

"राकेश भाई?"

"हमारी युवा पार्टी के अध्यक्ष हैं न जो, वही। आप नहीं जानते? बहुत बड़े युवा नेता हैं।"

चिड़ियाँ चहकने लगी थीं, पर किसी की भी चमक अब फूलमती-जैसी न थी। मैंने इक्के पर हाथ रखकर उसे रोके रखा, मेरी सुन्न जिज्ञासाएँ जाग उठी थीं।

"तो बापू के साथ रहते हुए आप राकेश भाई के साथ काम करेंगी?"

"पढ़ूँगी और काम भी करूँगी। राकेश भाई कहते हैं, मैं बोल बहुत अच्छा लेती हूँ। पहाड़ों पर एक युवा-कैम्प लगनेवाला है। राकेश भाई कहते हैं, वहाँ मुझे कैम्प में अधातम पर लेक्चर देने होंगे।"

"काहे पर?"

"अधातम पर। भौतिक जगत् निस्सार है न।"

उन्हें नमस्कार करके इक्के को आगे बढ़ जाने दिया। इच्छा हुई थी, एक बार उन्हें आगाह करूँ, उस निस्सार भौतिक जगत् की व्यवस्था के बारे में समझाऊँ जिसमें एक मल्लाह बेवा एक भद्रपुरुष का आसरा पाकर भी यतीम की तरह शायद नासूर से बिला इलाज मरी है, जिसमें उसकी लड़की उससे भी ज़्यादा भयानक एक सामाजिक नासूर का शिकार हो रही है। पर उसका न समय था, न मेरी उस बात का कोई श्रोता ही था। फिर भी, अब कल रात की मेरी बातचीत का एक जवाब सवाल की शक्ल में ऊपर उभरने लगा : चोरी और उठाईगीरी की व्यवस्था कुछ दिनों के उस विकास की झलक भले ही दिखा दे जो मध्यमवर्गियों का स्वर्ग है, पर उसमें फूलमती की जगह कहाँ पर होगी?

पुराणों में कुम्भीपाक मवाद और मज्जा से भरा हुआ एक नरक है, एक-दूसरा नरक असिपत्र है जहाँ राह में खड़े पेड़ों पर तलवारों की पत्तियाँ होती हैं और वे पग-पग पर देह में घाव करती हैं। शरत्काल की इस सुनहरी सुबह में मेरा मन तब उसके लिए भारीपन महसूस करने लगा जिसकी राकेश भाई चौराहे पर राह देख रहे हैं, जो कुम्भीपाक से छूटते ही असिपत्र की ओर बढ़ने लगी है। उमरावनगर का विकास चाहे वित्तमंत्री के सिद्धान्तों से हो, चाहे इक़बाल मियाँ की व्यवहार-बुद्धि से, इन नरकों की सत्ता पर उसका कोई असर नहीं पड़ेगा। फूलमती की याद करके मुझे लगा, ये दोनों विकास-तंत्र यहीं एक साथ मुँह के बल गिरते नज़र आते हैं।

•••